CATHY KELLY

Und wer macht den Abwasch?

Buch

Wenn es darum geht, die Probleme anderer Leute zu lösen, ist Dee einfach Spitzenklasse. Mit Witz und Einfühlungsvermögen arbeitet sie als Kolumnistin einer irischen Zeitung. Was stört es da, daß ihr Freund Gary findet, Dee sei ein wenig zu »pfundig« für ihre zweiunddreißig Jahre – schließlich können sich andere an ihren Kurven gar nicht satt sehen. Und Gary ist auch nicht gerade der beste Fang, denn seine Mutter treibt Dee manchmal schlicht in den Wahnsinn. Was Dee also wirklich möchte, sind nicht ein paar Pfunde weniger, sondern ein bißchen Karriere mehr: Sie möchte die freigewordene Stelle als Chefredakteurin. Aber da ist auch noch Isabel, die gerade ihren Mann verlassen hat und mit ihren zwei Töchtern zurück nach Dublin gezogen ist. Sie ist allein, zutiefst verunsichert und steht finanziell auf sehr wackeligen Füßen. Als sie davon hört, daß eine Redaktionsleiterin gesucht wird, scheint ihr das die Lösung all ihrer Probleme zu sein.

Zwei Frauen, eine Freundschaft und derselbe Job – für eine von beiden scheint das Ende ihrer Wünsche vorprogrammiert. Doch manchmal gibt es im Leben ein Happy End – und dann eins der ganz besonderen Art ...

Autorin

Cathy Kelly arbeitete als Redakteurin, Filmkritikerin und »Kummerkastentante« bei der Dubliner *Sunday World.* »Wär ich doch im Bett geblieben« war der erste Roman der jungen irischen Autorin, der als Überraschungserfolg wochenlang die Bestsellerlisten dominierte und inzwischen auch in Deutschland für Furore sorgt. Bei Blanvalet in Vorbereitung: »Geh ich auf meine Hochzeit?« (35406)

Cathy Kelly im Blanvalet Taschenbuch

Wär ich doch im Bett geblieben. Roman (35132)
Geh ich auf meine Hochzeit? Roman (35406)

CATHY
KELLY

Und wer macht den Abwasch?

Roman

Aus dem Englischen
von Inez Meyer

BLANVALET

Die Originalausgabe erschien 1998 unter dem Titel
»She's the One«
bei Poolberg Press, Ltd., Dublin

Umwelthinweis:
Alle bedruckten Materialien dieses Taschenbuches
sind chlorfrei und umweltschonend.
Das Papier enthält Recycling-Anteile

Blanvalet Taschenbücher erscheinen im Goldmann Verlag,
einem Unternehmen der Verlagsgruppe Bertelsmann.

Taschenbuchausgabe Oktober 2000

Umschlaggestaltung: Design Team München
Umschlagfoto: Photonica/Keyvan Behpour
Satz: Uhl + Massopust, Aalen
Druck: Elsnerdruck, Berlin
Verlagsnummer: 35178
Lektorat: Maria Dürig
Redaktion: Petra Zimmermann
Herstellung: Heidrun Nawrot
Made in Germany
ISBN 3-442-35178-2
www.blanvalet-verlag.de

5 7 9 10 8 6

Für John, mit meiner ganzen Liebe, allezeit,
und für Kate – ich werde dich nie vergessen.

1

Liebe Annie,

ich hoffe, Du kannst mir helfen. Ich bin seit zwei Monaten verheiratet, und meine Ehe ist schon eine Katastrophe. Vor unserer Eheschließung haben wir nicht zusammengelebt, deshalb habe ich mir auch nicht ausmalen können, daß es so sein würde. Ich habe einen sehr aufreibenden Beruf, mein Mann ebenfalls. Trotzdem überläßt er mir die ganze Hausarbeit. Ganz gleich, wann ich nach Hause komme – es wird von mir erwartet, daß ich koche. Meine Wochenenden verbringe ich damit, das Haus sauberzumachen, die Wäsche zu waschen und seine Hemden zu bügeln. Das Einkaufen überläßt er ganz mir, und zwar auch dann, wenn er einen freien Tag hat. Er meint, seine Mutter habe diese Dinge doch auch immer für ihn erledigt. Ich kann kaum glauben, daß ich vor unserer Heirat von alldem keinen blassen Schimmer hatte.

Was kann ich tun? Ich werde verrückt. Aber ich kann mit niemandem darüber reden, schließlich halten uns alle für ein perfektes Paar. Bitte hilf mir, bevor meine Ehe in die Brüche geht.

Deine Deprimierte.

Dee hielt grübelnd die Finger über die Computertastatur und betrachtete erneut den handgeschriebenen Brief.

Manchmal dauerte es eine Ewigkeit, um eine Antwort für einen *Liebe-Annie*-Brief zu formulieren. Besonders dann, wenn die Leute von einer Antwort ein Wunder und nicht nur den Ratschlag erwarteten, mal ein kinderfreies Wochende einzulegen und mit einer Flasche sinnlichem Massageöl im Gepäck an einen romantischen Ort zu fahren.

Oftmals wollte Dees Gehirn einfach nicht funktionieren, wenn sie solche Antworten formulieren mußte. Deshalb griff sie bei dieser Gelegenheit häufig in die Keksdose. Heute verhielt es sich anders. Heute mußte sie überhaupt nicht lange darüber nachgrübeln, denn – so ironisch das auch sein mochte – sie wußte ganz genau, wie sie diesen Brief beantworten würde.

Liebe Deprimierte,

Sie haben ja keine Vorstellung davon, wie häufig gerade Ihr Problem verbreitet ist. Mein Briefkasten ist voller Hilfeschreie von Frauen, die seinerzeit gedacht hatten, sie hätten den Richtigen geheiratet. Viel zu spät fiel bei ihnen der Groschen, daß sie mit einem Muttersöhnchen verheiratet waren, das ständig darauf verwies, seine Mutter habe all diese Dinge erledigt, zusätzlich noch zehn Kinder großgezogen und ihr Brot selbst gebacken.

Sie müssen etwas tun, sonst können Sie sich auch gleich eine Schürze mit der Aufschrift »Sklave« umbinden. Als erstes hören Sie auf einzukaufen, zu staubsaugen, zu waschen und zu bügeln – und warten ab, bis es ihm auffällt. Und glauben Sie mir, er wird …

Dee hielt inne, lehnte sich zurück und rieb sich mit einer Hand den Nacken. Nachdem sie die ganze Woche über im Gericht gesessen und über einen Mordfall berichtet hatte, war sie vollkommen erschöpft und verspürte wenig Lust, am Samstag, ihrem ersten freien Tag seit zehn Tagen, an ihrer Kummerkiste zu arbeiten.

Lieber wollte sie sich in ein Entspannungsbad mit aromatischen Essenzen legen, dabei eine durststillende Bacardi-Cola trinken und einen fetten, saftigen Schmöker lesen. Wenn sie Lust hätte, würde sie sich sogar noch die Beine rasieren, um eine in Kürze anstehende Verwechslung mit den Beinen eines griechischen Taxifahrers zu vermeiden. Vielleicht aber würde sie auch einfach nur faul sein. Wer in aller Welt sah schon ihre Beine? Gary jedenfalls nicht, soviel war klar. Die einzigen Beine, die er dieser Tage betrachtete, waren unglaublich dicht behaart, steckten in kurzen Hosen, und ihre Besitzer gehörten dem Fußballclub von *Manchester United* an.

Seufzend stellte sie fest, daß das Bad wohl würde warten müssen, bis sie mit ihrer Kolumne fertig war. *Liebe Annie* war jeden Montag und Mittwoch im *Sentinel* zu lesen. Wenn sie ihren Chefredakteur nicht vom Krankenwagen aus anrufen und ihm von einer plötzlichen Rippenfellentzündung berichten wollte, mußte sie jeden Sonntag bis elf Uhr morgens ihre Kolumne abliefern. Es würde mindestens drei Stunden dauern, sie zu schreiben. Eine Tasse Tee und ein paar Kekse würden die Verkrampfung ihres Nackens vielleicht lindern können. Oder aber sie genehmigte sich eines dieser winzigen Käseküchlein von *Weight Watchers,* die sie weit hinten im untersten Schubfach der Tiefkühltruhe versteckt hatte.

Sie waren praktisch kalorienfrei. Sie mußten es einfach sein, wie sonst hätte man sie als *Weight Watchers* bezeichnen können? Ein Käseküchlein wäre überhaupt nicht schlimm. Zum Frühstück hatte sie Schlankheitsflocken mit Magermilch gegessen und konnte sich jetzt ruhig etwas gönnen.

Dee trat aus dem winzigen Zimmer, das ihr als Büro diente, und lief an dem randvoll gestopften Wäschkorb vorbei. Vergeblich versuchte sie ihn zu ignorieren.

Irgend jemand mußte sich schließlich darum kümmern, dachte sie verärgert und nahm eine Armladung voll feuchter Handtücher, Garys Fußballshirt und noch ein paar seiner angegrauten T-Shirts mit.

Mit dem Arm voller Wäsche ging sie die Treppe hinunter und ignorierte die kleinen Bällchen rötlichen Fells, die den maulbeerfarbenen Teppichboden bedeckten. Warum mußte Smudge ihre ausgiebige Toilette eigentlich unbedingt auf der Treppe erledigen und setzte sich dazu nicht auf den Linoleumboden in der Küche, dachte Dee mißmutig. Um der Sache noch eins draufzusetzen, war der Staubsauger defekt, und sie hatte es noch immer nicht geschafft, ihn zur Reparatur zu bringen. Sie stieg über einen angestaubten Haufen von Garys Fußballzeitungen, die er am Fuß der Treppe gestapelt hatte.

»Ich nehme sie später mit nach oben«, hatte er sie angefahren, als sie über den mindestens sechs Monate alten Stapel des *Fußball-Fan* gestolpert war. »Mein Gott noch mal, Dee, laß mich doch in Frieden! Ich kann schließlich nicht meine ganze verdammte Zeit mit Aufräumen verbringen!«

Damit war er ins Wohnzimmer gestürmt. Dee hatte gerade erst ihre ausgebeulte schwarze Aktentasche auf den Boden neben der Garderobe fallenlassen, als sie die laut aufgedrehten Sportnachrichten im Fernsehen hörte. Sie war zu erschöpft, um sich mit ihm zu streiten. Garys Auffassung von Aufräumen hieß, die Aschenbecher kurz vor dem Überlaufen auszuleeren. Wer auch immer den Satz geprägt hatte »Wenn du mich kennenlernen willst, dann komm, und lebe mit mir«, hatte recht.

Als sie vor vier Jahren Gary Redmond kennengelernt hatte, erschien er ihr als die Erfüllung all ihrer Träume. Nachdem mehrere Beziehungen zu anderen in die Brüche gegangen waren, hatte sie sich nie wieder mit einem Reporter einlassen wollen. Neurotisch und ständig mit *ihren* Geschichten beschäftigt, waren sie zusätzlich noch eifersüchtig, wenn Dee einmal einen längeren Artikel als sie selbst im Blatt gehabt hatte. Nach drei gescheiterten Beziehungen mit Reportern hatte sie diese Gattung ad acta gelegt.

Nur einen Monat bevor sie Gary getroffen hatte, hatte sie die Sachen ihres Exfreunds auf dessen Schreibtisch in der Redaktion ausgekippt – die Zahnbürste, die er bei ihr vergessen hatte, und das Notizbuch mit der mit einem Lippenstift notierten Telefonnummern seiner neuen Freundin. Der gutaussehende, dunkelhaarige Mann im vornehmen Anzug, der ihr in der Kneipe versehentlich ein Glas Guinness über die Kleidung geschüttet hatte, war so charmant und fand so viele Entschuldigungen und war außerdem so offensichtlich nicht Journalist, daß sie sich gern von ihm zu einem Drink hatte einladen lassen, womit er sich für seine Tolpatschigkeit hatte revanchieren wollen.

Während Gary sie charmant umgarnte, hatte Dee an ihrem Champagnercocktail genippt und dem Himmel dafür gedankt, daß sie während der letzten Monate ohne Freund streng Diät gehalten hatte und nun eine geradezu magere Größe vierzig, fast schon achtunddreißig, abgab. Sonst hätte sie sich wohl nicht sicher genug gefühlt, die Einladung zu einem Drink von einem derart attraktiven Mann anzunehmen. Und ganz sicher hätte sie nicht in das enganliegende schwarze Kleid gepaßt, das ihre üppigen Brüste und ihre schönen Beine vorteilhaft zur Geltung brachte.

In der Kombination von Stützstrümpfen und einem straffen Mieder kam sie sich vor wie eine ägyptische Mumie. Die beiden Champagnercocktails waren beinahe mehr, als ihr Kleid halten konnte. Unter der sexy Korsage aus Lycra spürte Dee ihren schmerzenden Magen. Wer schön sein will muß leiden. Und nicht nur um der Schönheit willen, man mußte schon leiden, um auch nur halbwegs attraktiv auszusehen. Die anderen – allen voran ihre beste Freundin Maeve – bestätigten ihr dauernd, wie schön und sexy sie sei und daß sie wunderschöne, ausdrucksstarke Augen habe. Sie selbst jedoch war niemals sonderlich versessen auf üppige Kurven gewesen. Ebenso nicht auf einen Busen, auf dem eigentlich ein Warnschild hätte prangen müssen, denn Männer starrten ihn immer vollkommen fasziniert an. Auch auf ihre dunklen Locken, die jeden Morgen einen Liter glättende Lotion brauchten, hätte sie gern verzichtet. Ihre Augen gefielen ihr natürlich, aber eigentlich wäre Dee lieber eine klassische nordische Schönheit gewesen, die mühelos schick und ebenso mühelos schlank war und deren Beine ihr bis kurz unter die Achseln reichten.

Nach einer Stunde in Garys Gesellschaft war sie von seiner Intelligenz, seinem dunklen, guten Aussehen und seinem offensichtlichen Interesse an ihr recht eingenommen. Wenn auch der Beruf des Steuerberaters nie auf ihrer Wunschliste gestanden hatte, so war Gary zumindest ein Steuerberater, wie sie noch nie zuvor einen gesehen hatte.

»Du erinnerst mich an diese wunderschönen raphaelitischen Frauen auf Gemälden des neunzehnten Jahrhunderts«, hatte er gemurmelt, als er sich an der Bar über sie gebeugt hatte. Sie hatte sein Armani-Aftershave und seine männlichen Pheromone wahrgenommen. »Die hatten lange rot- oder kastanienbraune Locken und große, dunkle Augen, die ständig den Eindruck vermittelten, als ob sie nur darauf warteten, auf eine schattige Lichtung geführt zu werden, um dort etwas zu tun, was Mädchen aus dem neunzehnten Jahrhundert nicht tun sollten.«

Wenn einer der Typen aus der Redaktion so etwas von sich gegeben hätte, wäre Dee, noch bevor sie ihm einen Schlag versetzt hätte, in lautes Lachen ausgebrochen. Mit der tiefen Stimme Gary Redmonds jedoch klangen diese Worte für Dee sinnlicher als alles, was sie bisher gehört hatte. Er hatte eine Art, sie mit seinen merkwürdigen, fast blauen Augen anzusehen, die sie innerlich dahinschmelzen ließ.

»Tatsächlich?« hatte sie nachgehakt und gerechnet, daß er etwa ein Meter fünfundsiebzig groß sein mußte, wenn sie von ihrer eigenen Größe von etwas über einem Meter sechzig ausging. Er war also weder klein noch groß. Sie haßte große Männer, denn man bekam eine Nackenstarre, weil man stets zu ihm aufsehen mußte. »Wie kommt es, daß du dich in der Kunstgeschichte so gut auskennst?«

»Meine Mutter war stets darauf aus, sich weiterzubilden«,

erwiderte er mit einem schiefen Lächeln. »Als wir noch Kinder waren, bestand sie darauf, daß wir in Italien oder in Frankreich Urlaub machten, damit wir in den Louvre gehen und uns die Sixtinische Kapelle in Florenz ansehen konnten.«

»Das hört sich ja wunderbar an«, erwiderte Dee und dachte an die jährlichen zwei Wochen Ferien in einem Wohnmobil der Familie O'Reilly an einer der irischen Küsten. Bis sie fünfzehn war, spielte sie am liebsten auf der Luftschaukel. Dann stellte sie fest, daß man gut zwei Leute in eine Schaukel packen konnte – eine prima Gelegenheit, mit Jungs auf Tuchfühlung zu gehen. »Glaubst du es ist zu spät, einer kompletten Ignorantin etwas Kunstverständnis beizubringen?« fragte Dee mit seidiger Stimme und jenem schmachtenden Blick, den sie nach jahrelanger Übung vor dem Spiegel bis zur Perfektion gemeistert hatte. »Ich kenne mich mit Kunst überhaupt nicht aus.«

»Sicherlich hast du eine schnelle Auffassungsgabe«, hatte er geantwortet.

Zwei Stunden später kicherten sie über einer Flasche Wein in einem Restaurant. Eine Woche später waren sie richtig verliebt. Dee konnte sich noch gut an ihre dritte Verabredung erinnern. Zu dem Zeitpunkt war sie sich sicher, daß sie ihn liebte.

Gary war mit einem Picknickkorb voller Hühnchen, Baguette, Kartoffelsalat, einem Sechserpack Bier und Erdbeereiskrem in einer Kühltasche vor ihrer Tür erschienen. Nachdem sie drei Tage lang nichts außer Pampelmusen gegessen und unzählige kalorienfreie Getränke zu sich genommen hatte, um die verdammten zehn Pfund Gewichtsabnahme zu halten, hätte sie den gesamten Korb innerhalb von zehn Minuten verdrücken können. Vom wenigen Essen war ihr schon ganz schwindlig, und der Duft des Baguettebrots machte sie verrückt vor Hunger. »Wir machen ein Picknick!« Sowie sie die Haustür geöffnet hatte, hatte Gary sie sofort fest in die Arme geschlossen.

»Picknick? Aber es ist doch schon halb sieben!« hatte sie überrascht geantwortet.

»Ein spätes Picknick, Dee.« Gary küßte sie leidenschaftlich. »Hol dir schnell noch deine Fleecejacke. Es könnte kalt werden.«

Dann hatten sie dicht aneinandergekuschelt in Dollymount in seinem Mazda gesessen. Das Dach war heruntergekurbelt, aus dem Radio kam leise Musik.

Anfangs hatte sie gefröstelt. Nachdem jedoch das Bier ihr Blut erwärmt und Gary ihre blaue Fleecejacke gekonnt geöffnet hatte, wurde Dee endgültig heiß. »Wer sagt eigentlich, daß Steuerberater nicht romantisch wären?« hatte sie in sein Ohr geflüstert, als seine Hand unter ihren Pullover glitt.

Die letzten Monate über war von Romantik jedoch keine Spur mehr gewesen. Sie konnte sich nicht einmal erinnern, wann Gary etwas auch nur annähernd Romantisches getan hatte. Um ein Haar hätte er sogar den Valentinstag vergessen. Abgesehen davon, hätte Dee einen großen Laden roter Rosen darum gegeben, wenn er auch nur gelegentlich daran denken würde, den Toilettensitz wieder herunterzuklappen.

Sie stopfte die dreckige Wäsche in die Maschine, schüttete etwas Waschpulver und den allerletzten Tropfen Weichspüler hinterher und stellte die Waschmaschine an. Dann nahm sie sich eine Tasse aus dem Stapel ungewaschenen Geschirrs im Spülbecken und verschaffte sich ausreichend Platz, um sie unter heißem Wasser abzuspülen. Einen Augenblick lang erwog sie nachzugeben und abzuwaschen. Nein, verdammt noch mal. Das würde sie nicht tun. Der verfluchte Gary sollte es machen.

Irgendwann wird er den Stapel ungewaschenen Geschirrs nicht mehr ertragen können und selbst abwaschen. Das Geheimnis ist, ihn nicht zu nerven – lassen Sie ihn die Hausarbeit dann erledigen, wenn ihm danach ist. Der Stapel kann allerdings die Höhe des Mount Everest erreichen, ehe er zur Tat schreiten wird. Aber nach einer Woche ungebügelter Hemden und ohne Socken und Unterhosen, die die Wäschefee irgendwie vergessen hat, wird er sich an die Hausarbeit machen. Halten Sie durch.

Ratschläge zu erteilen oder selbst danach zu leben waren zwei vollkommen verschiedene Schuhe, dachte Dee. Sie wußte genau, wie sich die entmutigte Frau ihrem chauvinistischen, arbeitsscheuen Mann gegenüber verhalten *sollte.* Da es aber Dee selbst auch bisher nicht gelungen war, ihren eigenen faulen Verlobten dazu zu bekommen, auch nur einen einzigen Teller abzuwaschen, hatte sie fast ein schlechtes Gewissen, der Briefeschreiberin diesen Rat zu erteilen.

Seit über einer Woche hatte sie das Geschirr nun schon stehenlassen. Bisher war allerdings lediglich deutlich geworden, daß sich Gary lieber ein neues Hemd kaufte, als ein dreckiges zu waschen. Im übrigen schien er den Geschirrberg im Spülbecken, den grünen Schimmel im Kühlschrank und die Abwesenheit frischer Unterwäsche im Schrank überhaupt nicht zu bemerken.

Das alles war die Schuld seiner verdammten Mutter. Sie hatte ihn ruiniert. Im Haus hatte er nie einen Finger rühren dürfen. Demzufolge war er davon überzeugt, daß nur Frauen das Geheimnis kannten, wie man eine Toilette säuberte und das Wohnzimmer staubsaugte. Zumindest gab er vor, das Geheimnis nicht zu kennen. Wie sie ihrer besten Freundin Maeve gegenüber ständig beteuerte, hätte sie nach der ersten Begegnung mit Garys Mutter eigentlich genau wissen sollen, was auf sie zukam. Sie waren bereits seit drei Monaten zusamen, und er wohnte praktisch bei ihr in der South Circular Road, als er sie zu sich nach Hause einlud, um seine Mutter kennenzulernen.

»Sie ist ganz anders als deine Mutter«, meinte Gary, dem Dees Eltern während einer traditionellen Musikvorführung in einer Kneipe vorgestellt worden war. Die O'Reillys hatten Gary in ihre Familie aufgenommen und sich bemüht, es ihm möglichst angenehm zu machen. Als die Kneipe zumachte, waren Dees Familie und Gary die besten Freunde, und Gary war für den kommenden Sonntag zum Mittagessen eingeladen.

Im Gegensatz dazu hatte Garys Mutter Dee nachmittags zum Tee eingeladen, den sie in zierlichen kleinen Tassen servierte und ihre Gäste bat, mit ihrem »besten Geschirr« doch bitte vorsichtig umzugehen.

Damals war Dee davon überzeugt gewesen, daß die Beleidigung nicht beabsichtigt gewesen war. Sie lächelte und bekräftigte, wie schön das königsblaue Geschirr sei.

Es *hätte* ihr auffallen sollen, daß Gary gemütlich ausgestreckt im Sessel gesessen hatte, während seine Mutter ständig in die Küche eilte und Geschirr, Scones, Biskuitkuchen und seine Lieblingsingwerküchlein holte, ohne daß er ihr seine Hilfe auch nur angeboten hätte. Und sie hätte sich fragen sollen, weshalb ihr charmanter, aufmerksamer Liebhaber sich in Gegenwart seiner Mutter plötzlich in ein duckmäuserisches Mamakind verwandelte.

Sie aber war anfangs viel zu beschäftigt gewesen zu lächeln – und später von Margaretes indiskreten Nachfragen zu verwirrt gewesen –, als daß es ihr aufgefallen wäre.

»Wie lange arbeiten Sie schon bei der... äh... der Zeitung, Deirdre?«

»Seit sechs Jahren.«

»Verstehe. Sie arbeiten im Nachrichtenbereich, wie mir Gary sagte? Das ist sicherlich sehr interessant. Haben Sie schon einmal daran gedacht, vielleicht zu einer anderen Zeitung zu wechseln?«

»Nein.«

»Ach so. Noch ein Stück Kuchen, Liebling?« wandte sich Margaret an Gary, wobei sich ihre Stimme hörbar erwärmte. Sie reichte ihrem Sohn noch ein Stück Torte und widmete sich dann wieder ihrer Inquisition. »Als was arbeitet Ihr Vater, Deirdre? Ist er auch bei der Presse?«

»Er ist Autoschlosser«, erwiderte Dee. Einen Augenblick lang spielte sie mit dem Gedanken zu behaupten, er spiele Piano in einem Puff, und ab und an würde er bei einem bewaffneten Überfall das Fluchtauto fahren.

»Er leitet die Reparaturwerkstatt?«

»Nein, er ist Autoschlosser. Seine Spezialität sind Vergaser.«

»Ach so.«

Dee hatte nicht lange gebraucht, um herauszufinden, daß Margaret Redmond zu jenen irischen Müttern gehörte, die felsenfest davon überzeugt waren, daß keine, aber auch wirklich *gar keine* Frau jemals gut genug für ihren Jüngsten sein konnte.

Eine ausgezeichnete Köchin, eine gute Näherin und die erste in der morgendlichen Schlange zur Messe war Garys Mutter eine angesehene, tiefreligiöse Mitbürgerin von Clontarf. Sie trank nicht, sie rauchte nicht, sie fluchte nicht, und sie schaute sich niemals belanglose Fernsehsendungen an – lediglich weiterbildende Dokumentationen –, wenn sie diese Zeit auch mit dem Backen eines Biskuitkuchens für das Kirchenfest oder dem Einreiben der Hemdkragen der Jungen verbringen konnte. Sie nahm an kunsthistorischen Seminaren teil, obwohl sich Dee sicher war, daß sie es nur aus Angeberei tat. Außerdem spielte sie einmal die Woche mit ihrer Frauengruppe Golf.

Sie hatte fünf Jungs großgezogen, vier von ihnen an passende Mädchen verheiratet und ihren steuerberatenden Ehemann unter die Erde gebracht. Jetzt füllte sie ihre Zeit damit, auf die Schwangerschaft ihrer ersten Schwiegertochter zu warten, um dann unzählige Deckchen zu häkeln und ständig als Babysitterin zur Verfügung zu stehen.

Sie war klein und rund – zu viele Biskuitkuchen – und trug eine graue Dauerwelle. Mit ihrer Brille wirkte sie wie das genaue Gegenteil von Dees Mutter und schien unter ihrer Schale einen ausgesprochen harten Kern zu verbergen.

Wenn Dee gewußt hätte, daß ihre Freundschaft zu Gary auch regelmäßige Besuche bei seiner schrecklichen, mit Dünkeln behafteten Mutter bedeutete, hätte sie sich wohl kaum in ihn verliebt – trotz seiner verführerischen Augen, seinem gutgebauten Körper und dem Charme, den er wie eine elektrische Lampe anknipsen konnte.

Genauso leicht fiel es ihm, ihn wieder abzuschalten.

Sie seufzte. Der einzige Löffel im Becken war der, mit dem sie die erd- und senffarbenen Lacke gemischt hatte, als sie die Badezimmewände hatte neu streichen wollen. Die Farbe war hart. Sie würde doch wohl nicht giftig sein?

Ach, wenn kümmert das schon. Ein löslicher Kaffee mit Sahne würde ihr sicher guttun. Der letzte tiefgekühlte Käsekuchen war unerklärlicherweise aus dem Tiefkühlfach verschwunden. Dee holte sich einen Katalog und sechs Kekse – die mit fünfundzwanzig Prozent weniger Fett, von denen alle in der Redaktion schwärmten. Sie setzte sich an den Kiefernholztisch, der unangenehm wackelte, wenn man die Pappe unter einem Bein wegließ. Vor der Terrassentür brach eine blasse Maisonne durch die Wolken und ließ die Regentropfen auf der Wäscheleine wie kleine Kristalle funkeln. Der Rasen in dem winzigen Garten stand bereits wieder fünfzehn Zentimeter hoch. Die Kapuzinerkresse vom letzten Jahr hatte das wenige Heidekraut beiseite gedrängt und nahm nun allen Platz im Blumenbeet vor der Terrasse ein. Natürlich mußte Dee bald etwas im Garten tun, nur fand sie nicht die Zeit dazu. Nächstes Wochende würde sie den Rasen im Vorgarten mähen und den Löwenzahn ziehen. Außer den jungen Studenten nebenan konnte den hinteren Garten niemand einsehen. Da deren Garten einer Wüste glich, konnten sie sich über Dees Garten nicht beschweren.

Als wenig später das Telefon klingelte, betrachtete Dee in einem Katalog gerade die Küchenutensilien und grübelte darüber nach, ob das grüne Gemüseregal aus Plastik sich in der einen Küchenecke gut machen würde. Ein solches Regal würde auch endlich das Problem lösen, daß Kartoffeln aus dem Gemüsefach Sprossen entwickelten. »So werde ich es machen«, sagte sie zu sich selbst.

»Dee«, bellte Ian Mahon, der Nachrichtenchef des *Sentinel*. Seine schlechtgelaunte, zigarettengeschwängerte Stimme ließ sie nach wie vor zusammenzucken, selbst wenn er nur über das Telefon mit ihr sprach. Leibhaftig war er noch um einiges schlimmer. Sehr groß, vornüber geneigt und mit fiesem Blick war Mahon bei allen Reportern verhaßt. Wenn sie es gut mit ihm meinten, nannten sie ihn Stalin.

Seine Arbeit allerdings verstand er sehr gut. Doch Dee war davon überzeugt, daß er noch besser wäre, wenn er die jungen Reporter nicht mit seiner Gewohnheit verschrecken würde, plötzlich neben ihren Tischen aufzutauchen, über ihre Schulter hinweg deren Artikel zu lesen und sie dann wegen irgendeiner Kleinigkeit anzubrüllen. Nach sechs Jahren in der Nachrichtenredaktion unter Stalin hatte sich Dee an ihn gewöhnt. Mehr oder weniger jedenfalls.

»Wir haben hier eine ganz heiße Sache«, brummte er. »Dieser junge australische Popstar, Chazz ... man hat es uns zugespielt, daß er in seinem Zimmer im *Grand Hotel* randaliert hat. Wir haben einen Fotografen vor Ort, er hat aber noch keine Aufnahmen machen können. Wir wollen, daß du dich irgendwie hineinmogelst. Du kennst doch dort jemanden, nicht wahr?«

»Ja.« Dee seufzte. Ihr freier Tag war hinüber. Wie gewohnt hatte sich Stalin nicht einmal danach erkundigt, ob sie etwas vorhatte. Er war einfach davon ausgegangen, daß sie alles liegenlassen und sofort aufspringen würde.

»Wer ist denn vor Ort?« fragte sie, schlagartig bei der Sache. Sie angelte sich einen Kuli, um sich Notizen zu machen.

»Kevin Mills. Ich habe ihm deine Handynummer gegeben. Er wird dich anrufen.«

Dees Laune besserte sich. Kevin Mills war ein ausgezeichneter Fotograf, der niemals die Nerven verlor und immer das gewünschte Bild mit nach Hause brachte. Abgesehen davon sah er auf eine zigeunerhafte Art ausgesprochen gut aus.

Kevin war Freiberufler und besaß seine eigene Agentur. Seine Spezialität waren Aufnahmen von Prominenten. Da Dee hauptsächlich Nachrichten recherchierte, arbeitete sie nur sehr selten mit ihm zusammen. Er stand jedoch im Ruf, seiner Arbeit sehr gewissenhaft nachzugehen. Außerdem sah er um einiges besser aus als Seanie Keane, der festangestellte Fotograf des *Sentinel,* mit dem sie normalerweise zusammenarbeitete.

Kevin würde sie sicherlich nicht wie Seanie damit langweilen, wie langsam er mit der Renovierung seines zusammenfallenden Hauses aus dem neunzehnten Jahrhundert vorankam.

»Wenn ihr von Chazz keine Aufnahmen bekommt, dann versucht wenigstens, in eine ähnliche Suite zu kommen und macht dort ein paar Aufnahmen. Ruf mich in einer Stunde wieder an«, befahl Stalin und legte auf.

Dee streckte dem Hörer die Zunge raus. Schwein! Im oberen Stockwerk tauschte Dee ihre bequeme graue Trainingshose und das blaue T-Shirt gegen etwas, womit sie den reichen Prominenten des *Conrad* gegenübertreten konnte. Das *Conrad* gehörte zu Dublins vornehmsten Hotels.

Zu ihren braunen Korkenzieherlocken sah der strenge schwarze Hosenanzug am besten aus. Da sie jedoch ihre Haare nicht gewaschen hatte, würde sie sie zusammenbinden müssen. Die Hose war zu eng, den obersten Knopf mußte sie also auflassen. Verflucht. Sie konnte über die Tatsache, daß sie wieder zugenommen hatte, nicht mehr durch das Tragen von weiten Trainingshosen hinwegtäuschen oder dadurch, sich einfach nicht mehr zu wiegen.

Es war alles Garys Schuld. Wenn Dee sich nicht wohl

fühlte, tröstete sie sich mit Essen. Und in letzter Zeit fühlte sic sich ständig nicht so richtig wohl. Gestern hatte sie noch vor dem Mittagessen drei Marsriegel gegessen und danach aber trotzdem einen vollen Teller Tagliatelle carbonara verdrückt. Warum nur konnte sie nicht sein wie ihre Freundin Maeve? Eine Bohnenstange, die wie ein Scheunendrescher futterte. Maeve hatte die Nudeln und zusätzlich noch einen Apfelstreuselkuchen als Nachtisch gegessen. Trotzdem mußte sie niemals ihren obersten Hosenknopf öffnen.

Mißmutig betrachtete Dee im Badezimmer ihr Spiegelbild. Wie gewohnt fiel ihr dabei weder ihr hübsches Gesicht mit dem blassen Porzellanteint auf noch die ausdrucksvollen blauen Augen und die kastanienbraunen Haare, die ihr Gesicht wunderschön umrahmten.

Statt dessen sah sie eine kleine, plumpe Frau, die sich in Hosengröße vierzig gezwängt hatte, wo sie eigentlich eine Zweiundvierzig gebraucht hätte. Dee drehte sich seitwärts, um die Größe ihres Bauchs zu überprüfen. »O mein Gott«, stöhnte sie entsetzt.

Sie war richtig fett. Wie in aller Welt konnte sie so aus dem Haus gehen? Ihr Busen quoll unter dem sauberen blaßrosa T-Shirt aus ihrem BH hervor, und ihre Taille war praktisch inexistent. Wie ein Schweinchen sah sie aus, dachte Dee. Ein kleines, dunkelbehaartes Schweinchen.

Sie hatte keine Zeit mehr, um die Grundierung aufzutragen, die ihre Sommersprossen verdeckte, aber sie konnte nicht gehen, ohne eine üppige Schicht dunkelbrauner Wimperntusche aufzutragen.

Nachdem sie sich reichlich mit *Opium* eingesprüht hatte, schnappte sie sich ihre Schultertasche, machte das Handy von der Ladestation los und hüpfte keine zehn Minuten nach Stalins Anruf bereits in ihren weißen Corolla.

Warte nur, bis du die Spesenrechung siehst, dachte sie wütend, während sie rückwärts aus der Einfahrt fuhr. Das nächste Mal würde er es sich zweimal überlegen, ob er sie an ihrem freien Tag stören sollte. Das Extrageld konnte sie gut für den Kauf jener zeltartigen Kleider benutzen, die sie bald würde tragen müssen. »Ich treffe dich um halb eins auf der Hatch Street«, informierte sie Kevin mit tiefer Stimme über das statisch rauschende Handy. »Ich kann jetzt nicht weiterreden.«

Auf den Straßen herrschte dichter Verkehr. Nie und nimmer würde sie pünktlich dortsein können. Verflucht, dachte Dee, und stellte den Rückspiegel so ein, daß sie ihren Lippenstift an einer roten Ampel auftragen konnte. Dann spürte sie den wunderbaren Adrenalinstoß, den sie immer bei einer guten Story verspürte. Die Aufregung, an einer heißen Sache zu arbeiten, ließ sie sogar ihr Gewichtsproblem vergessen, und das wollte wirklich etwas heißen.

Hoffentlich war noch kein Reporter der Konkurrenz vor Ort. Mit zugespielten Informationen war es ständig die gleiche Geschichte: Die Leute riefen nicht nur eine Zeitung an, sondern alle. Niemanden störte das mehr als die Reporter, die dann vor Ort eine ganze Reihe Kollegen von der Konkurrenz vorfanden.

Kevin wartete an der Hatch Street. Rauchend lehnte er an seinem silbernen Porsche. Den hatte er sich von den Einnahmen gekauft, die er mit Bildern von Bademode an Liz Hurley an einer Küste in West Cork gemacht hatte. Seine dunkelgrüne Wachsjacke versteckte zwei um den Hals hängende Kameras. Das verräterische Teleobjektiv wies nach unten. Mit nachdenklich zuammengekniffenen Augen betrachtete er die Hotelfassade.

»Nun, wie sieht es aus?« Dee musterte den Fotografen. Er war ungefähr einsfünfundachtzig groß – man mußte groß sein, um über die Köpfe aller anderen hinweg gute Fotos zu schießen – und langgliedrig, hatte dunkle Augen und immer den Schatten eines Bartes um sein kantiges Kinn. Kevin hätte ebensoviel Geld vor wie hinter der Kamera verdienen können.

Obwohl er sich seines guten Aussehens garantiert bewußt war – und Dee war sich sicher, daß das der Fall war, denn im Büro erzählte man sich, die Frauen stünden reihenweise bei ihm an –, benahm sich Kevin doch niemals wie ein zweiter George Clooney. Dee konnte Männer mit einem Übermaß an Ego einfach nicht ausstehen.

Sie versuchte, ihre Jacke so zu arrangieren, daß sie so schlank wie möglich aussah. Sie zog den Bauch ein und richtete sich auf, so wie es einem in den Zeitschriften immer angeraten wurde. »Verlieren Sie augenblicklich fünf Pfund«, plärrten die Titelzeilen und rieten einem, sich vorzustellen, man würde am Kopf von einem Faden himmelwärts gezogen. Dee streckte ihren Hals und versuchte den Eindruck zu erwecken, als habe sie bereits zehn Pfund verloren.

Kevin zog an der Zigarette, dann warf er sie auf den Boden und trat sie mit seinem Timberlandstiefel aus. »Er ist hier, und meiner Informantin zufolge hat man die Polizei gerufen. Aber das ist auch schon alles. Sie hätte sich vor einer halben Stunde mit mir hier treffen sollen, ist aber nicht aufgetaucht. Mahon meinte, daß du jemanden vom Personal kennst.«

Dee machte ein schuldbewußtes Gesicht. »Das stimmt nicht. Keine Ahnung, weshalb er glaubt, ich hätte hier eine Informationsquelle, aber ich wollte ihm nicht widersprechen. Du weißt ja, wie er ist.«

»Kann ich verstehen. Laß uns mal nach vorne zum Eingang gehen«, erwiderte Kevin.

Wie der Zufall es wollte, brauchten sie nichts weiter tun, um ihre Geschichte abzuschließen. Sie liefen gerade vor dem Hotel entlang, als ein dunkelblaues Auto aus der Tiefgarage des Hotels herausfuhr.

Die beiden Männer auf den Vordersitzen waren eindeutig Detektive. Man brauchte kein Teleobjektiv, um feststellen zu können, daß es sich bei dem zwischen zwei Polizeibeamten eingeklemmten Mann auf dem Rücksitz um Chazz handelte.

Als das Auto auf die Straße einbog, blickte der Rockstar

in die entgegengesetzte Richtung. Das bot Kevin genau die Gelegenheit, auf die er gewartet hatte. Er sprang vor. Seine Canon klickte wie verrückt, dann hatte er zwanzig Bilder in ebenso vielen Sekunden gemacht.

Der Sänger senkte den Kopf, um dem Fotografen zu entgehen, doch dazu war es bereits zu spät. Kevin hatte ihn vor die Linse bekommen!

»Phantastisch!« Dee hatte ihn eingeholt, als das blaue Auto außer Sichtweite raste. »Das war großartig. Jetzt können wir nur hoffen, daß vor Montag sonst hier niemand auftaucht.«

»Die Aufnahmen werden sie jedenfalls nicht bekommen«, erwiderte er mit einem breiten Grinsen auf dem Gesicht.

»Ich gehe jetzt an die Hotelbar und schaue mal nach, ob wir nicht noch ein paar Fotos von dem demolierten Zimmer bekommen können. Kommst du mit?«

Das war das Beste, was Dee am heutigen Tag passiert war. Gary war das Wochenende über in Old Trafford, wo es vermutlich ohne Unterlaß regnete. Zu Hause erwartete sie nichts als seine Wäsche, die er ohnehin nie anrühren würde, ganz gleich, wie lange sie sie noch liegenließ. Und natürlich ihre Kummerkastenkolumne. Einen Drink mit einem Mann, der nicht stundenlang über Fußball redete, erschien ihr äußerst verlockend. Aber sie mußte absagen. Wenn Kevin die Bilder vom Hotelzimmer bekam, würde sie anhand dieser Bilder ihre Beschreibung machen können. Sie mußte unbedingt noch mit der Polizei über die Festnahme von Chazz reden, der eigentlich Charlie Leonard hieß und Sänger der Band *Panic Zone* war. Da sie die Nase von Gary ohnehin voll hatte, konnten ein paar ordentliche Drinks mit Kevin Miller wer weiß wohin führen. Das letzte Mal, daß sie derart wütend auf ihren Verlobten gewesen war, war damals, als er das Essen in dem Restaurant vergessen hatte, wo sie jedes Jahr ihren Geburtstag feierten. Sie war so sauer gewesen, daß sie schließlich mit ein paar Leuten aus der Redaktion einen trinken gegangen war und mit dem glücklich verheirateten stellvertretenden Chefredakteur wie verrückt geflirtet hatte. Was für ein Fehler!

Der darauffolgende Tag in der Redaktion war die Hölle gewesen. Alle hatten sich über ihre Verhalten mokiert und sich gar nicht mehr einkriegen können, von dem entsetzlichen Kater einmal ganz abgesehen. Allein bei der Erinnerung schauderte es Dee.

»Tut mir leid, ich kann nicht. Vielleicht ein andermal?«

Kevin grinste sie an. »Adieu.« Er berührte ihre Hand. »Darauf komme ich zurück.«

Auf dem Weg zum Auto mußte Dee lächeln. Dann rief sie vom Handy aus die nächste Polizeistation an. Obwohl sie pelzige Beine hatte und ihre Haare eine einzige Katastrophe waren, hatte Kevin Mills sie zu einem Drink eingeladen. Nun, es gehörte zur Arbeit, fügte sie in Gedanken hinzu. Aber dennoch: gefragt hatte er sie.

Liebe Annie,

ich bin jetzt seit sechs Jahren mit meinem Freund zusammen. Vor zwei Jahren haben wir uns verlobt und leben zusammen. Vor ein paar Tagen hat mich ein Kollege nach der Arbeit auf ein Bier eingeladen, und ich hatte wirklich Lust zuzusagen. Was ist nur mit mir los? Ich liebe meinen Verlobten, und jetzt habe ich ein so schlechtes Gewissen, daß ich mit diesem anderen Mann in die Kneipe gehen wollte.

Natürlich habe ich doch abgesagt. Aber jetzt denke ich andauernd, daß doch irgend etwas zwischen mir und meinem Freund nicht stimmen kann, wenn ich so empfinde. Das macht mich ganz krank.

Deine Verwirrte.

Liebe Verwirrte,

vermutlich ist das nur eine Phase, die Sie momentan durchleben. Jetzt wo Sie verlobt sind und heiraten wollen, halten Sie es vermutlich für abgemacht, daß Sie nie wieder auch nur einen Blick auf einen anderen Mann werfen wollen. Das entspricht jedoch nicht unbedingt der Wahrheit.

Viele glücklich Verheiratete werfen gelegentlich mal einen Blick auf jemand anderen. Die Ehe wird in einem solchen Augenblick auf die Probe gestellt, ob man diesem wachsenden Gefühl nun nachgibt oder nicht. Sie sollten kein schlechtes Gewissen haben, nur weil sie sich zu jemand anderem hingezogen fühlen. Sie haben nichts falsch gemacht, Sie sind eine ganz normale Frau. Falls es in Ihrer Beziehung zur Zeit gerade Probleme gibt, wird das natürlich Ihre Verwirrung steigern. Jede Beziehung hat auch ihre schlechten Zeiten. Gerade in diesen Zeiten müssen Sie sich besonders um Ihre Beziehung bemühen. Manchmal langweilt man sich, aber denken Sie einmal an all Ihre Gründe zurück, weswegen Sie sich ursprünglich in Ihren Verlobten verliebt hatten…

Spät am Nachmittag kehrte Dee nach Hause zurück. Sie hatte ihren Bericht schließlich von einem Polizisten bestätigt bekommen, und Kevin hatte sie angerufen, als sie gerade vor dem Supermarkt geparkt hatte. Er hatte die Bilder von dem von Chazz verwüsteten Hotelzimmer. »Es war alles halb so wild. Mein Informant sagte mir, das Hotel habe die Polizei alarmiert, als er einen der Etagenkellner zusammenschlagen wollte. Sie wissen nicht, daß ich in dem Zimmer war. Ruf also nicht vor morgen früh das Hotel wegen eines Kommentars an, sonst geben sie die Story noch an einen anderen.«

»Klar.« Dee kannte die Spielregeln. Wenn man das Hotel in seine Vorhaben einweihte, konnte jemand vom Hotel vielleicht noch einen anderen befreundeten Journalisten einweihen und damit die exklusive Story des *Sentinel* ruinieren.

»Die Bilder liegen gleich morgen früh auf deinem Schreibtisch, okay?« Kevins nunmehr sachliche Stimme hatte nichts mehr von der früheren Wärme.

»Ist gut«, antwortete Dee freundlich. »Tschüs.« Sie mußte es sich wohl eingebildet haben, daß er sich für sie interessierte. Sie trug ihre sechs knallvollen Einkaufstüten in den Flur und kam sich dabei wie ein Packesel vor.

Immerhin hatte sie jetzt etwas Nettes zum Abendessen, dachte sie, als sie die Zutaten für ein Brathähnchen im Kühlschrank verstaute. Zwei Päckchen kleine Erdbeerküchlein rammte sie in die Tiefkühltruhe. Der Wasserkessel war schon fast am Kochen, aber Dee änderte ihre Meinung. Anstelle einer Tasse Kaffee goß sie sich ein Glas Weißwein ein, das sie mit nach oben nahm, um dort weiter an ihrer Kolumne zu arbeiten. Später würde Gary sie anrufen, und sie würde ihm sagen, wie leid ihr ihr Streit täte und daß sie ihn liebte.

Um zehn Uhr früh an einem Sonntag morgen war es in den Redaktionsräumen des *Sentinel* normalerweise sehr ruhig. Obwohl eine Schicht an der Montagsausgabe arbeitete, kamen die Leute doch später als gewöhnlich ins Büro. Sonntags wollten sie noch etwas länger im Bett bleiben, dann Toast und Kaffee genießen und die Zeitungen durchlesen. Und das erst recht an einem Tag, an dem es Bindfäden regnete.

Dee haßte es, an einem Sonntag zu arbeiten. Heute war sie müde und hatte einen Pickel am Kinn. Eindeutig steuerte sie auf ihre prämenstruelle Gefahrenzone zu. Sie war total deprimiert darüber, daß sie mittlerweile fast zweiundsiebzig Kilo wog, wobei sie das meiste Fett am Bauch angesetzt hatte. Sie hatte sich gerade eine Kanne Filterkaffee gebrüht und suchte in der winzigen Küche im Kühlschrank nach der Milch, als ihre beste Freundin Maeve Lynch mit einer ausgebeulten Aktentasche und einem triefenden Regenmantel vorbeieilte. Sie war groß, dünn und trug kurze Haare, die sie sich in unterschiedlichen, sehr unnatürlichen Burgundertönen färbte. Maeve war für das Seitenlayout und die Titelzeilen zuständig. »Kaffee, welch ein Segen«, keuchte sie wie eine Süchtige, die nach ihrem Gift lechzte. »Du bist ein Engel, Dee.«

»Wenigstens eine, die so denkt«, knurrte Dee. Gary hatte sie gestern nicht angerufen, und sie war fuchsteufelswild ins Bett gegangen. Sie hatte unruhig geschlafen und darüber nachgegrübelt, was genau sie nach seiner Rückkehr zu ihm sagen würde. Es waren fast ausschließlich Flüche und lautes Geschrei.

»Was ist los?« fragte Maeve mitfühlend. »Ist es wegen Gary?«

»Wann ist es denn schon mal nicht wegen Gary?«

»Was ist passiert?« Maeve kippte drei Löffel Zucker in ihren Kaffee. Dee wollte es nicht einleuchten, daß Maeve soviel Zucker essen konnte und dennoch das Aussehen einer Magersüchtigen hatte.

»Wollte er nicht das Wochenende über verreisen?«

»Ist er ja auch. Hat sich nur nicht die Mühe gemacht, mich anzurufen.«

»Ach so. Mensch, du weißt doch, wie Männer so sind«, erwiderte Maeve artig.

»Nein, aber ich weiß, wie Gary so ist.«

Sie nahmen ihre Kaffeetassen mit ins Großraumbüro. Es war ein großer, unaufgeräumter Raum, wo auf jedem der Tische ein Computer stand, die Faxmaschinen in einer Ecke untergebracht waren und vier Fernsehbildschirme an den Wänden hingen.

Anders als in allen anderen Büros gab es dort weder Topfpflanzen noch geschmackvolle Kunstdrucke: Die Redaktionsräume des *Sentinel* waren kein Ort für Pflanzenkult. Sowie es sechs Uhr war, holten alle Raucher ihre Zigarettenpäckchen hervor und zündeten sich gierig eine an.

Denn dann war die Sekretärin des Chefredakteurs, eine eingefleischte Nichtraucherin und geborene Tyrannin, endlich weg, und alle konnten tun und lassen, was sie wollten.

Keine Pflanze hatte in dieser Luft länger als sechs Wochen überlebt. Noch nicht einmal die der Klatschkolumnistin, die ihren Efeu regelmäßig biologisch gedüngt hatte.

Dee hatte nie geraucht, abgesehen von einer gelegentlichen Zigarette, wenn sie mit Maeve in der Kneipe war und nichts mit ihren Händen anzufangen wußte. Manchmal wäre sie gern Raucherin gewesen – denn Nikotin wirkt angeblich appetithemmend. Sie stellte sich vor, sie wäre sehr schlank und gepflegt, mit Rippen wie ein Windhund und einer eleganten Zigarettenspitze ständig in einer ihrer schlanken Hände. Dann aber war ihr eingefallen, daß sie mit oder ohne Zigaretten dem Essen einfach zu sehr zugetan war. Das war ihr Problem.

Dee stellte ihre Tasse auf dem Schreibtisch ab, der immer noch mit den Zeitungen der letzten Woche bedeckt war. Sie verschaffte sich etwas Platz, indem sie den ganzen Müll auf die eine Seite schob, dann öffnete sie ihren Notizblock und notierte auf einer neuen Seite das Datum. So hatte sie es immer gehalten. Ihr erster Chef hatte ihr gesagt, daß sie so am besten den Überblick behielt – sie sollte sich alles in einem Büchlein notieren, damit ihr niemals wichtige Telefonnummern auf irgendwelchen Zetteln verlorengehen konnten.

»Hier.« Maeve reichte ihr eine braune Papiertüte mit drei gezuckerten Pfannkuchen und zog ihren Stuhl zu Dees Schreibtisch heran.

Dee bemühte sich, den Pfannkuchen keinerlei Beachtung zu schenken. Sie fühlte sich ohnehin schon dick genug. »Über dein mieses Wochenende brauchen wir nicht zu reden, wenn du nicht willst«, sagte Maeve. »Und meine Geschichte würde dich unendlich langweilen.«

Dee lehnte sich auf ihrem Stuhl zurück und nippte bedauernd an ihrem Kaffee. »Mit irgend jemandem muß ich darüber sprechen, Maeve«, erwiderte sie. »Sonst drehe ich durch, aber vollkommen.«

»Was hat er denn diesesmal gemacht?« brummte Maeve, den Mund voller Kuchen.

»Was er nicht getan hat ist es, was mich irre macht. Am Freitag hatten wir wieder einen Riesenkrach wegen der Hausarbeit. Er meinte, er habe die Nase absolut voll davon, daß ich ihm ständig damit auf die Nerven falle. Aber jetzt mal ehrlich, er wäscht kaum noch eine Tasse ab. Das Spülbecken ist seit über einer Woche randvoll, wir haben keinerlei Besteck mehr, trotzdem rührt er den Abwasch nicht an...«

»Du hast also abgewaschen?« unterbrach sie Maeve.

»Habe ich nicht!« entgegnete Dee bestimmt. »Aber ich werde es tun«, fügte sie hinzu. »Ich kann den Anblick dieser Müllkippe keinen Tag länger ertragen. Und was die Sache noch schlimmer macht, daß er mich seit seiner Abreise nicht einmal angerufen hat. Er ist so gedankenlos!«

Maeve holte einen weiteren Pfannkuchen aus der Papiertüte und bot ihn Dee an, die ihn zunächst verlangend betrachtete und schließlich annahm.

»Wenn es dir ein Trost ist, mein Wochenende war auch eine Katastrophe. Dieser charmante Fernsehproduzent, der mich letzte Woche gefragt hat, wo ich denn sein ganzes Leben lang gesteckt hätte, hat mich nicht einmal zurückgerufen, um sich mit mir zu verabreden.«

»Schrecklich. Und was hast du gemacht?«

»Ich bin mit den Frauen aus der Wohnung unter mir ausgegangen. Wenn ich mit denen ausgehen, stehen wir jedesmal um vier Uhr morgens vor einem Club und versuchen uns an unsere Adressen zu erinnern, um sie dem Taxifahrer mitteilen zu können.«

Dee konnte ihre aufkeimende Eifersucht nicht unterdrücken. Maeve hatte sich einen Bombenabend gegönnt und einen Tequila nach dem anderen gekippt, während sie zu Hause festgesessen und auf Garys Anruf gewartet hatte. Wieder einmal wurde ihr bewußt, daß sie den klassischen weiblichen Fehler begangen hatte. Sie hatte die Kontakte zu ihren Freundinnen schleifen lassen, weil sie eine feste Beziehung hatte.

Gary dagegen ging weiter mit seinen Kumpels weg, als ob er völlig ungebunden sei.

Er hinderte sie nicht, sich mit ihren Freunden zu treffen; nur Dee fand irgendwie, daß sie jetzt als Paar andere Dinge zusammen unternehmen sollten. Sie liebte es, am Wochende Möbelgeschäfte auf der Suche nach Schlafzimmereinrichtungen zu durchstreifen oder Bücher einzukaufen und danach stundenlang in irgendwelchen urigen Dubliner Pubs zu sitzen, Irish Coffee zu trinken und zu lesen. Gary seinerseits ging lieber mit seinen Kumpels einen trinken.

»Laß uns doch die Männer einfach mal vergessen«, sagte Maeve plötzlich. »Nach der Arbeit lade ich dich auf einen Drink ein, und wir werden über das schwächere Geschlecht kein Wort verlieren. Aber erst habe ich noch etwas Klatsch für dich.«

Dee richtete sich auf. Wie alle Reporter liebte sie Klatsch. »Was denn?«

Maeve grinste boshaft. »Antonia verläßt uns! Hubbie hat eine Stelle in einem Londoner Pharmaunternehmen angenommen. Offenbar war es ein Angebot, dem er einfach nicht widerstehen konnte. Ursprünglich wollte er jedes Wochenende hierherfliegen, doch er verdient anscheinend so viel Geld, daß Antonia der Ansicht ist, sie könnten zu zwei davon leben. Sie geht also mit ihm mit und will dann freiberuflich für verschiedene englische Frauenzeitschriften arbeiten. Die Kinder sind ja auch schon groß, auf die braucht sie nun keine Rücksicht mehr zu nehmen.«

Dee war verblüfft. »Ich fasse es nicht! Erinnere dich doch, wie sehr sie um den Posten der Ressortleiterin für Frauenthemen gekämpft hat, und jetzt will sie ihn so sang- und klanglos aufgeben? Woher weißt du das eigentlich? Sie hat es dir wohl kaum selbst gesagt?« Dee wußte, daß Antonia und Maeve nicht gerade Busenfreundinnen waren. Andererseits war es auch sonst niemandem gelungen, zu der angespannten, hypernervösen Antonia einen Draht zu finden. Antonia machte aus jeder Krise gleich ein Riesendrama. Außerdem ließ sie jeden wissen, daß sie einer reichen englisch-irischen Familie entstammte und eine Fürstin zur Cousine hatte.

»Einer der Sportredakteure hat es mir gesteckt. Ich habe ihn gestern abend mit den anderen zusammen bei *Slattery's* getroffen. Der wiederum hat es von der Zeitangestellten in der Werbeabteilung, die ein Gespräch ihres Chefs mit Antonias Mann mitbekommen hat – die beiden spielen zusammen Golf –, in dem sie sich über Immobiliengeschäfte in London unterhalten haben. Du sollst es aber noch niemandem weitersagen«, warnte Maeve. »Die Zeitangestellte war ziemlich angeheitert, als sie Tom davon erzählt hat. Sonst weiß noch kein Mensch Bescheid.«

»Verstehe«, erwiderte Dee langsam. Mit Antonias Weggang war ihr Weg geebnet, um aus der Nachrichtenabteilung in die herausfordernde Welt der Frauenthemen aufzusteigen. Sie hatte die Nachrichtenberichterstattung gründlich satt und wollte beweisen, daß sie ein Naturtalent in Sachen Reportage war. Sie hatte sich auf die Nachrichten nur eingelassen, weil man dort als Anfängerin viel leichter eine Arbeit bekommen konnte. Doch sie wollte wegkommen von den Mordprozessen und den Berichten über Drogenbosse und Händler. Außerdem wußte der Chefredakteur Nigel Burke sehr wohl, wie gut sie Reportagen schreiben konnte. Sie hatte über Weihnachten dort gearbeitet, als die halbe Belegschaft während einer Grippeepidemie das Bett hüten mußte. Für ihre Serie *Unbekannte Helden: Lebensretter zur Weihnachtszeit,* die eine volle Woche lang gelaufen war, hatte sie jede Menge Lob geerntet. Dies war genau die Gelegenheit, auf die sie gewartet hatte. Denn Antonia hatte keinerlei Interesse an etwas tiefgreifenderen Geschichten gezeigt. Sie hatte immer nur über die Mode der kommenden Saison geschrieben und darüber, welches Lipgloss am längsten hielt ohne entweder am Weinglas oder am Angebeteten zu kleben. Dee würde gerne aus den acht Frauenseiten voller Schönheitstips etwas machen, wo auch ernsthaftere Frauenthemen diskutiert wurden. »Ich weiß, was du denkst. Und du wärst einfach perfekt für Antonias Position«, bestätigte Maeve. »Du würdest das alles mit links schaffen und wahrscheinlich die Frauenseiten um einiges verbessern.«

»Sie noch weiter zu verschlechtern wäre mir wohl kaum möglich«, bemerkte Dee.

»Du sagst es«, unterstützte sie Maeve. »Ich weiß nicht mehr, wie oft ich ihr schon den Hals umdrehen wollte, wenn sie einen ihrer Modebeiträge noch nach dem Layout ändern wollte, weil man unbedingt, über diesen wunderbaren Jungdesigner etwas schreiben müsse. Und dann die vielen Auseinandersetzungen mit ihr, wenn ich etwas von ihr umgeschrieben hatte, weil sie einfach zu lang und unverständlich schreibt ...«

»Maeve, jetzt mal ganz ehrlich«, scherzte Dee. »Was hältst du denn wirklich von Antonia?«

»Sie hält sich für viel zu gut für diese Zeitung. Wir können uns glücklich schätzen, sie loszuwerden.«

»Ich weiß. Würdest du denn gerne mit mir arbeiten?« hakte Dee nach, während ihre Gedanken davonliefen. Jetzt war sie gekommen, ihre große Chance!

»Liebend gerne«, erwiderte Maeve. Dann fügte sie beschwichtigend hinzu: »Vergiß aber nicht, Dee du wirst nicht die einzige sein, die sich für Antonias Posten bewirbt.«

»Die einzige andere Person, die eine Chance hätte, ist Phil Walsh. Und sie liebt ihren Job als Featureredakteurin. Sie würde nicht zu den Frauenthemen wechseln wollen«, blockte Dee ab.

Maeve knüllte die Pfannkuchentüte zusammen und rollte den Stuhl zurück. »Außerhalb dieser Zeitung wird es eine ganze Menge Leute geben, die sich für diesen Job ein Bein ausreißen würden.«

»Nigel würde niemals jemanden von außen nehmen«, erwiderte Dee mit gesenkter Stimme und beobachtete, wie der Chefredakteur die Tür zu seinem Büro öffnete. »Du weißt genau, daß er das nicht tun würde.« Sie stand auf und griff aufgeregt nach dem Arm ihrer Freundin. »Das ist eine phantastische Neuigkeit. Ich kann kaum erwarten, es Gary zu erzählen.«

2

Stöhnend zerrte Isabel die Wäsche aus der Maschine. Eines der Mädchen hatte ein Papiertaschentuch in der Hosentasche gelassen, so daß die ganze Wäsche jetzt mit winzigen Papierklümpchen übersät war.

»Mist!« brummte sie genervt. Als sie sich heute morgen eine Laufmasche in ihr letztes Paar Strümpfe gerissen hatte, hatte Isabel bereits geahnt, daß es kein guter Tag werden würde. Damit sollte sie recht behalten.

Auf der Autobahn hatte sie zum Tanken anhalten müssen. Das wiederum bedeutete, daß sie zehn Minuten brauchte, um sich wieder in den morgendlichen Stau einzugliedern. Und prompt war sie zu spät zur Redaktionssitzung erschienen.

Ihr neuer Chef, Richie Devine, war offenbar äußerst schlecht gelaunt und verlangte mit eisiger Stimme zu wissen, warum sie fünfzehn Minuten später als alle anderen hereintanzte, und das auch noch, obwohl sie nur einen Zeitvertrag hatte. Isabel wußte genau, daß die zeitweilige Anstellung nicht von Dauer sein würde. Sie warf ihm jenes gewinnende Lächeln zu, über das ihr Mann einmal gesagt hatte, es würde ihr Gesicht wie eine 100-Watt-Glühbirne erhellen. Aber auch das zeigte keinerlei Wirkung.

Ein gewinnendes Lächeln war nur dann wirkungsvoll, wenn man eine zwanzigjährige Studentin mit einem tollen Busen, keinerlei Lebenserfahrung und ohne jede Falten war. Nicht jedoch, wenn man mit neununddreißig dem Doppelstreß ausgesetzt war, sich einerseits von seinem Ehepartner zu trennen und andererseits umzuziehen und dabei auch noch soviel Gewicht verloren hatte, daß die Wangen eingefallen waren und die Schulterknochen mehr Blicke anzogen als der Busen. In einer solchen Verfassung konnte ein Lächeln überhaupt keine Wirkung zeigen.

»Bei unserer Zeitung *Motor 2000* haben wir Zeitvorgaben, und wir erwarten von unseren Angestellten, daß sie sich dem fügen«, bemerkte Richie Devine herablassend und fuhr mit der Diskussion einer Werbebeilage für Jeeps fort. Isabel konnte sich nichts Langweiligeres vorstellen, als die Seiten einer Jeepeinlage zu formulieren. Dennoch lächelte sie Richie freundlich zu und ermahnte sich, daß sie diesen Job selbst dann nötig hatte, wenn er schlecht bezahlt und die Arbeit gähnend langweilig war.

Das Seitenlayout zu gestalten und Titelzeilen zu formulieren war interessant, wenn man bei einer Frauenzeitschrift arbeitete. Genau das hatte Isabel zehn erfreuliche Jahre lang getan. Dasselbe jedoch für ein drittrangiges Automagazin zu machen, wo auch nur der leiseste Anflug von Originalität von dem strengen Chef argwöhnisch begutachtet wurde, war gleichzeitig anstrengend und deprimierend. Um das Maß noch voll zu machen, hatte die Bank sie gerade wegen ihres Überziehungskredits angerufen, der »das vereinbarte Höchstlimit bereits weit überschritten hat, Frau Farrell«.

Ich packe das einfach alles nicht mehr, dachte Isabel bekümmert, während sie all die feuchten Taschen durchsuchte, um die Ursache für die Schweinerei zu finden. »Mama, wo ist meine Levi's?« ließ sich eine schrille Stimme von oben vernehmen.

»Sie ist naß und mit Papierfetzen übersät, von dem Taschentuch, das du in der Tasche gelassen hast«, rief sie zurück, nachdem sie die eingeweichten Reste in der fraglichen Levi's gefunden hatte.

Ihre älteste Tochter antwortete nicht, aber Isabel hörte, wie Robin in ihr Zimmer stapfte und die Tür laut hinter sich zuknallte. Dieses Verhalten ihrer fünfzehnjährigen Tochter war ganz normal. In letzter Zeit jedenfalls. Isabel erinnerte sich noch gut an die Zeiten, in denen Robin ihre beste Freundin, engste Verbündete und größte Bewunderin gewesen war. Das war gerade mal drei Monate her, bevor sie die baumbestandenen Vororte Oxfords verlassen hatten und zu Isabels Eltern nach Wicklow gezogen waren. Natürlich war es für die Mädchen nicht leicht gewesen, ihr gemütliches Zuhause, die gute Schule und die vielen Freunde zurückzulassen, aber sie hatte keine andere Wahl gehabt. David hatte ihnen keine Wahl gelassen, dachte sie düster und zupfte die Papierstückchen von der Kleidung. Für sie selbst war es auch nicht leicht gewesen. Sie hatte ein Zuhause verlassen, das sie liebevoll von Grund auf renoviert hatte. Ebenso hatte sie einen sehr angenehmen Arbeitsplatz aufgeben müssen. Und das alles, weil ihr verdammter Ehemann auch noch den letzten Pfennig bei dem Versuch verloren hatte, seine dämliche Werbefirma wieder auf die Beine zu bekommen. Das hatte sich als letzter Nagel zum Sarg ihrer Ehe erwiesen.

Ohne einen Pfennig ihrerseits war die Bank drauf und dran, ihr Haus zu versteigern. Isabel sah keine andere Möglichkeit, als sowohl David als auch Oxford zu verlassen und einen Neubeginn zu wagen. Das würde sie ihm niemals verzeihen.

Sie hatten so viele Stürme überlebt, daß Isabel davon ausging, David Farrell bis ins letzte Detail zu kennen. Nach sechzehnjähriger Ehe war sie davon überzeugt, daß sie nichts mehr schockieren könnte. Und immer hatte sie gehofft, daß die Liebe in ihre Ehe zurückkehren würde. Irgendwie. Sie hätte es besser wissen sollen.

Sie hatten sich nach seinen Affären zusammengerauft – es waren derer drei gewesen –, sie hatten seine zweijährige Arbeitslosigkeit und seinen darauffolgenden katastrophalen Ausflug in die Welt der Aktien überlebt. Als Isabel dann jedoch herausgefunden hatte, daß er ihr Haus als Sicherheit für ein von Anfang an unsicheres Geschäft geboten hatte, wußte sie, daß sie ihn verlassen mußte. Es ging nicht mehr nur um sie, es ging um ihre Töchter.

Wenn David in der Lage war, *ihr* Zuhause zu verspielen und die Sicherheit ihrer jungen Leben, ohne auch nur zweimal darüber nachzudenken, zu bedrohen, konnte Isabel nicht länger bei ihm bleiben. Natürlich war ihr klar, daß Robin und die zwölfjährige Naomi sich die Scheidung sehr zu Herzen nehmen würden.

David liebte sie schon lange nicht mehr, ungefähr seitdem sie das Baby verloren hatte. Isabel hätte nicht sagen können, was schlimmer gewesen war: den kleinen Jungen zu verlieren, nach dem sie sich so sehr gesehnt hatte, oder aber die monatelange Depression danach zu ertragen, während der ihr Ehemann nicht mit ihr hatte reden können und es offenbar auch gar nicht gewollt hatte.

Es war vor fast fünf Jahren im August gewesen, ein wunderbar sonniger Monat, und Isabel hatte ihre Tage im Garten sitzend verbracht, an ihrem Eiswasser genippt und versucht zu lesen, während die achtjährige Naomi und die zehnjährige Robin sich gegenseitig in den Haaren lagen. Sie hatte nicht die Kraft gehabt, sie zu maßregeln. Brüllend rannten sie durch den Garten, durch die Küche und die Treppe hoch, während Isabel mit einer Zeitschrift auf dem Schoß im Liegestuhl saß und über einen geeigneten Namen nachdachte. Sie war in der vierzehnten Woche schwanger und davon überzeugt, daß es ein Junge werden würde. Ihre Kolleginnen im Büro stimmten ihr zu. Isabel war überglücklich gewesen. Nach den zwei Mädchen wünschte sie sich einen Jungen und wußte, daß auch David sich insgeheim nach jemandem sehnte, mit dem er in Zukunft Fußball und Autos diskutieren konnte.

Niemals würde sie den Schmerz vergessen, als sie das Baby verlor, ihren wunderbaren kleinen Jungen. Alles war ganz plötzlich geschehen. Sie wusch gerade einen Salatkopf ab, im nächsten Augenblick krümmte sie sich vor Schmerzen. Es waren die Art Schmerzen, die nur eines bedeuten konnten. Als David am nächsten Tag aus London zurückkehrte, brachte er ihr Blumen mit ins Krankenhaus. Er konnte ihr nicht in die Augen sehen. Sie ihrerseits sehnte sich nach nichts mehr, als in den Arm genommen und getröstet zu werden. Sie wollte für das verlorene Baby trauern dürfen. Sie wollte nicht hören, daß sie schon bald ein anderes haben könnten, wie es ein gedankenloser Arzt am Vortag formuliert hatte. Ein verlorenes Baby konnte man niemals ersetzen, dachte Isabel und weinte vor Schmerz.

David würde sie verstehen, dachte sie. Als er sie jedoch besuchen kam, schienen sie durch tausend Kilometer eisigen Wassers getrennt zu sein. Er hielt ihre Hand, konnte jedoch, von Platitüden einmal abgesehen, nicht reden. »Morgen kannst du entlassen werden«, sagte er mit leiser Stimme. »Die Mädchen werden begeistert sein. Ich habe Robin eine wunderbare Puppe auf der Regent Street gekauft. Man kann sie frisieren und schminken. Für Naomi habe ich ein Malbuch gekauft.«

»Wie schön.« Isabel lehnte sich wie betäubt in ihre Kissen zurück. Sie fühlte eine riesige Leere in sich. David sprach über Puppen und Malbücher, als ob sie lediglich wegen eines verstauchten Knöchels im Krankenhaus läge! Über das Baby hatte er nie ein Wort verloren. Anfangs fragte sie sich, ob es ihm gleichgültig war. Oder ob er vielleicht Schuldgefühle hatte, weil er während ihrer Fehlgeburt nicht zu Hause gewesen war. Als sie endlich merkte, wie sehr ihn der Verlust seines Sohnes schmerzte, war es zu spät. Sie war durch ihre eigene Depression so behindert, daß sie ihm nicht beistehen konnte. Selbst Naomi und Robin war sie in der Zeit keine gute Mutter. Ihr erwachsener Ehemann mußte mit seinem Schmerz allein fertig werden, während sie ihren eigenen zu überleben versuchte. Ihre Ehe hatte weiter wie ein Boot mit einem Loch im Boden dahingedümpelt. Sie lebten im selben Haus, sie teilten Tisch und Bett. Mehr aber nicht.

Vielleicht hätte sie ihn schon damals, mit vierunddreißig, verlassen sollen, als sie noch viel Lebensenergie hatte. Jetzt schien sie eben diese Energie nicht mehr zu haben. Zu dem Zeitpunkt war Robin eine formbare Zehnjährige gewesen, die die Trennung ihrer Eltern vielleicht besser überstanden hätte als heute. Damals jedoch war Isabel von ihrer Trauer so überwältigt, daß sie die Kraft dazu nicht hatte aufbringen können. Wer konnte es sich überhaupt anmaßen, den richtigen Zeitpunkt für eine Trennung zu kennen? Isabel hatte das Gefühl, gar nichts mehr mit Bestimmtheit zu wissen.

Sie knallte die Waschmaschinentür zu, richtete sich auf und lehnte sich an die blitzweiße Resopalarbeitsfläche, die ihre Mutter stundenlang mit Putzmitteln bearbeitete. Die ganze Küche glänzte, angefangen von dem Herd bis hin zu dem fleckenlosen Fensterbrett, auf dem eine einzige Geranie ohne auch nur ein einziges braunes Blättchen stand. Isabel war die kalte, klinische Atmosphäre der Küche ihrer Mutter verhaßt, als ob niemand jemals Brotkrumen auf den Tisch krümelte oder kleine Hände Marmeladenabdrücke am Kühlschrank hinterließen.

Die sterile Umgebung des Hauses in der Sycamore Avenue stand in krassem Gegensatz zu Isabels Küche in Oxford. Die war warm und gemütlich gewesen, mit hölzernen Regalen und abgewetzten Terrakottafliesen auf dem Fußboden. Eine Unmenge Pflanzen auf dem Fensterbrett ließen ihre Blätter unordentlich bis ins Waschbecken hängen. Unhygienisch, hätte ihre Mutter gesagt. An der Pinnwand aus Kork steckten Fotos von Robin und Naomi, Einkaufslisten und Cartoons, die die Mädchen aus Comicbüchern ausgeschnitten hatten.

Auf den Arbeitsflächen waren lauter Dinge verteilt, das Bügeleisen stand gleich neben dem Teekessel, weil Isabel normalerweise jeden Morgen kurz bügelte. Es war eine Familienküche, doch nun waren sie keine Familie mehr.

Daß sie ihn verlassen würde, hatte sie David während eines letzten, schrecklichen Streits in der Küche mitgeteilt. Er hatte im Fernsehzimmer gesessen und sich eine Fußballsendung angesehen, in der einen Hand ein Bier, in der anderen die Fernbedienung. Sie war mit einem Brief von der Bank die Treppe heruntergekommen.

Der Brief war brüsk und beängstigend. Die erst kürzlich verlängerte Kreditzusage für das Haus war die letzten sechs Monate über nicht getilgt worden. Wenn dieses Versäumnis nicht in allernächster Zeit nachgeholt werde, würde man rechtliche Schritte einleiten. Beim Lesen dieser Worte hatte sich Isabel der Magen umgedreht. Sie fühlte sich schwach, erschöpft und wie vor den Kopf geschlagen. Und dann war sie wütend geworden.

»Wie kannst du uns das antun?« schrie sie David an. »Wie kannst du nur? Und warum in aller Welt hast du mir das nicht gesagt? Glaubst du wirklich, es würde mich nicht interessieren, daß wir keinen einzigen Pfennig mehr besitzen?«

»Beruhige dich Izzy«, erwiderte er in dem ruhigen Tonfall, den er immer dann anwendete, wenn sie sauer auf ihn war. Das machte sie nur noch wütender.

»Mich beruhigen!« brüllte sie. »Wie soll ich mich beruhigen? Die Bank wird das Haus zwangsversteigern wollen! Ich weiß genau, daß wir nicht das Geld haben, um die Rückstände zu bezahlen. Hast du auch nur eine leise Vorstellung davon, was das bedeutet?«

»Selbstverständlich habe ich das.« David stand langsam auf und entfaltete seinen langen, schlanken Körper mit jener geschmeidigen Grazie, die Isabel immer so bewundert hatte. In diesem Augenblick jedoch irritierte es sie eher.

Seine Größe und sein attraktives, lächelndes Gesicht hatte sie vor vielen Jahren zu ihm hingezogen. Im College war sie das größte Mädchen ihres Jahrgangs gewesen. Sie war gut ein Meter siebzig groß und hatte lange, blonde Haare gehabt und Hippiekleidung getragen. Sie wußte nicht so genau, ob es an ihrer Größe oder an ihrer zurückhaltenden Art gelegen hatte – mit der sie ihre Schüchternheit versteckte –, die Männer auf Abstand gehalten hatten. Als dann der ein Meter achtzig große Rubgyspieler sie als seine Partnerin zum Abschlußball eingeladen hatte, hatte sie nur zu gern angenommen und nie wieder einen Blick zurückgeworfen.

Wenn sie ihn achtzehn Jahre später schlafend neben sich beobachtete und seine mädchenhaft langen Wimpern auf seine bemerkenswert glatten Wangen fielen, hatte sie sich gefragt, wie sie sich jemals in ihn hatte verlieben können. Warum nur hatte sie nicht hinter dem guten Aussehen und dem Charme den notorischen Lügner erkannt? David hatte mehr unerreichbare Träume gehabt als ein sechzehnjähriger Möchtegernrockstar mit einer Gitarre in der Hand.

Jetzt jedoch konnte sie die Maske durchschauen. Wenn sie weiter mit David Farrell, einem ehemaligen Versicherungsvertreter und derzeitigen bankrotten Besitzer einer Werbeagentur zusammenblieb, würden sie und die Mädchen es noch bereuen.

Er ging an ihr vorbei in die Küche und holte sich erneut ein Bier aus dem Kühlschrank, wobei er sich eine schwarze Locke seines schulterlangen Haares zurückstrich.

»Warum hast du mir den Brief nicht gezeigt?« verlangte Isabel zu wissen. »Wann wolltest du es mir sagen? Wenn der Mann mit dem Kuckuck kommt? Oder wenn der Makler ein ›Zu verkaufen‹-Schild draußen aufstellt?« Sie wartete seine Antwort ab, wartete auf irgendein Hoffnungszeichen, daß dies alles nicht wahr sein konnte.

Als David jedoch bedächtig an seinem Bier nippte, ehe er sie mit seinen blaßblauen Augen ansah, wußte sie, daß es wahr war. Er hatte alles verloren.

»Izzy, Liebling«, sagte er leise. Er stellte sein Bier ab und wollte sie umarmen. Wütend stieß ihn Isabel zurück. »Lüg mich nicht an, David. Beschönige die Angelegenheit nicht. Sag mir jetzt die ganz einfache Wahrheit.«

»Izzy«, wiederholte er verletzt. »Es ist nicht ganz so schlimm, wie es den Anschein hat…«

»Lüg nicht!«

»Schon gut«, warf er schnell ein. »Es ist nicht ganz so schlimm, wie es aussieht. Ich habe einen Verfahrensplan. Freddy meint, wir sollten uns als bankrott erklären und von vorne anfangen. Vielleich das nächste Mal in London…« Er starrte in die Ferne, als ob er bereits ganz bei seinem neuen Geschäft wäre.

Isabel wußte genau, woran er dachte. Er dachte an seine neue Agentur, die Farrell Alice statt Alice Farrell hieß. Wenn sie wirklich bankrott gegangen waren, würden sie einen neuen Namen brauchen und schlichtweg Freddys Nachnamen als zweiten nehmen. Sie würden ein neues Büro in einer schicken Londoner Gegend erwerben, es aufwendig in zurückhaltenden Farben renovieren, Tische aus Chrom und Glas aufstellen, auf denen die neuesten Magazine auslagen. Außerdem hätten sie eine attraktive Empfangsdame mit einem albernen Namen und endlos langen Beinen, die die Kunden – und den Chef – becircen sollte.

Vor der Tür würden teure Blumentöpfe mit Lorbeerbäumen stehen. Ein oder zwei echte Ölgemälde im Vorzimmer würden die Wertschätzung echter Kunst seitens der Agentur trotz der Tatsache zeigen, daß sie ihr Talent für Banken und Autofirmen einsetzte. Ungemütliche, aber schicke Designersessel aus Leder würden die Rezeption bereichern. Und selbstverständlich gäbe es jeden zweiten Tag frische Blumen.

Das alles sollte bezahlt werden von einem Kredit, der ein

weiteres Haus belasten würde. Ein Haus, in dem Isabel, Robin und Naomi sich nie sicher fühlen könnten, weil ihnen jederzeit der Teppich unter den Füßen weggezogen werden könnte. Wenn Steuerzahlungen drohten, hätten sie kein Dach mehr über dem Kopf. Wenn die Werbeagentur eine größere Summe verlieren würde, säßen sie auf der Straße. Das würde nun nicht mehr der Fall sein, dachte Isabel wütend. Nie wieder würde sie ihre Zukunft auf einen Mann setzten, der einen Zehnpfundschein nicht fünf Minuten lang in der Tasche haben konnte, ohne ihn zwanghaft ausgeben zu müssen.

Von jetzt an würden Naomi und Robin finanziell abgesichert sein, und wenn Isabel sich dafür krummlegen mußte.

Langsam ließ sie ihren Blick im Zimmer umherschweifen. Sie betrachtete den Schnickschnack, den David und sie über die Jahre während ihrer Urlaube im Ausland gekauft hatten. Ganz besonders gefielen ihr die zwei großen, handbemalten Teller, die sie einmal aus Portugal mitgebracht hatten. Sie liebte diese Teller: Ein wilder Dschungel blauer und rosafarbener handgemalter Blumen auf glänzendem weißem Untergrund hatten es ihr auf dem Straßenmarkt in Lissabon sofort angetan. David hatte darauf bestanden, sie für sie zu kaufen.

Als sie wieder nach Hause gereist waren, hatte Isabel sie in einer riesigen Plastiktasche tragen müssen, während sie gleichzeitig Naomis kleine Hand nehmen und den ausgebeulten Koffer tragen mußte. David seinerseits trug sechs Flaschen Roséschaumwein. Er war davon überzeugt, daß er durch den Import gerade dieser Marke ein Vermögen in England würde machen können. Jetzt brauchte er nur noch die Zustimmung seines Kumpels im Import-Export-Geschäft, dann würden sie im nächsten Jahr bereits ihre eigene Villa an der Algarve besitzen! Sechs Flaschen würden den Mann sicherlich überzeugen können...

Isabel liebte auch die russischen Puppen, die er von einer

Reise nach Rußland mitgebracht hatte. Die hatten früher auf dem Tiefkühler gestanden, in leuchtendem Rot mit etwas Gold. Sie waren zwar recht kitschig, aber so süß. Es waren fünf kleine Figuren, jede wieder etwas kleiner als die vorhergehende. Naomi hatte als Kind gern damit gespielt. Mehr als einmal hatte Isabel die kleinste der Puppen aus der Nase ihrer Tochter befreien müssen. Seit sie drei gewesen war, hatte diese versucht, alles, von trockener Pasta bis hin zu Erbsen in ihre Nase zu schieben. Nachdem sie zweimal beim Arzt gewesen waren, hatte Isabel erwogen, sich eine eigene medizinische Ausrüstung zuzulegen.

»Ich verlasse dich, David«, hatte sie gesagt und den Blick von den russischen Puppen abgewandt. »Ich halte es ganz einfach nicht mehr länger aus.«

»Sei doch nicht albern«, hatte er herablassend erwidert, als ob dies die letzte Idee in einer Reihe von Idiotien gewesen wäre. »Wo willst du denn hingehen?«

»Nach Hause. Nach Irland. Irgendwohin, nur nicht hierbleiben.«

»Izzy, sei doch nicht albern. Warum willst du jetzt gehen.«

»Zum einen führen wir keine richtige Ehe. Aber seit du auch noch unser Zuhause verspielt hast, ist mir schlagartig klargeworden, daß ich die Unsicherheit eines Lebens mit dir nicht länger ertragen kann, David. Das ist der Grund.«

Plötzlich war sie sich ganz sicher, richtig zu handeln. Es war eine merkwürdig befreiende Erfahrung. Es schien ihr, als habe sie endlich nach Jahren ein Zimmer entrümpelt und herausgefunden, daß sie sich ohne den ganzen Mist wie neugeboren fühlte.

Als ob er die plötzliche Veränderung gespürt habe, kam David auf sie zu und wollte sie berühren.

»Mach das nicht, Isabel«, drängte er sie. Er wollte sie umarmen und ihren Körper wie gewohnt fest an sich drücken. Isabel konnte sich nicht mehr an eine Zeit erinnern, in der sie nicht zusammen gewesen waren, eine Zeit, in der der Geruch seines Körpers ihr nicht ebenso vertraut gewesen wäre wie ihr eigener. Das war das Problem. Ohne ein Wort zu sagen, löste sie sich aus seiner Umarmung. Sie lehnte sich an den geschrubbten Kiefernholztisch und blickte ihren Mann an, der sich nicht bewegt hatte. Sein Kopf war traurig vornüber geneigt, die Haare fielen ihm ins Gesicht. Eine Pose wie von James Dean. Wenn sie auch über achtzehn Jahre hinweg sehr gut funktioniert hatte, jetzt zeigte sie keinerlei Wirkung.

»Wir sollten es nicht schwieriger gestalten als es ist, David. Wir wissen doch beide, daß die Sache bereits seit Jahren vorbei ist. Seit dem Baby...«

Er blinzelte noch nicht einmal. Isabel dachte an die Zeiten, in denen sie wegen des verlorenen Babys bis tief in die Nacht geweint hatte.

Sie hatte die nun nicht mehr benötigten Babysachen angesehen und es war ihr klargeworden, daß kein Baby sie jemals tragen würde, daß kein flaumiger Kopf sich gegen ihre Brust drücken würde. Niemand würde das kleine weiße Jäckchen oder die flauschige alte Decke mit den Häschen drauf mehr benutzen.

Es war eine Tragödie, daß sie niemals darüber hatten reden können. Eine doppelte Tragödie war es, daß David danach alles gleichgültig zu sein schien. Isabel hatte jedoch nicht die Absicht, den Rest ihres Lebens im Schatten dieser Tragödie zu verbringen. Erst recht nicht mit einem Mann, den sie nicht mehr liebte und der die wichtigsten Menschen in seinem Leben, seine Töchter nämlich, vernachlässigte.

»Ich gehe mit den Mädchen zurück nach Dublin«, sagte sie leise. »Wir können die Schulgebühren für das nächste Jahr ohnehin nicht zahlen, und ich werde es ihnen nicht zumuten, in Oxford zu bleiben und ihren Freunden zuzusehen, wie sie zurück zur Schule gehen, während sie selbst es nicht mehr können. Vielleicht bekommen wir ja sogar eine Erstattung für die Monate, die sie verpassen werden.«

Sich über die praktischen Dinge zu unterhalten, war leichter. Es war einfacher, ihre Beziehung auf eine Reihe von finanziellen Transaktionen und Reiseplänen zu reduzieren, anstatt sich über die emotionale Seite der Sache zu unterhalten.

»Du solltest nach London gehen und deine Sache machen – das ist es schließlich, was du immer gewollt hast.« Das zu sagen konnte sie sich einfach nicht verkneifen. »Ich werde mir in Irland eine Arbeit suchen. Ich möchte zurückgehen. Das hatte ich, anders als du, schon immer vor.«

David schwieg. Isabel fragte sich, ob er etwas besonders Schlaues sagen wollte, etwas, das ihn aus allen Schwierigkeiten befreien würde. Oder aber, ob er erleichtert war und es für klüger hielt, nichts zu sagen, falls sie ihre Meinung doch noch ändern sollte.

Er wurde wütend...

»Worüber redest du eigentlich, verdammt noch mal? Du kannst mich nicht verlassen. Und was wird aus den Mädchen?«

»Daran hättest du denken sollen, als Freddy und du das Geld so ausgegeben habt, als ob es jeden Augenblick aus der Mode kommen würde«, konterte Isabel verächtlich. »Da hast du dir doch auch keine Sorgen um die Mädchen gemacht, oder?

Wie viele Auslandsreisen zu wichtigen Kunden sind denn von dem Haus bezahlt worden? Drei oder vier? Ich würde zu gern wissen, wieviel meines schwerverdienten Geldes darauf verwandt wurden, Leute zu beeindrucken, die der Agentur nicht einmal soviel Geld gebracht haben, um ihre verdammten Reisen nach Monte Carlo zu bezahlen. Und das trotz all des Champagners, den du ihre Kehlen hinuntergeschüttet hast!«

Dann hatte David angefangen, sie anzubrüllen.

»Was gibt dir eigentlich das Recht, auf einem solch hohen Roß zu sitzen, Isabel? Hast du dich etwa krummgelegt, um die Reichtümer dieser Familie zu vermehren? Nun, ich habe es getan, *ich habe es getan,* ich wollte, daß es ein Erfolg wird. Und es wird einer werden! Aber du, du dummes Huhn, du kannst es nicht abwarten. Wir mußten Geld für Werbungskosten ausgeben. So ist das eben in der Geschäftswelt. Es dauert alles ein bißchen, und wir hatten es fast geschafft...«

Sie ging aus der Küche, nahm sich die Autoschlüssel und setzte sich ins Auto. Etwas später würde sie die Mädchen von ihren Freundinnen abholen müssen, bis dahin jedoch wollte sie nicht mit David zusammen im Haus sitzen. Ihr zerbeulter Volkswagen würde wohl noch etwas länger halten müssen, dachte sie, als sie wütend rückwärts die Einfahrt hinausfuhr.

Das Moos auf dem Rasen im Vorgarten störte sie jetzt nicht mehr so, wie es das die letzten Monate über getan hatte. Bald schon würde eine andere Frau an dem Lavendelbusch vorbei aus dem Fenster sehen und sich ermahnen, ein Moosvernichtungsmittel zu kaufen. Für Isabel jedenfalls bedeutete es eine Sorge weniger.

Die letzten Tage vor ihrer Abreise aus Oxford waren schrecklich gewesen. David hatte sie mit Beschimpfungen überhäuft, und die Mädchen waren in Heulkrämpfe ausgebrochen.

»Warum machst du das hier?« schrie Robin, als sie davon hörte. »Du kannst doch nicht einfach unsere Familie zerbrechen, Mama, das kannst du doch nicht!«

Isabel wußte, daß sie keine andere Wahl hatte, als zurück nach Irland zu gehen. Als Teenager bewunderte Robin ihren charmanten, rücksichtslosen Vater. Wie sollte sie ihr erklären, daß sie entweder zurück nach Hause gehen oder aber in Oxford bleiben und den schmerzhaften Prozeß des Bankrotts durchleben mußten? Sie würde es nicht ertragen können, fremde Menschen durch das Haus gehen zu sehen, die sich über die feuchten Wände der unteren Toilette beschwerten, um auf diese Weise noch ein paar Tausender von dem ohnehin geringen Preis des Hauses drücken zu können.

Sie stellte sich vor, wie es wäre, wenn sie doch in England blieben. Wie unwürdig es sein würde, sich auf die Zuwendungen von Freunden zu verlassen und eine schäbige Wohnung anzumieten, denn zu mehr würde es im Augenblick nicht reichen. Die Mädchen würden es hassen, dessen war sie sich sicher.

»Du kannst bei uns wohnen. Bleib doch bitte hier«, bettelte ihre Freundin Anna. Annas Familie waren die Herausgeber von *Today's Woman,* der Zeitschrift also, für die Isabel arbeitete. Sie hatten in Annas Küche gesessen und eine Flasche Wein geköpft. Keiner der beiden aß von dem Käse und dem Salat, den Anna vorbereitet hatte. »Wir haben doch jede Menge Platz, du und die Mädchen könnt im Anbau wohnen. Und bald schon wirst du wieder auf eigenen Füßen stehen.«

Isabel hatte versucht zu erklären, warum sie gehen mußte. Sie wollte nicht wegrennen, sagte sie. Sie wollte jedoch so weit wie möglich von David entfernt leben, damit sie nicht zu ihm zurückrannte, falls sie doch Angst bekam oder einsam sein würde. Sie hatten von anderen Frauen gelesen, denen es so ergangen war. Zu denen wollte sie nicht gehören. Zu denen durfte sie nicht gehören, schon der Mädchen wegen.

»Und wie steht es mit dir, Isabel?« fragte Anna leise.

Isabel zuckte hilflos mit den Schultern. Sie wußte nicht, was sie antworten sollte. »Ich habe einen so großen Teil meines Lebens hier verbracht, daß ich jetzt wirklich woanders leben muß«, meinte sie schließlich. »Während meiner gesamten Ehe bin ich immer dort hingezogen, wo David hinwollte. Erst war es Belfast, dann London, schließlich Oxford. Er suchte sich den Ort aus, an dem er arbeiten wollte oder wo die nächste geschäftliche Chance für ihn lag. Ich sollte jetzt endlich an einen Ort gehen, den ich mir ausgesucht habe. Und der einzige Ort, zu dem ich zurückkehren kann, ist Irland. Wir können bei meinen Eltern wohnen. Darauf freue ich mich zwar nicht besonders, denn ich komme mit meiner Mutter nicht gut aus«, fügte Isabel trocken hinzu. »Aber es ist ein Ort, wo ich über all diese Dinge nachdenken kann. Wenn ich dann erst einmal wieder Arbeit habe, werde ich sparen, um damit ein Haus oder eine Wohnung anzuzahlen. Den Mädchen wird es guttun. Du weißt schon, ein neues Land und eine neue Schule. Das wird sie von der Trennung ablenken.« Ihr Plan jedoch hatte sich als Schuß in den Ofen erwiesen. Eine Woche vor dem Umzug hatte Robin kaum noch ein Wort mit ihrer Mutter gewechselt. Als sie schließlich etwas sagte, bat sie um Erlaubnis, dazubleiben und mit David zusammenleben zu dürfen. Isabel konnte ihr nicht klarmachen, daß seine Pläne ein Zusammenleben mit seiner Tochter nicht vorsahen.

Er war bereits auf Wohnungssuche in London – eine Junggesellenwohnung, geeignet für einen Mann, der ein neues Geschäft hochzog. Seine anfängliche Wut war verflogen, er zeigte den Enthusiasmus eines neuen Anfangs.

Offenbar kannte Freddy genau den richtigen Mann, zu dem sie gehen mußten.

»Weißt du, Izzy, die Sache wird klappen«, hatte David gesagt. »Vielleicht ist es ja ganz gut, wenn ich erst einmal eine Weile alleine lebe. Das wird auch die Ausgaben mindern. Ich kann mit sehr wenig Geld auskommen. Dich kann ich mir kaum in einer derart schäbigen Wohnung vorstellen, in der ich bald leben werde. Du würdest es verabscheuen.» Er versuchte immer noch, sie zu umgarnen, ihre Entscheidung rückgängig zu machen. Isabel beobachtete, wie seine Gesichtszüge angesichts eines Neuanfangs allein zu glühen begann. Wieder einmal fragte sie sich, warum sie so lange mit ihm zusammengeblieben war. Sein rücksichtsloses Verhalten überraschte sie zwar nicht weiter, denn seit Robins Geburt wußte sie, was für einen Mann sie geheiratet hatte. Er hatte gerade etwas Geld bei einer »todsicheren« Sache verloren. Die Computersoftware, die er von einem »Freund« in großem Stil erstanden hatte, erwies sich als unverkäuflich.

Es war schon ein Wunder, daß sie überhaupt noch genügend Geld gehabt hatten, den teuren Champagner zu kaufen, mit dem er unbedingt auf seine neue Tochter hatte anstoßen wollen. Das war typisch für David. Ganz gleich, wie wenig Geld sie auch hatten, er wollte stets nur das Beste kaufen – beispielsweise goldene Ohrringe von *Tiffany's* für Isabel an ihrem dreiunddreißigsten Geburtstag. Im selben Jahr hatten sie Pläne verworfen, die alte Ölzentralheizung im Haus zu ersetzen, weil ihnen das Geld dazu fehlte. Nachdem sie den Winter fröstelnd verbracht hatten, wäre es ihr weitaus lieber gewesen, hier und da ein wenig zu sparen und dafür eine funktionierende Heizung zu haben.

»Das einzige Problem sind die Mädchen …« David streichelte ihr beim Reden über die Hand. Es war einer seiner Tricks, und er funktionierte, allerdings lediglich bei Frauen, die ihn nicht näher kannten. Er hatte Isabel so häufig die Hände gestreichelt, daß sie ihr Leben lang davon zehren konnte.

»Ich bezweifle, daß meine Wohnung für sie schön genug sein wird. Mir selbst ist es ja vollkommen gleichgültig, in was für einer Höhle ich lebe. Es wird schon alles werden, Izzy«, wiederholte er. »Freddy hat einen Kumpel, der sein Geld bei uns investieren möchte. Wenn das Geschäft erst einmal läuft, kommst du doch zurück, nicht wahr?«

Sie hakte nicht nach, weshalb dieser geheimnisvolle Geldgeber ihnen mit ihrer jetzigen Firma nicht unter die Arme griff, sondern erst abwarten wollte, bis zwei bankrotte Männer wiederum eine Werbeagentur eröffneten, ehe er einen Haufen Geld dort hineinsteckte. Aber auch dafür würde David eine Erklärung finden.

Sie sagte also nichts und packte statt dessen alles zusammen, was sie mit nach Irland nehmen wollte. Irgendwann während des Umzugs, etwa zur gleichen Zeit, als der Karton mit all ihren Töpfen und Pfannen nicht mehr auffindbar war, hatte sich Robin von einer fürsorglichen Tochter in einen grauenhaften Teenager verwandelt. Nachdem sie zwei Wochen auf der neuen Schule in St. Clodagh gewesen war, fand sie all ihre bisherige Kleidung »blöd«. Sie wollte Strähnchen in ihren Haaren, weil alle anderen sie hatten, und ihre Sprache war in einem beängstigenden Ausmaß verkommen.

Isabel empfand es als ermüdend und entnervend mit einem Mädchen auszukommen, das herablassender, schwieriger und launischer war als ein Zimmer voller hormonell gestörter Frauen. Mit Robin auszukommen war fast schwieriger als mit Richie Devine zusammenzuarbeiten.

Robin hatte allerdings eine Entschuldigung – sie war ein Teenager. Richie dagegen war der erwachsene Chefredakteur eines Automagazins, der sich jedoch noch mehr wie ein Heranwachsender benahm als irgendein pickeliger Teenager. Gott sei Dank war wenigstens die zwölfjährige Naomi noch die alte – lustig, süß und in viele Mißgeschicke verwickelt. Zum letzten Mal hatte Isabel laut gelacht, als am Dienstag Naomi in hysterisches Kichern ausgebrochen war, nachdem sie im Flur über ihre Schultasche gestolpert war. Naomi war ein lustiges Kind, und sie hatte einen so merkwürdigen Sinn für Humor, daß man einfach mit ihr mitlachen mußte. Wenn Isabel nichts zum Lachen gefunden hätte, wäre das Leben im Haus ihrer Eltern unerträglich gewesen. Die Beruhigungspillen taten ein übriges. Natürlich wußte niemand, daß sie sie nahm. Nach der ersten Woche nach ihrer Rückkehr hatte sie einen Arzt aufgesucht, weil sie mindestens zweimal täglich in Tränen ausgebrochen war.

Zwei Monate später weinte sie überhaupt nicht mehr.

Abgesehen von ihrer morgendlichen Müdigkeit hätte kein Mensch ihr anmerken können, daß sie überhaupt etwas nahm. Isabel hatte gerade den Wäschekorb angehoben und die Tür geöffnet, als das Telefon laut zu klingeln begann. Sie stellte den Korb eilig weg, aber noch ehe sie das Telefon im Flur erreichen konnte, hörte sie Robin im oberen Stockwerk ins Schlafzimmer ihrer Großeltern trampeln.

Bumm, bumm, bumm, machten Robins Schritte.

»Ist für dich«, brüllte sie die Treppe hinunter.

Es gibt doch immer wieder Wunder, dachte Isabel.

Überraschenderweise war es nicht schon wieder eine von Robins neuen Freundinnen. Eine von jenen, die ihr den Kauf des richtigen, unglaublich teuren Heimtrainers anriet, den richtigen Salon für ihre Strähnchen empfahl und welche Art von supercoolem Top sie sich unbedingt vor der nächsten Samstagsdisco noch zulegen müsse.

»Hallo.«

»Isabel – ich hab den wunderbarsten Job für dich.«

Suzanne hörte sie gewohnt atemlos an. Andererseits klang Suzanne stets atemlos, wenn sie Neuigkeiten hatte. Entweder war es etwas über ihren neuesten – langweiligen – Freund, oder aber wie gut sie im Französischtest abgeschnitten hatte. Was immer es auch war, betonte sie Isabel gegenüber ihre Überlegenheit.

»Was ist es denn für eine Arbeit?« fragte Isabel, überzeugt davon, daß es nichts Ernstes sein konnte. Suzanne konnte sich nicht an den Gedanken gewöhnen, daß Isabel und David nicht mehr zusammen waren. Sie konnte nicht nachvollziehen, daß sie jetzt kein Geld hatte, weil Davids Firma bankrott gegangen war, und daß Isabel deswegen einen richtigen Vollzeitjob brauchte, so daß sie sich ein Haus kaufen und bei ihrer Mutter ausziehen konnte.

»Tim hat es im Büro gehört.«

Isabel spitzte die Ohren. Suzannes Mann besaß ein Maklerbüro. Isabel wußte zwar nicht, wie er von einem Zeitungsjob für sie gehört haben konnte, aber Tim war ihrer Meinung nach viel praktischer veranlagt als ihre Cousine und würde einen Job nicht erwähnen, wenn er nicht halbwegs auf sie zugeschnitten wäre.

»Was für eine Arbeit ist es denn?« wiederholte sie.

»Also, es geht um das Haus in der Sydney Parade. Tims Meinung nach es es eine richtige Villa. Sie wollen unbedingt ganz schnell verkaufen, verstehst du, deswegen hat er es bekommen und nicht Anthony, weil Anthony bis über beide Ohren mit der Ailesbury-Road-Auktion zu tun hat ...«

»Suzanne«, unterbrach Isabel mit mehr Geduld, als sie tatsächlich verspürte. »Wovon redest du eigentlich?«

»Na, die FitzSimonses! Sie verkaufen ihr Haus, weil sie nach London umziehen. Und du weißt doch, wo sie arbeitet, nicht wahr?«

»Sie? Wer ist denn sie?«

»Antonia FitzSimons! Sie ist die leitende Redakteurin der Frauenseiten des *Sentinel!*«

Jetzt fiel der Groschen. Und wie er fiel. Eine freie Stelle! Die Position der Frauenredakteurin bei einer Zeitung wie dem *Sentinel* war einfach traumhaft. Der *Sentinel* war ein gehobenes Boulevardblatt mit großer Leserschaft. Vor Robins Geburt hatte Isabel unbedingt bei einem solchen Blatt arbeiten wollen.

Aber es war eine sehr gehobene Position, und sie war jetzt zehn Jahre lang nicht mehr im Land gewesen. Also kannte sie auch niemanden vom *Sentinel.*

Ihrer journalistischen Erfahrung zufolge wußte sie, daß vollkommen Fremde nur sehr selten die wirklich guten Jobs bekamen – die wurden meist an jene vergeben, die bereits jahrelang für das Blatt freiberuflich gearbeitet hatten.

Isabel war überzeugt davon, die nötige Erfahrung für den Job zu haben. Dennoch mochte das möglicherweise nicht ins Gewicht fallen, denn sie hatte zu lange im Ausland gearbeitet. Erst hatte sie als stellvertretende Chefredakteurin eines mittelmäßigen englischen Frauenmagazins gearbeitet, dann fünf Jahre lang als Subeditor an einer Oxforder Lokalzeitung. Sie würde heute noch für *Today's Woman* arbeiten, wenn der verdammte David sie nicht gezwungen hätte, zu Papa und Mama zurückzukehren. Antonia FitzSimons' Job zu bekommen würde ihr Leben verändern. Aber hatte sie überhaupt eine Chance?

»Wann ist all das passiert?«

Isabel zog einen der fleckenlos sauberen weißen Küchenstühle hervor, damit sie sich beim Reden hinsetzen konnte.

»Sie haben die Agentur gestern angerufen, Anthony, also Tims Boß, hat es ihm erst heute erzählt. Anthony ist stinksauer, daß er die Sache nicht selbst in die Hand nehmen kann. Aber er kann es wirklich nicht, weil er doch mit der Ailesbury Road so beschäftigt ist. Tims Meinung nach werden die Einnahmen von Ailesbury ausreichen, um damit Anthonys Wintergarten…«

»Suzanne«, unterbrach Isabel vollkommen verwirrt. »Erzähl mit bitte erst einmal von den FitzSimonses.«

»Gestern hat er angerufen und wollte das Haus so schnell wie es nur geht verkaufen, weil sie nächste Woche schon nach London ziehen und alles geregelt haben wollen. Sie brauchen natürlich das Geld, um sich ein neues Haus zu kaufen. Offenbar schwebt ihnen irgend etwas in Holland Park vor. Tim meint, die Preise für Immobilien dort seien astronomisch«, fuhr Suzanne fort. »Es hört sich wunderschön an. Sechs Schlafzimmer, drei davon miteinander verbunden, ein Wintergarten und ein separates Zimmer…«

»Und das ist alles in ihrem Haus in Sydney Parade? Mein Gott, das wird jede Menge Geld bringen!«

»Nein«, erwiderte Suzanne. »Das ist das Haus, das sie in Holland Park kaufen wollen. Er hat es Tim lang und breit geschildert. So richtig angegeben damit.«

Isabel gab auf. »Ich muß jetzt Schluß machen, Suzanne. Kann ich Tim bei der Arbeit anrufen, wird er dasein?«

»Ruf ihn ruhig an«, drängte Suzanne. »Er wird dir alles erzählen.«

Nachdem sie mit Tim gesprochen hatte, rief Isabel eine Freundin von *Style* an, einem der renommiertesten Modemagazine Irlands. Rhona McNamara war die einzige Person aus ihren Studientagen, die sie nach ihrer Rückkehr angerufen hatte. Es war ihr peinlich, allen und jedem die Gründe für ihre Rückkehr aus Oxford und weshalb David nicht mit ihr war zu schildern. Schließlich hatte sie sich entschieden, es einfach nicht zu tun.

Ihre alten Freunde würden es sowieso nach und nach herausfinden, da mußte sie sich nicht noch damit abmühen, ihnen den Bankrott und die anderen lausigen Details ihrer Trennung zu schildern. Bei Rhona war das eine andere Sache. Sie bohrte weder ewig nach, noch gab sie Isabel die Schuld, obschon sie selbst einen Mann, drei wunderbare Kinder und obendrein noch eine Karriere hatte.

»Antonias Job würde mir auch gefallen«, sagte Rhona. »Die Leute vom *Sentinel* werden ausgezeichnet bezahlt, bekommen jede Menge Spesen und fahren alle einen Firmenwagen. Da solltest du schnell deinen Fuß reinbekommen, Isabel. Der Job wird im Nu weg sein.«

»Das ist mir klar, Rhona. Aber glaubst du, daß ich überhaupt eine Chance habe?«

Isabel spielte abwesend mit dem verblaßten Armbündchen ihres grauen Sweatshirts. Sie hatte erst etwa ein Viertel der schwarzen Plastiktüten ausgepackt, in denen sie ihre Kleidung transportiert hatte. Meist trug sie nur das alte Zeug, das entweder zu abgetragen oder zu kaputt war, um es außerhalb des Hauses noch anzuziehen. Warum sollte sie ihre elegante Arbeitskleidung auspacken, wenn lediglich die vollkommen demoralisierten Kollegen des *Motor 2000* sie sahen? Außerdem hatte ihre Haare eine Tönung bitter nötig. Der graue Ansatz war bereits deutlich sichtbar, doch für einen Friseurbesuch war sie zu abgebrannt. Wenn sie sich jetzt gut gekleidet hätte, wären die drei Zentimeter grauer Haaransatz einfach zu deprimierend gewesen.

Rhonas Stimme schnitt ihre Gedanken ab. »Natürlich ist es ein Nachteil, daß du bisher für diese Zeitung noch nicht gearbeitet hast. Die meisten Blätter stellen jemanden ein, den sie schon kennen. Aber«, fügte sie optimistisch hinzu, »offenbar gibt es doch einige Probleme bei *Sentinel*. Die

Auflage geht bergab, und der Chefredakteur, Nigel Burke – er ist bereits seit zehn Jahren da und entweder ausgebrannt oder den Gerüchten zufolge kurz vor dem Nervenzusammenbruch –, müßte eigentlich mit jemandem von außen die Personalszene beleben. Man kann nie wissen, manchmal ist es ja gerade eine vollkommen Fremde, die zehn Jahre im Ausland gearbeitet hat, die das Rennen macht. Schick ihnen doch heute noch deinen Lebenslauf und ruf dann morgen an.«

»Ach, ich weiß nicht recht«, zögerte Isabel. »Die letzten Monate über war alles so schrecklich, ich bin irgendwie ganz durcheinander. Robin redet kaum noch mit mir. Richie Devine wird mich auch bald feuern, und meine eigene Mutter hält mir ständig meine Fehler vor. Bin ich nicht eventuell vollkommen verrückt, überhaupt nur einen Gedanken daran zu verschwenden, die Frauenseite einer landesweiten Zeitung zu machen?«

»Sei jetzt nicht albern, Isabel. Du wärst einfach wunderbar für den Job«, entgegnete Rhona kurz angebunden. »Ein chaotisches Privatleben ist außerdem dieser Tage für eine Redakteurin einfach unabdingbar. Wie sonst willst du denn all diese Ratgeberkolumnen schreiben, wenn du nicht selbst genug Probleme hast?«

»An meine eigenen Probleme verschwende ich ohnehin keinen Gedanken mehr«, protestierte Isabel halb im Scherz.

»Siehst du, dann wirst du es deinen Lesern nachempfinden können.«

Nach dem Telefonat ging Isabel nach oben, kramte ihre alte Reiseschreibmaschine hervor und arbeitete eine Stunde lang an ihrem Lebenslauf.

All die Details schriftlich festzuhalten machte sie noch unsicherer, ob sie sich überhaupt um die Stelle bemühen sollte. Wie hatte sie das nur alles in den Griff bekommen – bei einer Zeitung zu arbeiten und es auch noch zu genießen? In letzter Zeit fühlte sie sich immer nur müde, müde und ohne

Selbstvertrauen. Konnte sie wirklich eine Arbeit wie die beim *Sentinel* meistern?

Der alten Isabel wäre das nicht schwergefallen. Vor der Trennung war sie es gewohnt, Komplimente über ihren Stil, ihren guten Geschmack und ihre Fähigkeit zu hören, auch angesichts einer Katastrophe die Nerven zu bewahren. »Wie machst du das nur?« hatte Penny, Isabels Chefredakteurin bei *Today's Woman* gefragt, als eine neue und unerfahrene Redakteurin die halbe Zeitung von der Festplatte gelöscht hatte und nur Isabel ruhig genug geblieben war, um die Sache wieder in den Griff zu bekommen.

Sie hatte nur gelacht. »Ganz einfach. Meine Mutter ist eine so gut organisierte Person, daß ich meine ganze Kindheit damit verbracht habe, ihren guten Ratschlägen zuzuhören. Ihrer Meinung nach ist Panik gleichbedeutend mit der Tatsache, daß man etwas vollkommen falsch macht. Ruhe und Besonnenheit waren ihre Lieblingsvokabeln – sie hätte glatt als Buddhist durchgehen können.«

Sie hatte seinerzeit nicht darauf hingewiesen, daß das Heranwachsen unter einer solchen Perfektionistin sehr, sehr schwierig gewesen war. Ganz besonders dann, wenn eben diese Perfektionistin ihre Ruhe und Besonnenheit gänzlich verlor, wenn ihre Tochter tatsächlich etwas falsch machte.

In letzter Zeit schien Isabel ihre Fähigkeit, angesichts einer Katastrophe die Ruhe zu bewahren, verloren zu haben. Außerdem hatte sie viel ihres hart erkämpften Selbstvertrauens verloren, als ob der Zusammenbruch eines wichtigen Teils ihres Lebens auch ihrer Seele zugesetzt hätte. Sie fühlte sich traurig, abgekämpft und unsicherer als jemals zuvor. Sie war immer schon recht schlank gewesen, die letzten Monate jedoch hatte sie noch weiter an Gewicht verloren, und es stand ihr nicht gut. Ihr blasses Gesicht betonte die feine Knochenstruktur ein wenig zu sehr. Die großen blauen Augen sahen ungeschminkt – sie hatte sich seit Monaten nicht mehr geschminkt – leicht gehetzt aus. Ihr schulterlanges, dunkelblondes Haar mit den dunklen Ansätzen ließ ihr Gesicht noch fahler aussehen.

Zur Not konnte sie sich aus der Tube bräunen, dachte Isabel, und musterte sich kritisch im Schlafzimmerspiegel. Sie mußte etwas tun. Mit ihrem jetzigen Aussehen würde ihr niemand einen Job anbieten. Und sie *mußte* einfach einen anständigen Job bekommen. Vielleicht hatte Rhona recht, vielleicht konnte sie tatsächlich für den *Sentinel* arbeiten.

Pamela Mulhearn fand die Idee etwas gewagt, als ihre Tochter Isabel ihr am Abend von dem Job beim *Sentinel* erzählte. Sie war gerade vom Bridgeclub zurückgekehrt, hatte die Küche betreten und ihr cremefarbenes Seidenjackett ausgezogen, während sie im Spiegel den perfekten Sitz ihrer kurzen, grauen Locken überprüfte. Sie war groß und schlank und konnte nach wie vor die Kleidung anziehen, die sie mit zwanzig getragen hatte – worauf sie ganz besonders stolz war. Sie stieg auch immer noch mit der damenhaften Präzision aus einem Auto, die ihr ihre strenge Mutter vor fast sechzig Jahren eingebleut hatte.

»Das ist eine sehr angesehene Zeitung, Isabel, aber bist du dir auch sicher, daß du einen solch anstrengenden Job momentan in Angriff nehmen kannst?« fragte Pamela zweifelnd und kräuselte dabei ihre elegante Nase, die der ihrer Tochter so sehr ähnelte. Sie setzte sich, schlug die schlanken Beine übereinander und glättete den cremefarbenen Schottenrock, den sie vor dreißig Jahren bei *Harrods* erstanden hatte. »Vielleicht wäre es besser, bei der Autozeitung zu bleiben? Die Frauenseiten zu machen wird sehr schwierig werden. Und dort, wo du jetzt bist, kommst du doch ganz gut klar. Ich bezweifle einfach, daß du die nötige Reife besitzt.«

Du bezweifelst, daß ich für irgend etwas reif genug sein könnte, Mama, dachte Isabel entnervt. Warum in aller Welt konnte ihre Mutter sie nicht unterstützen? Wenigstens dieses eine Mal. Das jedoch würde eine lebenslange Gewohnheit umstoßen. Was immer Isabel auch tun mochte, es war nie gut genug. Mit Luke konnte sie einfach nicht mithalten.

Der glückliche Bruder Luke, der Tausende von Meilen von Irland entfernt lebte und immer noch der ganze Stolz seiner Mutter war. Er bildete die Meßlatte für die Leistungen anderer, ganz besonders die Isabels. Würde er gleich nebenan wohnen, wäre es vielleicht sogar Pamela aufgefallen, daß selbst ihr makelloser Chirurgensohn Fehler machte. Vielleicht nicht so große Fehler wie die ihrer Tochter, als sie sich mit David aus dem Staub gemacht hatte, aber doch ganz eindeutig Fehler. Vielleicht arbeitete er gar nicht in einer schicken Privatklinik, sondern bettelte auf dem Hollywood-Boulevard. Wer konnte schon wissen, was er wirklich machte, wo er doch höchstens zweimal im Jahr anrief und sie ihn während der letzten zehn Jahre nur wenige Male gesehen hatten?

Wenn ihre Mutter doch nur einen Beruf hätte, etwas, was sie wirklich beschäftigt hätte, wäre das Leben zu Hause viel leichter zu ertragen, dachte Isabel. Statt dessen jedoch hatte sie ihr Dasein damit verbracht, anderen bei Dingen zuzusehen, die sie selbst mit links erledigt hätte. Das wiederum hatte sie verbittert und frustriert – und sie war jederzeit bereit, diese Frustration an Isabel auszulassen.

Pamela ihrerseits ahnte nicht, welch bittere Gedanken ihrer Tochter durch den Kopf gingen. Sie ließ ihre Handtasche aufschnappen, griff mit schlanken, perlrosa lackierten Fingern nach der kleinen silbernen Pillendose und holte zwei ihrer Migränetabletten heraus.

»Sei ein Schatz, Harry, und hol mir bitte etwas Wasser, ja?«

Obwohl Pamela den Satz als Frage formulierte, bat sie ihren Ehemann nicht, ihr etwas Wasser zu bringen – sie befahl es. Ihre Befehle erstreckten sich auf jeden, von ihrem Ehemann angefangen bis hin zu dem Einpacker im Supermarkt, den sie die ganze Tüte wieder auspacken ließ, wenn er versehentlich eine Suppendose auf die Spargelspitzen gelegt hatte. Ihre Mutter hatte ein solches Talent zum Befehlen, daß sie gut in die Armee gepaßt hätte, dachte Isabel. Sie hatte sogar einen Fahrer. Harry selbst spielte zwar kein Bridge, er fuhr sie jedoch dreimal die Woche zu ihren Freundinnen und holte sie vier Stunden später wieder ab.

Er reichte ihr etwas Wasser und sah flüchtig in den Garten hinaus. Isabel wußte, daß ihr Vater unbedingt zum Schuppen hinaus und seine alte Gartenkleidung überstreifen wollte, die Frauen zurücklassen und sich seinem Gemüse widmen wollte.

»Was sagst du denn dazu, Harry?« fragte Pamela. »Meiner Ansicht nach hat Isabel in letzter Zeit mit diesem David wirklich genug durchgemacht.« Sie zischte seinen Namen. »Zusätzlich mußte sie den Arbeitsplatz wechseln und das wunderschöne Haus verkaufen. Da kann sie doch nicht jetzt auch noch eine neue Stelle annehmen.«

»Ich stimme dir zu, Liebling«, erwiderte Harry, weil er ihr stets zustimmte. Harry Mulhearn hätte behauptet, der Mond bestünde aus Schimmelkäse, wenn seine Frau es von ihm verlangt hätte. Nach fünfundvierzig gemeinsamen Jahren fand er es so einfacher. Isabel dagegen hatte nie aufgehört, sich zu streiten.

Da er seine Pflicht erledigt hatte, ging Harry hinaus, um sich in seinem geliebten Garten umzusehen, der ganze Stolz und die ganze Freude seines Lebens. Auch Isabel liebte es zu gärtnern, vermutlich, weil sie in ihrer Kindheit so viele angenehme Stunden mit ihrem Vater zusammen in dem sonnigen Garten verbracht hatte. Sie hatte ihn dabei beobachtet, wie er beschnitt, wie er pflanzte und grub – und wie er sich vom Leben seiner Frau fernhielt.

Der Garten war das Zeugnis seiner Mühe und seiner Begabung, ein gebogenes Stück Land mit drei separaten Teilen: der Rosengarten, der Gemüsegarten und Isabels Lieblingsteil, der Wildblumengarten, wo Glockenblumen, Dotterblumen und wilde Rosen blühten, die ihrer Mutter mißfielen.

»Mutter«, argumentierte Isabel. »Es ist ein ganz phantastischer Job, und es wäre einfach himmlisch, wenn ich ihn bekommen könnte. Natürlich wird es sehr anstrengend werden, aber das ist genau das, was ich im Augenblick brauche. Etwas, was meine Gedanken von David und der Trennung ablenkt.«

»Trennung?« unterbrach sie ihre Mutter. »Ich möchte doch hoffen, daß du Scheidung meinst? Nur so kannst du diese Ratte loswerden.«

Isabel ging über die Unterbrechung hinweg. »Wie gesagt, das einzige Problem ist, daß sich viele auf den Job hin melden werden.«

Ihre Mutter zuckte kühl mit den Schultern und ärgerte sich darüber, daß Isabel ihre Bemerkung über die Scheidung ignoriert hatte. »Du mußt meinen Ratschlag nicht annehmen, Isabel. Das hast du schließlich bisher auch nie getan«, bemerkte sie scharf.

Isabel grub ihre Nägel in die Handflächen. Sie ärgerte sich darüber, daß sie den Job überhaupt erwähnt hatte.

»Aber wenn du dann einen Nervenzusammenbruch hast, werde *ich* diejenige sein, die es auszubaden hat. Ich will damit nicht sagen, daß du nicht zu mir kommen kannst, wenn es passieren sollte, Isabel. Ich gebe es lediglich zu bedenken.«

Isabel knirschte mit den Zähnen. Nach drei schwierigen Monaten wollte sie unbedingt so schnell wie möglich aus dem Haus ihrer Eltern ausziehen. Bitte, lieber Gott, laß mich einen guten Job bekommen, damit ich ein Vierzimmerhaus oder eine Wohnung kaufen kann und jedes der beiden Mädchen sein eigenes Zimmer haben kann. Dann müßte sie endlich nicht mehr den endlosen Litaneien ihrer Mutter über ihre Mängel zuhören.

Zu ihren Mängeln gehörte auch, sich überhaupt dem Journalismus zugewandt zu haben: »Ich wünschte, du hättest wie dein Bruder Medizin studiert, Isabel. Schließlich bist du clever genug. Du hast dich einfach nicht genug angestrengt.« Bei der Hochzeit mit David hatte sie gesagt: »Ich weiß, daß er ein Tunichtgut ist.« Auch hatte sie es nicht gutgeheißen, als David bei einer großen Computerfirma in England im Verkauf angestellt wurde.

»Wenn du wirklich zu einem Bewerbungsgespräch gehen möchtest, solltest du dir die Haare schneiden lassen«, bemerkte ihre Mutter abschätzig. Pamela Mulhearns Ansicht nach sollten Frauen über dreißig die Haare kurz tragen. Mit neununddreißig Jahren war Isabel für lange Haare viel zu alt. Ein schöner, eleganter Kurzhaarschnitt wäre passender und reifer. »Gordon würde dir nur zu gern die Haare schneiden, Isabel«, fügte Pamela hinzu.

»Danke, Mutter. Mir gefällt jedoch mein Haar so wie es ist.«

Isabel konnte sich die dringend benötigte Tönung nicht leisten, also würde sie erst recht nicht fünfundzwanzig Pfund bei Gordon ausgeben, damit er ihr eine Helmfrisur von der Art ihrer Mutter verpaßte. Sie war überzeugt davon, daß er nur einen Haarschnitt kannte, nämlich den, wie er selbst insgeheim aussehen wollte.

»Wie du willst«, erwiderte Pamela. »Du solltest eben nur einen Haarschnitt haben, der besser zu dir paßt. Der von Claudia ist doch wirklich nett.«

Claudia, Lukes Frau, war die personifizierte Eleganz. Sie gehörte zu jenen Frauen, die ausschließlich in Designerkleidung das Haus verließen. Französisch manikürte Nägel und mindestens eine halbe Dose Haarspray hielten ihren jungenhaften Haarschnitt in Schach.

»Weder sie noch Luke haben wir seit einer Ewigkeit gesehen. In der Zwischenzeit könnte sie bereits Rapunzelhaare haben, Mutter.«

»Vergiß dabei nicht, Isabel, daß dein Bruder deinen Vater und mich letztes Jahr nach Los Angeles eingeladen hat. Es war ja nicht seine Schuld, daß wir in seiner einzigen freien Woche nicht fliegen konnten.«

Isabel griff nach dem Teekessel, hielt ihn unter den Wasserhahn und füllte ihn auf. Sie fand es merkwürdig, daß ein erfolgreicher Mann wie ihr Bruder sich lediglich eine einzige Woche während des Sommers freimachen konnte. Lieber Gott, bitte, laß mich diesen Job bekommen, damit ich hier herauskomme.

Alles, alles wäre besser, als hier alle fünf Minuten mit den Zähnen zu knirschen. Kein Wunder, daß sie vor zehn Jahren die Chance nach London zu ziehen so bereitwillig angenommen hatte.

Ohne BH und mit einem hautengen schwarzen T-Shirt, das Isabel noch nie gesehen hatte, kam Robin in schwarzen Jeans in die Küche geschlurft. Ihre dunkelblonden Haare hingen ihr glatt ins Gesicht, und der schwere, überlange Pony verdeckte beinahe die blauen Augen, die mit Isabels Wimperntusche dunkel geschminkt waren. Einerseits ihre Größe – sie war jetzt fast so groß wie ihre Mutter – und andererseits ihr schlanker Körperbau, den ihr selbst ein Supermodel geneidet hätte, ließen Robin älter als fünfzehn Jahre aussehen. Geschminkt konnte sie glatt für neunzehn oder zwanzig durchgehen. Das wiederum war eine Tatsache, die Isabel mehr und mehr Sorgen bereitete.

Die süße, pflichtbewußte Robin von damals hatte ihre Mutter nie im unklaren über ihren Aufenthaltsort oder den ihrer Freunde gelassen. Diese maulfaule Fremde jedoch war eine gänzlich andere Sache. Isabel wurde von der Vorstellung verfolgt, wie ihre stark geschminkte Tochter in Nachtclubs mit gefährlichen, älteren Jugendlichen zusammenkam. Sie wollte Robin fragen, woher sie das T-Shirt hatte, wußte jedoch, daß ihre Mutter sich wahnsinnig aufregen würde. Familienstreite wurden noch schlimmer, wenn Pamela mit von der Partie war. Robin öffnete den Kühlschrank, suchte ein wenig herum, fand schließlich einen Joghurt und begann ihn zu essen. Sie schien sich ihrer Wirkung auf ihre Großmutter überhaupt nicht bewußt zu sein.

»Bis später dann«, sagte sie, nachdem sie ihren Joghurt aufgegessen hatte. Sie ließ ihren Löffel in den Spülstein fallen und warf den Joghurtbecher in den Mülleimer.

»Wohin willst du denn noch zu dieser nachtschlafenden Zeit?« fragte Pamela.

»Raus.« Robin starrte ihre Großmutter herausfordernd an.

»Es ist bereits halb neun, und morgen ist Schule! Und du hast noch Hausaufgaben zu erledigen«, schnappte Pamela. »Ich finde das keine sonderlich gute Idee, junge Frau ...«

»Du bist nicht meine Mutter!« unterbrach sie Robin.

»Red mit mir nicht in diesem Ton!« zeterte Pamela.

»Robin! Mutter! Hört auf!« unterbrach Isabel. »Mutter, dies ist eine Sache zwischen Robin und mir. Und Robin, sprich nicht auf diese Art und Weise mit deiner Großmutter.«

»Sie kann mir jedenfalls nicht sagen, was ich zu tun habe, sie ist nicht meine verdammte Mutter! Noch mein Vater«, schrie Robin. »Ich hasse sie, ich hasse dich, ich hasse diesen Ort. Ich möchte nach Hause zu Papa!«

Tränen rannen ihr die Wangen hinunter und schwemmten reichlich Wimperntusche mit. Robin stürzte laut schluchzend aus der Küche. Dann fiel die Tür zu ihrem Zimmer zu.

Pamela wandte sich an Isabel. »Ich habe euch hier nicht aufgenommen, um so behandelt zu werden«, zischte sie. »Du weißt genau, welche Wirkung diese Streitereien auf meine Nerven ausüben. Außerdem frage ich mich, wie du dieses Mädchen erzogen hast, wenn es auf eine solche Art und Weise mit mir spricht.«

Isabel wies nicht darauf hin, daß ihre Mutter ein Gutteil der besagten Streitereien selbst anzettelte. Dennoch konnte sie Robins unanständiges Benehmen in keiner Weise entschuldigen.

»Ich weiß, Mutter. Es tut mir leid«, sagte sie erschöpft. »Diese ganze Sache geht Robin sehr zu Herzen.«

»Für alle anderen ist es auch nicht gerade einfach«,

schnappte ihre Mutter zurück. »Ich lege mich jetzt hin. Meine Migräne setzt mir zu.«

Pamela stapfte aus der Küche die Treppen hoch, während Isabel sich gegen den Spülstein lehnte. Ihre Beine fühlten sich wie Wackelpudding an, und sie spürte im Nacken die Anfänge heftiger Kopfschmerzen. Sie haßte Streit jedweder Art, das hatte sie schon immer getan. Wenn sie und die Mädchen nicht bald eine andere Bleibe finden würden, würde es noch viele Streitereien geben.

3

Im Büro war es heiß wie im Backofen. Heiße Luft strömte Dee beim Betreten der Redaktionsräume entgegen. Die Fenster waren weit aufgerissen, und die Chefsekretärin hatte einen riesigen elektrischen Ventilator unmittelbar neben ihrem Schreibtisch aufgestellt, der Papiere vom Tisch blies und dann und wann einen Hauch Chanel No. 5 in Richtung der Redakteure im Inneren des Raumes wehte.

»Die Luftkühlung ist kaputt«, murmelte einer der Sportredakteure im Vorbeigehen Dee zu. »Ich muß zu einem Spiel«, rief er einem anderen Sportredakteur zu, der gerade mit bleichem Gesicht das Büro des Chefredakteurs verlassen hatte. Zweifellos hatte auch er sich von Nigel Burke zusammenstauchen lassen müssen.

»Wahrscheinlich geht er nur nach Hause, knallt sich vor den Fernseher und schaltet den Sportkanal an«, grummelte Maeve dem Reporter hinterher. Dee zog sich einen freien Stuhl heran und setzte sich neben sie.

»Glückspilz. Die Hitze macht mich wahnsinnig, und der Geruch dieses verdammten Parfüms macht mich ganz krank«, flüsterte Maeve. Keiner beschwerte sich jemals laut über die Chefsekretärin Sheila Smyth, denn sie hatte Ohren wie ein Hase, hörte alles und gab es direkt an Nigel weiter. Dee warf Sheila einen kurzen Blick zu und merkte, daß sie konzentriert in Maeves Richtung starrte.

»Feldwebel Smyth schaut in unsere Richtung«, bemerkte sie leise. »Du solltest dich lieber wieder an die Arbeit machen, sonst schickt sie noch ihre Jungs hier vorbei, um dir die Knie am Boden festzunageln.«

Dee stand auf. Maeve legte ihr eine Hand auf den Arm. »Warte noch«, flüsterte sie. »Da du es nicht geschafft hast, habe ich mich mit Phil Walsh zum Mittagessen verabredet. Sie hatte den neuesten Klatsch über Antonias Kündigung. Komm mit in die Küche, und ich erzähle es dir – ich muß sowieso mal Pause machen.«

In der Küche bereitete sich Maeve eine Tasse löslichen Kaffee zu.

»Antonia hat es Nigel gleich heute früh mitgeteilt. Deshalb rennt er hier herum wie ein Bär mit Kopfschmerzen. Er hat bereits die Fotografen angebrüllt, weil sie gestern abend keine Bilder von Johnny Depp im *Clarins Hotel* bekommen haben. Und zu der armen Volontärin aus Cork war er ganz besonders gemein. Jetzt versteckt sie sich in der Werbeabteilung und weint sich die Augen aus.«

»Mein Gott, er ist wirklich ein mieser Kerl!« stimmte Dee zu. »Ich kann kaum glauben, daß Antonia es ihm nicht gleich gesagt hat. Man weiß doch, wie sehr es ihn aufregt, wenn er nicht sofort alles erfährt.«

»Na ja, du weißt aber auch, wie begriffsstutzig sie gelegentlich sein kann. Vermutlich ist es ihr einfach nicht in den Sinn gekommen, daß der Chefredakteur gern als erster von ihrer Kündigung erfahren hätte. Phil zufolge jedenfalls ist sie in Tränen ausgebrochen, weil er sie mit jedem nur erdenklichen Schimpfwort bedacht hat. Dann ist sie nach Hause gegangen, ohne ihre verdammte Kolumne fertigzuschreiben. Sie ist also nur halbfertig, deshalb muß ich jede Menge verdammte Bilder in …«

»Was hat Nigel denn zu ihr gesagt?« wollte Dee wissen. »Hat er sich irgendwo zu einer Nachfolgerin geäußert?«

Maeve zog eine Augenbraue hoch. »So wie es mir Phil erklärt hat, hat Antonia wohl kaum mehr mitbekommen als ›du blöde Kuh!‹.«

»Schade, daß ich das verpaßt habe«, bedauerte Dee. »Soll ich mich schon heute für den Job bewerben? Gestern abend habe ich meine Vorschläge für die Frauenthemen ausgearbeitet. Ich muß sie nur noch ausdrucken, dann bin ich soweit.«

Mit traurigem Gesichtsausdruck betrat ein Sportredakteur samt einer Tasse in der Hand die Küche. Normalerweise ständig auf einen Flirt aus, lächelte er sie jetzt noch nicht einmal an. Das war die Wirkung, die Nigel Burkes Schimpftiraden auf Menschen hatte.

Als Chefredakteur des *Sentinel* unterstanden Nigel sechs Leute – sein stellvertretender Chefredakteur, die Frauenressortleiterin, der Sportleiter, der Nachrichtenchef und die Reportagen- und Bildredakteure. Von diesen sechs war lediglich einer ebenso launisch und aggressiv wie Nigel selbst, und das war der Nachrichtenchef Ian Mahon. Die beiden verursachten mehr Krach und Streit, als alle anderen zusammengenommen. Während ihrer Auseinandersetzungen sprühten nicht nur Funken, gelegentlich flogen auch Aschenbecher durch das Büro.

»Also meiner Ansicht nach, Dee«, flüsterte Maeve, »solltest du lieber heute noch nicht dein Interesse für die Stelle anmelden. Laß ihm einen Tag Zeit, um sich zu beruhigen. Denn wenn du ihm heute schon deine Vorstellungen unterbreitest, wird er wissen, daß du von Antonias Kündigung bereits vor ihm erfahren hast. Damit würde er dich als gemeinen Verräter brandmarken, weil du es ihm nicht gesagt hast.«

»Das stimmt. Ich gehe morgen zu ihm.«

Als sie auf dem Rückweg an Nigel Burkes Büro vorbeikamen, sprang seine Tür auf, und er stürmte mit rot angelaufenem Gesicht heraus.

»Mahon!« brüllte er in Richtung des Nachrichtenchefs, dessen Büro direkt hinter den Redaktionsräumen lag, also ungefähr dreißig Schreibtische entfernt. »Ich will wissen, wer für diese Flut von Verleumdungsklagen verantwortlich ist, die mir gerade auf den Tisch geflattert sind!« brüllte er und schüttelte einen Stapel Faxe in seiner Hand. »Wir werden von jedem Rechtsanwalt im ganzen verdammten Land bezichtigt. *Sie* sollten sicherstellen, daß niemand uns der Verleumdung bezichtigt. *Sie* haben also Ihre Arbeit vernachlässigt! Und das Blatt kostet es ein Vermögen!« Nigel stampfte wie ein Elefant im Porzellanladen an den Redakteurstischen vorbei.

Dee folgte ihm in die Redaktionsräume. Die Reporter, die eben noch persönliche Telefonate geführt und gemütlich die Zeitung gelesen hatten, fingen wie besessen zu tippen an. Die Klatschkolumnistin, deren Schreibtisch am nächsten zu Stalins Büro lag, ließ ihren Kompaktpuder von *Yves Saint Laurent* fallen, schnappte sich den Telefonhörer und begann ausgiebig, mit dem Freizeichen zu telefonieren. »Ach ja, wie interessant. Und wer von der königlichen Familie wird dem Ball beiwohnen? Ach, Prinzessin Anne! Wie schön!«

Nigel Burke ignorierte sie. Er durchquerte die Redaktionsräume und marschierte direkt in Stalins Büro, wo er die Glastür so hart zuschlug, daß sie klirrte.

Bedauerlicherweise war die Glastür, durch die der Nachrichtenchef von seinem bequemen Sessel aus die Redakteure beim Arbeiten beobachten konnte, nicht schallgedämpft. Der gesamte Nachrichtenbereich konnte jedes Wort verstehen, das Nigel ihm entgegenschleuderte. Die Sportredakteure freuten sich, daß auch einmal eine andere Abteilung in Schwierigkeiten war.

»Sie blöder Mistkerl ...«, brüllte Nigel.

Die Nachrichtenredakteure senkten die Köpfe und beteten, daß nicht ausgerechnet sie hereingerufen werden würden, um zu erklären, weshalb eine ihrer Geschichten eine Verleumdungsklage zur Folge hatte.

»*Noch mehr* Verleumdungsklagen?« fragte Dee Gerry, den politischen Korrespondenten.

»Heute ist es die dritte«, erwiderte er, ohne den Blick vom Monitor zu nehmen. »Nigel ist völlig aus dem Häuschen. Er hat sich eben gerade erst von der Tatsache erholt, daß er diesem Typen fünfzigtausend Pfund hat zahlen müssen, weil er ihn fälschlicherweise als Drogenhändler bezeichnet hat.«

»Hast du schon von Antonia gehört?« hakte Dee nach und schaltete ihren Computer ein.

»Davon habe ich letzte Woche schon gehört. Es ist vielleicht ganz gut, wenn sie geht. Sie hätte es die nächsten sechs Monate ohnehin nicht durchgehalten.«

Dee war überrascht. »Aber Nigel hat sie doch ewig bewundert – mal abgesehen vom heutigen Tage natürlich – und zwar gleichgültig, wie schlecht ihre Kolumne war. Warum sagst du das? Weißt du etwas, was ich nicht weiß, Gerry?« hakte sie mißtrauisch nach.

Er tippte den gerade begonnenen Satz fertig, ehe er ihr antwortete. »Sagen wir mal so, die Herausgeber sind nicht sonderlich zufrieden mit unserem geliebten Nigel. Wenn die Auflage weiter fällt, so wie sie es das letzte Jahr über getan hat, dann fährt das Blatt richtig Verluste ein.«

Dee war überrascht. »Mir war nicht bewußt, daß es so schlecht mit uns steht.« Angesichts der hohen Hypothek, die Gary und sie aufgenommen hatten, wurde sie ganz blaß. Dazu kamen noch die Ferien in Florida, die sie bereits seit Monaten diskutierten, und die Ausgaben für ihre Hochzeit im nächsten Jahr. Jedenfalls hoffte sie, daß sie im nächsten Jahr stattfinden würde.

»Nigel muß das Kind irgendwie schaukeln, wenn er seinen Job behalten will«, fuhr Gerry fort und wandte sich erneut seiner Geschichte zu. »Und du denkst darüber nach, dich für Antonias Job zu bewerben?«

»Weißt du denn wirklich *alles*, Gerry?« fragte Dee, aus ihren Grübeleien über ihre Finanzlage herausgerissen.

Er grinste den Monitor an. »Die meisten Dinge schon.«

Als Dee die Tür öffnete, schlug ihr der köstliche Geruch von Knoblauch und Lamm aus der Küche entgegen. Phantastisch. Gary hatte sich zum Kochen hinreißen lassen. Hatte er also doch zugehört, als sie sich gestern abend darüber beschwert hatte, daß sie all die Wäsche, das Kochen und die Aufräumarbeiten allein erledigen mußte.

»Ich bin zurück, Gary. Das riecht ja einfach großartig. Ist das tatsächlich mein Lieblingslamm mit Knoblauch und Rosmarin?«

»Deirdre, bist du endlich zu Hause«, zwitscherte ihre zukünftige Schwiegermutter aus der Küche. »Das Essen ist schon fast fertig. Ich habe Gary etwas Milch einkaufen geschickt, weil ihr außer dieser schrecklichen Magermilch nichts im Kühlschrank hattet. Die ist wirklich nicht gesund. Ach ja, und noch etwas richtigen Kaffee. Ich kann löslichen Kaffee einfach nicht ausstehen.«

Verflucht! Wann hatte sich denn Garys verdammte Mutter überlegt, hier vorbeizuschauen? Und warum hatte er sie nicht gewarnt? Dee ließ ihre Aktentasche auf den Boden fallen und stapfte nach oben. In ihrem jetzigen Aufzug jedenfalls würde sie nicht in die Küche gehen und Margaret Redmond begrüßen. Margaret betonte ständig, daß sie Frauen mit »vulgärer, enganliegender Kleidung« nicht ausstehen konnte. Dees hautenges Top entsprach beiden Kriterien. Eigentlich hätte Margaret sich dazu gar nicht äußern dürfen. Denn obwohl sie ihre Kleidung vielleicht in irgendeiner teuren und angesagten vorstädtischen Boutique kaufte, wirkte sie in ihr dennoch wie eine Tonne. Mami backte nämlich nicht nur tonnenweise Kekse und Meringen – sie aß sie auch zu gern selbst auf.

»Ich bin gleich bei dir, Margaret«, verkündete Dee laut

und sprang zwei Stufen auf einmal die Treppe hoch. Da hast du noch Gelegenheit, deinen Hexenbesen zu verstecken, du alte Streithexe.

»Laß dir Zeit, Deirdre. Ich habe alles im Griff. Wo habt ihr eigentlich die Servietten, die ich euch zur Verlobung geschenkt habe? Ich kann sie nirgendwo finden.«

»Weil sie die letzten drei Monate über mit Rotweinflecken im Wäschekorb gelegen haben«, murmelte Dee. »Die verdammte Ziege spioniert ständig hinter mir her.«

»Sie sind in der Wäsche, Margaret«, rief sie die Treppe hinunter. »Wir müssen die Papierservietten in der dritten Schublade von oben nehmen.«

Da hatte sie sich schon wieder eine schlechte Zensur eingefangen. Dee konnte den hohen Kriterien ihrer zukünftigen Schwiegermutter nicht entsprechen. Als Tochter eines wohlhabenden Metzgers betrachtete sich Margaret Redmond der oberen Mittelklasse zugehörig. Dee dagegen, die in der Arbeiterklasse verwurzelt war und offen ihre Meinung sagte, entsprach nicht Margarets Vorstellungen der Frau, die ihr jüngster Sohn heiraten sollte.

Dee war es nur zu klar: Frau Redmond hatte ihren Sohn nicht mit Besuchen von Kunstgalerien und teuren Geigenstunden verwöhnt, damit er später mit der Tochter eines Autoschlossers zusammenlebte. Um Mamas Ansprüchen gerecht zu werden, hätte sie jagen, schießen, fischen und den Stammbaum eines Rennpferds vorweisen müssen.

»Muß sich immer einmischen, die alte Ziege«, knurrte Dee, während sie sich umzog.

Sie zog ihre bequeme alte schwarze Skihose hervor und hatte bereits einen Fuß in sie gesetzt, als ihr klarwurde, daß dieses Outfit – Skihose und ein riesiger Pullover, der ihren Hintern kaschierte – jenem bestimmten Gast nicht zusagen würde.

Sie hätte Gary abschießen können! Manchmal war er so verdammt unsensibel. Wenn er schon wußte, daß seine Mutter heute vorbeikommen würde, hätte er sie doch wenigstens bei der Arbeit anrufen und sie warnen können.

Die Haustür knallte zu.

»Ich habe *Rombouts*-Filterkaffee bekommen. Ist der in Ordnung?« Offensichtlich sprach Gary mit seiner Mutter und nicht mit Dee. Wem gehörte eigentlich das verdammte Haus? Der etwa? Und was hatte sie an löslichem Kaffee auszusetzen?

Dee biß die Zähne zusammen. Sie zog einen seidenen gelben Polopullover aus der Schublade, streifte ihn sich über den Kopf und zog noch ein weites schwarzes Hemd darüber. Was sie heute abend wirklich vermeiden wollte war eine angestrengte Unterhaltung während des Abendbrots, bei der ihre zukünftige Schwiegermutter, angefangen von den fehlenden Leinenservietten bis hin zu mangelnden Eßvorräten im Kühlschrank, alles bemängelte.

»Hallo, Dee. Wie war dein Tag?« rief Gary mit leicht angespannter Stimme die Treppe hoch. Er hat allen Grund zur Anspannung, dachte Dee mißmutig, während sie mit dem Kamm durch ihr Haar rupfte.

»Ganz wunderbar, *Liebling*«, erwiderte sie.

Sie ging ins Badezimmer, um dort noch etwas Make-up aufzutragen. Als sie dann nach dem Toilettenpapier greifen wollte, um sich damit etwas Wimperntusche abzuwischen, war keines mehr da.

Sie öffnete den Badezimmerschrank unter dem Waschbecken, und eine Schachtel Erdbeerkondome fiel heraus, die sie Gary vor ein paar Monaten spaßeshalber gekauft hatte. Sie hatten nur eines davon benutzt. Dee stellte sie wieder in den Schrank zurück und wollte gerade die Tür schließen, als sie sich eines anderen besann.

Sie holte die Schachtel hervor und stellte sie auf das Fensterbrett, wo sie Mama sicherlich ins Auge stechen würden. Es war höchste Zeit für sie zu merken, daß ihr Sohn kein Heiliger war. Dee grinste vergnügt.

Das Abendessen war schrecklich. Gary vermied jeden direkten Blickkontakt mit Dee. Ihr fiel auf, daß er jetzt den weißen Baumwollpullover trug, den seine Mutter ihm letztes Jahr zum Geburtstag geschenkt hatte. Normalerweise rannte er in alten T-Shirts und ausgewaschenen Jeans herum, seiner Mutter zuliebe jedoch zog er sich proper an. Der Pullover stand ihm gut, das reine Weiß betonte die braune Haut, die er vom Fußballspielen in der Abendsonne bekommen hatte. Dee jedoch war nicht in der Stimmung, die Vorzüge ihres Verlobten anzuerkennen, wenn er seine Mutter ohne Vorwarnung vorbeikommen ließ. Darüber hinaus bemühte er sich, ihr wirklich zu gefallen.

Das Stück Pappe, das den Tisch stabilisierte, war verschwunden. Gary verbrachte eine Ewigkeit damit, eine Cornflakestüte unter das wacklige Bein zu klemmen. Nach einem langen Gebet teilte Margaret das Gemüse aus, wie eine biblische Prinzessin Almosen an die Armen verteilt. »Ein paar Kartöffelchen, Deirdre?« erkundigte sie sich kühl. Mit viel mehr Wärme in der Stimme wandte sie sich an Gary: »Ich habe deine Lieblingskartoffeln mit Käse gemacht.«

Margaret konnte wirklich gut kochen. Der Geruch des saftigen Lamms genügte, um Dee das Wasser im Mund zusammenlaufen zu lassen. Es fiel ihr jedoch schwer, die Mahlzeit zu genießen, während ihre zukünftige Schwiegermutter das Messer ins Licht hielt, es dann anhauchte und schließlich mit ihrer Serviette polierte. Mit einer Papierserviette. Für Margaret waren Papierservietten gleichbedeutend mit dem Trinken von Tee aus Bechern und dem Hinstellen ganzer Milchflaschen anstelle eines richtigen Milchkännchens. »Schmeckt es dir, mein Liebling?« erkundigte sich Margaret besorgt bei ihrem Sohn.

»Wunderbar. Es geht doch nichts über eine Mahlzeit in den eigenen vier Wänden.« Gary lächelte seine Mutter herzlich an und schob eine Gabel Lammfleisch in seinen Mund.

Verräter, dachte Dee. Sie piekste eine Erbse mit ihrer Gabel auf, und etwas Soße spritzte auf die rote Unterlage. Ich könnte jeden Abend ein blödes Lamm mit Käsekartoffeln zubereiten, wenn ich nicht arbeiten müßte. Oder wenn ich nicht so viel meiner Freizeit damit verbringen müßte, zusätzlich noch das Haus zu staubsaugen, weil dein verdammter Sohn nichts tut.

»Er liebt Lamm«, bemerkte Margaret zärtlich, während ihre gemeinen kleinen Augen weicher wurden. »Alle meine Söhne lieben mein Essen. Ich habe zu Hause ein wunderbares Kochbuch, das ich dir ausleihen könnte, Deirdre«, fügte sie zuckersüß hinzu. »Da sind manche von Garys Lieblingsrezepten drin. Er liebt Sheperd's Pie, wie du weißt. Aber nur mit gutem Hackfleisch.«

In Dee brodelte es. Diese Frau kam in ihr Haus, steckte ihre Nase in Dees Kühlschrank und machte sich ein Bild von der Wohnung. Und dann unterstellte sie Dee auch noch, daß sie entweder nicht kochen konnte oder es nicht wollte! Sie biß die Zähne aufeinander und malte sich aus, was sie gerne sagen würde...

»Du verwöhnst deine Jungs, Margaret. Genauer gesagt, du hast den armen Gary so sehr verwöhnt, daß er sich nicht einmal ein Ei kochen kann. Er kann sich lediglich eine Pizza über den Bestellservice bestellen, nicht wahr, Liebling?«

Dee lächelte, während sie sich den Gesichtsausdruck ihrer zukünftigen Schwiegermutter vorstellte. *»Im Bett ist er natürlich wunderbar. Gestern hat er fast den Kronleuchter von der Decke gerissen, als er sich von oben auf die Matratze stürzte!«*

Sie konnte sich gut vorstellen, wie Margaret vor Schreck ihr Mineralwasser verschüttete. Das wäre ein echter Lacher. *»In einer modernen Beziehung arbeiten die Menschen zusammen. Gestern abend haben wir uns geeinigt, die gesamte Hausarbeit und das Kochen zu teilen, nicht wahr, Gary?«*

»Noch etwas Wein, Dee?« unterbrach seine Stimme ihre

Tagträume. Er hielt die Flasche und lächelte selbstzufrieden. Natürlich war er zufrieden, dachte sie mißmutig. Mami war zufrieden, und das war alles, was zählte. Wer scherte sich schon um Dees Zufriedenheit? Während des weiteren Abendessens sprach sie kaum noch ein Wort. Als Margaret den Pudding verteilte, entschuldigte Dee sich, sie habe an ihrer Kummerkastenkolumne zu arbeiten. Dee haßte Pudding. Der war fast so schlimm wie Tapioka, noch eine dieser von Gary so heiß geliebten Kinderspeisen. Margaret hatte vermutlich ein Kochbuch mit lauter leckeren Rezepten, was man mit Tapioka und Sago alles machen konnte. Igitt! Wenn die dumme Frau doch endlich nicht mehr solch ein Gewese um ihre Jungs machen und dann und wann ein Glas Wein trinken würde, wäre sie vielleicht etwas menschlicher. Aber andererseits würde wohl mehr als ein Glas Chianti nötig sein, um Margaret Redmond in auch nur etwas annähernd Menschenähnliches zu verwandeln.

Im oberen Stock stellte Dee ihren Computer an, brachte jedoch keine Zeile zustande. Sie war so wütend. Wütend und verletzt. Gary hätte ihr wirklich mitteilen können, daß Margaret heute vorbeikommen wollte. Was die Sache verschlimmerte war die Tatsache, daß er seiner Mutter jeden Wunsch von den Lippen ablas, während er für Dee keinen Finger rührte. Wann hatte er das letzte Mal einen Laden von innen gesehen, es sei denn, er wollte Alkoholika kaufen oder ein Video zurückbringen? Aber wenn Mama mit ihren dicken kurzen Fingern schnippte, sprang er wie ein Paradesoldat auf. Das war also ihr geruhsamer Abend zu Hause mit einem Fernsehfilm. Zu allem Überfluß lief auch noch Woody Allens *Hannah und ihre Schwestern.* Dee holte ihren Krimi hervor, setzte sich in ihr winziges Büro, legte die Füße auf den Tisch und vernaschte ein ganzes Päckchen Sahnebonbons. Insgesamt waren das zwei große Mahlzeiten, fünf Schokoladenkekse im Büro, vier Glas Weißwein *und* ein ganzes Päckchen Süßigkeiten. Verdammt noch mal. Morgen würde es nichts als schwarzen Kaffee und Obst geben. Der Bund ihrer Jeans, Größe vierzig, wurde schmerzhaft eng. Das war das Problem, wenn man mit jemandem zusammenlebte, der alles essen und trotzdem spargeldünn bleiben konnte. Gary brachte häufig Schokolade oder Kekse mit nach Hause und ließ sie herumliegen, so daß Dee ihnen nicht widerstehen konnte. Und er wagte es, sie darauf hinzuweisen, *sie* müsse mehr auf ihre Figur achten!

Liebe Annie,

mein ganzes Leben lang hatte ich ein paar Kilo zu viel auf den Rippen. Ich bin nicht eigentlich fett, nur etwas rundlich. Zehn Kilo weniger würden mir nicht schaden, gut, sagen wir, fünfzehn Kilo. Die meiste Zeit meiner zweiunddreißig Jahre habe ich auf Diät gelebt. Mein Problem ist mein Freund.

Als ich ihn kennenlernte, war ich etwas schlanker. Er meinte, ihm gefiele mein Aussehen, und er hasse Frauen, die auf Diät gingen. Seiner Meinung nach sollte man einfach nach Herzenslust essen, dann würde man auch nicht zunehmen. Er würde genau das tun, und er ist dünn.

Also habe ich nach Herzenslust gegessen und zugenommen, was ihm nicht gefällt. Ich muß meine Diätbücher und meine Light-Produkte hinter dem Geschirr verstecken, denn er meint, ich solle »den ganzen Mist« endlich wegschmeißen. Er meint auch, ich würde dünner besser aussehen. Mittlerweile haben wir überhaupt keinen Sex mehr. Sicher liegt das daran, daß er mich nicht mehr attraktiv findet. Ich kann Waagen nicht mehr ertragen, und ich esse mehr als je zuvor. Langsam fange ich an, mich selbst zu hassen. Was soll ich tun?

Als Dee um halb elf die Haustür zuknallen hörte, stellte sie den Computer ab und ging nach unten. Gary räumte gerade die sauberen Teller ins Regal. Der Spülstein war leer, das Abwaschtuch lag über dem Hahn ausgebreitet, und die Arbeitsflächen waren blitzblank.

Wenn das Garys Werk gewesen wäre, wäre Dee außer sich vor Freude gewesen. Da jedoch seine verdammte Mutter saubergemacht hatte – bestimmt hatte sie die ganze Zeit über gemurmelt, man müsse das ganze Haus einmal putzen –, irritierten Dee die glänzenden Arbeitsflächen und das leere Abtropfgestell.

Sie würdigte Gary keines Blickes, sondern füllte den Wasserkessel und holte sich einen Becher. Sie traute sich nicht zu sprechen, obwohl ihr tausend Dinge durch den Kopf schwirrten.

»Es tut mir leid, Dee, ich hätte dir sagen sollen, daß sie kommt. Aber als sie heute anrief, klang sie so deprimiert, daß ich sie einfach einladen mußte«, meinte Gary beschwörend. »Du weißt doch, wie sehr ihr Papas Geburtstag zu Herzen geht. Jetzt ist sie ganz allein in dem großen Haus …«

Da fragt man sich doch unwillkürlich, weshalb, dachte Dee gehässig. Schwungvoll öffnete sie die Kaffeedose. Die alte Ziege hatte fast all ihre Nachbarn vergrätzt, *alle* ihre Schwiegertöchter, und die einzigen Menschen, die sich überhaupt noch mit ihr abgaben, waren ihre kleinen Jungs, fünf Chauvinisten, die blind den Boden küßten, auf dem sie wandelte.

»Sie ist einsam«, wiederholte Gary.

Wütend wandte Dee sich ihm zu.

»Ich habe nichts dagegen, wenn deine Mutter hierherkommt, weil sie wirklich einsam und deprimiert ist. Aber ich *habe* etwas dagegen, wenn sie jede Minute hier dazu nutzt, mich zu kritisieren! Ich koche dir nicht das richtige Essen, ich habe nichts im Kühlschrank, ich benutze entrahmte Milch und löslichen Kaffee, und dann erwarte ich auch noch, Gott vergebe mir, daß du dir deine blütenzarte Hände mit etwas Hausarbeit beschmutzt! *Das ist es,* was mir nicht paßt«, zischte Dee. »Ihr ständiges Gemecker.«

»Das stimmt doch gar nicht«, protestierte Gary.

»Und das Schlimmste ist, wie du sie darin immer bestätigst. *Mach dir keine Sorgen, Mama, die dumme Dee wird niemals so kochen wie du, warum kommst du also nicht einmal die Woche herüber und belebst ihr Leben mit deiner guten Küche!* Was glaubst du wohl, wie ich mich dabei fühle? Du kannst mich noch nicht mal deiner blöden Mutter gegenüber verteidigen!«

»Mein Gott, Dee, nun nimm es doch nicht so schwer«, entgegnete er müde. »Ich verstehe nicht, was dein Problem mit meiner Mutter ist. Ihr Leben dieser Tage verläuft weiß Gott ohne viel Freude. Wenn es sie glücklich macht, für mich zu kochen, dann bin ich froh.«

»Ich aber nicht!« kreischte Dee. »Bist du taub oder was? Hörst du denn nicht, wie sie mich ständig herunterputzt? Findest du nicht auch, daß sie kein Recht hat, sich in meine Küche zu stellen und die Art meiner Haushaltsführung zu kritisieren?« Dee holte Luft. »Denn *ich* führe diesen Haushalt. *Du* jedenfalls tust es nicht.«

Er legte ihr beruhigend die Hand auf den Arm, aber Dee schüttelte ihn ab.

»Versuche jetzt nicht, mich zu beschwichtigen, Gary. Ich finde es nicht komisch, mir ist es sehr ernst. Ich habe es satt, von dir so behandelt zu werden. Ich arbeite mindestens genausoviel wie du, und ich verdiene viel mehr. Dennoch erwartest du von mir, daß ich hinter dir herräume und deine Wäsche für dich wasche. Aber ich sage dir, so geht es nicht weiter. Ich mache da nicht mehr mit.«

»Ist ja schon gut, ich helfe ja mit. Ich sehe nur einfach nicht ein, warum man so oft saubermachen muß«, entgegnete er ruhig.

Dee biß die Zähne aufeinander, um ihn nicht zu schlagen. Manchmal war er wirklich begriffsstutzig. Er hatte mal wieder nichts verstanden.

Wenn Gary seine Hausarbeitspflichten auf den Zeitpunkt

reduzierte, zu dem er sie als notwendig ansah, würden sie auf einer Müllhalde leben. Weil er nämlich *niemals* eine Notwendigkeit zum Aufräumen sah. Innerhalb einer Woche wären sie wieder da, wo sie angefangen hatten: Sie würde ihn anschreien, er solle den Abwasch machen.

»Es hat einfach keinen Sinn, Gary, mit dir darüber zu reden. Wenn du mich nicht ausreichend respektierst, um deinen Teil der Hausarbeit zu erledigen, wie kann ich es dann von deiner Mutter erwarten? *Sie* erniedrigt mich, weil *du* mich erniedrigst, und sie weiß genau, daß sie hier alle möglichen kleinen Gemeinheiten von sich geben kann, ohne daß du sie jemals daran hindern würdest.«

»Sei nicht albern. Schließlich geht es hier nur um den Abwasch, nicht um die Zukunft der zivilisierten Welt!«

»Du begreifst es einfach nicht, nicht wahr?« erwiderte Dee erschöpft. Warum sollte sie überhaupt noch darüber reden? Gary würde ihren Standpunkt nie verstehen.

»Übrigens«, sagte er mit ruhiger Stimme. »Mama hat mich gefragt, ob wir sie zu Simons Hochzeit mitnehmen könnten. Sie möchte nicht in ihrem eigenen Wagen fahren.«

Dee rollte entnervt mit den Augen. Es war schon schlimm genug, daß Gary die Hochzeitseinladung seines Cousins angenommen hatte und es ihr erst letzte Woche mitgeteilt hatte. Aber die Vorstellung, diese verdammte Margaret den ganzen Weg nach Ashford im Wicklow zu fahren, war noch schlimmer. Zweimal eine Stunde gemeiner, besserwisserischer Kommentare. Dee stöhnte innerlich auf.

»Ja, ist gut«, schnappte sie.

Simon war der Sohn von Margarets Schwester – einer herablassenden, scharfzüngigen Vettel. Seine Heirat mit der Tochter eines wohlhabenden Rechtsanwalts war die Hochzeit des Jahres, jedenfalls Tante Margaret zufolge. Dee graute davor. Sie hatte schon genug vom Empfang der Delahuntys gehört, die auf ihrem riesigen Grundstück in Ashford sich die Ehre geben würden. Auf dem Grundstück befand sich ein von einer Hecke gesäumter Rosengarten, mehrere Statuen, ein Brunnen und ein Tennisplatz.

»Yvonnes Eltern sind wirklich reizend. Es ist eine gute Idee, den Empfang bei ihnen zu veranstalten. Sie haben sogar ein Hallenbad«, hatte Margaret angeführt.

Was im Himmel sollte sie nur anziehen, dachte Dee bedrückt. Sie mußte sich etwas Neues kaufen, sonst würde sie unter all den identischen Pastelltönen in rosa, blau und gelb der anderen weiblichen Gäste vollkommen fehl am Platz aussehen. Zweifellos würde jede Frau die Familienperlen zur Schau tragen. Noch eine Ausgabe mehr. Das Hochzeitsgeschenk jedenfalls würde Gary kaufen müssen. Das war das mindeste, was er beisteuern konnte.

»Weißt du was?« Er setzte sich hinter sie an den Tisch und massierte ihren bloßen Nacken. »Wie wäre es, wenn wir beide am Freitag abend irgendwo richtig schön romantisch zusammen essen gehen? Was hältst du davon?«

Sie drehte sich zu ihm um. »Also gut. Das wäre schön.«

»Ich liebe dich nämlich, Dee«, flüsterte er zärtlich und fuhr ihr über die Wange.

Plötzlich fiel ihr auf, wie müde er aussah. Er hatte Schatten unter den Augen, und er hatte den ganzen Abend über sein Gähnen unterdrücken müssen.

»Mir ist klar, wie schwierig es mit meiner Mutter ist. Aber ich fühle mich so schuldig, wenn sie anruft und ich ihr sage, daß sie nicht kommen kann. Das würdest du doch deiner Mutter gegenüber auch nicht tun wollen, wenn sie in dieser Situation wäre, oder?«

»Stimmt«, gab Dee nach. Vielleicht hatte sie tatsächlich etwas übertrieben. Die Arbeit hatte sie in letzter Zeit reizbar gemacht. Das würde sich ändern, wenn sie erst einmal Antonias Job hatte. Und wer weiß, vielleicht konnte sie am Freitag bereits ihre neue Anstellung als Ressortleiterin der Frauenseiten feiern. Das wäre dann allerdings tatsächlich ein Grund zum Feiern!

4

Nigel Burke ließ seine Bürotür laut hinter sich ins Schloß fallen.

»Möchten Sie eine Tasse Tee?« fragte Ted Holts Sekretärin, eine kühle, brünette Vierzigjährige hinter einem imposanten Schreibtisch.

Isabel setzte sich auf den großen schwarzen Ledersessel und sank augenblicklich tief ein.

»Danke, äh, nein.« Sie versuchte sich aufzurichten. Warum standen in Empfangszimmern so häufig Sessel herum, in denen man vollkommen versank? Wenn man aus solch einem Sessel aufzustehen versuchte, konnte man nur schwerlich seine Würde bewahren. Die Strumpf- und Unterhosen waren sichtbar, der knielange Rock nach oben verrutscht.

Isabels Füße berührten jetzt wieder den Boden. Sie bemühte sich, die Frau anzulächeln, als sei nichts gewesen. Die Sekretärin ihrerseits starrte ihren Monitor an. Eine gelbe, dampfende Tasse stand neben ihr. Isabel wünschte sich, sie hätte das Angebot einer Tasse Tee angenommen.

Nach ihrem fast einstündigen Interview mit dem Herausgeber des *Sentinel,* Ted Holt, und mit Nigel, hätte sie alles für eine Tasse Tee gegeben.

Sie hatten sie schwer in die Mangel genommen. Jeder Aspekt ihrer bisherigen Berufslaufbahn war durchgegangen worden. Angefangen von den Gründen, weshalb sie Irland verlassen hatte, bis hin zu der Frage, warum sie ihre Position bei der englischen Frauenzeitschrift aufgegeben hatte. Wie würde sie die Frauenseiten gestalten, wenn sie den Job bekäme? Auf all diese Fragen war Isabel vorbereitet gewesen. Am vergangenen Abend hatte sie zwei Stunden lang alle möglichen Antworten durchgespielt, so ruhig und so professionell wie nur möglich, wobei Naomi die Position von Nigel eingenommen hatte.

Als sie vor Nigel und Ted gesessen hatte, war Isabel für den Testdurchlauf am vergangenen Abend sehr dankbar gewesen. Natürlich hatte sie Naomi nicht gesagt, daß sie nach Irland zurückgekehrt waren, weil sie sich von ihrem Mann getrennt hatte und nun eine Scheidung in Erwägung zog. Nigels Augen schienen bei dem Wort Scheidung aufzublitzen. Vielleicht war er von ihrem knielangen schwarzen Rock, ihren schlanken Beinen und dem eleganten roten Jackett beeindruckt. Sie hätte jedoch unmöglich sagen können, ob Ted Holt sie persönlich mochte oder, was viel wichtiger war, sie als Kandidatin für diese Stelle in Erwägung zog. Seine stechenden kleinen Augen verrieten nichts. Er hatte sich auf seinem Stuhl zurückgelehnt und mit vor der blaugestreiften Brust verschränkten Armen und seinen dünnen Lippen immer noch eine weitere Frage formuliert, sobald sie die letzte beantwortet hatte. Seinem Gesichtsausdruck zufolge hatte Isabel nicht das Gefühl, auch nur die leiseste Chance zu haben.

Das Telefon der Sekretärin klingelte. Isabel richtete sich nervös auf.

»Büro von Herrn Holt«, sagte die Sekretärin, während sie sich eine Haarsträhne hinter dem Ohr feststeckte.

»Nein, er möchte zur Zeit nicht gestört werden. Er wird Sie in einer halben Stunde zurückrufen.«

Eine halbe Stunde, dachte Isabel. Würde sie noch so lange warten müssen, bis sie sich entschieden hatten? Es war bereits viertel vor zwölf, und um zwölf wurde sie bei der Arbeit erwartet.

Sie hatte den Vormittag freibekommen, weil sie eine dringende Zahnbehandlung vorgeschoben hatte. Ihr Chef bei *Motor 2000*, Richie, würde sich über eine Verspätung maßlos ärgern, zumal sie überhaupt nicht den Eindruck erweckte, als ob sie den Vormittag beim Zahnarzt verbracht hätte. Vielleicht sollte sie sich die erste Stunde bei der Arbeit ein Bonbon in die Wange stecken, damit ihr Mund geschwollen aussah.

Isabel grinste. Wenn sie den Job hier bekam, konnte ihr allerdings Richies Wut vollkommen gleichgültig sein. Seinen miesen Job würde sie dann nicht länger brauchen. Nun gut, wenn. Sie zupfte ihren Rock über die Knie und fragte sich, ob sie nicht statt eines kurzen Rocks lieber einen knöchellangen hätte tragen sollen. Würde man einen kurzen Rock als zu sexy und provokativ erachten? Sie hatte seit Jahr und Tag kein Bewerbungsgespräch mehr gehabt. Die Position beim Automagazin zählte nicht, denn dort hatten sie eine Honorarkraft gesucht, und jede, die den Job auch nur halbwegs geschafft hätte, hätte ihn bekommen.

Der *Sentinel* wollte eine Frau mit Modeerfahrung, da konnte sie sich ja wohl kaum schäbig anziehen, oder?

Vergiß die Sache mit dem Rock. Das Bewerbungsgespräch ist gelaufen, jetzt ist es vollkommen gleichgültig, wie sie deine Aufmachung einschätzen, ermahnte sich Isabel.

Seufzend warf sie einen Blick auf die Tagespresse, die auf einem Tisch vor ihr ausgebreitet lag. Die Warterei war unerträglich – sie hätte genausogut beim Zahnarzt sich ein riesiges Loch füllen lassen können. Der gab einem zumindest eine Spritze, bevor er einem auf den Nerv fühlte.

Plötzlich ging die Tür auf, und Ted Holt erschien. Er verschwendete keinerlei Zeit mit Freundlichkeiten wie beispielsweise Isabel zuzunicken oder seine Sekretärin namentlich zu nennen – er bellte lediglich seine Anweisungen.

»Lassen Sie mein Auto holen, und rufen Sie das Restaurant an, wir werden uns verspäten. Auf dem Weg muß ich noch beim Anwaltsbüro vorbei.«

Die Sekretärin war dieses brüske Benehmen offenbar gewohnt, denn sie zuckte nicht zusammen. »Geht in Ordnung. Möchten Sie Ihre Nachrichten jetzt, Ted, oder soll ich sie Ihnen später geben?« fragte sie.

»Später.« Er wandte sich Isabel zu. »Kommen Sie herein«, sagte er mit etwas freundlicherer Stimme.

Isabel versuchte zu lächeln und folgte ihm in das Büro, wo

sie zuvor das Bewerbungsgespräch geführt hatten. Ihr Herz klopfte so laut, daß sie es hören konnte, und ihr Mund war trocken wie die Sahara. Zum ersten Mal machte Ted ein freundliches Gesicht. Wollte er sie in falscher Sicherheit wiegen, bevor er ihr absagte – oder wollten sie ihr die Stelle wirklich anbieten? Wer konnte das wissen? Wenn er seine Leute alle so behandelte wie seine Sekretärin – mit einer Direktheit, die schon fast als unverschämt zu bezeichnen war –, wollte sie überhaupt für ihn arbeiten?

Isabel setzte sich in denselben Stuhl wie zuvor und legte ihre Hände entspannt in den Schoß anstatt sie ineinander zu verkrampfen. So jedenfalls rieten es einem die Ratgeberartikel bei Nervosität an. Es funktionierte jedoch nicht.

Beide Männer lächelten breit.

Ted beugte sich vor, holte aus einem Mahagonischreibtisch eine polierte Holzkiste und zog eine fette Zigarre heraus.

»Wir möchten Ihnen die Position der Ressortleiterin der Frauenseiten anbieten«, sagte er. »Und das gilt es zu feiern!«

»Ganz meine Meinung.« Nigel beugte sich vor, um sein Feuerzeug anzubieten.

Isabel wußte nicht, was sie sagen sollte. Sie konnte es einfach nicht glauben. Sie hatten ihr den Job angeboten! *Sie* war die neue Frauenressortleiterin des *Sentinel!*

»Vielen Dank. Ich akzeptiere selbstverständlich.« Sie lächelte die beiden Männer an. »Sie werden es nicht bereuen, das verspreche ich Ihnen«, fügte sie selbstsicher hinzu.

»Nigel und ich bereuen nie etwas, nicht wahr?« Ted zwinkerte seinem Chefredakteur zu. »Würden Sie uns jetzt zum Mittagessen begleiten, Isabel? Es sind noch einige wichtige Details zu besprechen, Ihr Gehalt beispielsweise. Geschäftliches bespreche ich gerne bei einem Glas Wein, ganz besonders dann, wenn die Begleitung derart attraktiv ist!«

Die Bemerkung ließ sie erröten. Sie dachte an *Motor 2000*

und den dreiseitigen Artikel, der auf ihrem Schreibtisch darauf wartete, in einen packenden Beitrag darüber verwandelt zu werden, welcher Kleintransporter sich am besten für ein kleines Unternehmen eignete.

Dennoch hielt sie es für einen Fehler, ihrem neuen Chef gleich am ersten Tag abzusagen. Gleichzeitig war es etwas anmaßend anzunehmen, sie habe zum Mittagessen weiter nichts vor. Isabel gehörte zu jenen Menschen, die Termine gerne bereits eine Woche vorher in ihren Kalender eintrugen. David konnte sie die Wände hochtreiben, wenn er gelegentlich Freunde von einem Tag auf den anderen einlud. Es war eines der vielen Dinge, über die sie sich gestritten hatten.

»Wie soll ich denn für sechs Personen ein Abendessen herrichten, wenn ich bis spätabends arbeite? Ich habe keine Zeit, mittags einzukaufen, und das Haus ist momentan ein einziges Katastrophengebiet«, hatte sie ihn beim letzten Mal angebrüllt.

Vielleicht gehörte Ted Holt auch zu jenen Männern, die Entscheidungen von einer Sekunde zur anderen fällten. Er hatte sie schließlich auch nur zwei Tage nach ihrem Bewerbungsschreiben zu einem Gespräch gebeten.

»Das würde ich nur zu gern tun«, erwiderte Isabel und lächelte ihren neuen Chef mit dem selbstbewußten Lächeln an, das sie am Tag zuvor vor dem Spiegel geübt hatte. »Aber erst muß ich kurz telefonieren.«

»Selbstverständlich. Benutzen Sie doch das Telefon im Vorzimmer.« Ted machte eine Handbewegung in Richtung der Tür. »Wir gehen dann in zehn Minuten.«

»Ted meinte, ich könne Ihr Telefon benutzen«, wandte sie sich an die Sekretärin. »Wir sind einander noch nicht vorgestellt worden, ich bin Isabel Farrell«, fügte sie hinzu.

»Ich heiße Marion«, erwiderte die Frau. »Wählen Sie eine neun, um eine Amtsleitung zu bekommen. Möchten Sie vielleicht jetzt gerne eine Tasse Tee oder Kaffee? Ted wird ohnehin nicht gleich gehen wollen, und der Kaffee ist fertig.«

»Eine Tasse Kaffee wäre einfach göttlich«, erwiderte Isabel erleichtert. »Danke.«

Marion verließ mit zwei Tassen das Zimmer, und Isabel rief schnell das Büro an. Gott sei Dank war Richie nicht da. »Sagen Sie ihm bitte, daß es mir wirklich leid tut. Ich werde morgen besonders früh erscheinen, um die Seiten noch fertig zu machen«, erklärte sie dem zuständigen Redakteur. »Ja, ich bin mir im klaren, daß er ausrasten wird. Aber ich kann es nicht ändern. Wir sehen uns morgen.« Sie legte auf.

Marion trat mit einem kleinen Tablett mit Kaffee, Zucker, Milch und ein paar Schokoladenkeksen herein.

»Willkommen beim *Sentinel.*« Sie stellte das Tablett auf dem Tisch ab.

»Danke.« Isabel konnte sich nicht erklären, wie Marion bereits wissen konnte, daß man ihr die Stelle angeboten hatte. Andererseits, woher hatte die Sekretärin eben schon wissen können, daß sie mit Ted und Nigel Mittagessen gehen würde? Vielleicht hatte sie hellseherische Fähigkeiten. »Sie gehen nie pünktlich zum Mittagessen«, fügte Marion hinzu. Sie nahm ein paar Schokoladenkekse mit zu ihrem Tisch, setzte sich wieder und begann zu reden.

»Die Arbeit hier gefällt mir wirklich gut. Ich bin schon seit zehn Jahren hier – ich habe bereits für den vorherigen Herausgeber gearbeitet –, und ich sage Ihnen, mich könnte keiner von hier wegbekommen. In diesem Büro ist irgendwie Leben drin. Ganz im Gegensatz zu meiner früheren Arbeit.« Sie biß von dem Keks ab und redete mit vollem Mund weiter. »Und es ist wunderbar, wenn neue Leute zu uns stoßen. Ein bißchen Aufregung tut uns doch allen gut!« Sie lächelte. »Antonia war sehr nett, aber doch ein wenig von oben, wenn Sie mich verstehen.«

Isabel verstand zwar gar nichts, war aber viel zu interessiert an dem Klatsch, als daß sie es zugegeben hätte. Sie nickte aufmunternd.

»Alle mochten sie – nun ja, die meisten jedenfalls«, fuhr

Marion fort. »Sie war von Anfang an dabei, und sie hatte ein treffsicheres Gespür für Mode. Sie war stets perfekt gekleidet. Haben Sie auch schon im Modebereich gearbeitet?«

»Nein, eigentlich nicht. Ich habe in England lange für Frauenzeitschriften gearbeitet, bisher jedoch noch niemals Frauenthemen für eine Tageszeitung aufbereitet«, erläuterte Isabel.

»Tatsächlich? Und warum haben Sie dann Ihren anderen Job aufgegeben?« fragte Marion und beugte sich neugierig vor.

»Ach, das ist eine lange Geschichte...« Isabel zögerte. Sollte sie dieses Thema mit der Sekretärin des Herausgebers besprechen?

»Fahren Sie nur fort, Ted wird ohnehin noch eine Weile brauchen.« Marion blickte auf das Telefon. Ein rotes Lämpchen zeigte die belegte Leitung ihres Chefs an. »Ich liebe etwas Klatsch.«

Als Nigel und Ted nach einer Viertelstunde aus dem Büro kamen, hatte Isabel bereits eine zweite Tasse Kaffee getrunken. Sie hatte jetzt das Gefühl, daß Marion eine Menge über sie, sie ihrerseits aber so gut wie nichts über Marion erfahren hatte. Sie wußte, daß Marion Klatsch und Schokoladenküchlein liebte, weswegen sie wahrscheinlich auch das riesige gemusterte Hemd trug, das man problemlos mit einem Umstandskleid hätte verwechseln können. Isabel verfluchte ihre Nervosität, derentwegen sie sich zu dem Gespräch mit der Sekretärin hatte hinreißen lassen.

»Tut mir leid, daß Sie warten mußten, Isabel.« Ted knöpfte sein Jackett zu und ging zur Tür. »Heute nachmittag werde ich nicht dasein«, informierte er über die Schulter hinweg Marion. »Falls nötig, können Sie mich mobil erreichen.«

Im Restaurant fingen sie mit Weißwein an – »um uns während des Bestellens in Laune zu halten«, meinte Nigel und trank einen großen Schluck. Dann bestellten sie noch zwei weitere Flaschen Wein –, darunter einen roten für Teds Filet Mignon. Isabel hatte sich vorgenommen, kühl und gelassen zu bleiben. Während der gesamten Mahlzeit trank sie nur wenig Wein. Sie wollte sich auf gar keinen Fall mittags schon betrinken, obgleich Ted und Nigel in dieser Hinsicht offenbar keinerlei Hemmungen hatten.

Sie tranken, als ob es gleich aus der Mode kommen würde. Und sie aßen so viel, daß man damit eine kleine Matratze hätte stopfen können. Während Isabel ihre gegrillte Seezunge mit Salat genoß, vertilgten sowohl Nigel als auch Ted eine so cholesterinreiche Mahlzeit, die einen Herzinfarkt geradezu heraufbeschwor.

»Diese vornehme französische Küche ist mir verhaßt – ein kleines Stück Fleisch und zwei winzige Kartöffelchen auf einem riesigen Teller«, bemerkte Ted und spießte ein großes Stück Fleisch auf seine Gabel. »Gute irische Küche, das ist es, was mir schmeckt.«

Und davon jede Menge, dachte Isabel. Zum Abschluß bestellte Ted einen sehr teuren Portwein, der die Käseplatte begleitete.

Nigel und Ted waren tatsächlich sehr unterhaltsam, und die Geschichten über all die Leute, mit denen sie gearbeitet hatten, waren wirklich sehr komisch. Isabel war sich jedoch darüber im klaren, daß trotz aller Freundlichkeit und Jovialität Nigel ein Mann war, den man sich nicht zum Feind machen sollte.

»Das war die Story des Jahres, vielleicht sogar des Jahrzehnts«, erklärte er Isabel schmunzelnd. »Der Bischof mit zwei jungen Enkelkindern, von denen kein Mensch etwas wußte. Natürlich wußten wir, daß er eine etwa zwanzigjährige Tochter hatte, aber das hat er ganz gut heruntergespielt. ›Eine jugendliche Indiskretion‹, wie er sich ausdrückte. Kein Mensch hat die Tochter jemals finden können, und niemand wußte, daß sie in Kanada mit Zwillingssöhnen lebte.« Er kippte den Port hinunter.

»Diese Enkel waren ihm wie aus dem Gesicht geschnitten. Ich hatte sechs Monate lang an dieser Story gearbeitet, und kurz bevor wir sie veröffentlichen wollten, hat dieser elende Dick Morgan sie mir weggeschnappt und sie auf der Titelseite des *Ireland Today* herausgebracht. Ich habe ihm damals versprochen, daß er dafür würde bezahlen müssen. Und ich habe mein Wort gehalten.«

Nigel strahlte zufrieden. »Seine Frau hatte mit einem alten Kumpel von mir eine Affäre, und ich stellte sicher, daß jeder Reporter in Dublin und Morgan selbst davon Wind bekamen. Das hat ihn fast umgebracht!«

Daraufhin erhoben sie ihre Gläser.

Offenbar gab es kein Thema, dem sie nicht zuprosten würden, dachte Isabel, als sie ihr Glas erhob.

Nach dem Essen sprach Ted von ihrem neuen Aufgabenbereich. »Wie Sie sich denken können, gab es für die Position jede Menge Interessenten.« Er zündete sich eine Zigarette an.

»Antonia hatte kaum gekündigt, da hatten wir bereits sechs Bewerbungsschreiben vorliegen.«

»Ach ja?« Isabel war stolz darauf, wie viele sie aus dem Rennen geschlagen hatte.

»Es ist eine schwierige Aufgabe, und für das Blatt ist sie auch sehr wichtig«, fügte Ted hinzu. »Deshalb mußten wir die Position unverzüglich wieder neu besetzen. Wie haben Sie eigentlich von Antonias Weggang erfahren? Nicht viele wußten davon. Es hat mich sehr beeindruckt, daß Sie davon so schnell Wind bekommen haben, erst recht, nachdem Sie so lange aus der irischen Szene heraus sind. Sie müssen über sehr gute Kontakte verfügen.« Er lächelte sie an und konnte es kaum abwarten zu erfahren, wer vom *Sentinel* ihr diese Information zugespielt hatte.

Isabel dachte einen Augenblick nach, bevor sie antwortete. Wenn sie tatsächlich glaubten, daß sie eine ganz heiße Journalistin mit dem Finger am Puls der Zeit sei, um so besser. Sie würde ihnen jedenfalls nicht verraten, daß sie von der Stelle über den Mann ihrer Cousine erfahren hatte. Noch würde sie ihnen mitteilen, daß sie so wenig von Klatsch verstand, daß die Sekretärin jetzt bereits ihre ganze Lebensgeschichte kannte, während sie ihrerseits nichts Nennenswertes gehört hatte.

Isabel zog lächelnd die Augenbrauen hoch, dann tippte sie mit dem Zeigefinger gegen ihre Nase. »Berufsgeheimnis, meine Herren.«

Ted lachte schallend. »Na, Sie werden es ihnen am Dienstag schon geben«, versicherte er ihr.

Isabel lächelte immer noch. Es war die Sorte Lächeln, die bald in Schmerzen ausarten würden, wenn es noch lange anhielt. Wem würde sie es geben? Das klang schrecklich. »Wie Sie bereits wissen...«, Ted leerte seinen Port und blickte sich ungeduldig nach dem Kellner um, »...hatten wir sechs Bewerbungen für die Stelle – und Sie waren die einzige von außen, die also nicht dem *Sentinel* angehörte. Nigel und ich sind beide der Auffassung, daß das Blatt neues Blut braucht. Wir brauchen jemanden, der die Sache aufrüttelt. Die Leute dürfen sich nicht zu sicher fühlen, wissen Sie?« fügte er hinzu.

»Es tut einem Blatt nicht gut, wenn die Leute zu selbstgefällig werden. Und das ist bei uns in letzter Zeit der Fall gewesen. Noch eine Runde hiervon«, wandte er sich lautstark an den Kellner und hielt sein leeres Glas hoch. »Indem Sie sich diese Position erobert haben, Isabel, haben Sie einer ganzen Menge von Leuten den Teppich unter den Füßen weggezogen. Das wird Ihnen sicherlich kein Geheimnis sein.«

»Ich kann es kaum abwarten, ihre Gesichter am Dienstagmorgen während der Redaktionskonferenz zu sehen!« sagte Nigel und lächelte boshaft. »Sie haben ganz nett Unruhe gestiftet, soviel kann ich Ihnen verraten, Isabel.«

Ted und er lachten über ihren Witz. Isabel wußte nicht recht, was daran komisch sein sollte. Doch langsam dämmerte es ihr. Fünf Journalisten des *Sentinel* hatten sich um die Stelle beworben, und sie hatte sie bekommen – als Außenseiterin. Schlimmer noch, Nigel gab den erfolglosen Kandidaten nicht die Möglichkeit, ihre Enttäuschung zu verarbeiten. Es war sogar möglich, daß er ihnen überhaupt nichts gesagt hatte. Möglicherweise würde er am Dienstag vormittag mit geschwellter Brust Isabel als neue Frauenressortleiterin vorstellen und dann beobachten, wie die Kinnladen herunterfielen.

Der Belegschaft würde sie als Teds und Nigels Günstling erscheinen, jemand, der diejenigen gut beobachtete, denen Ted und Nigel ganz offensichtlich nicht über den Weg trauten. Worauf hatte sie sich nur eingelassen?

»Ich habe es mir anders überlegt«, wandte sich Isabel an den Kellner, der gerade zwei weitere Gläser Port gebracht hatte. »Können Sie mir auch noch einen Port bringen?«

»Mama, du bist einfach super!« kommentierte Naomi die Neuigkeiten. Zierlich und mit Sommersprossen hatte sie die blaßblauen Augen ihres Vaters, sein dunkelbraunes Haar sowie sein freundliches Wesen geerbt – nicht jedoch seine Rücksichtslosigkeit.

Ihr Lieblingslied summend tanzte sie in der Küche bis zum Herd und umarmte ihre Mutter. Isabel erwiderte die Umarmung.

Gott sei gedankt für Naomi, dachte sie zum tausendsten Mal seit der Trennung.

»Es freut mich, daß wenigstens einer so denkt. Deine Schwester hat heute früh kaum mit mir geredet. Sie ist immer noch sauer, weil sie am Freitag nicht zu der Überraschungsparty gehen darf. Deine Großmutter hat ebenfalls schlechte Laune, weil ich ihr gesagt habe, sie solle sich nicht einmischen.«

»Ach, mach dir nichts draus, Mami«, entrüstete sich Naomi. »Die sind so kindisch.«

Isabel feixte. Naomi hatte recht – die beiden machten ihr wirklich viel mehr Ärger als dieses kluge und freundliche junge Mädchen, das erst in zwei Monaten überhaupt ein Teenager sein würde.

»Robin wird sich schon einkriegen. Sie will eben nur auf *irgend jemandem* wütend sein, das ist alles.«

»Ich weiß.« Isabel seufzte. »Es wäre nur schön, wenn sie nicht immer ausgerechnet auf *mich* wütend wäre.«

Sie wandte sich wieder den Zwiebeln und dem Knoblauch zu, die sie gerade anbriet. Sie bereitete ein Huhn provençale vor, um ihre erfolgreiche Bewerbung zu feiern. Wenn die Zwiebeln anbrannten, wäre die Soße ruiniert. Es war halb sechs, und sie genoß die Zeit ganz allein mit Naomi, bevor ihre Eltern vom Einkaufen zurückkehrten.

Das war eines der Dinge, die Isabel in diesem Haus wirklich nervten: Niemals hatte sie Zeit, um mit den Mädchen allein zu sein. Robin schien das wenig auszumachen. Sie verbrachte viel Zeit bei ihren Freunden, angeblich um Hausaufgaben zu machen, doch Isabel war sich sicher, daß Schularbeiten zur Zeit nicht die oberste Priorität bei ihrer Tochter besaßen.

Doch es war wunderbar, mit Naomi allein zu sein. Sie konnten miteinander quatschen, wie sie es in Oxford immer getan hatten.

»Wann fängst du denn an?« erkundigte sich ihre Tochter und streifte die ausgebleichte Jeansjacke ab, die sie von Robin geerbt hatte. Sie setzte sich auf einen der Küchenstühle und verschränkte ihre langen, dünnen Beine.

»Am Dienstag. Mein Büro habe ich zwar noch nicht gesehen, weil der Chefredakteur keine Zeit hatte, es mir zu zeigen. Das Büro des Herausgebers, in dem ich meinen Vorstellungstermin hatte, liegt auf einem anderen Stockwerk.« Isabel erwähnte nicht, daß eine Besichtigung ihres Büros Nigels gemeinen Plan durchkreuzt hätte, die anderen Journalisten am Dienstag morgen mit ihrer Vorstellung zu schockieren.

»Hast du denn ein eigenes Büro?« fragte Naomi.

»Nein. Nehme ich jedenfalls nicht an. Es wurde nicht erwähnt.«

Isabel fügte die zerkleinerten Tomaten den Zwiebeln zu. »Hast du denn jemanden von den anderen Journalisten getroffen?«

»Nein, das habe ich nicht, aber ...«

Isabel brach ab, als die Haustür geöffnet wurde. Die laute Stimme ihrer Mutter konnte man bis in die Küche hören.

»Gott sei Dank sind wir endlich wieder zu Hause. Ich kann diese öffentlichen Verkehrsmittel nicht ausstehen. Dieses ganze Geschubse und Gedrängel, und dann diese schrecklichen Leute mit ihren Walkmans. Von den zischenden Geräuschen bekomme ich Kopfweh. Und keiner bietet einem einen Sitzplatz an ... ich weiß auch nicht, wie das weitergehen soll.«

Isabel und Naomi wechselten bedeutungsvolle Blicke. Ihre »Ruhezeit« gehörte der Vergangenheit an. Naomi rannte aus der Küche.

»Hallo, Oma. Hat das Einkaufen Spaß gemacht?« fragte sie unschuldig, als ob sie die Beschwerden ihrer Großmutter nicht eben gerade gehört hatte. Isabel beugte sich lächelnd über den dampfenden Topf. Dieser kleine Satansbraten!

»Es ging so, Liebling.« Wie die meisten, konnte Pamela Naomis freundlichem Wesen nicht widerstehen. »Wo ist denn deine Mutter?«

»Sie kocht, Oma. Sie erwartet dich schon, damit sie jemanden hat, mit dem sie reden kann. Mit mir zu reden langweilt sie gelegentlich.«

Als ihre Mutter die Küche betrat, hatte sich Isabel glücklicherweise abgewandt, so daß sie ihr müham unterdrücktes Lachen nicht sehen konnte.

»Hallo, Isabel. Was kochst du da?« Ihre Mutter schnupperte.

Isabel spürte, wie sich ihre Haare aufstellten. Die Art ihrer

Mutter erinnerte Isabel irgendwie immer an ihre Kindheit. Selbst jetzt noch sprach Pamela zu ihr wie zu einem zwölfjährigen Kind und nicht wie zu einer neununddreißigjährigen Frau, die mit ihren zwei Töchtern von ihrem Mann getrennt lebte. Ihre Mutter war so gräßlich bevormundend. Manchmal erwartete Isabel fast, daß Pamela sie auffordern würde, ihr Zimmer aufzuräumen und außerhalb des Hauses kein Make-up zu tragen.

Als Vorsitzende einer hochrangigen Aktiengesellschaft wäre sie eine beeindruckende Herrscherin gewesen und hätte sicher mehrmals den Titel »Geschäftsfrau des Jahres« verliehen bekommen. Statt dessen jedoch langweilte sie ihre Familie und die Hausarbeit, weswegen sie wiederum so gehässig war.

Zum x-ten Mal heute setzte Isabel ein Lächeln auf und drehte sich um.

»Mutter, hast du etwas Schönes eingekauft?«

Ihre Mutter seufzte tief auf. Sie stellte ihre dunkelblaue Ledertasche auf den Tisch und ging auf den Wasserkessel zu, wobei sie sich durch die Haare fuhr.

»In den Läden gibt es nur Mist. Ich weiß nicht, weshalb ich überhaupt noch dort hinfahre. Und dein Vater konnte mit mir nicht mithalten, war ständig außer Atem und mußte sich dauernd setzen.« Sie schneuzte sich. »Deshalb sind wir auch so spät dran. Was kochst du? Es riecht merkwürdig. Für heute abend hatte ich eigentlich etwas Kohl mit Speck zurechtgelegt.«

Was außer dir niemandem schmeckt, dachte Isabel.

»Es ist ein französisches Gericht, Mutter. Robin und Naomi essen es sehr gerne. Und da wir heute abend feiern, wollte ich gern für sie kochen.«

»Ich kann gar nicht mit ansehen, wie gutes Essen so verschwendet wird«, erwiderte ihre Mutter erzürnt. »Du hättest mir sagen können, daß du etwas anderes vorhast, Isabel. Du denkst einfach nie darüber nach, nicht wahr?«

Isabell beachtete sie nicht und schmeckte vorsichtig die Soße ab, um sich nicht den Mund zu verbrennen. Noch ein klein wenig Basilikum. Die Soße schmeckte wunderbar. Als der Knoblauchgeruch ihr in die Nase stieg, erinnerte sie sich, wann sie es das letzte Mal gekocht hatte: Es war an Robins Geburtstag im Februar gewesen. David hatte ihr einen Geschenkgutschein von fünfzig Pfund für die Boutique bei *Selfridge's* gegeben, und sie war außer sich vor Freude gewesen.

Sie hatten zu viert gemeinsam gegessen, aber Robin hatte sich beeilt, um dann gleich ihre beste Freundin anzurufen. Der wollte sie erzählen, daß das luftige lila Chiffonkleid, das sie bereits seit so langem in der Boutique bewunderte, nicht länger nur ein Tagtraum war.

»Ich telefoniere nicht lange, ich weiß, daß du noch einen Geburtstagskuchen gebacken hast, Mama«, hatte Robin gesagt und ihre Mutter kurz umarmt, bevor sie aus dem Zimmer getanzt war.

Isabel konnte sich kaum noch daran erinnern, wann Robin das letzte Mal so zärtlich gewesen war. Das schmerzte sie an ihrer gegenwärtigen Beziehung zu Robin am meisten – daß Robin früher eine so liebevolle Tochter gewesen war, das liebevollste Kind, das man sich vorstellen konnte.

Jetzt war sie ständig mißmutig, wollte nie umarmt werden, und zeigte obendrein in ihrer Wut kaum Gefühle. Und wütend war sie oft genug.

Isabel seufzte. Es hatte sich so vieles verändert.

»Was feiern wir denn?« verlangte ihre Mutter zu wissen. Sie faltete das Geschirrtuch zusammen, das Isabel neben dem Spülbecken liegengelasen hatte.

»Ich habe den Job beim *Sentinel* bekommen, Mutter.«

»Ach, tatsächlich?«

»Ja doch, das muß dich aber nicht schockieren.«

Isabel riß den Ofen auf und balancierte die gebräunten Hühnerteile heraus.

»Ich bin doch gar nicht schockiert. Es überrascht mich lediglich, daß du so schnell Bescheid bekommen hast. Gab es denn keine anderen Bewerber?«

Ganz ruhig, Isabel. Ganz ruhig.

»Natürlich gab es die, aber alle anderen hatten sie bereits gesehen, Mutter. Und ich war die einzige, die sie für die Stelle haben wollten. Am Dienstag fange ich an, und ich bin außer mir vor Glück.«

»Das hast du gut gemacht«, ließ sich ihr Vater plötzlich vernehmen.

Isabel war es gar nicht aufgefallen, daß er die Küche betreten hatte. Normalerweise kam er hier nicht herein, denn er betrachtete es als das Territorium seiner Frau und machte folglich einen weiten Bogen darum.

»Danke, Papa«, freute sich Isabel. Warum nur konnte ihre Mutter das nicht gesagt haben?

»Hier sind deine Tabletten, Pamela.« Er reichte seiner Frau die Tablettenschachtel. »Für dein Kopfweh.«

»Ich habe eine Flasche Wein gekauft, Papa«, meinte Isabel. »Sie steht auf dem Fenstersims. Du könntest sie vielleicht entkorken, dann könnten wir vor dem Essen noch ein Glas zusammen trinken.« Oder bevor ich meine verdammte Mutter umbringe.

»Ich nehme einen Sherry, Harry«, bemerkte ihre Mutter spitz. »Bekanntermaßen kann ich mit Kopfschmerzen keinen Wein trinken. Es verschlimmert meine Migräne, wie du wohl weißt, Isabel«, fügte sie vorwurfsvoll hinzu.

Um so mehr Wein wird für mich dasein, dachte Isabel und erwähnte nicht die zweite Flasche, die sie gekauft hatte. Die würde sich noch als nützlich erweisen, wenn das Familienessen sich wie üblich verkrampft gestaltete.

Ein Glas Sherry jedoch würde ihre Mutter noch lange nicht außer Gefecht setzen.

»Ich hoffe doch, daß du nicht einen dieser Verträge hast, wo man dich nach sechs Monaten an die Luft setzen kann? Ein Rechtsanwalt sollte das für dich durchsehen, Isabel. In diesen Dingen bist du ein hoffnungsloser Fall. Wir könnten diesen netten Rechtsanwaltskollegen von Luke fragen. Er hat jetzt seine eigene Kanzlei«, riet ihr Pamela. »Unter den Umständen würde er dir sicher keine hohe Rechnung stellen. Ich hoffe doch, du bekommst ein ordentliches Gehalt? Schließlich bist du eine verlassene Frau mit zwei Kindern …«

»Mutter, ich bin keine verlassene Frau. Ich lebe getrennt. David hat mich nicht verlassen, wir haben uns getrennt. Das ist ein Unterschied, ein *großer* Unterschied. Und ich bin, was Verträge betrifft, kein hoffnungsloser Fall. Was glaubst du eigentlich, weshalb ich meinen Job in England bekommen habe? Etwa weil mich alle bemitleidet haben?«

»Steig mal von deinem hohen Roß herunter, Isabel.«

»Das werde ich nicht tun.« Ihre Hand zitterte, als sie die Tomatensoße über das Hühnchen verteilte. Beruhige dich, ermahnte sie sich. »Ich werde sehr gut bezahlt, was aber nichts mit meinen persönlichen Lebensumständen zu tun hat. Gehälter berücksichtigen diese Dinge nicht, Mutter. Sonst gäbe es überhaupt keine armen Leute mehr auf der Welt.«

»Nun, ich weiß nicht recht. Es ist ein Jammer, daß du die Kinder nun ganz allein durchbringen mußt. David war zwar noch nie ein Großverdiener, aber zumindest war er der Vater und hat doch *etwas* beigetragen.« Pamela hielt inne und nippte an ihrem Sherry. »In deinem Alter wirst du wohl kaum noch jemanden kennenlernen. Heute morgen habe ich mit deiner Tante Janet gesprochen, die mir erzählte, Anette habe sich von ihrem letzten Freund getrennt. Das hat mich nicht weiter überrascht. Wenn man mit fünfunddreißig noch nicht verheiratet ist, ist das ein hoffnungsloser Fall.«

»Hier.« Ihr Vater hielt Isabel ein volles Weinglas unter die Nase.

»Danke, Papa.«

»Koste mal einen Schluck.« Er blickte sie mitfühlend an. Isabel trank einen großen Schluck und zuckte unwillkürlich zurück. Es war nicht gerade der beste Wein. Aber ihr finanzieller Rahmen war so eng gesteckt, daß sie nicht mehr als fünf Pfund für eine Flasche Wein ausgeben konnte. David verstand genug von Wein, um auch bei den billigen einen guten herauszufinden – diese Fähigkeit hatte sie jedoch niemals besessen. Sie würde sie erlernen müssen. Ihn jedenfalls brauchte sie nicht mehr.

»In einer halben Stunde bin ich fertig«, verkündete sie und nahm sich vor, die Nerven zu behalten. »Mutter, du ruhst dich jetzt aus. Leg die Füße hoch, ich decke den Tisch. Naomi kann mir helfen.«

Zum ersten Mal lächelte Pamela. »Ich bin tatsächlich sehr müde«, sagte sie. »Ich werde mich wohl etwas hinlegen.«

»Prima.«

Sobald sie allein war, widmete sich Isabel der Zeitung, die ihr Vater auf dem Küchentisch liegengelassen hatte. Sie blätterte sie bis zu den Immobilienanzeigen durch. Groß, klein, nichtssagend, von Vampirfledermäusen bevölkert oder zitronengelb angestrichen – ihr war es vollkommen gleichgültig, wie die Bleibe aussah, sofern sie nur endlich aus dem Haus ihrer Mutter ausziehen konnte.

Das Abendessen war nicht gerade ein großer Erfolg. Es fing damit an, daß Robin sich um eine halbe Stunde verspätete. Um halb sieben war das Hühnchen praktisch verbrutzelt, deshalb hatte Isabel es aufgetischt und ihre Tochter insgeheim dafür verflucht, daß sie nicht rechtzeitig zurückgekommen war.

»Ich habe dir doch gesagt, daß wir heute abend Netzball spielen«, hatte Robin bemerkt, als sie schließlich in die Küche gekommen und dem wütenden Blick ihrer Mutter begegnet war. Robins Pferdeschwanz sah immer noch so seidig und frisch wie am Morgen aus, nachdem sie ihn eine halbe Stunde lang unter dem Fön frisiert hatte. Sie machte nicht den Eindruck, als ob sie eben gerade eine Stunde auf einem

Netzballplatz hin und her gesprintet war. Isabel sagte jedoch nichts. Einen weiteren Streit hätte sie nicht ertragen können.

Pamela war viel zu sehr damit beschäftigt, ihr Hühnchen auf dem Teller herumzuschieben, um etwas zu sagen. Ihr Gesichtsausdruck verriet jedoch, daß verkochtes Hühnchen provençale nicht ihren Vorstellungen einer ordentlichen Mahlzeit entsprach. Ganz sicher gehörte es nicht in die Kategorie von Kohl und Speck.

»Robin, es ist dein Lieblingsessen«, meinte Naomi freundlich und zog den Stuhl neben sich für ihre Schwester hervor.

Robin ließ sich mißmutig darauf nieder.

»Ich habe keinen Hunger«, verkündete sie.

»Mama hat den Job bekommen«, fügte Naomi hinzu.

»Ich hatte gehofft, daß du dich für mich freuen würdest«, bemerkte Isabel trocken.

Robin besaß den Anstand, beschämt auszusehen.

»Das ist prima, Mama«, sagte sie. »Das hast du gut gemacht.«

Lächelnd stand Isabel auf und servierte Robin eine kleine Portion Hühnchen mit Backkartoffeln. Robin warf dem Hühnchen den gleichen Blick zu, mit dem auch ihre Großmutter es bedacht hatte.

»Ich habe das Hühnchen provençale extra für dich gemacht, Liebes«, sagte Isabel. »Es hat zwar kaum noch eine Ähnlichkeit damit, weil es zu lange gekocht hat.«

»Ich kann nicht fassen, daß du das getan hast«, bemerkte Robin mit eigenartig hoher Stimme. »Das ist Papas Lieblingsmahlzeit. Und du weißt genau, wann wir es zum letzten Mal gegessen haben – an meinem Geburtstag! Wie konntest du das nur tun?«

Sie schob den Teller von sich, stieß hastig den Stuhl zurück und rannte weinend aus der Küche.

»Nimm es dir nicht so zu Herzen.« Isabel fühlte die Hand ihres Vaters auf ihrem Arm, als sie den Tränen nahe war.

»Du weißt doch, wie junge Mädchen so sind. Ich kann mich noch erinnern, als du in dem Alter warst.« Er tätschelte den Ärmel seiner Tochter. »Du warst auch ziemlich schlimm.«

»Beschämend, das ist es«, bemerkte Pamela und nutzte die Gelegenheit, ihr nicht angerührtes Essen von sich zu schieben. »Du hast dieses Mädchen verdorben. Und ich sage dir, du wirst nichts als Ärger mit ihr haben. Sie ist vollkommen aus der Art geschlagen, das ist sie...«

»Nun mach mal einen Punkt, Pamela!«

Harry Mulhearns Tonfall ließ sie alle zusammenzucken.

Isabel konnte sich nicht erinnern, wann sie ihren Vater zum letzten Mal wütend erlebt hatte.

»Sie ist lediglich ein etwas verwirrtes junges Mädchen. Und sie kann deine ständige Einmischung nicht gebrauchen, Pamela. Überlaß es Isabel, ihre Familie großzuziehen.«

Wütend startete Isabels Mutter einen weiteren Angriff.

»Diese Art von Benehmen lasse ich mir nicht gefallen. Ich stelle Isabel und den Mädchen mein Zuhause zur Verfügung, und nun schau dir an, was ich mir gefallen lassen muß. Das Kind ist ein schlechter Einfluß, sie ist unverschämt, sie ist rücksichtslos, und ich sehe nicht ein, warum ich mir das bieten lassen muß.«

Isabel stand immer noch und legte die Hände auf die Ohren. Sie konnte das Geschrei und das Gezeter nicht mehr hören. Sie wollte ins Bett gehen, sich die Decke über den Kopf ziehen und beim Aufwachen feststellen, daß alles nur ein schrecklicher Traum, ein Alptraum gewesen war.

Sie lag in Gedanken in ihrem bequemen Bett, das Licht drang durch die blaßgrünen Gardinen herein, und der Duft der Rosen wehte ins offene Fenster. Robin würde in ihrem Zimmer mit dem Radio mitsingen, während sie vorsichtig einen Hauch Lidschatten auftrug, wie es in der Schule erlaubt war. Naomi würde versuchen, noch etwas länger im Bett zu bleiben. Und David betrat gerade mit einer dampfenden Tasse Tee für Isabel das Zimmer...

Nein, das war kein Traum – das war frei erfunden. Während ihrer ganzen Ehe war David noch nie aufgestanden, um ihr eine Tasse Tee zu machen. *Sie* mußte den Tee für ihn machen, niemals umgekehrt.

Ihre Mutter murmelte immer noch vor sich hin, aber sie tat es leise.

»Mama, ist alles in Ordnung?« Naomi stand mit Tränen in den Augen neben Isabel.

»Ist schon in Ordnung. Alles in Ordnung, Liebling.« Isabel legte einen Arm um das zitternde Kind. Naomi gegenüber war das alles wirklich nicht fair. Was auch immer geschah, sie mußte so schnell wie möglich aus diesem Haus ausziehen. Es war schon schlimm genug, sich mit Robin auf neutralem Grund auseinanderzusetzen. In der explosiven Atmosphäre ihres Elternhauses jedoch war es schlichtweg unmöglich.

»Es wird schon alles gut werden, Naomi«, sagte sie und drückte ihre Wange gegen den Kopf ihrer Tochter. »Das verspreche ich dir. Und dieses Wochenende werden wir uns Wohnungen ansehen«, flüsterte sie. »Das ist unser Geheimnis, deines und meines. Einverstanden?«

5

Dee raste auf den Parkplatz des *Sentinel* und steuerte den Parkplatz in der Nähe der Eingangstür an, den sie immer nur dann bekam, wenn sie früh genug da war. Ein leicht zerbeulter, grüner Volkswagen mit englischem Nummernschild stand dort geparkt. Verdammt! Es regnete in Strömen. Der einzige andere freie Platz war vor dem Wachtmeisterhäuschen, das weit entfernt vom Eingang lag. Bis zum Eingang würde sie vollkommen durchnäßt sein. Und wie üblich hatte sie weder Schirm noch Regenmantel dabei. »Der Wetlook steht dir ausgezeichnet«, bemerkte einer der Fotografen wenig später, als Dee in der Eingangshalle stand und sich den Regen aus dem Haar schüttelte.

»Ha, ha, ha«, gab sie zurück und verschwand auf der Damentoilette, um nachzusehen, wie kraus ihr Haar geworden war. Sie konnte noch so viel glättendes Haarspray benutzen – es mußte nur ein bißchen regnen, und ihre mühsam gestylte Frisur sah aus wie ein Haufen dreckiges, braunes Stroh. Sie durchwühlte gerade ihre ausgebeulte Handtasche nach einer Bürste und einer kleinen Dose Haarspray, als die Toilettenspülung ging und eine große, schlanke Blondine heraustrat. Sie war größer als Dee und um ungefähr dreißig Kilo dünner. Die Frau war ausgesprochen attraktiv. Sie hatte ein feines, zartgliedriges Gesicht, große blaue Augen und volle Lippen, die scheu lächelten.

»Hallo«, sagte sie. Sie wandte sich nervös dem Spiegel zu und wusch sich die Hände. Verheiratet, stellte Dee fest, als sie den schmalen goldenen Ehering unter den antiken Diamanten registrierte. Und ziemlich betucht. Der beigefarbene Hosenanzug konnte nicht unter dreihundert Pfund gekostet haben, und die cremefarbene Wildledertasche mit passenden Schuhen hatte sie wohl auch kaum von der Stange gekauft. *Ihre* Frisur jedenfalls hatte der Regen nicht ruiniert. Dee fuhr sich wütend durch die Locken, während sie die blondgewellten Haare der anderen betrachtete – jede Strähne saß perfekt.

»Ein schreckliches Wetter, nicht wahr?« bemerkte die Fremde zögernd und lächelte wieder schüchtern.

»Kann man wohl sagen«, stimmte Dee zu. Sie wunderte sich darüber, daß es jemandem mit solch stilsicherer und eleganter Kleidung und einer derart ranken Figur an Selbstbewußtsein mangeln konnte.

»Ich habe natürlich meinen verdammten Regenschirm vergessen«, erzählte sie aufmunternd. Vielleicht war sie eine der Bewerberinnen für die Position der Sekretärin in der

Werbeabteilung, dachte Dee. Die Arme, sie sah viel zu zurückhaltend und still aus, um mit den groben Witzen und dem lautstarken Gebaren in jener Abteilung klarzukommen. Die Blondine zog einen Konturenstift hervor und zog zitternd ihre Lippen in einem blassen, zu ihrem Nagellack passenden Rosa nach. Himmel, was war die nervös.

Dee entschied, ihr gutes Tagwerk zu tun. »Das ist aber ein sehr schöner Anzug«, bemerkte sie freundlich. »Woher haben Sie ihn?«

»Danke.« Das Lächeln der Blondine erhellte ihr ganzes Gesicht. »Ich habe ihn beim Ausverkauf in einer kleinen Boutique vor zwei Jahren in Oxford gekauft. Es ist mein Lieblingsladen... besser gesagt, er war es. Ich bin vor ein paar Monten nach Hause zurückgezogen, und ich bezweifle, daß ich noch einmal nach Oxford zurückkehren werde«, fügte sie traurig hinzu.

»Ach so«, sagte Dee. Irgendwie spürte sie, daß sie das Falsche gesagt hatte. »Er sieht jedenfalls wirklich wunderbar aus. Ich schaue mich ständig nach hübschen Kostümen für die Arbeit um, doch dann kaufe ich immer wieder etwas langweiliges Schwarzes, wie dieses hier.«

Lächelnd wies sie auf ihr enganliegendes, schwarzes Samtjackett mit dem dazu passenden Minirock, zu dem sie ein cremefarbenes T-Shirt trug. Als sie am Morgen in den Spiegel gesehen hatte, hatte sie sich immens fett gefunden und sich aus diesem Grunde betont sexy anziehen wollen, damit niemandem ihre Üppigkeit ins Auge fallen würde. Ihr Makeup war perfekt, und sie trug ihre Lieblingsohrringe. Hochhackige Wildlederschuhe, die ihre schwarzen Strümpfe in dem Minirock betonten, sollten diesen Effekt weiter unterstreichen.

»Schwarz steht Ihnen«, widersprach die Blondine. »Ihr Haar hat einen so lebendigen Farbton, daß Sie es sich leisten können. Mich dagegen läßt es blaß aussehen.«

»Danke«, sagte Dee, die sich über das Kompliment freute.

Lebhaft, tatsächlich? Gary war viel zu schlecht gelaunt gewesen und hatte sich mehr für seine Morgenzeitung interessiert, als daß ihm aufgefallen wäre, was sie anhatte oder wie sie aussah. Das wiederum war nichts Neues.

Sie seufzte. Vielleicht sollten sie sich ein romantisches und abgeschiedenes Wochenende gönnen. Genau. Nachher würde sie sich ein paar Reisekataloge holen, und heute abend konnten sie sich etwas aussuchen.

»Tschüs.« Die Blondine lächelte wieder scheu.

»Adieu«, antwortete Dee. »Und viel Glück.«

Isabel ging immer noch lächelnd den Gang entlang zu Ted Holts Büro. Weshalb machte sie sich eigentlich Sorgen? Die Frau auf der Toilette war so nett und freundlich gewesen, das Gegenteil von dem, was sie erwartet hatte.

Isabel war sich fast sicher, daß es sich um Dee O'Reilly handelte. Sie hatte Dees Bild gestern neben einem Artikel gesehen. Die Fotografie wurde ihr nicht gerecht. Im wirklichen Leben sah Dee viel besser aus, ein Schwarzweißfoto wurde ihrer Farbgebung einfach nicht gerecht. Mit der milchigen, blassen Haut, den hellen Sommersprossen und den dunklen, großen Augen war sie einfach umwerfend attraktiv. Für solch volle, haselnußbraune Korkenzieherlocken hätte Isabel alles gegeben. Dee war zwar etwas rundlich, aber es stand ihr. Sie war stilsicher, sehr sexy und überaus selbstbewußt. Welch ein Jammer, daß nicht alle etwas molligeren Frauen so viel Selbstbewußtsein hatten, dachte Isabel. *Das war es!* Was für eine gute Idee für ihren ersten Modeteil – Kleidung für Frauen ab Größe vierundvierzig.

Isabel war zufrieden, ihrer Ideenliste noch einen weiteren Vorschlag hinzuzufügen. Bevor sie Teds Vorzimmer betrat, hielt sie kurz inne und vergewisserte sich, daß niemand sie sehen konnte. Dann zog sie den Träger ihres BHs mit einer hastigen Bewegung hoch. Na, bitte. Zwar würde sie sich niemals in eine Dolly Parton verwandeln, aber ein wattierter

Büstenhalter erwies sich als hilfreich. Sie konnte nur hoffen, daß ihr reichlich aufgetragener Bräunungspuder nicht auf ihre Jacke abfärbte.

Ted und Nigel erwarteten sie. Nigel hatte den schicken Anzug mit Schlips an den Nagel gehängt und trug heute ein offenes, giftgrünes Hemd und eine schwarze, leicht glänzende Hose.

Ted war mit einem grauen Nadelstreifenanzug gut angezogen und musterte sie aus kleinen Schweinsäuglein.

»Sind Sie soweit?« erkundigte sich Nigel. Er griff in seine Hemdtasche, zog eine Zigarette hervor und zündete sie routiniert an.

»Ja«, erwiderte Isabel. »Ich bin soweit.« Fast jedenfalls. Es war lange her, seit sie in der Redaktion einer Tageszeitung gewesen war. Das Stimmengewirr schlug ihr entgegen, sowie Nigel die große Tür aufgestoßen hatte und sie in den riesigen Raum führte, der ein ganzes Stockwerk des Gebäudes einnahm. Jeder war mit irgend etwas beschäftigt. Manche telefonierten, andere blätterten die Tagespresse durch und notierten sich eilig etwas im Computer.

Zwei Fernseher dröhnten im Hintergrund, einer zeigte den Teletext an, der andere CNN. Von ganz hinten schallte das laute Lachen eines kleinen Grüppchens durch das Zimmer. Von ihrer Warte aus konnte Isabel sie kaum sehen.

Einige Leute drehten sich zu den dreien um und starrten Isabel einen Augenblick lang an. Sonst aber nahm keiner von ihnen Notiz. Sie waren viel zu sehr mit ihren Storys beschäftigt oder aber telefonierten aufgeregt. Isabel zitterten die Beine. Es war eine Ewigkeit her, daß sie bei einer Tageszeitung gearbeitet hatte. So lange war sie nicht mehr Teil dieser hektischen Welt gewesen, wo jedermanns Überleben davon abhing, seine Story bis Redaktionsschluß zu bekommen.

Wenn man von den Schreibtischen ausging, arbeiteten allein in diesem Büro schon mindestens sechzig Menschen, vermutlich sogar noch mehr. Wie viele mochten dann erst im restlichen Gebäude arbeiten? Das Büro schien ihr nicht die Art von Ort zu sein, wo man feste Freundschaften für den Rest des Lebens schloß. Ganz anders als bei ihrem letzten Job, wo in dem winzigen Büro jeder jeden kannte.

»Die Nachrichtenredaktion ist der Mittelpunkt«, erklärte Nigel. »Wir haben hier nicht viele verschiedene journalistische Abteilungen auf verschiedenen Stockwerken. Ich behalte die Sachen gern im Auge, also sind alle hier untergekommen – die Sportabteilung, die Reportagen, was auch immer, sie alle sitzen hier, direkt vor meinen Augen. Lediglich die Fotoabteilung ist im Keller untergebracht. Das hier ist mein Büro«, fügte er hinzu und öffnete die Tür zu einem sehr unordentlichen Zimmer, das von einem riesigen Schreibtisch dominiert wurde. Die Wände waren vom Nikotin bereits ganz braun, und die Luft roch nach altem Rauch. Zeitungen lagen auf dem Boden gestapelt, ebenso auf dem kleinen Tisch und auf der grauen Couch an der Wand.

Gelbe Klebezettel mit Telefonnummern pappten auf dem Tisch verteilt, daneben stapelten sich aufgerollte Faxpapiere und mehrere aufgeschraubte Kulis.

»Setzen Sie sich doch.« Nigel ließ sich auf einen Stuhl hinter seinem Schreibtisch fallen.

Isabel räumte sich ein Fleckchen auf der Couch frei und setzte sich nervös hin. Entspann dich, ermahnte sie sich. Du hast dir gerade eine wunderbare Stelle erkämpft, jetzt brich nicht in Panik aus. Denk an Robin und Naomi – du machst es auch für sie. Du mußt einfach eine eigene Unterkunft für dich und die Mädchen bekommen.

Nigel blätterte einen Stapel Papiere neben seinem Telefon durch. Sein Gesicht verfinsterte sich.

»Sehen Sie sich das an«, schnaubte er wütend und hielt ein Fax hoch. »Die Anwälte halten es für aussichtslos, daß wir für die falsche Benennung einer Person nur eine Entschuldigung drucken müssen. Ich werde diesem dämlichen Reporter dafür den Hals umdrehen, daß er ein zusätzliches

Initial in den Namen eingefügt hat. Smyth P. Mitchell wurde zu Smyth P.G. Mitchell«, erläuterte er Isabel. »Und Smyth P.G. war höchst ungnädig, seinen Namen falsch zitiert auf der ersten Seite zu sehen. Nach Ansicht der Anwälte wird man uns verklagen«, fügte er an Ted gerichtet hinzu.

Ted ließ sich in den Sessel fallen. »Ich dachte, du hättest die Sache mit Mahon besprochen?«

»Das ist der Nachrichtenchef«, erläuterte Nigel.

»Wenn das so weitergeht, ist er Nachrichtenchef gewesen«, knurrte Ted. »Wenn man uns das nächste Mal verklagt, kann er die verdammte Summe selbst bezahlen. Vielleicht wird er dann etwas vorsichtiger sein, und die Storys schon vor dem Druck nach Verleumdungsklagen abtasten. Noch eine große Sache können wir uns nämlich nicht leisten.«

»Nigel«, meldete sich eine weibliche Stimme auf dem Intercom des Chefredakteurs. »Ein Anruf für Sie auf Leitung eins.«

»Können Sie sich denn nicht die Nummer notieren? Ich bin beschäftigt«, schnappte er zurück.

»Es ist Simon Walsh. Es ist wohl sehr dringend.«

»Ich bin in einer Sitzung.«

»Er muß jetzt gleich eine Antwort haben, Nigel.«

»Ich rufe ihn gegen zwölf an, in Ordnung?«

»Also gut.«

»Die dumme Kuh weiß auch nie, wann sie mich unterbrechen soll und wann nicht«, bemerkte er rüde.

Welchen Charme er doch besaß! Isabel bemühte sich, ihren gleichmütigen Gesichtsausdruck beizubehalten. Sie war erst seit zehn Minuten hier. In dieser kurzen Zeit hatten der Chefredakteur und der Herausgeber bereits zwei Angestellte in ihrer Gegenwart abgekanzelt. Nigel überreichte sowohl Ted als auch Isabel ein paar zusammengeheftete Seiten.

»Das sind die Themen, die wir auf der Redaktionskonferenz behandeln werden«, informierte er sie. »Ich werde alle im Konferenzraum unterbringen. Ihr beide könnt euer großes Entree in etwa einer halben Stunde veranstalten, kurz bevor wir fertig sind.« Er grinste boshaft. »Das wird einige Gemüter in Wallung bringen.«

Isabel brachte nicht das kleinste Lächeln zustande, als er ging. Sie blätterte die Seiten durch, konnte sie jedoch nicht lesen, konnte nicht einmal die Buchstaben erkennen. Es würde ein Alptraum werden, das spürte sie nur zu gut. Ein Treffen mit den fünf Journalisten, die genau den Job haben wollten, den sie jetzt bekommen hatte.

Damit wäre sie fertig geworden, aber allmählich festigte sich in ihr die Ahnung, daß sie nur aus ebendiesem Grunde den Job bekommen hatte, den Nigel gerade angeführt hatte – nämlich die Gemüter in Aufregung zu versetzen. Oder, schlimmer noch, sie gegen sich aufzubringen.

»Heute werde ich mit Nigel sprechen. Antonia wird nur noch diese Woche für die Frauenthemen zur Verfügung stehen. Wir brauchen unbedingt Ersatz, und der werde doch hoffentlich ich sein. Was meinst du?« Dee saß auf Maeves Schreibtischkante und blickte ihre Freundin erwartungsvoll an. »Ich grüble wie verrückt darüber nach, was er wohl meint. Bisher hat er die Position mir gegenüber nicht erwähnt. Hältst du das für ein schlechtes Zeichen?«

Maeve drückte erst noch die Befehltaste des Computers, ehe sie auf ihrem Stuhl herumschwang.

Heute trug sie einen schlampigen, dunkelroten Pulli und dazu passenden Lippenstift, was beides nicht sonderlich gut zu ihrer hellen Haut und ihren kurzen, burgunderrot gefärbten Haaren paßte. Manchmal hätte Dee ihre Freundin gern zur Seite genommen und sie von Kopf bis Fuß neu eingekleidet. Aber nie und nimmer hätte sie Maeve verletzen wollen. Und ihr zu sagen, daß sowohl ihr Kleidungsstil wie auch ihr Farbempfinden zu wünschen übrig ließen, wäre möglicherweise verletzend gewesen. Also mußte sie einfach weiter

Maeve zu Weihnachten und zu ihrem Geburtstag helle, pastellfarbene Pullover und Hemden schenken und hoffen, daß ihr eines Tages auffiel, wie gut sie ihr standen.

»Bei Nigel ist alles ein schlechtes Zeichen, ob er nun die Position dir gegenüber erwähnt hat oder nicht«, bemerkte Maeve. »Er spielt seine Spielchen, Dee. Das weißt du doch. Dich warten zu lassen, während er sich überlegt, wen er auf Antonias Stuhl setzt, ist nur einer seiner kleinen Tricks.«

Sie öffnete die Schublade und zog eine Packung Zigaretten und ein Feuerzeug heraus. »Ich wette mit dir, in diesem Augenblick denkt er gerade darüber nach, wem er den Job geben kann, um damit die größtmögliche Anzahl von Leuten gegen sich aufzubringen.«

Dee seufzte. Vermutlich hatte Maeve recht. Im Vergleich mit Nigel nahm sich Machiavelli wie der Leiter einer Pfadfindergruppe aus. Den Leuten hinterrücks das Messer in den Rücken zu stechen war seine Spezialität.

Maeve stand auf. »Komm schon, vor der Redaktionskonferenz muß ich noch eine rauchen.«

Im gesamten Gebäude war Rauchen verboten. Aber die eingeschworenen Raucher wie Maeve pafften dennoch auf den Toiletten und, sofern sich niemand daran störte, in dem langen Flur vor dem Konferenzzimmer.

Dort standen sie an einem offenen Fenster, wo Maeve rauchte und Dee sich Sorgen machte. Verdammter Nigel. Warum konnte er ihr denn nicht sagen, ob er sie überhaupt für Antonias Stelle in Erwägung zog? Mit dieser ganzen Warterei würde sie sich noch ein Magengeschwür einhandeln. Es war bereits Tage her, seit sie ihre Bewerbung abgegeben hatte. Wie lange brauchten sie denn, um eine Liste der geeigneten Kandidaten aufzustellen? Einen Monat etwa?

Nigel kam pfeifend mit einer Akte unter dem Arm den Flur herunter und machte einen ausgesprochen fröhlichen Eindruck. »Hallo, Mädchen!« Er nickte ihnen zu, bevor er im Konferenzzimmer verschwand.

Mädchen! Dee haßte es, von ihm so angesprochen zu werden. Sie waren Frauen und keine Mädchen. Welches Alter mußten Mädchen denn erreichen, um als Frauen zu gelten – fünfzig?

»Der scheint ja ausgesprochen zufrieden zu sein«, murmelte Maeve.

Sie hatte recht. Nigel sah tatsächlich zufrieden aus. Dee fragte sich, weswegen. Fünf Minuten später grübelte sie immer noch darüber nach. Der Chefredakteur hatte gerade seine Gardinenpredigt an Mahon und Henry beendet, dem unglücklichen Reporter, dem ein zusätzliches Initial in den Namen gerutscht war.

Dee rutschte auf ihrem Stuhl herum und rückte bereits zum zweiten Mal ihren Notizblock und den Kuli zurecht. Sie widerstand dem Impuls, Kritzeleien anzufertigen, denn Nigel konnte Leute nicht ausstehen, die seinen Worten keine hundertprozentige Aufmerksamkeit zuteil werden ließen. Kritzeleien galten als sicheres Zeichen der Unaufmerksamkeit. Ihretwegen konnte man auf sogenannte Strafgeschichten angesetzt werden, zum Beispiel daß in einer bestimmten Gegend Ratten aufgetaucht waren. Dann mußte man den ganzen Tag in einer Siedlung verbringen und jeden Mieter über die Ratteninvasion befragen, die sich ihrerseits über die fehlende staatliche Hilfe beklagten. Wenn Fotografen sich mit Nigel anlegten, wurden sie ebenfalls auf Ratten angesetzt. Sie mußten dann eine Ratte fotografieren, was noch schlimmer war. Ein Reporter behauptete, einen Fotografen zu kennen, der einzig aus diesem Grund eine tote Ratte in seinem Tiefkühlfach aufbewahrte.

Der Chefredakteur hörte auf, den armen Henry anzuschreien. Langsam breitete sich ein Lächeln auf seinem Gesicht aus. Dee rutschte unruhig auf ihrem Sitz herum. Spesen – das mußte es sein. Alle hatten viele zu hohe Spesen eingereicht, und jetzt würde er sie deswegen zur Rede stellen. Nigel liebte es, Leute zu maßregeln.

Doch Spesen erwähnte er nicht. Er ging die Nachrichten in seiner gewohnt aggressiven Art durch. Alle und jeder bekamen gesagt, daß sie inkompetent, nutzlos und was nicht noch waren, wenn sie nicht endlich ordentliche Geschichten auftreiben konnten, ohne sich dabei eine Verleumdungsklage einzuhandeln. Mit anderen Worten, es war alles wie üblich.

Das einzig Merkwürdige war, daß weder Nigel noch der Nachrichtenchef Dee mit irgendwelchen Recherchen betrauten. Das konnte sie sich nicht erklären. Dann merkte sie hoffnungsvoll auf.

Vielleicht würde Nigel sie ja tatsächlich als die neue Frauenressortleiterin einsetzen! Das muß der Grund sein, warum er mir noch keine neue Aufgabe zugeteilt hat, dachte sie zufrieden. Nach sechs Jahren ist ihnen endlich aufgegangen, was ich draufhabe!

Zu gern hätte sie das Maeve mitgeteilt, hielt es jedoch für besser zu warten. Vielleicht irrte sie sich ja doch. Dennoch verbrachte Dee den verbleibenden Teil der Sitzung in einem Zustand der Glückseligkeit.

Sie stellte sich vor, wie sie es Gary erzählte. Er hatte ihren Job im Nachrichtenbereich nie gemocht, weil sie zu solch asozialen Zeiten arbeiten mußte. Er wäre sicherlich begeistert. Und die Vorstellung, es ihren Eltern zu erzählen! Daß die erste in der Familie der O'Reillys, die auf ein College gegangen war, nun im Alter von zweiunddreißig Jahren bereits eine richtige Führungsposition errungen hatte! Dee erinnerte sich, wie glücklich ihre Eltern gewesen waren, als sie ihren ersten Vollzeitjob bei der Zeitung bekommen hatte. Sie waren so glücklich und stolz gewesen. Und wenn sie nun auch noch Ressortleiterin werden würde!

Als die Sitzung vorüber war, entließ Nigel sie nicht mit dem gewohnten: »Los, los, los! Geschichten findet man nicht, indem man auf dem Hintern sitzt.« Statt dessen stand er von seinem Platz am Kopf des Tisches auf, öffnete die Tür zum Konferenzraum und bat den Herausgeber in Begleitung jener hochgewachsen Blondine herein, der Dee vorhin auf der Damentoilette begegnet war.

Sie lächelte die dreißig Leute um den auf Hochglanz polierten Tisch herum unsicher an und setzte sich etwas hastig neben Nigel.

»Entweder wird er uns jetzt mitteilen, daß die Auflage gestiegen ist – weshalb auch der Herausgeber zugegen ist – oder aber er wird sagen, daß wir einsparen müssen, indem wir die Gehälter einfrieren. Die Blondine ist die Buchhalterin, die die Zahlen in der Hand hat, um seine Argumente zu stützen«, flüsterte Maeve.

Die Klatschkolumnistin Belinda, die gerade ein unglaublich teures neues Haus gekauft hatte, stöhnte auf.

»Wie eine Buchhalterin sieht sie mir nicht aus«, bemerkte der Sportredakteuer Tony anerkennend. »Sollte sie Buchhalterin sein, dann müßte ich mir unbedingt mal eine zulegen!«

»Ich auch«, stimmte ihm einer der Reporter zu.

»Ich wette, sie ist als Spionin geschickt worden, um nachzuprüfen, wie lange wir für eine unserer Geschichten zwischen den Kaffeepausen brauchen. Und ihr Jungs braucht ohnehin keinen Buchhalter«, flüsterte Dee. Sie war so glücklich, daß es ihr vollkommen egal war, was die Buchhalterin oder Spionin ihnen gleich mitteilen würde.

»Außerdem kann ich eure Buchhaltung führen«, fügte sie lachend hinzu. »Ich zeige es euch: Ihr gebt all euer Geld in der Kneipe aus. Quod erat demonstrandum. Das macht zweihundert Pfund, ich erwarte demnächst eure Zahlung per Scheck.«

»Sehr komisch, Dee. Kannst du meine auch machen …«

»Psst!« zischte jemand.

Alle wurden ruhig. Der Nachrichtenchef, der fast am Kopf des Tisches saß, fummelte an seinem Schlips herum und machte einen besorgten Eindruck. Das sollte er auch, dachte Dee. Wenn er nicht alle Reporter dazu drängen würde, am

Tag sechs oder sieben Geschichten zu recherchieren, wäre Henry nicht der dumme Fehler mit der Verleumdungsstory unterlaufen. Er war ganz einfach überarbeitet, wie alle im Nachrichtenbereich. Solche Fehler konnten teuer zu stehen kommen.

»Guten Morgen«, begrüßte sie Ted Holt mit lauter Stimme. Er ließ seinen Blick den Tisch entlangschweifen wie Salomon, der jeden Augenblick eine Perle seiner Weisheit zum besten geben würde. »Entschuldigung, daß ich so in die Redaktionssitzung hereinplatze, aber ich möchte Ihnen jemanden vorstellen.«

Maeve und Dee wechselten einen kurzen Blick.

Maeve formte das Wort »Buchhalterin« mit den Lippen.

»Spionin«, flüsterte Dee.

»Wie Sie alle bereits wissen …«, begann Ted ernst.

Dee ließ ihren Blick himmelwärts schweifen. Wenn Ted zu einer seiner Predigten ansetzte, konnte das noch den ganzen Tag dauern.

»… wird eine hochgeschätzte Mitarbeiterin des *Sentinel* uns verlassen. Wir werden sie sehr vermissen.«

Dee starrte den Herausgeber entsetzt an. Was sollte das denn bedeuten? Ted würde doch wohl kaum eine Abschiedsparty für Antonia geben. Wenn jemand das Blatt verließ, waren sie ihm nicht mehr nützlich und deshalb auch nicht das Geld und die Zeit wert, demjenigen eine Abschiedsparty zu bereiten. Nein, das konnte nicht sein.

Die einzige andere Möglichkeit war die, daß er die neue Ressortleiterin vorstellen wollte. Das wiederum konnte doch wohl auch nicht sein, oder?

»Wir gehören nicht zu jenen Blättern, die lange fackeln. Deshalb möchte ich Ihnen heute vorstellen …«

O mein Gott, er tat es tatsächlich!

»Isabel Farrell, unsere neue Frauenredakteurin und Ressortleiterin.« Er wandte sich der neben ihm sitzenden Dame zu. »Bitte, Isabel, begrüßen Sie uns.«

Isabel erhob sich zögernd. Jetzt war Nervosität fehl am Platz. Schließlich hatte sie den Job, und daran konnte keiner rütteln. Es gab kein Zurück. Sie konnte auch nicht hoffen, von der Erde verschluckt zu werden, bevor die fünf unzufriedenen Beinahe-Ressortleiterinnen sie niederstreckten. Es war jetzt an ihr, den ersten Schritt zu tun.

Als sie all die neugierigen Gesichter anstarrten, die sich bestimmt fragten, wo sie herkam und ob sie ein Protegé des Managements sei, verspürte Isabel plötzlich neuen Mut. Sie konnte den Job machen, dessen war sie sich sicher. Sie war eine verdammt gute Ressortleiterin, hatte eine gute Schreibe und kam gut mit denjenigen aus, die für sie arbeiteten. Sie hatte den Kopf voller Ideen, wie man die Frauenseiten beleben könnte. Jetzt brauchte sie nur noch das Zutrauen, um es auch durchzuführen. Sie holte tief Luft und ermahnte sich, ihre Rede einfach zu gestalten.

»Es freut mich, Sie alle kennenzulernen«, sagte sie mit betont tiefer Stimme, um ihre Nervosität zu überspielen.

»Sie fragen sich sicher alle, wo ich herkomme und warum Sie mich nicht kennen. Aber ich habe die letzten zehn Jahre über in England gelebt, wo ich fast ausschließlich für Frauenzeitschriften in leitender Position gearbeitet habe. Fünf Jahre lang war ich stellvertretende Chefredakteurin von *Today's Woman.*«

Sie hielt inne. Aus den Augenwinkeln heraus bemerkte sie die haselnußbraunen Locken von Dee O'Reilly. Eine sehr hagere Frau mit fast violettem Haar saß neben Dee und redete leise auf sie ein. Keine der beiden sah zu Isabel herüber. Wie Isabel bekannt war, war Dee eine sehr gute Nachrichtenreporterin. Die Position einer neuen Frauenredakteurin war für sie vermutlich nicht von Interesse. Die meisten Nachrichtenreporter waren der Ansicht, daß ihr Teil der Zeitung der bei weitem wichtigste sei. Reportagen und Frauenthemen fanden nur selten ihre Anerkennung. Isabel fuhr mit der kleinen Rede fort, die sie das Wochenende über geübt hatte.

»Nun bin ich nach Irland zurückgekehrt. Ich kann Ihnen kaum sagen, wie glücklich ich darüber bin, einer so ausgezeichneten Zeitung und einem solch wunderbaren Team von Journalisten anzugehören. Es wird wohl eine Weile dauern, bis ich Sie alle kennengelernt habe.« Sie lächelte gewinnend. »Ich bin aber überzeugt davon, daß ich mich schnell akklimatisieren werde und daß wir dann sehr gut zusammenarbeiten werden.«

Sie lächelte erneut und setzte sich. Ihr Herz schlug bis zum Hals. Gott sei Dank, das war geschafft. Der Job selbst würde sicher wie Kinderkram aussehen gegen die Aufgabe, vor einer Gruppe unbekannter Leute zu sprechen.

»Gut gemacht!« brüllte Nigel. Er stand auf und klopfte ihr auf den Rücken. »Wir ihr alle schon gesehen habt, Leute, wird sich Isabel unserem Team als sehr nützlich erweisen. Ich werde sie nachher herumführen und sie Ihnen allen vorstellen. Aber erst einmal wollen wir unserer neuen Ressortleiterin zuprosten!«

Dee saß wie vor den Kopf gestoßen da, während Nigels Sekretärin Sheila recht unzeremoniell einen Turm Plastikbecher und vier Flaschen Sekt auf den Tisch stellte.

»Davon werden wir uns nicht betrinken können«, kommentierte jemand. »Vier jämmerliche Flaschen! Was für ein Pfennigfuchser.«

Als alle einen Daumenbreit Sekt in ihren Plastikbechern hatten, brüllte Nigel enthusiastisch: »Prost!«

»Dieser gemeine Kerl«, zischte Dee, an Maeve gewandt. »Er ist ein fieser Hund. Er hätte es uns wenigstens vorher sagen können. Die Höflichkeit hätte er immerhin besitzen können.« Ihr Gesicht war vor Zorn rot angelaufen. »Ich meine, ich habe mit der verdammten Frau vorhin auf der Toilette ein paar Worte geweschselt. Ich war sogar *nett* zu ihr, um Himmels willen! Und ich schwöre Stein und Bein, sie wußte genau, mit wem sie es zu tun hatte.«

Dee stieß heftig ihren Stuhl zurück und stand auf. Sie

strich sich eine ins Gesicht gefallene Strähne zurück. »Ich möchte wetten, daß Nigel ihr all diejenigen genannt hat, die sich für den Job beworben haben. Sie weiß also jetzt genau, wem sie ihn weggenommen hat. Aber falls sie annehmen sollte, daß sie mich herumkommandieren kann, hat sie sich geschnitten. Ich werde niemals auch nur ein einziges Wort mit der alten Hexe wechseln!«

»Dee«, beschwichtigte sie Maeve. »Komm doch mal runter, ja?« Sie legte ihre Hand auf den Arm ihrer Freundin. »Gib ihm doch nicht die Genugtuung, dich so wütend zu sehen. Das ist es doch, was er möchte.«

»Wenn ihm das so viel Spaß macht, dann mache ich ihn eben heute verdammt glücklich«, knirschte Dee. Sie nahm ihren Notizblock und marschierte mit wehenden Haaren aus dem Zimmer.

Jetzt wollte sie sich nur irgendwo ganz still hinsetzen, bevor sie zusammenbrach und weinte.

Liebe Annie,

man hat mich bei einer Beförderung übergangen. Ich war ganz sicher gewesen, den Job zu bekommen. Nun bin ich am Boden zerstört und verletzt. Ich weiß weder, wie ich meinen Kollegen im Büro noch der Person, die den Job bekommen hat, gegenübertreten soll. Ich war vollkommen überzeugt, das Rennen zu machen. Nachdem das nun fehlgeschlagen ist, fühle ich mich wie ein Luftballon, dem die Luft abgelassen wurde. Was soll ich jetzt tun?

Isabel, die am Kopf des Tisches von Menschen umringt war, war Dees überraschender Abgang nicht aufgefallen. Die Leute waren wirklich sehr nett zu ihr, dachte sie, nachdem sie zehn Minuten lang verschiedenen Reportern, Ressortleitern und Fotografen vorgestellt worden war. Sogar der Leiter des Sportressorts schien sich über ihre Gegenwart zu freuen.

»Tony Winston«, bemerkte er mit einschmeichelnder Stimme. Er streckte ihr eine gebräunte Hand entgegen und drückte ihre länger, als es unbedingt notwendig gewesen wäre, während er ihren Ausschnitt betrachtete.

Er trug ein leuchtendrosa Polohemd, was seine südländische Bräune unterstrich. Er war unglaublich anziehend und sich dessen wohl bewußt. »Wir sollten bald einmal zusammen zu Mittag essen«, meinte er grinsend.

»Hallo, ich bin Maeve Lych.« Isabel sah auf und erkannte die Frau, die neben Dee O'Reilly gesessen hatte und die sie jetzt aufmerksam musterte. Sie machte keinen sonderlich zufriedenen Eindruck. Vielleicht hatte sie sich ja für die Stelle beworben.

»Schön, Sie kennenzulernen, Maeve«, erwiderte Isabel

»Maeve ist Layouterin bei Antonias ... nun bei Ihren Seiten«, erläuterte Nigels Sekretärin, die sich für Isabel erwärmt hatte und ihr alle möglichen Leute vorstellte. Wenn Maeve für Antonia gearbeitet hatte, hatte sie sich ganz sicherlich für die Stelle beworben.

»Ich freue mich auf unsere Zusammenarbeit«, sagte Isabel lächelnd. Maeve muß mich hassen, dachte sie im stillen. Das ist genau, was ich jetzt brauche – einen Layouter, der mich nicht ausstehen kann. Sie würde sich ihr freundlich nähern. Maeve war mit Dee befreundet, vielleicht sollte sie die Sache von der Seite angehen.

Isabel äugte über Maeves Schulter. »Eben habe ich Dee O'Reilly mit Ihnen zusammen gesehen – ich hatte mich vorhin mit ihr auf der Toilette unterhalten. Ist sie noch hier?«

»Äh ... nein, sie mußte leider schon gehen«, improvisierte Maeve.

»Schade. Ich würde mich gerne genauer bekanntmachen«, sagte Isabel aufrichtig.

»Das werden Sie auch, Isabel«, unterbrach Nigel kühl. »Kommen Sie, ich zeige Ihnen Ihren Schreibtisch: Sheila, könnten Sie Dee auftreiben und ihr sagen, daß ich sie in fünfzehn Minuten in meinem Büro sprechen möchte?«

Maeve blickte in den Redaktionsraum und registrierte, daß Dee nicht an ihrem Tisch saß. So schnell sie konnte rannte sie die Treppe hinunter. Sie fand ihre Freundin hinter den Druckmaschinen, wo sie rauchend auf und ab lief.

»Das kann doch nicht sein, daß du rauchst!« rief Maeve.

Dee sah ihre Freundin mit geröteten Augen an. »So wie die Sache jetzt steht, frage ich mich, warum ich es nicht schon lang tue«, murmelte sie. »*Camel* finde ich allerdings zu stark. Diese hier hat mir der Wachtposten gegeben. Angeblich sollen sie entspannend wirken.« Sie zog noch eimal heftig an der Zigarette, dann warf sie sie weg. »Gib mir eine von deinen. Die sind milder.«

»Ich gebe dir eine, und dann frag mich bitte nie wieder. Erst gestern hast du mich dafür angemacht, daß ich nicht aufhöre«, bemerkte Maeve und hielt ihr eine Zigarette entgegen.

»Gestern war alles anders«, schniefte Dee. »Gestern dachte ich, ich hätte einen tollen Job und die Chance einer Beförderung. Heute gehört das alles der Vergangenheit an.«

»Nun mach mal halblang«, erwiderte Maeve beschwichtigend. »Sieh es einfach als ein kleines Mißgeschick in einem langfristig angelegten Plan an. Du kannst immer noch eine Beförderung bekommen.«

»Aber ich kann nicht den Job bekommen, den ich wirklich haben möche«, protestierte Dee wütend. »Ich möchte entweder Ressortleiterin für die Reportagen oder aber für die Frauenthemen werden. Und wenn diese Isabel oder die arme Phil Walsh morgen nicht überraschend tot zusammenbrechen, habe ich wohl keine Chance auf ihre Jobs.«

Sie rannte weiterhin auf und ab.

»Nein«, gab Maeve zu. »Komm jetzt, Dee, es bringt doch nichts, wenn du dich so aufregst.«

Dee fühlte, wie ihr die Tränen in die Augen schossen. Verdammt. Warum in aller Welt war sie nur so emotional? Warum konnte sie nicht auch eine jener Frauen sein, die niemals weinten, ganz gleich, was auch passieren mochte? Sie weinte bei allem, angefangen bei *Vom Winde verweht* bis hin zu vernachlässigten Meerschweinchen, die wieder ein liebevolles Zuhause gefunden hatten. Jetzt würde sie zu allem Überfluß noch rote Augen haben. Jeder würde wissen, wie verletzt sie war und warum. Es war einfach grausig demütigend.

Behutsam tupfte sie sich die Tränen von den Wimpern, um ihre Wimperntusche nicht zu verschmieren.

»Sehe ich schrecklich aus?« fragte sie Maeve. »Ja, natürlich«, beantwortete sie selbst die Frage, ohne ihrer Freundin die Gelegenheit dazu zu geben. »Tust du mir einen Gefallen? So kann ich unmöglich zurückgehen. Würdest du mir meine Handtasche holen, dann kann ich mich auf eine Tasse Kaffee in die Kneipe setzen, bis ich wieder normal aussehe. Was allerdings einige Zeit dauern wird.«

Sie hätte gerne einen großen Gin-Tonic getrunken, um ihre Nerven zu beruhigen. Das würde sich jedoch fatal auswirken. In *Magee's* Kneipe war es nicht möglich, es bei nur einem Drink zu belassen. Einer führte zum nächsten, dann waren es drei, und ehe man sich's versah, wollten sie schließen. Neben einem saß einer der weniger betrunkenen Kollegen und grinste vielsagend, so daß man sich fragte, wen man beleidigt oder, schlimmer noch, welches Geheimnis man unbeabsichtigt gelüftet hatte.

»Ich habe schlechte Nachrichten für dich«, sagte Maeve. »Nigel sucht dich. Er möchte dich sofort in seinem Büro sehen. Deshalb habe ich auch nach dir gesucht – ich wollte nämlich nicht, daß Feldwebel Smyth dich zuerst aufstöbert.«

»Verflucht! Gib mir noch eine Zigarette.«

»Was ist nur mit dir los?« schnaubte Maeve. »Erst bist du fanatische Nichtraucherin, im nächsten Augenblick rauchst du Kette. Möchtest du nicht vielleicht eine Zigarre haben?«

Das half. Dee mußte lachen.

»Wenn Demi Moore und Sharon Stone Zigarren rauchen können, kann ich das auch. Vielleicht wird Schweinchen Ted Holt mir sogar eine von seinen *Romeo y Julieta's* anbieten, um damit wettzumachen, daß ich den Job nicht ergattert habe.«

»Das möchte ich bezweifeln«, erwiderte Maeve. »Diese Ehre wird dir nur zuteil, wenn du dich an ihn ranschleimst.«

»Vielleicht sollte ich genau das tun.« Dee zog an ihrer Zigarette. »Zumindest hätte ich dann den Job bekommen, den ich wollte. Und ich wette, das ist auch der Grund, warum diese adrette, unterkühlte Frau ihn bekommen hat. Vermutlich ist sie ein richtiger Schleimscheißer. Und warte nur ab, Maeve«, fuhr Dee verbittert fort. »Es wird nicht lange dauern, bevor sie ständig wie ein verdammtes Jojo hoch und runter zu Holts Büro läuft. Sie wird ihm alles über uns erzählen. Vielleicht hat sie ja eine Affäre mit ihm. Vieleicht geht er ihr gerade in diesem Moment in seinem Büro an die Wäsche. Ich kann es mir nur zu gut vorstellen – Nigel in Speichelleckmanier vor der Tür positioniert, um sie zu warnen, falls jemand kommt...«

In diesem Augenblick bewunderte Isabel gerade ihren neuen Schreibtisch, der dem des Ressortleiters Reportagen direkt gegenüberstand. Sheila erklärte, Antonia habe ihre Sachen bereits aus dem Büro entfernt und würde während ihrer letzten Woche von zu Hause aus für den *Sentinel* arbeiten. Sie würde jedoch am Mittwoch ins Büro kommen, um Isabel einzuweihen, wer was für die Frauenseiten machte. Außerdem wollte sie ihr eine Kontaktliste übergeben, angefangen von Pressevertretungen verschiedener Modehäuser bis hin zu Frauenhäusern. Da Isabel seit zehn Jahren nicht mehr in Irland gearbeitet hatte, besaß sie so gut wie keine Kontakte hier. Sie benötigte also dringend Antonias Unterstützung.

»Schön, Sie kennenzulernen«, sagte Phil Walsh, deren Telefonhörer ihr zwischen Kinn und Schulter klemmte.

»Willkommen im Irrenhaus.«

»So verrückt sieht es mir gar nicht aus«, gab Isabel grinsend zurück.

»Ach, hören Sie einfach nicht auf mich«, meinte Phil. »Ich bin schon seit zehn Jahren hier und habe die Gelbsucht. Zehn Jahre für Nigel Burke zu arbeiten würde jeden auf die Palme treiben. Ja«, sagte sie in die Hörmuschel, »ich warte bereits seit fünf Minuten, und ich kann das Gedudel bald nicht mehr ertragen.«

Zufrieden musterte Isabel das Büro. In der Raummitte arbeiteten die Leute in einem Großraumbüro, aber Phil und sie hatten ein winziges Büro am Fenster, das mit grauen Raumteilern vom Rest der Redaktion abgetrennt war. Ihr kleines Zimmer war sehr privat und gemütlich. Phil hatte offenbar großes Interesse an Pferden und Kindern. Ihre Seite des Büros war mit Dutzenden von Bildern von einem großen braunen Pferd dekoriert, an dessen Sattel verschiedene Rosetten befestigt waren. Daneben hingen auch noch Bilder von vier lächelnden Teenagern, fast ausschließlich in Reitkleidung, die neben dem einen oder dem anderen Pferd standen.

Antonias Seite des Büros war kahl. Isabel mochte sparsam dekorierte Zimmer. Bilder von Naomi und Robin auf ihrem Schreibtisch und einen Kalender an der Wand, entschied sie. Mehr brauchte sie nicht.

Der Ausblick aus dem Fenster des zweiten Stockes war nicht gerade besonders aufregend, man sah auf den Parkplatz hinunter. Doch daran störte sich Isabel nicht. Sie liebte es, aus dem Fenster blicken zu können, auch wenn sie dort nur verstaubte Autos und ein paar Motorräder sehen konnte. Ein paar Dinge hatte sie von zu Hause mitgebracht – einen Kübel mit gelben Punkten, den sie für ihre Stifte benutzte, die Rolodex-Telefonliste, die all die jetzt unnötigen Telefonnummern beinhaltete, und den Kaktus, den ihr Naomi und Robin am heutigen Morgen geschenkt hatten.

»Soll das etwa ein Hinweis darauf sein, daß ich dieser Tage etwas stachelig war?« hatte sie gescherzt, nachdem sie das sorgfältig eingewickelte Geschenk geöffnet hatte.

»Nein«, kicherte Naomi. »Das hast du bekommen, weil wir gestern abend nichts anderes finden konnten. Die großen Blumentöpfe waren viel zu teuer, und Robin meinte, das hier würde dir gefallen.«

»Tausend Dank an euch beide.« Isabel hatte ihre beiden Töchter umarmt. Das kleine Geschenk machte sie glücklicher, als es eine Kette mit einem Diamanten getan hätte. Daß Robin sich überhaupt die Mühe gemacht hatte, ihr irgend etwas für ihren ersten Arbeitstag zu kaufen, bedeutete ihr viel. Sie probierte den Kaktus auf beiden Seiten des Computers aus, um zu sehen, wo er besser wirkte. Auf der linken Seite.

Das Computersystem kannte sie wenigstens. Es war dasselbe wie bei *Motor 2000*. Der arme Richie Devine, dachte sie, als sie sich an ihren alten Chef erinnerte.

»Ich wollte Sie fest anstellen«, hatte er wütend bemerkt, nachdem sie ihm gekündigt hatte.

»Tatsächlich?« hatte Isabel kühl geantwortet. »Dann hätten Sie es mir sagen sollen, Richie, und ich hätte mich nicht nach anderer Arbeit umgesehen.« Sie fand es insgeheim auch etwas gemein, ihn so sitzenzulassen, aber er würde darüber hinwegkommen.

»Ich bringe Ihnen ein paar Bürosachen«, verkündete Sheila. Mit einem Haufen Notizblöcken, Papier, Kulischachteln und einem Hefter beladen betrat sie das Büro. »Ich lasse Ihnen auch gleich Visitenkarten machen, wenn Sie sich eine ausgesucht haben. Phil und Sie teilen sich eine Sekretärin, aber diese Woche hat sie frei. Ich erledige jede Art von Schreibarbeiten, falls Sie es wünschen.«

»Danke«, erwiderte Isabel, belustigt darüber, wie aufmerksam Sheila war.

Phil legte auf. »Womit haben Sie sich denn das verdient?« fragte sie, nachdem Sheila gegangen war und Isabel vorher noch das Versprechen abgenommen hatte, sich bei Fragen unbedingt an sie zu wenden. »Mit uns anderen hat sie nicht viel am Hut.«

»Wie ist noch mal ihr Name?« fragte Isabel.

»Sheila Smyth beziehungsweise Feldwebel Smyth, je nachdem, wie sie Sie behandelt. Ich kann Ihnen jedoch versichern, daß sie mit Ausnahme ihres Chefs und Ted Holt allen gegenüber als Feldwebel auftritt. Sie können sich also glücklich schätzen, daß sie Ihnen gegenüber derart freundlich ist.«

»Ist das positiv oder negativ zu bewerten?«

»Es ist unheimlich. Sie mag Sie nämlich nur, solange Sie gerade in Mode sind. Sollte man Ihnen kündigen wollen, werden Sie es schon im voraus wissen. Sowie Sheila davon Wind bekommen hat, wird sie Sie wie Dreck behandeln. Und sie wird es lange vor Ihnen wissen, das kann ich Ihnen flüstern.« Phil grinste.

»Wie angenehm.« Isabel gefiel Phils direkte Art.

An modischen Dingen war sie offenbar nicht sonderlich interessiert. Sie war um die Fünfzig und trug eine graue Männerjacke über einem dunkelblauen T-Shirt und Jeans, die so alt und abgetragen waren, daß sie schon fast weiß waren. Ihr langes, dunkles Haar hatte sie zu einem ordentlichen Pferdeschwanz zurückgebunden, und sie machte sich offenbar nichts aus Make-up.

Durchdringende graue Augen musterten Isabel hinter einer Metallbrille.

Isabel fragte sich, ob sie sich bei Phil danach erkundigen konnte, wer sich für ihre Stelle beworben hatte. Vielleicht war es dafür noch etwas früh. Schließlich kannte sie Phil noch nicht.

Ihr Telefon klingelte. Es war Nigel, sehr charmant und höflich.

»Isabel, meine Liebe, würden Sie kurz in mein Büro kommen? Ich möchte Ihnen jemanden vorstellen.«

»Selbstverständlich.« Ob er wohl alle Frauen mit »meine Liebe« ansprach?

Nigel wollte jedoch nicht Isabels Ideen für das Blatt diskutieren, obwohl sie die sorgfältig getippten Seiten mitgebracht hatte, an denen sie das ganze Wochenende über gearbeitet hatte. Er wollte über die Benennung eines stellvertretenden Ressortleiters für die Frauenseiten sprechen.

»Bisher hatten wir noch keinen stellvertretenden Ressortleiter.« Er spielte mit einem Kuli in seiner Hand. »Jetzt aber, denke ich, brauchen wir einen. Das Blatt wird ständig größer, und immer mehr Honorarkräfte arbeiten für uns. Ich halte es für eine gute Idee, wenn Ihnen jemand beim Tagesgeschäft mit zur Hand geht.«

Isabel nickte und fragte sich, in welche Richtung dieses Gespräch laufen sollte. Er war der Chef, und sie war die neue Angestellte. Wenn Nigel einen gehirnlosen Gorilla auf die Position ihrer Stellvertreterin setzen wollte, konnte sie dagegen nicht das geringste unternehmen.

»Viele freiberufliche Journalisten arbeiten sowohl für Sie als auch für die Reportagen. Sie werden sich mit Phil Walsh kurzschließen müssen, damit es nicht zu Überschneidungen kommt. Etwas Hilfe könnte sicherlich vonnöten sein. Was halten Sie von der Idee?« fragte er.

»Sie gefällt mir«, erwiderte Isabel. »Ich hätte gerne jemanden zur Seite, besonders in der Anfangsphase. An wen hatten Sie denn gedacht?«

Ein lautes Klopfen schnitt Nigels Antwort ab.

»Herein«, brüllte er.

Dee trat ins Zimmer. Sie konnte Isabel auf der der Tür abgewandten Couch nicht sehen.

»Sie wollten mit mir sprechen, Nigel?« fragte sie kurz angebunden.

»So ist es, Dee.« Er lächelte. »Ich möchte Sie mit Isabel Farrell, der neuen Ressortlciterin, bekanntmachen.«

Dee wirbelte herum.

»Hallo.« Isabel stand auf und streckte ihr die Hand entgegen.

»Hallo«, erwiderte Dee kühl. Sie sagte nichts von wegen »Willkommen beim *Sentinel*« oder irgend etwas in der Richtung.

»Ich möchte euch gerne miteinander bekanntmachen, weil ihr in Zukunft eng miteinander arbeiten werdet«, sagte Nigel. »Dee möchte schon seit langem aus der Nachrichtenabteilung zur Reportage wechseln. Wie ich weiß, möchte sie gerne für die Frauenthemen arbeiten. Aus diesem Grund habe ich einen Vorschlag, der Sie beide entzücken wird – ich möchte sie zur stellvertretenden Ressortleiterin der Frauenseiten befördern.«

Stille. Isabel beobachtete, wie Dees Gesicht knallrot anlief. O mein Gott, was ging hier vor?

»Halten Sie das etwa nicht für eine gute Idee, Isabel?« fragte Nigel mit seidiger Stimme. »Dee ist eine versierte Nachrichtenreporterin und gute Schreiberin.«

»Ich würde es sehr begrüßen, wenn sie die Position annimmt«, erwiderte Isabel ruhig. Es war ihr nicht klar, weshalb Dee so wütend geworden war. Es sei denn, Nigel drängte sie aus irgendeinem anderen Grund aus der Nachrichtenabteilung heraus.

»Dee interessiert sich sehr für die Frauenseiten, sie möchte schon seit einiger Zeit die Nachrichtenabteilung verlassen.« Nigel nippte an seinem Kaffee. »Es ist mir bekannt, daß Sie die Meßlatte Ihrer Hoffnungen ein wenig höher geschraubt hatten, Dee. Ich denke jedoch, daß wir für die Leitung des Ressorts jemanden mit Isabels Erfahrung benötigen. Im Bereich Reportage haben wir keinerlei Vakanzen. Ich dachte mir, Sie würden eine Zusammenarbeit mir ihr schätzen …«

Das war es also, dachte Isabel. Dee hatte sich für den Job

beworben, und jetzt bot ihr Nigel einen Trostpreis an. Wie schrecklich. Und was für ein Schwein er doch war.

Merkte er nicht, wie beleidigend es für Dee war, ihr im Beisein just der Frau, die ihren Traumjob bekommen hatte, etwas Geringeres anzubieten?

Dee hatte immer noch kein Wort gesagt.

Isabel stand auf.

»Ich überlasse es Ihnen beiden, die Sache zu besprechen. Ich würde mich freuen, Dee, wenn Sie als meine Stellvertreterin annehmen würden.«

Vor dem Büro des Chefredakteurs lehnte sich Isabel erschöpft an die Wand. Sie hatte ihren Traumjob bekommen, aber sie war vom Regen in die Traufe gefallen.

Doch jetzt war nicht die Zeit, darüber nachzugrübeln. Sie hatte eine Menge Arbeit zu erledigen, und sie war ganz auf sich selbst angewiesen. Also alles beim alten, dachte Isabel trocken.

6

Maeve hatte gerade den letzten Tropfen des kalorienreduzierten Tonicwassers in Dees Glas mit Gin geleert, als diese es ihr bereits aus der Hand riß. Sie trank zwei große Schlucke, dann hustete sie, als der Alkohol ihr die Kehle hinunterrann.

»Alles in Ordnung?« fragte Maeve.

»Ja, wunderbar.« Dee lehnte sich in ihrem Stuhl an der Bar zurück. »Könnte ich bitte noch zwei Tüten Kräcker mit Zwiebelkäsegeschmack bekommen?« bat sie den Barmann. Es war erst kurz nach fünf, und die geräumige, betont rustikale Bar im *Magee's* war leer. Der abendliche Betrieb würde auch erst in einer Stunde einsetzen, wenn die zweite Schicht des *Sentinel* – *Magee's* beste Kunden – von der Arbeit kamen. Der Barmann gönnte sich gerade eine Pause, bevor die durstigen Horden das Lokal stürmen und Bier, Whisky, überbackenen Toast, Sandwiches und gelegentlich auch eine Flasche Champagner bestellen würden, wenn jemand eine große Geschichte ins Blatt gebracht hatte.

Dee reichte Maeve eine der Tüten und riß mißmutig die andere auf. Sie aß, als ob sie seit einem Monat nichts mehr zu essen bekommen hätte. Sie hatte zu Mittag gegessen – aber das zählte nicht. Sie war viel zu schockiert gewesen, um mehr als ein paar Happen ihres Thunfischsandwiches hinunterzubekommen.

Sie hatte nicht die Küche aufgesucht, um sich wie gewohnt eine ihrer zahlreichen Tassen Kaffee zu besorgen. Sie wollte nicht an Nigels Büro vorbeigehen, denn sie hatte das Gefühl, entweder in Tränen ausbrechen oder aber ihn anbrüllen zu müssen. Der gemeine Kerl! Gott sei Dank konnte Maeve heute etwas früher gehen, sonst wäre Dee wohl verrückt geworden. Den ganzen Tag über hatte ihr Telefon ununterbrochen geklingelt. Schließlich hatte sie die Telefonistin gebeten, ihren Anrufern zu sagen, sie sei nicht da. Persönliche Telefonate wollte sie erst recht vermeiden.

Bei einem geschäftlichen Gespräch konnte sie Fröhlichkeit vortäuschen, bei dem Anruf eines Bekannten wäre ihr das nicht gelungen. Wenn sich jemand freundlich nach ihrem Befinden erkundigt hätte, wäre sie in Tränen ausgebrochen. Sie aß noch ein paar Chips und nippte an ihrem Gin, um sie hinunterzuspülen.

»Ich kann immer noch nicht fassen, daß er mir das angetan hat. Ich kann es einfach nicht fassen«, meinte sie tonlos und starrte die Flaschen hinter der Bar an. Die Deckenbeleuchtung ließ die Whisky- und Scotchflaschen glitzern und verlieh ihnen den Glanz polierten Bernsteins.

»Ich kann es fassen«, konterte Maeve. »Nigel ist ein ganz ausgefuchster Mistkerl. Das Leben der anderen zu vermiesen entspricht seiner Vorstellung von Vergnügen. Das sollte dir eigentlich bekannt sein.«

»Warum ausgerechnet ich?« jammerte Dee.

Maeve streichelte den Arm ihrer Freundin. »Erinnerst du dich noch an die Antwort, die einmal einer auf die Frage gegeben hat, warum er den Mount Everest bestiegen hatte? Die Antwort war: Weil er nun mal da war. Nun, genauso ist Nigel Burke. Er hat dich geschnitten, weil es in seiner Macht lag. Und vielleicht auch, weil er uns allen eine Lektion in Richtung ›Ich kann hier machen, was ich will, denn dies ist mein Königreich‹ erteilen wollte.«

Dee leerte ihre Chipstüte. »Ich kann kaum glauben, daß er die Unverschämtheit besessen hat, mir den Job in Gegenwart von Isabel Farrell anzubieten. Das war eigentlich das Schlimmste. Es kam mir fast so vor, als ob sie beide gemeinsam die Sache ausgeheckt hätten.«

»Immerhin hat sie das Büro verlassen«, bemerkte Maeve.

»Das hat sie nur getan, weil ich kein Wort gesagt habe, ehe sie nicht aus dem Zimmer war. Wie gerne hätte ich Nigel gesagt, daß ich den Stellvertreterjob nie und nimmer machen würde. Das hätte ich mal tun sollen...«

»Nein, das hättest du nicht tun sollen.« Maeve bestellte beim Barmann noch zwei Drinks. »Wenn du das getan hättest, würdest du bis in alle Ewigkeit Schönheitswettbewerbe und Schülerwahlen bearbeiten müssen. Als stellvertretende Ressortleiterin bist du immerhin aufgestiegen.«

Dee nickte mißmutig.

»Es könnte auch das Sprungbrett für ganz andere Dinge sein«, fuhr ihre Freundin fort. »Du kannst nicht wissen, was sich daraus einmal entwickeln wird.«

»Es könnte mir vielleicht eine lebenslange Haftstrafe für Mord einhandeln. Ich habe nur noch nicht ganz ausgetüftelt, auf welche Weise ich Nigel umbringen möchte. Was wäre wohl schmerzhafter: ihn mit tausend Stichen umzubringen oder ihn mit einer infizierten Spritze umzulegen?«

Maeve lachte. »Wenn du schon wieder so scherzen kannst, O'Reilly, dann bist du auf dem Wege der Besserung.«

Dee blickte sie traurig an. »Ich habe aber nicht gescherzt. Nun ja, vielleicht doch ein bißchen.« Sie leerte ihren Drink und wandte sich dem nächsten zu. »Wir brauchen noch ein paar Chips«, rief sie.

Nach einer dreiviertel Stunde hatten sie noch zwei weitere Kartoffelchipstüten und jeder drei Drinks geleert, und Dee fühlte sich bereits viel zuversichtlicher.

Dee hatte ihr Jackett ausgezogen und es über ihre Stuhllehne gehängt. Sie dachte nicht mehr über die Tatsache nach, daß ihr seidiges T-Shirt ihren BH nur zu deutlich abzeichnete. Eigentlich konnte man es nur mit einer Jacke darüber tragen. Ihre Wimperntusche war so verschmiert, daß Maeve ihr ein Taschentuch gereicht hatte. Und ihre Haare waren auch vollkommen durcheinander.

Etwas benebelt betrachtete sie ihr Spiegelbild hinter der Bar und war mit ihrem Aussehen recht zufrieden. Sie war zwar nicht schlank, sah aber dennoch doch gut aus. Beinahe sexy sogar. Und überhaupt nicht fett.

Sie riß eine Tüte der gerösteten Erdnüsse auf, die Maeve ihr netterweise hingelegt hatte. Merkwürdig, aber sie fühlte sich überhaupt nicht betrunken. Unter den Umständen jedenfalls war sie sogar noch recht nüchtern.

»Wie lange seid ihr denn schon hier?« Gerry Deegan zog sich einen Stuhl an die Bar heran und setzte sich neben die beiden Frauen.

»Noch nicht lange.« Dee lächelte den politischen Korrespondenten benebelt an. »Wir hatten erst drei Drinks.«

»Vier«, warf Maeve ein. »Oder waren es schon fünf?«

»Könnten es wirklich schon fünf gewesen sein?« fragte Dee verblüfft.

»Schon möglich. Und deine beiden ersten waren doppelte.«

»Olala!« Dee kicherte.

»Was feiern wir denn?« fragte Gerry und beobachtete dabei den Barmann, der ihm langsam ein Glas Guinness zapfte.

»Ich kehre dem Journalismus den Rücken und gehe ins Kloster«, verkündete Dee. Sie kringelte eine Locke um ihren Finger und blickte Gerry verträumt an. »Ich denke an einen dieser geschlossenen Orden, wo man mit niemandem reden muß. Momentan ist mir nämlich nicht danach, mit Menschen zu reden.«

»Das möchte ich sehen«, ließ sich eine Stimme hören. Es war Tony Winston mit einem seiner freiberuflichen Sportjournalisten im Schlepptau. »Was würden wir ohne solch wunderbare Wesen wie dich machen, Dee, die uns den Tag versüßen?« Er küßte sie auf die Wange. »In Nonnenkleidung sehe ich dich nicht, es sei denn, du trägst darunter Strümpfe und Stilettos und bist gerade auf dem Weg zu einer Faschingsparty.«

»Mach dich aus dem Staub, du menschgewordenes Hormon«, intervenierte Maeve und schlug ihm mit Gerrys Abendausgabe über den Arm.

»Du hast dich doch unverzüglich an die neue Ressortleiterin herangemacht, nicht wahr?« bemerkte Dee scharf, denn sie hatte bereits alles über Tonys Annäherungsversuche an die charmante Isabel gehört.

»Vermutlich wolltest du sie gerade bitten, dich doch einmal zu Hause aufzusuchen, um ihr all die Erinnerungsstücke von den Weltmeisterschaften zu zeigen.«

»Ach so.« Er nickte artig. »Das ist es also.«

»Das ist was?« hakte Dee nach.

»Deswegen betrinkt ihr euch hier beide. Du hast ihre Stelle haben wollen, nicht wahr, Dee?«

Sie beachtete ihn nicht.

»Komm schon, vertrau dich deinem Onkel Tony an«, neckte er sie und beugte seinen dunklen Haarschopf zu ihr hinunter.

Dee konnte sein Rasierwasser riechen. Es war ein stinkendes, schreckliches Zeug, obwohl er offensichtlich der Ansicht war, es mache ihn unwiderstehlich.

»Hau schon ab, Tony.« Sie stieß ihn so heftig zurück, daß er auf Gerry fiel und dessen noch kaum angerührtes Bier verschüttete. Bier war überall – vor allem auf Tonys geliebtem Lacoste-Hemd und auf Gerrys Schuhen.

»Tut mir leid, Gerry«, entschuldigte sich Dee.

»Und was ist mit mir?« wollte Tony wissen, der sich das klatschnasse Hemd angewidert vom Körper zog.

Dee warf ihm einen wütenden Blick zu.

»Wir sollten hier verschwinden, ehe sich Tony noch weiter aufräufelt«, flüsterte Maeve.

Fluchend machte er sich auf den Weg zur Herrentoilette.

»Komm schon.« Maeve nahm ihren Rucksack und Dees riesige Handtasche. Dann zupfte sie ihre Freundin am Arm.

»Tut mir leid, Gerry«, entschuldigte sich Dee erneut. »Dich hätte es nicht treffen sollen.«

»Ist schon gut. Das meiste haben ohnehin nur meine Schuhe abbekommen. Mir geht es aber ganz gut. Und es tut mir leid, daß du Antonias Job nicht bekommen hast«, bemerkte er plötzlich. »Ich hatte es schon im Gefühl, daß Nigel so einen Trick aus dem Hut ziehen würde. Er hat dich zur Stellvertreterin gemacht, nicht wahr?«

Dee nickte. Der Büroklatsch verbreitete sich in der gewohnt rasanten Geschwindigkeit.

»Laß dir einen Rat geben von jemandem, der all das schon einmal durchgemacht hat, Dee. Raff dich auf und mach den Job, und denk daran, ihn gut zu machen. Gib Nigel Burke nicht die Genugtuung, gewonnen zu haben. Das liebt er nämlich. Gib dein Bestes. Dann wirst du feststellen, daß der Job dir viel mehr bringt, als wenn du ihn nur halbherzig erledigst.«

Gerry lächelte verschmitzt. »Abgesehen davon weiß ich nicht, wie lange sie Nigel noch behalten werden. Denk nur mal an die Party, die wir bei seinem Weggang feiern werden!«

»Danke dir, Gerry.« Dee lächelte.

Maeve zog sie nach draußen. »Ruf Gary an und sag ihm, er soll dich hier abholen. So kannst du unmöglich nach Hause fahren«, meinte Maeve.

Mühsam wählte Dee auf ihrem Handy ihre Nummer zu Hause. Nach dreimaligem Klingeln meldete sich der Anrufbeantworter.

»Er ist nicht zu Hause«, sagte sie verunsichert. Plötzlich wollte sie unbedingt Gary sehen. Er sollte sie umarmen und ihr versichern, daß sich alles wieder einrenken würde. Und daß er sie liebte, selbst wenn ihr Chef sie im Stich ließ.

Jetzt aber war er nicht da. Jetzt hatte auch er sie verlassen. Wieder fühlte sich Dee den Tränen nahe.

»Wollte er denn heute abend ausgehen?« fragte Maeve.

»Kann mich nicht erinnern«, murmelte sie.

Maeve legte einen Arm um sie. »Laß uns ein Taxi zu dir nach Hause nehmen. Ich werde uns etwas kochen, und dann sehen wir uns ›Thelma und Louise‹ an. Was hältst du davon?«

»Das wäre wunderbar. Danke, Maeve. Was würde ich nur ohne dich tun?«

»Dank mir nicht zu früh«, erwiderte ihre Freundin grienend und winkte dem nächsten Taxi. »Wart ab, bis ich dir meine Rechnung präsentiere!«

Maeve war eine gute Köchin. Mit ein paar laschen Pilzen, einer verschrumpelten Zwiebel, Tomaten, überraschend frischem Käse und ein paar Eiern konnte sie ein spanisches Omelette hinbekommen, auf das jeder Koch stolz gewesen wäre.

»Eigentlich wollte ich zum Omelette noch einen Salat machen.« Sie durchwühlte das Gemüsefach. »Aber das hier ist alles schon etwas alt.« Sie warf den tropfenden Rest eines Eisbergsalates in den Mülleimer.

»Diese Woche ist Gary mit Saubermachen und Einkaufen dran«, murmelte Dee vom Sessel aus.

»Was du nicht sagst!«

Dee stand auf, deckte Messer und Gabel auf dem kleinen

Tisch, legte noch Servietten dazu – Papierservietten – und entkorkte laienhaft eine Flasche Rotwein.

»Ich bin mir nicht sicher, ob ich noch etwas trinken kann«, meint Maeve, als sie die beiden Teller ins Eßzimer brachte, während Dee gerade zwei große Weingläser füllte. »Ich muß morgen früh arbeiten, und noch einen Kater würde ich nicht überstehen.«

»Ist schon gut.« Dee lächelte gequält. »Um so mehr für mich.«

Der Film gehörte zu ihren Lieblingsfilmen, und sie hatte ihn sich oft angesehen, wenn sie deprimiert war. Sie saßen nebeneinander auf dem Sofa und verspeisten Maeves saftiges Omelette.

»Genau das ist es, Maeve«, murmelte Dee. »Thelma hat die Grenze überwunden, und jetzt kann sie nicht mehr zurück. Mir geht es genauso. Ich kann einfach nicht wieder im Büro erscheinen und in diesem blöden Job mit dieser schrecklichen Frau arbeiten.« Mit glasigen Augen blickte sie ihre Freundin an. »Ich kann es einfach nicht.«

Halb elf bestellte sich Maeve ein Taxi.

»Bitte geh jetzt ins Bett, Dee. Morgen wirst du dich besser fühlen.«

»Mein Kopf aber nicht«, bemerkte Dee düster.

»Mag sein.« Maeve umarmte sie. »Aber geh jetzt ins Bett. Ich stelle den Fernseher ab und möchte, daß du nach oben gehst, bevor ich mich auf den Weg mache.«

»In Ordnung, Majestät.« Dee stieg ungeschickt die Treppe nach oben. »Danke, Maeve. Du bist eine prima Freundin«, murmelte sie, als sie oben angekommen war. »Ich gehe jetzt ins Bett. Ich bin sehr müde. Morgen früh denke ich dann über alles nach.«

Isabel ließ sich auf den ungemütlichen Sessel ihrer Mutter sinken, lehnte sich zurück und schloß die Augen. Was für ein Tag! Sie fühlte sich wie nach einem Marathon. Nie wieder würde sie diese verdammten cremefarbenen hockhackigen Schuhe tragen. Sie sahen zwar gut aus, drückten aber wie verrückt. Das hatte man davon, wenn man im Ausverkauf zu enge Schuhe kaufte.

Sie kickte sie sich von den Füßen, ließ ihr Jackett fallen und gestattete sich die Wunschvorstellung, den ganzen Abend lang nichts weiter als Serien und dumme Gameshows anzusehen, bis es Zeit war, ins Bett zu gehen. Außer mit Naomi und Robin müßte sie mit niemandem reden. Und sie müßte sich nicht auf eine verkrampfte Unterhaltung mit ihrer Mutter einlassen.

»Hallo, Mama.« Naomi rannte ins Zimmer, machte einen Satz und landete neben ihrer Mutter auf dem Sofa. »Nun, wie war's?«

»Ganz prima, Liebling. Alle waren wirklich ausgesprochen nett zu mir. Mein Schreibtisch steht direkt neben dem der Leiterin für Reportagen, Phil Walsh. Und sie ist recht freundlich.«

»Hast du denn nicht dein eigenes Büro?« Naomi schien enttäuscht.

Isabel lächelte und strich ihrer Tocher über den wirren Haarschopf.

»Niemand hat ein eigenes Büro, Liebling. Nur der Chefredakteur. Wir arbeiten in einem großen Raum mit vielen Schreibtischen. Ich habe Glück gehabt, weil ich am Fenster sitze und ein Raumteiler die anderen daran hindert, mich bei allem zu beobachten.«

»Wann kann ich denn mal kommen und es mir ansehen?«

In Isabels früheren Büros, von *Motor 2000* einmal abgesehen, war Naomi häufig zu Besuch gewesen. Aber Isabel spürte ganz deutlich, daß der *Sentinel* nicht zu den Lokalitäten gehörte, wo die Kinder der Angestellten willkommen waren.

»Ich weiß noch nicht, vielleicht im Sommer.«

Naomi erstarrte.

»Vielleicht kann ich dich auch am Samstag einmal mitnehmen«, lenkte Isabel ein. Da es keine Sonntagsausgabe gab, würde am Samstag niemand arbeiten.

»Super! Robin hat Oma gesagt, daß sie heute abend kocht«, verkündete Naomi. Isabel hob die Brauen. »Sie hat irgend so eine Kasserolle im Kochunterricht gemacht, und die werden wir heute abend mit Reis essen.

Isabel konnte nur beten, daß Robin besser Reis kochen konnte als sie selbst. Ganz gleich, wie sie den Reis und das Wasser abmaß, bei ihr wurde er entweder zu hart oder aber zu matschig. Hoffentlich würde Robin sich als bessere Köchin erweisen. Der Kochunterricht jedenfalls schien ihr zu gefallen. Vor ein paar Wochen hatte sie eine sehr leckere Gemüselasagne hinbekommen.

»Ich mache den Nachtisch«, fügte Naomi stolz hinzu. »Es ist eine Überraschung. Du mußt überhaupt nichts tun, Mama. Es ist eine Schokoladenmousse«, flüsterte sie, »aber du darfst es nicht wissen.«

»Ich werde schweigen wie ein Grab. Das klingt alles sehr verlockend, Naomi. Und wenn ich nichts dazu beisteuern muß, bin ich glücklich.«

»Möchtest du einen Drink, Mama? Ich habe Oma gesagt, daß wir Wein einkaufen müssen, weil du zum Abendessen gerne welchen trinkst und weil es außerdem dein erster Tag bei der neuen Arbeit ist.«

Innerlich stöhnte Isabel auf. Das hatte ihr gerade noch gefehlt. Ihre Mutter würde nun davon ausgehen, sie stünde kurz vor der Alkoholsucht.

Einen Sherry am Abend und einen Brandy nach Katastrophen – mehr gestattete sich Pamela nicht. Isabel brauchte tunlichst nicht zu erwähnen, daß sie und David abends oft ein Glas Wein genossen hatten. Oder gar, daß sie auch die Abende geliebt hatte, wenn er nicht zum Abendessen zu Hause gewesen war. Dann hatte sie sich nämlich entweder einen roten oder einen weißen Wein ausgesucht und ihn in wunderbarer Einsamkeit mit hochgelegten Füßen genossen.

»Was hat denn Oma für ein Gesicht gemacht, als du den Wein erwähnt hast?« fragte sie Naomi. »Was hat sie gesagt?«

Ihre Tochter zuckte mit den Schultern. »Nichts. Warum fragst du, Mama?«

Isabel lächelte sie an. »Ach, nichts. Nun erzähle mir, wie war denn heute die Schule? Habt ihr euren Englischaufsatz zurückbekommen?«

Naomi verzog das Gesicht. »Ja, schon. Ich habe eine Vier. Zu Hause hatte ich immer Zweien, Mama.«

»Ich weiß, mein Liebling. Es ist nicht einfach, sich an eine neue Schule, neue Lehrer und einen neuen Lehrplan anzupassen. Es wird noch etwas dauern, bis du dich an alles gewöhnt hast.« Sie drückte die Hand ihrer Tocher. »Und ich weiß, daß du eine erstklassige Journalistin abgeben wirst, Naomi.«

Naomi liebte ihre Reiseschreibmaschine, und sie wollte später einmal denselben Beruf wie ihre Mutter ausüben. Isabel würde gern noch vor Jahresende den Mädchen einen ordentlichen Computer kaufen, denn David hatte seinen Macintosh behalten. Momentan jedoch war sie noch zu knapp bei Kasse.

»Die Leute in der Schule werden wahrscheinlich noch etwas Zeit brauchen, ehe ihnen das aufgeht. Nun geh mal und sieh nach, ob du deine große Schwester dazu überreden kannst, mir eine Tasse Tee zu machen.«

Naomi grinste und hüpfte vom Sofa. Isabel machte sich eine Notiz, daß sie morgen die Schule anrufen und mit der Direktorin sprechen wollte.

Als sie Naomi dort vor zwei Monaten angemeldet hatte, hatte sie die Direktorin darauf hingewiesen, ihre schüchterne zwölfjährige Tochter würde wohl ein wenig Zuneigung brauchen, bevor sie in einem neuen Land und in einer neuen Schule Fuß fassen konnte. Frau Robinson, die Direktorin, schien dafür Verständnis aufzubringen.

Aber ganz gleich, wieviel Zeit Naomi in den anderen Fächern brauchen würde, in Englisch fühlte sie sich immer sofort zu Hause. Es war ihr Lieblingsfach. Sie war eine richtige Leseratte und verschlang alles von Enid Blyton bis hin zu den Brontë-Schwestern. Eine Vier in einem Aufsatz, an dem ihre Tochter hart gearbeitet hatte, ließ Isabel aufmerken. Offenbar hatte man ihr in der Schule nicht richtig zugehört.

Sie haben überhaupt nichts begriffen, Frau Robinson, dachte Isabel wütend. Aber wenn ich erst einmal bei Ihnen vorgesprochen habe, werden Sie wohl nicht mehr so begriffsstutzig sein.

Wenn sie die Schule anrief, konnte sie sich gleich noch danach erkundigen, wie sich Robin machte. Ihre ältere Tochter mußte sich mit einem vollkommen neuen Lehrplan vertraut machen, und im Juni waren bereits Examen, vor denen ihr graute.

Wenn Robin doch nur mit ihr reden würde! Isabel wünschte sich eine Unterhaltung mit ihrer Tochter, in der die Sätze »Du läßt mich ja niemals was machen« und »Wenn Papa hier wäre, wäre alles anders« nicht vorkämen.

Als ob das nicht alles schon schlimm genug wäre, würde sie am nächsten Morgen Dee O'Reilly gegenübertreten müssen. Dees wütendem Gesichtsausdruck nach zu urteilen, als sie schließlich das Büro des Chefredakteurs verlassen hatte, gab es keinen Zweifel, daß sie sowohl Nigel als auch Isabel nicht ausstehen konnte.

Nicht zum ersten Mal dankte Isabel all den guten Menschen, die Antidepressiva herstellten. Ohne diese chemische Unterstützung hätte sie jetzt sicherlich schon einen Nervenzusammenbruch erlitten.

»Tee.« Robin betrat mit einer Tasse und einem Keks auf dem Tablett das Zimmer. Isabel war hocherfreut. Nicht wegen des Tees, aber weil Robin ihr einen Gefallen getan hatte. Sie strahlte ihre Tochter an.

»Danke dir, Robin. Du bist ein Schatz.«

Sie nippte erst an dem Tee, dann knabberte sie am Keks.

»Wie war die Arbeit?« Robin setzte sich auf die Sessellehne. Sie hatte immer noch ihre Schuluniform an – grauer Rock und Pullover, weiße Bluse und ein blau-grau gestreifter Schlips. So wirkte Robin wieder wie ein Schuldmädchen und nicht wie die »Dame im Nerz«, für die man sie manchmal mit ihren enganliegenden Tops und ihren hautengen Hüfthosen halten konnte.

»Ziemlich schwierig«, erwiderte Isabel ehrlich. »Meine Stellvertreterin hatte sich für die Stelle beworben, die ich jetzt habe. Wir werden wohl kaum Busenfreundinnen werden. Alle anderen waren sehr nett. Die Arbeit wird sicherlich nicht leicht werden, soviel ist sicher.« Sie rekelte sich und gähnte. »Ich gebe zu, ich bin wirklich müde.«

»Heute abend jedenfalls brauchst du nichts zu machen, Mama. Ich habe gekocht.«

»Das hat mir Naomi schon verraten. Was ist es denn? Es duftet wunderbar.«

Robin lächelte zufrieden. »Lamm mit Tomaten und Bohnen.«

»Großartig! Ich bin schon halb verhungert.«

»Es dauert noch zwanzig Minuten, ich habe eben erst den Reis aufgesetzt«, erklärte Robin. »Oma hat sich hingelegt – sie hat wieder einen ihrer Migräneanfälle. Ich sollte Kartoffeln kochen, aber mir schmecken sie nicht, deswegen habe ich Reis gekocht. Ich rufe dich, wenn er fertig ist.«

Isabel ließ sich zurücksinken, stellte den Fernseher an und entspannte sich. Diesen herrlich friedlichen Abend sollte sie genießen. Denn wie schon Scarlett O'Hara gesagt hatte: Morgen ist auch noch ein Tag.

Als sie am nächsten Morgen in der Maisonne zur Arbeit fuhr, hatte Isabel das Gefühl, es mit der Welt aufnehmen zu können. Es sollte allerdings nicht lange dauern, bis ihre gute Laune versiegte. Nach nur fünf Minuten im Büro und einem einzigen Telefonat knallte sie wütend den Hörer auf. Antonia FitzSimons hatte versprochen, ihr in ihrem neuen Job behilflich zu sein. Jetzt aber hatte sie einen Rückzieher gemacht. Offenbar war sie mit ihrer Verabschiedung von Ted Holt unzufrieden gewesen. »Natürlich fühle ich mich jetzt nicht mehr sonderlich verpflichtet«, hatte sie Isabel gegenüber geäußert, als diese anfragte, wann Antonia ins Büro kommen wollte.

»Antonia, dies ist erst mein zweiter Tag hier. Ich brauche etwas Hilfe«, hatte Isabel entgegnet und versucht, die aufsteigende Panik zu unterdrücken.

»Ich fürchte, das kommt nicht in Frage«, hatte sie geschnaubt. »Vielleicht sprechen Sie mit Nigel einmal darüber und erzählen ihm, wie enttäuscht ich über die ganze Sache bin. Das ist alles, was ich Ihnen vorschlagen kann.«

Isabel starrte wütend auf das Telefon. Wenn sie jemals diese faule, verwöhnte Ziege zu Gesicht bekommen würde, würde sie ihr gehörig die Meinung blasen! Nur weil Antonia dank des dicken Gehaltsschecks ihres Mannes einen Vollzeitjob aufgegeben hatte, hieß das noch lange nicht, daß alle anderen sich in einer ebenso privilegierten Position befanden.

Isabel warf einen ängstlichen Blick auf die große Uhr an der Wand neben dem Fernseher.

Es war halb zehn an einem Mittwochmorgen, um zwei hatte sie Redaktionskonferenz. Bar jeder Kontakte und hilfreicher Information seitens Antonia waren ihre Hände nicht nur gebunden, sondern lagen geradezu in Handschellen. Verdammter Mist noch mal!

Antonia hatte ihr noch weitere Steine in den Weg gelegt, indem sie alle Pressemitteilungen der Modehäuser mit nach

Hause genommen hatte. Sie verfügte also über jede Menge Material, worüber sie schreiben konnte.

Keine der Honorarkräfte hatte angerufen, um sich vorzustellen oder um Artikel anzukündigen. Isabel mußte sich um die Frauenseiten für den nächsten Tag kümmern, sonst würde im Blatt eine riesige weiße Fläche erscheinen. Und das wäre wohl kaum ein guter Anfang.

Um die Sache noch schlimmer zu machen, war Dee O'Reilly, angeblich ihre Stellvertreterin, nirgendwo aufzutreiben. Sogar Phil Walsh, die ihr vermutlich helfen würde, war nicht da.

»Heute ist Phils freier Tag«, nuschelte Jackie, die Assistentin, die sich Isabel und Phil teilten. Jackie war als Assistentin nicht gerade aufmunternd. Sie war etwa zwanzig Jahre alt, hatte pechschwarz gefärbtes Haar und trug einen Minirock von der Breite eines Pflasters mit bauchfreiem Top, und verströmte eine Atmosphäre absoluter Antipathie.

»Möchten Sie einen Kaffee?« fragte sie, als sie von der Toilette zurückkehrte und nun einen dicken breiten Lidstrich trug, der an die alten Ägypter erinnerte.

»Ja. Schwarz und ohne Zucker, bitte«, erwiderte Isabel. Jackie trollte sich, und Isabel sah ihr entmutigt nach. Zumindest *eine* enthusiastische, energiegeladene Person brauchte sie an ihrer Seite. Jackie jedoch machte nicht den Eindruck, als ob sie dieses Versprechen einlösen könnte. Zehn Minuten später kam sie mit einer milchig-weißen Tasse Kaffee und der Post zurück.

Isabel ignorierte den Kaffee und stürzte sich auf die Post. Ein paar der großen Umschläge kamen von den großen Designerstudios. Es mußte sich also um Pressemitteilungen und hoffentlich um Bilder der neuesten Sommerlinie handeln. Sie machte sich nichts daraus, daß sie vermutlich an Antonia persönlich adressiert waren, die sich so desinteressiert an der Zukunft von Isabel und den Frauenthemen gezeigt hatte. Isabel würde selbstverständlich die an Antonia adressierte

Post öffnen, denn jetzt war es ihr Job, und Antonia konnte zur Hölle gehen.

Private Post würde sie ihr natürlich nachsenden, aber bis zum Donnerstag hatte sie sechs leere Seiten zu füllen.

»Wunderbar!« Sie hatte einen Umschlag aufgerissen und Bilder von Bikinis und sommerlicher Strickware gefunden, die am nächsten Tag der Öffentlichkeit vorgestellt werden würden. Zusätzlich wurden auch noch elegante Anzüge aus Paul Costelloes Kollektion vorgeführt. Damit konnte sie zumindest die Modeseite für die nächsten paar Tage füllen. In der Post befand sich auch ein längerer Artikel über Unfruchtbarkeit von einer der freien Autorinnen, Jane Wood, zusammen mit einer Liste weiterer Themenvorschläge. Danke, Jane! Zufrieden lächelnd legte Isabel den ausgesprochen gut geschriebenen Artikel in ihre Ablage und notierte sich Janes Telefonnummer, bevor sie den restlichen Poststapel durchging. Vier Steiten hatte sie damit im Kasten.

»Entschuldigung, aber ich habe Ihnen den falschen Kaffee gebracht.« Jackie tauschte Isabels Tasse gegen eine andere aus. »Bevor ich nicht selbst eine Tasse Kaffee getrunken habe, bin ich noch nicht richtig wach«, fügte sie entschuldigend hinzu.

Isabel lächelte sie an. Vielleicht machte es Jackie nervös, für eine neue Chefin zu arbeiten, und ihr war deshalb der Fehler unterlaufen. Sicher würde sich alles einrenken.

»Steh auf, Dee, steh auf! Du wirst zu spät kommen.«

Was war denn mit Gary los? fragte sie sich betäubt. Er hörte sich an, als ob er aus der Tiefe eines Tunnels zu ihr spräche. Was war nur los? Es war doch noch mitten in der Nacht?

Mit einem Ruck wurde ihr die Bettdecke weggerissen. Dee öffnete die Augen und blinzelte ihren Verlobten an. Er trug bereits einen blauen Anzug mit weißem Hemd und machte einen ausgesprochen verärgerten Eindruck.

»Ich rufe dich jetzt das letzte Mal, Dee. Ich habe dich schon fünfmal gerufen. Du wirst zu spät zur Arbeit kommen, wenn du jetzt nicht endlich aufstehst!«

»Was soll das heißen, du hast mich vorher schon gerufen?« murmelte Dee. »Ich würde mich doch daran erinnern, wenn du mich gerufen hättest.«

Sie richtete sich auf. Ihr war ungeheuer elend zumute. »O mein Gott«, seufzte sie und legte sich wieder hin. Sie hatte das Gefühl, sie müsse sich übergeben, wenn sie sich aufrichtete. Wenn sie dagegen lag und ganz ruhig atmete, würde es ihr vielleicht gleich bessergehen. »O mein Gott, was ist passiert?«

»Das würde ich auch gern wissen«, zischte Gary. Er sah fuchsteufelswild aus. Das noch nasse Haar hatte er sich aus dem Gesicht gestrichen und sich beim Rasieren geschnitten. Ein kleines Stück Toilettenpapier klebte auf der Wunde. »Als ich gestern nach Hause kam, warst du sturzbesoffen. Dann hast du lauthals von irgendeinem Nigel Burke und irgendeiner Frau namens Farrell geschrien. Als ich dich beruhigen wollte, hast du mir eine Ohrfeige verabreicht und erklärt, du würdest von gar niemandem mehr irgendwelche Befehle entgegennehmen!«

»Oh, das tut mir leid.« Dee errötete vor Scham und Reue. »Es tut mir so leid, Gary. Ich habe mich mit Maeve betrunken …«

»Habe ich es doch geahnt, daß Maeve dahintersteckt«, unterbrach er sie triumphierend. »Diese Frau verheißt immer Unheil. Sie kann sich keinen Mann angeln, und deshalb sollst du mit ihr die Nächte durchsaufen. Das paßt mir nicht, Dee!«

Dee versuchte zu protestieren. »Gary, das siehst du falsch. Es war nicht Maeves Schuld, sondern meine.«

»Und wenn schon, macht das die Sache etwa besser?« brüllte er. »Es ist schon viertel vor neun, und ich konnte stundenlang nicht einschlafen, weil ich deinem besoffenen

Gefasel zuhören mußte. Nun habe ich verschlafen und werde mich verspäten. Wir sehen uns heute abend.«

Damit war er weg. Dee blieb geknickt, erschöpft und mit einem riesigen Kater zurück. Sie zog sich die Decke wieder über den Kopf und schluchzte. Sie hatte doch lediglich etwas Trost gesucht, und Gary war nicht dagewesen. Wenn er den Grund für ihr Besäufnis kennen würde, würde er sie doch sicherlich verstehen?

Dee fühlte sich hundeelend und war kurz davor, sich zu übergeben. Es war besser, wenn sie noch ein bißchen liegenblieb, bis sie sich besser fühlte.

Zehn Minuten später klingelte das Telefon, und Dee sprang auf.

»Hallo«, sagte sie erschöpft, nachdem sie ein paar Bücher und ihre Handcreme beim Entgegennehmen des Telefonats auf den Boden geschmissen hatte.

»Du bist doch nicht noch im Bett?« erkundigte sich Maeve.

»Bitte schrei nicht so«, erwiderte Dee schwach. »Ich habe ein grauenvolles Kopfweh.«

»Sonderlich überraschen tut mich das nicht. Gestern abend hast du ja auch einen Tank leergetrunken.«

»Ich erinnere mich. Ich habe doch nichts Schreckliches gesagt, oder?« fragte Dee und zog das Telefon mit unter die Decke.

»Nein, überhaupt nicht. Bis zum Schluß warst du unglaublich komisch, und dann dachte ich, daß du entweder ohnmächtig werden oder aber zu Nigel gehen und ihn mit einem scharfen Küchenmesser bearbeiten würdest.«

»Solange ich dich amüsiert habe.«

»Bist du denn schon auf?« fragte Maeve. »Dumme Frage. Du hörst dich an, als ob du vom Keller aus sprichst. Ich gehe also davon aus, daß du immer noch im Bett liegst. Es ist fast neun Uhr, und du mußt jetzt hierherkommen und deinen ersten Tag als stellvertretende Ressortleiterin hinter dich bringen.«

Dee stöhnte. »Erinnere mich nicht daran! Ich fühle mich einfach nicht fit dafür. Du wirst kaum glauben, was ich gestern abend getan habe.«

»Was denn?«

»Ich habe Gary eine geknallt. Ich kann mich zwar nicht mehr daran erinnern, aber er ist stinksauer. Ich glaube, er möchte sich von mir scheiden lassen.«

»Das kann er nicht. Ihr seid ja noch nicht verheiratet. Also, stehst du jetzt auf? Gestern abend hast du geschworen, allen zu zeigen, was für eine wunderbare Ressortleiterin du abgegeben hättest. Nigel und Ted würden es ganz schrecklich bereuen, Isabel auf diese Position gesetzt zu haben. Nun komm schon«, lockte Maeve. »Steh jetzt auf. Für viertel vor zehn rufe ich dir ein Taxi, in Ordnung?«

Wieder stöhnte Dee. »Okay. Ich weiß nur nicht, ob ich aufstehen kann.«

»Das ist keine Entschuldigung. Wir sehen uns später.«

Bei jeder Unebenheit, über die das Taxi fuhr, verschlimmerte sich Dees Übelkeit. Sie konnte nur beten, daß ihr nach der ersten Tasse Kaffee im Büro besser sein würde. Ein Schokoladenriegel mochte eventuell hilfreich sein. Oder vielleicht auch nicht.

Die Vorstellung zu frühstücken hatte sie angeekelt. Abgesehen davon hatte sie die Zeit dafür gebraucht, sich zu duschen und genügend Make-up aufzutragen, um wenigstens halbwegs anständig auszusehen. Trotz der Kriegsbemalung und jeder Menge Rouge sah sie immer noch blaß aus.

Sich an ihre Tasse Kaffee klammernd, kurvte sie vorsichtig auf ihren Schreibtisch zu. Dann erst erinnerte sie sich daran, daß Nigel ihr einen neuen Standort verpaßt hatte – im Ressort Reportagen ganz in Isabels Nähe.

Auf ihrem alten Schreibtisch standen immer noch ihre Hängeregistraturen, ihre Papiere, Notizblöcke, abgerissene

Fetzen Papier mit Telefonnotizen und die kleinen schwarzen Punkte, wo die Raucher nach sechs Uhr ihre Filterzigaretten liegengelassen hatten, bis sie abgebrannt waren. Morgen würde sie richtig umziehen. Im Augenblick jedenfalls brachte sie einfach nicht die Kraft dazu auf.

Dee ließ ein paar Sachen auf ihren neuen Schreibtisch fallen und grapschte sich den heutigen *Sentinel*. Im Büro war es noch ruhig. Gott sei Dank war die verdammte Isabel nirgendwo zu sehen.

Dee blätterte gerade das Blatt durch und nippte an ihrem Kaffee, als eine Stimme sich an sie wandte.

»Guten Morgen, Dee.«

Vor ihr stand Isabel, geradezu abstoßend aufgeweckt, unglaublich schlank und wunderschön in ihrem dunkelblauen Seidenhosenanzug. Ihr blondes, seidiges Haar fiel ihr perfekt auf die Schultern, die großen blauen Augen waren gekonnt geschminkt. Sie jedenfalls machte nicht den Eindruck, als ob sie einen Kater hätte. Diese verdammte Ziege.

»Guten Morgen«, erwiderte Dee, obwohl sie nicht recht einsehen konnte, was daran gut sein sollte.

»Dee, Phil ist heute nicht da. Vielleicht könnten Sie sich derweil an Phils Schreibtisch setzen, dann könnten wir die Seiten dieser Woche durchgehen und besprechen, was wir noch tun müssen«, schlug Isabel vor. »Antonia hat mir keinerlei Informationen hinterlassen, wer hier was macht oder welche Artikel im Moment für die Frauenseiten geschrieben werden. Vielleicht könnten Sie mir dabei behilflich sein.«

»Ist gut«, murmelte sie.

»Prima. Jackie bringt mir noch ein paar Telefonnummern. Dann kann sich jeder von uns die Hälfte vornehmen, denn wir müssen sichergehen, daß wir die nächsten paar Ausgaben füllen können. Danach könnten wir uns darüber unterhalten, wie wir uns unsere Zusammenarbeit vorstellen. Und Sie können mir erzählen, was Sie besonders interessiert«, fügte Isabel hinzu.

»Schön«, meinte Dee vorsichtig. Sie war sich nicht ganz sicher, ob sie diesem ganzen Gerede von »Und dann reden wir über« Glauben schenken sollte. Sie hielt es eher für einen Trick, sie bei irgendeinem Fehler zu ertappen, um dann klarzustellen, wer hier das Heft in der Hand hatte.

Zögernd holte sie ihren Notizblock und einen Stift hervor und setzte sich auf Phil Walshs Stuhl. Isabels Telefon klingelte. Während sie antwortete, inspizierte Dee Isabels Zimmerhälfte. Offenbar hatte sie Kinder, denn ein Foto von ihr selbst mit zwei Mädchen stand neben dem Computer. Eine war ein sehr hübscher Teenager und die andere ein paar Jahre jünger. Mit ihrer Figur würde man ihr keine Kinder zugetraut haben. Sie war schlank, fast schon zu schlank. Nicht, daß Dee sich jemanden als zu schlank vorstellen konnte, aber Isabel besaß schon annähernd das Untergewicht eines Models. Ihre Schulterknochen stachen unter dem weißen Top hervor. Auch ihre Handgelenke und ihre Knöchel waren sehr schmal. Dennoch sah sie gut aus und hatte irgendwie Klasse.

Das einzige Detail, das sie nicht als reiche Frau auswies, waren ihre Fingernägel. Sie waren kurz, gerade gefeilt und nicht lackiert. Das war merkwürdig, denn bei ihrem Aussehen hätte Dee geschworen, daß Isabel Farrell sowohl das Geld als auch die Zeit hatte, Schönheitssalons aufzusuchen. Vermutlich hatte sie einen verdammt reichen Mann, der all die Rechnungen bezahlte, während ihr Gehalt lediglich das gewisse Extra bildete, von dem man sich Designerkleidung kaufen konnte.

Dee blickte auf ihre eigenen Nägel. Der schokoladenbraune Lack war an manchen Stellen etwas abgeblättert, und genauso fühlte sie sich auch selbst. Im Vergleich mit Isabels elegantem Outfit kam sich Dee in ihrem geraden braunen Rock und der fließenden kaffeebraunen Bluse – die sie über dem Rock trug, um ihre Polster zu verstecken – irgendwie unmodern und schäbig vor. Und fett. Nein, es war nicht ihre Kleidung, die sie fett aussehen ließ. Sie war fett, Punkt. Sie seufzte bedrückt.

»Dee, Sie sehen etwas müde aus. Möchten Sie einen Kaffee?« fragte Isabel freundlich, nachdem sie aufgelegt hatte.

Überrascht nickte Dee. Vermutlich würde sie lediglich Jackie rufen, damit sie ihr den Kaffee brachte, dachte Dee. Isabel würde wohl kaum selbst aufstehen. Doch Isabel stand auf.

»Schwarz, weiß, Zucker?« erkundigte sie sich.

»Äh, weiß mit zwei Löffeln Zucker«, erwiderte Dee. »Vielen Dank.«

Ein paar Minuten später kam Isabel mit zwei Tassen Kaffee zurück und hatte in einer Papiertüte ein Kuchenteilchen für Dee mitgebracht.

»Einer der Leute unten hat es für mich aus der Bäckerei gegenüber geholt. Sie sahen irgendwie so aus, als ob Sie es gebrauchen könnten. Sie müssen es natürlich nicht essen, wenn Sie nicht wollen«, fügte sie zögernd hinzu.

»Danke«, erwiderte Dee erstaunt. »Ich bin mir nicht sicher, ob ich essen kann. Ich fühle mich heute nicht sonderlich wohl.« Sie erwähnte natürlich nicht, daß sie einen mächtigen Kater hatte, der auf ihr gestriges Besäufnis zurückzuführen war, weil Isabel den von ihr selbst angestrebten Job bekommen hatte.

»Oh. Können Sie denn arbeiten?«

»Aber natürlich«, erwiderte Dee und fühlte sich durch die Unterstellung verletzt, sie würde sich gleich am ersten Tag als Isabels Stellvertreterin nach Hause verabschieden.

»Also gut, womit fangen wir an?«

Während Isabel von dem Artikel erzählte, der mit der Post gekommen war, trank Dee ihren Kaffee, rührte das Teilchen jedoch nicht an. Durch die Tüte hindurch konnte sie den süßen Butterduft riechen. Ihr Magen fühlte sich jetzt besser und plötzlich sehr, sehr leer an.

Aber sie haßte es, vor ihr unbekannten Menschen zu essen. Sie haßte es überhaupt, vor Menschen zu essen. Wenn sie nicht mit Maeve Mittagessen gehen konnte, knabberte Dee an einem Stück Obst an ihrem Schreibtisch oder aß tugendhaft einen Joghurt. Ihre Lasagne-Eskapaden hob sie sich für die Mittagessen mit ihrer Freundin auf.

Unter keinen Umständen würde sie das Teilchen vor Isabels Augen essen, selbst wenn es ihr »Iß mich« entgegenzurufen schien. Isabel dachte vermutlich, Dee würde sich ausschließlich von Sahneteilchen und Eiskrem ernähren. Wenn sie Dee ein kalorienreiches Teilchen essen sehen würde, würde sie denken: »Deswegen ist sie so dick – sie kann einfach nicht aufhören zu essen.«

Dee schob die Tüte weg und fing an zu arbeiten.

Mit Jackies Hilfe fanden Dee und Isabel all die Honorarkräfte, die Antonia für ihre Seiten beschäftigt hatte. Um zwölf kamen zwei der festangestellten Journalistinnen vorbei, die sowohl für die Reportagen als auch für die Frauenthemen arbeiteten. Das Problem war nur, daß weder Carol-Anne noch Emily die letzten Wochen über von Antonia irgendwelche Aufträge bekommen hatten.

»Ich habe einen Artikel über prominente Scheidungen, den ich für Phil angefangen habe. Ich kann ihn aber Richtung Frauenthemen umschreiben, wenn Sie möchten«, bot Emily an. Sie war eine bezaubernd aussehende Brünette in den Zwanzigern mit katzenhaften Augen.

»Prima. Den können wir am Samstag hineinnehmen«, erwiderte Isabel und freute sich über Emilys Enthusiasmus. »Und stecken Sie jede Menge von diesen berühmten, attraktiven Schauspielerehepaaren mit hinein, damit die Layouter ihre glamourösen Fotos unterbringen können.«

»Kein Problem.« Emily verschwand an ihren Schreibtisch und fing an, ihre Hängeregistratur durchzuwühlen.

Isabel wandte sich der anderen Frau zu. »Carol-Anne, haben Sie irgendein Thema, worüber Sie noch bis zum Freitag schreiben könnten?«

»Nein. Eigentlich nicht.« Carol-Anne blickte sie ausdruckslos an. Sie war dünn und hatte ein knochiges Gesicht und aschblonde Locken. Von den vielen Partys hingen Tränensäcke unter ihren Augen. Carol-Anne hielt sich für absolut hinreißend – rote Fingernägel, rote Lippen, Sportwagen – und meinte, daß sie, als eine bereits seit vielen Jahren festangestellte Kraft, von niemandem Befehle entgegennehmen müsse.

Dee beobachtete die Szene mit Interesse. Ihrer Meinung nach war Carol-Anne einfach sündhaft faul. Dee hatte gerüchteweise gehört, sie sei aus ihrem letzten Job herausgeflogen, weil sie ein Theaterstück besprochen hatte, das in letzter Minute abgesagt worden war. Doch Antonia und sie waren seit der Collegezeit eng befreundet. Antonia hatte Carol-Anne stets angenehme Arbeiten übertragen, beispielsweise die Schönheitstips aus den Pressemitteilungen zusammenzustellen. Dee wußte, daß auch Carol-Anne sich für Antonias Job beworben hatte. Man mußte nicht besonders feinfühlig sein, um zu merken, daß sie Isabel eins auswischen wollte.

»Nichts?« fragte Isabel überrascht.

»Nein«, antwortete Carol-Anne. Sie verzog überheblich ihre grellroten Lippen und ging zu ihrem Schreibtisch und der Morgenzeitung zurück. Dee fragte sich zum x-ten Mal, warum die Frau nicht endlich dem Journalismus den Rücken kehrte. Jeden Tag aufs neue zeigte sie, wie sehr ihr der Job verhaßt war, und gab ihr Bestes, so wenig wie nur möglich zu arbeiten. Anders als Antonia jedoch hatte Carol-Anne keinen Mann, der sie unterstützte. Es war also entweder der *Sentinel* oder aber die Arbeitslosigkeit.

Dee sah zu Isabel hinüber, die Carol-Anne nachdenklich hinterherstarrte.

»Carol-Anne«, sagte sie plötzlich. »Nachdem Sie nichts zu tun haben, habe ich eine prima Idee für Sie. Ich bin mir sicher, daß es hier irgendwo Material über diesen Prozeß wegen sexueller Belästigung in Amerika gibt. Machen Sie eine Reportage darüber und kommentieren Sie die derzeitige Rechtslage in Irland. Geben Sie mir ungefähr tausend Wörter.«

Donnerwetter! Dee schmunzelte. Das war keine einfache Aufgabe. Sie mußte Isabel Anerkennung zollen. Carol-Anne ging ihr offensichtlich auf die Nerven, und sie hatte es sich in den Kopf gesetzt, ihr eine Arbeit zu verpassen. Carol-Anne starrte mit zusammengekniffenen Augen die Frau an, die offenbar glaubte, sie könne sie herumkommandieren.

Die erste Runde geht an Isabel, dachte Dee. Aber sie kennt Carol-Anne noch nicht. Wenn sie die Reportage bis nächsten Mittwoch fertig hat, kann sich Isabel glücklich schätzen.

»Und noch etwas, Carol-Anne«, sagte Isabel mit etwas lauterer Stimme, so daß es alle in der Umgegend hören konnten. »Ich möchte ihn morgen um zehn auf dem Tisch liegen haben.«

Spiel, Satz und Match für Isabel! Mit dieser Chefin jedenfalls würde Carol-Anne nicht so leicht Schlittenfahren können.

»Du hättest Carol-Annes Gesicht sehen sollen, Maeve, sie war leichenblaß!« Dee lachte. »Das war einfach unbezahlbar.«

Sie saßen in dem kleinen Café gegenüber des Büros. Dee aß Kartoffelchips, weil sie die Kohlenhydrate gegen ihren Kater brauchte. Maeve hatte sich Lasagne bestellt, denn mittags hatte sie immer großen Appetit.

»Ich muß Isabel dafür Anerkennung zollen, wie sie Carol-Anne unter Kontrolle bekommen hat.«

»Ist das dieselbe Frau, mit der du gestern abend nie wieder ein Wort hast wechseln wollen?« hakte Maeve nach, während sie in ihre Lasagne stach.

»Ja, ich weiß schon«, erwiderte Dee gereizt. »Einerseits hasse ich sie, kann aber andererseits auch ihre guten Seiten sehen. Und sie hat Carol-Anne wirklich wundervoll hart angepackt.«

»Ich bin mir nicht sicher, daß ihre Methoden auch Wirkung zeigen werden«, warnte Maeve. »Warten wir es ab. Morgen früh, so um halb zehn herum, wird Carol-Anne vermutlich Jackie anrufen und ihr mitteilen, sie sei sterbenskrank. Der Arzt habe ihr bedauerlicherweise für mindestens eine Woche Bettruhe verschrieben, und sie könne unmöglich zur Arbeit erscheinen. Selbstverständlich wird sie nicht Isabel direkt anrufen. Statt dessen wird sie die begriffsstutzige Assistentin benachrichtigen.«

»Da hast du natürlich recht. Ich habe die hypochondrische Verteidigung vergessen. ›Ich Arme, mein Bein/Magen/Kopf/großer Zeh tut so weh, daß ich bestimmt einen Monat lang nicht zur Arbeit erscheinen kann.‹ Kreuzen Sie die zutreffende Krankheit an.« Dee grinste. »Wirst du Isabel darüber aufklären, mit wem sie es bei Carol-Anne zu tun hat? Oder wirst du es sie allein herausfinden lassen?« wollte Maeve wissen.

»Gar nichts werde ich ihr sagen! Sie hat mir meinen Job gestohlen.«

»Vor zwei Minuten noch hast du gesagt, man müsse ihr eine faire Chance einräumen. Jetzt siehst du in ihr wieder den Teufel. Nun komm schon, Dee, bleib wenigstens konsequent.«

Dee warf ihr einen verletzten Blick zu. »Und ich dachte, du wärst auf meiner Seite.«

Maeve legte ihre Gabel ab. »Das bin ich. Nur möchte ich nicht, daß du einen Streit vom Zaun brichst, der zwei Jahre lang anhält. Isabel hat sich dir gegenüber fair verhalten ...«

»Bis jetzt«, unterbrach sie Dee.

»Bis jetzt. Vielleicht stellt sie dich aber auch genauso auf die Probe wie Carol-Anne. Wenn du dich mit ihr anlegst, könnte das so lange weitergehen, wie sie Ressortleiterin ist. Mit anderen Worten: sehr lange. Möchtest du das?«

»Nein. Andererseits vertraue ich ihr nicht.«

»Das ist dein gutes Recht. Aber gib ihr eine Chance, Dee. Mehr sag ich doch gar nicht.«

»Und wie war das mit dem Teilchen?« wollte Dee wissen. »Darüber habe ich schon den ganzen Morgen nachgegrübelt. Vielleicht wollte sie sich ja bei mir einschleimen, weil sie denkt, ich sei so dick, daß sie mich mit ein bißchen Kuchen um den kleinen Finger wickeln kann.«

»Dee!« konterte Maeve. »Manchmal ist ein Teilchen eben wirklich nur ein Teilchen! Sei doch nicht so paranoid und analysier die Sachen viel zu viel. Ich möchte wetten, daß sie mir auch eines gekauft hätte, wenn ich so elend ausgesehen hätte.«

»Vielleicht.« Dee war sich nicht sicher. »Sie ist so schlank, Maeve. Neben ihr fühle ich mich wie ein ausladendes Flußpferd. Glaubst du, sie ist auf Diät? Wenn ja, wüßte ich gerne, auf welcher.«

»Vielleicht ist sie ja so wie ich und muß nicht Diät halten.« Maeve begann ihren Nachtisch zu essen.

»Na wunderbar«, knurrte Dee. »Dann gibt es schon zwei Frauen im Büro, die essen können, was sie wollen und niemals ein Gramm zunehmen. Ich schwöre dir, morgen beginne ich mit einer Diät. Der S-Plan ist für mich immer ganz gut.«

»Ich begreife einfach nicht, wie du diese schreckliche Weizenkleie zum Frühstück essen kannst. Das schmeckt doch wie Pappe.«

»Das ist es ja gerade. Es ist so geschmacklos, daß du gar nichts anderes mehr essen willst. Außerdem bist du danach auch voll wie nach Pappe. Also morgen ganz sicher«, entgegnete Dee mit Bestimmtheit. »Diese Diät wird mein Leben verändern.«

Nach dem Mittagessen verbrachten Dee und Isabel zwei Stunden damit, neue Ideen für die Frauenseiten zu diskutieren. Als Isabel ein wöchentliches Interview vorschlug, konnte Dee ihre Begeisterung nicht kaschieren. Genau das hatte sie bereits seit Jahren tun wollen. »Das ist eine brillante Idee«, sagte sie mit leuchtenden Augen.

»Würden Sie denn gerne das erste in dieser Reihe machen?« erkundigte sich Isabel. »Wir könnten es in genau einer Woche ins Blatt nehmen. So hätten Sie bis Montag abend Zeit, es zu schreiben.«

»Das würde ich zu gern tun.«

»Gut, das ist also abgemacht.«

Kurz nach vier ging Dees Kater in die Phase der Erschöpfung über. Plötzlich war sie unendlich müde und hatte kaum noch genügend Kraft zu schreiben. Zu gern wäre sie früher nach Hause gegangen, konnte das aber unmöglich zwei Tage hintereinander machen.

Isabel lief mit einem Stapel alter Zeitungen an Dees Schreibtisch vorbei und lächelte sie vergnügt an. Vielleicht konnte sie ja doch schon früher nach Hause... Sie würde heute kaum noch etwas auf die Beine stellen können, und Isabel zumindest wußte, daß Dee seit früh am Morgen wie ein Sklave gerabeitet hatte.

Ja, genau, sie würde nach Hause gehen. Bevor Gary nach Hause käme, würde sie sich noch zwei Stunden hinlegen. Das war genau das, was sie jetzt brauchte. Zur Entschuldigung würde sie ihm ein wunderschönes Abendessen kochen. Da nichts im Haus war, würde sie vorher noch im Supermarkt vorbeischauen. Shepherd's Pie wäre genau das Richtige. Die liebte er. Sie hatte das Gericht zwar noch nie zubereitet, aber so schwierig konnte es doch wohl nicht sein, oder? Dee räumte eilig ihren Schreibtisch auf und schaltete ihren Computer ab. Genau in diesem Augenblick erschien Nigel Burke und grinste wie eine Katze, der man eben einen Sahnetopf angeboten hatte.

»Nun, wie kommen Sie voran, Dee?« fragte er. »Gewöhnen Sie sich an Ihre neue Chefin?«

»Äh, ja«, murmelte sie.

Nigel blickte bedeutungsvoll auf seine Uhr. »Gehen Sie nicht etwas früh?«

»Ich habe sie dazu aufgefordert«, sagte eine ruhige Stimme. Isabel blickte Nigel direkt in die Augen. »Morgen abend wird Dee wegen eines Interviews Überstunden machen müssen. Außerdem haben wir heute schon unglaublich viel erledigt.« Dem konnte er nichts entgegnen.

»Solange ihr beiden Mädchen gut klarkommt, ist das alles, was zählt«, warf er hastig ein. »Morgen möchte ich gern mit Ihnen beiden sprechen.« Dann entfernte er sich eiligen Schrittes.

»Danke«, wandte sich Dee verblüfft an Isabel.

»Sie haben heute wirklich eine Menge erledigt, Dee, und ich gehöre nicht zu den Minutenzählern. Flexible Zeiten sind in einem Job wie dem unseren eher gefragt«, erwiderte Isabel. »Dann sehen wir uns also morgen früh.«

Dee stieg in ihr Auto. Nichts verlief nach Plan. Anstatt feindselig, sarkastisch und streitsüchtig mit Isabel zu sein, hatte sie heute den ganzen Tag lang hart für sie gearbeitet. Am Schluß hatte sie so erschöpft ausgesehen, daß die neue Ressortleiterin ihr sogar den Rücken gestärkt hatte!

Allem Anschein nach entsprach Isabel Farrell überhaupt nicht dem Bild, das Dee sich von ihr gemacht hatte. Und doch: Man sollte den Tag nicht vor dem Abend loben.

7

Dee drehte sich vor dem Spiegel der Umkleidekabine, um sich von allen Seiten betrachten zu können. Sie konnte es nicht leugnen – das Kleid stand ihr überhaupt nicht. Als es noch auf dem Kleiderbügel hing, schien das dunkelgrüne Seidenkleid auf sie gewartet zu haben. Es war ganz offensichtlich teuer und ausgesprochen elegant, weshalb sie es gerne bei der Hochzeit der Delahuntys und Thomases in Wicklow am nächsten Tag getragen hätte. Mittlerweile jedoch trug Dee Größe zweiundvierzig, und das Kleid schien um einige Größen geschrumpft zu sein. Ihr Hintern sah darin aus wie ein Sack, von ihrem Bauch ganz zu schweigen. Die mit einem Mieder versehene Strumpfhose konnte auch keine Wunder vollbringen, abgsehen davon hätte sich die Mittelnaht unter der dünnen Seide abgezeichnet.

Dee fummelte den Reißverschluß wieder auf und war dankbar, in einem von Dublins vornehmsten Läden zu sein. Wenn hier auch die Kleider mehr als den Wochenlohn eines Arbeiters kosteten, so waren doch wenigstens die Umkleidekabinen großzügig für nur eine Person eingerichtet.

Dee haßte Bekleidungsgeschäfte, wo man sich in öffentlichen Umkleidekabinen in die Sachen hinein- und wieder herauszwängen mußte. In aller Regel waren sie gepackt voll mit streichholzdünnen Mädchen, die sich erkundigten, ob sie in den hautengen Teilen zu dick wirkten. Menschen wie Dee mußten frustriert zusehen und sich irgendwie wieder aus ihrer Kleidung pellen, ohne daß jemand ihre Speckrollen bemerkte.

Bei *Brown Thomas* dagegen hielten sich die Verkäuferinnen diskret außerhalb der Kabine auf. Sie erkundigten sich nach Dees Wünschen und steckten nicht im unpassendsten Augenblick den Kopf in den Umkleideraum.

»Wie sieht es aus?« erkundigte sich die Verkäuferin taktvoll.

Als ob ich in ein grünes Sprühpflaster eingefangen worden wäre, dachte Dee düster. »Äh, es entspricht nicht wirklich meinem Stil.«

Sie hatte kein Lust, sich wieder anziehen und im Laden weiter die Kleiderstangen zu durchforsten. Normalerweise genoß sie es, etwas einzukaufen, allerdings nicht für einen bestimmten Anlaß. Denn dann waren die schlankmachenden, wunderschönen Kleider, die sie bereits seit langem bewundert und nicht gekauft hatte, weil ihr das Geld dazu fehlte, plötzlich verschwunden. Mit einemmal erwies es sich als schwierig, überhaupt etwas Passendes zu finden.

Genau dieser Fall schien heute mal wieder eingetreten zu sein. Zu allem Überfluß war Dee so dick geworden, daß sie in jedem Outfit matronenhaft gewirkt hätte. Sie steckte ihren Kopf aus der Kabine.

»Könnten Sie sich vielleicht einmal umsehen und etwas finden, das mir stehen könnte?«

Das Gesicht der Verkäuferin leuchtete angesichts der Herausforderung auf. »Es gäbe noch ein paar Kleider, die Sie anprobieren könnten, aber eigentlich würde ich Ihnen zu einem Kostüm raten.«

»Ich möchte aber nicht eines dieser knielangen Pastellkostüme, die man nur auf einer Hochzeit tragen kann«, meinte Dee bestimmt und sah sich bereits in einem Meer deckungsgleicher Kostüme am nächsten Tag untergehen.

»Machen Sie sich keine Sorgen, es sieht ganz anders aus«, versicherte ihr die Verkäuferin.

Eine halbe Stunde später lief Dee mit einer großen *Brown Thomas*-Einkaufstüte in der Hand die Grafton Street in Richtung Parkhaus hinunter. Das wunderschöne Kostüm stand ihr ausgezeichnet. Jetzt brauchte sie nur noch etwas künstliche Bräune, um ihr einen Urlaubsteint zu verleihen. Das Kostüm war in einem kräftigen Terrakottaton gehalten, seine langgeschnittene Jacke schmeichelte ihren Kurven. Der Rock brachte ihre schönen Beine zur Geltung, und das weiße Top – von Isabel inspiriert – war tief genug ausgeschnitten, um gewagt sexy zu wirken, wenn sie das Jackett auszog. *Falls* sie sich schlank genug fühlte, um es auszuziehen.

Natürlich war es schrecklich teuer gewesen – das war alle Kleidung über Größe zweiundvierzig. Aber es fiel so gut und ließ sie schlanker aussehen, als sie sich fühlte. Und das war es wert.

Diesmal konnte die quengelige Margaret Redmond sich über den Geschmack ihrer zukünftigen Schwiegertochter nicht beklagen. Die wiederum konnte von ihrer Beförderung zur stellvertretenden Ressortleiterin berichten und daß sie die Jüngste war, die es jemals auf diesen Posten gschafft hatte. Großartig!

Sie war tatsächlich die Jüngste, die diesen Posten jemals erhalten hatte. Margaret mußte ja nicht unbedingt wissen, daß es vor Dee diese Stelle noch gar nicht gegeben hatte. Am liebsten hätte Dee laut gepfiffen. Was für ein wunderbarer Tag heute doch war! Am Morgen hatte sie zwei Stunden lang eine der erfolgreichsten Geschäftsfrauen Irlands interviewt, und das Interview war sehr zufriedenstellend verlaufen.

Donna Fratelli war zwar einerseits freundlich, andererseits aber auch zäh wie Leder – das mußte sie auch sein, um ihr Familienunternehmen in der Nudelproduktion wieder auf die Beine zu stellen und es als einen der wichtigsten Fabrikanten auf dem irischen Markt zu etablieren. Sie war sehr bodenständig, sehr klug und hatte genau den Humor, den man in einem Zeitungsartikel gut kolportieren konnte.

Als Dee sie nach einem Mann in ihrem Leben gefragt hatte, hatte sie nicht offen geantwortet, sondern darauf verwiesen, daß erfolgreiche, unabhängige Frauen Männer abschreckten.

»Wenn ich auch nur einen Pfennig für jeden Mann bekommen würde, der mir stolz von seinem Erfolg erzählt und dann einen großen Schritt rückwärts hüpft, wenn ich ihm erzähle, *wie* erfolgreich mein Geschäft ist, hätte ich ein viel größeres Haus und würde einen Ferrari fahren«, hatte Donna trocken bemerkt.

Trotz ihres Geldes und ihres Erfolges tat Donna Dee leid. Sie war annähernd vierzig und wirkte mit ihrem dunklen italienischen Teint und ihren ausdrucksvollen Augen sehr attraktiv und sehr wohlhabend – doch offenbar war sie verzweifelt einsam. »Glauben Sie mir«, sagte sie gegen Schluß. »Der Erfolg einer Frau verwandelt einen Mann schneller zum Neutrum als das Messer eines Chirurgen bei einer Kastration.«

Das war ein brillantes Zitat, um Dees Artikel abzuschließen. Gleichzeitig aber war es auch ein trauriger und vielsagender Kommentar.

Liebe Annie,

meine Freunde glauben, ich besäße alles – Geld, Erfolg, gutes Aussehen, was auch immer. Aber ich bin einsam. Die Männer, denen ich begegne, sind entweder verheiratet oder wollen sich nicht binden. Sowie sie herausfinden, wie erfolgreich ich bin, rennen sie ohnehin weg. Bin ich denn tatsächlich der »Eisberg«, als den mich ein Mann einmal bezeichnet hat?

Deine Karrierefrau.

Liebe Karrierefrau,

Sie sind kein Eisberg. Das zeugt lediglich von den Unzulänglichkeiten eines bestimmten Mannes – und nicht ihren eigenen. Er hat Angst vor unabhängigen Frauen, die ihr Leben unter Kontrolle haben. Das ist es, wovor er sich fürchtet – und ist folglich nur noch dazu fähig, Sie herunterzuputzen.

Das eigentliche Problem ist, daß Sie reich und erfolgreich sind. Sie weichen vom herkömmlichen Bild einer Frau ab, mit dem er zurechtkommen kann. Sie müssen einen Mann finden, der sich von Ihrem Erfolg und Ihrem Einfluß nicht bedroht fühlt. Dies wird wohl oder übel ein Mann sein müssen, der auch selbst erfolgreich und einflußreich ist. Und diesen Mann gibt es, irgendwo gibt es ihn…

»Sie sind verlobt, wie ich sehe.« Donna war Dees Verlobungsring aufgefallen.

»Ja«, erwiderte Dee mit schiefem Lächeln. Eigentlich war

es unglaublich. Donna trug wunderschönen Schmuck und sogar mehrere Platinringe auf ihren langen, spitz zulaufenden Fingern. Und doch blickte sie sehnsüchtig auf Dees einfachen Diamanten.

»Ist Ihr Verlobter denn glücklich darüber, daß Sie so einen guten Job haben und unabhängig sind?«

»Aber hundert Prozent«, erwiderte Dee.

Das war tatsächlich so, dachte sie, während sie ihre Parkgebühr zahlte und aus dem Stadtzentrum in Richtung Büro fuhr. Gary war über ihre Beförderung überglücklich gewesen. Er hatte ihr ihr Besäufnis verziehen – und sogar, daß sie ihn geschlagen hatte – und war sofort hinausgestürmt, um eine Flasche Champagner zu kaufen, die sie zu ihrem selbstgemachten Shepherd's Pie zum Abendessen trinken wollten.

»Weißt du was, wir werden die Erfolgsstory des Jahres sein.« Er hatte einen Arm um Dee gelegt, in der anderen Hand hielt er sein Glas. »Nächsten Januar werde ich vermutlich als Partner in die Firma aufgenommen, und du arbeitest auf oberster Etage bei der Presse. Ein prima Team, findest du nicht?«

Dee hatte sich zufrieden an ihn gekuschelt. Er hatte ihr vergeben und war glücklich über ihre Beförderung.

Seine Begeisterung war ansteckend. Sie hatten sich noch im Wohnzimmer halb angezogen geliebt. Es war bereits Monate her gewesen, daß sie etwas derart Spontanes getan hatten. Allein bei der Erinnerung an ihre Leidenschaftlichkeit fühlte sich Dee ganz sexy.

Der einzige Wermutstropfen in ihrer wiederbelebten Beziehung war ihr Gewicht. Gary hatte vorgeschlagen, sie sollten doch gemeinsam einem Fitneßcenter beitreten. Vielleicht sogar einem dieser sehr angesagten und sehr teuren im Stadtzentrum.

»Es würde uns guttun«, hatte er gemeint und Dee in die Rippen geknufft. »Da du nun eine junge, aufstrebende Karrierefrau bist, solltest du dich der paar überflüssigen Pfunde entledigen, von denen du immer redest. Ich sehe dich schon schlank und sexy in einem enganliegenden Chiffonkleid bei der Weihnachtsfeier unserer Firma. Die anderen Männer werden sich nach dir verzehren.« Als er sich an ihren Hals gekuschelt hatte, war Dee erstarrt.

»Ach, nun komm schon, Dee«, hatte er protestiert, als er ihre Anspannung spürte. »Ich liebe dich so wie du bist, das weißt du doch. Ich habe deine Rubensfigur immer bewundert. Aber *du* bist es doch, die dauernd abnehmen möchte – ich unterstüzte dich lediglich dabei. Verstehst du das denn nicht, Liebling?«

Gary blickte sie mit seinen blauen Augen und dem schönen Gesicht beschwörend an, daß sie ihm zustimmen möge. Dee konnte ihm einfach nicht widerstehen. Er wollte ihr nur helfen, das war ihr bewußt. Sie war es, die ständig über ihre Figur redete – auch damit hatte er recht.

»Ich weiß«, sagte sie langsam.

»Wie wäre es denn mit Step-Aerobic? Die Mädchen bei uns im Büro sind davon ganz begeistert«, sagte Gary. »Ich telefoniere morgen mal ein wenig herum und frage bei ein paar Fitneßclubs an.«

Dee hatte tatsächlich Glück. Es war an der Zeit, das anzuerkennen. Sie nahm sich vor, Gary wegen seiner mangelnden Putzfreude nicht mehr zu belästigen. Ihr ständiges Gemecker hatte nicht funktioniert, sondern lediglich eine eisige Atmosphäre erzeugt. Von heute an, das schwor sie sich, würde sie anders sein – kühl und ruhig und überhaupt nicht mehr die Sorte Frau, die gleich einen Wutanfall bekam, wenn der Toilettensitz hochgeklappt oder der Wäschekorb mit dreckiger Fußballkleidung vollgestopft war. Ja, das war die Lösung. Sie würde sich in eine neue Dee O'Reilly verwandeln, eine Frau, der Ärger im Büro nicht gleich zusetzte und die mit Margaret Redmond reden konnte, ohne gleich handgreiflich werden zu wollen.

Sie war viel zu impulsiv und heißblütig, dachte Dee. Ihr

Vater hatte immer gescherzt, daß es am roten O'Reilly-Haar läge. Dee war die einzige in ihrer Familie, die die haselnußbraunen Locken ihres Großvaters väterlicherseits geerbt hatte, einem Mann aus Cork mit einem explosiven Temperament.

Großvater O'Reilly war als ein sehr unglücklicher Mann gestorben. Niemand aus seiner Familie sprach noch mit ihm. So wollte sie nicht enden. Was machte es schon, daß Gary sich im Haushalt als nutzlos erwies? Ihr Vater konnte ein Geschirrtuch ebenfalls nicht von einem Wischlappen unterscheiden, und ihre Mutter war damit klargekommen. Es kam einfach nur darauf an, wie man die Dinge anpackte.

8

Dee beobachtete amüsiert, wie sich das jüngste der Blumenmädchen das rosa Satinband aus den Haaren riß und es in die Rosenbüsche warf, bevor sie sich hinsetzte, um ihre winzigen rosa Ballettschuhe auszuziehen. Als sie damit fertig war, rannte die Vierjährige glücklich kreischend in den Garten hinaus. Der Hund der Delahuntys, ein Dalmatiner mit Stammbaum, sprang ihr hinterher.

Das war bisher das einzige normale Vorkommnis auf dieser Hochzeit. Die ganze Sache war die reinste Hochstapelei. Möglicherweise hatte Yvonne Smyth, geborene Delahunty, einen professionellen Service in Anspruch genommen, um eine perfekte Bilderbuchhochzeit zu inszenieren.

Dee konnte es sich genau vorstellen: wie sich Yvonne eine lange, perfekt blondierte Strähne mit ihrer plumpen, manikürten Hand aus dem Gesicht strich und sagte: »Es ist mir ganz egal, was es kostet – ich möchte, daß es *das* Ereignis des Jahres wird. Ich möchte, daß es ein Kunstwerk wird.«

Es war aber weniger ein Kunstwerk als vielmehr besonders künstlich, dachte Dee grimmig. Die Zeremonie hatte einer Opernaufführung geglichen, der Chor in püppchenhaft langen Roben, Simon und seine Brüder im Frack und drei Priester vor dem Altar. Es schien gerade so, als ob Yvonne sich dreifach sicher sein wollte, daß sie auch wirklich verheiratet war.

Die Kirche war randvoll mit rosa Rosen gewesen. Auf jeder Bank hatten Sräuße gelegen. Yvonnes Schleppe war so lang gewesen, daß sechs in rosa gekleidete Brautjungfern sie tragen mußten. Drei süße Blumenmädchen und ein Pagenjunge mit Kniebundhosen aus Samt hatten sie dabei noch unterstützt.

Als die Hochzeitsgäste im prunkvollen Landsitz der Delahuntys angekommen waren, arbeitete sich ein Streichquartett gerade energisch durch Vivaldis »Vier Jahreszeiten«. Schwarzbefrackte Kellner servierten ohne Unterlaß Champagner – in echten Kristallgläsern, wie Dee bemerkte. Kleine Häppchen mit geräuchertem Lachs wurden den annähernd zweihundert Gästen seviert. Bis zum Mittagessen würde sicherlich noch eine Stunde vergehen, denn zwei Fotografen waren damit beschäftigt, im Garten endlose Fotografien für die Klatschspalten zu machen. Dee konnte nur hoffen, daß sie auf ihren Kameraobjektiven ausreichend Vaseline aufgetragen hatten, damit die Bilder schön weich gezeichnet kamen. Denn Yvonne war trotz ihrer Tennisstunden, ihrer Mitgliedschaft in einem teuren Fitneßclub, ihren endlosen Sitzungen in einem Schönheitssalon und dem Kleid, das vermutlich so teuer wie ein Kleinwagen gewesen war, keine hinreißende Schönheit.

Offensichtlich hatte sie auch nicht unter vorhochzeitlicher Nervosität gelitten, bei denen andere Bräute um ein paar Kilo schlanker wurden. In ihrem weiten Kleid mit Brüsseler Spitze vermittelte sie eher den Eindruck, noch zugenommen zu haben.

Wenn sie auch nur ein Fünkchen Bescheidenheit gehabt

hätte oder nicht so verdammt verwöhnt gewesen wäre, hätte Yvonne attraktiv aussehen können. Dee hätte sie bedauert, daß ihre Hüften sich bereits beim Anblick eines Käsekuchens verbreiterten, denn Dee kannte das Gefühl selbst nur zu gut. Aber Yvonne war so überheblich und selbstzufrieden, so hundertprozentig von sich selbst überzeugt, daß es Dee Spaß machte, sie zu kritisieren. Hinzu kam, daß ihr Dee immer noch eine Bemerkung übelnahm, die Yvonne über »dieses schreckliche Blatt, für das Deirdre arbeitet«, gemacht hatte. Gary konnte sie nicht ausstehen und behauptete, sein Cousin heirate sie nur, weil Yvonnes Vater Seniorpartner in seiner Kanzlei war.

»Sie ist ein solcher Snob«, raunte Gary leise und reichte Dee ein weiteres Glas Champagner. Er war der attraktivste Mann im Zimmer, dachte sie stolz. Sein welliges Haar hatte er sich aus dem ausdrucksstarken Gesicht gestrichen, die perfekt geformten Augenbrauen krönten seine leuchtenden Augen, mit denen er Dee in ihrem schönen und sehr teuren Kostüm betrachtete.

»Wenn Yvonne ein Snob ist, ist es Simon nicht minder«, entgegnete Dee. Gerade noch rechtzeitig konnte sie sich ein »genau wie deine Mutter«, verkneifen.

»So schlimm ist er nun auch wieder nicht«, brummte Gary. »Aber sie schlägt dem Faß den Boden aus. Offenbar ist sie gestern abend vollkommen ausgerastet, als sie erfuhr, daß nicht Champagner von *Cristal* sondern von *Moët* serviert werden würde.«

Dee starrte ihn verblüfft an. »Was für ein verwöhntes Ding! Das ist ja einfach unglaublich. Hat sie überhaupt noch eine Beziehung zur wirklichen Welt?«

Er schüttelte den Kopf. »Das möchte ich bezweifeln. Aber Simon wird ihr guttun. Er ist ganz schön durchsetzungsfähig. Sie wird lernen müssen, daß, wenn Papa die Rechnungen nicht mehr begleicht, sie sich etwas einschränken muß.«

»Sich einschränken muß!« rief Dee aus. »Yvonne hält sich doch schon für verarmt, wenn sie für einen Rock weniger als hundertfünfzig Pfund ausgibt. Vermutlich hält sie ›Wirklichkeit‹ für den Namen einer exklusiven Boutique in London, wo man nur mit einer goldenen *American-Express*-Karte Einlaß erhält und zusätzlich noch behaupten muß, mit Nicole Kidman eng befreundet zu sein.«

Gary lachte. »Du bist einfach unbezahlbar, Dee, weißt du das eigentlich?« Er beugte sich vor und küßte sie zärtlich. »Und du siehst hinreißend aus in deinem Kostüm. Einfach zum Anbeißen.«

Dee sah ihn vielsagend an. »Vielleicht könnten wir uns aus dem Staub machen und uns oben ins Gästezimmer verkrümeln?« schlug sie vor. »Deiner Mutter zufolge gibt es hier mindestens zehn, wir könnten also wenigstens eines davon benutzen.«

»Führe mich nicht in Versuchung«, murmelte er. Seine eine Hand wanderte unter ihr Jackett und unter ihr Top. Dee lehnte sich an ihn und fühlte eine Welle des Verlangens aufsteigen. Die Kombination von Champagner, keinem Mittagessen und der warmen Sonne hatte sie entspannt und verschmust gemacht.

Hinzu kam noch, daß sie wirklich prima in ihrem eleganten Terrakottakostüm aussah, und ein gutes Aussehen war eines der stärksten Aphrodisiaka.

»Gary und Deirdre …« Margaret Redmond tauchte mit einer Frau im Schlepptau auf. Gary zog hastig seine Hand unter Dees Jackett hervor.

»… habt ihr schon Frau de Vere-Smyth kennengelernt? Ihr Sohn studiert an der *London School of Economics.* Du hast doch auch ein paar Freunde dort, nicht wahr, Gary?« Margaret senkte die Stimme und fügte bedeutungsvoll hinzu: »Ihr Mann arbeitet im Bankgeschäft.«

»Tatsächlich?« fragte Dee, die sich über die Unterbrechung ärgerte, wo Gary und sie endlich einmal einen Moment allein gewesen waren. »Wie interessant. Ihr müßt mich einen Augenblick entschuldigen, ich muß dort drüben mit jemandem sprechen.«

Sie ließ Margaret mit offenem Mund stehen und eilte auf Millie zu, eine wunderschöne Frau, die mit Garys älterem Bruder Dan verheiratet war.

Millie saß allein auf einer weiß gestrichenen Eisenbank und hatte einen Teller mit Lachs- und Käsehäppchen auf dem Schoß. Dan war einer von Simons Brautführern und mußte sich zum hundertsten Mal mit dem glücklichen Paar fotografieren lassen.

»Ich habe gesehen, wie du geflohen bist«, nuschelte Millie mit vollem Mund.

»Ich mußte«, seufzte Dee und setzte sich. »Die anderthalb Stunden Fahrt im Auto mit dieser Frau heute morgen waren weiß Gott der Tortur genug. Ich möchte nicht die ganze Zeit damit verbringen, ihren Lobreden über ihre wunderbaren Jungs, ihr wunderbares Haus, und all die wunderbaren Dingen zuzuhören, die sie für die Wohlfahrt spendet, noch möchte ich wissen, welche Kunstausstellung sie gerade besucht hat. Dieses Schreckgespenst würde ein gutes Gemälde noch nicht einmal dann erkennen, wenn es sie beißen würde. Sie tut immer nur so gebildet.« Dee stibitzte sich ein Käsehäppchen von Millies Teller.

»Ich dachte, vor eurem Urlaub im nächsten Monat würdest du strenge Diät halten«, fügte sie hinzu. »Himmel noch mal, die sind aber lecker.«

Millie feixte. »Sag es niemandem – besonders nicht meiner Schwägerin – aber ich esse für zwei.« Sie blickte auf ihren Bauch.

»Das ist ja wunderbar!« rief Dee aus. »Herzlichen Glückwunsch, Millie. Wie weit ist es schon? Sehen kann man noch nichts.«

Millie sah in ihrem cremefarbenen Jackett und dem dazu passenden langen Kleid gewohnt kräftig aus. Die Pastellfarbe unterstrich ihre blasse Haut und den rotblonden Pagenschnitt.

Sie lächelte reumütig. »Ich bin im dritten Monat, und ich habe schon acht Pfund zugelegt. In diesem Kleid sieht man es nicht, aber in meiner Arbeitskleidung sehe ich schwanger aus. Vor dem dritten Monat wollten wir nichts sagen. Ich weiß genau, daß Margaret mich verrückt macht, wenn sie es erfährt. Kannst du dir das vorstellen? Was immer ich in den Mund stecke, wird dem Baby schaden. Was immer ich tue, wäre falsch, und daß ich während der Schwangerschaft noch arbeite… Ach, lassen wir das!«

Die beiden lachten. Millie war seit fünf Jahren mit Dan verheiratet und arbeitete bei einer Bank. Dee hatte sich mit der fröhlichen Frau angefreundet. Beide kannten die beißenden Bemerkungen Margarets, die die zwei als unpassend für ihre geliebten Jungs empfand. Millie jedoch hatte eine dickere Haut als Dee und nahm sich die scharfzüngigen Bemerkungen ihrer Schwiegermutter nicht so zu Herzen. Dee ihrerseits war oft gekränkt von den scharfen Bemerkungen Margarets, obwohl sie sich nichts anmerken lassen wollte.

»Das Baby soll Ende November kommen. Ich werde bis Anfang des Monats arbeiten«, erklärte Millie. »Margaret wird ausrasten, daß ich nicht zu Hause sitze und mit hochgelegten Füßen die Geburt des ersten Enkels der Redmonds erwarte. Aber zu Hause würde ich verrückt werden, außerdem bin ich nun mal nicht besonders zart.«

Sie nahm sich noch ein Lachsschnittchen und schluckte es als Ganzes hinunter. »Sie stellt sich ihre Schwiegertöchter lieber als kleine, zerbrechlicher Dinger vor. Das klingt irgendwie vornehmer. Sie hat es nie verwunden, daß ich aus einer weitverzweigten Bauernfamilie komme.« Millie war das jüngste von elf Kindern. »Große Familien sind offenbar provinziell.«

»Immerhin besitzt deine Familie einen Riesenhof und genießt ein *gewisses* Ansehen innerhalb des Landkreises«, ahmte Dee den hochnäsigen Tonfall von Margaret nach. »Mir wird sie wohl nie verzeihen, daß mein Vater Autoschlosser ist und meine Mutter in einer Schule putzt.« Sie wollte nicht bitter erscheinen, doch sie war es. Denn Dee war sehr stolz auf ihre Familie.

»Die O'Reillys haben alle verdammt hart gearbeitet, das war schon immer so«, sagte sie. »Keiner von uns hat jemals auf Staatskosten gelebt, und nur weil meine Mutter keine verdammten Kuchengabeln besitzt und mein Vater lieber in der Kneipe Fußball schaut als ins Konzert zu gehen, heißt das noch lange nicht, daß die hochnäsige Margaret Redmond auf uns herabblicken darf!« Sie hielt abrupt inne, als sie sich ihrer emotionalen Reaktion bewußt wurde.

Millie tätschelte ihr freundlich das Knie. »Laß es dir nicht so zu Herzen gehen. Sie ist die Sache nicht wert. Und ich verspreche dir, wenn ich ihr mitteile, daß ich bis kurz vor der Geburt bei der Bank arbeiten werde, sollst du dabeisein, um ihr Gesicht zu sehen. Sie wird senkrecht an die Decke gehen! Es wird wunderbar werden. Glücklicherweise wird Dan nicht zulassen, daß sie sich einmischt.«

Genau darin unterschieden sich die beiden Brüder, dachte Dee. Dan widersetzte sich seiner Mutter und verwahrte sich dagegen, daß sie auf Millie herumhackte. Gary dagegen wollte seiner Mutter Liebling bleiben, der Jüngste, der Ergebenste. Deshalb verhielt er sich auch ihren Fehlern gegenüber blind – selbst dann, wenn sie Dee verletzte.

Die Musiker hatten mittlerweile mit Vivaldi abgeschlossen und spielten eine recht kitschige Version des Liedes »Hier kommt die Braut«, um eine strahlende Yvonne zu begrüßen, die mit den Brautjungfern aus dem Rosengarten trat.

»Wieviel tausend Fotos haben sie denn aufgenommen?« fragte Millie. »Ich bin kurz vorm Verhungern. So ist das eben, wenn man schwanger ist«, fügte sie grinsend hinzu.

Dan trat mit einer Champagnerflöte in der Hand auf sie

zu. Seine langen Beine wirkten in der gestreiften Hose noch länger. Er war nicht annähernd so attraktiv wie Gary und verlor langsam seine Haare. Aber er war sehr freundlich, ein richtiger Gentleman. Und er fand seine Frau offenbar bezaubernd.

»Wie geht es dir, Millie?« fragte er und küßte sie auf den Kopf. »Hast du mir etwas zu essen aufgehoben?«

»Tut mir leid, Dan, ich hatte einen solchen Hunger, daß ich fast alles aufgegessen habe. Aber sicher gibt es bald Mittagessen.« Millie ließ den letzten Lachsbissen im Mund ihres Mannes verschwinden. »Ich habe einen wahnsinnigen Appetit. Ich habe Dee von den guten Neuigkeiten erzählt. Deiner Mutter sollten wir es heute vielleicht auch sagen, dann kann sie schon mal zu stricken anfangen.«

»Herzlichen Glückwunsch.« Dee küßte ihn auf die Wange. Dan strahlte sie an.

»Wenn Sie sich alle unter das Terrassendach bemühen wollen, das Essen wird serviert«, verkündete ein Kellner großspurig.

»Würden meine beiden Lieblingsfrauen mich dazu begleiten?« Dan streckte ihnen beide Hände entgegen.

»Wir warten lieber noch einen Moment, sonst werden wir zerdrückt«, sagte Dee. Die Hochzeitsgäste, nach dem langen Warten vollkommen ausgehungert, stürzten wie eine Horde Schweine zum Trog unter der Terrasse.

»Man braucht sich ohnehin nicht zu beeilen«, bemerkte Dan. »Es gibt Namensschildchen.«

»In goldener Schrift auf elfenbeinfarbenem Pergamentpapier und in silberne Halter gesteckt, nehme ich an?« erkundigte sich Millie sarkastisch.

»Selbstverständlich«, antwortete Dee. »Was glaubst du denn, was das hier für eine Hochzeit ist? Doch wohl keine ganz gewöhnliche, oder?«

Sie brachen alle in Lachen aus.

»Das erwarte ich aber auch bei Gary und dir«, scherzte

Millie. »Champagner, ein Streichquartett und jede Menge leckere Kleinigkeiten, dazu siebzehn Brautjungfern, die dich mit Rosenblüten überschütten, während du auf den Altar zuschreitest.«

»Macht euch keine Hoffnungen«, beschwichtigte sie Dee. »Von solcher Art Veranstaltung hält meine Familie nicht viel.«

»Margaret schon«, flüsterte Millie satanisch grinsend, als sie zu dritt auf die Terrasse zugingen.

Robin fuhr mit einem Finger das Fensterbrett entlang und musterte ihn angewidert.

»Hier ist es dreckig«, verkündete sie.

Isabel schloß die Vorratskammer und blickte ihre Tochter erschöpft an.

»Robin, es ist nur Dreck. Den kann man abwaschen. Du mußt schon ein wenig unter den Dreck sehen, um dir eine Meinung über das Haus zu bilden.«

»So, nur Dreck?« gab Robin gereizt zurück und durchquerte auf ihren Plateausohlen das Zimmer. »In einem so dreckigen Haus schlafe ich jedenfalls nicht.«

Damit ihr nicht etwas über die Lippen kam, was sie später bereuen würde, trat Isabel aus der kleinen Küche zurück ins Wohnzimmer. In einem hatte Robin recht – 12, Eagle Terrace war tatsächlich vollkommen verdreckt. Das kleine Vierzimmerhaus in Bray hätte sehr hübsch sein können, wenn der vorherige Eigentümer es ab und zu gestrichen und saubergehalten hätte.

Die abblätternde Farbe an den Fensterrahmen und die schmutziggraue Fassade verliehen dem Haus einen abgetakelten Eindruck, und innen war es nicht viel besser. Die Küche war aus den sechziger Jahren und hatte eine jener wild gemusterten violetten Tapeten, die Isabel an ein damals modernes Muster erinnerte, das sich zwar auf Leggings und Hemden gut machte, auf Wänden jedoch weit weniger. Das

Wohnzimmer war dunkelrot gestrichen, und ein dazu passender Teppich verlieh dem Ganzen die Atmosphäre eines heruntergekommenen Puffs. Die oberen Schlafzimmer waren sämtlich in Eierschale gestrichen, und die Teppiche konnten allenfalls als schmutzigbraun bezeichnet werden. Das kleine Badezimmer war in einem scheußlichen Rosa gehalten.

Alles in allem würde man in diesem Haus eine Sonnenbrille tragen müssen, und selbst dann würde man noch Kopfschmerzen bekommen, dachte Isabel.

Sie mühte sich an dem Wohnzimmerfenster ab und versuchte es zu öffnen, um den rückwärtigen Garten aus einem neuen Blickwinkel zu betrachten. Von der Küche aus gesehen war es ein langes, schmales Stück Niemandsland. Plötzlich flog das Fenster auf. Aber auch aus dieser Perspektive war der Blick nicht besser. Entmutigt schloß sie das Fenster.

Das Haus war recht scheußlich und mußte von Grund auf renoviert werden. Aber es war billig, und das Mauerwerk war offenbar prinzipiell in Ordnung. Es verfügte über eine Gaszentralheizung, und man konnte auf der Straße parken. Die kleine Straße war ruhig und lag in einer netten Gegend, sie brauchte sich also dann keine Sorgen machen, wenn die Mädchen an einem Winterabend allein nach Hause zurückkehrten. Weil es ebenfalls in Bray lag, konnten sie bei ihren Eltern bleiben, falls Isabel einmal spät würde arbeiten müssen. Robin kam nach unten. »Die Schlafzimmer sind winzig«, maulte sie.

»Das sind sie nicht«, seufzte Isabel.

»Jedenfalls nicht so groß wie die zu Hause«, gab Robin pampig zurück.

Und wer ist daran schuld? hätte Isabel sie am liebsten angebellt. Dein verdammter Vater, der ist daran schuld. Wenn er unser wunderschönes Zuhause nicht mit seinem Geschäft verscherbelt hätte, hätten wir es nicht verkaufen und Oxford verlassen müssen.

Und ich würde meine Eltern nicht um einen Kredit bitten müssen, um überhaupt eine Anzahlung auf ein Haus machen zu können. Außerdem müßte ich mir nicht die Beine ausreißen, um als alleinstehende Frau ohne den Beistand eines Mannes einen Kredit zu bekommen.

Sie schwieg einen Moment, um sich zu beruhigen.

Arme Robin, für sie war es auch nicht leicht. Naomi war ein richtiges Mamakind und glücklich, mit Isabel zusammenzusein, ganz gleich, wie sehr sie David auch vermißte. Robin jedoch blickte zu ihrem Vater auf. Die Trennung ihrer Eltern hatte sie tief verunsichert, und sie wollte es irgend jemandem anlasten. Isabel war dieser Jemand.

In diesem Moment trat der Makler wieder zurück ins Zimmer, nachdem er andere potentielle Käufer zur Tür begleitet hatte.

»Nun, wie gefällt es Ihnen?« fragte er großspurig, als ob er ihnen gerade ein Penthouse und nicht ein Haus gezeigt hätte, das man beinahe schon in ein Quarantänegebiet umwandeln mußte.

»Wir werden es uns überlegen«, erwiderte Isabel kühl.

»Vielleicht sollte ich noch erwähnen, daß in dieser Preislage nur selten etwas auf den Markt kommt«, bemerkte der Makler ungerührt. »Die neuen Eigentümer möchten es möglichst schnell verkaufen, und weil noch einiges gemacht werden muß, verlangen sie nicht mehr.«

Isabel konnte nur hoffen, daß Robin nichts von den »neuen Eigentümern« gehört hatte. Wenn sie wüßte, daß der vorherige Bewohner von 12, Eagle Terrace im Wohnzimmer schlafend vor dem Kamin sitzend gestorben war, hätte sie endgültig die Flucht ergriffen.

Der Makler zuckte mit den Schultern. »Die anderen Leute sind auch interessiert, wie ich Ihnen nicht vorenthalten möchte.«

»Vielen Dank«, wiederholte Isabel. »Ich rufe Sie an. Komm jetzt, Robin.«

»Laß uns eine Tasse Kaffee trinken und einen Pfannkuchen essen«, schlug sie draußen vor.

»Au ja!« Robins Gesicht hellte sich auf. Sie war doch immer noch ein Kind, auch wenn sie sich noch so sehr bemühte, erwachsen zu sein, dachte Isabel zärtlich. Es war vielleicht gar nicht so schlecht, daß Naomi mit einer Grippe im Bett lag. Da sie nun mit Robin allein war, konnte sie auf eine andere Art, wie unter Erwachsenen, mit ihrer Tochter sprechen. Vielleicht brachte sie das weiter. Bei zwei Cappuccinos, einem Stück Kaffeekuchen und einem Eclair erläuterte Isabel ihre Einschätzung des Hauses.

»Robin, wir müssen unbedingt unser eigenes Zuhause haben, das verstehst du sicher. Dein Vater ist nicht hier, ich bemühe mich um einen Kredit bei einer Bauspargesellschaft, was jedoch nicht einfach ist. Normalerweise vergeben sie Kredite an Paare, deren beide Gehälter sie zusammenaddieren. Ich jedoch kann nur einen Kredit auf der Basis bekommen, was ich allein verdiene. Und das ist natürlich weniger. Verstehst du mich?«

Robins Gesicht war blaß und angespannt. »Ja.«

»Deshalb muß ich mir auch billigere Häuser angucken als unser altes Zuhause in Oxford. Etwas anderes können wir uns einfach nicht leisten.«

»Und was ist mit Papa?« protestierte ihre Tochter. »Kommt er denn nicht hierher?«

Isabel nippte an ihrem Kaffee.

»Robin, dein Vater und ich haben uns getrennt. Das weißt du. Ich kann auch nicht sagen, was in Zukunft geschehen wird. Ich liebe ihn, und ich denke, du weißt das ebenso«, sagte sie.

Tränen glitzerten in den Augen ihrer Tochter.

»Er hat aber all unser Geld verloren. Und das ist nicht einmal das Schlimmste«, fügte Isabel eilig hinzu. »Das Schlimmste ist, daß er das Zuhause verloren hat, das wir für dich und Naomi gebaut haben. Das ist es, was ich ihm nicht verzeihen kann. Er hat eure Sicherheit und finanzielle Grundlage verspielt.«

»Deshalb hättest du ihn doch nicht verlassen müssen«, bemerkte Robin mit bebender Stimme. »Sicher hätte er alles wieder geradebiegen können.«

»Es gab keinen Ausweg mehr, Robin, wir waren bankrott. Wenn ich geblieben wäre, hätten wir keinen Pfennig. Das konnte ich dir und Naomi nicht antun. Nach Irland zurückzukehren war meine einzige Chance. Versteh das bitte«, bettelte Isabel.

Robin schob ihr Eclair beiseite und warf ihrer Mutter einen aufsässigen Blick zu. Isabel gab auf. Robin war ganz wie ihr Vater. In dieser Stimmung konnte man nicht mit ihr reden.

Isabel bügelte, als um sieben Uhr abends das Telefon klingelte. Robin war zu Besuch bei ihrer Freundin Karen und hatte strikte Anweisung, spätestens um halb neun zu Hause zu sein, während Naomi unter ihre Bettdecke gekuschelt im Wohnzimmer saß und fernsah. Isabels Eltern besuchten einen Freund im Krankenhaus.

Da niemand sonst das Telefon abnehmen konnte, ging Isabel selbst hin. Es war nicht wie erwartet eine von Robins einsilbigen Freundinnen, es war David.

»Hallo, Izzy«, sagte er. »Wie geht es dir? Was machen die Mädchen?«

»Gut, uns geht es allen gut. Ich habe einen neuen Job.«

»Der, von dem mir Robin erzählt hat?«

»Ja. Beim *Sentinel.* Ich bin die neue Ressortleiterin für Frauenthemen«, berichtete sich tonlos.

»Hört sich nach Spaß an.«

»Spaß?« Sie konnte kaum glauben, was er da sagte. »Wenn ich mich mit einem schwierigen neuen Job abquälen muß, weil ich deinetwegen meinen alten Arbeitsplatz aufgeben mußte, entspricht das nicht gerade meiner Vorstellung von Spaß!«

David ignorierte ihren Tonfall. »Gut bezahlt, hoffe ich?«

»Gut genug, um damit einen Kredit aufzunehmen«, knurrte Isabel.

»Anders als es bei mir der Fall ist, willst du das damit sagen, Izzy?« fragte er.

»Da du schon fragst, ja, ganz anders als bei dir«, erwiderte sie verletzt. »Es wird noch ein paar Wochen dauern, bis ich den Kredit für das Haus habe. Aber wenn es soweit ist, werde ich jeden Monat ohne Ausnahme die Tilgungszahlung vornehmen. Da wird es kein ›Ach du liebes bißchen, wir haben bei der Bank überzogen, Liebling, Izzy, laß uns doch einmal mit den Tilgungszahlungen aussetzen und die Summe dem Kredit zufügen. Der Bank wird das schon recht sein‹ geben.«

»Das ist doch nur ein paar Mal passiert«, beschwerte er sich.

»Ein paar Mal?« fragte Isabel ungläubig. »Also bitte, David. Andere kannst du vielleicht an der Nase herumführen, aber nicht mich. Jedenfalls jetzt nicht mehr. Früher habe ich deinem Gesülze über unsere Finanzen Glauben geschenkt. Das hat sich geändert. Ich habe es auf die harte Art und Weise lernen müssen. Wir konnten noch nicht einmal die Heizung reparieren, weil du das Geld zum Fenster hinausgeworfen hast.« Selbst nach ein paar Monaten der Trennung von David war Isabel überrascht darüber, wie verbittert sie noch immer war. Nur ein einziges Telefonat, und sie wollte ihn umbringen, wollte ihm all seiner leeren Versprechungen und ebenso leeren Bankkonten wegen an die Gurgel gehen.

»Jetzt sei doch nicht so, Izzy«, sagte er in seiner entnervend ruhigen Art. »Beruhige dich. Deine Mutter macht dir wohl zu schaffen? Sie ist dir ja schon seit jeher auf die Nerven gegangen.«

Isabel bemühte sich, die Beherrschung zu behalten, was ihr jedoch nicht gelang.

»Nicht meine *Mutter* ist das Problem, David. Du bist es«,

zischte sie. »Übrigens habe ich seit über zwei Wochen kein Wort mehr von dir gehört. *Ich* kann zwar den Rest meines Lebens verbringen, ohne dich jemals wiederzusehen, aber aus irgendeinem unerfindlichen Grund empfinden deine Töchter nicht so. Sie lieben dich, und sie vermissen dich. Und du machst dir nicht einmal die Mühe, hier anzurufen...«

»Ich hatte so viel zu tun mit dem neuen Geschäft. Ich mußte nach Deutschland, jetzt bin ich gerade zurück. Du weißt doch wie das ist«, protestierte er.

»O ja, ich weiß. Wie heißt sie denn? Heidi? Bettina?«

»Himmel noch mal!« rief David zornig. »Du kannst aber auch jede Unterhaltung in diese Richtung hinbiegen, nicht wahr?«

»Was glaubst du wohl, warum, David? Ich weiß genau, wie du dich benimmst, wenn etwas, oder sagen wir jemand, Neues an deinem Horizont erscheint. Ich kenne die Anzeichen. Kein neues Geschäft der Welt hält dich derart bei Laune.«

Plötzlich fühlte sich Isabel unendlich erschöpft. Warum diskutierte sie all das überhaupt noch mit ihm? Sie hatte ihn verlassen, die Sache war vorbei. Jetzt konnte er machen was er wollte, ob nun mit Heidi, Bettina oder mit beiden gleichzeitig. Von ihr aus konnte er eine zwanzigköpfige Wohngemeinschaft gründen, ihr sollte es egal sein. Was jetzt einzig und allein noch wichtig war, war sein Benehmen gegenüber den Mädchen. Es wäre einfach wichtig, wenn er sich gelegentlich an die beiden einzigen Menschen auf der Welt erinnern würde, die ihn von ganzem Herzen liebten. Seit über einem Monat hatte er sie nicht mehr gesehen. Da hatte er in Dublin lediglich für vierundzwanzig Stunden einen Zwischenstopp eingelegt.

Typischerweise hatte er sie vollkommen überfordert. Sie waren beim Bowling gewesen, hatten bei McDonald's gegessen, sich dann im *Savoy* einen Hollywood-Streifen angesehen und schließlich abends im *Planet Hollywood* gegessen. Kein Wunder, daß Robin sich so schlecht gefühlt hatte, nachdem er wieder weg war. Während eines ganzen Tages mit ihrem geliebten Vater hatten sie nicht einen freien Moment gehabt, in dem sie miteinander hätten reden können. Ein typischer David-Tag. Er haßte es zu reden.

»Ich bin doch kein Kleinkind mehr, Mama«, hatte sich Robin mit Tränen in den Augen danach bei Isabel beschwert. »Ich wollte mit Papa reden. Ich wollte nicht den ganzen Tag über spielen.«

Aber das ist, was dein Vater gern möchte, dachte Isabel. Ein mit Aktivitäten vollgepackter Tag hatte den Vorteil, daß eine richtige, tiefgreifende Unterhaltung gänzlich unmöglich war. Richtige, tiefgreifende Unterhaltungen kann er nicht ausstehen, das wirst du leider noch merken.

»Hör mir zu, David«, sagte sie knapp. »Laß uns mit dem Streiten aufhören. Ich möchte über die Mädchen reden. Du wirst dich etwas häufiger um sie bemühen müssen. Du mußt sie bald einmal besuchen. Robin kann die Trennung nur sehr schwer verkraften, und sie braucht dich.«

»Sie können ja das nächste Wochenende über nach London kommen«, schlug er vor.

»Das können sie nicht, verdammt noch eins«, zischte Isabel sofort. »Ich kann unmöglich Flüge für beide bezahlen, und selbst wenn ich es könnte, möchte ich sie nicht allein reisen lassen. Naomi ist zu jung. Bleib doch bitte auf dem Teppich.«

»Okay, okay. Dann komme ich das übernächste Wochenende. Ich habe gute Neuigkeiten. Ich habe jetzt genug Geld zusammengekratzt, um die noch ausstehenden Tilgungsraten zu tätigen. Die Bank wird uns das Haus also nicht wegnehmen. Ist das nicht wunderbar?«

Isabel war verblüfft. Dann gehörte ihnen also das Haus doch noch? Das war phantastisch. Beim Verkauf konnten sie noch etwas Gewinn machen. Mit ihrem Anteil könnte sie für ein Haus hier anzahlen. Vielleicht könnte David ja sogar etwas Unterhalt für die Mädchen zahlen. Aber wo hatte er das Geld her?

»Ich weiß schon, was du mich fragen möchtest, Izzy. Es ist ganz legal, ich schwöre. Es ist eine lange Geschichte...«

»Erzähl sie mir«, befahl sie.

»Ich erzähle sie dir, wenn wir uns sehen.«

»Sag es mir jetzt!« befahl Isabel mit scharfer Stimme. »Was meinst du mit ›Es ist ganz legal‹?«

»Izzy, ich kann jetzt nicht sprechen, ich bin in Eile. Ich gebe dir nächste Woche meine Ankunftszeit durch. Sind die Mädchen denn zu Hause, daß ich ihnen die guten Neuigkeiten übermitteln kann?«

»Robin ist nicht da, aber ich hole Naomi für dich«, sagte sie erschöpft. Sie wußte nur zu gut, daß, wenn David ihr etwas nicht erzählen wollte, sie ihn durch nichts dazu bewegen konnte. »Naomi hat Grippe, die Arme, und in der Schule geht es auch nicht so gut. Muntere sie also etwas auf, wirst du das tun?«

»Ich würde sie nicht über das Telefon aufmuntern müssen, wenn du mich nicht verlassen hättest«, konterte David spitz. »In ihrer alten Schule war sie doch sehr gut.«

»Nun fang nicht wieder damit an«, stöhnte Isabel.

»Vermißt du mich, Izzy? Ich vermisse dich. Sehr sogar. Und es gibt keine Bettina und keine Heidi, das schwöre ich dir.«

»Klar. Also tschüs, David.« Isabel legte den Hörer neben das Telefon und rief Naomi. Sie ging zu ihrem Bügeleisen zurück, konnte sich aber nicht konzentrieren.

Es gibt keine Heidi und auch keine Bettina. Das schwöre ich dir. Seit wann bedeuteten Davids Versprechen etwas?

Ich schwöre es dir, Izzy. Sie hat mir überhaupt nichts bedeutet. Es ist nur ganz einfach passiert. Wir waren betrunken, und die Filmaufnahmen waren sehr gut gelaufen. Die ganze Mannschaft feierte. Es ist nur einmal passiert. Ich würde niemals vorsätzlich etwas tun, das dich verletzt. Du bist es doch, die ich liebe…

Im nächsten Jahr wird alles besser, das verspreche ich dir. Das Geschäft läuft sehr gut. In ein paar Jahren wirst du vielleicht nicht mehr arbeiten müssen, weil wir so viel Geld verdienen. Stell dir vor, wir könnten uns ein Haus in Portugal kaufen. Was hältst du davon?

Das Bügeleisen zischte, als Isabel damit heftig eine von Robins Schulblusen bügelte. Verfluchter David. Er soll verflucht sein und all seine dummen, einträglichen Pläne, aus denen nichts geworden war. Er schien niemals aus seinen Fehlern zu lernen.

Andererseits hatte sie das selbst auch nicht getan.

Isabel hängte die Bluse auf einen Bügel und fing mit der nächsten an. Sie war genauso schlimm wie David, dachte sie wütend.

Nach achtzehn Jahren hätte sie eigentlich schlau genug sein und wissen sollen, daß er sich nie mehr ändern würde, daß er sein ganzes Leben lang ein Träumer bleiben würde. Aber nein, sie hatte Jahre damit verbracht, sich selbst davon zu überzeugen, daß eines Tages alles gut werden würde. Oder daß eines Tages David erwachsen werden und einen ganz normalen Bürojob haben würde, der ihr und den Mädchen die Sicherheit bieten würde, die sie so dringend brauchten.

Sie war die Dumme. Er würde sich nicht ändern. Und sie war nie stark genug gewesen, sich von ihm zu trennen. Bis jetzt. Sie hatte zwar kein Geld, und die Dinge gestalteten sich durchweg schwierig, aber immerhin hatte sie das Richtige getan. Das hoffte sie jedenfalls.

9

»Das war eine tolle Idee, Gary«, lobte Dee. »Ich liebe Wexford. Ich liebe es, in der Sonne zu sitzen und Wein zu trinken. Und ...« Sie beugte sich ihm entgegen und küßte ihn zärtlich. »Ich liebe dich.«

Entspannt lehnte sie sich auf ihrem Stuhl zurück und streckte die Beine aus, damit sie mehr Sonne abbekamen. Es war glühend heiß. Die Augustsonne schien auf die Veranda des Ferrycarraig-Hotels und verbrutzelte alle, die vom Holzdeck aus über die winzige Bucht blickten und ihr Mittagessen genossen. Möwen glitten über das Wasser. Ein kleines Boot tuckerte langsam hinaus, vom Deck aus hörte man Gelächter.

Beide in Shorts und T-Shirts, entspannten sich Gary und Dee und ließen sich von der herrlichen Sonne durchwärmen.

Die Reste von zwei Krabbensalaten standen auf dem Tisch, und sie hatten eine halbe Flasche wunderbar kühlen Weißwein geleert.

Sanfte Musik drang von der Bar herüber und mischte sich in das Gemurmel der Leute. Nur ein paar lautstarke Kleinkinder bedrohten den Frieden, aber selbst sie waren durch die Wärme schläfrig geworden.

»Das sollten wir jedes Wochenende machen«, meinte Dee zufrieden.

»Das finde ich auch. Jetzt wo du wieder normale Arbeitszeiten hast, könnten wir öfter einmal wegfahren«, stimmte Gary zu. »Was hältst du davon, wenn wir im Oktober nach Amsterdam fliegen würden? Ein Kollege von mir ist das Wochenende über mit seiner Frau dort gewesen, und sie haben sich prächtig amüsiert.«

»Das ist eine tolle Idee«, stimmte Dee begeistert zu. »Aber können wir uns das leisten? Eigentlich sollten wir für die Hochzeit sparen. Falls wir uns jemals auf einen Termin einigen können«, fügte sie hinzu.

»Da habe ich eine bessere Idee«, sagte Gary ernst. »Wir fliegen nach Las Vegas und lassen uns von einem Elvis-Double in einer Drive-in-Kirche trauen. Das wird wesentlich billiger.« Er beugte sich zu ihr herüber und stupste sie zärtlich in die Rippen. »Nur ein Scherz. Ich weiß ja, daß du das ganze Programm haben möchtest.«

Dee richtete sich auf. »Das will ich doch gar nicht«, protestierte sie.

»Doch, ich weiß, daß du es willst. Unter deinem Bett habe ich diese Brautzeitschriften entdeckt. Du siehst dich in einem weiten Spitzenkleid mit einem halben Dutzend Brautjungfern, einem Schleier und einem kleinen Diadem.«

»Mach dir keine Illusionen.« Dee knuffte ihn. »Wenn du glaubst, daß ich so ein Glacé-Kleid trage, irrst du dich gewaltig. Ich würde aussehen wie ein Tank, den man in Netzgardinen verknotet hat.«

»Hör doch damit auf, Dee. Das würdest du nicht. Es ist überhaupt nicht viel, was du an Gewicht verlieren mußt.« Gary klang verärgert. »Du hast solche Minderwertigkeitskomplexe wegen deiner Figur. Vergiß sie endlich, einverstanden?«

Dee nickte. Gary haßte es, wenn sie sich über ihren Körper mokierte. Aber er begriff einfach nicht, wie man sich als übergewichtige Frau fühlte, wie man ständig von der Vorstellung gequält wurde, man würde mit einem Waschbrettbauch und fünfzehn Kilo weniger viel besser aussehen. Gary konnte für ein ganzes Rugbyteam essen und nahm doch niemals ein Gramm zu. Dee sah ein Schokoladenküchlein nur, und schon hatte sie zwei Pfund zugelegt. Verstohlen glitt sie mit der Hand unter ihr T-Shirt und zwackte ihren Bauch.

Wie hieß es noch in der Diätwerbung? *Wenn Sie mehr als drei Zentimeter in den Fingern haben... blah, blah, blah.* Sie hatte mehr als drei Zentimeter in der Hand. Es waren wohl eher acht oder zehn, dachte sie bedrückt. Gott allein wußte, wie lange sie ein Spezialmüsli mit entrahmter Milch zum

Frühstück essen mußte, bevor sie den Frauen aus der Werbung ähnelte.

Es war so ungerecht. In Erwartung dieses Wochenendes hatte sie die ganze Woche gut durchgehalten. Sie hatte kaum noch Zucker in den Kaffee getan und mittags nur Salatsandwiches gegessen, obwohl sie normalerweise mit Maeve zusammen aß, die tagtäglich zweimal ein zweigängiges Menü vertilgte und trotzdem den Körper einer Marathonläuferin besaß. Dee hatte sich auch kein Mars mehr bestellt, wenn gegen elf der Laufjunge kam und alle nach ihren Wünschen für die Kaffeepause fragte. Eine gelegentliche Schokoladeneiskrem konnte sie sich jedoch nicht verkneifen. Cornettos waren schlicht ihr Verhängnis.

Gary schenkte ihr Wein nach.

»Möchtest du einen Nachtisch?« fragte er. »Sie haben Käsekuchen.«

Dee lief das Wasser im Mund zusammen. Käsekuchen. Sie liebte Käsekuchen. Aber sie würden heute abend noch zum Essen ausgehen, und sie durfte sich nicht zwei große Mahlzeiten an einem Tag genehmigen. Ihre schwarze Lieblingshose kniff jetzt schon am Bund, und das schwarze Samtkleid, das Gary so liebte, hatte sie gar nicht erst eingepackt, weil sie darin wie im dritten Monat aussah.

»Nein danke, ich bin satt«, log sie. »Bestell du dir doch einen. Mit zwei Gabeln.«

»Au ja.« Gary grinste. »Damit du mir meinen wegessen kannst? Da bestelle ich lieber gleich zwei Käsekuchen.«

Was soll's, dachte Dee. Schließlich bin ich im Urlaub. »Okay, ich hätte gerne ein Stück Käsekuchen.«

Nach dem Essen schlug sie einen Spaziergang zur Bucht vor, um die Millionen Kalorien abzuarbeiten, die sie eben gerade konsumiert hatte. Beim Laufen hielten sie Händchen, sie waren glücklich, entspannt und durch und durch zufrieden. Vor ihnen lief eine Familie mit drei Kindern und einem lebhaften Irish-Setter.

»Es ist wunderschön hier«, stellte Dee erneut fest. »Und es ist so erholsam.«

Gary pflückte eine Mohnblume und reichte sie ihr.

»Mademoiselle, ein kleines Geschenk für Sie, um Ihnen zu sagen, wie sehr ich Sie liebe.«

»Vielleicht sollten wir hierherziehen«, meinte Dee verträumt. »Wäre es nicht wunderbar, jeden Tag einen solchen Spaziergang zu machen und dem Lärm der Stadt zu entfliehen?«

»Und das sagt die Frau, die nach zwei Wochen ohne ihr Büro bereits Entzugserscheinungen bekommt?« erkundigte sich Gary ungläubig.

»Bekomme ich nicht«, insistierte Dee. »Jedenfalls nicht mehr.«

Er legte ihr den Arm um die Schultern. »Ich entschuldige mich. Es sind bestimmt *drei* Wochen, bevor die Entzugserscheinungen einsetzen.«

Er duckte sich, als Dee ihn mit der Blume schlagen wollte.

»Also gut, ich gebe es zu – seit du den neuen Job hast, bist du ungefähr hundertfünfzig Prozent entspannter«, sagte er.

»Findest du?« fragte sie überrascht.

»Natürlich. Als du noch bei den Nachrichten gearbeitet hast, warst du wie die Aufziehpuppe, mit der sie immer für Batterien werben. *Mit unseren Batterien tanzt dieses Püppchen ohne Ende*. Du hast auch nie aufgehört, Dee. Jetzt bist du viel ruhiger. Die Zusammenarbeit mit Isabel Farrell scheint dir gut zu bekommen.«

»Mag sein«, gab sie zu. Sie hatte Isabel immer noch nicht so recht verziehen, daß sie ihr den Job weggenommen hatte, obwohl die beiden prächtig miteinander auskamen.

Das große Interview gehörte jetzt zu Dees regelmäßigen Aufgaben. Sie suchte gern die entsprechenden Themen aus und führte das Interview. Jetzt fand sie auch mehr Zeit für ihre Kummerkastenkolumne, wodurch sie wiederum weniger unter Druck geriet.

Isabel war eine überraschend gute Chefin; ruhig, rücksichtsvoll und immer bereit zu loben, wo Lob angebracht war. Mit der Hilfe von Maeve, Emily und Dee hatte sie nach und nach die Ausrichtung der Frauenthemen vollkommen verändert. Nach den jahrelangen Wutanfällen Antonias und ihrer mentalen Blockade, was die Grammatik betraf, war die Zusammenarbeit mit Isabel eine willkommene Abwechslung. Auch Maeve versicherte, sie habe Spaß daran.

Dee ging es genauso, wenn sie es hätte zugeben können. Seit ihrer ersten eisigen Begegnung in Nigels Büro behandelten sie einander mit ausgesuchter Freundlichkeit. Isabel erkundigte sich häufig nach Gary, den sie zwar persönlich noch nicht kennengelernt, mit dem sie jedoch am Telefon gesprochen hatte. Dee erkundigte sich ebenso höflich nach Isabels Töchter.

Dank Ted Holts klatschsüchtiger Sekretärin Marion wußte Dee, daß Isabel entweder getrennt lebte oder geschieden war und daß ihr Ex-Mann immer noch in England lebte. Das war aber auch schon alles, was sie wußte. Isabel war äußerst reserviert und erzählte von sich aus nichts über ihr Leben. Dee hatte keine Ahnung, wo Isabel lebte oder ob sie einen Freund hatte. Für jemanden mit Dees Neugier war das geradezu eine Nervenprobe.

Alles in allem war die neue Ressortleiterin recht geheimnisvoll. Nur ein einziges Mal hatte sie vor ein paar Wochen einen persönlichen Kommentar aus Isabels Mund vernommen. Sie war früh vom Mittagessen zurückgekommen und hatte Isabel an ihrem Schreibtisch vorgefunden, wo sie mit besorgtem Gesichtsausdruck ihre Kontoauszüge durchsah.

»Das mache ich auch nicht gern«, bemerkte Dee, zog sich die Jacke aus und setzte sich an ihren Tisch. »Ich gebe immer zu viel aus, besonders für Kleidung.«

Isabel sah auf. »Es ist lange her, seit ich für Kleidung zu viel ausgeben konnte«, meinte sie trübsinnig. »Zwei Töchter im Teenageralter können das Gehalt in Windeseile dezimieren. Ganz abgesehen von den Rechnungen, die sich bei einem Hauskauf stapeln.«

»Ach, Sie haben sich ein Haus gekauft? Wo denn?« fragte Dee interessiert.

»In Bray. Nun, wenn ich ein Haus sage, meine ich ein Loch von einem Reihenhaus«, erläuterte Isabel. »Es muß noch eine Menge daran getan werden. Und es sind alles Arbeiten, die ich mir eigentlich nicht leisten kann.«

»Ich sollte eigentlich für meine Hochzeit sparen«, sagte Dee. »Aber sparen ist nun mal nicht meine Stärke.«

»Steht denn der Termin schon?«

»Nein«, gab Dee zu. »Wir hätten es zwar schon lange tun sollen, aber bis jetzt sind wir einfach nicht dazu gekommen.«

Sie wollte nicht erzählen, daß Gary in dieser Hinsicht recht zögerlich war. Außer »September klingt gut«, was er auch schon letztes Jahr gesagt hatte, hatte er sich nicht weiter geäußert. Dee hätte gerne gewußt, *welchen* September er meinte.

»Ich habe in großer Eile geheiratet, und es war eine sehr kleine Feier«, erinnerte sich Isabel. »Mein Kleid sah schrecklich aus. Ich habe es überstürzt gekauft. Es war voller Rüschen und Schleifen, was mir beides nicht sonderlich gut steht.«

Sie blickte auf ihre klassisch geschnittene weiße Chinohose, die weiße Leinenbluse und den Baumwollpulli. »Aus diesem Grund ziehe ich heute schlichte Kleidung vor. Meine Hochzeitsfotos haben mich auf alle Ewigkeit von Rüschen kuriert.«

Dee betrachtete neidisch Isabels Figur. Nie und nimmer würde sie jemals in der Lage sein, eine weiße Hose zu tragen. Ihr Hintern würde dem eines Elefanten ähneln. Wenn sie noch einen dazu passenden Pullover trug, würde sie wie das *Michelin*-Männchen aussehen.

Es war sehr schwierig, neben jemandem mit Isabels Figur

und Stilsicherheit zu arbeiten. Stets makellos gekleidet, fühlte sich Dee neben ihr wie eine fette, ungehobelte Matrone. Abgesehen davon war Isabel wirklich recht nett. Nicht, daß alle sei gemocht hätten. Carol-Anne konnte sie nicht ausstehen und nutzte jede Gelegenheit, um hinter ihrem Rücken gehässige Bemerkungen von sich zu geben. Dee hatte fasziniert beobachtet, wie Isabel mit jemandem vom Schlage Carol-Annes fertig wurde. Mit jemandem also, dessen boshafte Zunge nicht so sehr Gewohnheit als vielmehr Lebenszweck geworden war.

»Warten wir erst mal ab, bis die Gnädigste mit einem von Nigels Wutanfällen fertig werden muß«, hatte Carol-Anne gesagt, nachdem ihr aufgefallen war, wie überraschend freundlich sich der Chefredakteur Isabel gegenüber verhielt. »Das wird ihrer Selbstzufriedenheit einen Dämpfer aufsetzen!«

Falls Isabel jemals etwas von Carol-Annes wiederholten bissigen Kommentaren mitbekommen hatte – und das mußte sie wohl –, sie kommentierte sie nie. Sie behandelte die Frau höflich, aber bestimmt. Und sie brachte sie zum Arbeiten. Carol-Anne arbeitete jetzt bestimmt dreimal so viel wie früher.

Und ich selbst arbeite weniger, bin aber glücklicher, dachte Dee. Bisher hatte sie es nur sich selbst gegenüber eingestanden, daß sie gern für Isabel arbeitete.

Die Sonne versank hinter einer Wolke, und eine leichte Brise wehte über die Bucht. Dee fröstelte in ihrem dünnen T-Shirt.

»Laß uns zurückgehen«, sagte sie mit einem Blick zum Himmel. »Dort hängt eine riesige Wolke, und die Sonne wird sich eine ganze Weile nicht zeigen.«

»Spaßverderber«, meinte Gary. »Ich dachte, du wolltest spazierengehen? Nun komm schon, etwas Bewegung wird dir guttun.« Er gab ihr einen spielerischen Klaps auf den Hintern. »Vielleicht verlierst du auch ein paar Pfund am Po.«

»Was meinst du denn damit?« Dee fühlte sich durch seine Bemerkung verletzt. »Vor zehn Minuten hast du mir noch gesagt, ich mache mir wegen meiner Figur viel zu viel Gedanken. Und jetzt soll ich plötzlich die Trägheit in Person sein, die einen flotten Spaziergang braucht, um sich das Fett vom Po abzuarbeiten!«

Gary wedelte entnervt mit den Händen durch die Luft. »Siehst du, deine Gewichtsprobleme können wir niemals diskutieren. Du steigst sofort wie eine Rakete hoch.«

»Meine *Gewichtsprobleme?*« kreischte Dee.

»Nun komm schon, Dee«, erwiderte Gary gereizt. »Du weißt doch, daß du damit Probleme hast. Als ich dich kennengelernt habe, warst du um einiges schlanker. Himmel, du warst sogar richtig *schlank*. Und sieh dich jetzt an! Du hast dich ganz einfach gehenlassen, und ich hasse es.«

Er betrachtete sie kühl. »Aber ich traue mich nicht, darüber zu reden.«

»Jetzt redest du doch«, zischte Dee.

Er beachtete sie nicht, sondern hieb weiter in dieselbe Kerbe. »Wenn ich mit den Jungs vom Fußballclub unterwegs bin, würde ich gerne öfter mal ein Stück sexy Unterwäsche oder ein hübsches Kleid mitbringen. Und warum mache ich es nicht? Weil du ausrasten würdest, wenn ich mit einem Kleidungsstück in Größe zweiundvierzig nach Hause käme, das ist der Grund.«

Dee starrte ihn vollkommen verdattert an.

»*Du* weißt, daß du Größe zweiundvierzig trägst. *Ich* weiß, daß du Größe zweiundvierzig trägst. Nur erwähnen darf man es nicht. O nein.«

Jetzt macht ihm die Sache richtig Spaß, dachte sie. Offenbar sprach er sich etwas von der Seele, das er bereits seit Monaten, vielleicht sogar seit Jahren für sich behalten hatte.

Woher kannte er eigentlich ihre Größe? Seit Wochen belog sie sich selbst, indem sie ihre Kleider in Größe vierzig weiterhin vorn im Schrank behielt, während die zeltartigen

Gebilde für den Notfall weiter hinten hingen. Denn wenn sie das nicht täte, würde sie dem Fett einen Triumph einräumen anstatt sich selbst davon zu überzeugen, daß sie es wieder loswerden würde.

»Aber nein, wir müssen so tun, als ob dein zusätzliches Gewicht lediglich eine unglückselige vorübergehende Phase sei. In Wirklichkeit ist es aber alles andere als das. Du bist fett, Dee, und das bereits seit mindestens drei Jahren. Was glaubst du wohl, wie ich mich dabei fühle? Wie stehe ich denn da, wenn bei einer Party im Büro andere Ehefrauen oder Freundinnen schmale, enganliegende Kleider tragen und du in einer formlosen Jacke dastehst und tonnenweise Make-up aufgelegt hast, hinter dem du dich vestecken kannst? Das heißt, wenn du dich nicht gerade hinter zehn Wodkas mit Orangensaft versteckst. Was ich sagen will«, fuhr er hitzig fort, »ich dachte, nach deiner Beförderung würdest du dich ändern. Die stellvertretende Ressortleiterin der Frauenthemen sollte elegant, gepflegt und schlank sein. Aber nein. Du hast nur noch mehr Make-up aufgelegt.«

Er hielt plötzlich inne und atmete einmal tief durch. Es gab eine Menge, was Dee jetzt gerne gesagt hätte. Dinge wie *Na, jetzt geht dir wohl die Puste aus, Liebling?* Aber sie brachte kein Wort über die Lippen. Ihre Zunge war zu Eis erstarrt, ebenso ihr Herz.

Auch früher schon hatte man sie als fett bezeichnet. Beispielsweise die Kinder in der Schule. Man hatte sie als Zehn-Tonnen-Deirdre oder Schoko-O'Reilly bezeichnet. In der Oberschule waren ihr Ballspiele verhaßt gewesen. Sie hatte es gehaßt, den ausgesprochen unschmeichelhaften Gymnastikrock zu tragen und schwerfällig auf dem Netzballplatz herumzurennen, dabei stark zu schwitzen und dann auch noch den Ball zu verpassen. Ständig neckte sie dabei jemand und bedachte sie mit demütigenden Ausdrücken. Jetzt jedoch handelte es sich nicht mehr um eine pickelige Vierzehnjährige, die sich dem fetten O'Reilly-Mädchen gegenüber gemein benahm, weil dieses schlau war und in Englisch bessere Zensuren hatte. Nein, jetzt war es ihr Freund, ihr *Verlobter,* der ihr all diese Scheußlichkeiten ins Gesicht schleuderte. Dee konnte es kaum glauben.

»Nun, hast du denn dazu gar nichts zu sagen?« fragte Gary. »Willst du mich einfach nur anstarren?«

Dee hätte sich am liebsten die Augen ausgeweint, doch vor Gary wollte sie sich diese Blöße nicht geben. Jedenfalls nicht nach dem, was er eben gesagt hatte.

»Was kann ich dazu schon noch sagen?« fragte sie. »Du hast alles gesagt – ich bin eine fette, dumme Gans, derer du dich schämst. Darauf fällt mir keine Antwort ein.« Sie machte auf dem Absatz kehrt und entfernte sich so schnell sie konnte. Sie wollte ins Hotel zurückgehen, ihre Sachen packen und nach Hause fahren. Nach dem Vorfall eben konnte sie nicht eine Minute länger mit Gary verbringen.

Er holte sie ein und verstellte ihr den Weg. Auf seinem Gesicht spiegelte sich Reue.

»Dee, es tu mir leid. Ich hätte es vielleicht nicht so direkt sagen sollen, so brutal. Aber ich *mußte* es sagen, das weißt du. Ich habe es getan, weil ich dich liebe.«

Tränen schossen ihr in die Augen. *»Weil du mich liebst?«* fragte sie bebend. »Hast du all das aus Liebe getan? Von meiner Warte aus jedenfalls hat es sich nicht so angefühlt.«

»Dee…« Er nahm sie in die Arme.

Sie versteifte sich. »Faß mich nicht an. Ich ertrage es nicht, nicht nach dem, was du gesagt hast.«

Er ließ nicht locker. »Ich liebe dich, Dee, das weißt du. Aber ich muß ehrlich zu dir sein. Ich habe das schon so lange sagen wollen. Möchtest du denn nicht, daß ich ehrlich zu dir bin?«

Dee konnte nicht antworten – sie weinte auf seiner Schulter.

»Ich möchte nur das Beste für dich, und das bedeutet auch, daß du gut aussehen sollst. Ich möchte dir helfen, daß du gut aussiehst«, fügte er hinzu. »Bitte weine jetzt nicht, Dee.«

Er nahm ihre Hand und führte sie den gewundenen, mit Gras überwucherten Weg zum Hotel hinauf an die Bar.

»Da kann ich jetzt nicht hineingehen, ich sehe scheußlich aus«, murmelte sie mit gesenktem Kopf und herabfallenden Haaren, die ihr verweintes Gesicht verdeckten.

»Kein Mensch sitzt hier drin, alle sitzen draußen in der Sonne«, beschwichtige sie Gary. »Zwei Brandys. Doppelte bitte«, wandte er sich an den Barmann.

»Ich möchte keinen«, sagte Dee den Tränen nahe, als der Barmann die beiden Ballongläser vor ihnen abstellte.

»Trink schon«, sagte Gary bestimmt.

Erst nippte sie an dem bernsteinfarbenen Getränk, dann nahm sie einen großen Schluck.

Sie würdigte Gary keines Blickes, sondern starrte über die malerische Bucht. Dieselbe Aussicht hatte sie eben noch in Begeisterung versetzt. Bevor Gary ihr alles verdorben hatte.

Wie war es dazu gekommen? Wie hatten sie so wundervoll glücklich und nur wenige Minuten später am Boden zerstört sein können? Ihr Wochenende war so schön gewesen, sie hatten sich prächtig amüsiert. Sie hatten über ihre neue, aufregende Arbeit gesprochen und darüber, wie verlockend es wäre, in ein paar Monaten einen Kurzurlaub in Amsterdam zu machen. Und jetzt das – die völlige Vernichtung. Gary hatte nicht nur ihr Selbstbewußtsein zerstört, er hatte *sie* zerstört.

Er hatte sich das Thema ausgesucht, das ihr wirklich zu Herzen ging – ihr Gewicht. Ihr schrecklicher, fetter, schwabbeliger Körper, dem die Hälfte ihrer Kleidung nicht mehr paßte. Dieser Körper hatte sie ihr Leben lang betrogen. Und er betrog sie immer noch. Genau wie Gary. Sie fühlte seine Hand auf ihrem Knie.

»Sei mir nicht böse, Dee«, sagte er leise. »Ich wollte dir nur helfen. Irgend jemand muß es doch einmal sagen.«

Aber warum mußt es ausgerechnet du sein? Du Verräter, den ich so geliebt habe. Sie biß sich auf die Unterlippe.

»Trink schon aus, Liebling.« Er schob das Glas zu ihr hinüber.

Dee wandte sich ihm mit dunklen, verschleierten Augen zu. »Eben noch war ich die Frau, die sich, um sich Mut anzutrinken, auf Büropartys besoff«, bemerkte sie verbittert. »Und jetzt soll ich einen doppelten Brandy innerhalb von zwei Minuten hinunterstürzen, nur weil du mich beleidigt hast, kein Riechsalz zur Hand hast und es dir peinlich ist, wenn ich in der Öffentlichkeit weine. Niemand soll denken, daß du so gemein gewesen warst, daß ich weinen mußte. Das ist es doch?« fragte sie brüsk.

»Aber nicht doch, Dee. Du hattest... du hattest... einen Schock«, entgegnete Gary. »Das tut mir leid, aber wir können die Sache bereinigen. Ich bin mir sicher, daß uns das gelingen wird.«

Aber klar doch, dachte Dee. Da müßte allerdings ein Wunder geschehen. Wenn er jedoch möchte, daß ich meinen Drink leere, dann mache ich das. Sie kippte ihr Glas hinunter. Der Schmerz in ihrem Herzen war zwar immer noch da, doch der Brandy hatte ihn ein klein wenig betäubt. Plötzlich fühlte sie sich unbeschwert. Ein besseres Gefühl jedenfalls als am Boden zerstört zu sein.

»Bestell mir noch einen. Ich gehe auf die Toilette, um mein Make-up zu richten – und um noch eine Tonne aufzulegen«, sagte sie spitz. Sie drängte sich an ihm vorbei und stieß mit dem Knie einen Barhocker aus dem Weg. Als sie die Bar verließ, spürte Dee jedes einzelne Gramm ihres Gewichts. Sie fühlte sich unglaublich fett, als ob sie ein Jumbojet sei, der sich durch einen zu engen Raum bewegte. Waren alle Blicke auf sie gerichtet? Fragten sich Gäste und Personal, weshalb eine so plumpe fette Frau nicht einfach in Gesellschaft ihres Kühlschranks zu Hause blieb anstatt sich unter »normale« schlanke Menschen zu mengen?

All die alten, gehässigen Bemerkungen kamen ihr wieder in den Sinn.

Als ich das letzte Mal etwas so Großes gesehen habe, haben Tierschützer versucht, es wieder ins Wasser zurückzudrängen. Ha, ha, ha.

Was ist die Ähnlichkeit zwischen einem Motorrad und einem fetten Mädchen? Beide reitet man gerne, bis man von jemandem gesehen wird. Ha, ha, ha.

Auf der Toilette betrachtete Dee angewidert ihre verweinten Augen und die gerötete Nase. Wenn sie weinte, sah sie immer schrecklich aus. Sie durchsuchte ihre Tasche nach ihrem Make-up und wollte gerade die Tube öffnen, als sie es sich anders überlegte. Wozu der Aufwand? Schließlich würde ohnehin nur Gary sie ansehen, und er hatte bereits deutlich zum Ausdruck gebracht, wie wenig er von ihr beeindruckt war. Warum sollte sie Make-up an ihn verschwenden? Außerdem hatte er sie beschuldigt, sie würde sich hinter ihrem Make-up verstecken. Sie würde es also ganz einfach nicht mehr benutzen.

Sie trug etwas Lippenstift auf und wischte sich die verschmierte Wimperntusche ab. Sie machte sich nicht die Mühe, neue aufzutragen. Fette Frauen konnten noch so viel Wimperntusche tragen, sie blieben doch immer fett. Ein neues Glas Brandy stand für sie bereit.

»Alles in Ordnung?« erkundigte sich Gary.

»Großartig«, erwiderte Dee knapp. »Nichts bereitet mir mehr Vergnügen, als wenn mein eigener Freund mich bodenlos kritisiert. Am liebsten wäre es mir, es ginge den ganzen Tag so weiter. Laß uns nach draußen gehen. Dort fallen dir vielleicht noch mehr Vergleiche ein, mit denen du mich beleidigen kannst, denn sicherlich legt gleich eine Fähre an. Du könntest ausrechnen, wieviel mehr ich noch wiegen müßte, ehe ich die Größe eines solchen Schiffes erreicht hätte.«

Sie nahm ihr Glas und ging auf die geöffnete Tür zu.

»Könnten wir bitte noch zwei weitere bekommen?« rief sie dem Barmann zu, als sie an ihm vorbeiging.

»Wir sollten uns nicht betrinken, sonst können wir heute abend nicht nach Wexford fahren«, sagte Gary.

»Du kannst hinfahren, wohin du möchtest, *Liebling*«, erwiderte sie. »Ich setze mich nach draußen in die Sonne und betrinke mich.«

Nachdem sie schweigend noch jeder drei Doppelte getrunken hatten, waren sie beide ziemlich betrunken. Dee fühlte sich müde und unbeschwert. Dennoch konnte sie sich an jedes Wort erinnern, das Gary gesagt hatte.

Um vier Uhr war die Sonne verschwunden, und Dee wollte ins Hotelzimmer zurückgehen, um sich etwas Wärmeres überzuziehen.

»Ich komme mit«, meinte Gary und erhob sich.

»Wie du willst.«

Im Zimmer ließ er sich auf einen Sessel fallen und sah im Fernsehen Fußball. Wie verdammt typisch. Dee hatte sich eine Jacke übergezogen, saß auf dem Bett und nahm ihren Roman zur Hand. Ein Krimi war genau das richtige, um sich von Garys Worten abzulenken.

Vielleicht würde der Roman ja auch einige Tips bereithalten, wie man jemand umbringen konnte, ohne dabei erwischt zu werden, dachte sie düster.

Um halb acht wachte sie auf. Sie fühlte sich halb schläfrig, halb betrunken. Gary saß neben ihr und küßte zärtlich ihr Gesicht.

»Wie fühlst du dich, Liebling?« erkundigte er sich liebevoll.

»Schrecklich«, murmelte sie.

Er küßte ihre Wange, ihre Stirn, ihre Nase, und dann ihren Mund. Seine Zunge glitt zwischen ihre Lippen, forschend und leidenschaftlich. »Ich liebe dich, Dee, das weißt du doch«, murmelte er und ließ eine Hand unter ihr T-Shirt gleiten, um ihren Busen zu streicheln.

»Ich habe Kopfweh«, bemerkte sie abweisend. So leicht würde sie ihn nicht davonkommen lassen. Ein kurzes Streicheln, und dann sollte sie ihm wieder aus der Hand fressen? Auf gar keinen Fall. Wie konnte sie nach seinen Worten zulassen, daß er sie streichelte oder ihren Körper betrachtete? Jedes Streicheln wäre eine Qual, als ob er gerade nachmessen würde, wie fett sie sei.

»Also gut, laß uns essen gehen. Ich bin am Verhungern«, schlug er vor. »Ich habe unten im Restaurant einen Tisch gebucht, denn keiner von uns könnte noch fahren.«

»Gut«, erwiderte Dee kurz angebunden.

Sie machte sich nicht groß zurecht. Ihre schwarze Hose mit dem silbergrauen Samttop würde wohl reichen. Sie kämmte sich durchs Haar und legte noch etwas Lippenstift und Lidschatten auf. Mit Gary aß sie lediglich deshalb zu Abend, weil sie hungrig war und weil sie heute abend nicht mehr nach Dublin zurückfahren konnte. Aus keinem anderen Grund.

Im Restaurant gingen sie beide schweigend die Speisekarte durch. Dee hatte großen Appetit, würde sich jedoch keine üppige Mahlzeit bestellen. Sie würde einen Salat essen und dann noch einen Salat. Sie würde es ihm zeigen. Sie hatte sich gerade zu einem Avocadosalat als Vorspeise und einem Meeresfrüchtesalat als Hauptspeise entschieden, als der Kellner mit einem Eiskübel ankam, in dem eine Flasche Champagner zusammen mit einer einzigen, langstieligen roten Rose steckte.

»Um mich zu entschuldigen«, sagte Gary leise.

Für romantische Gesten hatte Dee immer schon eine Schwäche gehabt. Rosen und Champagner! Das mußte er alles arrangiert haben, während sie geschlafen hatte. Er liebte sie tatsächlich, sie wußte es. Und sie liebte ihn, verzweifelt und heftig. Aber würde sie ihm seine Worte jemals verzeihen können? Oder gar vergessen? Sie war sich nicht sicher. Diese gehässigen Worte spukten in ihrem Kopf herum, jede Silbe klar und deutlich, als ob er sie eben gerade erst ausgesprochen hätte.

Dee blickte auf die Champagnerflasche. Der Kellner öffnete sie galant, und die Leute am Nebentisch klatschten. Sie glaubten offenbar, daß Gary und Dee etwas feierten. Eine Verlobung vielleicht. Wie verdammt ironisch.

Wie gern hätte sie mit Maeve gesprochen und sie gefragt, ob sie mit Garys Ansichten übereinstimmte. Maeve war eine durch und durch ehrliche Person, sie konnte nicht lügen. Sie würde es ihr sagen, wenn sie Dee als fettes Schwein empfand, das sich gehenlassen hatte und sich hinter schriller Kleidung und zuviel Make-up versteckte. Aber Dee würde Maeve hiervon nichts erzählen. Sie schämte sich viel zu sehr, um ihr das zu erzählen. Sie schämte sich zuzugeben, daß ihr liebevoller Verlobter sie auf so gemeine Art und Weise beleidigt hatte.

Jetzt schien es ihr merkwürdig, daß ihr Maeve, ihre geliebte Singlefreundin, leid getan hatte, weil sie einen Mann nie länger als ein Wochenende lang halten konnte. Währenddessen war Dee scheinbar problemlos mit einem attraktiven Mann verlobt, besaß ein schönes Stadthaus und hörte bereits die Hochzeitsglocken läuten. Einfach lächerlich. Dank ebendiesem attraktiven Verlobten lag ihr Leben in Scherben, während Maeve vermutlich gerade eine tosende Samstagnacht mit ihren Freundinnen verbrachte, Guinness trank und angetrunken darüber diskutierte, weswegen sie ohnehin keine Männer bräuchten.

»Dee?« Gary sah sie an. Der Kellner, der eben gerade ihr Glas eingeschenkt hatte, ebenfalls.

Plötzlich merkte Dee, daß sie anstoßen sollte. Sie hob ihr Glas.

Gary lächelte sie liebevoll an. Dee lächelte zurück. Sie zog die Mundwinkel hoch und kräuselte ihre Lider, so wie sie es normalerweise beim Lächeln machte. Bis jetzt war es nie ein mechanischer Vorgang gewesen. Ihre Augen hatten stets mitgelacht. Nicht so jetzt.

»Was möchtest du essen?« fragte Gary freundlich. Für ihn schien wieder alles ganz normal zu sein. Aber nein, das war es nicht, hätte Dee ihn am liebsten angebrüllt, schwieg jedoch. Sie verschanzte all den Schmerz und die Verletzung in ihrem Herz, wo sie sie erst einmal verstecken konnte, um später irgendwie damit fertig zu werden.

»Ich nehme den Avocadosalat, danach den Meeresfrüchtesalat«, wandte sie sich an den Kellner.

»Braves Mädchen«, bemerkte Gary aufmunternd, nachdem der Kellner gegangen war. »Laß uns unser Wochenende genießen, als ob das heute alles nicht passiert sei.«

»Au ja, laß uns.« Wieder übte Dee ihr mechanisches Lächeln.

Sie stießen an.

Gary schnarchte lautstark wie immer. Vorsichtig, um ihn nicht zu wecken, drehte sich Dee zu ihrem kleinen Reisewecker um. Obwohl es noch ziemlich dunkel war, konnte sie die Leuchtzahlen erkennen: Es war zehn vor zwei morgens. Sie hatte reichlich getrunken, Gary ebenfalls, aber sie konnte keinen Schlaf finden.

Sowie sie ausgestreckt im Bett gelegen hatte, hatte sie vorgegeben zu schlafen. Das war einfacher, als sich mit einem liebestollen Gary anzulegen, dem sie verzeihen sollte. Sie drehte sich wieder auf den Rücken und starrte auf die Umrisse des hübschen Aquarells, das an der Wand hing.

»Deirdre, du kannst heute nicht zu Hause bleiben. Du hast letzte Woche schon einen Tag verpaßt. Der Direktor wird dir nie und nimmer abnehmen, daß du schon wieder einen Tag krank bist.« Elizabeth O'Reilly versuchte vergeblich, streng auszusehen. Es fiel ihr schwer, mit ihrer vierzehnjährigen Tochter so hart umzuspringen, wo sie doch ein solch umgängliches, verantwortungsvolles und liebes Kind war. Normalerweise machte sie ihren Eltern nicht die ge-

ringsten Schwierigkeiten. Aber ein Problem hatte sie – für einen ein Meter fünfzig großen Teenager war sie einfach zu dick. »Ich habe kein Übergewicht, sondern eine Untergröße«, hatte Deirdre mutig gescherzt.

Doch Elizabeth wußte nur zu gut, daß Deirdre trotz ihrer Witzeleien über ihr Gewicht innerlich darüber tief deprimiert war. Nachts konnte man sie hören, wie sie ins Kopfkissen weinte. Man mußte gar nicht erst versuchen, sie zu trösten – Dee würde sich augenblicklich die Augen reiben und behaupten, es sei alles in Ordnung.

Elizabeth konnte sich auch nicht erklären, weshalb Deirdre dick war. Sonst war in der Familie niemand übergewichtig. Ihr jüngerer Bruder Shane war streichholzdünn, ein schlaksiger Zehnjähriger, ihr Vater war eindeutig mager, und Elizabeth hatte ebenfalls ihr Gewicht halten können. »Bitte, Mama, heute ist Sport, und ich ertrage es einfach nicht. Bitte laß mich heute zu Hause bleiben«, bettelte Deirdre.

Sie wußte genau, was ihr bevorstand. Die Sportlehrerin würde wieder ein Fußballspiel veranstalten, was Deirdre nicht ausstehen konnte.

Sie konnte nicht länger als eine Minute rennen, ohne krebsrot anzulaufen und sich ausruhen zu müssen. Und diese elende Julia Myers würde neben ihr rennen und sich über sie lustig machen.

»Was ist denn mit unserem Tönnchen Deirdre los? Hat sie vielleicht zu viele Sahnetörtchen gegessen, um noch rennen zu können?«

Blind starrte Dee die Hotelzimmerwand an. *Unser Tönnchen Deirdre.* Kein Wunder, daß sie ihren Namen abgekürzt hatte, nachdem sie am College Publizistik belegt hatte. Ihren Eltern hatte sie erklärt, sie wolle sich mit Hilfe eines neuen, eingängigen Namens neu erfinden. Der eigentliche Grund aber war der, daß sie all die grauenhaften Betitelungen vergessen wollte. Nicht alle in der Schule waren schrecklich zu ihr gewesen. Sie hatte viele Freunde gehabt. Freunde, die Hexen wie Julia zusammengestaucht hatten, wenn sie Dee gegenüber gemein gewesen waren. Doch an Julia und ihre Viererbande konnte sie sich noch viel deutlicher erinnern als an die freundlichen Mitschülerinnen. Heiße Tränen der Wut brannten in ihren Augen. Dee hatte eigentlich geglaubt, sie habe als Teenager häufig genug in die Kissen geweint. Offenbar hatte sie sich getäuscht.

10

»Irgendwelche Nachrichten?« fragte Isabel im Vorbeilaufen. Sie knallte ihre Handtasche auf den Tisch und hob die leere Tasse neben ihrem Computer auf. Sie brauchte jetzt unbedingt eine Tasse Tee, etwas Heißes, Flüssiges und Beruhigendes. Ihr Hals schmerzte, und sie war sich sicher, daß eine Grippe im Anmarsch war. Die zwei Stunden in einem fensterlosen Raum voller kettenrauchender Modejournalisten waren dabei nicht gerade hilfreich gewesen.

Isabel ärgerte sich jetzt noch darüber, daß sie die Veranstaltung nicht protestierend verlassen hatte. Denn die ursprünglich für halb elf angesetzte Modenshow hatte schließlich doch erst halb zwölf begonnen. Sie haßte Verspätungen und reagierte empfindlich, wenn andere vorgegebene Termine nicht einhielten.

Die vorgeführte Kleidung war ebenfalls schrecklich gewesen. Jede Menge leichtes, püppchenhaftes Zeug, in dem die mageren achtzehnjährigen Models geradezu verboten aussahen und in dem jede andere Frau vollkommen lächerlich gewirkt hätte. Jackie hatte immer noch nicht geantwortet.

»Also keine Nachrichten?« erkundigte sich Isabel erneut und blickte Jackie zum ersten Mal an. Jackie ähnelte eigentlich mehr einer Rock-'n'-Roll-Braut als der Assistentin einer

Ressortleiterin. Sie trug ihren üblichen schwarzen Minirock, ihr langes Haar war zu einem dicken Zopf geflochten, und ein silbernes Kreuz hing ihr an einem Samtband um den Hals. Normalerweise war sie hellwach und fleißig, zumindest nachdem sie ihre erste Tasse Kaffee getrunken hatte. Heute jedoch sahen ihre dunkelgeschminkten Augen gerötet und verdrossen aus.

»Was ist passiert, Jackie?« fragte Isabel überrascht. Sie ging neben Jackie in die Hocke. »Ist alles in Ordnung, Liebes?«

»Wir sind gekauft worden. Ted Holt ist weg, Nigel ist weg, und die restliche Belegschaft wird auch noch stark zusammengestutzt, da bin ich mir sicher. Und weil ich erst seit Januar hier arbeite, werden sie mich bestimmt feuern.«

Jackie bracht in Tränen aus.

Isabel blickte sie überrascht an. »Was willst du denn damit sagen, daß wir gekauft worden sind?«

»Der *Sentinel* wurde verkauft«, unterbrach Phil und stellte eine Tasse kräftig gebrühten Tee vor Jackie auf den Tisch. »*Roark International* hat ihn erworben. Jetzt gehören wir einem der größten Verlagshäuser der Welt an.«

»Oh«, sagte Isabel tonlos. »Aber das heißt doch noch lange nicht, daß Sie Ihren Job verlieren, Jackie. Oder?« wandte sie sich an Phil.

Die Reportagechefin warf ihr über Jackies Kopf hinweg einen Blick zu.

»Natürlich nicht«, erwiderte Phil lächelnd. »Sie sind doch sehr gut in Ihrem Job, Jackie, und Isabel und ich würden es nicht zulassen, wenn man Sie hinauswerfen würde. Das versprechen wir Ihnen.«

»Dem kann ich nur zustimmen«, fügte Isabel hinzu und legte ihren Arm um Jackie. »Solange wir hier sind, wird sie keiner hinauswerfen. Sie sind die beste Assistentin, die ich jemals hatte. Eher lasse ich mich kündigen, als daß Sie Ihren Job verlieren, abgemacht?«

Jackie nickte und lächelte durch ihre Tränen hindurch.

»Danke«, schluchzte sie.

Phil reichte ihr ein Taschentuch.

»Ich gehe wohl lieber mal auf die Toilette«, murmelte Jackie. »Ich sehe sicher schrecklich aus.«

»Nein, das tun Sie nicht«, versicherten ihr Isabel und Phil gleichzeitig.

»Lassen Sie sich Zeit«, meinte Isabel freundlich und drückte Jackie kurz. »Ich nehme derweil die Anrufe entgegen.«

Als Jackie gegangen war, wandte sich Isabel nervös Phil zu. »Und jetzt bitte keine Schönrederei, erzählen Sie mir genau, was das bedeutet. Glauben Sie, daß man uns hinauswerfen wird?«

»Wer kann das schon wissen?« erwiderte Phil ehrlich. »Aber wir haben die Mediengewerkschaft hinter uns. Leute wie Jackie haben es da nicht so leicht.«

»Meinen Sie das ernst?« Isabel schien schockiert. »*Roark International* gehört der *Irish Telegraph* und *Ireland Today.* Dort habe ich aber nie etwas von Massenentlassungen gehört.«

»Da hätten Sie mal vor zwei Jahren in Irland sein sollen. Den *Ireland Today* haben sie innerhalb von einer Woche nach der Übernahme zusammengestutzt. Andererseits hat es der Zeitung nicht wirklich geschadet«, fügte Phil nachdenklich hinzu. »Die hatten soviel Personal, daß man damit auch zwei Blätter hätte abdecken können. Doch die Kündigungen waren ziemlich brutal. In den Kneipen hat man von der Nacht der langen Messer gesprochen. Allerdings erst, als alle wieder nüchtern waren, und das war zwei Tage später.«

»O mein Gott«, hauchte Isabel. Sie ließ sich auf Jackies Stuhl fallen. »Phil, und wenn sie nun tatsächlich die Leute auf der Grundlage der Länge ihrer Zugehörigkeit zur Zeitung kündigen? Ich habe gerade ein Haus gekauft, das ich mir kaum leisten kann. Ich habe zwei Mädchen zu versorgen, und es war schwer genug, diesen Job zu bekommen. Was in aller Welt werde ich dann tun?«

Sie war in Panik. Wenn die Kündigungswelle erst einmal anrollte, könnte sie schon nächste Woche ohne Arbeit dastehen. Dem Makler schuldete sie noch die Hälfte seiner Spesen, und die Tilgungszahlungen des zweiten Monats standen auch bereits wieder an.

Zudem hatte Robin darauf bestanden, sie brauche neue teure Turnschuhe, und Isabel hatte gerade eine neue Waschmaschine gekauft. Der Himmel allein wußte, wie sie das alles wieder zurückzahlen sollte.

Phil saß mit verschränkten Armen auf der Tischkante. Das ist eine sehr schöne blaßblaue Jacke, dachte Isabel abwesend, denn sie wollte an etwas anderes als an die bevorstehende Katastrophe denken. Zudem war es eine Jacke für Frauen. Normalerweise trug Phil riesige Männerjacken, da sie voluminöser Kleidung den Vorzug gab.

Hör auf damit, maßregelte sie sich selbst. Wieso in aller Welt denke ich jetzt über Jacken nach?

»Schauen Sie, niemand weiß genau, was passieren wird«, sagte Phil. »Das kommt ganz darauf an, wen *Roark* hier als Herausgeber einsetzt. Jack Carter – er ist der Vorsitzende der *Roark Ireland* – hat ein paar Leute, die er just für diese Art von Job vorbereitet hat. Vielleicht haben wir ja Glück, und wir bekommen jemanden, der die Zeitung aufbauen und sogar noch zusätzliches Personal einstellen möchte.« Sie hielt inne. »Oder wir bekommen jemanden, der hier gewaltig Kahlschlag macht.«

»Und wie stehen die Chancen für letzteres?« hakte Isabel nach.

Phil grinste. »Brechen Sie nicht in Panik aus, Isabel. Sie machen Ihre Arbeit großartig. Die wären verrückt, Sie zu feuern. Das müssen Sie doch auch selbst wissen, oder nicht?«

Isabel starrte sie hilflos an. »Phil, eines habe ich im vergangenen Jahr gelernt. Wie Sie und ich die Sache sehen und wie es andere tun, sind zwei vollkommen verschiedene Schuhe. Daß Sie mich für eine gute Ressortleiterin halten ist vollkommen bedeutungslos, wenn die Herren, die das Sagen haben, jemand anderen auf diesen Posten setzen wollen.«

»Unter diesem Aspekt ist kein Job sicher«, unterbrach Phil. »Natürlich könnten sie uns alle an die Luft setzen. Das würde sie jedoch hohe Abfindungen kosten, und sie werden die Sache sicherlich nicht überstürzen. Beruhigen Sie sich also.«

Wenn ich das nur könnte, dachte Isabel bitter.

»Was ist Jack Carter für ein Mann? Ist er rücksichtslos – oder eher eine Schmusekatze?« fragte Isabel leicht sarkastisch.

»Ich habe ihn noch nicht kennengelernt«, erwiderte Phil. »Er gehört zu jenen, die die Schule mit fünfzehn verlassen und sich dann von der Pike auf nach oben gearbeitet haben. Er ist Ende Vierzig, sehr wohlhabend und mit einer Dame der High-Society verheiratet, Elizabeth Carter. Es gibt keine einzige Wohltätigkeitsveranstaltung im Land, an der sie nicht teilnehmen würde, angefangen von Geldsammlungen für einohrige Esel bis hin zu verwirrten Schimpansen.«

»Ich bin ihr schon einmal begegnet«, unterbrach Jackie, die von der Toilette zwar mit roten Augen, aber doch mit einem beherzten Lächeln zurückgekommen war. »Sie trat in einer Talkshow auf. Sie war toll. Sehr schön, so ähnlich wie Cindy Crawford, nur älter.«

»Viel älter«, ergänzte Phil. »Sie muß an die Fünfzig sein, sieht allerdings jünger aus. Entweder hat sie das ihrer Herkunft zu verdanken – ihr Onkel war irgendein Lord –, oder sie hat sich unters Messer gelegt. Sie ist das exponierteste Mitglied ihrer Familie. Jack sieht man nie auf Wohltätigkeitsveranstaltungen oder Premieren.«

»Vielleicht wird er sich uns gegenüber wohltätig verhalten«, meinte Isabel hoffnungsvoll.

»Ich habe noch nie etwas Schlechtes über ihn gehört«, sagte Phil. »Von ihr habe ich allerdings gehört, sie sei dem Kokain nicht abgeneigt. Er soll ganz in Ordnung sein, greift zwar mit harter Hand durch, aber fair. Meine Damen, ich weiß nicht, wie es Ihnen geht, aber ich habe noch etwas Arbeit zu erledigen. Wenn wir morgen kein vernünftiges Blatt auf den Tisch legen, können wir uns alle auf eine Kündigung gefaßt machen.«

Gegen drei am Nachmittag brodelte die Gerüchteküche. Eine Theorie war die, daß Eugene-»Kopf ab«-Flynn, kurz Slasher Flynn genannt, seinen Posten als Herausgeber der renommierten *Ireland Today* aufgeben würde, um den *Sentinel* erst in Stücke zu reißen und dann zu einem völlig neuen Blatt aufzubauen.

»Kommt Leute, laßt uns in die Kneipe gehen«, knurrte der stellvertretende Sportredakteur nach dieser Nachricht mißmutig. Slasher konnte weder Sport noch Sportreporter ausstehen, denn er war der kleinste und unsportlichste Schüler seiner Klasse gewesen, weswegen er ständig gehänselt worden war und was er niemals verwunden hatte. Einem anderen Gerücht zufolge wollte Jack Carter junges Blut aus einem seiner australischen Blätter importieren, um dem *Sentinel* neuen Wind einzupusten. Das klang zumindest vielversprechender.

»Das wäre wunderbar!« sagte der Mann vom Bilderdienst, der in Sydney beheimatet war.

»Das wäre mehr als wunderbar!« Maeve lächelte. Offenbar dachte sie bereits an mehrere Mel-Gibson-Doubles, die das Büro – und ihr Leben – aufmischen würden.

An diesem Nachmittag wurde nicht viel gearbeitet. Stalin brüllte zwar lauthals herum, aber niemand schenkte dem Nachrichtenchef Beachtung. Sie hatten so schon genügend Sorgen, ohne sich um einen launischen Chef zu kümmern. Außerdem, hatte Phil bemerkt, würde die neue Leitung ganz sicher die Hierarchie des alten Managements auf den Kopf stellen, so daß die heutigen Chefs unter der neuen Leitung vielleicht dazu verdammt werden würden, den Kehricht zusammenzufegen. Die Vorstellung, wie Stalin auf allen vieren den Fußboden der Kantine bearbeitete, hatte nicht wenige amüsiert.

Isabel hatte die Übernahme so nervös gemacht, daß sie ihren Computer anstarrte und versuchte, den vielen Gerüchten kein Gehör zu schenken.

Sie arbeitete gerade an einem Artikel über die neuesten Statistiken über Hautkrebs. Doch so oft sie den Report des Gesundheitsministeriums auch durchlas, sie mußte immer wieder an ihre nicht beglichenen Rechnungen und an die Möglichkeit denken, daß ihr innerhalb der ersten drei Monate ihres neuen Arbeitsverhältnisses gekündigt werden könnte.

Gegen sechs war die eine Hälfte der Belegschaft zu *Magee's* gegangen, um dort die allerneuesten Gerüchte durchzuhecheln. Die andere Hälfte gab vor zu arbeiten, während sie bedrückt die Möglichkeit diskutierten, ein Nachkomme von Attila dem Hunnen könne dem Blatt zukünftig als Herausgeber vorstehen.

Isabel hielt es nicht länger aus. Sie nahm ihre Aktentasche und ging. Hatte sie nun die Schweinekoteletts aufgetaut, die sie heute abend zubereiten wollte, oder mußte sie auf dem Nachhauseweg noch im Supermarkt vorbeischauen? Ach, verdammt, dachte sie müde, als sie den Parkplatz verließ. Sie könnte noch schnell im Supermarkt vorbeischauen und etwas einkaufen. Sie hatte eigentlich keine Lust zu kochen, und so konnte sie noch etwas Tonic für den restlichen Gin kaufen, wenn sie schon da war. Ein gehaltvoller Drink war vermutlich genau das Falsche in diesem kritischen Moment, aber es stand ihr nun einmal der Sinn danach. Ein doppelter, ein dreifacher Gin, um all ihre bohrenden Ängste zu vertreiben.

Der bis spät geöffnete Supermarkt war voll mit Leuten,

die den ganzen Tag über im Büro getriezt worden waren und sich nun mit aggressiver Einkaufwagenführung abreagieren wollten. Dreimal stieß jemand mit ihrem Einkaufswagen zusammen, ehe sie die Kasse erreichte. In dem Moment merkte sie, daß sie den Tonic vergessen hatte. Am liebsten wäre sie in Tränen ausgebrochen. Es hatte sich schnell eine lange Schlange hinter ihr gebildet, und die Kassiererin begann gerade, ihre Waren einzutippen. Sie hatte keine Möglichkeit mehr, noch einmal zu den Getränken zu flitzen, ohne daß die anderen Kunden hinter ihr sich lauthals aufgeregt hätten. Nach ihrem schrecklichen Tag hätte sich Isabel am liebsten mitten in den Supermarkt gesetzt und wäre in Tränen ausgebrochen. Warum ging bei ihr eigentlich immer alles schief? Was hatte sie nur getan, daß ihr Leben ständig so aus der Bahn geriet?

»Zahlen Sie bar oder mit Karte?« erkundigte sich die Kassiererin bereits zum zweiten Mal.

Isabel riß sich zusammen.

»Bar«, sagte sie und hoffte, genügend Geld im Portemonnaie zu haben. Sie lächelte die Kassierin an. Na bitte, das war ihr wieder einmal gelungen. Sie lächelte, als ob alles in Butter wäre, obwohl sie eigentlich vollkommen verzweifelt war.

Das ist mein Problem, dachte Isabel mißmutig, während sie ihre Einkäufe in den Plastiktüten verstaute. Selbst wenn man mir das Herz bricht, lächle ich, und kein Mensch weiß, was wirklich in mir vorgeht. Mein couragiertes Lächeln läßt mich niemals im Stich. Sie lachte hohl auf. Immerhin *etwas*, das mich nicht im Stich läßt.

Zu Hause saß Robin auf der untersten Treppenstufe und telefonierte.

Als ihre Mutter mit den Tüten, ihrer Aktentasche und einem Stapel noch nicht gelesener Artikel hereinkam, formte sie das Wort »Hallo« mit den Lippen.

Mit den Tüten in der Hand beugte sich Isabel ungeschickt vor und küßte Robin auf die Wange. Dann ging sie in die winzige Küche, wo Naomi auf dem braunen, weichen Sofa zusammengerollt saß. Sie sah sich eine Episode der Serie »Nachbarn« auf dem tragbaren Fernseher an. Eine halb aufgegessene Schüssel Reiscrispis lag in ihrem Schoß.

»Hallo, Mama«, sagte sie fröhlich. »Ich war zu hungrig, um bis zum Abendessen zu warten.«

»Tut mir leid, daß ich mich verspätet habe, Naomi.«

Erleichtert stellte Isabel ihre Last ab. Sie öffnete und schloß ihre Hand, mit der sie die Plastiktüten getragen hatte, um das Blut wieder zur Zirkulation zu bewegen. »Hat Robin auch etwas gegessen?«

»Sie hat sich einen Toast gemacht.«

»Ist das alles, was du gegessen hast?« fragte Isabel und deutete auf die Schüssel, aus der Naomi aß.

Sie nickte.

»Das reicht aber nicht, Liebes. Ich werde uns noch eine leichte Mahlzeit zubereiten. Robin kann nicht nur von Toast leben, und du nicht nur von Reiscrispis. Wie war dein Tag? Seid ihr zusammen nach Hause gelaufen, oder haben Oma und Opa euch gefahren?«

Während Isabel auspackte, unterhielten sie sich. Naomi räumte alles weg und deckte den Tisch ordentlich mit Tellern und Besteck.

Isabel wusch den Salat, die Tomaten, die Pilze und eine Gurke und bereitete im Handumdrehen einen Salat zu. Zusammen mit dem französischen Krustenbrot, das sie gekauft hatte, etwas Cheddar-Käse und den Resten der Salami im Kühlschrank hatten sie eine schmackhafte Mahlzeit.

»Rufst du bitte deine Schwester?«

Robin warf einen einzigen Blick auf den Salat und rümpfte die Nase. »Ich habe keinen Hunger. Ich habe schon gegessen«, sagte sie und holte sich eine Cola Light aus dem Kühlschrank. Sie zerrte die Abendzeitung aus Isabels Aktentasche, setzte sich auf das Sofa und blätterte sie unkonzentriert durch.

»Ein Toast reicht aber nicht als Abendbrot«, bemerkte Isabel ruhig. Sie spürte, daß Robin gern einen Streit angezettelt hätte, eine Art Dauerzustand dieser Tage. Ihre perfekt geschwungenen Lippen hatte sie zu einem Schmollmund verzogen. Unter dem dichten blonden Haar, das fast ihr gesamtes Gesicht verdeckte, hatte sie ihre Brauen zusammengezogen.

»Nimm doch ein bißchen Salat, Robin«, ermutigte sie Isabel. »In einem Stück Toast sind doch keine Nährstoffe.«

»Ich möchte aber nichts mehr«, erwiderte sie stur, ohne den Kopf von ihrer Zeitung zu heben.

Isabel atmete einmal tief durch. »Was hast du denn zu Mittag gegessen?«

»Also bitte! Was soll das? Ist das hier die Spanische Inquisition?« fuhr Robin wütend auf. Sie schmiß die Zeitung auf den Fußboden und starrte ihre Mutter herausfordernd an. Naomi hielt ihren Blick auf ihren Teller gesenkt und knabberte an einem Stück Gurke.

»Hier gibt es keine Inquisition. Ich möchte lediglich sicherstellen, daß du auch etwas Ordentliches ißt, Robin. Mehr nicht. Wenn du nichts mehr essen möchtest, kann ich dich nicht zwingen. Aber nach der Art von Tag, wie ich ihn heute hatte, möchte ich einfach keinen Streit. Hast du mich verstanden?« Isabel sah ihrer älteren Tochter in die Augen. Wenn Robin auch nur noch eine einzige provokative Bemerkung machen sollte, würde sie in die Luft gehen.

Ausnahmsweise schien Robin zu merken, daß mit ihrer Mutter nicht zu spaßen war.

»Ist gut«, murmelte sie. Sie ging, ohne die Tür zu knallen hinaus und rannte die Treppe nach oben. Isabel und Naomi hörten, wie sie ihre Zimmertür zuschlug. Fast gleichzeitig konnte man die Gruppe *Oasis* aus Robins tragbarem CD-Player hören.

Immerhin hatte sie die Musik nicht so weit aufgedreht, daß einem das Trommelfell platzte.

Isabel gabelte ein Stück Pilz auf, verspürte allerdings selbst auch keinen Appetit mehr.

»Es schmeckt sehr gut, Mama«, versuchte Naomi einzulenken. Isabel entspannte sich. »Danke, Naomi«, sagte sie. »Was würde ich ohne dich bloß machen?«

Nach dem Essen wusch Naomi ab, während Isabel sich widerstrebend ins Wohnzimmer verzog, um dort die Tapete von den Wänden abzulösen. Seit sie vor einem Monat eingezogen waren, hatte sie in einem Raum nach dem anderen die widerliche Tapete abgelöst und die Wochenenden über die Wände gestrichen. Sie hatte sich vier Tage freigenommen, um die Zimmer der Mädchen bewohnbar zu machen. Robin hatte in einem Wohnmagazin die Art von Zimmer entdeckt, die sie gern haben wollte. Isabel hatte also die Grundarbeit geleistet, das Zimmer in dem von ihrer Tochter gewünschten Apfelgrün gestrichen, und den Rest ihr überlassen. Mit der Zeitschrift als Anleitung hatte Robin sehr sorgfältig ihre alte Kommode, den Frisiertisch und das Nachtschränkchen in einem dunklen Grün gestrichen. Danach hatte sie mit goldener Farbe ein Blumenmuster aufgetragen. Mit dem einfachen hellen Teppich und den cremefarbenen Gardinen mit einem apfelgrünen Blattmuster sah das Zimmer sehr hübsch aus.

Das gleiche Goldmuster hatte Robin auch an den Wänden kurz unter der Decke angebracht. Sie hatte sogar ein paar bronzefarbene Brokatkissen in einem Trödelladen aufgetrieben. Isabel mußte zugeben, daß ihre Tochter sehr einfallsreich und künstlerisch begabt war.

»Du hast dein Zimmer so schön hergerichtet, du solltest die Farben für das Wohnzimmer auch aussuchen«, hatte Isabel gesagt und gehofft, damit Robins innenarchitektonische Fähigkeiten zu fördern. Leider war Robin die letzten zwei Wochen über so launisch gewesen, daß Isabel das Thema nicht noch einmal angeschnitten hatte.

Mit Hilfe ihres Vaters hatte Isabel Naomis kleines Zimmer mit einer hübschen, romantischen Blumentapete in Rosa- und Pfirsichtönen tapeziert. Einen Teil ihres knappen Etats hatte sie auf ein Messingbett verwandt. Zusätzlich hatte sie noch sehr teure weiße Bettdecken und Kissen gekauft, deren Effekt so weiblich und mädchenhaft waren, wie Naomi es sich wünschte. Sie brauchte lediglich noch eine bessere Nachttischlampe. Isabel hatte sich vorgenommen, ihr eine aus Messing zu kaufen und so lange zu sparen, bis sie sie sich leisten konnte.

In ihrem eigenen Zimmer hatte sie nicht allzuviel renoviert. Die Wände hatte sie in einem billigen Magnolienton gestrichen und die Türen zweimal weiß überlackiert.

Vor den Fenstern hingen die alten gelben Gardinen aus Oxford, die eigentlich nicht richtig paßten. Auf dem Fußboden hatte sie ein paar dunkelrote Baumwollteppiche verteilt, um den häßlichen, dreckigbraunen Teppich so lange zu verstecken, bis sie sich einen neuen kaufen konnte. Die Mädchenzimmer mit Teppich auszulegen, sie zu tapezieren und zu streichen hatte mehr als erwartet gekostet.

Es hatte Stunden gedauert, aber sie hatte mit viel Mühe die Küchentapete abgenommen und die Wände gestrichen. Außerdem hatte sie noch das alte Linoleum durch neues ersetzt. Die Küche war das einzige Zimmer im unteren Stockwerk, in dem man überhaupt sitzen konnte. Deshalb sahen sie und die Mädchen dort und nicht in dem schrecklichen Wohnzimmer fern.

Für heute abend hatte sich Isabel vorgenommen, die Tapete über dem Kamin im Wohnzimmer abzulösen. Aber nachdem sie sich ihre alten Leggings und das abgetragene T-Shirt übergestreift hatte, verspürte sie nicht die geringste Lust dazu.

Seufzend zog sie sich die alten Gummihandschuhe über, die sie zum Tapetenabziehen benötigte. Die doppelte Belastung – tagsüber zu arbeiten und abends zu renovieren – hatte sie vollkommen erschöpft. Naomi wollte ihr helfen, aber Isabel hatte das rigoros abgelehnt.

»Du kannst mir beim Aufräumen helfen, aber ich möchte nicht, daß du dich überanstrengst. Das ist alles viel zu schwer für dich.« Sie legte einen Arm um ihre zierliche Tochter. »Außerdem, wer soll mir denn dann Tee kochen, wenn du gerade mit einem besonders schwierigen Stück Tapete beschäftigt bist?«

Robin hatte seit sie eingezogen waren schon keine Hilfe mehr angeboten. Statt dessen quälte sie sich mit den Mathematikaufgaben ab. Isabel erinnerte sich an das letzte Mal, als das schwierige Thema Mathematik diskutiert worden war. Es war eine erstaunliche Unterhaltung gewesen.

»Ich sehe einfach keinen Sinn in Mathematik«, hatte Robin gestöhnt. Sie bereitete sich gerade auf die Prüfungen im Sommer vor. »Ich werde ohnehin nie wieder die Gleichungen einer Linie im normalen Leben ausrechnen müssen. Das wird mir jedenfalls keine Hilfe sein, wenn ich um die Welt reise.«

Isabel war blaß geworden. »Was meinst du mit ›um die Welt reisen‹?«

»Das macht Susies ältere Schwester gerade. Sie hat in Indien angefangen, jetzt ist sie in Thailand, und als nächstes fliegt sie nach Australien.« Robins Augen leuchteten, als sie die traditionelle Rucksackroute beschrieb. »Sie hat Susie eine ganz tolle Gucci-Uhr geschickt – natürlich nicht echt, sieht aber echt aus. Und sie ist erst neunzehn«, hatte sie hinzugefügt.

»Hast du solche Reisen auch vor, Robin?« fragte Isabel schwach. »Wie steht es denn mit dem College und damit, dir nach der Schulzeit ein paar Fertigkeiten anzueignen?«

Der Gesichtsausdruck ihrer Tochter war abweisend. »Genau das sagen alle anderen Eltern auch. Sich ein Jahr freizunehmen ist eigentlich wie aufs College zu gehen, nur daß man die Dinge dadurch lernt, daß man die Welt kennenlernt. Es bringt einem Erfahrung. Aufs College kann man immer noch nach der Rückkehr gehen.«

»Du hast ja noch ein paar Schuljahre vor dir«, hatte Isabel eingeworfen. »Bis dahin hast du deine Meinung vielleicht schon ein dutzendmal geändert.«

»Das werde ich nicht tun.«

Robin wuchs so schnell heran. Es war kaum zu glauben, daß noch vor zwei Jahren es ihr größter Wunsch gewesen war, ein Pony zu besitzen. In drei Jahren würde Robin achtzehn und Naomi fünfzehn Jahre alt sein. Und Isabel würde fast dreiundvierzig sein. *Dreiundvierzig!* Das schien uralt. Allmählich fühlte sie sich auch danach. Ihr vierzigster Geburtstag stand drohend im nächsten Monat an, wie eine riesige Wand, die sie nicht bezwingen konnte.

Als sie dreißig geworden war, hatte sie das nicht so sehr gestört, wie es bei manch einem der Fall war. David hatte sozusagen den Rückwärtsgang an seinem dreißigsten Geburtstag eingeschaltet. Er hatte verkündet, die wilden Zwanziger seien nun vorbei, von jetzt an gehe es nur noch bergab. Isabel hatte ihm lachend versichert, sie fände ältere Männer ausgesprochen attraktiv.

Sie hatte sich nie vorm Älterwerden gefürchtet. Keine Kosmetikfirma hatte sie dazu verführen können, eine verjüngende Feuchtigkeitscreme zu verwenden. Sie war felsenfest davon überzeugt, daß das ohnehin alles Humbug sei. Leute wurden älter, daran gab es nichts zu rütteln. Frauen, die mehrere Jahre hintereinander ständig neununddreißig wurden, hatten sie stets belustigt. Aber jetzt, wo sie selbst an der Schwelle ihres vierzigsten Geburtstages stand, wurde ihr allein bei dem Gedanken bereits übel. Eine geschiedene Frau mit dreißig war keine so beängstigende Vorstellung wie eine geschiedene Frau mit vierzig.

Sie ging in den Flur und betrachtete sich im Spiegel. Um die Augen herum hatte sie nun eindeutig mehr Falten. Auf ihre Augen war sie immer besonders stolz gewesen – sie hatten die Farbe eines blassen Aquamarins, wie das Meer an einem weißen Strand, wie David es einmal poetisch ausgedrückt hatte. Solcher Art Unsinn war seine Spezialität – alles nur Gerede und nichts, womit er es hätte beweisen können. Jetzt jedenfalls sahen ihre Augen überhaupt nicht sonderlich blau aus, dachte sie düster. Sie sahen lediglich müde aus, umgeben von Falten, verwischter Wimperntusche und einem cremefarbenen Lidschatten, der kaum noch zu sehen war. Sie sah müde aus, mehr war dazu nicht zu sagen. »Und wenn schon, wer sieht mich überhaupt an?« wandte sie sich an ihr Spiegelbild. »Niemand.« Der letzte, der sie flirtend angelächelt hatte, war der Wachtposten am Büroeingang gewesen. Und der war so jung, daß er mit Robin hätte befreundet sein können. Vermutlich flirtete er aufgrund einer Wette mit ihr: »Wetten wir, daß du diese Blonde um die Vierzig aufreißen kannst, die Große mit den Falten und ohne Busen.«

Da brauchte man nicht weiter um den heißen Brei zu reden. Im September würde Isabel vierzig werden, ob es ihr nun paßte oder nicht. Sie griff sich einen Schaber, eine Flasche Wasser und Spülmittel und ging ins Wohnzimmer, um die Tapete über dem Kamin damit einzusprühen. Der Kamin war bereits beim Bau des Hauses in den Dreißigern installiert und offenbar seitdem niemals gereinigt worden, jedenfalls dem Dreck nach zu urteilen.

Leider war es keiner dieser wunderbaren Art-deco-Kamine, die Fernsehmoderatoren in Sendungen für Heimwerker regelmäßig in Abrißhäusern auftrieben. Der Kamin bestand aus häßlichen, beigefarbenen Kacheln, die Isabel schlichtweg zuwider waren. Egal, wie sich die Dinge entwickelten, dachte sie seufzend, einen neuen Kamin würde sie einbauen müssen. Das wiederum hing davon ab, ob sie morgen überhaupt noch einen Job haben würde oder nicht. Mist! Um ein Haar hätte sie die Übernahme ganz und gar aus ihren Gedanken verdrängt. Wer in aller Welt konnte schon wissen, was passieren würde?

Die Grübelei würde sie allerdings auch nicht weiterbringen. Isabel sah auf die Uhr. Es war viertel vor acht. Sie würde bis halb zehn arbeiten und sich dann mit einem Drink in die Badewanne zurückziehen.

Die Vorstellung, sich in ein dampfendes Bad mit duftendem Neroli-Öl aus dem *Bodyshop* gleiten zu lassen, motivierte sie. Wenn sie schon damit leben mußte, eine vierzigjährige, geschiedene Frau mit mehr Falten als ein Leinenhemd zu sein, würde sie zumindest eine wunderbar entspannte, sehr saubere und – sofern sie etwas Gin für den Orangensaft auftreiben konnte – leicht beschwipste Frau sein.

Um halb zehn am nächsten Morgen waren die Redaktionsräume bis auf den letzten Platz besetzt. Alle waren gekommen, sowohl die festangestellten Reporter als auch die Kolumnisten, die von zu Hause aus arbeiteten und nur selten in die Redaktion kamen. Sie alle warteten auf den Todesstoß oder aber die Jubelnachricht, je nach dem, wie sich die Sache wenden würde.

»Ich habe kein Auge zubekommen«, gestand Belinda, die Klatschkolumnistin, nervös. »*Today* hat keine Klatschspalte, vielleicht will man dann auch hier keine mehr haben. Ich weiß nicht, was ich sonst machen könnte – ich schreibe immerhin die letzten zehn Jahre über nichts als Klatsch. Im Nachrichtengeschäft bin ich hoffnungslos verloren.«

Dee hätte sie gerne getröstet, fühlte sich jedoch selbst ziemlich untröstlich. Seit Maeve sie angerufen und ihr mitgeteilt hatte, daß *Roark International* den *Sentinel* gekauft hatte, war Dee hypernervös gewesen. Nur zu gern wäre sie am Abend zu *Magee's* gegangen, wo alle die Übernahme endlos diskutieren würden und wo die Möglichkeit bestand, hier und da ein paar Neuigkeiten aus einem Kollegen herauszubekommen.

Statt dessen hatte sie den Abend auf einer unendlich langweiligen Überraschungsparty zum vierzigsten Geburtstag eines Kollegen von Gary verbracht. Sie hatte beherzt und breit gelächelt, als man sie neugierig gefragt hatte, wie es nach der Übernahme durch den legendären *Roark* nun weitergehen würde.

»Ich war ganz überrascht, als ich heute abend in den Nachrichten davon erfuhr. Werden Sie denn alle Ihre Arbeit behalten können?« hatte sich die Ehefrau eines Steuerberaters auf äußerst taktvolle Art und Weise erkundigt. Seitdem ihr Mann auf der letzten Weihnachtsfeier Dee in betrunkenen Zustand anzumachen versucht hatte, konnte sie Dee nicht ausstehen.

Dee hatte ihr ein betont herablassendes Lächeln zugeworfen und mit dem Finger geheimnisvoll gegen ihre Nase getippt. »Leider kann ich darüber jetzt nicht reden, aber Sie werden es schon alle noch früh genug erfahren.«

»Die alte Kuh!« hatte sie ich bei Gary auf der Rückfahrt beschwert. Von all den Screwdriver-Cocktails, die sie hätten aufheitern sollen, war sie nur betrunken geworden. »Also, wenn ihre verdammte Firma verkauft worden wäre, würde ich doch auch nicht bis über beide Ohren lächeln und sie löchern, ob sie nun gefeuert wird!«

»Natürlich würdest du das nicht«, hatte Gary mit Blick auf die Straße geantwortet. »Sie ist halt nur grün vor Neid, weil du schön und sexy bist und sie ein anorektisches Hutzelweibchen ohne jede Persönlichkeit.«

Dee erstarrte. *Ein anorektisches Hutzelweibchen?* War ihm tatsächlich endlich aufgegangen, wie sehr ihr die Sache in Wexford neulich zugesetzt hatte? Sie hatte versucht, sich normal zu geben, doch innerlich war es ihr eiskalt gewesen. Andererseits hatte Gary in der Schlange ganz weit hinten gestanden, als Gott die Charaktereigenschaft der Feinfühligkeit ausgeteilt hatte. Er legte eine Hand auf ihr Knie und glitt unter ihren Wickelrock, um ihren Schenkel zu streicheln. Die Radikaldiät, mit der sie innerhalb einer Woche fünf Pfund verloren hatte, zeigte offenbar Wirkung. Plötzlich war sie wieder unwiderstehlich.

»Mal ganz abgesehen davon, Dee. Die sind doch nicht so blöd und schmeißen jemand mit deinem Talent und deiner Tatkraft raus.«

»Das kann man nicht wissen«, hatte sie verzagt entgegnet. Mit einer Tasse extra starkem Kaffee kauerte sie auf der Tischkante und hörte der neuesten Hypothese über die Übernahme zu.

»Kann ich eine Zigarette haben?« bat sie Maeve.

»Na gut.« Maeve reichte ihr eine Zigarette, und sie gesellten sich zu den anderen Grüppchen nervöser Raucher in den Flur.

»Ich weiß nicht, ob meine Hände vor Anspannung oder wegen meines Katers zittern«, bemerkte ein grünlich-fahl aussehender Nachrichtenreporter und zog an seiner *Marlboro*.

»Vom Kater«, meinte Dee. »Kein Mensch würde dich an die Luft setzen, Noel. Für eine gute Geschichte würdest du doch deine eigene Großmutter verkaufen. Dich zu verlieren könnte sich keiner leisten.«

Noel grinste erleichtert.

Die Tür des Nachrichtenraums wurde aufgerissen.

»Sie sind auf dem Weg nach oben«, rief jemand.

»Wer ist auf dem Weg nach oben?« wollte Maeve wissen.

»Ein paar Typen in Anzügen.«

»Jemand, den wir kennen?«

»Und ob, Slasher Flynn.«

»Du machst Witze.«

»Mache ich nicht.«

Eugene Flynn räusperte sich und betrachtete durch seine dicken Brillengläser hindurch die versammelten Angestellten. Klein, dünn und mit Glatze machte er eigentlich einen ganz harmlosen Eindruck. Sein sicherlich sehr teurer Anzug war ihm ein wenig zu groß. Auf den ersten Blick würde man meinen, er gehöre zu der Sorte Mann, die Frauen gerne bemutterten.

Dann begann er mit seiner Ansprache.

»Hocherfreut möchte ich Ihnen mitteilen, daß ich dem *Sentinel* von heute an als Herausgeber vorstehe.« Er klang arrogant und sah sich nach den Reaktionen um. Aber alle standen viel zu sehr unter Schock, um eine solche von sich zu geben. »Natürlich verstehe ich, daß Sie alle um Ihre Arbeitsplätze besorgt sind. Ich möchte Ihnen jedoch versichern, daß *Roark International* dieser Firma nichts anhaben wird. Alle Arbeitsplätze bleiben erhalten, niemand wird gekündigt. Zumindest nicht innerhalb der nächsten zwölf Monate«, beeilte er sich hinzuzufügen.

»Natürlich kann ich nicht für alle Zukunft sprechen, aber ich möchte darauf hinweisen, daß wir die Übereinkommen zur Arbeitsplatzssicherung honorieren werden.«

Erleichterung wurde spürbar. Zum ersten Mal an diesem Tag entspannte sich Dee auf ihrem Stuhl.

»Natürlich wird es Veränderungen geben, und eine davon wird das Benennen eines neuen Chefredakteurs sein. Malley McDonnell aus unserem Büro in Melbourne wird diesen Posten bekleiden.«

Malley wer? dachte Dee. Sie kannte keinen Journalisten mit diesem Namen.

Alle reckten ihre Hälse, um zu sehen, welcher der fünf Männer im Anzug hinter Eugene Flynn der neue Chefredakteur war. Die einzige Frau in dieser Gruppe, eine große, auffällige Brünette in einem männlich grauen Hosenanzug trat vor und stellte sich neben Flynn. Neben ihr wirkte er sowohl von der Größe als auch von der Körperstatur wie ein Zwerg. Die Falten auf ihrem ausdrucksstarken, breiten Gesicht verrieten, daß sie etwa Mitte Vierzig sein mußte, aber sie hatte einen schlanken, athletischen Körper, der nichts von ihrem Alter verriet.

»Guten Tag, ich bin Malley McDonnell«, sagte sie mit rauchiger Stimme und leicht australischem Akzent. »Ich verstehe, daß alles ein bißchen plötzlich gekommen ist – von einem Tag auf den anderen arbeiten Sie für eine andere Verlagsgruppe. Aber wenn Sie *Roark International* und auch mich erst einmal kennengelernt haben, werden Sie merken, daß uns Ihre Interessen am Herzen liegen. Wir möchten den *Sentinel* auf den neuesten Stand bringen, es soll ein Blatt für das einundzwanzigste Jahrhundert werden. Wenn es weiter an Auflage eingebüßt hätte, wären Sie vielleicht alle in ein, zwei Jahren arbeitslos geworden. Diese Gefahr ist jedoch gebannt«, bemerkte sie mit Nachdruck. »Ich bin stolz auf die Arbeit, die ich für einige andere Publikationen der Gruppe in Philadelphia und Hongkong geleistet habe. Und jetzt bitte ich Sie alle, mit mir zusammenzuarbeiten, damit wir gemeinsam auf den *Sentinel* stolz sein und seine Position so absichern können, daß die Arbeitsplätze für die nächsten zehn Jahre sicher sind.«

Als Eugene Flynn zu klatschen begann, fielen alle mit ein, wenn auch etwas zu enthusiastisch.

Malley trat zurück und verschränkte lächelnd die Arme. »Entweder ist das die ehrlichste Rede zum Thema ›Einer für alle und alle für einen‹, die ich jemals gehört habe, oder wir haben gerade erstklassigen Bluff gehört«, flüsterte Maeve Dee ins Ohr.

»Hoffentlich ersteres«, erwiderte sie stöhnend. »Ich bin für diese Übernahme nicht geschaffen. Wenn ich nicht schon ein Magengeschwür wegen der Sache um die Ressortleitung hätte, würde ich jetzt eines bekommen.«

Nachdem sowohl Malley als auch Slasher eine halbe Stunde geredet hatten, formte sich langsam ein klareres Bild. Bevor die neue Leitung die Zeitung nicht einer tiefgreifenden Analyse unterzogen hatte, würde es keine Veränderungen geben.

Malley und Flynn würden innerhalb der nächsten Tage mit den verschiedenen Ressortleitern Gespräche führen. Ihre Meinung war gefordert.

Um allen zu zeigen, wie sehr *Roark International* an die

Zukunft des Blattes glaubte – und, wichtiger noch, wie sehr das Konsortium der derzeitigen Belegschaft vertraute –, waren die Ressortleiter am kommenden Samstag zu einer Wohltätigkeitsveranstaltung in Jack Carters Haus in Dalkey eingeladen, wo die Grundzüge des neuen Managements in aller Form präsentiert werden würden.

»Wir sind nicht gekommen, um die derzeitige Organisation von Grund auf zu zerstören, sondern die sehr erfolgreiche Zeitung aufzubauen, die hieraus entstehen könnte«, hatte Eugene Flynn in ernstem Tonfall hinzugefügt. »Herr Carter möchte Sie gern alle persönlich kennenlernen und Ihnen versichern, daß wir Ihre Fähigkeiten und Ihre Hilfe hoch anerkennen und Ihre Arbeitsplätze sichern wollen.«

»Warum nur klingt so was viel überzeugender, wenn Malley McDonnell das sagt«, erkundigte sich Phil Walsh zynisch.

»Weil der so verbogen ist, daß wenn der einen Nagel schlucken würde, er als Korkenzieher wieder herauskäme«, erwiderte Dee. »Aber wir haben keine andere Wahl, als ihm zu vertrauen. Mir paßt es nur nicht, wenn er davon spricht, die Zeitung solle erfolgreich *werden*. Für was hält er uns eigentlich? Für eine dümpelnde Katastrophe?«

»Ich glaube, er möchte den *Sentinel* dreimal so erfolgreich machen, wie er ohnehin schon ist«, unterbrach Gerry Deegan.

Sie scharten sich um ihn. »Wo warst du denn die letzten zwei Tage?« wollte Maeve wissen. »Ich möchte wetten, du hast bereits letzte Woche schon von der Übernahme gehört, du Schlaukopf. Warum hast du uns nichts gesagt?«

Gerry zuckte mit den Schultern. »Ich habe schon was gewußt, ich war jedoch zur Geheimhaltung verpflichtet.«

»Also gut, dann erzähl uns jetzt alles«, sagte Dee. »Ich kann kaum glauben, daß du uns den ganzen gestrigen Tag hast leiden lassen, ohne uns zu sagen, was hier vorgeht. Ich habe kein Auge zubekommen, weil ich mir solche Sorgen gemacht habe«, log sie. Nach den vielen Wodkas auf der Party gestern war sie eingeschlafen, sobald sie sich hingelegt hatte. Das wiederum hatte dem lustvollen, absolut nüchternen Gary nicht gefallen.

»Tut mir leid, das kann ich im Moment nicht tun«, erwiderte Gerry. »Ich werde mich gleich mit meinem alten Kumpel Malley McDonnell treffen, und dann werden wir stundenlang hinter geschlossenen Türen sitzen, während sie mich ausfragt, wen sie vor die Tür setzen soll.«

Maeve betrachtete ihn argwöhnisch. »Willst du damit andeuten, daß du sie bereits kennst?«

»Ja. Aber ich mache natürlich Spaß, daß sie mir sagen wird, wem sie kündigen wird. Sie ist eine gute Chefredakteurin, ich habe mit ihr zusammen in Philadelphia gearbeitet. Es gibt nichts, wovor man bei Malley Angst haben müßte, soviel verspreche ich euch. Sie ist sehr professionell und ganz und gar ohne jede Umschweife.«

»Sie ist es ja auch nicht, deretwegen wir uns Sorgen machen«, warf Maeve ein. »Aber die Vorstellung, daß Slasher die Sache hier leitet, erfüllt mich mit Horror.«

»Na, wen nicht?« fragte Gerry. »Ich habe ihn vor vielen Jahren kennengelernt, und er zählt nicht gerade zu meinen Lieblingspersonen. Ich muß mich beeilen, meine Damen, wir sehen uns später.« Er lächelte sie entschuldigend an und ging.

»Und was jetzt noch?« wollte Maeve wissen. »Der Himmel weiß, wer alles hiervon wußte, oder wer Malley bereits in- und auswendig kennt. Ich wette zehn zu eins, daß die Hälfte der Fotografen mit ihr zusammen zur Schule gegangen ist und daß Tony Winston mit ihr geschlafen hat…«

»Igitt! Da traue ich ihr schon mehr Ansprüche zu«, widersprach Dee. »Sie hatte einen wirklich sehr geschmackvollen Anzug an. Bestimmt von *Calvin Klein.* Jemand mit so gutem Gespür für Stil wird sich nicht von den schmierigen

Annäherungsversuchen eines Tony beeindrucken lassen. Aber da wir gerade von Kleidung reden, was soll ich eigentlich am Samstag zu der Party anziehen?«

11

Phil manövrierte ihren uralten, mit Hundehaaren übersäten Kombi zwischen einen glitzernden schwarzen BMW und einen silbernen Lexus. Isabel blinzelte durch die Windschutzscheibe auf das Haus vor ihnen. Der Mond funkelte in dem nachtblauen Himmel und beleuchtete den mit Ornamenten versehenen Springbrunnen vor Jack Carters Haus. *Tempel Isis,* der Name des Hauses, war ein elegantes Anwesen im georgischen Stil, lag inmitten von Bäumen und Büschen in einem der vornehmsten Bezirke Dublins und war sicher ein Vermögen wert.

»Na, ist das nichts?« bemerkte Phil. »Er hat offenbar gut für sich gesorgt.«

»Mein Häuschen würde hier zehnmal hineinpassen und dann wäre immer noch ausreichend Platz, um einen Pool zu bauen«, bemerkte Isabel, während sie ihren Fuß vorsichtig aus einer Sattelschlaufe löste, die unter den Beifahrersitz gerammt war. »Ob sie wohl einen Pool haben?« Phil stieg aus. »Keine Ahnung, aber Belinda wird es wissen. Sie läßt sich ständig auf den Wohltätigkeitsveranstaltungen Elizabeth Carters sehen, um dort der Frau des Chefs zu imponieren. Das gehört alles zu einem ausgeklügelten Plan, um ihren Arbeitsplatz zu behalten.«

»Wenn Eugene Flynn es sich in den Kopf gesetzt hat, einen Job zu kippen, ist wohl mehr gefragt als nur Schmeichelei«, bemerkte Isabel. »Wenn sein Ruf der Wahrheit entspricht, sollten wir alle unsere Bewerbungsmappen auf den neuesten Stand bringen.«

Isabel fiel auf, daß dieses Thema für eine Party zu düster war. Deshalb sagte sie: »In welchem Aufzug ist Belinda wohl erschienen? Gestern noch konnte sie sich nicht zwischen einem langen Seidenkleid entscheiden, das zwar gut aussieht, aber keinem berühmten Modehaus entstammt, oder aber einem gebraucht gekauften rosa Cocktailkleid aus Seide von *Yves Saint Laurent,* das mit Rüschen übersät ist und sich grauslich anhört.«

»Wie ich Belinda kenne, wird sie sich für *YSL* entscheiden. Sie kann Designernamen einfach nicht widerstehen. Ich übrigens auch nicht«, scherzte Phil und zupfte sich ein paar rote Hundehaare von dem preiswert erstandenen Hemdblusenkleid, das ihre stämmige Figur unnötig betonte. »Ich hatte die Wahl zwischen diesem hier und dem Kleinen von *Chanel.* Entscheidungen, Entscheidungen.«

Isabel lachte. »Ich hatte genau dasselbe Problem. Ich konnte mich nicht entscheiden, wie viele Hunderter ich auf ein Designeroutfit für diesen Abend verwenden sollte«, bemerkte sie in gespielt hochnäsigem Tonfall, »oder ob ich nicht lieber das Geld auf den Kredit verwenden und die Gasrechnung zahle und einfach etwas von hinten aus dem Schrank ziehen sollte.«

»Du siehst wunderbar aus«, meinte Phil und bewunderte die bernsteinfarben schillernde Palazzohose und das dazu passende Abendjäckchen, das Isabel zu einem schwarzbraunen Body trug.

»Es ist uralt«, protestierte Isabel und strich in dem vergeblichen Versuch ihre Hose ab, die roten und goldenen Hundehaare davon abzuschütteln. »Ich habe es vor acht oder neun Jahren ausgesprochen günstig im Winterschlußverkauf erstanden. Und der Body gehört zur Unterwäscheserie von *Marks & Spencer.*«

»Für Kleidung hast du wirklich ein Händchen«, lobte Phil. »Das habe ich vor zwanzig Jahren ausgegeben, als ich mit den Pferden anfing und die Kinder noch klein waren.

Damals hatten wir keine müde Mark und haben unser Geld lieber für den Ausbau der Ställe oder ein neues Halfter ausgegeben. Es fällt einem außerdem schwer, modebewußt zu sein, wenn man drei haarende Hunde besitzt«, fügte sie hinzu und zupfte etwas Colliehaar von Isabels Jacke. »Normalerweise habe ich eine Kleiderbürste im Auto, aber die Rolle war leer.«

»Es geht schon.« Isabel schlug die Tür zu. »Die Gästeliste ist vermutlich mit reichen Prominenten gespickt, da würde es niemandem auffallen, wenn du und ich Kleider tragen würden, die *ausschließlich* aus Hundehaar gefertigt wären. Übrigens, es gibt tatsächlich eine Frau, die Mäntel und Pullover aus rotem Irish-Setter-Haar strickt.«

»Der würde es bei mir gefallen«, erwiderte Phil. »Der Wohnzimmerteppich würde mehrere Mäntel, ein paar Pullover und eine riesige Tagesdecke abgeben. Die Kinder sollten dort zwar staubsaugen, doch sie tun es fast nie.«

Sie lachten immer noch, als sie die geräumige, reichverzierte Eingangshalle betraten. Sie folgten dem Lärm und passierten den großen, gebogenen Treppenaufgang aus Mahagoni, auf dessen unterster Stufe große rote chinesische Urnen plaziert waren.

Die Party spielte sich zwischen einem riesigen, im Chinastil gehaltenen Zimmer und einem luftigen Ballsaal ab. Die deckenhohen Fenster waren zur Terrasse hin geöffnet. Glitzernde Lampions erleuchteten die Bäume. Kellner bahnten sich lautlos mit verschiedenen Hors d'œuvre und Getränken ihren Weg durch die Menge.

Die Wände des Ballsaals waren mit wäßrigrosa Seide ausgeschlagen, an den Wänden hingen in alte Goldrahmen gefaßte Ölgemälde. Riesige Blumenbouquets standen auf zierlichen goldenen Tischchen, was dem Raum die Atmosphäre eines Treibhauses verlieh.

»Möglicherweise hat Belinda mit ihrem *Yves-Saint-Laurent*-Ensemble doch die richtige Wahl getroffen«, flüsterte

Isabel, als sie die Masse der Haute-Couture-Outfits musterte. »Und da wird behauptet, Designer würden heutzutage nicht mehr viel Geld machen. Das ist ja hier gerade so, als würde man bei einer Modenschau in Mailand in der ersten Reihe sitzen.«

»Kein Kleid sollte mehr als ein Pferd kosten«, bemerkte Phil düster. »Das ist sündhaft. Ich kenne hier keinen einzigen Menschen«, fügte sie hinzu und sah sich in der Menge von Männern in dunklen Anzügen und Frauen in leuchtenden Farben um, deren echte Steine an Hals und Händen glitzerten. Etwas betagtere Brünette und Blondinen mit rigiden Helmfrisuren, schmalen Cocktailkleidern und hohen Pfennigabsätzen standen dichtgedrängt neben hinreißenden zwanzigjährigen Models, die atemberaubend spärlich bekleidet an ihrem Champagner nippten. Das Ganze war zwar äußerst elegant, doch ebenso steif. Es sah nicht danach aus, als ob man hier eine schwungvolle Party feiern oder nach ein paar Gins zuviel einen Limbo hinlegen wollte.

»Ich kenne auch niemanden«, bemerkte Isabel auf der Suche nach einem bekannten Gesicht. »Sollen wir hier warten, bis wir jemanden finden, oder wollen wir uns ein wenig umsehen?«

»Meine Lieben, wo seid ihr denn gewesen, ihr Verspäteten? Ihr habt die thailändischen Tänzerinnen verpaßt.« Zwar war er der einzig bekannte Mensch im Zimmer, doch Tony Winston war wie gewohnt einfach entnervend. »Unsere Leute sitzen alle am hinteren Ende des Ballsaals, gleich neben der Küche.«

»Sie meinen, neben der Bar?« korrigierte ihn Isabel sarkastisch.

»Nein.« Tony legte ihr unverblümt einen Arm um die Taille und führte sie zum anderen Ende des überfüllten Saals. Isabel erstarrte bei seiner Berührung. Sein dunkles Haar glitzerte von irgendeinem Gel, und er mußte wohl mindestens einen Liter *Boss* über sich ausgekippt haben.

»Das Essen ist so gut, da ist noch gar nicht viel getrunken worden.«

»Wunder gibt es immer wieder«, bemerkte Phil.

»Ihr Parfüm duftet gut«, bemerkte Tony und legte schnuppernd sein Gesicht dicht an Isabels Hals. »Wie heißt es denn?«

»Verpiß dich«, fuhr ihn Phil scharf an.

Isbabel wandte sich von Tony ab.

»Merkwürdiger Name für ein Parfüm«, bemerkte er, als ob er Phil nicht verstanden habe.

»Findest du es tatsächlich *so* lustig? In Kürze bringen wir eines mit dem Namen ›Komm zu nah und du bist tot‹ heraus«, legte Phil noch nach. »Bei der Entwicklung hatten sie vermutlich dich im Auge.«

»Ganz schön giftig heute abend, Phil«, konterte er erbost.

»Ist es PMS? Dick ist vermutlich heilfroh, daß du mal einen Abend außer Haus bist.«

»Tony, wenn das die einzige Art von Unterhaltung ist, zu der Sie fähig sind, dann gehen Sie jetzt bitte«, sagte Isabel angewidert.

»Nur wenn Sie mit mir kommen, Liebes«, schnurrte er.

»Wir könnten zu mir gehen ...« Mit einem vielsagenden Lächeln auf dem Gesicht beugte er sich zu ihr hinüber.

»Sie befinden sich auf dem absoluten Holzweg, mein Lieber«, sagte Isabel kühl.

Tonys Gesicht blitzte wütend auf, und er entfernte sich.

»Gut gemacht«, bemerkte Phil bewundernd. »Seit Wochen beobachte ich, wie er dir Augen macht. Ich hab mich schon gefragt, ob du dem nicht nachgeben würdest.«

»Ich würde ihm lieber eine Flasche über den Kopf hauen«, erwiderte Isabel. »Er ist wirklich das letzte. Als ob so einer mich anmachen könnte! Du hast wohl keine Ahnung, wie er ist, Phil.«

»O doch, das habe ich.« Phil nahm zwei Gläser Champagner von einem vorbeigehenden Kellner entgegen und reichte eines Isabel. »Ein vorzeitlicher *homo vulgaris.* Anfang des Jahres tänzelte er ständig um eine der Honorarkräfte herum – bis sie schließlich so wütend war, daß sie ihm eine kalte Tasse Tee ins Gesicht geschüttet und ihm gedroht hat, ihn wegen sexueller Belästigung zu verklagen. Das hat sie zwar nicht getan, aber er hat sich zurückgezogen.«

»Ich hätte viel früher schon etwas sagen sollen.« Isabel seufzte. »Seit Wochen treibt er mich tagtäglich auf die Palme. Wenn ich wegen einer Tasse Kaffe in die Küche gehe, steht er sofort hinter mir und sagt ›Oh, tut mir leid, dich anzurempeln, Isabel. Es ist ja so verdammt eng hier, ha, ha, ha!‹ Er ist ein Vollidiot.«

Sie nippte an ihrem Champagner. »Ich kann mit Männern nicht sonderlich gut umgehen. Jedenfalls nicht auf der persönlichen Ebene«, fügte sie hinzu. »Wenn wir wegen der Arbeit eine Meinungsverschiedenheit hätten, könnte ich meinen Standpunkt gut verteidigen. Aber bei jemandem wie Tony...«

»Belästigt er dich?« kam ihr Phil entgegen.

»Ja, das könnte man so sagen. Ich verhalte mich nun mal nicht gern unhöflich gegenüber Männern. Aber für Männer von Tonys Schlag ist das die einzige Möglichkeit, sich verständlich zu machen.«

»Das verwundert mich, Isabel. Für mich sieht es immer so aus, als ob du *alles* im Griff hättest.«

»Äußerlichkeiten können ziemlich irreführend sein«, bemerkte sie trocken. »Wenn man so lange verheiratet war wie ich, dann hat man alles vergessen, was man über Männer wußte.«

»Und wie kommt es, daß ich noch viel länger verheiratet bin und trotzdem niemals von irgendwelchen lüsternen Kerlen angemacht werde?« scherzte Phil. »Ich mache nur Spaß. Du bist einfach wunderbar, Isabel, und jetzt, wo du allein bist, solltest du dich im Umgang mit Männern wieder fit machen, ob sie nun lüstern sind oder nicht.«

»Aber ich werde im nächsten Monat vierzig«, protestierte sie.

»Na und?«

»Eine vierzig Jahre alte Mutter, Phil, ist wohl kaum jedermanns Traumfrau. Erst recht nicht mit einem Kredit am Hals, den sie bis zu ihrem fünfundsechzigsten Lebensjahr abzahlen muß. Da kann ich nichts beiseite legen, um mein Gesicht liften zu lassen, bevor es zu spät ist.«

»Nun sei doch nicht so negativ«, beschwichtigte sie Phil. »Du kannst doch jederzeit irgendeinen süßen, sehr einsamen, achtzigjährigen Millionär ohne Anhang treffen, der auf jedem Kontinent ein Haus besitzt und die Lebenserwartung einer Eintagsfliege hat. Heute abend sind sicher einige von ihnen anwesend. Du kennst doch den Spruch: Ich habe noch nie einen Millionär getroffen, den ich nicht gut leiden konnte.«

Isabel lachte schallend. »Wenn ich einen treffe, wirst du es als erste erfahren. Aber ich hege keine allzu großen Hoffnungen. Und wenn ich tatsächlich einen finden sollte, dann wette ich zehn zu eins, daß ein zwanzigjähriges Model oder eine ebenso junge Schauspielerin an seinen Arm geschweißt ist und jede Frau innerhalb eines Radius von zehn Metern mit bösen Blicken abschießt.«

»Komm.« Phil drängte sich durch die Menge. »Laß uns unsere Leute finden und mal nachsehen, ob Tony bereits verbreitet, daß du lesbisch bist.« Die Kollegen waren leicht zu finden. Die ungefähr dreißig Journalisten waren in Partystimmung, in starkem Kontrast zu den übrigen Gästen, die sich sehr zurückhielten und an ihrem Champagner eher nippten als daß sie ihn hinunterstürzten.

Stalin, der immer noch – »überraschenderweise«, wie Phil sich ausgedrückt hatte – der Belegschaft angehörte, machte in seinem besten Outfit beim Rauchen einen unsicheren Eindruck. Er stand neben Belinda und trug seinen besten Outfit – einen dunkelblauen Anzug im Westernstil inklusive einem Lederbändchen, das den Kragen mit einer in Silber gefaßten Türkisbrosche festhielt. Die glänzenden Stellen des Anzugs korrespondierten mit seinem verschwitzten Gesicht.

»Isabel – Phil!« kreischte Belinda erfreut und aufgeregt in einem fuchsienroten Taftensemble, das Isabel an eines der Kleider von Naomis Barbiepuppe erinnerte. »Ihr glaubt es nicht – ich habe Elizabeth Carter getroffen, und *sie wußte, wer ich war!* Ist das nicht einfach phantastisch?«

»Genau, Jack Carter war mit Slasher Flynn hier und hat sich mit uns allen unterhalten«, warf Fred, der Cheffotograf, ein.

»Sie ist so nett, sehr schön und sehr freundlich«, fuhr Belinda fort. »Und Jack war sehr höflich, er hat *endlos lange* meine Hand geschüttelt...«

»Hey«, unterbrach sie Tom, ein aktives Gewerkschaftsmitglied und berufsmäßiger Pessimist. »Lob den Tag nicht vor dem Abend. Daß das Management sich heute abend dir gegenüber freundlich zeigt, hat überhaupt nichts zu bedeuten. Sie können heute zuckersüß sein und dich am Montag schon feuern. Aber das sollen sie nur einmal wagen.« Eine halbe Stunde lang standen sie herum und aßen unzählige chinesische Teigtäschchen und Sesamtoasts mit Garnelen, die die Kellner auf Tabletts feilboten. Sie tranken, wonach auch immer ihnen der Sinn stand: Bier, Wein, erstklassigen Champagner oder auch harte Sachen – sie ließen nichts aus. Stalin stand mit glasigem Blick da und hatte offensichtlich alles schon einmal ausprobiert. Jetzt schüttete er gerade ein paar Tequilas hinunter. Dee O'Reily war nirgendwo zu sehen. Das wiederum fand Isabel merkwürdig, denn Dee war gestern noch ganz erpicht auf die Party gewesen.

Isabel nippte an ihrem zweiten Glas Champagner und blickte sich aufmerksam um. Nach einer anstrengenden Woche war sie erschöpft und fühlte sich ausgesprochen unwohl. Die wohlhabenden Gäste gehörten offenbar in die Kategorie, die weder einen Kredit kannten noch jemals in ihrem

Leben würden arbeiten müssen – ganz im Gegensatz zu den Angestellten des *Sentinel.*

Ihnen würde wohl kaum jemals die Angst im Nacken sitzen, wenn sie von der Übernahme ihrer Firma erfuhren. Oder standen ihre Jobs auch gelegentlich zur Disposition? Wohl kaum, dachte sie, während sie die goldenen Ketten und Diamanten begutachtete.

Was war eigentlich der Sinn dieser Party? Wenn Jack Carter mit der Belegschaft über das neue Management hatte sprechen wollen, so hätte er es ganz einfach im Büro tun können. Aber nein, er mußte sie zu sich nach Hause bitten und seine privilegierte Welt des Luxus zur Schau stellen.

Es schien gerade so, als ob die Journalisten sich als Außenseiter fühlen sollten, damit er sich als Chef aufspielen konnte. Es war eine Übung in Überheblichkeit, ein Akt ganz besonderer Herablassung. In diesem Augenblick war ihr allein schon die Vorstellung von Jack Carter verhaßt. Alle behaupteten zwar, er sei ein integerer Typ, aber er würde sich heute abend schon sehr anstrengen müssen, um sie zu beeindrucken.

Isabel blickte auf die Uhr. Es war fünf vor neun. Gleich würde »E.R.« anfangen, und sie hätte sich die Folge auf der Couch zusammengerollt ansehen können. Sie hätte ein Glas Wein trinken und etwas von dem süchtig machenden Käsepopcorn essen können.

Eine Freundin von Naomi übernachtete heute bei ihnen. Die beiden hatten in ihrem Zimmer gekichert und so getan, als ob sie den Schlafsack für Joane herausholen würden. Insgeheim jedoch hatten sie nicht die geringste Absicht, in nächster Zeit überhaupt zu schlafen. Robin würde dann und wann ein Auge auf sie werfen und nebenbei »Good Will Hunting« auf Video sehen, um ihren derzeitigen Helden, Matt Damon, zu bewundern. Isabel wäre so gerne bei ihnen geblieben, anstatt jetzt hier ziellos im Zimmer zu stehen, Gesprächsfetzen aufzuschnappen und die Leute dabei zu beobachten, wie sie sich betranken.

Außerdem wurde es immer heißer. Es waren einfach viel zu viele Leute, die hier zusammengedrängt standen. Isabel hatte einmal irgendwo gelesen, daß Gastgeberinnen von Wohltätigkeitsveranstaltungen gute fünfundzwanzig Prozent mehr Leute einluden, denn sie gingen davon aus, daß viele den Termin nicht wahrnehmen würden. Den dichtgedrängten Räumen des *Tempel Isis* nach zu urteilen, schien jedoch niemand eine Einladung von Elizabeth Carter jemals abzusagen. Nur Isabel wünschte sich, sie hätte genau das getan.

Sie nahm eine Serviette und fächelte sich damit Luft zu. Sie spürte, wie ihre blasse Haut sich zu einem unvorteilhaften Rotton verfärbte. Ganz gleich, wieviel *Ô de Lancôme* sie sich auch in den Ausschnitt gesprüht hatte, es würde nicht viel nützen, wenn sie so zu schwitzen anfing. Sie versuchte, den Unterhaltungen um sich herum zu folgen. Phil erzählte gerade lang und breit von jemandem, den sowohl sie als auch Belinda kannte – Belinda interessierte sich für Pferdegeschichten, solange die darin auftretenden Leute reich genug waren, um ihre eigenen Ställe, ihren eigenen Trainer und zumindest ein Rennpferd zu besitzen. Tony erzählte anzügliche Witze und starrte gelegentlich feindselig zu ihr herüber. Stalin schwankte zufrieden hin und her und sprach mit niemandem. Offenbar stand er kurz davor, in Ohnmacht zu fallen.

»Das ist mir alles zuviel«, sagte Isabel schließlich. Niemand hörte ihr zu. Sie drehte sich um und drängte sich durch die Menge in Richtung der deckenhohen Fenster. Die Leute machten ihr Platz. Einige Männer starrten ihr hinterher und bewunderten ihre große, elegante Figur und das zerbrechliche, etwas traurige Gesicht mit den blonden Haaren, die sie am Hinterkopf zu einem eleganten Zopf geflochten hatte.

Andere Leute waren ebenfalls schon auf die Idee der frischen Luft gekommen, und die Terrasse war fast so voll wie der Ballsaal. Sie ging die Steinstufen in den Garten hinunter und setzte vorsichtig ihre Füße, damit ihre Absätze nicht im Gras versanken. Die kühle Nachtluft tat ihrer erhitzten Haut gut, und sie atmete tief durch.

Etwa zehn Meter von der Terrasse und den Gästen entfernt fand sie eine von duftenden Rosen umrankte Holzbank. Dankbar ließ sie sich darauf nieder und fragte sich, wie früh sie die Party unbemerkt verlassen konnte.

»Amüsieren Sie sich gut?« erkundigte sich eine Stimme. Ein großer, kräftig gebauter Mann trat aus dem Schatten auf sie zu. Das Licht von der Terrasse erhellte seine sonnengebräunte, wettergegerbte Haut und die schmalen Augen, die sie bohrend musterten. In seinem dunklen, sehr gut geschnittenen Anzug mit dem hellen Schlips war er zwar kein Beau, doch zweifelsohne aufsehenerregend.

»Innen ist es so warm, da mußte ich etwas frische Luft schnappen«, erwiderte Isabel. »Außerdem wollte ich etwas Abstand von der Party gewinnen.«

»Das kann ich gut nachempfinden.« Der Mann kam über den Rasen auf sie zu und stellte sich vor. Ein kleiner, langhaariger Hund unbestimmter Rasse folgte ihm. Er rannte auf Isabel zu und stellte seine nassen Pfoten auf ihr Knie. »Das tut mir leid«, sagte der Mann. »Kerry, runter mit dir.« Er wollte den Hund beim Nacken packen, doch Isabel unterbrach ihn.

»Das ist schon in Ordnung. Lassen Sie ihn nur«, meinte sie und lächelte zum ersten Mal heute abend aus vollem Herzen. »Ich liebe Hunde.« Sie beugte sich vor und streichelte über die grauen Ohren des Hundes, der seine weiche, glänzend schwarze Nase neugierig in ihren Ärmel steckte.

»Das fügt sich günstig«, erwiderte er trocken. »Denn gleich wird noch einer hier auftauchen.«

Als ob er nur darauf gewartet habe, rannte ein großer Golden Retriever mit hängender Zunge aufgeregt über den Rasen direkt auf Isabel zu.

»Duke, aus!« warnte der Mann. »Sitz.«

Duke beachtete sein Herrchen überhaupt nicht, sondern rannte auf Isabel zu und vergrub seine Nase zwischen ihren Beinen.

»Duke! Ich kann Sie nur warnen, er ist sehr freundlich«, meinte der Mann entschuldigend.

»Diese Art der Freundlichkeit ist Hunden gestattet«, sagte sie kichernd, als Dukes Nase sie weiter untersuchte. »Bei Menschen wäre das etwas anderes.«

Sein Lachen war laut und kehlig und schien von tief im Inneren seines langen Körpers zu kommen. Wenn er lachte, verschwand der hochnäsige Ausdruck, und die tiefen Falten um seinen Mund verschoben sich humorvoll nach oben. Er war sehr attraktiv, wenn er lachte.

Sehr männlich und wild, wie ein Wolf. Genau, das war es. Sein Haar hatte die Farbe eines Wolfes, ein kräftiges Braun mit goldenen und bernsteinfarbenen Strähnen. Sicher war es genauso weich wie das Fell von Duke...

Isabell riß schockiert die Augen auf. Sie konnte kaum glauben, was sie eben gedacht hatte! Sie benahm sich wie ein liebestoller Teenager. Selbst die Geschichten in Robins Jugendzeitschrift waren schon reifer.

Peinlich berührt beugte sie sich über Duke und streichelte sein honigfarbenes Fell. Kerry quietschte ungehalten und drängte sich dichter an sie heran, um ihre Aufmerksamkeit zu bekommen.

»Ich vergesse dich ja nicht, meine Liebe«, meinte Isabel und streckte dem kleinen Hund ihre rechte Hand entgegen. Ihre Linke streichelte derweil Dukes Ohr, wobei der Hund vor Zufriedenheit fast zu schnurren anfing.

»Da haben Sie zwei echte Eroberungen gemacht«, bemerkte der Mann. »Möglicherweise sogar drei.«

Isabel fühlte, wie sie errötete, hielt ihren Kopf jedoch weiterhin gesenkt und sprach zärtlich auf die Hunde ein. »Sie werden immer sehr unruhig, wenn es eine Party gibt«, bemerkte er und setzte sich neben sie auf die Bank. Er nahm den restlichen Platz ein und streckte seine langen Beine aus. Er war wirklich ein sehr großer Mann, größer noch als Isabel. Sie nahm ein wenig seines Armani-Parfüms wahr, was längst nicht so aufdringlich war wie das Rasierwasser von Tony Winston. Duke wandte seine Rückseite seinem Herrn zu, damit sie ihn beide gleichzeitig streicheln konnten.

»Das sind wunderschöne Hunde«, sagte Isabel, während sie Kerrys Ohren streichelte. »So freundlich.«

»Duke biedert sich ganz schön an, er liebt einfach alle. Kerry dagegen ist viel wählerischer. Sie sucht sich genau aus, mit wem sie schmusen möchte. Offenbar haben Sie ein goldenes Händchen mit Hunden.« Er wandte sich ihr zu, und sie setzte sich auf.

Sein Gesicht war nun halb Licht, halb Schatten, und sie wagte es, ihn anzusehen. Er würde sie genausowenig gut erkennen können. Das hoffte sie jedenfalls. Ihr Gesicht war immer noch sowohl von der Hitze als auch vor Peinlichkeit errötet, und sie duftete vermutlich nach überhitztem Parfüm und nach Robins *Impuls*-Deodorant. Abgesehen davon hatte sich die wasserfeste Wimperntusche wahrscheinlich bereits über das ganze Gesicht verteilt. »Meine Mutter mochte Hunde nicht besonders, eigentlich überhaupt keine Tiere«, erklärte Isabel. Sie lehnte sich zurück, damit ihr Gesicht weiter im Schatten blieb. »Mein Vater hat mir zu Weihnachten einmal einen Cocker-Spaniel geschenkt. Doch nachdem er das Tischbein angeknabbert hatte, hat sie darauf bestanden, daß wir ihn wieder loswerden.« Bei der Erinnerung an Sasha, den sie als Zehnjährige so innig geliebt hatte, schossen ihr heute noch die Tränen in die Augen. Ihre Mutter hatte darauf bestanden, ihn einer anderen Familie zu übergeben. David war ebenfalls Hunden nicht sonderlich zugetan. Einmal hatte er den beiden Mädchen zwei Goldfische gekauft, aber bald schon hatte er jedes Interesse an Jaws und an Flipper verloren, so daß Isabel diejenige war, die in der Zoohandlung jedesmal Ersatz kaufen mußte, wenn einer von ihnen starb. Nachdem sie bei Flipper Nummer sechs angekommen waren, hatten die beiden Mädchen von Fischen genug. David meinte, er könne Nagetiere nicht ausstehen und würde einen Hamster im Haus nicht tolerieren.

»Ich hätte selbst gern einen Hund«, bemerkte sie seufzend, als Duke und Kerry sie mit großen Augen ansahen. »Aber ich bin den ganzen Tag über nicht zu Hause und habe niemanden, der mit ihm spazierengehen könnte.«

»Wie steht es denn mit Ihrem Mann?«

»Ich lebe getrennt«, erwiderte sie knapp.

»Das tut mir leid«, erwiderte er, obwohl es sich nicht so anhörte.

»Und Sie?« fragte Isabel, denn sie wollte ihn mit dieser Art von Fragen nicht einfach so durchkommen lassen.

»Ja, ich bin verheiratet.«

»Und warum sitzen Sie dann hier draußen im Garten und sprechen fremde Frauen an?« fragte sie grinsend.

Ohne einen Moment zu zögern, antwortete er: »Im Dunkeln stehen meine Chancen besser. So können Sie meinen Buckel nicht sehen, mein hängendes Lid, und mein nervöses Zucken. Meine linke Augenbraue zuckt vierzigmal in der Minute. Ich steht sogar im Guinness-Buch der Rekorde. Frauen jedoch stößt es ab.«

Isabel mußte laut lachen.

»Sie sind schlagfertig, das muß man Ihnen lassen.«

»Es entspricht aber der Wahrheit.« Einen Augenblick lang schien er fast verletzt zu sein. »Um ehrlich zu sein, wollte auch ich der Hitze und der Menge kurz entfliehen. Zu viele Wohltätigkeitsveranstaltungen kann ich nur schwer über mich ergehen lassen. Ein weiteres nichtssagendes Gespräch mit einem Botschafter oder mit Leuten, die ich nicht ausstehen kann, hätte ich nicht ertragen. Eigentlich hätte ich heute abend viel lieber gut gegessen und mir dann irgend etwas im Fernsehen angesehen. Das wäre ein echter Luxus gewesen.«

Isabel nickte. »Genau das habe ich auch gedacht. Ich liebe ›E.R.‹, es läuft gerade.«

»Ein Western wäre mir lieber, ein alter Film mit John Wayne. Ich bin eigentlich nicht hier rausgekommen, um fremde Frauen anzusprechen«, fuhr er mit leiser Stimme fort. »Ich habe nur die Hunde ausgeführt, und dann habe ich Sie gesehen ... und ich mußte einfach mit Ihnen sprechen. Das jedenfalls ist meine Entschuldigung.«

»Das ist äußerst schmeichelhaft«, erwiderte Isabel leise.

»Aber ist das bei einer Party nicht etwas gewagt? Könnte denn nicht Ihre Frau hier erscheinen und sich fragen, was Sie mit einer Fremden im Garten machen?«

Er lachte. Isabel schien es ein bitteres Lachen zu sein.

»In just diesem Moment würde meine Frau es nicht einmal bemerken, wenn ich hier draußen zwischen Kim Basinger und Michelle Pfeiffer säße.« Er blickt sie mit verzerrtem Gesicht an. »Obwohl keine der beiden es mit Ihrer Schönheit aufnehmen kann.«

Noch bevor Isabel erröten konnte, fügte er hinzu: »Ich stelle mich besser einmal vor, ich bin Jack Carter.« Er streckte ihr eine Hand entgegen. Isabel starrte sie entsetzt an.

Natürlich war es Jack Carter. Es war schließlich eine Party in Carters Zuhause, und er war mit den Hunden im Garten spazieren gewesen, Hunde, die auf Partys unruhig wurden. Wer würde sie sonst spazierenführen, wenn nicht der Herr des Hauses. Was bist du doch für ein Dummkopf, Isabel! Und dann hast du ihm auch noch erzählt, daß du hier unbedingt weggehen möchtest! Ganz schön ins Fettnäpfchen getreten. »Isabel Farrell.« Zögernd schüttelte sie seine Hand. Er hatte nicht jenen laschen Händedruck, den sie nicht ausstehen konnte. Diese feuchten, schwächlichen Hände mit dem Rückgrat einer toten Flunder. Jack Carters Händedruck war kräftig und herzlich.

Als er ihre Hand losließ, stand sie so schnell auf, daß die Hunde überrascht zu ihr aufblickten.

»Ich gehe wohl besser wieder ins Haus«, sagte sie. Nachdem sie ihn nun getroffen hatte und mit ihm ganz gleichberechtigt gesprochen hatte, wollte sie ihm nicht noch sagen, wer sie war. Daß sie nämlich nicht zu den Gästen gehörte, die einen Zehntausend-Pfund-Scheck für die Wohltätigkeitsorganisation seiner Frau mitgebracht hatten, sondern eine seiner Angestellten, eine dieser »kleinen Leute«, für die er sicherlich ohnehin keine Zeit aufbringen wollte.

»Auf Wiedersehen«, sagte sie steif. Sie begute sich herunter, um Duke und Kerry zu streicheln, dann machte sie auf dem Absatz kehrt.

»Es tut mir leid, ich hätte Ihnen schon früher sagen sollen, wer ich bin«, sagte Jack. »Es ist Ihnen doch hoffentlich nicht unangenehm?«

Isabel drehte sich nicht um. »Nein, überhaupt nicht«, sagte sie kurz angebunden, während ihre Absätze sich im Rasen verhedderten, weil sie so schnell davoneilte. Wieder im Haus begab sie sich zu den Leuten vom *Sentinel,* die sich alle um eine hinreißende, dunkelhaarige Frau in einem hautengen roten Samtkleid geschart hatten.

Groß, mit ausgeprägten Kurven und dem milchigen Teint von jemandem, der sich von Mineralwasser und Obst ernährt, ähnelte sie einer etwas älteren Cindy Crawford, inklusive der vollen roten Lippen, der gebogenen dunklen Augenbrauen und dem vollen Haar. Ihr fehlt nur noch der Schönheitsfleck, dachte Isabel. Plötzlich wußte sie Bescheid – es war *seine* Frau.

»Isabel, das ist Elizabeth Carter.« Phil nahm Isabel beim Arm und wirbelte sie mitten in die Gruppe um Elizabeth, also dorthin, wo sie nicht sein wollte.

»*Hoch-er-freut,* Sie kennenzulernen«, meinte Elizabeth. Ihre rauchige, gebildete Stimme ließ selbst das kürzeste aller Worte als zweisilbig erscheinen.

»Guten Tag«, erwiderte Isabel steif. Sie hatte noch kaum zu Ende gesprochen, als Elizabeth sich bereits eilig umdrehte und sich an die Gruppe Männer wandte, die offenbar alle von dem zur Schau getragenen Sex-Appeal ihrer Gastgeberin eingenommen waren. »Es hat uns unendlich gefreut, daß Sie heute abend alle kommen konnten«, bemerkte sie mit dunkler Stimme und blickte von einem Mann zum anderen. »Der Wohltätigkeitsball zugunsten Krebskranker wird normalerweise in einem Hotel abgehalten. Wir wollten jedoch die Kosten senken und haben ihn deshalb hier veranstaltet. Das einzige Problem ist der Platz.« Sie deutete mir der Hand auf den riesigen Ballsaal. »Wir verfügen hier einfach nicht über ausreichend Platz. Hätte jemand von Ihnen vielleicht eine Zigarette?« Augenblicklich durchkämmten alle Raucher und selbst einige der Nichtraucher ihre Taschen nach etwas, was sie ihr anbieten konnten. »Danke«, schnurrte Elizabeth, nachdem sie sich von Fred eine Zigarette genommen hatte, der seine *Dunhills* in einem Silberetui aufbewahrte.

Sie zog den Rauch ein wie eine Tiefseetaucherin am Lungenautomat, dann nahm sie einen kräftigen Schluck aus dem Kristallglas in ihrer linken Hand.

»Und was machen Sie?« wandte sie sich an Fred.

»Ich bin Cheffotograf des *Sentinel.*« Unter ihrem Blick schien er aufzublühen.

»Faszinierend. Könnten Sie denn irgendwann einmal ein paar Aufnahmen vom Haus machen? Ich wollte schon immer...«

Phil blickte Isabel mit hochgezogenen Augenbrauen an, während sie sich diskret entfernten. »Lieber Himmel«, meinte Phil. »Die könnte bei der Olympiade für Irland flirten.«

»Das kannst du laut sagen«, erwiderte Isabel. »Und sie zeigt offenbar Wirkung. Die Jungs machen allesamt den Eindruck, als ob sie auf allen vieren durch die Kalahari kriechen würden, nur um ihr eine Tasse Tee bringen zu dürfen. Tony läuft bereits das Wasser im Mund zusammen.«

»Das ist ja nichts Neues. Ich bezweifle jedoch, ob sie eine Tasse Tee haben möchte. Vielleicht doch lieber etwas von dem besten kolumbianischen Kokain«, bemerkte Phil. »Wenn mich nicht alles irrt, ist sie ziemlich neben der Kappe.«

»Was willst du damit sagen?« hakte Isabel erstaunt nach. Elizabeth hatte einen ganz normalen Eindruck auf sie gemacht. Sie fand sogar, sie habe besonders gut ausgesehen. »Sie ist bekifft, berauscht, was auch immer«, flüsterte Phil und sah sich um, falls ihnen jemand zuhörte. »Es ist jedenfalls nicht die Art von Benehmen, die solche Gastgeberinnen auf ihren eigenen Wohltätigkeitsveranstaltungen an den Tag legen. Mein Schwager war schwer drogenabhängig – er war kokainsüchtig –, und ich kenne die Anzeichen. Frau Carter macht ihre Sache allerdings sehr gut. Offensichtlich kommt sie klar, ohne daß den Leuten etwas auffällt. Ich bezweifle, daß viele hier begriffen haben, wie berauscht sie ist. Und je schlimmer es wird, je vornehmer wird ihr Akzent werden, das garantiere ich dir.«

»Donnerwetter!« Isabel war erstaunt. Sie reckte den Hals, um sich nach Elizabeth Carter umzusehen. In ihrem auffallenden Kleid schien sie der Inbegriff aller Eleganz zu sein. Isabel hätte schwören können, daß sie nicht so verschwitzt war wie alle anderen hier.

»Ich könnte mich natürlich irren«, flüsterte Phil. »Aber für diese Art von Party ist sie ziemlich aufgedreht. Normalerweise nippen die Damen der Gesellschaft an ihrem Champagner, während sie sich durch den Raum arbeiten, und heben sich den doppelten Drink für nach der Party auf. Unsere Gastgeberin hat vermutlich vor Ankunft der Gäste ein paar Lines im Badezimmer gezogen, und jetzt unterstützt sie die Wirkung mit Alkohol. So hat es mein Schwager auch immer gemacht.«

»Nimmt er noch Kokain?« flüsterte Isabel.

»Nein. Er hat sich und meine Schwester damit in den

Bankrott getrieben. Als dann kein Geld mehr da war, mußte er aufhören. Das hat ihn natürlich fast umgebracht.«

»Mein Lieber!« wandte sich Elizabeth lautstark an den vorbeigehenden Kellner. »Noch einen Wodka-Martini, keine Olive und nur wenig Eis.« Sie setzte ihr Glas vorsichtig auf seinem Tablett ab und wandte sich wieder ihrer Unterhaltung zu.

Elizabeths nächster, randvoller Drink hielt nicht einmal zehn Minuten. Sie bestellte sich gerade einen dritten, als Dee O'Reilly mit fliegenden braunen Locken hereinkam. Ihr Gesicht glänzte ein wenig vor Anstrengung, als sie zu den anderen stieß.

Sie trug ein enganliegendes schwarzes Samtkleid, das jede ihrer sinnlichen Kurven betonte. Sie sieht hinreißend aus, dachte Isabel ein wenig neidisch. Kräftig zwar, aber doch sehr sexy. Genau wie Elizabeth Carter verströmte Dee eine sinnliche Aura, und es bestand kein Zweifel daran, daß die Männer sie beide bewunderten.

Sie waren sehr verschieden – die eine dünn wie ein Model, die andere eine Rubensschönheit. Aber beide hatten dieses undefinierbare *Etwas*. In ihrer Gegenwart kam sich Isabel wie die ältere, unscheinbare Schwester vor. Sie dachte an den Mann im Garten und was sie einen kurzen Moment lang für ihn empfunden hatte, bevor sie seinen Namen kannte. Er *schien* von ihr angezogen gewesen zu sein, doch vielleicht bildete sie es sich lediglich ein.

»Tut mir leid, daß ich mich verspätet habe«, keuchte Dee. »Garry hat mich hierhergefahren, aber dann hatten wir einen Platten. Es dauerte Ewigkeiten, den Reifen zu wechseln, weil ich den Wagenheber verschlampt hatte.« Sie zog eine Grimasse. »Trotzdem war es ganz gut, daß er mit dabei war. Ich hätte Stunden damit verbracht, darüber nachzugrübeln, wie ich den Wagen ohne Wagenheber hochbocken könnte. Zusätzlich habe ich ihm dann noch vorgehalten, wenn er seinen teuren Alfa Romeo nicht schrottreif gefahren hätte, hätte er nicht mein Auto fahren müssen, und es wäre alles nicht passiert.«

»Nun sind Sie ja hier, und so viel haben Sie nicht verpaßt.« Isabel lächelte sie an. »Möchten Sie einen Drink? Sie machen ganz den Eindruck, als ob Sie einen gebrauchen könnten.«

»O ja, bitte«, erwiderte Dee schnaufend.« Einen Drink könnte ich gut gebrauchen, und außerdem habe ich einen Bärenhunger. Wer ist das denn?« fragte sie und deutete auf Elizabeth.

»Unsere Gastgeberin«, sagte Phil. »Und unser Gastgeber.«

Isabel beobachtete, wie der großgewachsene Mann sich zu der Gruppe gesellte. Jack Carters Haarschopf wirkte im Licht noch goldener. Jetzt erkannte sie auch, daß seine Augen, die sie so intensiv angesehen hatten, hellgrau waren.

»Nun, amüsieren wir uns alle?« fragte er.

»Ja, wunderbar«, erwiderte Stalin und hob schwankend sein Glas.

»Es freut mich, wenn Sie alle eine gute Zeit haben. Haben Sie sich schon durch das Büfett probiert?«

»Der Lachs in Wodkasoße gefällt uns besonders«, bemerkte Tony.

Elizabeth kicherte. »Haben wir das überhaupt? Das wußte ich gar nicht. Eigentlich eine Verschwendung von Wodka, finden Sie nicht auch? Das einzige, was man in Wodka einlegen sollte, bin ich selbst. Habe ich nicht recht, Liebling?« wandte sie sich mit plötzlich leicht zittriger Stimme an ihren Mann.

Er warf ihr ein verkrampftes Lächeln zu.

»Deren Beziehung scheint ja auch nicht gerade in Butter zu sein, was meinst du?« flüsterte Phil Isabel ins Ohr.

Isabel hörte sie gar nicht. Immer noch von ihrer Begegnung im Garten schockiert, beobachtete sie Jack. Sie hatte Schmetterlinge im Bauch. Sie konnte die Gefühle, die er in ihr ausgelöst hatte, nicht begreifen, sie wollte nicht glauben, daß ein Mann sie auslösen konnte.

Da stand er nun neben seiner Frau in seinem, einem Palast ähnelnden Zuhause, hatte seine Freunde und seine Angestellten um sich herum versammelt, und sie grübelte darüber nach, ob er sich für *sie* interessierte. Was war sie nur für ein Dummkopf! Verwandelten sich alle kurz vor vierzig in einen kompletten Idioten, oder war es ganz einfach nur sie selbst?

Dee stellte sich ihrem Gastgeber und ihrer Gastgeberin vor.

»Tut mir leid, daß ich mich verspätet habe«, entschuldigte sie sich. »Ich hatte Ärger mit dem Wagen.«

»Kein Problem«, erwiderte Jack ruhig. »Es ist nett, Sie kennenzulernen, Dee. Ich habe schon viel von Ihnen gehört.«

Dee errötete.

»Und zwar nur Gutes«, versicherte er ihr.

Sie errötete noch mehr.

Sein Blick wanderte von ihr zu Isabel. Schweigend starrte er sie einen Augenblick lang an. Plötzlich merkte sie, daß er darauf wartete, daß sie etwas sagte.

»Isabel Farrell, Ressortleiterin der Frauenthemen«, stellte sie sich so abgeklärt wie möglich vor.

Sein Blick blieb weiter auf sie gerichtet. »Schön, Sie kennenzulernen«, sagte er und wandte sich ab.

So wollte er das Spiel also spielen, dachte sie. Einfach so tun, als ob sie sich noch nie zuvor begegnet wären. Auch gut, da konnte sie mitspielen.

»Komm, Elizabeth. Es ist jetzt Zeit für deine Ansprache«, sagte Jack beherrscht. »Ich werde Sie alle während der Woche im *Sentinel* sehen.«

»Mein Gott, ist er nicht einfach wunderbar?« staunte Dee und leerte ihr Glas. »Liz ist ein Glückspilz.«

»Ja«, erwiderte Isabel leise. »Ein richtiger Glückspilz.«

12

Wo steckten sie nur? Dee durchwühlte ungeschickt ihre Handtasche, fand Lippenstifte, einen Mars-Riegel, Kulis, Taschentücher und einen halbgeöffneten Tampon inmitten von zusammengeknüllten Benzinrechnungen. Sie mußte wohl doch betrunkener sein, als sie angenommen hatte. Das lag an dem Champagner, den Tony ihr ständig nachgeschenkt hatte. Sie hätte ablehnen sollen, aber sie hatte sich gut amüsiert. Es war nett gewesen, einen aufmerksamen Mann an ihrer Seite zu haben, selbst wenn es der leicht anzügliche Sportredakteur war, der ihr ständig in den Ausschnitt glotzte. Er fand ihre Figur offenbar sehr reizvoll, selbst wenn sie keine Kate Moss war.

Immerhin hatte er sie auf der Rückfahrt nicht angemacht. Nur einmal hatte er seine Hand auf ihren Schenkel gelegt, und sie hatte sie weggeschlagen. Für was für eine Sorte Frau hielt er sie eigentlich?

Dee fröstelte. Für August war es bereits recht kühl. Sie hatte ihren Mantel vergessen. Er mußte wohl noch in Tonys Auto liegen. Verflucht.

Ihr Handy rutschte aus der Tasche und fiel laut scheppernd auf den Boden. Schon wieder, verdammt noch mal. Sicherlich hörte es Gary und wachte auf. Sie wollte ihn nicht wecken, denn er würde sich irrsinnig aufregen, sie so betrunken zu sehen.

Auf dem Weg zu Jack Carters Party hatte er angedeutet, er habe etwas sehr Wichtiges zu besprechen. Dann aber hatten sie den Platten gehabt, so daß er es ihr nicht hatte erzählen können. Deswegen hatte sie versprochen, früh nach Hause zu kommen, damit sie miteinander reden konnten. Da es jetzt aber schon sehr spät war, sie sehr beschwipst war und ganz sicher nicht fit für eine ernsthafte Unterhaltung, würde Gary sicherlich sehr wütend sein, wenn sie ihn weckte.

Da waren sie! Triumphierend hielt Dee den klirrenden Schlüsselbund hoch. Jetzt mußte sie nur noch leise die Tür öffnen, sich unten ausziehen und ohne Gary zu stören ins Bett schleichen. Ach ja, und ein großes Glas Wasser für den nächsten Morgen mußte sie auch mitnehmen, weil sie sicher mit dem Traum aufwachte, daß sie riesige Seven-up-Flaschen hinunterstürzte, um den Durst ihres Katers zu löschen. Ihr Plan ging nicht auf. Als sie geduckt und nur in ihrer Unterwäsche die Treppe hinauftapste, in der einen Hand ihr Kleid, in der anderen ein Glas Wasser, schlief Gary noch gar nicht. Er saß im Bett und las und hatte seinen Radiowecker auf die Tür gerichtet.

Dem Wecker zufolge war es halb vier, gute drei Stunden später, als Dee eigentlich hatte zu Hause sein wollen. »Habe ich dich geweckt?« fragte sie und riß unschuldig die Augen auf. »Ich habe mich bemüht, sehr leise zu sein.«

»Wenn du es als ›sehr leise‹ empfindest, knappe zehn Minuten vor der Tür zu stehen und Dinge auf den Boden fallen zu lassen, dann lauthals zu fluchen, so daß die ganze Straße dich hören kann, dann ja, dann warst du wirklich sehr leise«, giftete er sie an. »Leider stimmt deine Definition nicht mit der meinen überein.«

»Tut mir leid«, murmelte Dee. Warum war er nur so sauer? Sie war doch nur auf einer Büroparty gewesen, nicht etwa in einem Nachtklub. Und sie hatte zu den Carters gehen *müssen,* es war schließlich nicht so, daß sie hatte hingehen wollen. Sie hätte es vorgezogen, den Abend allein mit Gary zu verbringen. Denn sie liebte ihn immer noch, trotz allem, was er gesagt hatte. Seit ihrem katastrophalen Wochenende in Wexford war sie verletzt gewesen, Garys Worte hatten sie am Boden zerstört. Doch ein Abend mit jeder Menge Champagner und ebenso vielen Komplimenten hatte ihr eisiges Herz zum Tauen gebracht. Wenn sie zuviel getrunken hatte, fühlte sich Dee wieder glücklich und geliebt.

Das alles wollte sie Gary erzählen.

Sie ließ ihr Kleid fallen, knallte das Glas Wasser auf den Nachttisch und ließ sich auf ihn fallen, wobei sie seine Sportzeitschrift zerknüllte.

»Tut mir leid«, murmelte sie erneut. »Aber ich liebe dich, Gary, ich liebe dich wirklich, ganz wirklich. Du warst schrecklich zu mir, aber ich bin verrückt nach dir. Ich kann ohne dich nicht leben.«

Gary reagierte nicht.

Sie setzte sich auf ihn und drückte ihm erst einen feuchten Kuß auf die Stirn, dann auf den Mund. Sie würden sich lieben, das würde ihn aufheitern. Es funktionierte immer. Hoffnungsvoll kuschelte sie sich an seinen Hals.

»Soll ich meinen BH ausziehen oder wirst du es tun?« gurrte sie, setzte sich auf und ließ einen der Träger ihres schwarzen Wonderbras den Arm hinuntergleiten, bis ihr Busen sichtbar wurde. »Hoppla«, sagte sie, als sie dabei fast aus dem Bett fiel. *So* betrunken war sie nun auch wieder nicht. Gary schob sie von sich.

»Du bist besoffen, Dee. Schon wieder.« Er machte eine Gewittermiene, und seine Lippen waren nur noch eine schmale Linie, als er seine Beine unter Dee weg aus dem Bett schob und aufstand.

»Es ist unglaublich, daß du heute ausgegangen bist und dich betrunken hast. Du wußtest genau, daß ich mit dir reden wollte und daß es etwas Wichtiges ist. *Mach dir keine Sorgen, Gary, ich bin spätestens um zwölf zu Hause. Warte also auf mich, dann können wir reden.* Kommt dir das irgendwie bekannt vor?«

Dee zuckte zusammen, als Gary zornig ihre eigenen Worte wiederholte. Sie hatte tatsächlich früher nach Hause fahren wollen, aber irgendwie war dann halt alles anders gelaufen. Phil und Isabel hätten sie sicher mitgenommen, aber sie waren bereits um halb elf gegangen, und da war sie gerade eben angekommen. Es wäre unhöflich gewesen, sofort wieder zu gehen. Das wollte sie Gary gerade erklären, doch er ließ ihr keine Chance. Er stand neben dem Bett und blickte wütend auf sie hinunter. Offensichtlich war er nicht in der Stimmung, Liebe zu machen. Und das, obwohl sie auf der Bettkante saß und ihre sexy Höschen und die durchsichtigen schwarzen Strumpfhalter anhatte, die er so gerne mochte.

»Ich hatte etwas sehr Wichtiges zu besprechen …«

»Das können wir doch jetzt noch tun«, bettelte sie.

»Nein. Das werden wir nicht tun«, entgegnete er kurz angebunden. »Die Zeit der Diskussionen ist vorbei. Angesichts deines Benehmens habe ich mich bereits entschlossen, Dee. Man hat mir einen sechsmonatigen Aufenthalt in unserem Firmenbüro in London angeboten, und ich werde das Angebot annehmen.«

Sie starrte ihn entsetzt an. London. Sechs Monate. Sechs Monate lang weit weg. Das konnte er doch wohl nicht ernst meinen? Sie konnte es nicht fassen.

»Aber … aber … aber das kannst du doch nicht«, jammerte sie. »Warum? Warum und weshalb? Weshalb willst du mich verlassen? Was hat das alles zu bedeuten?« Ihre Gesichtszüge verzerrten sich, als sie über Garys Worte nachdachte.

»Du bist zu betrunken, um noch einen klaren Gedanken zu fassen«, bemerkte er kühl. »Leg dich hin, ich bitte dich, und dann reden wir morgen früh.«

Er ging aus dem Zimmer, und Dee hörte ihn im Wandschrank herumräumen. Sie stand auf und eilte in den Flur, wo Gary die Gästebettdecke nach unten trug.

»Was machst du denn da?« greinte sie.

»Ich schlafe auf der Couch«, erwiderte er. Dann knallte er die Tür hinter sich zu. Dee hing über dem Treppengeländer und fragte sich, was hier falschgelaufen war. Damit war es ihm doch nicht etwa ernst? Sie unterdrückte ihren Impuls zu weinen, ging wieder zurück ins Schlafzimmer, legte sich auf Garys Seite des Bettes, rollte sich zusammen und zog die Bettdecke über den Kopf. Der Duft seines Rasierwassers auf dem Kissen tröstete sie.

Er konnte sie doch nicht wirklich verlassen? Er wußte doch, daß sie ein paar Gläser Alkohol brauchte, um sich auf Partys zu entspannen. Wenn sie nüchtern war, war sie davon überzeugt, unendlich fett und häßlich zu sein. Ein paar Drinks versetzten sie in eine etwas lockerere Stimmung. Mehr nicht.

Gary hatte ja keine Ahnung, wie es sich anfühlte, einen dichtgedrängten Raum zu betreten, wo einen überall diese verdammten abgemagerten Supermodels anstarrten. Sie hatten Wespentaillen und einen Busen, der ihre BHs nicht sprengte. In einer dünnen Welt dick zu sein war ihr schlimmster Alptraum. Gary hatte ganz einfach keine Ahnung.

Nicht der Kater war es, den sie als erstes am Sonntag morgen spürte, als vielmehr das Gefühl, allein in ihrem Doppelbett zu liegen. Ihr Fuß, der in Richtung Gary gewandert war, stieß auf nichts als ein leeres Bett. Sie öffnete ein verquollenes Auge und blinzelte auf den Wecker. Halb zwölf. Offenbar war er ohne sie zu wecken zum Fußball gegangen. Normalerweise brachte ihr Gary am Sonntag morgen eine Tasse Kaffee, bevor er mit seinen Kumpels ein paar Stunden Fußball spielte. Früher war Dee mit ihm zusammen zu den wichtigen Spielen gegangen, hatte in Eiseskälte am Spielfeldrand gestanden, sein Team angeheizt und bei einem Foul der Gegenseite lauthals protestiert. Im Sommer jedoch spielte sein Team keine Entscheidungsspiele, sie war es also nicht mehr gewohnt, sonntags früh aufzustehen, wenn sie nicht unbedingt mußte.

Hoffentlich würde Gary nach seiner Rückkehr bessere Laune haben und seinen gestrigen Mißmut beigelegt haben. Und daß er nach London ziehen wollte, konnte er unmöglich ernst meinen. In Dublin war er so erfolgreich, daß er eine sechsmonatige Abwesenheit sicherlich nicht riskieren würde. Oder doch?

Sie würde versprechen, niemals mehr zu trinken, sie wollte ihn auch niemals mehr wegen der Hausarbeit anmeckern, und sie würde Diät halten. Sie würde alles machen, um die Sache wieder einzurenken. Was auch immer Gary wollte, sie würde es tun. *Ganz gleich, was.* Er würde einsehen, daß sie füreinander geschaffen waren. Wie konnte er sie dann verlassen?

Dee strampelte die Bettdecke zurück, rekelte sich und stand auf. Eigentlich fühlte sie sich gar nicht so schlecht, der Kater war nicht allzu schlimm, aber Hunger hatte sie. Vermutlich war nichts zu essen im Haus. Doch Moment – sie hatte noch ein paar Tiefkühlcroissants. Auf dem Weg zum Zeitungsverkäufer konnte sie Eier kaufen, danach die Croissants aufbacken, ein paar Rühreier in die Pfanne schlagen und für Garys Rückkehr ein wunderbares Brunch zubereiten. Genau, das würde ihn aufmuntern.

Begeistert von ihrem Vorhaben duschte sich Dee, wusch sich die Haare und zog sich zur Radiomusik summend an. Die Vorstellung einer neuen Dee O'Reilly kam ihr in den Sinn – eine schlanke, elegante Dee in einem fließenden Hosenanzug, Größe sechsunddreißig, die Haare zu einer glänzenden Pagenfrisur geglättet, nicht mehr das übliche Durcheinander ihrer störrischen Locken. Nur wenig Make-up. Sie würde sich am *Lancôme*-Stand bei *Arnott's* schminken lassen und lernen, wie man einen Lidstrich so auftrug, daß sie hinterher nicht aussah, als ob sie bereits vier Runden gegen Mike Tyson gekämpft habe.

Sie würde ihre riesige Handtasche gegen eine dieser eleganten kleinen tauschen, die einen geschäftsmäßigen Eindruck machten. Und sie würde ihre Diät minutiös einhalten, nie wieder einen Mars-Riegel sondern Obst essen und acht Gläser Wasser täglich trinken, weil es gesund war, anstatt darauf zu hoffen, daß die acht Tassen Kaffee am Tag ihren Flüssigkeitsbedarf abdeckten.

In diese neue Dee würde sich Gary Hals über Kopf verlieben und die ganze Sache mit London einfach vergessen. Beim Anziehen dachte Dee, daß sie einfach hinreißend niedlich aussah – zwar dick niedlich, aber doch zweifelsfrei niedlich. Sie trug Blue Jeans und ein sehr knappes rosa Velours-T-Shirt, das sich provokativ um ihren Busen schmiegte. Ihre Haare hatte sie auf dem Kopf zusammengebunden, wie die Figur Pebbles von den *Flintstones.* Zusätzlich hatte sie noch reichlich von dem wunderbaren nach Vanille duftenden *Angel* aufgespürt. Sie war überzeugt, daß Gary ihr nicht würde widerstehen können. Als es fünf Uhr geworden war, hatte sie die gesamte Sonntagspresse durch, sowohl ihre als auch Garys Portion Rührei gegessen und die Croissants ebenfalls. Smudges Magen war von all dem übriggebliebenen Rührei zum Ballon aufgebläht, und sie lag im Tiefschlaf auf einem der Sessel, wobei sie gelegentlich eine Pfote bewegte, um ihre Traummaus zu erhaschen.

Entnervt warf Dee die dritte Fernsehzeitung auf den Boden. Noch immer war Gary nicht aufgetaucht. Er hatte nicht angerufen. Sein Handy lag zwar nicht im Hause herum, doch hatte er es offenbar abgestellt. Seine Sporttasche hatte Dee unter der Treppe liegend gefunden. Offenbar war er doch nicht Fußballspielen gegangen, doch wo in aller Welt steckte er? Und warum hatte er nicht angerufen? Er würde doch wohl nicht immer noch sauer auf sie sein?

Liebe Annie,

mein Freund und ich hatten einen schrecklichen Streit, und er ist aus dem Haus gerannt. Meine Seite der Geschichte hat er sich gar nicht erst angehört, was ziemlich unfair ist, denn ich mußte von Geschäfts wegen auf eine Party gehen. Und man kann nun mal nicht auf eine Party gehen, ohne etwas zu trinken.

Das Problem ist, daß er nicht nach Hause gekommen ist und ich nicht sicher bin, ob ich mir Sorgen machen oder sehr, sehr wütend sein soll. Wie kann er mir das nur antun? Was schlagen Sie vor – soll ich ihn anbrüllen, wenn er nach Hause kommt, oder soll ich einfach nicht mit ihm reden?

Dee machte sich noch eine Tasse Kaffee und las zum fünften Mal ihr Horoskop in wieder einer anderen Zeitung. Wo man auch hinsah, hatten Skorpione mit Partnern einfach eine schlechte Woche.

Lassen Sie etwas sausen, von dem Sie schon seit langem geträumt haben. Die Planetbewegungen am Dienstag deuten daraufhin, daß Sie sich an einem Scheideweg in Ihrem Leben befinden. Was Sie jetzt tun, wird für Ihre Zukunft von entscheidender Bedeutung sein … sagte das eine Horoskop. *Ihre Glücksfarbe ist grün, Ihre Glückszahl ist zehn, und ungebundene Skorpione werden am Dienstag die Liebe ihres Lebens finden. Skorpione mit Partnern sollten sich, was ihre romantischen Bindungen betrifft, auf schlechte Nachrichten gefaßt machen,* sagte ein anderes. Das sah alles nicht gut aus. Dee zappte durch die Fernsehkanäle. Überall gab es nur Nachrichten, und Nachrichten konnte sie bald nicht mehr sehen. Um sechs hatte sie einen Energieschub. Sie räumte die Küche auf, trocknete das Geschirr ab, reinigte die Herdplatten und desinfizierte alles, was ihr unter die Hände kam. Um sieben lag sie wieder vollkommen zerknirscht auf dem Sofa. Irgend etwas stimmte nicht. Normalerweise blieb Gary nicht so lange weg, ohne sie zumindest anzurufen.

Nach ungefähr fünfzehnmal Klingeln nahm Maeve das Telefon ab. »Ich war im Bad«, keuchte sie außer Atem. »Ich habe mir die Beine enthaart, meinen Damenbart gebleicht, und jetzt färbe ich mir die Haare.«

»Alles zur selben Zeit? Ist das nicht ein wenig riskant?«

»Vermutlich schon. Aber Carl wird mich in einer Stunde hier abholen, da muß ich alles gleichzeitig machen. Wenn ich jetzt nicht meine Haare färbe, wird er herausfinden, daß ich nicht von Natur aus rote Haare habe. Wie war denn die vornehme Party? Hat sich jemand schrecklich danebenbenommen?«

Dee zog eine Grimasse. »Nur ich.«

»Was hast du getan?« fragte Maeve verblüfft.

»Na ja, auf der Party selbst habe ich gar nicht so viel angestellt. Es hat mehr damit zu tun, wie lange ich dort geblieben bin, wieviel ich getrunken habe und was passiert ist, als ich nach Hause kam.«

»Du brauchst gar nicht weiterzureden«, unterbrach sie Maeve wissend. »Der süße, der wunderbare Gary hat sich maßlos aufgespielt, weil du dich betrunken hast, und jetzt hat er schlechte Laune?«

»Na ja, so ungefähr.« Es überraschte Dee, wie schnell Maeve die Lage eingeschätzt hatte. »Man hat ihm einen Job in London angeboten, und er wollte mit mir darüber reden, aber...«

»Aber um halb vier früh hast du dich einfach ins Bett geschmissen, warst zu einer vernünftigen Unterhaltung nicht mehr fähig, hast wie verrückt gekichert und hattest jede Menge Telefonnummern von irgendwelchen Männern auf kleinen Zetteln dabei«, beendete Maeve ihren Satz.

»Eigentlich war es erst halb drei, und die Telefonnummern hatte ich auch nicht. Tony Winston habe ich die Hand weggeschlagen, als er mich nach Hause fuhr... aber die Geschichte ist jetzt zu lang, um sie dir zu erzählen«, sagte Dee hastig. »Als ich nach Hause kam, wollte Gary über den Job in London reden und mich um meine Meinung bitten. Dann aber meinte er, er nimmt ihn auf jeden Fall an, weil er von mir die Nase voll hat. Er hat unten geschlafen, und ich habe ihn den ganzen Tag über nicht gesehen«, fügte sie zerknirscht hinzu.

»Ach, du Arme«, sagte Maeve mitfühlend. »Brich jetzt nicht in Panik aus, Dee. Du weißt genau, daß er die Sache so gut es geht für sich ausschlachtet. Den Job in London wollte er vermutlich ohnehin annehmen und brauchte nur einen Vorwand.«

»Noch schlimmer!« meinte Dee mit erstickter Stimme und begann zu weinen. »Das heißt, daß er mich verlassen will. Aber ich liebe ihn, Maeve, das weißt du doch. Und wenn er möchte, daß ich mich verändere, werde ich das tun. Ich kann einfach nicht ohne ihn sein.«

«Dee«, fuhr Maeve in ruhigem Tonfall fort, »tu dir das nicht an. Du kannst ebensowenig wie Gary verändern, wer du nun einmal bist. Und wenn du ehrlich bist, möchtest du, daß er sich verändert. Das wird er aber nicht tun. Denn er ist ein Mann, und Männer ändern sich nicht.«

»Aber ich will doch gar nicht, daß er sich ändert«, jammerte Dee. »Ich will nur, daß er zurückkommt!«

»Letzten Monat noch wolltest du, daß er sich ändert. Du wolltest, daß er sich an der Hausarbeit beteiligt und nicht mehr so ein fauler Lulatsch ist. Und dann wolltest du noch, daß er dann und wann nette Dinge zu dir sagt, und zwar nicht unbedingt nur in solchen Momenten, wenn er scharf auf dich ist.«

»Aber das war im *letzten* Monat. Ach, Maeve, wo ist er nur? Warum kommt er nicht zurück? Was soll ich nur tun?«

»Sein Handy ist abgeschaltet?«

»Ja.«

»Was meinst du denn, wo er sein könnte?«

»Ich weiß es nicht. Vielleicht ist er bei Len. Oder aber in der Kneipe bei Len um die Ecke.«

»Dann ruf doch entweder bei Len oder in der Kneipe an.«

»Das kann ich nicht.«

Maeve seufzte. »Gib mir die Telefonnummern, dann mache ich es.«

Gary war bei Len. »Er klang vollkommen betrunken«, kolportierte Maeve. »Sie hatten wohl den ganzen Nachmittag über Whisky getrunken. Len ging sogar so weit, mich zu ihnen einzuladen. Da müssen sie schon ganz schön einen in der Krone haben. Als ich Len das letzte Mal gesehen habe, hat er mir verraten, er würde auch dann nicht mit mir zusammensein wollen, wenn ich die allereinzigste Frau auf der Welt wäre. Das war allerdings, nachdem ich ihm gesagt habe, sein Schwanz sei wohl etwas klein geraten, weil er sich so viel mit seinem Porsche abgibt. Ein zehn Jahre alter Porsche auch noch …«

»Was hat Gary denn gesagt?« erkundigte sich Dee nervös.

»Er wollte nicht mit dir sprechen«, erwiderte Maeve. »Im Hintergrund hörte ich ihn sagen, daß er dann nach Hause kommen würde, wenn ihm der Sinn danach stünde. Wirklich ausgesprochen charmant.«

Dee brachte kein Wort über die Lippen. Sie fühlte sich zusammengestaucht, als ob jedes bißchen Luft aus ihrer Lunge gepreßt worden wäre. Sie setzte sich auf die unterste Treppenstufe und schlug den einen Arm um die Knie. Es war ein Alptraum, ein entsetzlicher Alptraum. Ihr Leben zersplitterte direkt vor ihren Augen, und sie konnte nichts dagegen tun. »Ist alles okay?« fragte Maeve.

Es war wirklich nicht fair, ihre Sorgen ihrer Freundin Maeve aufzuhalsen. Sie war völlig außer sich gewesen, als Carl, ein Lehrer in dem Fitneßcenter, dem sie gerade beigetreten war, sie eingeladen hatte. Dee wollte Maeves erstes Rendezvous seit Monaten nicht ruinieren. Es war seit Monaten der erste Mann, der Maeve versprochen hatte, sie anzurufen und es tatsächlich auch getan hatte.

»Mir geht es gut, danke, Maeve. Mach du dich jetzt fertig. Ich komme schon klar, ehrlich.«

»Das kommst du nicht …«

»Doch«, erwiderte Dee bestimmt. »Mach dich jetzt für den tollen Abend fertig. Ich weiß doch, wie sehr du dich darauf gefreut hast. Schließlich möchte ich nicht dafür verantwortlich sein, daß Carl herausfindet, daß du nicht von Natur aus rote Haare hast«, versuchte sie zu scherzen.

»Ich kann dich doch so nicht allein lassen.«

»Wieso denn nicht? Ich bin wie immer«, meinte Dee aufgeräumt. »Du kennst Gary und mich – wir streiten uns ständig. Und meinen es niemals ernst. Er wird schon nach Hause kommen, wenn er soweit ist.«

Sie wollte beiläufig und abgeklärt klingen.

»Bist du dir sicher?« Maeve schien nicht sonderlich überzeugt. Dee hätte am liebsten laut nein geschrien. Dann hätte Maeve den Abend mit ihr verbracht und sie mit Geschichten über Männer getröstet, die doch am Ende stets wieder nach Hause kamen. Aber Dee konnte unmöglich Maeves erste Verabredung mit Carl ruinieren. Offenbar sah er gut aus, war gut gebaut *und* finanziell flüssig – eine Seltenheit bei Maeve, die sich immer die langweiligsten Männer ohne Arbeit aussuchte.

»Maeve, sei nicht albern. Ich weiß jetzt, wo Gary ist, das reicht mir. Ich mache mir keine Sorgen mehr. Vielleicht gehe ich heute sogar aus, nur um ihn zu ärgern. Ich habe meine Eltern die ganze Woche über nicht gesehen«, fügte sie der Glaubwürdigkeit wegen noch an. »Ich werde sie besuchen fahren. Meine Mutter hat die Grippe, da könnte sie eine Aufmunterung gut gebrauchen.«

»Also okay.« Maeve klang erleichtert. »Du solltest nicht den ganzen Abend über allein zu Hause herumsitzen. Das würde dir nicht guttun.«

»Das werde ich auch nicht tun«, meinte Dee, die genau das vorhatte. Sie hatte noch eine ungeöffnete Flasche *Absolut Citron* Wodka im Tiefkühlfach, Orangensaft im Kühlschrank, und eine ganze Tüte Mini-Mars lag in einem der Regale. Dee würde sich einen wunderschönen Abend machen.

»Mach du dir einen tollen Abend, morgen möchte ich dann alles bis ins letzte Detail von dir erfahren«, lachte sie. »Den Umfang seiner Schenkel, den Stand seines Bankkontos, seine beruflichen Aussichten und ... habe ich da irgend etwas vergessen?«

»Nein. Das Wesentliche ist damit abgedeckt.« Maeve kicherte. »Paß gut auf dich auf, Dee. Wir sehen uns morgen in der Redaktion. Alles wird wieder gut, da bin ich mir sicher. Gary liebt dich.«

»Ich weiß, ich weiß. Tschüs, und vielen Dank für alles. Du

bist eine wunderbare Freundin.« Dee war froh, daß Maeve weder sie noch die dicken Tränen sehen konnte, die jetzt langsam ihr Gesicht herunterrannen.

»Tschüs.«

Dee saß noch lange mit dem Telefon auf den Knien auf der untersten Treppenstufe. Dann ging sie in die Küche und holte den Wodka aus dem Tiefkühlfach. Und wenn sie die ganze Nacht auf ihn warten mußte, dann würde sie das eben tun.

Als Gary schließlich nach Hause kam, hatte Dee lediglich zwei kleine Screwdriver-Cocktails getrunken. Eigentlich hatte sie sich vollkommen zuschütten wollen, damit sie nicht mehr über all die Dinge nachdenken mußte, die Gary ihr letzte Nacht gesagt hatte. Aber ihr war nicht nach trinken. Die Erinnerung an ihr Besäufnis gestern abend war noch zu frisch. Erstaunt bemerkte sie, daß sie nie wieder so betrunken sein wollte. Sie hatte ihr Unglück und ihre Unsicherheit im Champagner ertränken wollen, womit sie allerdings nur noch mehr Probleme heraufbeschworen hatte. Alkohol war nicht die Lösung, dachte Dee und erinnerte sich an all die Male in ihrem Leben, als sie ihn als solche angesehen hatte.

Ohne die Zerstreuung des Alkohols – und sie wollte verzweifelt gern zerstreut sein, denn sie konnte sich ihren häßlichen Erinnerungen nicht stellen – wollte sie sich heute abend ein paar ihrer Lieblingsvideos ansehen. Sicher würde sie schallend lachen müssen, und beim Lachen konnte sie nicht nachdenken.

Aber Garys Ankündigung, sie zu verlassen, kam ihr ständig wieder in den Sinn. Außerdem hörte sie seine tadelnde Stimme – sie sei fett, häßlich, man müsse sich ihrer schämen. Immer wenn diese Stimmen sich von ihrem Unterbewußtsein in ihr Bewußtsein drängen wollten, zwang sich Dee, sich ganz auf die Abenteuer von Edina und Patsy in *Harvey Nichols* zu konzentrieren. Joanna Lumley war so *schlank*, dacht sie neidisch. Sie rauchte – das mußte wohl das Geheimnis sein.

Das Weihnachtsspecial war so irrsinnig lustig, daß Dee darüber ihre Traurigkeit gut vergessen konnte. Um halb elf hörte sie, wie Gary die Haustür öffnete. Nervös schaltete sie den Fernseher aus.

Gary rief nicht wie gewohnt: »Ich bin's!«, damit sie nicht glaubte, es handle sich um einen Einbrecher. Er knallte lediglich die Haustür zu und marschierte ins Wohnzimmer.

»Hallo«, sagte sie ängstlich. »Ich habe mir Sorgen um dich gemacht.«

In seinen schmalen Augen spiegelte sich der Ekel, als er die Flasche *Absolut Citron* auf dem Wohnzimmertisch erblickte.

»Trinkst du wieder?« fragte er brüsk.

»Eigentlich, nein ...«, begann Dee.

»Mühe dich nicht mit irgendwelchen Ausreden ab«, schnappte er. »Du kannst machen, was du willst: Du kannst dich von mir aus zu Tode fressen und zu Tode trinken, mir ist es egal. Morgen früh bin ich weg.«

Er verließ das Zimmer und ging die Treppe nach oben.

Dee atmete langsam aus. Er ging also tatsächlich. Was immer sie auch sagte, sie würde seine Meinung nicht ändern können. Ein paar Minuten lang saß sie da und starrte den leeren Fernseher an. Jetzt geschah es tatsächlich – das, wovor sie sich den ganzen Tag über gefürchtet hatte. Gary verließ sie.

Dee hätte nicht sagen können, warum, aber sie brach nicht weinend zusammen. Normalerweise weinte sie bei jeder Kleinigkeit. Aber jetzt, wo das gefürchtete Erdbeben tatsächlich eingetreten war, war sie vollkommen ruhig. In der Küche machte sie sich eine Tasse Tee, setzte sich an den Tisch und fertigte eine Liste an.

Wann ging er nach London, und was würden sie mit dem Haus machen? Wollte er weiter mit ihr den Kredit abzahlen, oder sollte sie das Haus verkaufen und das Geld aufteilen? Laute Geräusche aus dem Gästezimmer verrieten ihr, daß

Gary heute dort nächtigen würde. Dee verspürte eine eigenartige Erleichterung. Auch sie schlief nicht gern mit ihm in einem Bett, wenn beide kaltschultrig voneinander abgewandt lagen und sich unter keinen Umständen berühren wollten. Er haßte sie, er konnte sie wirklich nicht ausstehen.

Sie hatte es in seinen Augen sehen können, sein Gesicht eine Maske aus Feindlichkeit, als er sie angewidert angestarrt hatte. Sie schlief lieber auf der Straße, als im selben Bett mit einem Mann, der von ihr abgestoßen war. Als Gary wenig später nach unten kam, reichte ihm Dee nervös die Liste der Dinge, über die sie reden mußten. Er betrachtete argwöhnisch ihr nicht verweintes Gesicht, dann warf er einen Blick auf den Zettel.

»Ich denke, wir sollten uns über die Sachfragen unterhalten«, sagte sie ruhig.

»Äh … ja«, stotterte er.

»Was willst du mit dem Haus machen?«

»Verkaufen«, sagte er, nunmehr wieder gefaßt. »Morgen früh ziehe ich aus. Wenn du möchtest, kannst du die Sache mit einem Makler besprechen und mich telefonisch auf dem laufenden halten. Je eher wir es verkaufen, um so besser.«

»Wann gehst du nach London?« fragte Dee und war von ihrer eigenen Selbstbeherrschung überrascht.

»Ende September.«

»Oh«, sagte sie. Das war ungefähr der Zeitpunkt, zu dem sie nach Amsterdam hatten reisen wollen. Dee dachte flüchtig an die schöne holländische Hauptstadt und daran, das Haus von Anne Frank zu besuchen. Das hatte sie schon sehen wollen, seit sie als Teenager das berühmte Tagebuch gelesen hatte. Was für ein schreckliches Dasein das gewesen sein mußte, die ganze Zeit in Angst vor den Nazis zu leben, die die Familie finden und sie für ewig auseinanderreißen konnten. Sich vorzustellen, so seine Liebsten zu verlieren …

Seine Liebsten zu verlieren … Dee schnürte es die Kehle zusammen. Aus Angst, nun doch noch in Tränen auszubrechen, stellte sie ihre Tasse in den Spülstein und rannte die Treppe hinauf. *Er* jedenfalls sollte sie nicht weinen sehen. Dee bekam kaum ein Auge zu. Um eins hörte sie Gary ins Bett gehen, nachdem er eine Weile lang im Fernsehen Fußball gesehen hatte. Sie hörte ihn im Badezimmer die Zähne putzen, alles ganz gewohnte Geräusche, nach denen er normalerweise zu ihr ins Bett kriechen würde. Heute jedoch knipste er das Flurlicht aus und ging ins Gästezimmer.

Trotz ihrer Erschöpfung konnte sie nicht schlafen. Ab und zu weinte sie heiße, hoffnungslose Tränen, die ihr auf den Wangen brannten. Der Morgen graute bereits, als sie endlich etwas einschlummerte, ihre Lider schwer vor Erschöpfung. Um sieben Uhr wachte sie auf und war augenblicklich hellwach. An den meisten Montagen drückte sie blind die Wiederholungstaste und strauchelte ungefähr gegen halb acht aus dem Bett, um gegen zehn bei der Arbeit zu sein. Heute machte sie sich Kaffee mit Toast und nahm beides zurück ins Bett, um Gary nicht zu begegnen, der zu etwas konventionelleren Zeiten arbeitete. Sie konnte ihm nicht ins Gesicht sehen; sie konnte seinen heftigen, unversöhnlichen Ekel nicht ertragen. Jedenfalls nicht mit geschwollenen, roten Augen.

Um halb acht hörte sie ihn in der Dusche, zehn vor acht frühstückte er, und fünf nach acht verließ er das Haus. Als er gegangen war, stand sie auf, stellte das Radio auf einen lauten, fetzigen Rocksender ein und machte sich fertig. Sie legte nur wenig Make-up auf. Warum sollte sie auch? Ihr Gesicht war blaß und erschöpft, ihre Augen traurig und vom Mangel an Schlaf verquollen.

Halbherzig legte Dee etwas Lidschatten und Wimperntusche auf. Kein Make-up der Welt konnte sie auch nur halbwegs normal aussehen lassen, dachte sie, während sie sich mißmutig betrachtete. Ihre dunklen Augen blickten ausdruckslos, und ihre sonst so ebenmäßige Haut machte einen ungesunden Eindruck.

Sie hatte nicht die Kraft, die maulbeerfarbene Seidenbluse zu bügeln, die sie heute hatte tragen wollen. Statt dessen zog sie sich ein weißes Hemd über, das sie schon lange nicht mehr getragen hatte, dazu gesellte sich die unausweichliche schwarze Palazzohose. Ein schmal geschnittenes schwarzes Samtjackett, das alle möglichen Sünden gut kaschierte, rundete das Ganze ab. Mit den zehn langlebigsten Klassikern von *Vogue* konnte das Ensemble zwar nicht mithalten, aber es mußte reichen.

Von der Dusche war ihr Haar immer noch feucht und kraus, aber es wäre ein zu großer Aufwand gewesen, es mit einer glättenden Lotion zu bearbeiten. Also band es Dee im Nacken zu einem Knoten zusammen und machte sich nicht einmal die Mühe, ein paar Strähnchen dekorativ um ihr Gesicht zu zupfen. Bald würde sie besser aussehen, dachte sie im Vorbeigehen am Flurspiegel, wo sie das blasse Gesicht mit dem zurückgebundenen Haar betrachtete. Viel besser.

Maeve tänzelte mit glühendem Gesicht auf Dees Schreibtisch zu.

»Hallo. Ist es nicht ein herrlicher Tag?« Sie grinste breit. »Ich bin übrigens nicht deswegen so glücklich, weil der wunderbare Carl mich gestern nacht bis zur Besinnungslosigkeit gevögelt hat. Ich bin glücklich, weil ich ihn gefunden habe – den *einen*, den Mann meiner Träume!« Jetzt erst musterte sie Dee genauer, und ihr Lächeln gefror. »Dee? Oh, mein Gott, was ist passiert? Alles in Ordnung?«

Dee lächelte bemüht. »Es geht mir gut. Single, entlobt – und auf der Suche nach einem neuen Zuhause. Abgesehen davon geht es mir gut.«

»O nein.« Maeve nahm Dee in den Arm und drückte sie fest. »Du Arme. Was ist geschehen? Oder möchtest du nicht darüber reden?«

»Ich weiß nicht, ob ich überhaupt darüber reden kann«, erklärte Dee. »Ich möchte nicht schon wieder im Büro in

Tränen ausbrechen. Es wird mir langsam zur Gewohnheit. Ich erzähle dir alles beim Mittagessen.«

»Also gut. Kann ich dir eine Tasse Kaffee oder sonst irgend etwas holen?« erkundigte sich Maeve besorgt.

»Ja, das wäre schön.«

Nachdem Maeve gegangen war, wurde Dee bewußt, daß sie ihrer Freundin unbedingt sofort alles erzählen wollte. Sie nahm ihre Handtasche – falls sie in Tränen ausbrechen sollte, hatte sie immerhin zur Schadensbegrenzung ihr Make-up-Täschchen dabei – und ging Richtung Küche.

Maeve kam ihr auf halbem Wege mit zwei Tassen dampfendem Kaffee entgegen.

»Hast du Zigaretten dabei?« fragte Dee.

Maeve nickte.

»Komm mit auf die Toiletten. Dort kann ich dir alles erzählen und dabei eine rauchen.«

Die Geschichte dauerte drei Zigarettenlängen. Mehrere Frauen kamen und gingen in die sechs Kabinen, während Maeve und Dee übergangslos über Allerweltsthemen sprachen, sobald sie nicht mehr allein waren. Zu ihrem eigenen Erstaunen mußte Dee nicht weinen, selbst dann nicht, als sie davon erzählte, daß sie das Haus gleich verkaufen müsse.

»Himmel noch mal, der ist aber wirklich eiskalt«, flüsterte Maeve.

»Ich selbst war auch sehr gefaßt«, bemerkte Dee.

»Das war wegen des Schocks. Du weinst dir doch schon die Augen aus, wenn du eine tote Katze am Straßenrand liegen siehst. Du hattest nur deshalb keinen hysterischen Anfall, weil du unter Schock gestanden hast. Später wird es dich noch richtig umhauen, ich warne dich.«

»Vielleicht.« Dee überlegte. »Ich fühle mich vollkommen erstarrt, als ob das alles gar nicht wirklich wäre.«

»Kommt es dir wie ein Traum vor? Du hast *Frasier* einfach zu häufig gesehen.«

Sie lachten beide etwas krampfhaft.

»Das stimmt sogar«, meinte Dee. »Er ist Psychiater mit katastrophalem Privatleben. Und ich bin eine Kummerkastentante mit katastrophalem Privatleben. Meinst du, ich könnte meine Geschichte als Drehbuch für eine Sitcom verkaufen?«

»Warum nicht?« Maeve blickte auf die Uhr. »Mein Gott, die Zeit! Ich muß an die Arbeit, sonst bin ich mal gewesen. Mir geht es ja nicht so wie euch stellvertretenden Ressortleiterinnen, die hier nach Belieben ein und aus gehen können.« Sie umarmte Dee liebevoll. »Informiere mich bitte, falls es dir nachher nicht so gutgehen sollte. Ich kann mir eine Stunde freinehmen, dann können wir zu *Magee's* gehen und uns dort in aller Ruhe unterhalten, okay? Ich will nicht, daß du leise vor dich hin leidest, Dee. Versprochen?«

Dee hatte überhaupt keine Zeit, um vor dem Mittagessen nur ein einziges Mal an Gary zu denken. Die neue Chefredakteurin, Malley McDonnell, verbrachte den Vormittag in Ted Holts Büro, nunmehr Eugene Flynns Büro, und diskutierte mit ihm verschiedene Neuerungen, die sie in Angriff nehmen wollte. Abgesehen von der Abwesenheit von Nigel, Ted und seiner klatschsüchtigen Sekretärin Marion, die mit ihrem Chef zusammen gegangen war, war alles wie zuvor. Für den Moment jedenfalls.

»Wir werden ein paar neue Abteilungsleiter einsetzen«, erklärte Eugene, als Isabel, Phil Walsh, Maeve, Dee und die anderen Frauen von den Frauenseiten ihren Gesprächstermin hatten. »Wir werden zwei Redaktionsdirektoren einstellen – einen für die Nachrichtenseite und einen für die Reportagen, die Frauenseite und das Vermischte.«

Das *Vermischte?* Darunter firmierten sie also, dachte Dee verärgert. Sie konnte Eugene Flynn nicht ausstehen. Er erinnerte sie an solche Menschen, die Spinnen die Beine ausrissen. Was für eine Art von Managementsystem schlug er hier eigentlich vor? Redaktionsdirektoren?

Das war eine ganz neue Bezeichnung. Auf welcher Ebene

sollten die denn operieren? Direkt unter dem Chefredakteur und über den verschiedenen Ressortleitern? Wer wußte Bescheid? So wie Flynn den *Sentinel* umstrukturierte, würde bald jeder zehn Chefs haben, und keiner würde seine Arbeit mehr wegschaffen können, weil die Aufgabenverteilung nicht klar definiert war.

»Jack Carter hätte Ihnen eigentlich die neuen Strukturmaßnahmen erklären wollen. Er mußte jedoch geschäftlich nach Belfast reisen«, unterbrach Malley.

Dee fiel auf, daß sich Isabel deutlich entspannte. Seit sie im Büro des Herausgebers waren, hatte sie kerzengerade auf ihrem Stuhl gesessen, als ob sie ein Buch auf ihrem Kopf balanciere.

»Chris Schriber ist der Redaktionsdirektor der Nachrichtenabteilung, während Tanya Vernon diese Aufgabe für Ihre Bereiche erfüllt«, fuhr Eugene fort. Er klingelte nach seiner Sekretärin. »Bitte schicken Sie Tanya herein.« Die Tür ging auf. Alle Leute der Reportagen- und Frauenseiten blickten neugierig auf ihre neue Chefin – und waren total verblüfft.

Tanya Vernon hatte alles, was Dee sich zwar wünschte, jedoch nicht besaß. Sie war groß, schlank, auffallend und sah so aus, als ob sie gerade aus den Modeseiten einer hochklassigen Frauenzeitschrift herausgetreten sei. Ihr glänzendes schwarzes Haar war auf elegante Weise kurz geschnitten und lag eng an ihrem perfekt geformten Kopf an. Dadurch traten ihre slawischen Wangenknochen noch deutlicher hervor. Absolut elegant trug sie ein modisches weißes Kostüm mit hochhackigen, grauen Wildlederschuhen, einer Silberkette und offenbar nichts unter ihrem zugeknöpften Jackett. Ihr Rock war kurz und betonte die Art Beine, bei deren Anblick Männer den Verstand verloren. Wäre sie nicht so imposant gewesen, hätte sie vielleicht wie ein verführerisches Dummchen ausgesehen. Aber Dee spürte sofort, daß nur ein sehr einfältiger Mann Tanya für ein Dummchen halten konnte. Ihre blaßgrauen mandelförmigen Augen, die mit dunkelgrauem

Lidschatten betont waren, musterten die wartenden Journalisten, als ob sie darüber nachdenken würde, wem sie zuerst kündigen sollte. Dann lächelte sie. Es war ein kühles und durch und durch selbstsicheres Lächeln.

»Ich bin Tanya Vernon. Und Sie sind…?« sie streckte Phil die Hand entgegen, die darauf sich und die anderen der Gruppe vorstellte.

Während Tanya höflich jedermanns Hand schüttelte, versuchte Dee, ihren recht neutralen Akzent zu analysieren. Er war schwer zu bestimmen. Tanya war keine Amerikanerin, aber etwas leicht Kalifornisches schwang in ihrer Stimme mit – oder war es die Andeutung eines australischen Akzents? Da kein weiterer Stuhl mehr frei war, lehnte sich die neue Redaktionsdirektorin hinter Dees und Isabels Rücken gegen die Wand. Malley und Flynn fuhren mit der Erläuterung ihrer Pläne fort.

Dee empfand es zwar als leicht paranoid, aber sie spürte, wie sich Tanyas stechender Blick in jeden von ihnen bohrte, und sie sich eine Meinung über sie bildete.

Als die Sitzung zu Ende war, gingen Dee und Isabel als erste aus dem Zimmer.

»Ich kann es nicht leiden, wenn jemand direkt hinter mir steht«, flüsterte Dee, während sie nach oben in die Redaktionsräume gingen. »Ich habe gespürt, wie sie mich die ganze Zeit giftig durchleuchtet hat.«

»Ich auch«, flüsterte Isabel. »Und irgendwie habe ich das Gefühl, sie war nicht sonderlich beeindruckt von uns. Sie sieht mir ausgesprochen hartgesotten aus.«

Dee war verblüfft, sie hätte nicht gedacht, daß Isabel ihr zustimmen würde. Isabel schien immer so selbstbewußt und machte nie den Eindruck eines Menschen, der sich von anderen beeinflussen ließ, selbst dann nicht, wenn derjenige so einschüchternd war wie Tanya Vernon.

»Haben Sie ihren Namen vorher schon einmal gehört? Hat sie in diesem Land schon in der Presse gearbeitet?«

fragte Isabel mit normal lauter Stimme, als sie die Redaktionsräume erreicht hatten.

»Nein. Und ich bin mir nicht sicher, wo sie herkommt«, erwiderte Dee. »Ihr Akzent ist irgendwie seltsam. Genauer gesagt, sie hat überhaupt keinen Akzent. Vielleicht ist sie ja auch gar nicht auf dem Planeten Erde groß geworden«, scherzte Dee. »Eines Tages ist sie einfach in der Verkörperung eines Supermodels vom Himmel gefallen.«

Isabel lachte. »Wenn sie eine Außerirdische ist, ist ihr Anliegen hoffentlich friedlich. Ich hatte schon Alpträume von gemeinen neuen Chefs, die die Hälfte der Belegschaft feuern und den Rest von uns doppelt so hart arbeiten lassen. Ich kann nur hoffen, daß die Wirklichkeit nicht meinen Alpträumen entspricht.«

Gegen drei Uhr am Nachmittag war Dee zu der Schlußfolgerung gelangt, daß Tanya Vernon nicht aus einer anderen Galaxie zu ihnen gekommen war – nein, man hatte sie mit einem Eilaufzug direkt aus der Hölle hochgefahren.

Kaum daß sie die Redaktionsräume betreten hatte, hatte Tanya das kleine Zimmer neben dem Fenster für sich beansprucht, von dem aus normalerweise die Fotografen ihre Telefonate führten und ihre Spesenrechnungen aufstellten.

»Es gibt bereits unten ein Büro für Fotografen«, hatte sie Fred, dem Cheffotografen, beiläufig erklärt, als dieser hereingekommen und sie dabei vorgefunden hatte, wie sie sein Zeug wenig umsichtig in einem Karton verstaute. »Sie brauchen das hier nicht.«

Sie strich das Mittagessen für die Reportage- und die Frauenabteilungen. »Wir treffen uns zu einer Besprechung im Konferenzraum. Schicken Sie jemanden, der Sandwiches holt.« Dann hatte sie Jackie so lange zu ihrer Assistentin abkommandiert, bis ihre eigene kam. »Ich brauche sie nur für eine Woche«, hatte Tanya Phil und Isabel kühl informiert. Bis dahin kommen Sie auch so zurecht.«

Phil kniff die Augen zusammen, sagte diesmal jedoch

nichts. »Ihre eigene Assistentin, meine Güte! Wenn sie sich immer so benimmt, dann sage ich entweder eine Meuterei oder aber Massenentlassungen voraus«, murmelte Phil, als Tanya gegangen war, um sich einen geeigneten Drehstuhl zu organisieren.

»Keine Zeit zum Mittagessen?« meinte Maeve, als sie an Dees Schreibtisch vorbeikam. »Möchtest du heute abend etwas mit mir trinken gehen? Ich treffe Carl um acht in der Stadt, aber eine Stunde hätten wir.«

»Prima«, erwiderte Dee leise. Sie hätte Maeve gern gebeten, ob sie in ihrer Wohnung bleiben konnte. Sie war sich nicht sicher, ob sie nach Hause gehen wollte. Gary hatte heute ausziehen wollen, und Dee konnte sich gut vorstellen, wie kahl die Räume ohne seine Sachen aussehen würden. Je länger sie darüber nachdachte, desto deprimierter wurde sie. Der Wohnzimmertisch gehörte ihm, ein Überbleibsel aus dem Haus seiner Mutter. Ebenso die Kristallampe, die in einer Ecke des Wohnzimmers stand.

Die Gardinen hatte einer seiner älteren Brüder beigesteuert. Als Dee und Gary vor einem Jahr ihr Haus kauften, hatten sie nicht genug Geld für Gardinen gehabt. Dan hatte ihnen also die braunen Brokatgardinen seines alten Hauses überlassen. Anfangs hatte Dee sie überhaupt nicht gemocht, aber mittlerweile hatte sie sich an sie gewöhnt, und sie nicht mehr ersetzen wollen.

Ohne Garys Zeug würde das Haus leer aussehen. Und ohne Gary würde es sich auch leer anfühlen.

»Dee.« Tanyas schneidende, leicht sarkastische Stimme konnte man unmöglich ignorieren. »Unsere Besprechung findet jetzt statt. Sind Sie daran interessiert?«

Dee sprang auf. »Aber natürlich.«

Jackie hatte genau die Sandwiches gekauft, die Dee besonders liebte. Weiches braunes Brot mit gehacktem Ei in Mayonnaise, Cheddar-Käse mit Farmersalat und Salatsandwiches mit Kirschtomaten, Kartoffelsalat und Käse. Dank der üppig aufgetragenen Butter und jeder Menge Mayonnaise war das keine betont kalorienarme Mahlzeit. Das Frühstück war eine Ewigkeit her, also füllte Dee ihren Teller mit Sandwiches. Was sollte sie nun noch auf Diät gehen, wo ihr Freund sie verlassen hatte? Wenn essen sie tröstete, würde sie eben essen.

Tanya rührte ihr Käsesandwich kaum an. Sie trank jedoch mehrere Tassen schwarzen Kaffee ohne Zucker, während sie eine ganze Liste neuer Vorschläge diskutierte.

Dee konnte sich nur schlecht konzentieren. Wie Maeve vorausgesagt hatte, hatte sie der Schock von Garys Abschied betäubt. Heute nun, anderthalb Tage nachdem er sein Vorhaben angekündigt hatte, begann sie es zu spüren. Sie schob sich die letzte Ecke ihres Eisandwiches in den Mund. Erneut wurde sie von Tanya angesprochen. »Wenn Sie endlich fertig sind, Dee, könnten wir vielleicht mit unserer Besprechung fortfahren?« erkundigte sie sich mit klirrender Stimme. »Ich habe Ihnen gerade eine Frage gestellt.«

Dee fühlte sich wieder wie ein dickes Kind, dessen kleines Händchen man in der Keksdose ertappt hatte, nachdem sie alle Kekse aufgegessen hatte. Sie wurde knallrot.

»Tanya, würden Sie mir bitte den Kaffee reichen?« fragte Isabel in einem Tonfall, der noch um einiges spröder war als der ihrer neuen Chefin. »Wenn wir während der Mittagspause schon Besprechungen abhalten, sollten wir dabei zumindest unser Mittagessen einnehmen dürfen.«

Mit steinernem Gesichtausdruck schubste Tanya die Kaffeekanne über den polierten Tisch.

»Ich selbst esse nicht viel zum Mittagessen«, bemerkte sie von oben herab mit Blick auf Dee.

»Chacun à son goût«, erwiderte Isabel in fehlerfreiem Französisch.

Tanya starrte sie verständnislos an. Dann erschienen zwei rote Kreise auf ihrem sonst ausdruckslosen, knochigen Gesicht. Dee registrierte erfreut, daß sie offenbar nichts von dem verstanden hatte, was Isabel gesagt hatte. Sie selbst hatte Französisch in der Schule sehr gern gemocht und übersetzte die Bemerkung mühelos.

»Jedem das seine. *Auf französisch.*« Phil lächelte und tätschelte herablassend Tanyas Arm. »Ich nehme mir auch noch eine Tasse Kaffee. Isabel hat recht, Tanya. Wenn wir schon in der Mittagspause arbeiten, sollten wir dabei ruhig etwas essen.«

Alle entspannten sich, Sandwiches wurden herumgereicht. Phil schickte einen der Laufburschen, um eine Packung Kekse zu holen. »Ist Schokolade in Ordnung?« erkundigte sie sich, als ob sie gleich ein Picknick veranstalten würden und die Vor- und Nachteile verschiedener Kekssorten diskutieren wollten.

Tanya saß mit düsterer Miene am Kopfende des Tisches. Bald jedoch sollte sie ihre Rache bekommen.

»Meiner Ansicht nach brauchen wir etwas lebendigere Artikel im Blatt, die sich mehr an jüngere Frauen richten«, sagte sie. »Ich möchte eine Serie über die moderne irische Frau, ihre Ziele, ihre Idole auf die Beine stellen. Anfangen würde ich gerne mit einem Lifestyle-Artikel über Fitneßcenter. Sie wissen sicher, welche die beliebtesten hier sind. Man könnte Frauen interviewen, die gesund und schlank bleiben möchten.« Tanya blickte Dee direkt in die Augen. »Das wird für die nächsten beiden Tage Ihre Aufgabe sein – eine zweiteilige Reportage über die Fitneßindustrie unter besonderer Berücksichtigung jüngerer Frauen.«

Dee fühlte, wie sich ihr der Magen umdrehte. Sie sollte in Fitneßcenter gehen und mit schlanken, durchtrainierten Frauen darüber sprechen, weshalb sie trainierten? *Sie?* Mit ihren zweiundsiebzig Kilo? Oder waren es vielleicht jetzt noch mehr? Heute morgen hatte sie nicht den Mut gehabt, sich auf die Waage zu stellen.

»Nehmen Sie sich einen Fotografen mit, der Aufnahmen während Ihrer Gespräche mit den Frauen macht«, fügte

Tanya hinzu. »Das macht einen Artikel viel persönlicher – wenn man die Verfasserin des betreffenden Artikels auch sehen kann, verleiht das Glaubwürdigkeit und spricht die Leute unmittelbarer an.«

Dee wußte genau, wie ein Bild von ihr neben ein paar Aerobicsüchtigen in Größe vierunddreißig in eng anliegenden Gymnastiktrikots aussehen würde. Sie würde wie eine fette, häßliche Kuh aussehen, ganz wie es Tanya beabsichtigte.

»Ich bin mir nicht so sicher, ob das für eine Reportage dieser Art wirklich notwendig ist«, mischte sich Isabel unbeirrt ein. »Dies ist kein Artikel über Dees Meinung zu ihrem Thema, als vielmehr die Meinung der Frauen darüber. Ich kann die Art von Journalismus nicht ausstehen, wo der Journalist als Person wichtiger als der Interviewpartner wird. Das ist anmaßend. Die Leser wollen nichts über uns wissen«, betonte sie. »Sie wollen etwas über die Leute wissen, über die wir vorgeben zu schreiben.«

Dee sah einen kleinen Hoffnungsschimmer. Vielleicht würde der Kelch noch einmal an ihr vorbeigehen.

Aber Tanya blieb hart. »Nein«, entgegnete sie entschieden. »Ich möchte gern Bilder des interviewenden Journalisten mit dabei haben.«

Für den Rest der Besprechung hielt Dee den Kopf gesenkt und schrieb sich detaillierte Notizen. Tanya machte sich mehr die Mühe, sie direkt anzusprechen, und Dee hielt sich so gut es nur ging zurück. Gegen drei waren alle außer Tanya vollkommen erschöpft. Tanya richtete ihren langen, biegsamen Körper auf und lächelte die blassen, um den Tisch versammelten Frauen an. Dann marschierte sie mit dem für sie so typischen Eilschritt aus der Tür.

»Ich wußte gar nicht, daß man Powerwalking auch in Stilettos machen kann«, bemerkte Phil mit Blick auf die sich entfernende Tanya. Emily, eine Honorarkraft, feixte. »Vermutlich hat sie Übung darin, ihr Personal breitzutreten.

Danach fällt das Laufen auf einem Teppich nicht mehr schwer.«

Alle prusteten, allerdings leise. Niemand wollte von Tanya gehört werden.

Auf dem Weg zurück zu ihren Schreibtischen berührte Isabel Dees Arm.

»Hoffentlich dachten Sie nicht, ich wollte mich einmischen, Dee. Aber ich hatte den Eindruck, daß Sie nicht allzu scharf auf die Fitneßcenterfotos waren«, bemerkte sie leise.

»Das können Sie laut sagen«, murmelte Dee. »Ich kann mir nichts Schlimmeres vorstellen. Vielleicht abgesehen davon, mit einem großen Schild die Grafton Street hinunterzulaufen, auf dem mit Großbuchstaben zu lesen steht: *Sagen Sie mir, ob ich Ihrer Meinung nach abnehmen müßte.* Diese Frau ist wirklich hundsgemein. Und heute ist noch dazu nicht mein Tag.«

Isabel blickte sie aufmunternd an. »Falls Sie darüber sprechen möchten, bin ich jederzeit für Sie da. Das meine ich ernst«, bekräftigte sie. »Ich brabbel das nicht nur einfach so dahin.«

»Danke«, erwiderte Dee. »Und danke auch dafür, daß Sie mich bei der Besprechung unterstützt haben. Ich habe das Gefühl, daß Sie sich damit einen Feind gemacht haben. Frau Vernon scheint mir nicht die Art von Frau zu sein, die es gewohnt ist, daß andere ihr widersprechen. Oder sie gar auf den Arm nehmen.«

Bei der Erinnerung an Tanyas Gesichtszüge, als Isabel sie mit ihrem Französisch gedemütigt hatte, mußten beide grinsen.

»Machen Sie sich keine Sorgen«, sagte sie. »Tanya bekomme ich schon in den Griff. Sie triezt gerne andere Leute, und solchen Leuten muß man sich entgegenstellen. Wenn sie einen jedoch zum Sprung auffordert, wäre es ein Fehler, sie nach der gewünschten Höhe zu fragen.«

»Sie könnte uns für die Hochsprungmeisterschaften vorschlagen«, scherzte Dee.

»*Sie* vielleicht schon. Bei der neuen Chefredakteurin bin ich mir da nicht so sicher. Gerry Deegan hält Malley für eine anständige, fleißige Frau. Ich kann mir nicht vorstellen, daß sie Tanya mit eiserner Hand in ihren Gucci-Handschuhen regieren läßt.«

»Ihre Zuversicht kann ich leider nicht teilen«, entgegnete Dee bedrückt. »So wie bei mir im Moment alles läuft, denkt Tanya Vernon vermutlich schon darüber nach, wie sie mich loswerden kann. Vielleicht wird sie mich sogar so sehr demütigen, daß ich von allein kündige. Damit wäre das Blatt auch von einer eventuellen Abfindung entbunden.«

Sobald sie die Haustür geöffnet hatte, wußte Dee, daß Gary ausgezogen war. Seine verschiedenen Jacketts und Regenmäntel hingen nicht mehr auf dem ohnehin überladenen Garderobenständer. Nur Dees rosa Schlapphut aus Samt und ihr schwarzer Mantel hingen lasch am Haken.

Er hatte all sein Zeug von unter der Treppe mitgenommen, abgesehen von einer verbeulten Sporttasche mit einer leeren Tube Duschgel. Er hatte sich nicht einmal die Mühe gemacht, die Tasche in den Müll zu werfen.

Immerhin hatte er die Gardinen im Wohnzimmer hängen lassen. Der Kaffeetisch war weg, ebenso sein CD-Player und die meisten der CDs – Dee besaß höchstens fünf eigene – sowie der Videorecorder.

Sie ließ sich aufs Sofa fallen und starrte den Kaminsims an. Was fehlte? Natürlich, der verzierte Silberrahmen mit dem Bild von ihnen beiden auf der letzten Silvesterparty. Dee hatte dieses Bild geliebt: In ihrem enganliegenden roten Kleid und mit hochgesteckten Haaren hatte sie schlank gewirkt. Es war ein unglaublich schmeichelhaftes Bild gewesen, genau aus der richtigen Perspektive aufgenommen, so daß sie zwar Wangenknochen, jedoch keinerlei Anzeichen eines Doppelkinns zeigte. Gary sah in seinem Dinnerjackett sehr attraktiv aus, hielt die Arme um sie gelegt und lachte in die Kamera, während er ein Glas über seinem Kopf hielt. Seine Mutter hatte ihnen letztes Weihnachten den Rahmen geschenkt, was vermutlich auch der Grund dafür war, daß Gary das Bild mitgenommen hatte. Es gehörte ihm, genauso wie das Silberbesteck und die geschnitzte indische Truhe, die unter dem Bücherregal gestanden hatte.

Die Keramikigel, die Dee in Kerry gekauft hatte, und die dicke Kerze aus Bienenwachs, die sie für einen romantischen Abend zu Hause gerne anzündete, hatte er zurückgelassen. Aber da war noch etwas. Ein Stück Papier? Ein Brief? Dee stand auf und trat an das Kaminsims. Kopfüber lag dort das Foto von Silvester. Aus dem Rahmen gerissen lag es verloren auf dem nackten Holz.

Das Bild hatte er nicht haben wollen, er hatte sich nicht an ihre glücklichste gemeinsame Zeit erinnern wollen. Gary gehörte ohnehin nicht zu jenen Männern, die sich Fotografien in ihr Portemonnaie steckten. Selbst wenn er zu ihnen gehört hätte, wäre es vermutlich ein Bild seines Fußballteams gewesen, nachdem sie irgendein Spiel erfolgreich für sich hatten verbuchen können.

Dee trug zwei Bilder von Gary in ihrem Portemonnaie. Die mußte sie entfernen, entschied sie. Es war jetzt nicht der richtige Zeitpunkt für Rührseligkeiten. Gary war weg, ihre Beziehung gehörte der Vergangenheit an.

Sie versuchte, die Sache positiv zu sehen. Sie würde jede Menge Schrankplatz zur Verfügung haben. Und sie würde auf Diät gehen können – nie wieder mußten irgendwelche fettmachenden Nahrungsmittel ihre Schwelle passieren. Daß Gary nach Herzenslust essen konnte und sie ihm nicht Kekse, Butter und Eiskrem vorenthalten mußte, war nun kein Thema mehr. Von nun an würde sie jede Menge Knäckebrot essen, rohe Karotten als Notration zwischendurch im Kühlschrank lagern und massenhaft Mineralwasser trinken.

Ohne ihn würde sie zu einer schlanken, gut organisierten und äußerst selbstbewußten Frau mutieren. Jawohl, genau das würde passieren.

13

Isabel stand im Restaurant *Lionceaux* im Eingang des Speisesaals und blickte sich erstaunt um. Den sonst so spartanisch eingerichteten Raum hatte man in eine spätherbstliche Szene verwandelt. Mit künstlichem Schnee bedeckte Äste senkten sich über die runden Tische am Ende des Saals. Zweige mit rostfarbenen Blättern hingen in der anderen Ecke auf die Tische herab. Die Tischtücher waren in Heidelbeerblau und Hafergelb gehalten. Girlanden von Blättern und Beeren hingen an den Wänden, und ein großer Korb mit Holzscheiten und Tannenzapfen stand neben dem knisternden offenen Kamin. Obwohl es draußen August war, ein blauer Himmel mit gleißender Sonne und einer Temperatur von mindestens 25°C, erinnerte das Innere des in der City gelegenen Restaurants an ein gemütliches Landhaus Mitte November.

»Gefällt es Ihnen?« fragte Penelope, die Pressedame der Modefirma, deren Show Isabel gleich sehen würde. »Wir wollten, daß die Herbst-Winter-Show auch ... nun ... herbstlich und winterlich aussieht!«

»Es ist wunderschön.« Isabel bewunderte den Raum. »Solange ich nicht neben dem Kamin sitzen muß, sonst schmelze ich.« Die meisten Tische waren bereits belegt, außer eben demjenigen neben dem offenen Kamin, wo Isabel nun wirklich nicht sitzen wollte.

»Das ist das einzige Problem«, gab Penelope zu. Verzweifelt verzog sie ihr hübsches Gesicht, während sie sich nach einem freien Platz umsah. »Als ich die Sache im Juli geplant hatte, war das Wetter so schrecklich und naß, daß ich gar nicht mehr daran gedacht habe, daß es noch einmal heiß werden könnte. Die armen Models werden in ihren Wintermänteln rösten. Ich fürchte, der einzige freie Tisch ist neben dem Kamin«, fügte sie entschuldigend an. »Aber ich werde die Kellner bitten, ihn etwas zur Seite zu rücken.«

Isabel konnte sich während der Show etwas Kühlung verschaffen, indem sie sich mit der Speisekarte Luft zufächelte und eiskaltes Wasser trank. Am Ende der Show machten die Models einen etwas erhitzten Eindruck.

»Dieser bodenlange Winterledermantel mit Lammfellfutter wird Sie auch durch den kältesten Dezember bringen«, schnurrte die Kommentatorin, als eine hochgeschossene Blondine stark transpirierend den Raum durchquerte.

»Der Mantel kostet ein ganzes Monatsgehalt«, flüsterte Jo entsetzt. Jo war der Fotograf, der Isabel begleitete. Eine hohlwangige, bohnenstangendürre Modejournalistin an ihrem Tisch warf ihm einen strafenden Blick zu.

»Sie sollten die horrenden Preise nicht weiter kommentieren«, flüsterte Isabel augenzwinkernd. »Sie sollen Ihren Lesern sagen, daß der Mantel wunderbar geschnitten und in dieser Saison einfach unentbehrlich ist. Sie selbst weigern sich daraufhin, den vollen Preis zu zahlen und verlangen vom Designerhaus einen unverschämt hohen Rabatt, weil Sie die Kollektion mit in Ihre Berichterstattung aufgenommen haben.«

Jo grinste, und die unterkühlte Journalistin räusperte sich hörbar.

Isabel hatte zwar eigentlich nicht über Mittag bleiben wollen, aber Rhona McNamara, die verspätet gekommen war und zunächst an der Tür getanden hatte, quetschte sich auf einen Sitz neben Isabel und bestand auf ihrem Bleiben.

»Sonst sitze ich hier noch allein mit den zwei Meckerziegen«, raunte sie in Isabels Ohr. »Sie werden die Show bemängeln, sich über das Essen, über den Wein und über die

Zimmertemperatur beschweren. Schlußendlich werden sie sich mit einem zuckersüßen Lächeln von der Pressefrau verabschieden, damit sie ihr Geschenk erhalten. Das Geschenk dürfte ein Spachtel sein, mit dem man orangefarbene Grundierungen abtragen kann!« setzte sie noch boshaft hinzu.

Isabel mußte ein Kichern unterdrücken. Die »Meckerziegen« waren zwei berüchtigt schlechtgelaunte Modejournalistinnen, die die Modeberichterstattung dominierten und sich wie Primadonnen aufführten. Sie waren nur wenig älter als Isabel und huldigten dem Doppelkult schlank und gleichzeitig extrem gebräunt zu sein. Ihre hageren, braunen Gesichter sahen weit älter aus, als sie es waren. Sie schüchterten junge Presserepräsentantinnen ein und verlangten massive Rabatte für alle Kleidungsstücke, über die sie berichteten. Noch Wochen nach der Show regten sie sich auf, wenn das Geschenk, das es traditionellerweise nach einer Modeshow gab, ihnen nicht gefallen hatte.

Heute trugen sie mädchenhafte Kostüme in Pastelltönen, und ihre übertrieben stark geschminkten Wimpern zierten den bohrenden Blick. Sie hatten viel zu viel Rouge aufgelegt, trugen riesige Ohrringe, helmartige Frisuren und stellten ihre unbeeindruckte Mimik auf den abgemagerten Gesichtern zur Schau. Vera und Linda meckerten tatsächlich während der gesamten Show.

Anmaßend befahl Vera einem der Models, an ihrem Tisch stehenzubleiben, damit sie das Material des Brokatjacketts befühlen konnte. Ihr abschätziger Blick machte deutlich, wie wenig sie davon beeindruckt war.

Isabel konnte beide nicht ausstehen. Wenn sie nicht gerade damit beschäftigt waren, sie zu übersehen, machten sie abfällige Bemerkungen über die nachlassende Qualität der Modeseiten des *Sentinel,* seit die *wunderbare* Antonia nicht mehr da war.

Innerlich hatte Isabel aufgestöhnt, als sie auf ihren Tisch zugesteuert waren und sich ihr absichtlich direkt gegenüber gesetzt hatten. Das wiederum hatte zur Folge, daß alle anderen Modejournalisten den Tisch mieden wie die Pest. Warum sie sich jedoch in ihre Nähe setzten, konnte Isabel nicht begreifen – es sei denn, sie ergötzten sich an ihrer eigenen Gemeinheit.

»Wenn du jetzt nicht aufgetaucht wärst, wäre ich geflüchtet«, gestand sie nun Rhona.

»Kann ich verstehen«, murmelte diese mit zusammengepreßten Lippen. »Das Einbalsamierungsöl könnte sich versehentlich den Weg über den Tisch gebahnt haben. Beim nächsten Wiedersehen hätten sie dich in die dritte Braut von Frankenstein verwandelt.« Sie lächelte Vera und Linda liebenswürdig an, hob ihr Glas und prostete ihnen zu. Jo ging die Fotos holen, auf denen die Models in den von Isabel ausgewählten Outfits zu sehen waren. Rhona und sie unterhielten sich absichtlich leise, damit Vera und Linda nicht mithören konnten.

»Wie geht es Naomi und Robin?« fragte Rhona und zündete sich eine Mentholzigarette an. Sie war ständig dabei, das Rauchen aufzugeben. »Wenn ich nicht rauchen würde, würde ich stark zunehmen«, verteidigte sie ihre Angewohnheit, eine Schachtel am Tag zu rauchen. Rhona trug Größe vierzig, hatte eine gute Portion schwarzen Humors und eine sehr direkte Art. Man konnte prima mit ihr auskommen. Während ihrer gemeinsamen Collegezeit war Rhona der Mittelpunkt jeder Party gewesen, und sie hatte sich kein bißchen verändert.

»Habt ihr euch in Bray gut eingelebt?«

»Ich denke schon«, erwiderte Isabel. »Andererseits ist es gut möglich, daß ich Robin heute abend in äußerst schlechter Laune vorfinde, daß sie mir vorwirft, ich hätte sie von ihrem Zuhause und ihren Freunden getrennt und so weiter und so weiter. Und überhaupt, ich hätte eben ihr Leben ruiniert …«

»Du Arme.« Rhona tätschelte ihr mitfühlend den Arm.

»Mir graut vor dem Tag, an dem meine drei zu Teenagern werden.«

»Es hat nicht unbedingt etwas mit Teenagern zu tun«, bemerkte Isabel. »Naomi ist jetzt fast dreizehn und sehr umgänglich. Ich wüßte wirklich nicht, was ich ohne sie machen würde. Vor ein paar Tagen war Mutter wieder einmal auf dem Kriegspfad, weil Robin sich ihr gegenüber unflätig benommen hatte. Naomi war am Telefon und sagte, ich sei in der Wanne und könne jetzt nicht reden. Dann ließ sie den Rest des Abends den Hörer neben dem Telefon liegen.«

»Schlaues Mädchen. Vielleicht hat sie später ja Lust, meine Assistentin zu werden. Ich brauche jemanden, der aus dem Stand lügen kann. Gestreßt oder nicht, du siehst gut aus.« Rhona bewunderte Isabels Outfit. Sie trug eine dunkelblaue Seidentunika und eine dunkelblaue Hose, dazu eine zarte Kette aus Silber und Onyx. »Und du bist immer noch so schlank! Wenn ich dich nicht so gern hätte, Isabel, würde ich dich dafür hassen, daß du immer noch dieselbe Figur hast wie damals, als wir zusammen auf dem College waren. Das einzige, was bei mir so schlank geblieben ist, ist mein Bankkonto.«

Isabel grinste. »Und was ist mit der Villa in Wicklow? Und deiner Designergarderobe?«

»Welche Designergarderobe?« gab Rhona unschuldig zurück und klimperte mit den Wimpern. »Ach so, dies hier«, rief sie aus und betrachtete ihr *Lainey-Keogh*-Strickkleid. »Ist das Designergarderobe? Ach, was frage ich!«

Während des Essens setzten sie ihre lebhafte Unterhaltung fort.

»Was ist denn diese Tanya Vernon für eine?« erkundigte sich Rhona.

»Ein Teufelsbraten«, erwiderte Isabel und schnitt in ihr Fischfilet. »Die arme Dee O'Reilly triezt sie ganz schrecklich. Ich weiß auch nicht, warum. Irgend etwas muß sie gegen sie haben. Nun hat sie sich ausgedacht, daß Dee über ein Tauchwochenende in Donegal berichten soll.«

»Aua!« rief Rhona aus. »Kein Mensch macht in Neopren eine gute Figur. Und Dee ähnelt eher mir – sie ist recht kurvenreich.«

»Dee hat bereits darauf verwiesen, sie habe das Tauchen schon einmal ausprobiert und keinen Gefallen daran gefunden«, meinte Isabel. »Emily, eine unserer Reporterinnen, hätte es nur zu gern ausprobiert. Aber Madame Vernon ist ganz erpicht darauf, Dee zu schicken.« Plötzlich wurde sie nachdenklich. »Ich würde Dee nur zu gerne unterstützen, bin mir jedoch nicht sicher, ob sie das auch möchte. Sie hält immer ein wenig Abstand zu mir, vermutlich weil sie die Ressortleitung hatte übernehmen wollen. Aber sie ist ein so netter Mensch, ich würde ihr wirklich gerne helfen.«

»Vielleicht solltest du es mit ihr besprechen«, schlug Rhona vor.

»Ich weiß nicht. Dee und ihr Freund, ihr Verlobter vielmehr, haben sich getrennt. Möglicherweise ist sie im Augenblick sehr empfindlich. Aber das ist eigentlich egal, denn Tanya Vernon würde auch die selbstbewußteste, glücklichste Person der Welt so verrückt machen, bis diese nach einem Beruhigungsmittel schreit. Sie sieht umwerfend aus – hochgewachsen, mit dem Körper eines Models, ausgeprägte Wangenknochen, eben alles, was attraktiv ist. Aber sie ist hart wie Stahl, und sie geht über Leichen.«

»Mann-o-Mann! Sie muß ja wirklich schrecklich sein. Ich habe dich noch nie über irgend jemanden so negativ reden hören.«

Isabel zog die Augenbrauen hoch. »Du hast ja keine blasse Ahnung wie sie ist. Sie ist unglaublich ehrgeizig – was an sich nichts Schlechtes ist. Dieser Ehrgeiz jedoch macht sie rücksichtslos. Außerdem kriecht sie Eugene Flynn in den Hintern.« Nachdenklich fügte sie hinzu: »Immerhin läßt sie uns alle zufrieden, wenn sie bei ihm im Büro ist!«

»Bist du dir sicher, daß sie nicht … äh … etwas miteinander haben?« fragte Rhona.

»Ich weiß es nicht. Auf mich wirkt sie eher wie eine Frau, die zum Sadomasochismus neigt und einen Gummianzug trägt. Da ich keine Handschellen in Flynns Bürowänden entdecken konnte, kann man Sex wohl ausschließen.«

»Wie kommt es nur, daß so viele hartgesottene, erfolgreiche Karrierefrauen der Meinung sind, sie müßten auf anderen Frauen herumhacken?« fragte Rhona. »Wir sind doch alle hochzufrieden darüber, eine Frau als Herausgeberin einer irischen Zeitung zu haben. Diese McDonnell hört sich wirklich sehr gut an.«

»Das ist sie auch«, erwiderte Isabel.

»Also gut, einen ordentlichen weiblichen Chef haben wir also. Der nächste in der Hierarchie jedoch, ein *weibliches* Mitglied der Belegschaft, ist eine machtgierige Ziege. Seit Jahren beschweren wir uns über schreckliche, sexistische männliche Chefs. Doch kaum kommt eine Frau in den Besitz von etwas Macht, erweist sie sich als genauso mies wie die alte Männerriege.«

»Sogar noch schlimmer. Ich kenne nur wenige männliche Chefs, die einer Reporterin nur deswegen eine Aufgabe zuteilen, um sie ihrer Figur wegen bloßzustellen«, meinte Isabel.

Rhona runzelte die Stirn. »Das ist tatsächlich obermies. Ich muß diese Frau Vernon einmal etwas genauer unter die Lupe nehmen. Du hast keinen blassen Schimmer, woher sie kommt?«

»Keinen blassen Schimmer.«

»Klingt mir irgendwie verdächtig. Laß mich mal ein bißchen nachforschen. Irgendwo wird sie ein dunkles Geheimnis haben. Wenn sie tatsächlich einen so miesen Charakter hat, wird es irgendwo jemanden geben, der die Katze gerne aus dem Sack lassen würde. Bist du Jack Carter schon begegnet?« erkundigte sich Rhona wie nebenbei, trank ihren Wein und sah sich nach dem Kellner um. »Ich habe ihn zwar ein paarmal gesehen, aber niemals mit ihm gesprochen. Er ist sehr attraktiv. Das muß wohl an dem enormen Einfluß liegen.«

Isabel schien plötzlich fasziniert davon zu sein, ein Stückchen Brokkoli auf ihre Gabel zu spießen. »Äh, ich bin ihm kurz begegnet – sehr kurz sogar, auf der Party bei ihnen zu Hause.«

»*Tempel Isis,* nicht wahr? Ist es dort wirklich so umwerfend, wie es in den Wohnmagazinen dargestellt wird?« Rhona lächelte den jungen Mann an, der ihr Glas mit Burgunder auffüllte.

»Genau so«, erwiderte Isabel, erleichtert darüber, daß sie das peinliche Thema Jack Carter hinter sich lassen konnten. Seit ihrer ersten Begegnung hatte sie sehr häufig an ihn gedacht. Viel zu häufig. Der Mann war ihr Chef, er war verheiratet und ganz offensichtlich nicht an ihr interessiert.

»Der Ballsaal ist riesig, sehr nobel, und überall hängen Ölgemälde.«

»Keine Kunstdrucke in Wechselrahmen, nehme ich an?«

»Nein. Hier ist von den echten Dingern die Rede. Die Fußböden sind alle aus Marmor. Wenn ich daran denke, wieviel mich die Teppichböden für die Mädchenzimmer gekostet haben, wird mir bei dem Gedanken an die Kosten für deren Marmorböden ganz schwindlig«, fügte Isabel trocken hinzu.

»Ich habe gehört«, Rhona senkte ihre Stimme, »... daß Elizabeth Carter weißem Schnee sehr zugeneigt sein soll.«

»Du bist schon die zweite, die das mir gegenüber erwähnt«, erwiderte Isabel erstaunt. »Mir selbst wäre nichts aufgefallen, aber eine Kollegin meinte, sie könne die Zeichen bereits meilenweit erkennen. Elizabeth hat in meinem Beisein sicherlich eine ganze Menge getrunken, aber sie kam nicht von der Toilette zurück und hatte lauter weißen Puder an ihren Nasenlöchern kleben. So dumm wäre sie vermutlich allerdings auch nicht. Woher hast du denn diese Information?«

»Jo Denton, meine Stellvertreterin, ist mit Mark Denton verheiratet. Du kennst ihn doch, den Herausgeber? Er kennt Jack Carter recht gut und hat schon viele Wohltätigkeitsveranstaltungen der beiden besucht. Er hat Jo erzählt, daß Frau Carter regelmäßig kokst. Es sollte nicht jeder wissen, also behalte es für dich«, warnte sie. »Die Kreise, in denen sie sich bewegen, sind sehr diskret. Du weißt schon, wenn ich niemandem von dir erzähle, dann erzählst du niemandem von mir.«

»Nachtisch, die Damen?« erkundigte sich der Kellner.

»Aber ja«, stimmte Rhona enthusiastisch zu.

»Wir haben ein Grandmarnier-Soufflé, Erdbeeren mit Sahne, ein Champagnersorbet, Mandeltörtchen mit Himbeeren und ein Überraschungsdessert in Schokolade.«

»Das Überraschungsdessert klingt sehr verlockend. Was ist es denn?« fragte Rhona.

»Es ist eine Überraschung«, erwiderte der Kellner bestimmt.

»Ich liebe Überraschungen, und ich liebe Schokolade. Das nehme ich.«

»Nachtisch, Rhona?« fragte Vera abfällig.

Rhona lächelte sie glückstrahlend an. »Weißt du, Vera, man sagt, ab einem gewissen Alter muß man sich zwischen seinem Gesicht und seiner Figur entscheiden. Wenn man sich für das Gesicht entscheidet, muß man eine gewisse Üppigkeit in Kauf nehmen. Entscheidet man sich für die Figur ...«, sie blickte vielsagend auf Veras skelettartige Figur, »... hat man bald das Aussehen einer faltigen alten Krähe! Ich nehme noch etwas Sahne zu der Überraschung!« wandte sie sich an den Kellner.

»Das ist eine gute Methode, die beiden Meckerziegen loszuwerden«, bemerkte Rhona wenig später, als Vera und Linda mit ihren *Kelly*-Handtaschen beleidigt abgerauscht waren.

Isabel schüttelte sich immer noch vor Lachen. »Das war

unbezahlbar, Rhona«, sagte sie und tupfte sich ihre Augen mit der Serviette ab.

»Ich weiß, das war ziemlich gemein«, gab ihre Freundin zu. »Und ich weiß auch, daß meine Gemeinheit auf Erden sicherlich dahin führen wird, daß ich nach meinem Tod Tanya Vernons geliebtem Papa in die Hölle folgen muß. Aber...«, sie grinste, »es war mir die Sache wert!«

Auf der Taxifahrt zurück ins Büro dachte Isabel an Jack Carter. Als er wegen einer Geschäftsreise in der letzten Woche nicht die Büros des *Sentinel* hatte besuchen können, war sie über ihre Enttäuschung entsetzt gewesen. Sie hatte ihn wiedersehen *wollen,* um zu sehen, ob sie sich den Funken zwischen ihnen nur eingebildet hatte.

Ich möchte ihn so gerne wiedersehen, sagte eine Stimme in ihrem Kopf. Vergiß ihn, mahnte die Stimme der Vernunft nachdrücklich. Zurück an ihrem Schreibtisch, konzentrierte sie sich auf ihren langen Artikel und verbannte Jack Carter aus ihren Gedanken.

»Tanya hat dich vor dem Mittagessen gesucht.« Phil kehrte mit einem Obstküchlein und einer Tasse Kaffee zu ihrem Schreibtisch zurück. »Offenbar sind die Bildertitel für die Bikinis alle vollkommen daneben, und sie will dich unbedingt wegen des Reisewettbewerbs für nächsten Samstag sprechen. Sie ist vollkommen durcheinander, weil Jack Carter um halb vier hier erwartet wird. Diese Frau macht niemals Pause – sie ist ständig in Bewegung, seit sie gehört hat, daß der große Boß ins Büro kommt, um sich mit seiner Belegschaft zu treffen...«

Isabel hörte nicht mehr zu. *Er* kam ins Büro – sie blickte auf ihre Uhr – in genau fünfundzwanzig Minuten. Und sie sah katastrophal aus! Dank des Weins, den sie bei der Modenschau getrunken hatte, war ihr Gesicht vermutlich gerötet. Außerdem hatte sie als Vorspeise Knoblauchpilze gegessen, wonach sie sicherlich eine Fahne ausdünstete. »Entschuldige mich, Phil.« Sie stieß ihren Stuhl zurück. »Ich muß zur Toilette.« Sie grapschte ihre Handtasche und rannte los, während Phil ihr mit offenem Mund hinterherstarrte.

Auf der Toilette verteilte Isabel schnell etwas Grundierung, um ihre gerötete Haut abzudecken. Dann sprühte sie sich Unmengen *Ô de Lancôme* in den Ausschnitt und besserte ihr Augen-Make-up aus. Eine Zahnbürste hatte sie nicht dabei, also lutschte sie ein angegammeltes Pfefferminz, das bereits seit Tagen auf dem Boden ihrer Handtasche gelegen hatte.

Eine Klospülung war zu hören. Isabel war davon ausgegangen, sie sei ganz allein auf der Toilette. Die Tür ging auf, und Tanya kam mit der Handtasche in der Hand heraus. Der erschlagende Duft von *Chanel No. 5* und die mattierte Haut bestätigten Isabel, daß Tanya sich in der Abgeschiedenheit der Toilettenkabine zurechtgemacht hatte.

Phil hatte recht – sie war tatsächlich sehr nervös wegen Jack Carters Kommen. Andererseits waren alle anderen das sicher auch, dachte Isabel.

»Sie wollten mich vorhin sprechen?« fragte sie.

»Wir sprechen uns draußen«, erwiderte Tanya eilig.

Isabel zuckte mit den Schultern. »Also gut.« Sie ging zur Tür. Als sie sich noch einmal umsah, hatte Tanya ein kleines Fläschchen Mundwasser aus ihrer *Moshino*-Handtasche gezogen.

Mundwasser? Was hatte sie denn mit Jack Carter vor? dachte Isabel ärgerlich. Wollte sie ihn küssen? Diese Hexe! War sie deshalb so schnell die Karriereleiter hinaufgeklettert? Auf dem Weg zurück zu ihrem Schreibtisch zog sich Isabel in der Küche noch eine Cola Light aus dem Getränkeautomaten. Aus irgendeinem Grund war ihr sehr heiß, und ein kaltes Getränk würde sie abkühlen. Lediglich die Gewißheit, daß ihr Artikel über Kindererziehung am nächsten Morgen erscheinen mußte, ließ sie weiterarbeiten. Aber ihre Finger bewegten sich ungeschickt auf der Tastatur, und sie machte ständig Rechtschreibfehler.

Jack Carter mochte einer jener Männer sein, die mit allem flirteten, wo ein Puls schlug und ein Rock zu sehen war. Oder aber er genoß ganz einfach kleine Flirts mit Frauen auf Partys.

Ein paar neckende Worte im Garten waren nun weiß Gott keine Aufforderung zu einer Affäre, oder? Es gab Männer, die mit Frauen immer auf diese Art und Weise kommunizierten – ein wenig flirtendes Geplänkel, ein wenig Schmeichelei. Außerdem war er verheiratet, argumentierte Isabel. Ihr Haaransatz mußte nachgefärbt werden. Im Vergleich mit seiner Ehefrau, einem Cindy-Crawford-Double, nahm sie sich wahrlich nicht als Sexsymbol aus. Welcher Mann würde sich schon für eine abgespannte, getrennt lebende Neununddreißigjährige mit zwei Kindern interessieren? Falsch: eine beinahe Vierzigjährige mit zwei Kindern. Jack hatte nicht einmal Kinder, vermutlich konnte er sie nicht ausstehen. Warum sollte er sich für die erwärmen? Erst recht nicht, wenn ihm Menschen wie Tanya Vernon gefielen.

Je mehr sie darüber nachdachte, desto heftiger attackierte sie ihre Tastatur. *Hör auf, an Jack Carter zu denken!*

»Isabel und Phil!« rief Jackie atemlos. »Jack Carter ist angekommen. Er sitzt in Eugene Flynns Büro und wird jeden Moment hier oben erwartet.«

Der Burgunder und das Pilzragout begannen, in Isabels Magen Tango zu tanzen. Sie starrte ausdruckslos auf ihren Comuptermonitor und ermahnte sich zur Ruhe.

Sie hätte zu gern in einen Spiegel geschaut, um ihr Aussehen zu überprüfen. Das konnte sie jedoch in Gegenwart der gegen jedwede Eitelkeit gefeiten Phil nicht tun. Es war gut möglich, daß Phil morgens keinen einzigen Blick in den Spiegel warf, bevor sie das Haus verließ. Ihre Haare standen ihr häufig zu Berge, und sie machte sich nie die Mühe, die Haare ihres Irish Setters zu entfernen. Wenn sie jetzt sähe, wie Isabel in ihre Puderdose starrte und den Lippenstift bemühte, würde sie sicherlich Verdacht schöpfen.

»Er ist da«, flüsterte Jackie nach Art einer Souffleuse. Die

Belegschaft versammelte sich nervös lachend und scherzend im Redaktionsraum. Alle warteten unruhig darauf, was der neue Chef ihnen mitteilen würde, doch keiner hätte nur im Traum daran gedacht, das auch zu zeigen.

»Reißt euch zusammen!« kreischte ein Nachrichtenredakteur. »Manches ändert sich einfach nie«, bemerkte ein junger Reporter, der sich so hingestellt hatte, daß er Jackie beobachten konnte.

»Ich kann nur hoffen, daß unser neuer Herr und Meister etwas Interessantes zu sagen hat«, murmelte Maeve, als Isabel sich neben sie stellte.

»Hmm, ja«, meinte diese abwesend und reckte den Hals, um Jack Carter in den Raum treten zu sehen. Das wäre nicht nötig gewesen, sie konnte ihn ohnehin mühelos erkennen. Neben seiner großen Gestalt wirkte Eugene Flynn wie ein Zwerg. Er überragte sogar noch Malley, die an die ein Meter achtzig groß sein mußte.

Als er den Raum betrat, wurde es plötzlich still. Das ist die Wirkung, die er auf andere ausübt, dachte Isabel beinahe stolz.

Er trug einen dunkelblauen Anzug, ein blaues Hemd mit weißem Kragen und rotem Schlips, und war der Inbegriff des erfolgreichen Mannes, der sich von der Pike auf hochgearbeitet hatte. Sein goldbraunes Haar war an den Schläfen ergraut, was seinen gebräunten Teint betonte. Aber es war weder seine Größe noch die Ausstrahlung seines Erfolges noch das gänzende Haar, das er sich streng aus dem ausdrucksstarken Gesicht gekämmt hatte, weswegen er so auffiel. Es war etwas anderes – etwas Undefinierbares. Als Jack Carter die Belegschaft mit seinem durchdringenden Blick musterte, hätte man eine Stecknadel zu Boden fallen hören. Isabel starrte ihn an und wünschte sich, er würde sie bemerken. Dann traf sie Jacks Blick. Ein paar Sekunden lang vergaß sie zu atmen, dann wanderten seine Augen weiter, ohne ihr auch nur ein Zeichen des Erkennens zu geben.

Seiner Rede hörte sie kaum zu. Sie hörte, wie seine tiefe Stimme den Raum erfüllte. Wäre sie jedoch später von irgend jemandem nach dem Inhalt seiner Rede gefragt worden, hätte sie ihm keine Antwort geben können.

Nachher beobachtete sie Tanya Vernon dabei, wie sie sich mit ihm unterhielt und sich viel zu dicht an ihn drängte. Tanya streckte ihm ihre von einem Minirock umspannten Hüften entgegen. Isabel beobachtete mit eisigem Blick, wie Tanya mädchenhaft auflachte, eine nichtexistente Haarsträhne feststeckte und ihre Hand auf Jacks Arm legte. Er grinste sie an. Und zwar genau so, wie er Isabel im Garten angegrinst hatte.

Enttäuscht wandte sie sich ab. Tanyas Parfümwolke hatte offensichtlich die gewünschte Wirkung gezeigt.

»Mir gefällt er«, meinte Maeve, als alle an ihre Schreibtische zurückkehrten. »Er spricht die Dinge direkt an. Nicht wie dieser schleimige Ted Holt, der immer auf der Suche nach jemandem war, an dem er seine fettigen Hände abwischen konnte.«

»Wollen Sie damit sagen, daß Ted ein Grabscher war?« erkundigte sich Isabel schockiert.

»Grabscher ist noch milde ausgedrückt.« Maeve schauderte. «Mich hat er Gott sei Dank immer in Ruhe gelassen. Aber auf Dee hatte er es abgesehen. Auf Partys war er ständig hinter ihr her. Er meinte, daß ›Mädchen mit etwas Fleisch auf den Rippen‹ ihm gut gefallen würden.«

»Äußerst charmant!«

»Arme Dee, mit Männern hat sie wirklich nicht viel Glück«, seufzte Maeve.

»In diesem Zusammenhang wollte ich Sie etwas fragen«, sagte Isabel zögernd in leisem Tonfall. Sie war sich nicht sicher, ob sie es Dees bester Freundin gegenüber erwähnen sollte, andererseits mußte sie einfach etwas tun. Ihre Stellvertreterin war die letzten Wochen über sehr still gewesen und hatte ständig gerötete Augen gehabt. Isabel wollte helfen.

»Hat Dee privat Probleme? Ich frage nur, weil ich mir Sorgen um sie mache. Und die Art und Weise, wie Tanya auf ihr herumhackt, wird dabei auch nicht gerade hilfreich sein.«

»Diese Ziege!« fuhr Maeve auf. »Wenn Dee nicht so geknickt wäre, könnte sie es leicht mit der Hexe Vernon aufnehmen. Aber Dees Verlobter Gary hat sie verlassen. Sie ist am Boden zerstört, obwohl sie sich alle Mühe gibt, es nicht zu zeigen.«

»Arme Dee«, meinte Isabel mitfühlend.

»Ja. Zur Zeit stellt sie sich einfach nicht den Tatsachen. Sie lebt in Wolkenkuckucksheim und hofft, wenn sie nicht daran denkt, wird alles irgendwie verschwinden.«

»Sie sind ihre Freundin, deshalb habe ich Sie gefragt«, warf Isabel schnell ein. »Wenn ich irgendwie behilflich sein kann, lassen Sie es mich bitte wissen. Ich möchte nicht wie ein Bulldozer an Dees Stelle Tanya in ihre Grenzen verweisen, aber ich bin entsetzt darüber, wie Tanya die Leute hier behandelt... wie sie sie regelrecht triezt. Ich kann diese Art von Benehmen nicht ausstehen – das hat nichts mit Management zu tun, das ist Terrorismus. Ich würde mich jederzeit hinter Dee stellen, kein Problem.«

»Danke.« Maeve lächelte bitter. »Ich weiß, Sie meinen es ernst. Wir sollten Frau Vernon ein Stück Strick geben und hoffen, daß sie sich damit erhängt.«

»Bei jemandem von Tanyas Schlag können Sie lange darauf warten.«

Isabels Telefon klingelte. »Wir sprechen uns später noch einmal«, wandte sie sich an Maeve und lief zu ihrem Schreibtisch. »Hallo, Isabel Farrell am Apparat.«

»Isabel.«

Seine Stimme ließ ihr die Haare zu Berge stehen.

»Ich wollte mit Ihnen persönlich ein paar Worte wechseln«, fuhr Jack Carter fort. »Aber eben hatte ich dazu keine Gelegenheit. Was machen Sie am Freitag mittag?« Isabel brauchte gar nicht erst auf ihren Kalender zu sehen. Freitags kaufte sie während der Mittagspause für das Wochenende ein und holte sich ein Sandwich, um es später am Schreibtisch zu essen.

»Ich habe keine Verabredung«, erwiderte sie vorsichtig.

»Gut. Dann treffe ich Sie halb eins im Restaurant im Herbert Park. Ich freue mich«, sagte Jack.

»Wunderbar«, erwiderte Isabel. »Auf Wiedersehen.«

Sie legte auf und starrte das Telefon an. Vor einer halben Stunde noch hatte er sie während der Versammlung praktisch ignoriert und sie ganz unglücklich gemacht. Und jetzt lud er sie zum Mittagessen ein.

Ich wollte mit Ihnen persönlich reden... Ich freue mich. Ihr Herz raste. Er wollte sich mit ihr zum Mittagessen treffen, er sehnte sich nach einem Treffen mit ihr. Es konnte sich unmöglich um etwas Geschäftliches handeln, denn was immer er auch hatte sagen wollen, er hatte es vorhin nicht tun können, weil sie nicht allein gewesen waren! Isabel war sich bewußt, daß sie sich wie ein verknalltes Schulmädchen benahm, aber es war ihr gleichgültig. Nach allem, was sie in letzter Zeit durchgemacht hatte, war dies ein sehr befreiendes Gefühl.

Sie schlug auf die Tastatur ein, als ob sie Klavier spiele. Phil blickte sie fragend an. »Alles in Ordnung?«

Isabel blickte ihre Kollegin fröhlich an. »Mir geht es ausgezeichnet«, sagte sie. »Uneingeschränkt ausgezeichnet!«

14

Dee starrte das Foto in der Zeitung an, unfähig den Blick abzuwenden, obwohl es das schrecklichste Bild ihrer selbst war, das sie jemals gesehen hatte. Sie stand fröhlich grinsend in der Sonne auf der niedrigen Kaimauer, trug einen rotblauen Taucheranzug und hielt ihre Flossen von sich gestreckt. Das nasse Haar lag ihr auf den Schultern, ihr ungeschminktes Gesicht machte einen sauberen, geschrubbten Eindruck, und jeder Zentimeter ihres Körpers wurde durch den enganliegenden Taucheranzug auf gemeinste Art und Weise abgezeichnet. Es war wie das Vorherbild in einer Diätreportage – nur daß da keine wunderbaren Nachherbilder von ihr in einem Kleid in Größe 34 waren, auf denen sie jubelnd den Taucheranzug hochhielt und behauptete, nunmehr so dünn zu sein, um gleich zweimal hineinpassen zu können.

Es gab auch noch andere Bilder von Dees Wochenende in der Wildnis von Donegal – Unterwasserbilder von wunderschönen regenbogenfarbenen Fischen, die ihr durch die behandschuhten Finger glitten, und Bilder des pittoresken kleinen Dorfes, wo sie und neununddreißig andere Tauchenthusiasten rumtobten, wenn sie sich nicht gerade im eiskalten Atlantik aufhielten. Es gab sogar ein recht nettes Bild von Dee mit einem der Tauchlehrer – der gutaussehende, der eigentlich Model hatte werden wollen – in einer Kneipe, wo sie sich einen Teller Fisch und Fritten teilten. Sie trug ihr schwarzes T-Shirt aus Samt, das Haar umrahmte ihr Gesicht, und in der schummrigen Kneipenbeleuchtung sah sie ganz passabel aus.

Das herausstechende Foto jedoch war das, auf dem sie einem gestrandeten Wal ähnelte. Es war so erschütternd scheußlich, daß Dee sich gar nicht mehr davon losreißen konnte. Und natürlich war es genau das Bild, das man am größten aufgeblasen hatte.

Der freiberufliche Fotograf, selbst begeisterter Taucher und Unterwasserfotograf, hatte Dee versprochen, ihr die Fotos vorab zur Ansicht zu schicken. So hätte sie die besonders schrecklichen unter ihnen aussortieren können, ehe sie sie zusammen mit ihrem Artikel den Redakteuren übergab. Aber Tanya Vernon hatte den Fotografen angerufen und ihn irgendwie dazu gebracht, ihr die Bilder zuerst zu schicken.

Für die Samstagsausgabe hatte sie sich die schlimmsten darunter ausgesucht.

»Was ist los?« fragte Mick, einer der Redakteure, als Dee beim Anblick der Seite schockiert aufgekreischt hatte.

»Das sind vorzügliche Aufnahmen. Die Unterwasserfotos sind phantastisch, die Farben sind wunderbar.«

»Das ist es ja nicht«, quietschte Dee entsetzt. Sie war sich bewußt gewesen, daß der enge Gummitaucheranzug ihr nicht schmeichelte. Aber in ihrer Unterkunft gab es keine langen Spiegel, sie hatte also nicht überprüfen können, wie unvorteilhaft sie aussah. Erst fünf Tage später, im Büro des *Sentinel* war ihr das aufgefallen, als sie Mick bei der Arbeit zugesehen hatte.

»Kannst du denn keine anderen nehmen?« bettelte Dee. »Es *muß* noch andere geben. Er hat doch jede Menge Aufnahmen gemacht…«

Mick wirkte zerknirscht. »Mehr habe ich nicht«, sagte er und deutete auf die sechs Fotos auf dem Schreibtisch vor ihm. »Tanya hat sich genau diese hier ausgesucht.«

»Aber die möchte *ich* nicht«, entgegnete Dee mit leicht hysterischer Stimme. »Er hat mir versprochen, daß er sie mich vorab sehen läßt…«

»Tut mir leid, Dee. Mehr habe ich nicht, und Tanya will diese hier im Blatt sehen. Sie ist jetzt nicht da, also kann ich sie nicht fragen. Du siehst übrigens phantastisch aus«, fügte er beschwichtigend hinzu.

»Schön, daß du das denkst«, sagte sie mit bebender Stimme und verließ das Zimmer.

Am Samstag mußte Dee nicht arbeiten, stand jedoch trotzdem früh auf und ging noch vor ihrer ersten Tasse Kaffee zum Zeitungshändler. Sie mußte unbedingt sehen, wie schrecklich sie aussah. Die Fotos zogen sie magisch an.

Sowie sie die Zeitung in den Händen hielt, eilte sie nach draußen und blätterte sie hastig durch. Es überstieg sogar noch ihre schlimmsten Befürchtungen. Da stand sie in ihrer ganzen unförmigen Schönheit – ein riesiger Kloß im Taucheranzug. Verzweifelt stellte Dee fest, daß die Sache vielleicht etwas entschärft worden wäre, wenn sie sich ihrer eigenen Fülle bewußt gewesen wäre. Aber nein, sie lächelte, als ob sie eben gerade einen Verlobungsdiamanten von einem verzückten Freund entgegengenommen hätte, der vollkommen zu übersehen schien, daß sie einem Bus von hinten ähnelte.

Während sie ihre dritte Schale Frühstücksflocken verspeiste, rief Maeve an.

»Hallo, Dee«, zwitscherte sie noch freundlicher als gewohnt.

»Was machst du denn so?«

»Hast du die Tauchbilder gesehen?«

»Ja«, gab Maeve zu. »Ist alles in Ordnung?«

»Alles in Butter. Morgen beginne ich mit einer Diät. Ich muß mir einfach alles abhungern. Nichts außer Grapefruit, Wasser und sieben Kilometer langen Joggingtouren. Nach sechs Monaten werde ich dann einigermaßen passabel aussehen.«

»Dee, du siehst völlig in Ordnung aus. Dir selbst gegenüber bist du einfach überkritisch. Kein Mensch würde das Foto auch nur zweimal ansehen.«

Dee zuckte zusammen. »Das würde auch niemand wollen. Ich sehe unförmig aus. Kein Wunder, daß Gary mich verlassen hat.«

»Er hat dich verlassen, weil er ein verwöhntes Muttersöhnchen ist, dem man eigentlich jeden Morgen den Hintern versohlen sollte«, konterte Maeve energisch. »Und ich wünschte, ich könnte diejenige sein, die es täte. Mistkerl! Hast du eigentlich überhaupt schon von ihm gehört?«

»Nein. Jetzt ist er fast zwei Wochen weg, und er hat mich nicht mal wegen des Hausverkaufs angerufen. Ich hatte bisher allerdings auch keine freie Minute, den Makler anzurufen.«

Dee erwähnte nicht, daß sie den Makleranruf in der Hoffnung verschoben hatte, daß Gary doch noch mit einer Tüte dreckiger Wäsche in der einen Hand, einen Strauß Rosen in der anderen reumütig auftauchen würde.

Diese Szene hatte sie sich unendlich oft vorgestellt, besonders wenn sie nachts in dem großen Doppelbett lag und die Arme um sich geschlungen hatte, als ob sie von jemandem umarmt würde.

»Dee, bist du noch dran?« fragte Maeve. »Ich wollte dich fragen, ob du heute abend mit mir und ein paar Freundinnen ausgehen willst? Wir gehen erst eine Pizza essen, dann machen wir einen Kneipenbummel. Du kommst doch?«

Dee zögerte. Sie war sich nicht sicher, ob sie einen Abend unter Frauen aushalten würde. Bei jedem Liebeslied, das ein DJ auflegte, würde sie an ihren neuen Singlestatus erinnert werden. Und dann würde sie sich entweder auf die Toilette verziehen oder an die Bar setzen müssen, damit ihre verzweifelte Ausschau nach einem Tanzpartner nicht auffiel.

»Ach, ich weiß nicht«, zögerte sie.

»O'Reilly, du kommst mit, und wenn ich dich höchstpersönlich abholen muß.« Maeve klang resolut. »Du kannst heute abend bei mir schlafen, wenn dir das schreckliche Sofabett nichts ausmacht. Das einzige Problem sind Nancy und Ronnie, die kaum von ihrem angestammten Platz weichen werden. Du darfst dich also nicht erschrecken, wenn mitten in der Nacht zwei schwere Klopse den gesamten Platz einnehmen.«

Ronnie und Nancy waren Maeves geliebte Katzen, die eine nerzfarben, die andere ein Tiger.

»Sie müssen nicht woanders schlafen«, protestierte Dee. Zwei warme weiche Körper an ihren geschmiegt, würde nach zwei Wochen des Alleinseins sehr angenehm sein. Leider gehörte Smudge zu den Katzen, die nicht mit ihrem Besitzer zusammen in einem Bett schlafen wollten. Sie schlief lieber irgendwo im unteren Stockwerk, ganz gleich, wie oft

Dee auch versuchte, sie in ihr einsames Doppelbett zu lotsen. »Sie können von mir aus auf mir schlafen. Im Gegenteil, das würde mir sogar gefallen.«

»Na wunderbar. Dann kommst du so um halb acht zu mir?« fragte Maeve. »Und zieh dir etwas Hinreißendes an.«

»Wie wäre es mit einem Taucheranzug?« schlug Dee masochistisch vor.

»Vergiß das doch. Verbuche es als eine der reichen Erfahrungen, die dir das Leben dank Hexe Vernon beschert hat. Die Frau ist doch nur darauf aus, Unruhe zu stiften. Aber egal, ich habe noch etwas vor mit ihr.«

»Willst du eine Wachspuppe basteln und sie mit Stecknadeln piesacken?« erkundigte sich Dee.

Maeve kicherte. »Die Idee ist mir auch schon gekommen. Für die Puppe genügend Haare zusammenzubekommen würde sich auch nicht allzu schwierig gestalten, denn sie verbringt viel Zeit auf der Toilette damit, ihr Haar zu bürsten. Man würde meinen, daß sie gleich in einer Shampoowerbung auftreten müßte. Sie ist schwer in sich selbst verliebt. Nun ja, irgend jemanden muß sie ja lieben. Wir sehen uns später, oder ich hole dich ab«, bestimmte sie.

Dee hatte sich noch nicht aufraffen können, um in ihrem Schrank nach »etwas Hinreißendem« Ausschau zu halten, als das Telefon klingelte. Es war Millie, ihre ehemalige Schwägerin.

»Dee, das mit Gary und dir tut mir wirklich leid.« Millies Stimme klang warm und mitfühlend. »Ich habe es eben erst gehört. Wie kommst du klar?«

Bis zu diesem Augenblick war Dee eigentlich ganz gut klargekommen. Das Foto von ihr in diesem widerlichen Taucheranzug hatte sie von anderen Problemen abgelenkt. Aber angesichts Millies freundlicher, ihr wohlvertrauter Stimme schossen ihr die Tränen in die Augen.

»Gut«, murmelte sie und suchte in ihrer Tasche nach einem Taschentuch.

»Du klingst aber nicht gut. Ich komme vorbei und besuche dich.«

»Nein«, kreischte Dee, plötzlich gar nicht mehr traurig. Das Haus ähnelte einer Müllhalde. Überall lagen Fellknäuel von Smudge herum, die Küche sah aus wie nach einer besonders wilden Heavy-Metal-Party, überall waren Teller und Gläser und Tassen verteilt, und das Bad hatte sie auch seit langem nicht saubergemacht, weil sie keinen Tropfen Scheuermilch mehr im Haus hatte. »Könnten wir uns denn nicht irgendwo auf einen Kaffee treffen?«

Millie war der Inbegriff einer strahlenden Schwangeren, als sie im Café ankam. Ihr heller, sommersprossiger Teint glühte, ihre Augen leuchteten, und in ihren Umstandslatzhosen mit einem blau geblümten T-Shirt wirkte sie ausgesprochen vergnügt.

»Ich weiß, ich sehe wie eine Hippiebraut aus, die ihre Schwangerschaft zur Schau stellt«, sagte sie und umarmte Dee herzlich. »Aber diese netten, unter dem Busen gerafften Umstandskleider lassen mich immer so aussehen, als ob ich mich gerade zu einer sehr artigen Gartenparty begeben würde. Ich hasse diese lächerlichen Details am Kragen, die den Blick vom Bauch ablenken sollen. Denn, mal ehrlich, wo schaut man sonst hin?«

Sie klemmte eine Strähne rotblonder Haare fest, die aus ihrem Pferdeschwanz gerutscht war. »Was möchtest du? Tee, Kaffee? Fürs Mittagessen ist es zwar noch etwas früh, aber ich werde mir einen Käsetoast bestellen. Ich habe ständig Heißhunger auf Käse. Gestern habe ich ein ganzes Päckchen gereiften Cheddar zum Mittagessen gegessen, danach zwei Päckchen Chips mit Shrimpgeschmack und einen Kiwijoghurt.« Sie saßen auf der gerundeten Eckbank an einem der großen Fenster, Kaffee und Tee standen vor ihnen. Millie drückte Dees Hand.

»Bis gestern abend wußte ich nicht, daß Gary und du euch

getrennt habt«, sagte sie. »Dan war zu einem Kursus verreist, und seine Mutter spricht kaum noch mit mir, weil ich ihr nicht sofort von dem Baby erzählt habe.« Ihre Hand glitt unbewußt über ihren Bauch. »Sie hat mich also auch nicht angerufen. Es war der reine Zufall, daß Adrian uns auf der Suche nach irgendeiner Telefonnummer angerufen hat, sonst hätten wir es wohl nie erfahren.«

»Adrian wußte Bescheid?« fragte Dee. Er war der Bruder zwischen Dan und Gary, ein hochkarätiger Börsenmakler, der mit seiner ebenfalls hochkarätigen Frau Natascha, ebenfalls Börsenmaklerin, in Muswell Hill in London lebte.

Dee hatte sie nur ein paarmal gesehen und sich sofort von Adrians bildschöner, halbindischen Frau eingeschüchtert gefühlt. Sie war gertenschlank, unglaublich schön und außerdem angeblich noch eine ausgezeichnete Köchin.

»Gary wird nächste Woche bei ihnen einziehen, wenn er mit der Arbeit beginnt«, fuhr Millie fort. »Eigentlich hatte er in einem Hotel bleiben wollen, aber Margaret mußte sich natürlich einmischen und hat Adrian gebeten, ihn für einen Monat bei sich aufzunehmen. Natascha wird das wohl wenig begeistern«, fügte sie hinzu. »Gary und ein durch und durch minimalistisch eingerichtetes Apartment scheinen mir zwei Dinge zu sein, die nicht zusammenpassen.«

Dee rührte schweigend in ihrem Kaffee und dachte darüber nach, was sich alles verändert hatte. Vor zwei Wochen noch hatte sie Gary Redmond heiraten wollen. Nun war es ihre Schwägerin, die ihr von seinem Tun erzählte, von seinem Leben, seinen Plänen, wo er lebte und wann er in seinem neuen Job anfing. Es kam ihr alles wie ein böser Traum vor, aus dem sie zu gern aufgewacht wäre.

»Tut mir leid, das war taktlos.« Millie blickte von ihrem Tee auf und betrachtete Dees erstarrtes Gesicht. »Ich dachte, du wüßtest, wo er ist. Ich dachte, du hättest mit Gary gesprochen ...«

»Er hat mich nicht angerufen«, gestand Dee unumwunden. »Seitdem er bei mir zur Tür hinaus ist, habe ich nichts mehr von ihm gehört. Überhaupt gar nichts.«

»Das tut mir leid, Dee. Ich kann einfach nicht glauben, daß ihr nicht mehr zusammen seid. Mir schien immer alles so gut zu gehen. Was ist denn passiert? Nein«, warf Millie schnell ein. »Erzähl es mir nicht. Wir sind schließlich nicht bei der Inquisition. Ich wollte nur behilflich sein.«

»Das ist schon in Ordnung, ich erzähle es dir gern«, erwiderte Dee.

Aber noch während sie das sagte, merkte Dee, daß es ihr doch etwas ausmachte, sich Millie gegenüber zu öffnen. All die Dinge, die Gary zu ihr gesagt hatte, erfüllten Dee immer noch mit einer tiefen Scham. Sie war fett, häßlich, hoffnungslos, und zusätzlich schämte er sich ihrer. Wie konnte sie das einer Frau gegenüber erwähnen, deren Mann – obendrein auch noch Garys Bruder – sie auf Händen trug? Millie würde das nicht verstehen. Dee verstand es ja auch nicht. Ihr alles zu erzählen war eigentlich zu demütigend, um es in Worte zu fassen.

Einen kurzen Augenblick lang haßte Dee Millie. Das wiederum war bescheuert, denn niemand konnte sie hassen. Nur daß sie eben all das hatte, was Dee auch einmal gehabt hatte. Um ehrlich zu sein, Millie hatte sogar noch mehr. Sie hatte einen liebenden Ehemann, einen Mann, der seiner gehässigen Mutter nicht gestattete, ihr gegenüber ausfällig zu werden. Sie war mit einem lange ersehnten Baby schwanger, und sie war geliebt. Geliebt, anerkannt, wertgeschätzt und bewundert.

Dee fragte sich, ob sie jemals zuvor die Wichtigkeit dieser Worte begriffen hatte, jetzt, wo sie ihr nichts mehr bedeuteten. Korrektur: wo sie dem Mann in ihrem Leben nichts bedeutete, dem Mann, der ihr das Gefühl geben sollte, geliebt, anerkannt, wertgeschätzt und bewundert zu sein.

»Es ist nicht leicht, über all das zu reden«, gab sie zögernd zu. »Aber Gary hat mich verlassen und nicht ich ihn.« Sie betupfte ihre Augen mit einem zusammengekrumpelten Stück Klopapier. »Ich würde ihn jederzeit wieder bei mir aufnehmen, doch ich habe nichts mehr von ihm gehört. Letzte Woche habe ich ihn auf dem Handy angerufen, aber es war nur ein Anrufbeantworter dran. Ich habe eine Nachricht hinterlassen, daß er mich anrufen möge.« Das hatte sie nicht einmal Maeve erzählt. »Er hat meinen Anruf nicht erwidert.«

Millie schwieg.

»Und was hält Dan von der ganzen Sache?« fragte Dee, die gern das Thema wechseln wollte. Jetzt, wo sie es Millie erzählt hatte, fühlte sie sich noch verzweifelter und verletzlicher als je zuvor.

Nur die schlimmsten Verlierer riefen ihre Exfreunde an, bettelten um einen Anruf und starrten dann stundenlang sehnsuchtsvoll das Telefon an, daß es endlich klingeln möge.

Nur wirklich hoffnungslose Fälle würden ihre eben begonnene Diät damit ruinieren, daß sie einen ganzen Karton Erdbeereiskrem auffraßen.

»Dan ist schockiert«, erwiderte Millie. »Er hat mit Gary versucht, am Telefon darüber zu reden, aber der war nicht gerade sonderlich gesprächig. Bis er nach London zieht, wohnt er bei Margaret«, fügte sie noch hinzu.

»Die darüber sicher überglücklich ist«, bemerkte Dee verbittert.

»Sie hat mich immer gehaßt. Ich war nie gut genug für ihren teuren Sohn. Jetzt wird er ihr beipflichten. Wenn sie nicht so verdammt geizig wäre, würde sie sicher ein Flasche Champagner öffnen.«

»Du solltest Margaret nicht zwischen euch beide kommen lassen«, entgegnete Millie ernst. »Ihr beide wart füreinander bestimmt, das weißt du. Und ihr müßt unbedingt wieder zusammenkommen.«

»Millie, du verstehst mich nicht«, beharrte Dee. »Wir hatten nicht irgendeinen bedeutungslosen Streit über ›Wer staubsaugt‹. Ich hing Gary zum Hals raus, er hat mir gesagt, ich sei eine fette Kuh, und er würde sich meiner schämen.« Sie hörte, wie Millie tief einatmete, beachtete es aber nicht weiter.

»Man hat ihm den Job in London angeboten, und er hat sich entschieden, ihn anzunehmen. Die Verlobung ist gelöst, und er möchte, daß ich das Haus verkaufe. Das ist es, was passiert ist. Wenn du wirklich glaubst, daß wir trotz allem noch einmal zusammenkommen, so bist du die einzige, die diese Hoffnung hegt!« Dee versagte die Stimme, und sie ließ ihren Kopf auf ihre Hände sinken.

»Du Arme.« Millie stieß ihr unangerührtes Sandwich beiseite und legte den Arm um sie. »Ich hatte ja keine Ahnung. Ich werde ihn umbringen. Dan wird ihn umbringen.«

»Ich will nicht, daß alle Welt weiß, was passiert ist«, schluchzte Dee.

»Ist schon gut, niemand muß das wissen. Aber Dan muß ich es erzählen. Er mag dich, und wenn irgend jemand Gary wirklich die Meinung blasen kann, dann Dan. Wir werden uns nicht tatenlos zurücklehnen und Gary euer beider Leben ruinieren lassen.«

Dee hob den Kopf und blickte zu Millie auf. »Versprich mir, daß du es Dan nicht erzählen wirst. Versprichst du es mir?« bettelte sie. »Ich möchte nicht, daß *sie* erfährt, was passiert ist. Ich könnte es einfach nicht ertragen. Sie würde genau wissen wollen, wie mir meine wohlverdiente Strafe erteilt worden ist. Bitte erzähle es ihr nicht.«

»Als ob ich das tun würde«, erwiderte Millie. »Ich würde ihr nicht mal sagen, wie spät es ist, wenn sie mich danach fragte. Es ist alles ihre Schuld, daß Gary so verdammt verwöhnt ist. Die hat den Jungen ruiniert. Wenn er nicht so lange Mamas kleiner Liebling gewesen wäre, hättest du nicht so viel Ärger mit ihm gehabt. Nun hör mir mal gut zu. Gary liebt dich, Dee, selbst wenn er es kurzfristig vergessen haben sollte. Er wird zurückkommen, dessen bin ich mir sicher.«

»Ich aber nicht.« Dee hatte zu weinen aufgehört. Sie hatte in letzter Zeit so viel geweint, daß ihr Tränenreservoir nur noch kurze Tränenausbrüche bewerkstelligen konnte. Das war auch ganz gut so, sonst wäre sie ständig mit geröteten Augen herumgelaufen. »Es ist vorbei, Millie, das weiß ich ganz sicher. Ich weiß nur noch nicht, wie ich damit fertig werden soll. Ich bin vollkommen verloren.«

»Du bist nicht verloren«, erwiderte Millie bestimmt. »Du gehörst nicht zu den Frauen, die ohne einen Mann verloren sind.«

»Gehöre ich nicht?« fragte Dee mit belegter Stimme.

»Nein. Du wirst dich zusammenreißen, wieder ausgehen und das Leben genießen. Und wenn Mamas kleiner Junge mit eingeklemmtem Schwanz wieder nach Hause kommt, wirst du diejenige sein, die ihm die Leviten liest.«

Das war ein sehr befriedigender Gedanke, den sich Dee bereits des öfteren durch den Kopf hatte gehen lassen. Leider hatte sie ebenso häufig die Vorstellung, als weißhaarige, ungeliebte alte Frau zu enden, die kein Mann mehr eines Blickes würdigte.

»Das wird wohl kaum passieren, Millie«, seufzte sie. »Ich hätte vielleicht eine Chance gehabt, wieder mit Gary zusammenzukommen, wenn er nach der Trennung bei dir und Dan gewohnt hätte. Aber nur der Himmel weiß, was Margaret ihm alles eintrichtert, während er bei ihr wohnt. Sie hat mich immer für eine überhebliche Frau aus der Arbeiterklasse gehalten, die es nicht einmal wert war, den Boden unter ihren Füßen zu schrubben, ganz zu schweigen davon, ihren Sohn zu heiraten«, bemerkte sie bissig. »Jetzt hat sie jede Menge Gelegenheit, ihm das wieder und wieder vorzukauen. Habe ich dir vom ersten Weihnachtsfest erzählt, nachdem ich mit Gary zusammen war? Sie hat mir ein paar Sportsocken geschenkt. Und meine arme Mutter hat gespart, um Gary einen wunderschönen Designerschlips zu schenken.«

Diese Erinnerung konnte sie immer noch wütend machen. Jenes Weihnachtsfest hatte sich ihr in die Seele geätzt: Die steife Geschenkzeremonie bei den Redmonds in deren ebenfalls steif eingerichtetem Haus, wo noch nicht einmal der Weihnachtsbaum es gewagt hatte, ein paar Nadeln fallen zu lassen.

Margarets Geschenk hatte sie sorgfältig in goldenes Papier eingewickelt. Typischerweise hatte es Gary ihr überlassen, für seine Mutter ein Geschenk zu kaufen.

Nach ein paar Monaten mit ihm hatte Dee von seiner Mutter genug gehabt und hätte der alten Ziege gern ein Benimmbuch geschenkt, wo sie all die Stellen über das Benehmen Schwiegertöchtern gegenüber unterstrichen hätte. Statt dessen hielt sie ihre Gefühle im Zaum und kaufte ihr eine große Flasche *Joy*, Margarets Lieblingsparfüm.

Dee schenkte gern. Sie hatte sich an Margarets Freude gefreut, die sie über das Parfüm gezeigt hatte, selbst wenn diese ganz bewußt Gary geküßt und ihm versichert hatte, was für ein wunderbarer Sohn er sei. Er hatte sein gestreiftes Poloshirt bewundert und das Zimmer verlassen, um es anzuprobieren, während Dee ihr Päckchen geöffnet und zwei Paar rosa und weiße Aerobicsocken vorgefunden hatte.

»Eigentlich wäre es mir egal gewesen, doch Margaret wußte, daß ich für Aerobic nicht sonderlich viel übrig habe.«

»Ihr erstes Weihnachtsgeschenk für mich war ein Weihnachtsstern, der sehr bald eingegangen ist«, sagte Millie. »Im darauffolgenden Jahr hat sie mir ein Buch über den Umgang mit Zimmerpflanzen geschenkt!«

»Au Mann!« Dee lachte.

»Ich wußte, daß dich das aufheitern würde. Sag mal, was machst du eigentlich heute abend? Komm doch zum Abendessen zu uns. Ich sollte dich allerdings warnen, Dan kocht mexikanisch. Du solltest also auf scharfes Chili gefaßt sein. Bring Smudge einfach mit und übernachte bei uns.«

»Heute abend kann ich leider nicht«, entgegnete Dee.

»Du wirst doch nicht etwa allein zu Hause herumsitzen, das lasse ich nicht zu.«

»Das tue ich auch nicht«, protestierte Dee. »Ich gehe mit ein paar Kolleginnen aus. Mit Maeve, um genau zu sein. Wir wollen ein bißchen durch die Discos tingeln.«

»Dann komm morgen zum Abendbrot.«

»Das geht auch nicht. Morgen bin ich bei meinen Eltern.«

»Hast du es ihnen schon gesagt?« fragte Millie.

»Ja. Sie waren fabelhaft. Ich dachte, sie würden gleich gegen Gary loswettern und mir sagen, ich sei ohne ihn ohnehin besser dran. Aber das haben sie nicht getan.« Dee verzog das Gesicht. »Ich glaube, meine Mutter möchte nichts gegen ihn sagen, falls wir uns doch noch einmal zusammenraufen.«

»Das werdet ihr auch, da bin ich mir sicher«, meinte Millie mit Nachdruck.

Dee trank schweigend ihren Kaffee. Darauf würde sie keine Wette eingehen.

»Es paßt perfekt zu dir.« Maeve zog den Reißverschluß des Stretchtops hoch und musterte Dee, die sich nicht ganz sicher war, ob sie die lange seidige Jacke im Leopardenmuster offen tragen oder aber mit einem Gürtel schließen sollte.

»Ich habe dich noch niemals etwas mit Leopardenmuster tragen sehen, es steht dir wirklich ausgezeichnet.«

»Ich habe beim Einkaufen wirklich etwas über die Stränge geschlagen«, erwiderte Dee und fummelte an dem Jackengürtel herum. »Im Laden sah es prima aus, doch jetzt bin ich mir nicht mehr so sicher … ich wirke wie ein altes, fettes *Spicegirl.*«

»Du siehst prima aus.«

Dee betrachtete sich kritisch in Maeves Schlafzimmerspiegel.

Über dem enganliegenden schwarzen Strickkleid wirkte

die Jacke sehr extravagant und verlieh ihr das Aussehen einer Bluessängerin, die gleich »Cry Me a River« in einem schummrigen, rauchgeschwängerten Jazzclub singen würde. Die Verkäuferin im *Extra-Weit* hielt nicht viel davon, wenn etwas breiter gebaute Frauen sich unter Längsstreifen versteckten.

Sie war sehr überzeugend gewesen und hatte darauf bestanden, daß Dee das weite Hemd, das sie eigentlich hatte kaufen wollen, gegen ein enganliegendes Strickkleid und die Jacke tauschte. Aber was in einem sorgfältig ausgeleuchteten Laden mit einer bewundernden Verkäuferin Größe 50 noch gut ausgesehen hätte, würde im kalten Licht einer Diskothek mit lauter modeldünnen Mädchen der Prüfung nicht unbedingt standhalten.

»Du wirst es anziehen, es sieht prima aus«, wiederholte Maeve, die genau wußte, was Dee durch den Kopf ging. »Ich schwöre, du wirkst nicht fett. Du siehst wie eine Sexbombe aus, und du wirst ein Abwehrspray benutzen müssen, um dir die Männer vom Hals zu halten.«

Dee grinste schief. Ihr war klar, daß sie jetzt keinen Rückzieher mehr machen konnte. Maeve würde darauf bestehen, daß sie ihre neuen Sachen trug. Es war entweder das oder aber der graue Jogginganzug, den sie sich für den nächsten Tag mitgebracht hatte.

»Tina Turner?« fragte Maeve vor dem CD-Player.

»Ja. Spiel doch ›Better be good to me‹.« Diese Lied liebte Dee. »Ein Sonderwunsch für den schrecklichen Gary Redmond!«

»Weiter so, Mädchen!«

Die Musik ertönte, und Dee mußte sich zwingen, nicht mitzutanzen, während sie eine letzte Schicht Wimperntusche auflegte. Mit jeder Menge dunklem Augen-Make-up und einer Tigeraugenkette tief in ihrem Ausschnitt würde ihr keiner widerstehen können. Jedenfalls nicht, nachdem sie Maeves belebenden Cocktail – ein tödliche Mischung Pfirsichschnaps, Wodka und Orangensaft – getrunken hatte. »Ist das eigentlich ein richtiger Cocktail oder sind es lediglich die Reste aus deinem Alkoholbestand?« Dee nippte erneut daran und zog eine Grimasse.

»Ehrlich gesagt, ich bin mir nicht ganz sicher, ob ich ihn auch korrekt gemixt habe – ich hab mein Cocktailbuch verloren. Auf jeden Fall wird er dich ein wenig auflockern.«

»Das kannst du laut sagen. Vielleicht trinke ich lieber nichts, bevor wir im Restaurant Wein bestellen. Ich möchte meine Sorgen nicht mehr im Alkohol ertränken, Maeve. Das habe ich in letzter Zeit viel zu häufig getan.«

»Laß dir von Gary nichts mehr vorschreiben, jetzt, wo er nicht mehr da ist.« Maeve hatte mit dem Auftragen des Lipgloss innegehalten, um diese Warnung auszusprechen. »Er ist ein Tyrann, und er ist Vergangenheit«, meinte sie verärgert. »Du brauchst dich nicht mehr um all das Zeug zu kümmern, worüber er sich ständig aufgeregt hat. Du trinkst doch gern ab und zu mal einen, na und?«

Dee wollte auch etwas Lipgloss haben und nahm Maeve die Tube aus der Hand.

«In dieser Angelegenheit hatte er allerdings wirklich recht«, sagte sie ernst. »Auf Partys habe ich mich immer betrunken ...«

»Weil du dich unsicher gefühlt hast«, unterbrach Maeve. »Gary hat überhaupt nie *verstanden,* warum du zuviel getrunken hast. Der Mann hatte die Sensibilität eines Nashorns.«

»Doch, irgendwie hat er es schon geahnt. Er wußte, wie unsicher ich war. Das ist natürlich keine Entschuldigung. Denn nur weil ich ein Problem hatte, hätte ich fast noch ein weiteres und viel schlimmeres dazubekommen können.«

Dee hatte in letzter Zeit sehr häufig darüber nachgedacht. Sie erinnerte sich an all die Male, bei denen sie zuviel getrunken hatte, um ihre riesigen Minderwertigkeitskomplexe zu übertünchen. Aber Wodka in sich hineinzukippen hatte ihr nicht geholfen, und ganz sicher war sie dadurch nicht schlanker geworden. Wenn überhaupt, dann hatte sie sich beim Aufwachen nur noch deprimierter gefühlt, wenn sie sich daran erinnerte, was für blöde, aufreizende Dinge sie Menschen gegenüber geäußert hatte, die sie kaum kannte. Und das alles nur, weil sie fünf oder sechs Screwdriver geschluckt hatte.

»Ich werde nicht mehr soviel trinken, und ich muß mein Übergewicht in Angriff nehmen«, sagte sie bestimmt. »Es hat keinen Sinn, sich zu verstecken. Ich muß etwas tun. Ich werde einem Fitneßclub beitreten – nächste Woche habe ich eine Probestunde für Step-Aerobic.«

Maeve starrte sie an. »Ist es dir ernst damit?«

»Todernst.«

»Das freut mich, Dee. Ich finde es prima, wenn du dir etwas Bewegung verschaffst. Du solltest es allerdings aus gesundheitlichen Beweggründen tun und nicht, damit du abnimmst, in der Hoffnung...«, Maeve zögerte, »...daß Gary wieder zu dir zurückkommt. Tut mir leid.« Sie setzte sich auf das Bett und blickte Dee ernst an. »Ich möchte dir eine echte Freundin sein, deshalb will ich nicht, daß du all deine Energie und deine Träume in ein solches Vorhaben steckst, nur um dann jämmerlich zu scheitern.« Maeve streckte ihre Hand nach der Zigarettenpackung aus. »Du sollst es ganz allein für dich tun und nicht für einen Mann, der es ohnehin nicht verdient hat. War ich zu deutlich?«

Sie blickte ängstlich auf.

»Nein. Du bist eine sehr gute Freundin, aber ich weiß, was ich mache, Maeve. Ehrlich.« Dee setzte sich neben sie aufs Bett. »Ich muß mein Leben ändern. Und ich möchte gern, daß Gary zurückkommt. Ich weiß, daß du mit mir darin nicht übereinstimmst, nicht nach allem...«

»Moment mal, es ist dein Leben und deine Entscheidung«, unterbrach sie Maeve. »Und nicht meine. Du liebst ihn und willst, daß er zurückkommt. Ich möchte bloß nicht, daß er dich noch einmal so verletzt, mehr nicht.«

Dee zuckte mit den Schultern. »Ich bin auch so schrecklich verletzt. Ich lebe auf halber Flamme, ich kann nicht richtig arbeiten, und alle fünf Minuten möchte ich mich zurückziehen und mich ausweinen. Was könnte schlimmer sein?«

Maeve zog an ihrer Zigarette und streckte sich nach dem Aschenbecher aus, um sie auszudrücken. »Momentan jedenfalls *hoffst* du noch, daß Gary zurückkommen wird. Was wirst du tun, wenn er dir trotz all deiner Bemühungen klipp und klar sagt, daß er es nicht tun will?«

Einen Augenblick lang schwiegen sie beide.

»Laß uns über etwas anderes reden«, schlug Dee schließlich vor.

Romantik lag in der Luft, dachte Dee traurig, als sie über ihre Speisekarte hinweg die Gäste in der *Pizzeria Luciano* beobachtete. Überall saßen verliebte Paare und teilten sich zwanzig Zentimeter lange Pepperonis und den Inhalt der Chiantiflaschen. Sie alle schienen sich liebevoll über das Knoblauchbrot hinweg anzusehen. Sie konnte sich ihre Unterhaltungen vorstellen: »Ich esse nur vom Knoblauchbrot, wenn du es auch tust.« »Also gut, dann laß es uns teilen ...« »Ach, du bist ja so romantisch!«

Sie seufzte. Am Samstagabend mit einer Gruppe von Frauen in einem Restaurant zu sitzen war genauso, als ob man lauthals bekanntgab, keinen Mann zu haben. Sie hätte sich auch gleich ein kleines Flugzeug mieten und mit dem Werbespruch »Dee O'Reilly ist Single und verzweifelt und sucht dringend einen Mann« über der Stadt ihre Runden fliegen können. Dabei fiel es nicht ins Gewicht, daß Chloe, Geraldine und Evie ebenfalls Single waren. *Ihnen* machte es nichts aus. Sie waren Ende Zwanzig und zogen die Gesellschaft ihrer Freundinnen tatsächlich vor. Sie schienen sich nicht dafür zu schämen, keinen Mann zu haben.

Andererseits kannten sie auch nicht die Glückseligkeit, sich ein Video auszuleihen, ein indisches Huhn für zwei zu bestellen und sich mit seinem Mann in trauter Eintracht vor den Fernseher zu setzen und all diejenigen zu bedauern, die so etwas nicht tun konnten.

Himmel, Dee hatte Maeve und die Mädchen bisher stets bemitleidet! Wie oft hatte sie ihre Freundin dabei beobachtet, wie sie sich nach der Arbeit auf der Toilette zurechtmachte, um noch eine weitere ergebnislose Nacht auf der Piste zu verbringen?

Parfümiert, geschminkt und in die engsten Kleider und T-Shirts gepreßt, die sie auftreiben konnte, war Maeve in die Nacht ausgeschwärmt, um sich doch nichts weiter einzufangen als altertümliche Männer, die ein paar Runden auf der Tanzfläche und ein paar Baccardis als Eintrittskarte in deinen Wonderbra betrachteten. Da draußen war die Hölle, und Dee wollte sich dem einfach noch nicht stellen. Jetzt hatte Maeve einen Freund – sogar einen, dem es offenbar nichts ausmachte, wenn Maeve auf ihre wilden Frauentouren ging –, und Dee war diejenige, die keinen Freund hatte. Jetzt waren Partys ihr Schicksal, wo das Hauptanliegen darin bestand, insgeheim jeden Mann im Zimmer als potentiellen Freund unter die Lupe zu nehmen. Was für ein Alptraum. Wie konnte ihr Gary das nur antun? Sie wäre so gern nach Hause gegangen, zurück in die vier vertrauten Wände, wo sie sich vor der schrecklichen, menschenfressenden Welt verstecken konnte. Doch zu Hause vermißte sie Gary noch mehr. Sie vermißte seine auf dem Boden verteilten Fußballsachen, seine Stimme am Morgen, sie solle aufstehen, und sie vermißte seine Umarmungen. Das vermißte sie am meisten, seine Gegenwart.

Liebe Annie,

letzten Monat hielt ich mich für wunschlos glücklich. Einen tollen Job, einen tollen Freund... Mein Freund hat mich plötzlich verlassen, und jetzt scheint es mir, als ob mein ganzes Leben auseinanderbräche. Ich hatte noch nie viel

Selbstbwußtsein, doch jetzt habe ich überhaupt keines mehr. Er hat viele Gründe aufgeführt, warum er mich verlassen hat. Der eigentliche Grund jedoch war der, daß er mich zu fett fand und er sich meiner schämte. Ich fand mich auch schon immer zu fett, aber er hat mir ständig versichert, ich würde mir das einbilden, er würde mich so lieben, wie ich bin. Als ich dann herausfand, daß er mich nicht wirklich für das liebt, was ich bin, habe ich es als Schlag ins Gesicht empfunden. Plötzlich erschien unser ganzes Zusammenleben über vier Jahre hinweg als eine Lüge. Er kam mir so vor, als habe er mich die ganze Zeit an der Nase herumgeführt.

Ich fühle mich so verletzt, so hängengelassen. Ich kann eigentlich niemandem anvertrauen, wie mir wirklich zumute ist. Eigentlich sollte ich anderen bei der Lösung ihrer Probleme helfen, doch ich kann noch nicht einmal meine eigenen lösen. Ich empfinde mich durch und durch als Versagerin. Und ich bin einsam. Mein Freund und ich waren eine lange Zeit zusammen, und jetzt ängstigt mich die Vorstellung, wieder auf meinen eigenen Beinen zu stehen. Ich habe versucht, mit ihm zu reden, aber er ruft noch nicht einmal zurück. Was soll ich tun? Ich habe schon erwogen, einfach bei ihm vorbeizuschauen – und das, obwohl er ins Ausland gezogen ist – aber ich bin mir nicht sicher, wie er reagieren würde. Soll ich es riskieren?

Deine Einsame

»Das ist aber eine große Pfeffermühle«, bemerkte Maeve, als der Kellner mit einer Pfeffermühle ankam, die mindestens einen halben Meter lang war.

Die Mädchen kicherten. Der attraktive Kellner, dem diese Reaktion nicht neu war, lächelte ihnen anzüglich zu.

»Pfeffer?« fragte er.

Maeve nickte, und er streute etwas auf ihre Spaghetti mit Meeresfrüchten.

»Möchten Sie auch etwas?« wandte er sich an Dee und warf ihr einen schwärmerischen Blick zu.

»Ja, bitte.« Was sollte denn dieses blöde Spiel? dachte sie. Machte man sich immer so an alte Jungfern heran? Bekamen die Kellner Extraprämien, wenn sie mit alleinstehenden Frauen flirteten, ähnlich wie Eintänzer auf Bällen für Damen höheren Alters? Sie jedenfalls war nicht in der Stimmung, auf diese Weise gedemütigt zu werden. Mit versteinertem Gesicht beobachtete sie, wie er viel zu viel Pfeffer auf ihrem Essen verteilte.

»Meiner Ansicht nach wollte er dir nicht nur Pfeffer anbieten, Dee.« Chloe knuffte sie in den Arm, nachdem der Kellner gegangen war.

Wieder brachen alle in Kichern aus.

»Ich habe dir gleich gesagt, daß dein Outfit Wirkung zeigen wird«, meinte Maeve und hob ihr Glas prostend Dee entgegen. »Ich hätte so gern einen Busen wie du, Dee«, stöhnte Geraldine neidisch und zupfte an ihrer rosa Rüschenbluse über ihrem nichtexistenten Busen. »Männer lieben riesige Brüste an bohnenstangendürren Mädchen. Wie allgemein bekannt, kommt das jedoch in der Natur nicht vor. Außer vielleicht in Kalifornien.«

»Genau«, stimmte Geraldine zu. »Die Natur gibt uns einen dünnen Oberkörper mit einer flachen Brust und zum Ausgleich dafür so breite Hüften, daß man eigentlich ein Zeichen ›breites Gefährt‹ auf dem Hintern tragen müßte.«

»Du kannst dir den Busen doch machen lassen«, schlug Maeve vor. »Was hältst du davon, Dee?«

Dee, die nicht zugehört hatte, blinzelte. »Tut mir leid, ich war ganz woanders.«

»Sich den Busen machen lassen. Bist du dafür oder dagegen?«

Dee feixte. »Darüber brauchte ich bis jetzt noch nicht nachzudenken«, meinte sie augenzwinkernd. »Fettabsaugung jedoch habe ich schon öfter erwogen.« Sie gabelte sich ein paar Pilze mit Pestosoße auf. »Die einzige Operation, die ich wirklich bräuchte, ist, meinen Kiefer mit Draht zu verschrauben, so daß ich nicht immer dieses wunderbare italienische Essen essen kann.«

Bei dem Wort Fettabsaugung leuchteten Cloes Augen auf. »Würdest du das machen lassen? Ich hatte schon oft für meine Schenkel daran gedacht.«

Maeve schüttelte sich und griff nach der Rotweinflasche. »Schon allein der Gedanke läßt mich erschaudern.«

»Weil du es nicht nötig hast«, entgegenete Chloe. »Du bist von Natur aus schlank.«

»Du bist doch auch schlank!« konterte Maeve.

»Ich habe nichts gegen Schönheitsoperationen«, meinte Maeve. »Ich kann bloß Schmerzen, Blut und Spritzen nicht ausstehen.«

»Ein bißchen Schmerzen könnte ich schon aushalten, wenn dafür meine ganzen Fettpolster abgesaugt würden«, sagte Chloe.

»Fettabsaugung klingt wirklich wie Zauberei, was die Resultate betrifft«, bestätigte Dee. »Stellt euch nur mal vor – man ist fett, im nächsten Moment ist man die reinste Elfe. Und doch habe ich das Gefühl, sollte ich tatsächlich in meinem Leben noch mal schlank werden, dann muß ich dafür leiden. Ihr wißt schon, Stunde um Stunde auf diesen Laufbändern verbringen.«

Geraldine aß ihr letztes Stückchen Pizza und schleckte sich die Finger. »Einfach unglaublich lecker! Ich gebe zu, ich bin ein Freund schneller Resultate. Mir gefallen immer die Gymnastikvorschläge am besten, wo einem versprochen wird, innerhalb von fünf Stunden gleich fünf Jahre jünger auszusehen. Nicht, daß ich jemals einen solchen Plan befolgt hätte. Aber wenn es soweit sein sollte, dann entscheide ich mich eher für eine fünfstündige Tortur als für den lebenslangen Schmerz.«

»Ihr mögt es für zynisch halten«, bemerkte Evie, »aber

meiner Meinung nach ist die einzige wirklich schnelle Prozedur die, wo ein Skalpell, ein talentierter Schönheitschirurg und zehntausend Pfund in bar involviert sind.«

»Da wir gerade vom Fett sprechen, wer möchte einen Nachtisch?« fragte Maeve, schob ihren Teller zurück und strahlte. »Hier machen sie wirklich ausgezeichneten Käsekuchen mit Mascarpone.«

»Ruf mal den Kellner für die Dessertkarte«, sagte Geraldine.

Wieder eilte ihr Kellner herbei, und wieder hatte er die riesige Pfeffermühle in der Hand.

»Was ist denn das nur mit dieser Pfeffermühle?« wollte Chloe wissen. »Ist es ein Statussymbol? Streiten sich italienische Kellner darüber, wer den größten hat?«

»Es ist ein Balzritual«, insistierte Maeve. »Sieh doch nur, wie er Dee damit gewunken hat. Wenn das kein starkes Locksignal ist, dann weiß ich nicht mehr weiter.«

»Wir sollten sie in Zukunft einfach nicht mehr mitnehmen«, meinte Evie und grinste schalkhaft. »Sie ist viel zu sexy. Dann bleiben für den Rest von uns gar keine Männer übrig!«

Dee mußte lachen. »Macht euch keine Sorgen, Maeve hat mich mit einem männerabweisenden Spray eingesprüht.«

»Na wunderbar!« lachte Chloe. »Das wird sich später noch als nützlich erweisen, wenn wir uns entscheiden müssen, welche Männer uns gefallen und welche wir abschieben wollen. Und nun, wer möchte noch etwas Wein?«

15

Isabel vergrub ihren Kopf im Kopfkissen, um das laute Hundegebell vom Nachbargrundstück auszuschalten. Sie war entsetzlich müde. Es war ungefähr sechs Uhr früh. Gern hätte sie noch eine dreiviertel Stunde geschlafen, zumal sie gestern nacht Stunden damit verbracht hatte, die grünen Leuchtziffern ihres Radioweckers zu beobachten, die sich im Schneckentempo von halb zwei auf zwei Uhr vorgearbeitet hatten, ehe sie überhaupt nur eindämmern konnte.

Die Aufregung war Schuld. Die Vorstellung, mit dem Vorsitzenden von *Roark International*, dem großen Chef, zu Mittag zu essen, machte sie nervös. Ebenfalls nervös machte es sie, daß allein der Gedanke an ihn sie in einen hirnlosen, verknallten Teenager verwandelte. Zusätzlich nervös machte sie die Tatsache, daß er verheiratet war.

Hör mit der Grübelei auf und schlaf wieder ein, ermahnte sich Isabel. In deinem Alter solltest du jede Minute deines Schönheitsschlafes nutzen.

Rudy bellte weiter. Er war ein süßer schwarzer Mischling, der ihr auf der Straße immer um die Beine tänzelte, aber jetzt bellte er ungemein schrill. Und das ausgerechnet dann, wenn Isabel schlafen wollte.

»Bitte, hör auf, Rudy«, stöhnte sie. Wenn sie doch nur die Kraft gehabt hätte, ihr anderes Kissen über das Bett zu ziehen und es sich über die Ohren zu legen. Aber selbst dazu war sie zu erschöpft.

Warum bellte der Hund überhaupt? Für Einbrecher war es schon zu spät und für Besucher noch zu früh. Normalerweise bellte Rudy erst, wenn um viertel acht der Postbote vorbeikam.

Schlagartig durchfuhr es sie: der Postbote … viertel nach acht … Genau in diesem Augenblick hörte sie das gewohnte Klappern des Messingbriefkastens. Sie schoß kerzengerade in die Höhe, starrte auf den Wecker und beobachtete, wie die kleine grüne Zahl von der Fünf auf die Sechs glitt: nicht mehr 8.15 Uhr, sondern 8.16 Uhr.

»Au nein! Ich kann doch nicht ausgerechnet heute verschlafen haben! Was ist denn nur los mit dir, du verdammter Radiowecker?«

Isabel sprang aus dem Bett, rannte in ihrem weiten grauen T-Shirt die Treppe hinunter, setzte den Kessel auf, griff sich einen Joghurt aus dem Kühlschrank und aß ihn auf dem Weg zum Briefkasten. Noch mehr Rechnungen und eine Werbebroschüre für einen Putz- und Bügelservice. Nicht für mich, dachte sie verärgert, und wünschte sich, sie könnte den Staub auf dem Flurtisch ignorieren.

Während der Woche hatte sie keine Zeit, um im Haus sauberzumachen. Und ganz sicher hatte sie nicht das Geld, es von jemand anderem erledigen zu lassen. Es war ein Segen, daß weder sie noch die Mädchen in Richtung Asthma tendierten. Überall lag Staub, und der Küchenfußboden hätte eine ordentliche Reinigung dringend nötig gehabt. Isabel konnte Staub und Dreck nicht ausstehen. Während sie nach oben eilte, plante sie für den nächsten Tag einen kräftigen Frühjahrsputz ein.

Eine viertel Stunde später hatte Isabel geduscht. Ihre halbtrockenen Haare lockten sich um ihr Gesicht. Sie war in Panik.

Das enganliegende weiße Baumwolltop, das sie eigentlich hatte tragen wollen, war in ihrer Kommode unauffindbar. Sie war sich sicher, es gewaschen und gebügelt zu haben. Gestern noch hatte sie es gesehen. Fluchend zerrte sie all die anderen weißen Dinge hervor und ließ sie auf das Bett fallen, um sie dort hastig zu durchsuchen. Das war ja lächerlich! Es war schon schlimm genug, daß das Haus mit Staubmilben übersät war, doch nun hatten sich auch noch kleiderfressende Gremlins dazugesellt. Isabel richtete sich auf. Es waren wohl doch nicht die Gremlins. Sie hatte eine fünfzehnjährige Tochter, die eine Schwäche für die Kleidung ihrer Mutter besaß.

»Robin, hast du mein weißes Top gesehen, das enggeschnittene?« Isabel hatte Robins Tür geöffnet und blickte auf die wahllos verstreute Kleidung.

»Was?« brummte ihre Tochter und kroch unter die Bettdecke.

»Mein weißes Baumwolltop, das mit der Stickerei am Halsauschnitt.« Es war ein wunderschönes Top, das sie in einer kleinen Boutique in Portugal erstanden hatte. Ganz in Weiß sah es sehr jungfräulich aus. Die Spitze würde man ein ganz klein wenig sehen können – sehr sexy. Unter ihrem figurnahen, dunkelblauen Leinenanzug würde es sich sehr gut machen. Es war eine perfekte Verschmelzung einer Karrierefrau mit einer sehr weiblichen Frau. Plötzlich sah sie es. Es lag zusammengeknüllt unter Robins Bett, noch halb in einer umgedrehten Jeans steckend. Zweifellos hatte es mit der Jeans ganz toll ausgesehen, dachte sie wütend. »Robin, wenn du dir das nächste Mal etwas von mir borgst, würdest du bitte vorher fragen?«

»Du warst nicht da«, murmelte Robin aus der Tiefe ihrer Kissen. »Zu unserem Ausflug nach Dalkey gestern wollte ich etwas besonders Schönes anziehen.«

»Und ich wollte heute sehr hübsch aussehen«, knurrte Isabel erschöpft. »Genau deshalb hatte ich es mir ausgesucht. Jetzt habe ich nichts, was gebügelt ist, außerdem bin ich bereits zu spät dran.«

Der Kloß im Bett bewegte sich ein bißchen. Isabel rieb sich ihre Nasenwurzel und hoffte, daß nicht der ganze Tag so weitergehen würde. Sie zog eine blaßblaue ärmellose Baumwollbluse aus ihrem Schrank. Sie war beinah ein wenig altmodisch und nicht annähernd so sexy wie ihr geliebtes Top, doch sie würde reichen müssen. Eine Perlenkette würde das Outfit abrunden, dachte Isabel, deren Lebenskräfte sich wieder einstellten. Leuchtend roter Lippenstift würde ihr das gewisse Extra verleihen. Mit ihren normalerweise blaßrosa geschminkten Lippen würde sie einfach zu langweilig aussehen.

Bevor sie ging, steckte sie noch einmal ihren Kopf in Robins Zimmer.

»Würdest du heute bitte staubwischen? Du mußt nur das untere Stockwerk machen und einmal mit dem Staubsauger durchgehen. Naomi soll eure Frühstückssachen abwaschen und die Pflanzen wässern. Frau McCarthy kommt gegen zehn, um Naomi und Julie ins Zeltlager zu bringen. Ich möchte, daß du hier im Haus bist, wenn sie um fünf zurückkommen, okay?« Isabel gab den Mädchen während der Sommerferien nur ungern Hausarbeit auf, aber sie brauchte etwas Unterstützung. Solange Robin das Haus saubermachte, konnte sie wenigstens keine Zeit damit verbringen, in Bray mit ihren merkwürdigen Freundinnen herumzuhängen. Isabel war sich sicher, vergangene Woche Zigarettenrauch in der Kleidung ihrer älteren Tochter gerochen zu haben. Solange Robin derart maulfaul war, hatte sie jedoch keinen Streit darüber anfangen wollen.

Wenn sie auch nur ein Wort über den Zusammenhang von Zigaretten und Krebs verloren hätte, hätte sich ihre Älteste vermutlich augenblicklich zweihundert filterlose Sargnägel gekauft und sie geraucht, bis ihr die Lungen schmerzten. Also stellte Isabel das Thema lieber zurück.

In der Redaktion waren alle beschäftigt, als sie dort viel später als gewohnt auftauchte. Tanya Vernon hatte sich auf ihrem Drehstuhl wie ein von *Elle* eingekleideter Piranha hingelümmelt, hatte das Telefon unters Ohr geklemmt und beobachtete Isabels Gang durch das Büro. Wenn jemand anderer als Isabel sich um eine halbe Stunde verspätet hätte, hätte Tanya denjenigen laut getadelt. Bei der selbstsicheren und wortgewandten Ressortleiterin jedoch war sie vorsichtig.

»Hast du die Abendzeitung mitgebracht?« scherzte Phil, die keine solchen Skrupel kannte.

»Nein, die war schon total ausverkauft«, grinste Isabel schwach.

Sie stellte den Computer an, öffnete ihre Aktentasche und schlug das Telefonbuch auf.

Jackie erschien mit einem Blatt voller Nachrichten.

»Ihr Outfit gefällt mir, Isabel«, bemerkte sie begeistert. »Der Lippenstift macht richtig was her. Ich habe Sie noch nie zuvor Rot tragen sehen. Gehen Sie heute zum Mittagessen aus?«

Isabel errötete. »Nichts Besonderes«, erwiderte sie so beiläufig wie nur möglich. »Ich treffe mich mit einem alten Freund auf ein Sandwich.«

Die Zeit verging wie im Fluge. Isabels Telefon klingelte ununterbrochen, und sie hatte kaum Gelegenheit, die von Phil hingestellte Tasse Kaffee zu trinken. Als sie schließlich vom Schreibtisch aufstand, hatte sie nur noch fünfundzwanzig Minuten, um rechtzeitig zum Hotel zu kommen. Sie fand noch nicht einmal mehr Zeit, sich frischzumachen.

»Ich muß mit Ihnen sprechen«, sagte Tanya, als Isabel mit fliegenden Fahnen an ihr vorbeirannte.

»Ich komme später zurück«, erwiderte sie und ignorierte Tanyas mißbilligendes Schnaufen.

Der Verkehr war dicht, der Tag sehr heiß und der Ventilator in Isabels Auto kannte nur »heiß« und »sehr heiß«. Sie kurbelte das Fenster ganz herunter und hoffte, nicht zu verschwitzt an ihrem Ziel anzukommen.

Um ein Haar hätte sie die Einfahrt in das Parkhaus verpaßt, danach wäre sie fast mit einem Mercedes Coupé zusammengestoßen, der rückwärts ausparkte, während sie mit hoher Geschwindigkeit ins Parkhaus hineinraste.

Reiß dich zusammen, Isabel, ermahnte sie sich. Du benimmst dich wie ein liebestoller Teenager. Sie bürstete sich kräftig durchs Haar und war froh, daß sie es vor kurzem hatte schneiden und färben lassen und nun der verräterische graue Ansatz nicht mehr zu sehen war. In weichen blonden Wellen fiel es ihr auf die Schultern. Über ihre hohen Wangenknochen verteilte sie etwas Rouge und trug Lippenstift auf ihre vollen Lippen auf. Ihre von Natur aus dunklen Wimpern umrahmten die großen blauen Augen, sie brauchte also kaum Wimperntusche und verteilte lediglich etwas

Beige auf ihren Lidern. Dann überprüfte sie das Resultat im Spiegel. Sie sah gut aus. Oder war der grellrote Lippenstift vielleicht doch etwas zu extravagant?

Im Aufzug des Parkhauses musterte sie sich noch einmal kritisch. Die Lippenstiftfarbe war bestimmt zu ordinär und sicherlich nicht die geeignete Farbe für ein Geschäftsessen.

Andererseits, um welche Art von Treffen handelte es sich eigentlich? War es geschäftlich oder zum Vergnügen? Jack Carter hatte es nicht verraten, und sie hatte nicht gefragt. Besser, sie schraubte ihre Erwartungen nicht zu hoch.

Die Aufzugstür glitt auf, und Isabel hatte gerade einen Schritt in Richtung Damentoilette gemacht, als sie von *ihm* abgefangen wurde. Er schnitt ihr den Weg ab. Mit blütenweißem Hemd, elegantem Schlips und dunkelblauem Anzug war er makellos gekleidet. Hochgewachsen, attraktiv und sehr männlich. Isabels Puls begann zu rasen.

»Ich wollte Sie gleich hier abfangen«, bemerkte Jack und streckte ihr eine große Hand entgegen. »Ich hatte mir gedacht, daß Sie aus dem Parkhaus kommen.«

»Hallo«, sagte Isabel mit zitternder Stimme. Sie schüttelte seine Hand und zog ihre hastig wieder zurück. Hatte sie sie zu lange gehalten?

»Ich dachte, hier würde es Ihnen gefallen«, bemerkte er, als sie auf ein Restaurant zugingen. »Das Essen ist gut, und es ist niemals so überfüllt wie in den anderen innerstädtischen Restaurants.«

Der Besitzer murmelte lächelnd: »Herr Carter, Madame«, und führte sie zu einem abgelegenen Tisch für zwei.

Isabel setzte sich und fummelte nervös am Kragen ihrer Bluse, bevor sie mit Jack zum zweitenmal seit ihrer Begegnung Augenkontakt aufnahm.

Seine Augen sahen heute anders aus. Sie hatten nicht mehr die graumetallene Farbe, die sie von ihrer Begegnung im Büro des *Sentinel* in Erinnerung hatte. Sie waren jetzt eher zinnfarben und leuchteten vor Neugier und Wärme. Auch war er attraktiver, als sie ihn in Erinnerung hatte. Sein kantiges Gesicht war entspannter, und ein Lächeln spielte um seine Mundwinkel. Er schien nervös, fast ein wenig gereizt, dachte Isabel. Vermutlich bildete sie sich das nur ein. Warum sollte der Vorsitzende einer multinationalen Verlagsgruppe Angst vor ihr haben?

»Gefällt es Ihnen hier?« erkundigte er sich besorgt und ließ seinen Blick kurz auf ihr ruhen. »Mir lag daran, daß es nicht zu voll oder zu heiß ist.«

Er hatte sich *genau* gemerkt, was sie in jener Nacht in seinem Garten gesagt hatte, staunte Isabel. Dann fiel ihr der Schalk in seinen Augen auf, ein amüsiertes Leuchten, das ihr verriet, daß er sie neckte.

»Es ist perfekt, obwohl ich Picknicks auch sehr gerne mag«, erwiderte sie leise. »Im Freien essen und sich dabei unterhalten kann so entspannend sein, und Sie hätten die Hunde mitbringen können.«

»Der Herr, eine Nachricht für Sie. Es ist dringend.« Der Kellner überreichte Jack einen Briefumschlag.

Er riß ihn auf, und sein Gesicht bewölkte sich.

»Tut mir leid, Isabel. Ich wollte eigentlich nicht gestört werden, aber irgend etwas passiert ja immer. Ich muß nur schnell ein kurzes Telefonat erledigen, ein *sehr kurzes* Telefonat«, fügte er noch hinzu. »Gestatten Sie?«

»Selbstverständlich«, erwiderte sie. »Möchten Sie lieber allein sein?« Sie schob ihren Stuhl zurück und wollte aufstehen.

»Nein, bitte bleiben Sie. Es wird nicht lange dauern.« Er angelte sein Handy aus der Jackentasche und tippte die Nummer ein.

Nach ein paar Minuten war ihr klar, daß Jack Carter alles, was er tat, mit hundertprozentiger Konzentration erledigte. Es war, als ob sie gar nicht da wäre, als ob er in seinem Hochhausbüro am Schreibtisch säße und ein wichtiges Gespräch führte und nicht in einem Restaurant gegenüber einer ihm noch kaum bekannten Frau sitzen würde.

Während des Gesprächs musterte ihn Isabel verstohlen. Er fuhr sich mit seiner kräftigen Hand durchs Haar und strich sich die goldbraunen Strähnen geduldig aus der Stirn, wobei das eine oder andere weiße Haar in dem kräftigen Braun sichtbar wurde.

Seine Augenbrauen hatte er zusammengezogen, und Isabel fiel eine kaum sichtbare, silbrige Narbe von seiner linken Braue über die Schläfe auf. Sie war nicht so gebräunt wie der Rest seines Gesichts.

Sie fragte sich, wo er seine Bräune her hatte. Hatte er neben einer eingeölten und gebräunten Elizabeth in Südfrankreich am Strand gelegen? Oder auf einer Millionärsjacht, zusammen mit einem Pulk anderer reicher Freunde, an üppigen Cocktails nippend, die griechischen Inseln als Kulisse?

»Tut mir leid«, entschuldigte sich Jack und schaltete sein Handy ab. »Haben Sie schon etwas gewählt?«

Die leise Annäherung während ihres Gesprächs über Picknick hatte sich in Luft aufgelöst. Jetzt kam es ihr wieder so vor, als ob sie zu einem Fremden spräche.

Beide konzentrierten sich auf die Speisekarte.

»Würden Sie gern etwas Wein trinken?« fragte er.

Isabel überlegte. Wenn es sich um ein Geschäftsessen handelte, sollte sie vielleicht nur Mineralwasser trinken. Andererseits wäre er vielleicht gekränkt, wenn sie keinen Wein tränke.

»Ein Glas Rotwein vielleicht?« fragte sie.

»Müssen Sie gleich wieder zur Arbeit zurück?« Er blickte ihr so tief in die Augen, als ob der neben ihm stehende Kellner Luft wäre. Isabel war sicher, daß sie sich das nicht einbildete. Sein Blick sagte: »Hasten Sie nicht so schnell wieder zur Arbeit zurück.«

»Nein.« Sie lächelte. »Ich habe es nicht so eilig.«

»Eine Flasche der Nummer fünfunddreißig«, wandte er sich an den Kellner. »Ich habe es auch nicht eilig, und da sollten wir uns eine Flasche leisten. Gibt Malley Ihnen nicht ausreichend lange Mittagspausen?«

»Ich habe keine Zeit für lange Mittagspausen«, erwiderte Isabel. »Ich habe zuviel zu tun.« Sie hielt inne, denn sie klang wie eine kämpferische Angestellte, die nach Lob lechzte. »Das klingt vielleicht etwas irreführend«, sagte sie. »Aber seit ich das Ressort leite, hatte ich noch keine Zeit für lange, ausgiebige Mittagessen.«

»Ich verstehe.«

Sie sprachen über die perfekte Länge einer Mittagspause und aßen ihr Brot – Jack jedenfalls aß seines, und Isabel knabberte an einem Eckchen Tomaten-Fenchel-Brot. Ursprünglich war sie sehr hungrig gewesen, jetzt jedoch überhaupt nicht mehr. Sie war verwirrt, nervös und aufgeregt, alles gleichzeitig. Ganz gleich, wie banal ihre Bemerkung auch sein mochte – zu ihrer Schande hatte sie sogar gesagt: »Vielleicht sollten wir einmal wöchentlich eine Kochrubrik einrichten und den Leuten beibringen, wie man so leckeres Brot wie dieses bereitet« – Jack hörte ihr aufmerksam zu, als ob sie ihm gerade faszinierende Insiderinformationen offenbart hätte.

Sein Blick war ständig auf sie gerichtet, er schien fasziniert und gefesselt von ihr zu sein. Dennoch redeten sie nur über geschäftliche Themen.

Als ihre Vorspeisen serviert wurden, war sie zu der bedauerlichen Schlußfolgerung gelangt, daß Jack Carter sie lediglich zum Mittagessen eingeladen hatte, um den *Sentinel* zu diskutieren.

Sie sprachen über nichts anderes. Die erste halbe Stunde diskutierten sie Frauenzeitschriften in Irland und den Wandel der Zeitungsindustrie. Jack war sehr interessiert an dem, was sie zu sagen hatte. Ganz besonders wollte er über ihre Erfahrungen bei entsprechenden Zeitschriften in England hören.

Nachdem sie ihren Salat gegessen hatte und ihm eine Beschreibung des Leserprofils der Zeitschrift gegeben hatte, bei der sie in Oxford gearbeitet hatte, hatte Isabel ihren Appetit wiedererlangt, und ihre innerliche Aufregung hatte sich weitestgehend gelegt.

»In welche Richtung tendieren Ihrer Meinung nach die Frauenthemen zukünftig?« fragte Jack ernst.

Isabel nippte an ihrem Wein. Sie sprach gern über ihre Arbeit, nur nicht dann, wenn sie das Essen eigentlich hatte damit verbringen wollte, in die Augen eines so attraktiven Mannes zu sehen. Während sie ihr Hühnchen und er seine Seezunge aß, sprachen sie über Politik, ein von Isabel ungeliebtes Thema. Jack wollte seiner Zeitung mehr politisches Gewicht verleihen. Isabel mochte nicht darauf hinweisen, daß politische Artikel überhaupt gar nichts mit ihrem Bereich zu tun hatten, also nickte sie artig und fragte sich, weshalb ihre romantische Antenne ihr derart falsche Signale gesendet hatte.

Es war ja nicht so, daß sie sich in letzter Zeit nach Verabredungen gerissen hätte. Nach der Trennung von David hatte sie überhaupt kein Bedürfnis nach einem anderen Mann verspürt. Aber von Jack war sie derart schlagartig angezogen gewesen, daß sie sich sicher war, es müsse ihm ebenso gehen. Und jetzt sprachen sie über Politik und Landtagswahlen wie ein paar vertrocknete, abgebrühte Politexperten. Das hatte sie wirklich vollkommen falsch eingeschätzt.

»Schmeckt Ihnen Ihr Hühnchen?« fragte Jack plötzlich. Isabel blickte ihn überrascht an. Jetzt klang er wieder nervös, als ob er sich ernstlich darum sorgte, daß sie sich auch gut amüsierte.

Im Garten mit seinen geliebten Hunden zu Füßen war er ihr sehr entspannt erschienen, ganz Herr der Situation. Jetzt war er das genaue Gegenteil.

»Es schmeckt wunderbar«, antwortete sie ihm lächelnd.

Er erwiderte ihr Lächeln. Er war wirklich unglaublich attraktiv, dachte sie bedauernd. Sie starrte auf den Tisch, dann auf Jacks Hände. Sie bewunderte seine kräftigen Handgelenke und die sich darum kringelnden kleinen Härchen, die neben seiner silbernen Uhr recht dunkel wirkten. Die Hände eines Mannes verrieten sehr viel über dessen Persönlichkeit. Seine waren die eines Arbeiters, kräftig, geschickt und nicht manikürt und auf Hochglanz poliert. Offenbar entsprach das nicht Jack Carters Stil. Sie zwang sich, den Blick abzuwenden.

»Wer sollte denn Ihrer Meinung nach eine vermehrte politische Berichterstattung im Blatt bewerkstelligen?« fragte sie betont geschäftlich.

»Äh...« Einen Moment schien Jack verwirrt. »Ich bin mir nicht sicher. Was meinen Sie denn?«

Isabels Gedanken rasten. Es war fast so, als ob sie das Bewerbungsgespräch noch einmal absolvieren müsse. Sie begann ein Gespräch über die verschiedenen Stile politischer Reportagen und hoffte, damit ihr Interesse auch an anderen Teilen des Blattes zu signalisieren. Als sie die Flasche Wein geleert hatten, fand es Isabel an der Zeit, ins Büro zurückzukehren. Sie wollte ihrem Chef nicht den Eindruck vermitteln, daß sie bei der ersten sich bietenden Gelegenheit die Mittagspause endlos ausdehnte.

»Das war wirklich sehr nett«, sagte sie und legte ihre Serviette auf den Tisch. »Aber ich muß jetzt wieder an die Arbeit.

»Möchten Sie denn keinen Nachtisch?« fragte Jack leicht panisch. »Hier gibt es eine wunderbare Mousse...«

Isabel hatte gerade ihre Handtasche aufheben wollen, hielt jedoch inne.

Jack beugte sich über den Tisch und legte eine seiner großen Hände auf ihre kleine. »Bitte gehen Sie noch nicht.«

»Na gut.« Sie lehnte sich in ihrem Stuhl zurück, während er den Kellner heranrief.

»Wir hätten gern einen Nachtisch«, sagte er.

»Selbstverständlich, der Herr.«

Sie hatte zwar kein bißchen Hunger mehr, doch bestellte sie sich einen Obstsalat und Jack eine Apfeltarte. Eine Mousse allerdings konnte sie auf der Speisekarte nicht entdecken.

»Ich habe darüber nachgedacht...«, sagte er nach seinem ersten Bissen.

Isabels Herz setzte aus. Was wollte er denn jetzt sagen?

»Ich habe darüber nachgedacht, Ihr Ressort zu erweitern«, sagte er schließlich.

Ihre Stimme klang überrascht. »Das ist ja wunderbar, danke, Jack. Haben Sie mich heute eingeladen, um mir das zu sagen?«

Er trennte etwas Apfeltarte ab, aß sie jedoch nicht. Dann hob er den Blick und sah sie lange und durchdringend an. Schließlich schubste er seinen Teller weg, stützte beide Ellbogen auf dem Tisch auf und faltete nachdenklich die Hände.

»Bis eben hatte ich eigentlich überhaupt noch nicht daran gedacht, Ihnen mehr Personal zu geben.« Er atmete einmal tief durch, ehe er fortfuhr. »Ich wußte einfach nicht, was ich sonst hätte sagen sollen. Ich wollte das Gespräch in Gang halten, so daß Sie hier bei mir bleiben, aber Sie machen mir die Zunge schwer, Isabel, und ich weiß nicht, was ich machen soll. Verstehen Sie mich?«

Er lachte leise ironisch auf, lehnte sich auf seinem Stuhl zurück und wartete darauf, daß sie etwas sagte.

Isabel sah ihn an. *Er mochte sie. Sie lähmte seine Zunge!* Dann hatte sie doch recht gehabt und sich ihre gegenseitige Anziehung nicht nur eingebildet. Sie hatte nicht geträumt, sie hatte sich nicht geirrt.

Sie fühlte, wie sie errötete. »Ich dachte, dies wäre ein Geschäftsessen«, erwiderte sie zögernd.

Jack zögerte nicht. Sein Blick bohrte sich in ihre Augen. »Ich habe Sie zum Mittagessen eingeladen, weil ich Sie seit jener Nacht im Rosengarten nicht mehr aus dem Kopf bekommen habe.« Er warf ihr einen langen, glühenden Blick zu. »Ich wollte Sie gleich am Montag morgen nach der Party anrufen, aber eine wichtige Geschäftssache hat mich ins Ausland verschlagen. Heute hatte ich zum ersten Mal die Gelegenheit, Sie allein zu sehen. Und als es dann soweit war...«, er machte einen etwas verlegenen Eindruck, »da wußte ich nicht, was ich sagen sollte. Sie waren so ruhig und gefaßt, ich wußte einfach nicht, wie ich meine Gefühle ausdrücken sollte. Erst als Sie gehen wollten, wurde es mir klar. Wenn ich jetzt nichts sagen würde, würde ich noch mehr schlaflose Nächte damit verbringen, an Sie zu denken.«

Isabel fühlte tausend Schmetterlinge in ihrem Bauch auffliegen und wieder fest auf dem Boden aufkommen, wie ein Gymnastikteam, das gerade eine sehr schwierige Bewegung perfekt ausgeführt hatte und sich nun der höchsten Punktzahl der Juroren sicher war.

»Hatten Sie wirklich angenommen, dies sei ein Geschäftsessen?« fragte er.

Sie nippte erst an ihrem lauwarmen Kaffee, ehe sie antwortete. Sie erwog es zu lügen, verwarf das aber wieder. Warum sollte sie mit der Wahrheit zurückhalten?

»Nun, ich hatte gehofft, daß es etwas mehr als nur Geschäftliches sein würde«, erwiderte sie ohne Umschweife. Jetzt lachten sie beide, und die Anspannung fiel von ihnen ab.

»Was für ein Firmenchef«, mokierte sich Jack selbstkritisch. »Keiner meiner Geschäftspartner könnte es fassen, wenn sie mich jetzt hier so sähen. Ich habe den Ruf, zäh wie altes Leder zu sein.«

»Das ist mir auch schon zu Ohren gekommen. Aber ich werde Sie auf Ihr Versprechen für mehr Personal festnageln«, erwiderte Isabel lächelnd.

»Sie können alles bekommen, was Sie wollen«, sagte Jack mit Nachdruck.

»Alles? Also gut, ich möchte eine Limousine mit Chauffeur, ein Eckzimmerbüro … ich mache nur Spaß.« Isabel spießte ein Stückchen Papaya auf. »Ich habe irgendwie den Eindruck, zu ehrlich über meine Gefühle zu sprechen. Aber Sie machen den Eindruck eines Mannes, der Ehrlichkeit zu schätzen weiß.«

»Das tue ich, doch sie macht sich nicht immer bezahlt. Mit Ihnen mußte ich jedoch einfach ehrlich sein, Isabel. Sie wissen über mich Bescheid, Sie wissen, daß ich verheiratet bin. Sie wissen, daß ich nicht hier sein sollte.« Er blickte sie hilflos an. »Aber ich kann mir nicht helfen.«

Genauso empfand sie es auch. Sie fühlte sich zu ihm hingezogen, unfähig, sich zurückzuhalten, obwohl es nicht hätte sein sollen. »Ich sollte jetzt auch nicht hier sitzen.« Isabel schob ihren Obstsalat beiseite. »Mein Mann war mir untreu, und es hat mich sehr verletzt. Seine Affären wären mir noch mehr zu Herzen gegangen, wenn ich ihn wirklich geliebt hätte«, fügte sie trocken hinzu. »Daß ich ihn nicht liebte, habe ich erst Anfang dieses Jahres eingesehen. Unsere Ehe war schon lange am Ende, doch ich wollte es einfach nicht wahrhaben. Dennoch kenne ich den Schmerz, betrogen zu werden zu gut, als daß ich es einem anderen Menschen antun möchte …«

Ihre Offenheit erschien ihr richtig. Es schien ihr fast, als ob sie Jack seit langem kannte.

»Diese Gefühle sind mir ebenfalls nicht fremd«, entgegenete er leise. »Meine Frau hatte vor etlicher Zeit einmal eine Affäre. Obwohl es lange her ist, erinnere ich mich heute noch an den Schmerz, selbst wenn die Zeit ihn verdrängt.«

Isabel schwieg. Sie war von der Bitterkeit seine Tonfalls überrascht.

Der Kellner trat zu ihnen. »Hat es Ihnen nicht geschmeckt?« fragte er beim Anblick ihrer beiden fast unangerührten Nachtische.

»Es war ausgezeichnet«, erwiderte Jack ruhig.

»Sehr lecker«, fügte Isabel noch hinzu, die Schuldgefühle dabei empfand, einen so ausgezeichneten Obstsalat zurückgehen zu lassen. »Unsere Augen waren größer als der Appetit.«

Der Kellner räumte die Schüsseln ab.

»Normalerweise verheddere ich mich nicht in Unterhaltungen wie diese«, bemerkte Jack plötzlich. Er lehnte sich auf seinem Stuhl zurück und rieb sich das Kinn. »Ich bin dafür bekannt, meine Gefühle vollkommen für mich zu behalten.«

Isabel lächelte. »Das entspricht ungefähr dem, was man im *Sentinel* über mich denkt. Keiner kennt mich wirklich.« Den Themenwechsel hielt sie für klüger, als weiter über Partner und Ex-Partner zu sprechen. Sie wußte ohnehin schon viel zu viel über Elizabeth Carter. Hätte Phil ihr doch nichts über die gerüchteweise Drogenabhängigkeit von Jacks Frau gesagt. Es war eine Information, die sie lieber ignoriert hätte.

»Ich möchte alles über Sie wissen«, sagte Jack, beugte sich über den Tisch und nahm ihre Hand. Seine Haut war warm, seine Finger zärtlich, als er ihre Hand berührte und die weiche Haut bis hin zu den schmalen Handgelenken streichelte. »Ich möchte von Ihrem Leben wissen, von Ihren Töchtern, was Sie gern mögen, was Sie hassen, was Sie glücklich macht, was Sie traurig macht. Alles eben.«

»Woher wissen Sie von meinen Töchtern?« fragte sie leicht argwöhnisch.

Er sah sie schuldbewußt an. »Ich habe mich über Sie erkundigt. Aber ich habe es sehr vorsichtig angestellt ...«

»Was soll das heißen, Sie haben sich erkundigt?« Sie zog ihre Hand zurück. »Das muß doch jedem aufgefallen sein.«

»Nein, ich verspreche es Ihnen«, protestierte er. »Ich habe mich mit der Chefredakteurin über *alle* Leute auf Spitzenpositionen erkundigt. Ich wollte mehr über Sie erfahren, aber das wäre wohl doch zu auffällig gewesen.«

Isabel entspannte sich. »Entschuldigung. Ich habe nur

große Angst davor, im Büro einen Skandal zu verursachen. Natürlich erzähle ich Ihnen ein wenig über die Mädchen.« Sie erzählte von der süßen, freudlichen Naomi, die wie ihre Mutter Journalistin werden wollte. Und dann über die hübsche, nervöse Robin, die gerade ihre rebellische Phase durchmachte. »Sie wissen ja, wie Teenager so sind«, bemerkte Isabel trocken.

»Ich kenne überhaupt keine Mädchen im Teenageralter«, entgegnete Jack. »Elizabeth und ich haben keine Kinder«, fügte er bedauernd hinzu.

Isabel wartete schweigend.

»Natürlich hatten wir ursprünglich Kinder haben wollen. Wer will das nicht?« Jack seufzte. »Aber es ist nie passiert. Das hat die Beziehung zwischen uns natürlich verändert. Und es war nicht das einzige, was sich verändert hat«, fügte er bitter hinzu. »So ist es jetzt ungefähr seit zehn Jahren. Man lebt und läßt leben.«

»Ist das der Grund, warum Sie jetzt hier sitzen?« fragte sie einfühlsam.

»Ich bin Ihretwegen hier, weil Sie anders als alle anderen Frauen sind, denen ich je begegnet bin.«

Sie blickte ihn fragend an. Gehörte das zu jenen Dingen, die ein erfahrener Weiberheld sagte, der bereits so viele Kerben in seinem Bettpfosten hatte, daß dieser einem indischen Relief ähnelte?

»Ich hatte jede Menge Frauen, die mir hinterherliefen ...«, sagte Jack und schenkte sich Wein nach.

»Und haben Sie ihnen nachgegeben?« hakte Isabel nach. Sie wollte von anderen Frauen nichts hören. Aber natürlich *mußte* es jede Menge andere Frauen gegeben haben. Jack hätte sich unter Hunderten eine aussuchen können, und nicht nur deswegen, weil er ein einflußreicher Mann war. Er war attraktiv und charismatisch, eben die Art von Mann, die Frauen wie ein Magnet anzog.

Einerseits wollte Isabel die Wahrheit wissen, andererseits

verletzte sie der Gedanke an andere Frauen. »Nein. Außer einer.« Er ließ sie nicht aus den Augen. »Vor sieben Jahren hatte ich einmal eine Affäre, das erste Mal überhaupt. Ich war immer treu, so anachronistisch das heutzutage auch erscheinen mag«, sagte er. »Diese Frau war etwas ganz Besonderes. Sie war über viele Jahre hinweg meine Vertraute gewesen, und an einem Abend sind wir dann einfach im Bett gelandet...«, er zögerte und suchte nach den richtigen Worten, »...weil wir einsam waren, würde ich sagen. Nur so kann ich es beschreiben. Wir waren etwa sechs Monate lang zusammen.«

»Haben Sie sie geliebt?« fragte Isabel leise.

»Ja, als Freundin und Geliebte. Sie lebt im Ausland, und ich hätte zu ihr ziehen und mit ihr leben können. Aber ich habe es nicht getan.«

»Warum nicht?«

Jack zuckte mit den Schultern. »Ich weiß nicht recht. Nachdem wir die Beziehung abgebrochen hatten, habe ich mir ein Jahr lang tagtäglich diese Frage gestellt, wenn ich mich einsam und allein gefühlt habe. Aber der Zauber war vergangen, es gab kein Zurück. Jetzt ist sie selbst verheiratet«, fügte er hinzu. »Sie ist sehr glücklich und hat Zwillinge. Kleine Terroristen, wie sie behauptet.«

Isabel spielte mit ihrer Serviette.

»Ich erzähle dir das nicht, weil ich sie immer noch liebe«, betonte Jack. Unwillkürlich war er ins Du verfallen und sah sie an. Sie lächelte zurück. »Aber das ist jetzt alles Vergangenheit. Ich erzähle dir das, damit du nicht denkst, ich hätte mich mit einer Hundertschaft von Frauen abgegeben. Das war nämlich nie der Fall. Was ich für dich empfinde, ist etwas ganz Besonderes. Etwas, was ich bisher noch nie empfunden habe. Das ist es, was ich in meiner etwas ungeschickten Art ausdrücken möchte.« Die zinnfarbenen Augen blickten sie jetzt ernst an, das stolze Gesicht machte einen offenen und verletzlichen Eindruck. »Isabel, schau mir in die

Augen.« Seine Stimme war zärtlich und bestimmend zugleich. »Du bist wunderschön, faszinierend, gebildet, sehr klug und sehr, sehr reserviert. Aber ich habe das Gefühl, daß ich durch all das hindurchsehen und die leidenschaftliche Frau dahinter sehen kann. Diese Frau möchte ich kennenlernen.« Er nahm ihre Hand.

»Ich möchte dich auch kennenlernen, Jack. Dennoch ist dies alles vollkommen verrückt, das weißt du doch.« Isabel sprach leise. »Ich kann meine Gefühle für dich nicht leugnen, aber ich kann kaum glauben, daß wir hier sitzen und auch nur darüber nachdenken. Sind wir denn verrückt?«

»Vermutlich.«

Während sie noch einen Kaffee tranken und weiterredeten, verflog die Zeit.

Als Isabel schließlich auf die Uhr sah, stellte sie entsetzt fest, daß es viertel vor vier war.

»Oh, mein Gott, ich muß an die Arbeit!« rief sie aus.

»Ich wünschte, daß das nicht der Fall wäre«, meinte Jack ernst. »Wann kann ich dich sehen?«

Isabel wurde unruhig. Das Wochenende über konnte sie ihn nicht sehen. Wie hätte sie es den Mädchen gegenüber verheimlichen sollen? Das wäre unmöglich gewesen. Am Samstag wollten sie Rhona besuchen und am Sonntag zu ihrer Mutter fahren.

»Am Montag vielleicht«, sagte sie entschuldigend. »Es tut mir leid...«

Er umschloß ihre Hand. »Das ist schon in Ordnung. Laß uns die Dinge nicht überstürzen. Am Montag könnten wir ein kleines Mittagessen in einem Pub einnehmen und uns ein paar Stunden unterhalten?«

»Das wäre wunderbar.«

Im Aufzug auf dem Weg ins Parkhaus küßte er sie liebevoll auf die Wange. Bei seiner Berührung verspürte Isabel den Wunsch, ihre Arme um ihn zu schlingen und ihn richtig zu küssen.

»Ich rufe dich Montag an«, raunte er, sein Gesicht nur wenige Zentimeter von ihrem entfernt. Er brachte sie zum Auto, dann wartete er lächelnd, bis sie den Motor angelassen hatte. Während sie wegfuhr, spürte Isabel immer noch seinen Blick.

Am Montag fühlte sich Isabel ekstatisch, voller Freude. Das Wochenende über hatte sie nichts anderes getan, als ständig an Jack zu denken und sich ihre Unterhaltung wieder und wieder durch den Kopf gehen zu lassen. Der heutige Tag schien nie kommen zu wollen, an dem sie ihn endlich wiedersehen konnte.

Jetzt jedoch saßen sie auf einer Holzbank im *Queen's Pub* in Dalkey, aßen Suppe und getoastete Käsesandwiches und tranken dazu mehrere Gläser Weißwein.

Es war vollkommen verrückt, sich erneut mit ihm zu treffen, aber sie konnte nicht anders.

In seiner Gegenwart fühlte sie sich gänzlich entspannt, sprach über ihr Wochenende und erzählte ihm von den lustigen Dingen, die Naomi gemacht hatte. Er hörte ihr gerne zu, sogar ihrer Geschichte über ihre Suche nach dem perfekten Hamster.

»Naomi wollte eigentlich zwei Weibchen, aber es ist unmöglich, ihr Geschlecht zu ermitteln. Wir waren in drei Zoohandlungen, ehe man uns endlich versicherte, zwei Mädchen zu haben«, erklärte Isabel. »Davon bin ich allerdings nach wie vor nicht hundert Prozent überzeugt. Cindy und Barbie werden sich vermutlich als Sid und Ben herausstellen.«

»Oder als Sid und Barbie.« Jack grinste. »Dann brauchen sie einen größeren Käfig.«

»Es gibt keinen größeren Käfig als den, den wir haben. Wir haben ein Penthouse mit Blick auf den Fluß für Hamster gekauft. Es hat ungefähr vier Zimmer, Tunnel, ein Hamsterfitneßcenter und einen großen Plastikball für Freiluftgymnstik.«

»Einen Plastikball?« Jack schien verwirrt.

»Man steckt den Hamster in den Ball und verschließt ihn – er hat natürlich Luftlöcher –, und dann kann er auf dem Teppich herumrennen ohne die Gefahr, daß er es sich in einer Sofafalte für alle Zeiten gemütlich macht.«

Er lachte. »Man lernt doch jeden Tag noch etwas dazu.«

Isabel schwenkte nachdenklich ihren Wein. Jacks Schenkel lag neben ihrem auf der Bank. Wenn er sich bewegte oder lachte, berührte er sie. Und sie spürte jede Bewegung. Beruhige dich, Isabel, ermahnte sie sich. Er hält dich für jemanden, der immer alles im Griff hat.

Als die Kellnerin ihnen einen Nachtisch anbot, hatten sie ihren Wein bereits ausgetrunken und waren so satt, daß sich jedes weitere Essen erübrigte.

»Nur noch einen Kaffee«, meinte Isabel und blickte auf die Uhr. Es war halb drei, sie sollte sich allmählich wieder ins Büro begeben. Es war an der Zeit, in die Wirklichkeit zurückzukehren.

Jack beugte sich näher zu ihr herüber. »Was machst du heute nachmittag?« fragte er leise.

Isabel seufzte. »So dies und das, ein wenig aufräumen eigentlich.«

»Dann ruf im Büro an und sag ihnen, daß du heute nicht zurückkommst«, schlug er plötzlich vor. »Laß uns einmal im Leben richtige Faulpelze sein. Es ist ein wunderschöner Tag, wir könnten einen Ausflug unternehmen.«

Isabel starrte ihn an. Sein Gesichtsausdruck war lebhaft und begeistert. Er ähnelte einem Kind, das sehnsuchtsvoll seinem lange versprochenen Wochenende in *Disney World* entgegensah. Warum eigentlich nicht? Die Wahl zwischen einem Nachmittag im Clinch mit Tanya Vernon wegen irgendeiner Kleinigkeit oder aber in der Begleitung von Jack Carter war einfach zu fällen.

Sie hatte es bis zum Hals satt, immer und ständig verantwortlich zu sein, dauernd genau das Richtige zu tun und sich niemals von ihrem Herzen leiten zu lassen.

»Das tue ich nur zu gern«, sagte Isabel und erledigte das Telefonat knapp und rasch.

Danach durchquerten sie den dunklen Tunnel und gingen die gewundene Straße zum Killiney-Strand hinunter, wo Möwen und Seetaucher über ihren Köpfen kreisten. Ein paar Leute spazierten mit ihren Hunden am Strand entlang, eine kleine Gruppe Frauen und Kinder saß auf einer leuchtendroten Decke und picknickte in der Augustsonne.

Der Geruch von Seetang lag in der Luft und erinnerte Isabel an ihre Kindheit am Strand, als sie auf der Suche nach Muscheln zwischen den Steinen ins Wasser gerannt war.

Ihre Schuhe waren für dieses Terrain nicht geeignet, also zog sie sie aus und ging barfuß weiter.

»Gib sie mir.« Jack nahm die Schuhe in eine Hand und streckte ihr die andere entgegen. Seine Finger streichelten sanft über ihre Handfläche.

Isabel fühlte sich zufrieden und warm. Neben Jack am Strand entlangzulaufen, seine Hand zu halten und die leichte Brise zu genießen, schien ihr vollkommen vertraut.

Eigentlich hätte sie im Büro sein sollen, und sie konnte es immer noch nicht fassen, daß sie sich tatsächlich den Nachmittag ohne vorherige Ankündigung freigenommen hatte. Sie, Isabel Farrell, Inbegriff des Pflichtbewußtseins, machte blau. Doch sie genoß die wunderbare Zeit mit einem wunderbaren Mann, weshalb es ihr vollkommen egal war.

Vielleicht würde es Tanya Vernon ganz guttun, einmal versetzt zu werden. Es würde ihr vielleicht auch guttun, Isabel zusammen mit Jack Carter am Strand entlanglaufen zu sehen, dachte sie mit einem spöttischen Grinsen. Geschah Tanya ganz recht, das hatte sie nun davon, daß sie eine so gemeine Ziege war.

Isabel blickte lächelnd zu Jack auf, denn sie wollte ihm zeigen, wie gut es ihr gefiel.

Er erwiderte ihr Lächeln und drückte ihre Hand. Die Jacke seines Anzugs hatte er im Auto zurückgelassen. Er trug seine Hemdsärmel aufgerollt, um die Sonne an die Arme zu lassen.

»Ich war hier seit Jahren schon nicht mehr«, bemerkte er. »Es ist merkwürdig, wie man auf einer Insel leben kann und erst dann einen Strand besucht, wenn man im Ausland ist.«

»Als ich klein war, haben meine Eltern mich und meinen Bruder gelegentlich mit hierher genommen«, erzählte Isabel. Sie ließ sich den Sand durch die Zehen laufen. »Luke – er ist heute Chirurg in Los Angeles – liebte das Meer und brachte immer seine Boote mit, um sie auf dem Wasser segeln zu lassen. Ich habe Muscheln gesammelt. Wo immer ich auch hinging, habe ich Muscheln und Steine aufgeklaubt. Das hört sich irgendwie albern an, nicht wahr? Ich hatte ständig zerrissene Taschen. Das hat meine arme Mutter zur Verzweiflung getrieben.«

Isabel konnte auch jetzt den Blick auf den Sand nicht vermeiden, falls sie dort eine schöne Muschel entdecken würde.

»Die da, die ist schön!« rief sie aus und bückte sich, wobei sie immer noch Jacks Hand festhielt. Sie hob eine rosa Perlmuttmuschel auf. »Ist sie nicht schön?« fragte sie und streckte sie ihm entgegen. »Ich würde zu gern mein Zimmer in dieser Farbe streichen – ein schillerndes Rosarot. Aber eine solche Farbe habe ich in den Farbmusterkatalogen bisher noch nicht entdecken können.«

Jack ließ ihre Hand los und legte seinen starken Arm um ihre Taille, um sie zu drücken. »Siehst du, Isabel, das ist es, was mir an dir gefällt. Wenn du eine von den Frauen wärst, die ich gewöhnlicherweise treffe, würde es dich nicht glücklich machen, am Strand spazierenzugehen und Muscheln zu suchen.« Er küßte sie auf das Haar. »Du würdest wissen wollen, wann ich dich im Firmenjet nach Paris einlade.«

»Willst du damit sagen, daß Paris im Firmenjet auch zur Diskussion gestanden hat?« scherzte sie.

»Möglich ist so was natürlich immer«, erwiderte Jack.

»Du bist nur einfach nicht die Art von Frau, die das gern tun würde.«

»Soll das etwa heißen, daß ich leicht zu haben bin?« hakte sie nach. Tanya hätte ihre Koffer schon zu packen begonnen, bevor Jack den Satz »Darf ich Sie zum Mittagessen...« zu Ende gesprochen hätte.

»Nein«, sagte er. »Es heißt einfach, daß du eine der wenigen nicht verwöhnten und wirklich aufrichtigen Frauen bist, denen ich je begegnet bin.«

Isabel war das Kompliment leicht peinlich.

»Ich weiß eben nur nicht, wie ich einen Flug nach Paris noch unterbekommen soll, bevor ich zu Hause für meine beiden Töchter das Abendessen kochen muß«, sagte sie. »Mal ganz abgesehen vom Füttern der beiden neuen Familienmitglieder, Cindy und Barbie.«

»Hier ist noch eine Muschel für deine Sammlung.«

Dankbar für den Themenwechsel, betrachtete Isabel die Muschel, eine perfekte weiße Herzmuschel.

Eine halbe Stunde lang spazierten sie sich unterhaltend den Strand entlang, nur gelegentlich anhaltend, um einen interessanten Stein oder eine schöne Muschel aufzuheben. Schließlich waren sie dank des Essens, des Weines und des Spaziergangs in der nachmittäglichen Sonne so erschöpft, daß sie sich auf eine hohe Mauer am Fuß einer Klippe hinsetzten.

Isabel legte ihre Muscheln auf ein Mauerstückchen zwischen ihnen. Sie beugten sich beide gleichzeitig darüber und stießen mit ihren Köpfen aneinander.

»Aua!« stöhnte Isabel.

»Entschuldigung, dein armer Kopf.« Jack legte seine Hand in ihren Nacken und küßte ihr die Stirn, wo er sie berührt hatte.

Isabel hielt den Atem an. Sein Gesicht war nur wenige Zentimeter von ihrem entfernt, sie konnte sein Rasierwasser riechen und seinen warmen Atem fühlen. Er kam noch näher auf sie zu, seine Lippen berührten ihre, zärtlich erst, dann leidenschaftlich und heftig.

Jacks Arm zog sie eng zu sich heran, immer noch enger, und Isabel konnte sich nicht wehren, wollte sich nicht wehren. Sie küßte ihn genauso heftig, genauso leidenschaftlich. Während seine Lippen auf ihren brannten, hatte sie den Eindruck, vollkommen in ihm aufzugehen. Er ließ von ihren Lippen ab, küßte ihre Wangen, ihre Lider, ihr Kinn und ihren Hals wie jemand, dem jahrelang jeder menschliche Kontakt verweigert worden war. Sie drängte sich an ihn und genoß das Gefühl seiner Lippen auf ihrer Haut. Ihre Hände streichelten seinen Nacken und seine Schultern. Und sie küßten sich immer heftiger, tief und leidenschaftlich, wie ausgehungert.

»Isabel.« Ihr Name kam ihm rauh über die Lippen, als er plötzlich von ihr abließ. »Tut mir leid, habe ich dich überrumpelt?«

Sie hielt sein Gesicht zwischen den Händen und war einerseits über ihre Empfindungen ihm gegenüber verblüfft, andererseits wiederum wunderten sie sie überhaupt nicht. »Du brauchst dich nicht zu entschuldigen. Ich habe mir das ganze Wochenende über genau das hier ausgemalt.«

»Ich auch.«

Wieder fielen sie einander in die Arme und küßten sich in gieriger Hingabe. Als sie aufhörten, schmerzten Isabel die Lippen. Sicherlich würde sie von seinem beginnenden Bartwuchs einen Ausschlag bekommen.

Jack faßte ihre Hand.

»Ich muß dich wiedersehen«, sagte er und blickte ihr in die Augen. »Bald schon, nicht erst in zwei oder drei Tagen.«

»Das wird schwierig... mit Robin und Naomi. Was soll ich ihnen sagen, wer du bist?«

»Ich weiß es nicht. Tut mir leid, das ist nicht fair. Ich möchte dich halt nur gern wiedersehen.« Seine Finger streichelten ihre Hände, berührten zärtlich die feinen Venen, die unter der Haut durchschimmerten. »Kann ich dich morgen anrufen?«

»Ja. Ich arbeite aber nicht. Ich habe einen freien Tag für die Samstage, an denen ich gearbeitet habe. Wir sollten jetzt besser aufbrechen«, meinte Isabel. »Es ist schon spät.«

»Laß mich dich nach Hause fahren«, schlug er vor. »Du hast schon zu viel getrunken, und ich möchte nicht, daß du deinen Führerschein verlierst.«

»Ja, bitte«, stimmte sie zu. So hatte sie noch etwas Zeit mit Jack zusammen, bevor er wieder in seine Welt und sie in die ihre zurückkehrte.

Natürlich war es just der eine Abend, an dem Robin nicht in ihrem Zimmer war und Platten hörte. Als ihre Mutter zu Hause ankam, stand sie vor der Tür und verabschiedete lautstark ihre Freundin Susie. Als Jacks silberner Jaguar vor der Nummer 12 anhielt, starrten ihn beide Mädchen an. Isabel sah, wie Robins Augen sich weiteten, als sie ihre Mutter auf dem Beifahrersitz erkannte.

»Robin?« fragte Jack und betrachtete das hochgeschossene, schlanke Mädchen in ausgeblichenen Jeans und Isabels dunkelblauer Seidenstrickjacke.

»Ja. Was sie wohl hiervon halten wird?« stöhnte Isabel.

»Dann widerstehe ich der Versuchung, dich zu küssen«, meinte er. Statt dessen legte er eine Hand auf ihren Schenkel und drückte ihn.

»Ich rufe dich morgen an.« Er sah geradeaus aus dem Fenster und tat so, als ob er die Reihenhäuser in Isabels Straße bewundere. »Vielen Dank für einen wunderschönen Nachmittag.«

»Tschüs.« Sie stieg aus dem Auto. »Und tausend Dank fürs Fahren. Hoffentlich mußten Sie nicht einen zu großen Umweg machen«, wandte sie sich noch gut hörbar an Jack, bevor sie die Tür zuschlug.

Dann verordnete sie sich ein, wie sie hoffte, ganz normales Lächeln und trat auf ihre Tochter zu. Nach der Aufregung dieses Tages war es nicht ganz einfach, vollkommen normal auszusehen. Sie wollte vor Freude tanzen und von allen Dächern verkünden, daß sie sich bis über beide Ohren verliebt hatte. Aber sie durfte es nicht.

»Hallo, Frau Farrell«, sagte Susie, eine Blondine in PVC-Jeans und einem äußerst knappen schwarzen T-Shirt. »Ich gehe wohl jetzt besser, Rob. Tschüs, wir sehen uns morgen.«

»Bis morgen dann«, erwiderte Robin. »Wo ist denn das Auto, Mama?« wandte sie sich an ihre Mutter. »Du solltest mich heute abend eigentlich zu Cheryls Haus fahren. Sie wohnt in Monkstown.«

Isabel dachte an ihren Wagen, der jetzt ganz allein im Parkhaus stand.

»Nach der Arbeit war ich mit ein paar Kollegen noch etwas trinken«, improvisierte sie. »Das Auto habe ich dort gelassen. Ich wollte nicht trinken und dann fahren. Einer der Männer hat mir angeboten, mich nach Hause zu fahren, um mir das Taxi zu sparen.«

»Aber du hast doch versprochen, mit mir morgen einkaufen zu gehen«, fuhr ihre Tochter eingeschnappt fort. »Du weißt doch genau, daß ich noch Sachen für den Herbst brauche. Wer war das eigentlich?«

»Jemand von der Arbeit. Wir nehmen morgen früh die Bahn nach Dalkey, holen das Auto und fahren dann in die Stadt«, entgegnete Isabel.

»Hattest du nicht gesagt, daß du nach der Arbeit noch einen trinken warst?« fragte Robin argwöhnisch. »Was macht dann das Auto in Dalkey?«

Isabel gab auf. »Robin, nimm es einfach wie es ist, okay? Jetzt jedenfalls habe ich Kopfweh. Kannst du etwas für dich und Naomi zum Abendessen kochen?«

»Kein Wunder, daß du Kopfweh hast. Es ist vielleicht noch etwas früh am Abend, um schon betrunken zu sein.« Robin kräuselte verächtlich die Nase.

»Ich bin nicht betrunken«, widersprach Isabel. »Zum

Mittagessen habe ich lediglich ein paar Gläser Wein getrunken. Und Robin: Wenn einem von uns beiden das Schicksal beschieden ist, sich in meine Mutter zu verwandeln, dann bin ich das, und nicht du.«

»Okay, okay, es ist dein Leben.« Robin verzog sich in die Küche.

Und es hätten auch meine Worte sein sollen, dachte Isabel als sie sich müde die Treppe hochquälte.

»Hallo, Mama.« Naomi stand in ihrem Sportoutfit in der Tür und schien vor Aufregung beinah zu platzen. »Ich habe heute nachmittag das Tennisspiel gewonnen! Jetzt komme ich ins Halbfinale.«

»Das ist ja toll, Liebling. Ich bin begeistert.« Isabel umarmte sie fest. »Ich habe schreckliches Kopfweh, und ich werde mich etwas hinlegen. Komm doch mit in mein Zimmer und sprich dort mit mir.«

Sie legte sich auf das Bett, schob sich ein paar Kissen in den Nacken und hörte Naomi zu, die jeden einzelnen Ballwechsel kommentierte.

»Im Sommerlager ist man der Ansicht, ich sollte im nächsten Schuljahr Einzelunterricht bekommen. Können wir uns das leisten, Mama? Ich weiß, daß es sehr teuer ist«, meinte Naomi voller Ernst.

Isabel schmolz das Herz. Die arme kleine Naomi. Sie ängstigte sich so, daß sie nicht genug Geld hatten, daß sie noch nicht einmal wagte, nach Tennisstunden zu fragen. Dieser verdammte David! Isabel hatte sehr hart gearbeitet, um den beiden Mädchen ein Zuhause zu schaffen. Dank Davids geschäftlichen Katastrophen hatte nun Naomi das Gefühl, sie könne all die Dinge nicht haben, die ihre Freundinnen um sie herum hatten. Aber sie sollte bis an ihr Lebensende Tennisstunden haben, wenn sie das wollte, egal, ob sich Isabel für das nötige Geld krummlegen mußte.

»Natürlich kannst du Tennisstunden bekommen, Naomi«, sagte sie. »Wir sind gar nicht mehr so knapp bei

Kasse. Wir haben jetzt jede Menge Geld«, log sie. »Du sollst nur das Beste von allem haben. Und wenn aus dir noch eine Martina Hingis wird, um so besser!«

»Naomi!« brüllte Robin von unten. »Essen. Jetzt gleich.«

»Ich habe Robin gebeten, euch etwas zum Abendessen zu machen«, sagte Isabel. »Es tut mir leid, ich weiß, ich hätte kochen sollen...«

»Aber Mama, du kochst doch jeden Abend«, protestierte Naomi. »Du kannst es doch nicht jeden Tag machen. Soll ich dir etwas Toast und eine Tasse Tee nach oben bringen?«

»Nein, Naomi. Ich habe keinen Hunger. Ich möchte nur hier liegen und mich eine halbe Stunde lang ausruhen.«

Als Naomi nach unten verschwunden war, dachte Isabel an Jack. Wie sollten sie unter diesen Umständen eine richtige, normale Beziehung haben?

Wollte sie tatsächlich eine Liebe, die sich lediglich auf die Mittagspausen beschränkte? Möchte ich wirklich immer die andere Frau sein, ständig am Telefon, aber doch nie richtig mit dem zusammen, den ich liebe? Isabel konnte sich diese Frage nicht beantworten.

16

»Kaum zu glauben, aber sie hat fast fünf Kilo zugenommen! Wenn ich jemals so fett würde, würde ich mich umbringen!« Zwei schlanke Frauen in Gymnastiktrikots betraten den Umkleideraum des Fitneßcenters und verteilten Handtücher und Mineralwasserflaschen auf der Holzbank. Die Rothaarige ließ sich auf die Bank fallen, lehnte sich zurück und reckte sie ausgiebig.

»Das kommt davon, wenn man keinen Sport treibt.«

»Ja, ich bin echt baff. Ich dachte immer, sie würde so sehr auf ihren Körper achten, daß ihr so etwas niemals passieren könnte.« Die Dunkelhaarige ließ ihr weißes Trikot über die vom Schweiß feuchten Schultern gleiten und rollte es dann ihren perfekt trainierten Körper hinab. Darunter trug sie einen Sport-BH und eine graue Radlerhose, die ihre schlanken Schenkel umspannte. Das weiße Tangatrikot teilte ihren Po in zwei makellose, straffe Bälle.

Dee versuchte vergeblich, nicht hinzusehen. Sie gab vor, ihre Schuhe zuzubinden, konnte aber nicht widerstehen, den Körper der Frau bewundernd anzusehen. Er war wie bei einer Ballettänzerin, wenn die unter ihrem Trikot einen Körper entblößte, der durch jahrelanges, schweißtreibendes Training gestählt worden war. Die Rothaarige richtete sich mühelos auf und erhob sich.

»Als ich einen Monat lang nicht zum Training gegangen bin, habe ich auch einmal vier Pfund zugenommen«, bemerkte sie und griff nach der Wasserflasche. Sie warf Dee einen flüchtigen Blick zu, die sich in eine Ecke verzogen hatte, um dort ihre Fülle hinter einer Schranktür zu verbergen.

Dee blickte auf ihre Trainingshose herab. Himmel, sie würden sich vielleicht noch sexuell belästigt fühlen, wenn sie die beiden weiter so anstarrte. Aber sie konnte nicht anders. Beide Frauen sahen unglaublich gut aus, durchtrainiert und schön. Was hätte sie drum gegeben, auch so auszusehen! Die kleine Meerjungfrau hatte ihre Stimme für ein paar Beine gegeben – Dee hätte zehn Jahre ihres Lebens für einen solchen Körper gegeben.

»Hast du heute abend schon etwas vor?« fragte die Rothaarige und streifte sich die restliche Sportkleidung vom Leib.

Dee starrte sie an und wäre um ein Haar in Tränen ausgebrochen. Ihren perfekten Körper hatte sie also nicht der straffenden Gymnastikkleidung zu verdanken. Die Rothaarige hatte schlanke Schenkel und einen flachen Bauch, es war also nicht nur die Radlerhose, die ihr dieses Aussehen verliehen hatte.

»Ja«, erwiderte die andere. »Eine Kollegin heiratet, da ziehen wir noch einmal um die Häuser.«

Nicht nur sahen sie perfekt aus, sie hatten offenbar auch noch grenzenlos viel Energie, dachte Dee zerknirscht. Sie dagegen war lediglich von der Arbeit hierher gefahren und hatte sich umgezogen. Dennoch fühlte sie sich jetzt schon erschöpft. Ihren Zustand nach der Aerobicstunde wollte sie sich erst gar nicht vorstellen.

Als sie mit ihren neuen Trainingshosen den Gang entlanglief, wurde Dee schlagartig die Bedeutung des Wortes »Demütigung« bewußt. Möglicherweise gab es noch andere übergewichtige, untrainierte Leute in diesem ultramodernen Fitneßstudio, bis jetzt jedoch hatte sie noch niemanden gesehen. Alle waren schlank und kerngesund. Weder hatten sie fünfzehn Kilo Übergewicht noch schämten sie sich ihres Körpers.

Mit gesenkten Augen lief sie an der Kaffeetheke vorbei in die Gymnastikhalle, wo ihre *Fit for Life*-Übungsstunde stattfinden sollte. Fit für gar nichts, dachte Dee. Die Gymnastikhalle war voll. Dutzende von schlanken Leuten mit glänzenden Gesichtern joggten, fuhren Fahrrad, steppten oder ruderten zum pulsierenden Rhythmus der Musik. An den Wänden angebrachte Fernsehmonitore zeigten alles von *Emmersdale* bis hin zu *MTV*. Während sie sich nervös umblickte, wünschte sich Dee von ganzem Herzen, sie wäre zu Hause geblieben und hätte ihr eigenes Fernsehprogramm genossen. Vielleicht konnte sie ja einfach die Mini-Mars vom Speisezettel streichen und allein dadurch schon abnehmen. Sie würde mit Joggen anfangen und keine Schokoladenkekse mehr essen, dann würde sie auch keine Gymnastik brauchen…

»Dee O'Reilly?« erkundigte sich eine freundliche Stimme.

Dee drehte sich um und erblickte einen großen, sehr muskulösen jungen Mann in einem grellgelben Poloshirt und Shorts. Etwas über zwanzig, ungefähr einsneunzig groß und von der Attraktivität eines skandinavischen Rockstars, gehörte er zu der Sorte Mann, bei der einem die Knie weich wurden. Da Dees Knie vor Nervosität ohnehin schon butterweich waren, starrte sie ihn nur ausdruckslos an.

»Ich bin James«, stellte er sich vor. »Ich mache heute deine Probestunde, weil Daniel krank ist.« Er drückte ihre Hand in einem festen, von schweren Gewichten trainierten Griff. Dee lächelte schwach.

Als ob es nicht reichte herauszufinden, wie unfit und schlabberig sie war – ein gutaussehender Mann mußte ihr das auch noch vorhalten. Dies drohte ein wirklich perfekter Abend zu werden. Sie hätte eigentlich auch gleich ihren BH und ihr Höschen vor allen anderen ausziehen und sich bis auf die Knochen blamieren können.

»Woher wußtest du denn, daß ich Dee bin?« fragte sie, war sich jedoch augenblicklich der Dummheit ihrer Frage bewußt. Wie wohl hatte er das erraten! Weil sie die einzige hier war, die nicht durchtrainiert war, sondern einer Operndiva ähnelte.

»Dich habe ich nicht erkannt, aber alle anderen kenne ich«, erwiderte James fröhlich. »Komm jetzt, laß uns anfangen. Es dauert ungefähr eine halbe Stunde.«

»Gut«, erwiderte Dee. »Dann werde ich aber für meine Stepaerobicstunde zu spät sein«, fügte sie hoffnungsvoll hinzu. Mit etwas Glück würde sie hier gehen können, ohne mit Aerobic überhaupt in Berührung zu kommen. Auf dem Nachhauseweg würde sie sich ein Video ausleihen und sich mit einer Schachtel Schokolade vor den Fernseher legen. Und sich nie wieder in die Nähe eines Fitneßstudios begeben.

»Nein, das schaffen wir schon noch«, versicherte ihr James.

»Also gut.«

Als sie fünf Minuten lang im Proberaum hart in die Pedale getreten hatte, hatte Dee ihrer Meinung nach für den heutigen Abend genug Gymnastik getrieben.

»Nachdem du dich etwas erwärmt hast, werde ich den Widerstand erhöhen. Du mußt aber in derselben Geschwindigkeit weitertreten«, erläuterte ihr James. Dann kontrollierte er die Bänder an ihren Handgelenken, mit denen der Puls gemessen wurde.

Aufgewärmt? dachte Dee. Sie fühlte sich wie ein glühender Backofen. Wieviel heißer sollte sie denn noch werden?

James setzte sich wieder an den Computer und verfolgte Dees Pulsschlag auf dem Monitor.

»Wie lange muß ich noch weitermachen«? keuchte sie. Ihre Schenkel brannten vor Anstrengung. Unmöglich konnte sie noch viel länger durchhalten.

»Nur zehn Minuten«, bemerkte er leichthin.

Noch zehn Minuten! Dees Kräfte ließen schlagartig nach. Das letzte Mal, daß sie sich derart angestrengt hatte, war beim Staubsaugen der Treppe gewesen, als sie kurz vor der Ankunft ihrer Dinnergäste Smudges diverse Fellknäuel dort weggesaugt hatte.

»Du bist jetzt etwas unterhalb deiner optimalen Geschwindigkeit«, ermahnte sie James. »Bewege die Beine! Du schaffst es!«

Dee hatte nicht den Eindruck, daß sie es schaffen würde. »Ich habe schon lange keine Gymnastik mehr gemacht«, schnaufte sie. Ihre Schenkel schmerzten.

»Wie lange nicht?« erkundigte sich ihr Folterer.

»Eigentlich überhaupt nie«, erwiderte sie in der Hoffnung, daß er den Test aus medizinischen Gründen abbrechen würde. Ein vollkommen untrainierter Mensch konnte nach fünfzehn Minuten Fahrradfahren in Ohnmacht fallen.

»Dafür bist du aber richtig gut, Dee«, ermutigte er sie. »Die meisten untrainierten Menschen können kaum Fahrradfahren. Du dagegen hast…«, er blickte auf seine Uhr, »…schon fast neun Minuten. Jetzt sind es nur noch sechs!«

Als sie sich für die Dehntests auf den Boden setzen sollte, sank sie dankbar auf den Teppich und fragte sich, ob es wohl sehr schlechtes Benehmen wäre, sich einfach dort zusammenzurollen und um eine Pause zu bitten. Sie schwitzte wie verrückt, die losen Haarsträhnen um ihr Gesicht klebten auf ihrer Haut, und sie fühlte sich von der ungewohnten Anstrengung des Fahrradfahrens geschwächt.

»Leg die Beine zusammen und strecke dich so weit du kannst vor«, wies sie James an.

Stretching war für sie kein Problem. Die einzige Schwierigkeit war die, auf dem Boden nicht in Ohnmacht zu fallen, bevor sie ihre Füße erreicht hatte. Als nächstes maß James ihre Oberarme und Schenkel mit einer schmerzhaften kleinen Kneifzange. Danach überprüfte er ihre Lungenkapazität. Als Dee gerade wieder ruhig atmete und annahm, jetzt habe sie es fast hinter sich gebracht, kam das Schlimmste.

»Und nun auf die Waage, Dee«, sagte James, ohne vom Computer aufzusehen, in den er ihre Prüfungsergebnisse eintrug.

Dee schreckte auf. »Auf die Waage?«

»Ja, dann sind wir fertig. Du wirst es gerade noch rechtzeitig zu deiner Aerobicstunde schaffen. Es ist eine Anfängerstunde, die wirst du genießen. Auf dem Fahrrad warst du sehr gut.«

»Ich möchte nicht gewogen werden«, sagte Dee plötzlich.

Er blickte sie mitfühlend an. »Das verstehe ich. Viele Leute wollen sich nicht wiegen lassen, wir müssen es aber trotzdem tun. Wir benötigen das Gewicht, um deine körperliche Fitneß festzustellen. Sonst dürfen wir dich nicht dem Club beitreten lassen.«

Dee schwieg. Am liebsten wäre sie in Tränen ausgebrochen. Es war schon schlimm genug, sich allein und unbeobachtet im eigenen Badezimmer zu wiegen. Sich jedoch in der Öffentlichkeit und in der Gegenwart eines solch attraktiven Mannes zu wiegen... Er würde sie für eine undisziplinierte Freßmaschine halten, wenn er erst einmal ihr tatsächliches Gewicht kannte. Dann würde er ihr Gewicht im Computer eintragen, und es wäre amtlich bestätigt – Dee O'Reilly: das Flußpferd.

Vielleicht hatten auch andere Zugang zum Computer und konnten nachsehen, wie fett sie war. Es war schlimmer, als es Worte ausdrücken konnten. Sie hätte gar nicht erst hierher kommen sollen.

»Du mußt ja nicht hinsehen«, schlug James vor. »Ich wiege dich nur schnell, sage dir jedoch nichts. Komm schon, in einer Minute ist alles vorbei, und dann kannst du zu deiner Aerobicstunde.«

Seine Stimme war einschmeichelnd. Er klopfte ihr auf die Schulter.

»Ich lasse dich nicht eher aus der Tür, bis wir die Sache hinter uns haben. Und ich bin ein ziemlich kräftiger Kerl«, scherzte er.

Einen Augenblick lang schwankte Dee. Er war so nett, so freundlich.

»Also gut.«

»Prima.«

Er hielt die Hand über das Display, auf dem ihr Gewicht angezeigt wurde. Dee starrte an die Wand und sah sich nicht zu ihm um. Doch weder rang er entsetzt nach Luft noch kräuselte er angeekelt die Lippen.

»Und nun ab mit dir«, meinte er fröhlich, drückte auf einen Knopf und zog die Hand von dem nunmehr leeren Display zurück. »Ich habe dir ja versprochen, daß ich es dir nicht zeigen werde.«

Erleichtert stieg sie von der Waage.

»In zwei Tagen haben wir dein Profil fertig«, sagte James. »Wenn du dann noch einmal herkommst, kann ich ein Programm für dich ausarbeiten – du weißt schon, welche Gymnastik, welche Maschinen und welche Problemzonen du bearbeiten solltest.«

»Jede«, bemerkte Dee ironisch.

»Am Anfang erscheint einem alles schwierig, das ist es

aber nicht«, ermutigte er sie. »Wenn du sechs Wochen lang regelmäßig kommst, wirst du dich selbst kaum wiedererkennen. Innerhalb dieser Zeitspanne kann man bereits verblüffende Resultate erzielen.« Er grinste sie an. »Und glaub mir, keine der Frauen hier läßt sich gerne wiegen. Du paßt also gut ins Bild.«

»Danke für die Ermutigung.« Dee lächelte. »Du warst wirklich sehr nett. Mir war ziemlich mulmig vor dieser Sache. Und wo findet die Aerobicstunde statt?«

Als Dee die Haustür aufschloß und sie mit ihrer Hüfte aufstieß, fühlte sie sich vor Erschöpfung ganz schwach. Sie ließ ihre Sporttasche auf den Boden fallen, dann folgten Handtasche und Mantel.

Ihr einziger Wunsch war ein Riesenteller mit Würstchen und Fritten, eine Mahlzeit eben, die ihr wenigstens einen Bruchteil der eben verbrauchten Kalorien zurückgeben würde. Stepaerobic war die Hölle gewesen. Wie schafften es andere Frauen nur, das Woche für Woche immer wieder zu tun? Bereits die Anfängerstunde hatte sie völlig erledigt, sie wollte sich ihren Zustand nach einem fortgeschrittenen »Power-Workout« gar nicht erst ausmalen. Gleich von Anfang an, als sie den pulsierenden Rhythmus aus den Lautsprechern des Aerobicstudios vernommen hatte, war es eine Folter gewesen. Die Kursleiterin in einem grellrosa Gymnastikanzug hatte sich so schnell hin- und herbewegt, wie jemand auf einem besonders schlechten LSD-Trip. Dabei hatte sie den anwesenden Anfängern fröhlich Kommandos zugerufen.

Tröstlicherweise waren die anderen auch recht schlecht gewesen. Es waren noch ein paar andere übergewichtige Frauen in der Klasse gewesen, in langen, sackartigen T-Shirts mit langen, sackartigen Trainingshosen, die alles verbergen sollten. Genau wie Dee.

Gott sei Dank war sie nicht die einzige gewesen, die sich

unter einem »Hampelmann« nichts vorstellen konnte. Nach unendlich vielen solcher »Hampelmänner« und verwirrenden Schrittfolgen hatte sie sich inständig gewünscht, es nie erfahren zu haben.

Dee bückte sich unter Schmerzen, um die Briefe vom Abtreter aufzulesen. Die Werbebroschüren über besonders billige Ölwechsel interessierten sie nicht, ebensowenig das Angebot für eine Tageskrippe. Dann jedoch stieß sie auf einen Brief, der sie ihre Erschöpfung schlagartig vergessen ließ.

Garys Schrift hätte sie unter Tausenden erkannt. Es waren die ihr vertrauten, leicht schräggestellten Buchstaben, die die Karten zum Geburtstag- und zum Valentinstag vier Jahre lang dekoriert hatten.

Meiner süßen Dee, ich werde Dich immer lieben, in alle Ewigkeit, von ganzem Herzen, Dein Gary…

Hatte er es sich vielleicht anders überlegt? Sie starrte den Briefumschlag an. Liebte er sie immer noch verzweifelt und wollte wieder nach Hause kommen, und alles sollte wieder so sein, wie es einmal gewesen war?

Einen Moment lang drückte Dee den kostbaren Brief an ihren Busen und sehnte sich nach genau diesen Worten. Bestimmt war es so. Warum sonst sollte Gary ihr schreiben?

Sie riß den Briefumschlag auf, wobei sie die Londoner Briefmarke zweiteilte. Zum Vorschein kam ein dünnes Blättchen Papier, das nur zur Hälfte mit Garys fast unleserlicher Kritzelschrift bedeckt war.

Dee,

ich schreibe, weil ich gerne wissen möchte, weswegen Du das Haus noch nicht zum Kauf angeboten hast. Wie mir meine Mutter berichtet, steht kein Maklerschild im Vorgarten. Ich möchte es gerne verkaufen. Falls Du meine Hälfte nicht kaufen möchtest, kümmere Dich um einen Makler.

Wenn Du es nicht tust, werde ich es tun. Ich möchte mein

Geld nicht an eine Immobilie gebunden wissen, in der ich nicht lebe. Kümmere Dich darum.
Gary

Mit zitternden Händen zerknüllte sie den Brief. Warum schrieb er ihr überhaupt? Weil er viel zu feige war, sie anzurufen und sie zu fragen, warum sie das Haus noch nicht angeboten hatte. Der Mistkerl.

Nach vier gemeinsamen Jahren hatte er nicht einmal den Anstand, sie anzurufen. Sie hatte nichts weiter als einen knappen, scharf formulierten Brief bekommen, aus dem nicht ein Fünkchen Zuneigung zu erkennen war. Nach allem, was sie miteinander durchgemacht hatten... Nur ein einziges Telefonat, mehr wollte sie doch gar nicht. Schließlich würde sie sich weder die Augen ausweinen noch ihn anbrüllen, wenn er anriefe. Unter gar keinen Umständen. Sie wollte lediglich direkt mit ihm sprechen. Für wen hielt Gary sie eigentlich? Für irgendeine zurückgebliebene Tussi, die völlig außer sich geraten war, weil ihr Mann sie verlassen hatte und ihn am Telefon wimmernd darum bitten würde, zu ihr zurückzukommen? Wohl kaum. Sie war eine erfolgreiche Karrierefrau, die stellvertretende Ressortleiterin der Frauenthemen bei einer der führenden Zeitungen. Sie war kein Dummkopf. Sie gehörte nicht zu der Sorte Frauen, die in seiner Gegenwart zusammengebrochen wäre. Es wäre ihr alles nicht so zu Herzen gegangen, wenn er sich wenistens die Mühe gemacht hätte, in dem Brief höflich zu sein. Das aber hatte er nicht getan. Der Brief war fast schon unverschämt. Nein, nicht fast, er war unverschämt, dachte Dee wütend, verdammt unverschämt sogar.

Sie rannte in die Küche, öffnete den Mülleimer und pfefferte den Brief hinein. Mistkerl! Wenn sie den noch einmal in die Mangel bekäme! Und dann seine Ziege von einer Mutter... Schlich sich hier ums Haus und spionierte aus, ob der Makler Schilder aufgestellt hatte. Dee hätte zehn Pfund darauf gewettet, daß die alte Ziege ihren häßlichen Kopf gegen das vordere Fenster gepreßt hatte, um nachzusehen, ob das Haus nach dem Weggang ihres geliebten Gary zur Ruine verfallen war.

Als er hier noch lebte, wäre das wahrscheinlicher gewesen, dachte Dee bitter. Schließlich war er ein fauler, nutzloser Typ, der noch nie im Leben einen Feudel in der Hand gehabt hatte.

Nach Trost suchend, riß sie die Kühlschranktür auf. Ein großes Stück Edamer, ein Eisbergsalat und eine Großpackung Diätjoghurts waren nicht sonderlich verlockend. Genauso wenig verlockend waren die kalorienreduzierten Fertiggerichte im Tiefkühler. Die kleinen Päckchen Fritten aber, die man in der Mikrowelle zubereiten konnte, waren eine gänzlich andere Sache. Wieder einmal einen Diätversuch an den Nagel gehängt, murmelte Dee, während sie einen Karton Fritten in die Mikrowelle stellte und im Regal nach dem Ketchup suchte.

Nachdem sie drei Kartons Fritten, vier Schokoladenkekse und eine Dose Diät-Cola verdrückt hatte, fischte sie Garys Brief wieder aus dem Mülleimer und strich ihn sorgfältig glatt. Sie las ihn noch mehrmals durch, um sicherzugehen, daß sie sich seinen gehässigen Tonfall nicht nur eingebildet hatte. Das hatte sie nicht. *Kümmere Dich darum.* Gary hatte sich gerade noch die Worte *»Denn sonst«* verkniffen, die er eigentlich hatte schreiben wollen. Dee fragte sich, was dieses »Denn sonst« wohl bedeuten könnte. Würde er seine Mutter mit einem Baseballschläger bewaffnet vorbeischicken oder aber seinen Rechtsanwalt einen häßlichen Brief schreiben lassen, in dem dieser ihr mit gerichtlichen Schritten drohte, wenn sie sich nicht beeilte?

Ihr gemeinsamer Rechtsanwalt, dachte sie. Er war Garys Freund, würde sich also in einer Auseinandersetzung sicherlich hinter ihn stellen. Sie sollte sich besser um eine eigene anwaltliche Vertretung kümmern, falls es unangenehm werden sollte. Dee seufzte. Vielleicht hätten Gary und sie ja auch eine Art Vorverlobungsvertrag aufsetzen sollen, um genau diese Fragen im Falle einer Trennung zu regeln.

Aber wenn man bis über beide Ohren verliebt war, dachte man nicht an Trennung. Man dachte an Picknicks am Strand, an romantische Essen und daran, den Rest des Lebens mit dem Mann seiner Träume zu verbringen. Manchmal tagträumte man sogar von gemeinsamen Kindern. Ganz sicher aber hatte man nicht den Tag vor Augen, an dem er sich nach London aus dem Staub machen würde, Befehl zum sofortigen Verkauf des Hauses erteilen würde und dann auch noch seine Mutter zum Spionieren vorbeischicken würde, ob das Haus überhaupt noch stand.

Smudges edles fuchsfarbenes Gesicht erschien im Küchenfenster. Sie miaute anklagend, und Dee ließ sie herein.

»Wo bist du denn gewesen, Smudgy?« fragte sie, hob die Katze hoch und wollte sie streicheln.

Smudge gehörte allerdings nicht zu jenen Katzen, die Zärtlichkeiten sonderlich schätzten. Sie wand sich aus Dees Umarmung und landete auf der Arbeitsfläche neben dem weißen Keramikschüsselchen, auf dem mit schwarzer Schrift ihr Name gepinselt stand.

»Du kommst auch nur zum Abendessen vorbei«, brummte Dee und öffnete eine Dose Katzenfutter. »Warum nur bist du nicht wie Ronnie und Nancy? Die schmusen so gerne, und sie lieben Maeve. Sogar mich lieben sie mehr als du es tust.«

Smudge blickte indigniert in die andere Richtung, bog grazil ihren Hals und signalisierte, daß die Unterhaltung sie langweilte und sie auf das Essen wartete. Nachdem Dee das Katzenfutter in mundfertige Stückchen zerdrückt hatte, stellte sie das Schüsselchen vor Smudge ab.

Die Katze warf mit ihren bernsteinfarbenen Augen einen kurzen Blick darauf, dann sprang sie von der Arbeitsfläche und galoppierte ins Wohnzimmer. Dee seufzte. Sogar Smudge konnte sie nicht mehr leiden.

Sie machte sich eine Tasse Tee, nahm sich noch ein paar Schokoladenkekse und folgte der Katze ins Wohnzimmer. Dort ließ sie sich erschöpft auf den großen Sessel fallen und dachte an all die Dinge, die sie Gary bei ihrem nächsten Treffen gerne sagen wollte. Um Nettigkeiten handelte es sich dabei nicht.

Sorgfältigst herausgeputzt und gertenschlank würde sie ihm erst einen Drink ins Gesicht schütten und dann mit ihrem neuen Freund, einem großgewachsenen, durchtrainierten Mann, der sie anbetete, entschwinden. Ein Mann, der sich für den Rest des Abends so eng an sie schmiegen würde, daß sie fast als siamesische Zwillinge durchgehen könnten.

Dee lächelte grimmig. Ein neuer Freund... der würde es Gary schon zeigen. Dee malte sich bereits aus, wie er von ihrer neuen Errungenschaft erfahren sollte. In zwei Wochen lud Millie abends Leute zum Essen ein und hatte Dee gebeten zu kommen. Das würde Dee auch tun – allerdings nicht allein.

Schon aus der Entfernung hörte Dee, wie sie sich anbrüllten. Tanya Vernons Stimme war den ganzen Flur hinunter zu hören. Ihre vormals akzentfreie Sprache war nun vor Wut verzerrt.

»Sie Scheißkerl!« schrie sie im reinsten Dublin-Akzent.

»Wagen Sie es nicht noch einmal, eine Anweisung von mir zu durchkreuzen!«

»Sie haben keinerlei Verfügungsgewalt über mein Personal«, brüllte Chris Schriber, der Redaktionsdirektor der Nachrichten. »Wie können Sie es wagen, dem Jungen weiszumachen, Ihr Auftrag sei wichtiger als meiner?«

Dee passierte eilig das Konferenzzimmer und begab sich in die Sicherheit der Nachrichtenredaktion, wo die Frühschicht sich mit gereckten Hälsen um die Tür versammelt hatte, um dem Streit zu lauschen.

»Wenigstens *einer*, der dieser Hexe Saures gibt«, meinte

Noel, einer der jungen Reporter, mit Nachdruck. »Sie ist wirklich ein ganz besonders elendes Biest.«

»Was ist denn passiert?« erkundigte sich Dee, während sie sich durch die Menge drängte.

»Sie hat den Kardinalfehler begangen, den neuen Freien zu einer Arbeit in ihrer Abteilung zu zwingen, obwohl ihm Chris zuvor eine dringende Nachrichtenstory aufgetragen hatte. Ein grober Fehler«, meinte Noel erfreut. »Nur weil Chris immer so freundlich und entspannt wirkt, dachte sie wohl, sie könne ihn um den kleinen Finger wickeln. Ein paar winzige Dinge wird sie wohl noch dazulernen müssen.«

Tanyas Stimme war um eine Oktave gestiegen.

»Sie saublöder Mistkerl!« kreischte sie.

»Ist dir schon mal ihr Akzent aufgefallen?« Belinda, die Klatschkolumnistin, rieb sich zufrieden die Hände. »Lang hat es ja nicht gedauert, bevor sich ihr vornehmer Oberklassenakzent verflüchtigt hat. Wie lang sie wohl daran geschliffen hat, ihren eigenen Akzent zu verlieren?«

»Ich frage mich, warum sie überhaupt den Versuch unternommen hat«, entgegnete Dee. »Sie sollte auf ihre Herkunft lieber stolz sein, als sie verstecken zu wollen. Die dumme Kuh erinnert mich an die Mutter von meinem Ex, die auch ständig vorgibt, jemand zu sein, der sie nicht ist.«

Sie ging an den leeren Schreibtischen vorbei zu ihrem eigenen Tisch. Isabel war die einzige, die an dem Duell Vernon – Schriber nicht interessiert war. Sie saß an ihrem Tisch und blickte konzentriert auf den Bildschirm.

»Guten Morgen, Isabel.«

Isabel sah angestrengt auf.

»Ach, Dee, hallo. Ich hatte Sie gar nicht kommen hören. Ich muß unbedingt diesen verdammten Artikel fertig bekommen, denn gestern konnte ich partout nicht schreiben.«

»Das kenne ich«, erwiderte Dee mitfühlend und ließ ihre vollgepackte Aktentasche auf ihren Schreibtisch fallen. In letzter Zeit waren ihr sogar die einfachsten Artikel schwergefallen. Den leeren Bildschirm anzustarren, hatte ihr immer eine gute Gelegenheit geboten, über ihr schreckliches Leben nachzudenken. »Aber Sie haben doch eine hervorragende Konzentration, Isabel«, fügte sie hinzu. »Sie sind immerhin die einzige im ganzen Haus, die nicht dem Match des Jahrhunderts lauscht.«

Isabel rollte ihre Augen himmelwärts. »Wenn ich dabei zuhören würde, wäre ich vermutlich versucht, mich einzumischen«, erwiderte sie. »Bei der Frau könnte selbst einem Heiligen der Geduldsfaden reißen.«

Das überraschte Dee. »Aber Sie scheinen sich nie von ihr aus der Ruhe bringen zu lassen. Sie sind stets ruhig und gefaßt.«

Feixend stieß Isabel ihren Stuhl vom Computer zurück und streckte ihre Arme über dem Kopf aus, um die Verkrampfung ihrer Schultern zu lockern. »Ich zähle von hundert rückwärts, das ist mein Trick. Aber eines Tages...«

»Eines Tages werden Sie ihr mit einer abgesägten Schrotflinte den Garaus machen?« schlug Dee lachend vor.

Isabel tat so, als würde sie darüber nachdenken. »Das ist ein ausgesprochen interessanter Vorschlag, aber im Gefängnis würde es mir nicht gefallen. Auf vorsätzlichen Mord steht lebenslänglich. Nein, eines Tages werde ich Frau Vernon einmal ein wenig ihrer eigenen Medizin zu kosten geben. Das wird sie nicht vergessen.«

»Darf ich zugucken?« bettelte Dee. »Ich halte ihren Mantel zur Abreise bereit. Ich kann ihre Art auf den Tode nicht ausstehen.«

»Das kann ich gut nachvollziehen«, erwiderte Isabel. »Tanya ist erzgemein zu Ihnen, obwohl ich den Grund dafür nicht ahne.« Sie stand von ihrem Stuhl auf und setzte sich auf Dees Schreibtischkante. »Sie lassen sich viel zu sehr von ihr in die Enge treiben, wissen Sie das? Sie müssen ihr Kontra bieten. Ich würde Sie jederzeit dabei unterstützen, aber Sie müssen den ersten Schritt tun.«

Von der plötzlichen ernsten Wendung des Gesprächs verwirrt, schwieg Dee.

»Äh ... danke«, stotterte sie.

»Ich meine es ernst«, sagte Isabel mit Nachdruck. »Ich hasse es, wenn sie auf Ihnen herumhackt. Ich habe das Thema mit Ihnen bis jetzt jedoch noch nicht angeschnitten, weil ...« Sie zögerte und blickte sich um.

In ihrem Teil des Raumes waren sie ganz allein, die anderen standen um die Tür versammelt und lauschten dem immer noch anhaltenden Streit. »... weil ich weiß, daß Sie mir meine Position als Ressortleiterin nicht gegönnt haben, und ich dachte, eine Einmischung meinerseits würde Ihnen nicht schmecken. Aber mittlerweile kommen wir doch gut miteinander aus, wir arbeiten gut zusammen, und meiner Meinung nach sollten wir Probleme angehen. Das schließt auch Tanya mit ein. Was meinen Sie?«

Die Besorgnis auf Isabels Gesicht war so echt, daß Dee spürte, wie ernst es ihr war. Doch Isabels Liebenswürdigkeit überraschte sie auch nicht. Tief in ihrem Inneren hatte sie gewußt, was für ein anständiger Kerl ihre Kollegin war. Nur hatte sie es nicht wahrhaben wollen. Es war viel leichter, sie zu hassen, weil sie ihr den Job weggnommen hatte, als sie als die Person anzunehmen, die sie wirklich war.

Dee tätschelte kurz Isabel den Arm. »Danke«, sagte sie. »Ich weiß, daß Sie es ernst meinen.« Sofort schossen ihr die Tränen in die Augen. Mit Streiten und mit schrecklichen Briefen von Gary konnte sie klarkommen. Sympathie und Mitgefühl waren es, die ihr wirklich zusetzten.

»Tut mir leid«, schniefte sie und suchte blind nach einem Taschentuch. »Ich hatte nur gerade eine ziemlich schreckliche Zeit, und ich fühle mich einfach vollkommen durcheinander. Wenn Sie dann auch noch nett zu mir sind, kann ich mir nicht mehr helfen.«

»Sie Arme«, sagte Isabel mitfühlend. »Das kenne ich nur zu gut.« Sie legte ihre Arme um Dee und drückte sie, wie sie auch Robin und Naomi drückte. »Mir ging es genauso, als mein Mann und ich uns getrennt haben. Ich habe nur noch geheult.«

»Dann wissen Sie von Gary und mir?« fragte Dee überrascht.

»Maeve hat es mir erzählt. Ich habe sie angesprochen«, fügte Isabel eilig hinzu. »Sie hat mir nichts verraten, ich dachte mir nur, daß irgend etwas Schreckliches passiert sein muß. Und da habe ich mich gefragt, ob ich nicht helfen könnte.«

»Ist schon gut, es stört mich nicht, wenn Sie es wissen, es ist nur ...«, Dee schluchzte, »... alles ist so beschissen. Er hat überhaupt keinen Kontakt mehr mit mir aufgenommen, und gestern habe ich einen Brief von ihm bekommen, in dem er wissen wollte, warum ich das Haus noch nicht verkauft habe«, jammerte sie.

»Das ist gemein«, stimmte Isabel zu.

»Allerdings.« Dee schluchzte noch heftiger.

»Kommen Sie mit in mein kleines Kabuff«, drängte Isabel, nachdem sie einen Blick auf Dees verweintes Gesicht geworfen hatte. »Ich halte alle hier fern, während Sie zu weinen aufhören. Sonst wollen alle wissen, was passiert ist.«

Isabel fabrizierte einen stark gezuckerten Tee, während Dee am Fenster saß und ihr Gesicht mit Make-up aufzufrischen versuchte.

»Tanya schwingt das Kriegsbeil«, verkündete Isabel und stellte die Tasse vor Dee ab. »Jetzt ist sie in Malleys Büro, und wenn sie dort fertig ist, wird sie hierher rennen und sich nach einem neuen Opfer umsehen. Tun Sie doch einfach so, als ob Sie von meinem Telefon aus telefonieren und setzten sich so, daß Sie aus dem Fenster sehen, bis Sie sich besser fühlen. Falls sie hier hereinstürmt, werde ich sie abwimmeln.«

Aber Tanya kam nicht zurück. Nachdem sie fünfzehn Minuten kreischend im Büro der Chefredakteurin verbracht hatte, marschierte sie zur Freude der gesamten Redaktion aus dem Gebäude.

»Gut gemacht, Chris, ganz prima!« rief Noel, als Chris Schriber wenig später das Büro von Malley McDonnell verließ.

»Der hast du es aber gegeben!« rief ein anderer Nachrichtenreporter.

»Offenbar sind wir nicht allein in unserem Haß auf Frau Vernon«, bemerkte Isabel trocken.

»Beim *Sentinel* sind vermutlich mehr Leute Mitglied im Wir-hassen-Tanya-Club als in der Gewerkschaft«, bemerkte Dee mit beinahe wieder normaler Stimme.

Dankbar trank sie den Tee und wartete darauf, daß sich ihre Gesichtsfarbe normalisierte.

»Danke, Isabel«, sagte sie herzlich, als sie schließlich die Sicherheit ihres Zimmerchens verließ, um wieder an ihren eigenen Schreibtisch zurückzukehren.

»Was machen Sie denn heute abend?« fragte Isabel spontan.

»Ach, ich weiß noch nicht. Die Männer in meinem Leben kämpfen darum, wer mich heute abend in ein vornehmes Restaurant zu einem viergängigen Menü einladen darf«, scherzte Dee, die schon fast wieder zu ihrer alten Form aufgelaufen war.

»Wenn Sie nichts vorhaben, würde ich mich sehr freuen, wenn Sie heute bei uns essen«, bot Isabel an. »Es gibt zwar nur ein einfaches Essen in der Küche, nichts Besonderes. Sie könnten meine Töchter kennenlernen.«

Dee war gerührt. »Das wäre wunderbar«, erwiderte sie. »Das nehme ich sehr gerne an.«

»Also abgemacht. Sie können nach der Arbeit mit mir mitfahren, dann können Sie etwas Wein trinken und ein Taxi zurück nach Hause nehmen.«

Dee stöhnte. »Das klingt wirklich wunderbar: Essen, Wein *und* Leute.«

In Isabels Küche bewunderte Dee all die kleinen, gemütlichen Details. Sie hob das kleinste aus der Familie der rotgoldenen Püppchen auf, die auf dem Fenstersims neben einem Topf Efeu saßen.

»Ich liebe diese Kleinigkeiten«, sagte sie. »Sie sind so niedlich. Sind sie aus Rußland?«

»Ja.« Isabel wandte dem Spülbecken, in dem sie gerade Pilze wusch, den Rücken zu. »David, mein Mann, hat sie aus Moskau mitgebracht.«

Einen kurzen Moment war Isabel nicht mehr in der Küche ihres Dubliner Hauses. Sie war Hunderte von Meilen entfernt in ihrer gemütlichen Küche in Oxford, mit den vertrauten abgewetzten Holzregalen und den warmleuchtenden Terrakottakacheln auf dem Fußboden. Sie blickte an David vorbei auf die russischen Püppchen und konzentrierte sich lieber auf sie als auf den Mann, den sie im Begriff war zu verlassen. Es schien alles Jahre her zu sein; Jahre, seit sie sein Gesicht gesehen hatte. Das Gesicht, von dem sie jetzt nächtelang träumte, gehörte Jack. *Seine* Arme umarmten sie in ihren Träumen, *er* küßte sie lange und erweckte ihre Leidenschaft. Nicht David.

»Die bemalten Teller sind auch sehr hübsch«, fügte Dee hinzu. »Sie passen gut zu diesem Zimmer. Wo haben Sie sie her?«

Isabel kam wieder in die Wirklichkeit zurück. »Sie sind aus Portugal. Dort haben wir häufig Urlaub gemacht.«

»Oh, ich wäre jetzt zu gerne an einem Strand in Portugal«, meinte Dee verträumt. Sie saß auf einem der Barhocker am Frühstückstresen. »Können Sie sich das vorstellen – Sonne auf der Haut, Sand zwischen den Zehen und keine Arbeit?« Isabel dachte an das letzte Mal, als sie Sand zwischen ihren Zehen gefühlt hatte, an den zauberhaften Nachmittag, den Jack und sie vor noch nicht einmal drei Tagen am Killiney-Strand verbracht hatten. Allein der Gedanke daran ließ sie vor Aufregung erzittern. Er hatte sie seitdem schon zweimal angerufen, aber sie hatten sich nicht treffen können, weil Naomi Halsweh bekommen hatte und Isabel die Mittagspausen durchgearbeitet hatte, damit sie nach der Arbeit schnell zu ihr nach Hause zurückkehren konnte, um sie zu pflegen.

Isabel konnte es kaum erwarten, Jack wiederzusehen, zu fühlen, wie er sie fest an sich drückte und sie leidenschaftlich küßte. Wie würde es wohl sein, mit ihm zu schlafen, von ihm geliebt zu werden …?

»Sind Sie sich auch sicher, daß ich nicht helfen soll?« fragte Dee, während sie beobachtete, wie Isabel mit dem Reinigen der Pilze innegehalten hatte und ins Leere starrte.

»Nein.« Sie errötete. »Ich habe Sie nicht hierher eingeladen, damit Sie Ihr eigenes Essen kochen müssen. Sie haben es sich verdient, ein wenig verwöhnt zu werden. Es ist ohnehin nur ein einfaches Nudelgericht und nicht sonderlich schwierig zuzubereiten. Wenn die Mädchen aus der Videothek zurückkehren, werden sie den Tisch decken. Sie jedenfalls sollen sich nur hinsetzen und sich entspannen. Schenken Sie sich doch noch ein Glas Wein ein.«

Die Haustür knallte zu. »Tut uns leid, daß es so lange gedauert hat«, zirpte Naomi im Flur. Dann steckte sie ihren Kopf in die Küche. »Robin hat eine *Ewigkeit* mit dem Typ im Laden gesprochen.«

»Habe ich überhaupt nicht!« protestierte Robin hitzig und folgte ihrer Schwester in die Küche.

»Hast du wohl. Und er ist einfach toll«, seufzte Naomi.

»Nicht möglich«, scherzte Dee. »Der Kampf zweier Schwestern um die Zuneigung des Typen aus dem Videoshop! Das war der einzige Vorteil, einen Bruder zu haben. Keine Konkurrenz.«

Robin und Naomi lachten. »Der Typ in meinem Videoladen hat mich allerdings überhaupt nicht beachtet!« beschwerte sich Dee.

»Sicher hat er das«, widersprach Isabel bestimmt. »Sie

haben es nur nicht bemerkt. Ihr Mädchen, deckt ihr den Tisch?«

Es war wunderbar, wieder einmal mit anderen zusammen zu essen, dachte Dee, als sie die leckere Mahlzeit verputzte, die Isabel geradezu aus dem Ärmel geschüttelt hatte. Die drei Farrells lachten und redeten. Sogar Robin, vor der Isabel gewarnt hatte, sie gehe zur Zeit durch eine recht kratzbürstige Phase, war entspannt und redselig.

Nach dem Essen setzten sich die beiden Mädchen auf das alte weiche Sofa und sahen ihr Video, während Isabel und Dee sich am Frühstückstresen niederließen und die Flasche Rosé austranken, die Dee mitgebracht hatte.

»Wollen wir nicht du zueinander sagen?« wandte sich Isabel an Dee.

Dee lächelte. »Die Frage lag mir auch schon auf der Zunge. Ja, das wäre schön.« Isabel hob ihr Glas und stieß mit Dee an.

»Das Essen war wirklich lecker, Isabel«, meinte Dee. »Du bist eine wunderbare Köchin. Nie und nimmer könnte ich in einer halben Stunde so etwas auf den Tisch zaubern.«

»Ich koche sehr gern. Meistens jedenfalls«, fügte Isabel hinzu. »Manchmal ist es natürlich etwas lästig, jeden Abend zu kochen. Dann möchte ich nur Toast mit Marmelade essen, weil ich so erschöpft bin. Aber für die beiden Mädchen muß ich etwas Nahrhaftes und Interessantes kochen.« Sie senkte die Stimme. »Ich mache mir solche Sorgen, daß Robin eine Eßstörung entwickelt. Deshalb bestehe ich auch darauf, jeden Abend zusammen zu essen. Sie zeigt zwar keinerlei Anzeichen, aber sie ist so körper- und modebewußt. In ihrem Alter kann man bei den Mädchen nicht vorsichtig genug sein, ich habe ein paar schreckliche Gesundheitsreports über Bulimie und Anorexie gelesen. Der Trennungsstreß könnte sie leicht in diese Richtung drängen.«

»Sie hat alles aufgegessen und ist danach nicht zur Toilette gerannt«, flüsterte Dee, die sich mit Eßstörungen auskannte.

»Ich weiß, ich mache mir aber dennoch Sorgen.«

»Hör mir mal zu«, sagte Dee. »Ich mache nichts anderes mehr, als mir Sorgen zu machen. Wenn ich nichts mehr hätte, worum ich mir Sorgen machen könnte, würde ich mir wirklich Sorgen machen!«

Sie stand auf, um zur Toilette zu gehen, und Isabel leerte ihr Weinglas. Sie genoß diesen Besuch. Sie hatte schon ganz vergessen, wie schön es war, für den Abend eine Freundin einzuladen.

Seit ihrem Umzug nach Irland hatte sie ihre engen Freundschaften mit Frauen in England sehr vermißt und, vermutlich aus Selbstschutz, niemanden an sich herangelassen. Sie hatte sich zurückgezogen, um sich selbst die Zeit zu geben, den Schmerz ihrer ehelichen Trennung zu verarbeiten. Jetzt war es an der Zeit, wieder unter Leute zu kommen.

Als Naomi ins Bett gegangen war und Robin sich in ihr Zimmer zurückzog, um Musik zu hören, setzten sich Isabel und Dee auf das Sofa. Isabel entkorkte noch eine Flasche Wein und stellte ein paar Schüsseln Käsepopcorn auf den Tisch. »Ich liebe dieses Zeug«, gab sie zu, kickte sich die Schuhe von den Füßen und verschränkte ihre Beine unter sich auf dem Sofa.

»Geht mir genauso«, stimmte Dee zu. »Der Unterschied ist nur der, daß du es essen kannst und schlank bleibst, während das bei mir nicht der Fall ist. Aber«, fügte sie optimistisch hinzu, »das wird sich jetzt alles ändern, wo ich einem Fitneßstudio beigetreten bin.«

Dee brachte Isabel mit ihren Erzählungen über die Anfängerklasse in Stepaerobic zum Lachen.

»Ich glaubte, vor Erschöpfung einfach umzufallen. Die Kursleiterin sah wie die größere, schlankere und attraktivere jüngere Schwester von Barbie aus, während die meisten Leute in der Klasse von der Figur her den kleinen russischen Püppchen ähnelten und alle viel zu viel anhatten. Nach meinen neuesten Erfahrungen zu urteilen, wird Sportkleidung immer knapper, je schlanker man ist. Wenn man also eine Figur Größe vierunddreißig hat, trägt man genau zehn Zentimeter Gymnastiktrikot. Demnach sollte ich mir ungefähr vier Meter von dem Zeug kaufen!«

Es machte ihr nicht aus, ihr Übergewicht mit Isabel zu diskutieren. »Was wiederum komisch ist«, sagte Dee laut, denn dank der zweiten Flasche Wein war sie sehr entspannt. »Anfangs habe ich dich dafür gehaßt, daß du so schlank und sexy bist.«

»Ich und sexy!« Isabel rang nach Luft. »Mich hat noch niemals jemand als sexy bezeichnet. *Du* bist diejenige, die hier sexy ist, Dee. Ist dir denn noch nie aufgefallen, wie dir jeder Mann im Büro hinterherschaut, wenn du das Zimmer durchquerst? Der arme Tony Winston wird eines Tages noch einen Herzinfarkt dabei bekommen, ganz besonders dann, wenn du diesen kleinen schwarzen Samtmini trägst. Er kriegt Stielaugen, wenn er dich ansieht.«

Dee kicherte. »Er ähnelt einem Hasen mit Lyxomatose, wenn *irgendeine* Frau an ihm vorbeigeht. Der Typ ist ein wandelndes Geschlechtshormon. Aber du bist sexy, Isabel. Und du hast Eleganz und Klasse. Du könntest jeden Mann bekommen, den du möchtest.«

Isabel dachte an Jack. Denn nur ihn wollte sie haben.

»Ich verliebe mich gerade in einen verheirateten Mann.« Verträumt nippte sie an ihrem Wein. Einen Augenblick lang fragte sie sich, warum sie Dee dies alles anvertraute. Aber egal, irgend jemandem mußte sie es erzählen. Und es fiel leicht, sich Dee anzuvertrauen. »In der Rolle der Kummerkastentante würdest du mir davon abraten?«

Dee lachte ironisch auf. »Einerseits Kummerkastentante zu sein und andererseits die richtigen Anworten auf all die Fragen über das Leben, über das Universum und überhaupt alles andere zu haben, sind zwei vollkommen verschiedene Schuhe«, erwiderte sie. »Ich verbringe Stunden damit, anderen Leuten in knapper, prägnanter Form Antworten zu geben, in denen ich mich so anhöre, als ob ich ein verdammtes Orakel wäre, während mein eigenes Leben vollkommen durcheinandergeraten ist.«

»Deine Antworten sind immer ausgezeichnet, du gibst sehr gute Ratschläge«, unterbrach sie Isabel. »Da sind wir alle derselben Meinung. Du hättest eine gute Psychologin abgegeben, Dee.«

»Ja, schon, was jedoch meine eigenen Probleme betrifft, bin ich vollkommen hilflos. ›Arzt, heile dich selbst‹. Ich bin also die Allerletzte, die dir sagen könnte, was du tun sollst, Isabel. Wie ernst ist es denn?«

Isabel zuckte mit den Schultern. »Nun, wir haben im eigentlichen Sinne noch nichts getan, wenn du verstehst, was ich damit sagen will. Um ehrlich zu sein, sind wir uns gerade erst begegnet. Aber ich bin völlig verrückt nach ihm, ich kann mir nicht helfen. Nach der Trennung von David kann ich ohne zu lügen sagen, daß ich nicht gedacht hätte, mir könne jemals wieder ein Mann etwas bedeuten.«

Dee nickte verständnisvoll.

»Aber diese Sache ist anders«, fügte Isabel hinzu. »Er ist ein ganz besonderer Mann.«

»Paß auf, daß du nicht verletzt wirst«, warnte Dee. »Man läßt sich leicht auf Dinge ein und vergiß dabei die Zukunft.«

»Ich denke die ganze Zeit nur an die Zukunft«, sagte Isabel leise.

17

Isabel saß in der Lobby des *Red Cow Hotels* und versuchte, nicht allzu offensichtlich durch die bis zum Boden reichenden Fenster auf den Parkplatz hinauszustarren. Jack hatte zehn vor zehn hier sein wollen. Er war immer pünktlich, doch jetzt war es bereits eine Minute nach zehn. Wo steckte er nur?

Sie konnte sich weder auf ihren bereits abgekühlten Kaffee noch auf die Zeitung konzentrieren und hatte gleichzeitig das Gefühl, das Wort »Geheimagent« stünde ihr in riesigen Buchstaben auf die Stirn geschrieben.

Der Mann ihr gegenüber gab vor, den *Star* durchzublättern, musterte sie jedoch eingehend. Vielleicht hatte er sie ja durchschaut und wußte, daß sie keine Geschäftsfrau war, die eine Kontaktperson wegen einer wichtigen Besprechung treffen würde, sondern daß sie eine nervöse neununddreißig Jahre alte, getrennt lebende Mutter zweier Töchter war, die sich mitten in der Woche mit einem verheirateten Mann treffen wollte.

Das Wochenende über wegzukommen wäre viel zu schwierig gewesen, denn sowohl Robin als auch ihre Mutter hätten ihr jede Menge Fragen gestellt.

Isabel hörte bereits Pamelas laute, gebieterische Stimme: »Eine Redaktionskonferenz in einem Landhotel das Wochenende über? Sehr merkwürdig.« Eine Konferenz mitten in der Woche über die Zukunft des *Sentinel* klang viel glaubwürdiger, obwohl es gestern abend nicht einfach gewesen war, zu einer angeblichen Konferenz ihren Koffer zu packen. Naomi und Robin tauchten zu den ungünstigsten Momenten im Zimmer auf.

»Wozu brauchst du den denn?« fragte Naomi unschuldig und zog einen zimtfarbenen Push-up-Bikini aus dem Koffer, den Isabel eben erst hastig in einer der Seitentaschen versteckt hatte.

»Habe ich das eingepackt? Ich muß wohl nicht mehr ganz richtig ticken«, hatte sie geantwortet und ihr den Bikini weggenommen. »Naomi, könntest du mir bitte meine ... äh ... Pinzette und die große Nagelfeile holen? Sie sind beide im Badezimmer.«

Sowie Naomi aus der Tür gewesen war, hatte Isabel den

Bikini zusammengefaltet und ihn in ein T-Shirt verpackt erneut in den Koffer zurückgesteckt.

Robin aß einen sehr saftigen Pfirsich und trug den Seidenkimono, den Isabel sorgfältig gewaschen, gebügelt und aufgehängt hatte, um ihn auf diese Reise mitzunehmen. Sich beherrschend meinte sie freundlich: »Den Morgenmantel wollte ich mitnehmen, Robin.«

»Wofür das denn? Wer wird dich denn sehen?« entgegnete ihre Tochter barsch.

Isabel zählte bis zehn. »Niemand, aber ich brauche einen Morgenmantel. Und dieser ist der leichteste, den ich habe und der am wenigsten Platz im Koffer einnimmt.«

Robin zog ihn aus, stapfte in ihr Zimmer und kam mit ihrem eigenen rosa Bademantel zurück, um Isabels Packen mit Argusaugen zu verfolgen.

»Willst du auch deine Tampons, Mama?« bot Naomi hilfreich an und ließ die Pinzette und die Nagelfeile auf das Bett fallen.

Hoffentlich nicht, betete Isabel. Aber wer weiß, vielleicht würde sie ausgerechnet in ihrer ersten Nacht mit Jack die Menses bekommen. Entweder war es Pech oder Gott verlangte Sühne für die Sünde, mit dem Ehemann einer anderen Frau zu verreisen. Sich gut vorzubereiten war eine Sache, doch schon vorsorglich die Tampons einzupacken hieße, das Schicksal herauszufordern.

Sie faltete ein weißes Baumwollnachthemd zusammen, das sie in seiner Gegenwart ganz sicherlich nicht tragen würde. Es hatte rosa Streifen und einen bunten Teddy vorne drauf. Sie hatte es vor einigen Jahren zum Muttertag bekommen, und es eignete sich, um jedwede leidenschaftlichen Gefühle radikal auszumerzen. Im Beisein ihrer Töchter jedoch legte sie es deutlich sichtbar auf den Stapel der gepackten Kleidung.

Nun saß sie hier im Hotel und beobachtete nervös den Parkplatz, wobei sie an all die Dinge dachte, die sie *eigent-*

lich hatte mitnehmen wollen – einen ganzen Koffer voll klitzekleiner Dessous, Push-up-BHs aus Spitze, die ihren kleinen Busen betonen sollten, einen sexy Hauch von einem Höschen und sogar einen seit langem vergessenen Strumpfhalter, zu dem sie leider versäumt hatte, die dazu passenden Strümpfe zu kaufen.

Die hektischen Vorbereitungen für drei arbeitsfreie Tage hatten bedeutet, daß sie auch alles für die Unterbringung der Mädchen bei ihren Großeltern hatte besorgen müssen. Das bedeutete einen Schrank voll sauberer, gebügelter Kleidung und jede Menge tiefgekühlter Mahlzeiten, so daß keine der beiden sich über das Essen beschweren konnte. Unter diesen Umständen hatte sie keine Zeit für den Kauf von Strümpfen.

Vielleicht war das sogar ein Segen, dachte sie ironisch, während zwei Paar Adleraugen sie aufmerksam beobachteten. Unmöglich hätte sie so irgend etwas in Richtung verführerischer Unterwäsche einpacken können. Schließlich hatte sie ihre ganz normale elegante Arbeitskleidung eingepackt und einmal Garderobe für den Abend. »Nur für den Fall, daß die Chefredakteurin die Konferenz mit einem vornehmen Abendessen abschließt«, hatte sie die Mädchen angeflunkert. Aus diesem Grund hatte sie auch eine zweite Tasche mitgenommen – eine riesige Tüte von *Marks & Spencer.* Sie stand neben ihrem Koffer im Auto und war voller BH's, Höschen und dem silbernen Abendkleid mit Spaghettiträgern, das sie nur zu besonderen Anlässen trug. Der Himmel wußte, wie zerknittert es bei ihrer Ankunft in *Ashford Castle* schließlich sein würde.

Sie haßte es, Robin und Naomi anzuschwindeln. Jedesmal, wenn sie daran dachte, wurde sie wieder von Schuldgefühlen überwältigt. Was für eine Mutter gab sie denn ab? Eine verlogene, schreckliche Mutter, die bei der Vorstellung von drei Tagen mit Jack völlig außer sich geriet. *Drei ganze Tage …*

Isabel schenkte sich Kaffee nach, lehnte sich auf dem Sessel zurück und nippte dran, während sie weiter auf den Parkplatz hinausstarrte.

Er hatte sich noch niemals verspätet. Im Gegenteil, er war sogar immer etwas zu früh. Sie war diejenige gewesen, die sich letzte Woche verspätet hatte, weil sie in einem Verkehrsstau hinter einem zusammengebrochenen Bus auf dem Weg zum Mittagessen steckengeblieben war. Als sie zwanzig Minuten zu spät dort erschienen war, hatte sie Jack kreidebleich erwartet.

»Gott sei Dank«, hatte er gesagt und ihre Hand umklammert. »Du bist so unglaublich verläßlich – ich war mir ganz sicher, daß du einen Unfall gehabt haben mußtest.«

Zehn Minuten lang hatte er ihre Hand nicht mehr losgelassen und sie so lange fest gedrückt, bis sein Gesicht wieder Farbe bekommen hatte.

Das mußte es sein, dachte Isabel entsetzt. Er muß einen Unfall gehabt haben.

Jetzt erschienen ständig Autowracks vor ihrem inneren Auge. Jack mitten in einer Blutlache in seinem zusammengequetschten Auto, auf grausame Art verletzt, voller Angst und ohne eine Möglichkeit, sie anzurufen...

»Ein Anruf für Isabel Farrell an der Rezeption«, ertönte eine freundliche Stimme.

Isabel rannte beinahe zur Rezeption, ergriff den Hörer und hauchte: »Ja, bitte?«

»Isabel. Es tut mir leid, daß ich mich verspäte...«

»Aber es ist doch alles in Ordnung, nicht wahr? Ist irgend etwas passiert... Du hast doch nicht etwa einen Unfall gehabt?« stieß sie hastig hervor.

»Mir geht es gut, Liebling. Es tut mir leid, daß du dir Sorgen gemacht hast«, entschuldigte sich Jack. »Ich war in einer Konferenzschaltung und konnte mich nicht abseilen. Hör mal zu...« Eine weibliche Stimme unterbrach ihn, um ihm zu sagen, daß die Konferenzschaltung jetzt bereit war. Wie konnte Jack mehrere internationale Konferenzschaltungen bedienen, wenn er eigentlich schon hätte meilenweit von seinem Büro entfernt sein sollen? Er hätte mit ihr zu dem wunderschönen Schloß aus dem dreizehnten Jahrhundert in County Mayo fahren wollen. Es lag von Wäldern und der ruhigen Küste von Lough Corrib umgeben.

Er muß absagen, dachte Isabel. Die wunderschöne, von ihr so heiß ersehnte Reise würde nicht stattfinden. Ihr Herz sank ihr bis in die Schuhe, hochhackige Pumps aus hell- und dunkelblauem Leder. Vollkommen geknickt fragte sie sich, warum sie sich derart heftig mit einem verheirateten Mann eingelassen hatte, wo es doch unweigerlich nur Ärger damit geben würde.

»Isabel«, ließ Jack sich jetzt hören. »Tut mir leid wegen der Unterbrechung. Aber heute ist mal wieder einer jener Tage. Es tut mir sehr leid, aber ich werde hier wohl noch mindestens eine Stunde lang festsitzen.«

Sie wußte, was jetzt folgte. *Ich kann nicht kommen, wir werden bald wieder verreisen, das verspreche ich.*

»Also hatte ich eine Idee«, fuhr er fort. »Laß uns im Helikopter runterfliegen. Wir können direkt nach *Ashford Castle* fliegen und uns dort einen Mietwagen bestellen, falls wir etwas herumfahren möchten. Das würde allerdings bedeuten, daß du mich am Flughafen treffen müßtest. Wärst du damit einverstanden?«

»Phantastisch! Das ist ja wunderbar. Ich hatte schon befürchtet, du würdest die Reise absagen.«

»Ich habe die gesamte Woche an nichts anderes gedacht«, sagte Jack mit tiefer, rauchiger Stimme, bei der ihr gleich ganz anders wurde.

»Ich auch nicht«, erwiderte sie und merkte, wie die Empfangsdame sie neugierig anstarrte.

Auf der Autobahn zum Flughafen fuhr Isabel viel zu schnell, als ob sie Angst hätte, der Helikopter würde ohne sie losfliegen. Es war geradezu albern, sich wegen dieser Reise wie ein aufgeregter Backfisch zu benehmen. Es war auch albern, wie oft sie die Szene wieder und wieder in ihrem Kopf wiederholt und sich vorgestellt hatte, was für eine schöne Zeit sie zusammen haben würden. Es war Jacks Idee gewesen. Sie hatten sie bei ihrem fünften Mittagessen gemeinsam geplant, als sie sich beide den Nachmittag freigenommen und in den Dubliner Bergen gepicknickt hatten. Nachdem sie jeder eine Unmenge von Patés, Kräckern, Baguette und Käsequiche in der Gesellschaft einer Hundertschaft von Ameisen verspeist hatten, waren sie den riesigen Felsen den Reitweg entlang hochgestiegen und hatten die sich unter ihnen ausdehnende Stadt betrachtet.

Mit Jack gemeinsam dort zu sitzen war ihr als die natürlichste Sache der Welt erschienen. Jacks Arm lag um ihre Schultern, ihre Hand ruhte auf seinem Schenkel. Etwas flatterte vor Isabel auf, graue Federn mit einem Tupfen Rosa.

»Das war ein Dompfaff, ich bin mir ganz sicher!« rief sie aus und drehte sich um, um den seltenen Vogel zu sehen. Sie lehnte sich mit beiden Händen auf Jack, während sie über seine Schulter hinweg in die Bäume blickte.

»Ich weiß nicht, wie lange ich diese Vogelbeobachtung noch aushalte«, japste er mit merkwürdig hoher Stimme.

Isabel blickte ihm in die schon fast tränenden Augen, dann sah sie nach unten. In ihrem Bemühen, den Vogel ausfindig zu machen, hatte sie die eine Hand auf Jacks Schenkel gestützt, die andere lag zwischen seinen Beinen an einer Stelle, die zweifelsohne ausgesprochen schmerzempfindlich war.

»Tut mir leid!« rief sie aus und zog ihre Hände zurück.

»Ist schon gut. Ich habe ja gar nichts dagegen, so dicht bei dir zu sein«, meinte er mit nun normaler Stimme. »Aber ich hatte doch gehofft, daß es in einer etwas bequemeren Umgebung als dieser hier sein würde.«

Isabel spürte, wie sie bis zu den Haarwurzeln errötete. Sie wußte genau, wie sie jetzt aussah – häßlich und erhitzt, als ob sie gerade eine halbe Stunde lang über dem Kochtopf gehangen hatte, um eine Sauce Hollandaise hinzubekommen.

»Da habe ich wohl einen *faux pas* begangen«, beeilte er sich, sie zu beschwichtigen. »Tut mir leid, Isabel. Dich wegen deiner Nervosität zu necken ist eine Sache, aber das eben war unverzeihlich.«

Isabel schwieg und hoffte, daß sich ihre Gesichtsfarbe wieder beruhigte. Gewöhnlich wurde sie nie so brennend rot, außer natürlich, wenn sie sehr erhitzt war. Jack jedoch hatte eine ganz außergewöhnliche Wirkung auf sie.

»Entschuldigung«, wiederholte er verkrampft. »Ich bedränge dich zu sehr – das wollte ich nicht. Ich weiß einfach nicht, was ich machen oder sagen soll, ich bin in dieser Hinsicht rettungslos ungeschickt.« Er fuhr sich nochmals durch die Haare und zog die Augenbrauen zusammen.

»Aber nicht doch, du hast nichts falsch gemacht.« Die Bestimmtheit ihres Tonfalls erstaunte Isabel. Sie spürte, wie die Röte aus ihrem Gesicht wich. Sofort fühlte sie sich ruhiger und hatte sich mehr im Griff.

»Ehrlich.« Sie drückte ihm liebevoll den Arm.

»Üblicherweise werde ich auch nicht so krebsrot, aber wenn ich mit dir zusammen bin, ist einfach nichts mehr normal.« Sie lachte.

»Ist das ein gutes oder ein schlechtes Zeichen?« fragte er, wobei sein Gesicht aufleuchtete.

»Ein gutes, ein sehr gutes sogar«, erwiderte sie.

Jack rutschte ein wenig herum auf dem Granitstein, so daß er Isabel jetzt fast gegenüber saß. Sein Blick durchleuchtete sie schier. Er hatte ihre schlanken Hände in die seinen gelegt, und drückte sie unbewußt. »Sag mir, wie lasse ich eine völlig alltägliche Situation für dich aussehen? Welche Wirkung habe ich auf dich, Isabel? Das würde ich zu gern wissen.«

Sie musterte ihn eingehend. »Ich habe nicht geglaubt, jemals einen Mann wieder zu begehren«, flüsterte sie, als ob sie inmitten von Menschen und nicht auf einem verlassenen Hügel umgeben von Vögeln und Bäumen sitzen würden. »Ich habe geglaubt, nach David würde das nie mehr passieren. Zugegeben, das hört sich etwas drastisch an«, räumte sie ein. »Aber im Grunde fand ich es recht logisch. Unsere Ehe ging schon seit Jahren den Bach hinunter, ich habe jedoch immer versucht, es zu verdrängen. Ich liebte David, gleichzeitig haßte ich ihn. Verstehst du, was ich meine?«

Jack nickte. Sie fühlte den Druck seiner Finger auf ihrer Hand, es waren kräftige Finger, die das zarte Fleisch unterhalb ihres Daumens kneteten. Ihre Hände waren vom ständigen Tippen oft so ermüdet. Das schien er zu spüren, obwohl sie es ihm gegenüber noch nie erwähnt hatte. Einen Moment schloß Isabel die Augen und genoß die Massage, genoß den nachlassenden Schmerz ihrer Hände.

»Sprich weiter«, drängte er sie.

»Ich habe einmal einen Artikel über Ehen in Auftrag gegeben, die eigentlich zu schlecht waren, um sie weiter fortzuführen und gleichzeitig nicht schlecht genug, um aus ihnen zu entfliehen. Damals paßte meine Ehe genau in dieses Schema.«

Isabel ließ ihren Blick auf die Hügel hinter ihnen schweifen. Sie waren üppig mit Stechginster bewuchert, dessen dünne Äste mit einer Unzahl von grellgelben Blüten übersät war. Doch sie war demgegenüber blind. Sie erinnerte sich an voriges Jahr, als sie in ihrer Ehe einsamer als je zuvor gewesen war, gleichzeitig aber doch zu ängstlich, den ersten, entscheidenden Schritt zu tun. »Nach der Trennung war ich derart mit den praktischen Dingen beschäftigt, den Mädchen und dem Geld, daß ich über meine Entscheidung nicht gründlicher nachdenken konnte«, fuhr sie fort. »Ich hatte meinen Mann verlassen.«

»Und ich bin sehr glücklich darüber, daß du das getan hast«, sagte Jack plötzlich. »Sonst wäre ich dir nie begegnet. Und ich kann mir nichts Schlimmeres vorstellen, als dir nicht begegnet zu sein.«

»Wenn du mich damals getroffen hättest, hättest du nichts davon gehabt«, sagte sie. »Ich war vollkommen durcheinander. Als ich schließlich realisiert hatte, was ich getan hatte, war ich am Boden zerstört.«

»Und keiner hat es jemals bemerkt, weil du all den Schmerz und die Ängste in dir verschlossen gehalten hast«, sagte er leise. »Alle Welt hält dich für den Inbegriff der Ruhe, für die Art von Frau, die es mit allem in der Welt aufnehmen kann. Doch das ist lediglich die Fassade, die du der Welt entgegenhältst. Innerlich bist du sehr verwundbar.«

Isabel war nicht überrascht, daß Jack sie so gut kannte. Tatsächlich stimmte es, daß jeder sie für resolut, sicher und verläßlich hielt. Und das, obwohl sie sich innerlich oftmals wie eine Art emotionale Achterbahn empfand. Jack hatte das erkannt, obschon so viele Menschen in ihrem Leben es niemals entdeckt hatten. David, ihre Mutter, ihr Vater, ja sogar Robin, alle hielten Isabel für fähig, das Sinken der Titanic zu verhindern, ohne dabei jemals die Fassung zu verlieren.

»Und dann bin ich dir begegnet«, fuhr sie fort. »Du hast meine wohlgeordnete Welt auf den Kopf gestellt. Ich konnte einfach nicht aufhören, an dich zu denken. Ich kann es immer noch nicht«, gab sie leise zu.

Jack umschloß ihr Gesicht mit den Händen und blickte sie liebevoll an. Er fuhr mit dem Finger ihre Wange entlang und berührte die vollen, rosigen Lippen.

Isabel versank tief in seinen Augen. Er umarmte sie. Eng umschlungen saßen sie nebeneinander.

»Ich wollte vorhin nicht unhöflich sein«, murmelte er und hatte sein Gesicht in ihrem weichen, blonden Haar versteckt.

»Das warst du nicht«, erwiderte sie. »Überhaupt nicht.«

Jack hielt sein Gesicht so dicht an ihrem, daß sie seinen Atem auf ihrer Haut spüren konnte. Sein Blick suchte ihren, warme dunkle Augen warteten auf eine Antwort nach einer Frage, die er nicht offen stellen konnte. Isabel legte eine Hand auf seine Wange, fühlte die Wärme seiner Haut und streichelte zärtlich sein prägnantes Gesicht.

Sie liebte Jacks Gesichtszüge.

»Obwohl ich vorhin wie ein Schulmädchen errötet bin, bin ich doch bereit«, sagte sie langsam. »Wenn du mich möchtest...«

»Dich haben möchte?« fragte er mit Nachdruck. »Du hast ja keine Ahnung, wie sehr ich dich begehre, Isabel. Aber ich möchte es richtig machen – zur richtigen Zeit. Ich möchte dich nicht drängen. Ich habe das Gefühl daß ich ständig das Falsche sage, und ich würde doch so gerne einmal genau die richtigen Worte finden...«

Isabel benetzte ihre vor Nervosität trockenen Lippen. Jack betrachtete sie einerseits leidenschaftlich, andererseits ängstlich. Sie lächelte ihn warmherzig an. Dann küßte er sie, und sie fühlte, wie sie in seiner Umarmung dahinschmolz. Es war ein heftiger, drängender Kuß, beide waren sie gierig. Isabel schloß die Augen und gab sich der Flut ihrer Gefühle hin. Sie fühlte seinen Körper hart und angespannt an ihrem, sie spürte die muskulöse Wand seiner Bauchmuskeln.

»Ich begehre dich auch, Jack«, flüsterte sie in sein Ohr.

»Kannst du ein paar Tage mit mir verreisen?« hatte er mit tiefer, kehliger Stimme gefragt. »Nächste Woche. Ich möchte dir etwas Wunderschönes zeigen. Wir könnten zum *Ashford Castle* fahren, kennst du das?«

Natürlich kannte sie das Schloß. Es gehörte zu Europas exklusivsten Fünf-Sterne-Hotels, ein hinreißendes Schloß, vermutlich mit vierpfostigen Betten und Zimmern mit mittelalterlichen Wandteppichen und knisternden Feuern, vor denen man in weichen weißen Bademänteln so lange sitzen konnte, bis die Zeit gekommen war, sich zu lieben...

»Sagst du ja?« hakte er nach, diesmal etwas ängstlich, als habe er ihr Schweigen als Zögern verstanden. Es war merkwürdig, ausgerechnet den Mann verunsichert zu erleben, der seinen Lebensunterhalt damit verdiente, anderen Menschen Anweisungen zu geben.

Statt einer Antwort legte Isabel ihm die Arme um den

Hals, küßte ihn und erkundete mit ihrer Zunge leidenschaftlich seinen Mund. Jack stöhnte, während seine Arme sie eng an sich heranzogen.

»Das fände ich wunderschön«, murmelte Isabel schließlich, nachdem sie nach der Heftigkeit ihrer Umarmungen wieder zu Atem gekommen war.

Jetzt warf sie das Geld für die Brückengebühr in die Maschine, und als das grüne Licht aufleuchtete, drückte sie voll aufs Gas. Jack hatte vermutlich sein Büro im Stadtzentrum noch nicht verlassen, aber sie wollte vor ihm am Flughafen sein. Sie drehte das Autoradio laut auf und sang in falscher Tonlage bei den Bee Gees mit. In ihrer besten Falsettstimme kreischte sie das Lied »Tragedy«. Sie kurbelte das Fenster herunter, um die Augustsonne hereinzulassen. Der Wind jagte ihr durch die Haare und bauschte sie zu einer blonden Mähne auf. Ein Laster mit einem langhaarigen Jugendlichen überholte sie. Der Fahrer hupte beim Vorbeifahren und lachte sie bewundernd an. Isabel griente fröhlich zurück und machte sich nicht das geringste daraus, von jemandem angeflirtet zu werden, der ihr Sohn hätte sein können. Es war ein wunderschöner Tag, sie war vom Leben begeistert. Wenn einem zwanzigjährigen jungen Mann ihr Aussehen, ihre wehenden Haare und der edle zweireihige hellbeige Hosenanzug gefielen, dann mußte das Jack auch gefallen!

Er wartete bereits lächelnd neben dem Helikopter, als sie auf ihn zurannte.

Isabel fragte sich, ob er ihr zur Aufrechterhaltung des Anscheins, hier handele es sich um ein geschäftliches Treffen, die Hand schütteln würde. Insbesondere jetzt, wo eine ganze Reihe der Angestellten der Helikopterfirma herumstanden, denen sein Terminkalender vermutlich vertrauter war als ihr.

Jack jedoch nahm ihr den Koffer aus der Hand, stellte ihn auf dem Boden ab und umarmte sie so innig, daß ihr der Atem stockte.

»Donnerwetter!« keuchte sie.

»Donnerwetter trifft es haarscharf«, erwiderte Jack. »Du siehst wunderschön aus.« Er trat einen Schritt zurück, um die Farbe ihrer hohen Wangenknochen und das Leuchten ihrer großen blauen Augen zu bewundern. Isabel war froh, ihren eleganten Hosenanzug von *Mondi* und die mehrreihige Perlenkette zu tragen, die ihren schlanken Hals betonte. Gern hätte sie über mehr Geld verfügt, um sich für Jack schön zu machen. So mußte sie sich auf eine Garderobe verlassen, die entweder schon Jahre alt war oder aber auf Secondhand-Designerklamotten, die sie geschickt abgeändert hatte, um ihnen ein modisches Aussehen zu verleihen.

»Du selbst siehst auch recht ansehnlich aus«, erwiderte sie.

Jack lächelte breit. »Mir hat noch nie jemand gesagt, daß ich gut aussehe.«

Tröstend legte sie ihm die Hand auf den Arm seines Nadelstreifenanzugs. »Armer Jack. Aber es stimmt.«

Es stimmte wirklich. Seine Haare hatte er sich aus dem Gesicht gestrichen, das gebräunte Gesicht war entspannt, die schmalen, zinnfarbenen Augen blickten zärtlich und warm. Er erinnerte in keiner Weise an den Vorsitzenden eines multinationalen Riesen, der seine Firma mit eiserner Hand regierte. Lediglich der perfekt geschnittene graue Anzug, der seinen langen Körper gut kleidete, paßte dazu.

Als sie in den Helikopter kletterten, drückte Isabel aufgeregt seinen Arm. »In so einem Ding bin ich noch nie geflogen«, sagte sie. »Das ist ein Abenteuer.«

Jack legte seine große Hand über ihre. »Das erste von vielen, wie ich hoffe.«

Als der Helikopter zur Landung neben *Ashford Castle* ansetzte, beugte sich Isabel aufgeregt auf ihrem Sitz nach vorn, um einen Blick auf das legendäre Hotel zu erhaschen. Der Flug war so schnell vergangen, und sie war es nicht müde geworden, durch die riesige Glaskuppel auf das üppige Grün unter ihnen zu schauen. Die von der Sonne beschienene irische Landschaft war unter den Helikopterflügeln dahingerast, Landstraßen wanden sich durch die Felder, die durch Dörfer, Städtchen und größere Städte hindurchführten. Sie hatte den Flug sehr genossen, und Jack teilte gerne ihren Enthusiasmus, zeigte ihr Sehenswürdigkeiten und bewunderte mit ihr zusammen die schönen Bauerngehöfte.

»An so etwas könnte ich mich gewöhnen«, sagte Isabel, als sie über eine Autoschlange hinwegflogen.

»Das könnte ich auch«, erwiderte er mit Nachdruck.

»Das ist Cong«, meinte Jack, als sie über das winzige, am Rande des Schloßbesitzes liegende Dorf flogen.

»Hier haben sie *The Quiet Man* gefilmt. Weißt du noch, den Film mit John Wayne und Maureen O'Hara.«

»Den Film liebe ich«, sagte Isabel. »Mein Großvater liebte John Wayne, und ich kann mich erinnern, daß ich ihn einmal über Weihnachten mit ihm zusammen im Fernsehen gesehen habe…«

Ashford Castle erschien am Horizont, und Isabel brach mitten im Satz ab. Nicht von ungefähr wurde es in vielen Reiseführern als eines der ungewöhnlichsten Hotels angepriesen. In der Ferne erhob sich majestätisch die Burg, eine weitläufige, gezackte Skyline, hinter der sich die Festungsmauer bereits seit Jahrhunderten gen Himmel reckte. Lough Corrib glitzerte in der Mittagssonne. Die stattlichen Eichen, die Birken und die wellenförmige, private Golfanlage breiteten sich davor aus. Hätten nicht eine ganze Reihe von Luxusautos vor dem Schloß geparkt und wäre nicht der Lärm des Hubschraubers in ihren Ohren gewesen, hätte sie sich um dreihundert Jahre in der Zeit zurückgesetzt gefühlt.

Als Isabel die graue Steinburg und den elegant angelegten Garten betrachtete, war sie sicher, daß sich seitdem nur wenig verändert hatte.

Der Hubschrauber schwebte über dem Burggraben, dann landete der Pilot gekonnt auf dem Hubschrauberlandeplatz.

»Willkommen auf *Ashford Castle*«, lachte Jack.

Als Isabel die sorgfältig getäfelte Empfangshalle mit den prächtigen alten Möbeln, den Ritterrüstungen und den gigantischen Ölbildern bewunderte, schien es ihr fast, als ob sie in ein weit zurückliegendes Zeitalter katapultiert würde.

Alles lag in einem warmen goldenen Licht, als ob heute noch die Kerzen in den Wandnischen brennen würden. Selbst die Rezeption glich keiner in einem gewöhnlichen Hotel. Ein niedriger Tresen stand im Raum und wurde nicht durch ein Schild mit der Aufschrift »Wir wünschen einen angenehmen Tag« verschandelt.

Jeder Quadratzentimeter dieses Hotels verströmte Geschmack, Opulenz und den Charme einer längst vergangenen Welt. Ihre Suite war mit sorgfältig aufpolierten Antiquitäten und einem riesigen geschnitzten Bett möbliert. Eine breite, mit Brokat bezogene Couch sah so gemütlich aus, daß man sich gleich darauf zusammenrollen und einschlafen wollte. Die mit Steinen eingefaßten länglichen Fenster blickten auf einen reich verzierten Garten zum See hinunter, wo ein schmales Boot im Schilf lag und müde auf der gleißenden Oberfläche dümpelte.

Isabel ließ sich auf die Couch sinken, schloß die Augen und lehnte sich zurück.

»Hier ist es wunderschön«, sagte sie und atmete den Geruch der Blumen auf dem Tisch ein. »Ich fühle mich wie eine viktorianische Dame, die gerade mit ihrer Kutsche angekommen ist und nun gleich ihrer Magd befehlen wird, die Nachmittagsgewänder auszupacken.«

»Wenn du eine viktorianische Dame wärst«, bemerkte Jack, »würde mein Kammerdiener in diesem Augenblick genau das jetzt auch für mich tun, allerdings in einem separaten Zimmer. Ich bin also ganz froh, daß du keine viktorianische Dame bist. Tee zu trinken wäre aber nicht übel. Ich bin kurz vorm Verhungern. Kommen Sie, Mylady.« Er zog sie hoch.

In dem üppig dekorierten Vestibül saßen sie auf einer Ledercouch, verzehrten vorzügliche Hühnchen- und Salatsandwiches und tranken aromatischen Kaffee. Isabel hatte nach dem ersten Sandwich gemerkt, wie hungrig sie ebenfalls war. Als sie einen Teller mit den Broten geleert hatten, mußten sie noch einen zweiten bestellen.

Sie sprachen lebhaft miteinander, lächelten einander beim Essen zu, lachten über die Witze des jeweils anderen und versuchten herauszufinden, woher die anderen Gäste wohl stammten. Die drei elegant gekleideten Frauen am Nebentisch waren gebräunt, offenbar sehr betucht und allesamt aschblond. Sie hätten entweder aus Arizona oder aber aus Australien kommen können, aber sie sprachen so leise miteinander, daß man es unmöglich heraushören konnte. Die große Gruppe Männer in grobkarierten Hosen am Ende des Raumes waren offenkundig Golfer.

Amerikaner, riet Jack, als er den gebildeten Bostoner Akzent hörte und die Diskussion über die Golfanlagen in Augusta hörte.

Dann lösten sie das Kreuzworträtsel in der Zeitung, was sie zu ihrer Überraschung in sieben Minuten schafften. »Ich habe noch nie das Rätsel gemacht, wo man um die Ecke denken muß«, bemerkte Jack und lehnte sich auf der Couch zurück. Sie hatten gerade herausgefunden, daß die blaue Farbe wohl »Indigo« heißen mußte, denn sonst wollte nichts passen.

»Ich auch nicht. Obwohl Phil im Büro jeden Morgen während des Frühstücks die Sache in fünfzehn Minuten löst.«

»Eine sehr intelligente Frau«, bemerkte er. »Ist sie es nicht, die jede Menge Kinder und Pferde hat?«

»Jede Menge Hunde und jede Menge Enkel hast du vergessen«, bemerkte Isabel. »Phil ist die geborene Mutter. Sie liebt es, sich um alle möglichen Kreaturen zu kümmern. Ich habe das gute Gefühl, daß ich mit ihr über alles reden könnte und sie mich in Schutz nimmt.«

»Ist sie eine gute Redakteurin?« hakte Jack sachlich nach.

Isabel zog die Luft ein. Ihre Freunde und Kollegen wollte sie nicht mit Jack diskutieren. Das verstieß gegen die Regeln. Es wäre nicht fair, über die Leute zu reden, mit denen sie zusammenarbeitete. Und nicht deswegen, weil sie seine Meinung über die Kollegen beeinflussen würde, die sie selber mochte, sondern weil sie zweifellos seinen Eindruck über diejenigen verändern würde, die sie nicht mochte. Tanya beispielsweise.

»Ja, Phil macht ihre Sache sehr gut«, erwiderte sie eilig. »Laß uns einen Spaziergang machen«, fügte sie ablenkend hinzu, nachdem sie ihren letzten Bissen hinuntergeschluckt hatte. »Ich fühle mich voller Energie, und hier ist es wunderschön. Es wäre ein Jammer, einen so schönen Tag zu verschwenden.«

In ihrer Suite holte sich Isabel ein paar Kleidungsstücke. Scheu verschwand sie damit im Badezimmer, um sich umzuziehen. Was machst du denn da, du Idiotin? fragte sie ihr Spiegelbild. Und du willst deinem Liebhaber gegenüber ganz lässig erscheinen? Du kannst dich noch nicht einmal im selben Raum wie er umziehen – was willst du tun, wenn es Zeit ist, ins Bett zu gehen? Denn in diesem Zimmer gibt es nur ein Bett, ganz gleich wie einladend die Couch auch aussehen mag. Was soll er von dir denken, wenn du wie ein scheues Reh wegrennst, um die Kleidung zu wechseln? Sie schüttete etwas Wasser auf ihr erhitztes Gesicht, atmete tief durch und stieß die Badezimmertür auf.

»Isabel, schau mal.« Jack stand bis zur Taille nackt neben dem Fenster. Er trug lediglich ein Paar Jeans, und sein gebräunter Rücken verjüngte sich von den breiten Schultern zu den schmalen, schlanken Hüften. Isabel starrte den muskulösen Rücken und die schwarzen Haare auf seinen Armen an.

»Schwäne.«

Sie stellte sich neben ihn, doch die beiden weißen Schwäne

auf dem Wasser konnten sie nur teilweise ablenken. Sie atmete den Zitrusduft seiner nackten Haut ein. Seit einem Monat kannte sie ihn jetzt, und doch waren sie sich noch nie so nah gewesen. Sie wollte nichts mehr, als ihn zu berühren, seine warme Haut an ihrer zu spüren und Brust an Brust in dem großen, alten Bett zu liegen, ohne daß das Mobiltelefon, Konferenzschaltungen oder andere Traumata des täglichen Lebens sie stören würden. Nur die sauberen, frisch duftenden Decken um sie herum und nichts zwischen ihnen.

»Ich kann es kaum abwarten, hier spazieren zu gehen«, meinte Jack. »Sicherlich gibt es dort draußen jede Menge frei herumlaufende Tiere.« Er zog sich ein graues Sweatshirt über. »Bist du soweit?«

Kameradschaftlich liefen sie an den kleinen Türmchen vorbei, die den Burggraben überwachten. Dann nahmen sie den gewundenen Weg, wobei sie ständig nach Tieren Ausschau hielten. Aber abgesehen von jeder Menge Vögel und einem ausgezehrten Schäferhund, der sich durch das marschige Schlammgelände hinter dem Hotel stahl, sahen sie nichts. »Noch nicht einmal einen Hasen«, meinte Jack enttäuscht und legte einen Arm um Isabel, als sie wieder die Auffahrt hinaufgingen.

»Es liegt an diesem neuen Parfüm«, sagte sie und wischte sich die Stirn ab. ›Ô de Schwitz‹. Alle Tiere flüchten, sowie sie es in die Nase bekommen.«

»Es riecht wunderbar.« Er vergrub seine Nase in ihrem Nacken und schnüffelte wie ein Verschnupfter, der ein Nasenspray einatmete. »Wunderbar. Aber hier draußen kann ich es nicht richtig riechen. Wir brauchen einen Unterschlupf.«

Vergnügt ließ sich sich von ihm die Treppen eines der Türmchen hochziehen, bis sie oben auf einer kleinen Plattform standen.

»Ich dachte, du brauchst einen Unterschlupf?« Sie lachte. Mit leuchtenden Augen zog er sie zu sich heran und küßte sie lange und leidenschaftlich. Isabel drängte sich an ihn. Es war ihr egal, ob sie von den Angestellten beobachtet wurden oder ob andere Gäste sich über die Leute wunderten, die mit soviel Pomp gelandet waren und sich nun auf einem Türmchen umarmten. Es war himmlisch, ganz und gar himmlisch. Sie fühlte Jack an ihrem Körper und spürte, wie erregt er war. Wie üblich, wenn er sie umarmte, schmolz sie innerlich dahin.

»Laß uns wieder zurückgehen«, murmelte er. »Ich möchte dich auf dieses wunderbare Bett legen und dich dann ausgiebig lieben.«

Isabels Magen zog sich nervös zusammen, als sie wieder zurück zu ihrer Suite gingen. Jetzt war der Moment der Wahrheit gekommen. Der Moment, wo er ihren laschen, neunundreißig Jahre alten Körper sehen würde. Der Moment, in dem ihn der zweite Mann innerhalb der letzten sechzehn Jahre zu Gesicht kam. Und es war noch nicht einmal dunkel, sie konnte also weder ihre Schwangerschaftsstreifen noch die Cellulite auf ihrem Po verstecken, indem sie das Licht ausknipste.

»Ich muß noch einmal auf die Toilette«, sagte sie plötzlich und rannte ins Badezimmer. Dort setzte sie sich auf den Wannenrand und atmete tief durch. Himmel, war sie nervös. Es war lächerlich, soviel war ihr klar.

Schließlich war sie vollkommen verrückt nach ihm und endlos verliebt. Sie hatte doch hierherkommen wollen, er hatte sie wirklich nicht sonderlich drängen müssen. Aber sie fühlte sich so verunsichert, sie war sich ihrer eigenen Attraktivität ganz und gar nicht mehr sicher. Obwohl Jack wußte, wieviel gefühlvoller sie war als sie zunächst erschien, hielt er sie doch für ausgeglichen, ruhig und selbstbewußt. Wie konnte er ahnen, daß sie all diese Eigenschaften verloren hatte?

»Isabel, ist alles in Ordnung?« fragte er besorgt vor der Tür. Einen Augenblick lang dachte sie an all die Dinge, die sie jetzt sagen könnte – es sei ein schrecklicher Fehler gewesen, sie fühle sich viel zu schuldig gegenüber Elizabeth. Aber sie wollte nichts dergleichen sagen.

Sie war verrückt nach ihm. Sie hatte nachts einsam im Bett gelegen und sich vorgestellt, daß Jack neben ihr liegen und seine Arme um sie schlingen würde. Seit sie ihn kannte, hatte sie ihn nicht mehr aus ihren Gedanken verdrängen können, ob es nun eine Elizabeth gab oder nicht. Sie konnte sich jetzt nicht einfach aus dem Staub machen, weil sie nervös war.

Isabel öffnete die Tür. »Tut mir leid, ich fühlte mich nur …«

»Ist schon gut«, sagte er verständnisvoll. »Es macht einem alles etwas Angst, nicht wahr?«

Sie nickte.

»Komm zu mir«, sagte er zärtlich und nahm sie in den Arm. »Ich möchte unbedingt mit dir schlafen, ganz unbedingt sogar, wenn ich ehrlich bin. Ich möchte dir schlafen und alles in deinem Leben verändern … aber nur, wenn du das auch möchtest, mein Liebling.«

Isabel lachte erstaunt auf.

»Du bist so wunderschön, und ich himmle dich an«, sagte er leise und strich ihr übers Haar. »Ich würde mit niemandem sonst gern hier sein.«

Isabel umarmte ihn, und sie küßten sich, und all ihre Vorbehalte über Cellulite und die lange Zeit, in der sie niemanden mehr geliebt hatte, lösten sich in Luft auf. Einen Moment standen sie und genossen die Nähe und Wärme ihrer Umarmung.

»Ich glaube, du brauchst etwas Ablenkung, um dich zu entspannen«, meinte Jack und richtete sich zögernd auf. »Laß uns diese Burg erkunden.«

Den übrigen Nachmittag verbrachten sie damit, die Burg zu erforschen. Sie entdeckten die Einträge vieler Staatsoberhäupter und bereits seit langem verstorbener Mitglieder des Königshauses im Gästebuch, die hier um die Jahrhundertwende in großem Stil ihren Besuch abgestattet hatten. Mit Hilfe eines Führers versuchten sie herauszufinden, welche Teile der Burg noch original aus dem 13. Jahrhundert stammten und welche ungefähr vor hundert Jahren restauriert worden waren.

Um sieben gingen sie im *Restaurant George V.* essen. Isabel trug ihr enganliegendes Kleid mit den Spaghettiträgern und hatte ihre Haare auf dem Kopf aufgetürmt, so daß ihr eleganter Hals und ihre Schultern zur Geltung kamen.

»Du siehst hinreißend aus«, sagte Jack bewundernd, als sie angezogen aus dem Badezimmer trat.

Nach einem wunderschönen Abendessen liefen sie langsam durch die Gärten, atmeten den Geruch der Wälder ein und genossen die ländliche Stille.

Als Jack dann vorsichtig die Tür zu ihrer Suite hinter ihnen schloß, war Isabel mehr als bereit. Sie standen wortlos am Fußende des Bettes, ihre Arme hatte sie um seinen Hals gelegt, seine Hände streichelten ihr Kreuz. Jack beugte seinen Kopf zu ihr herunter, und ihre Lippen berührten sich, langsam, wie zwei Menschen, die sich einander noch nicht sicher sind.

Als ihr Kuß heftiger wurde, reagierten ihre Körper leidenschaftlich, und die Unsicherheit verflog. Isabel lehnte sich an Jack, ihr Körper preßte sich sinnlich an seinen. Durch das seidige Kleid hindurch streichelten seine kräftigen Hände ihre Lenden.

»O Isabel«, murmelte er mit rauher Stimme. »Ich habe mich hiernach so sehr gesehnt. Es kommt mir fast vor, als ob ich mein ganzes Leben lang darauf gewartet habe.«

»Ich weiß«, erwiderte sie. »Mir geht es genauso.«

Und das stimmte. In der Hitze seiner Umarmung und mit seinen Lippen an den ihren fühlte sie sich vollkommen geborgen.

Sie streichelte liebevoll seinen Nacken, die andere Hand massierte die Muskeln seiner Schulter. Sie liebte das Gefühl, seinen Körper so dicht an ihrem zu spüren. Als normalerweise ständig größte Frau ihrer Umgebung, genoß Isabel das Gefühl, sich neben Jack geradezu klein zu fühlen. Er beugte sich zu ihr herab und konnte ihre beiden Hände in einer von seinen verschwinden lassen. Er vermittelte ihr ein Gefühl, das kein anderer Mann ihr bisher hatte vermitteln können: nämlich zierlich und begehrt zu sein. Es war ein neues, ein wunderbares Gefühl.

Jack pflanzte zärtliche Küsse über ihr gesamtes Gesicht, ehe seine Lippen ihren Hals hinunterwanderten. Behutsam setzte er eine Reihe von Küssen auf ihre Schulterknochen. Seine heißen Lippen glühten vor beherrschter Leidenschaft. Schließlich öffnete Isabel seinen Schlips und sein Hemd, um ihn auch ihrerseits mit winzigen Küssen auf Nacken und Hals zu liebkosen. Aber immer noch hielt er sich zurück. Isabel schien es, als wolle er sich nicht vollkommen gehenlassen. Als ob er Angst habe, er könne sie sonst verscheuchen. Wußte er nicht, daß sie jetzt nichts mehr würde abhalten können? Langsam und sorgfältig knöpfte sie sein Hemd auf.

Dann ließ sie die goldenen Manschettenknöpfe durch die Ärmel gleiten, und er half ihr, das Hemd über seine Schultern zu streifen. Sie schlang ihre Arme um ihn und preßte ihren Körper an seinen. Sie liebte das Gefühl seiner Haut an ihren nackten Schultern.

»Isabel, Isabel«, stöhnte er. »Du bist unglaublich sinnlich. Ich habe Angst...«

»Hab keine Angst«, erwiderte sie, und ihr warmer Atem blies auf seine weiche Haut. »Ich renne nicht weg, Jack, mein Liebling. Bitte liebe mich jetzt.«

Vorsichtig zog er den Reißverschluß ihres langen silbernen Kleides auf. Isabel schlüpfte heraus, und der Gedanke, daß Jack sie in nichts als ihrem weißen Seidenhöschen sehen würde, machte sie nicht länger nervös.

Als sie dann Haut an Haut aneinanderlagen, wußten sie, daß sie zu Hause angelangt war. Jacks Liebeskünste ließen alle störenden Gedanken verfliegen und sie nur noch den Augenblick genießen. Sie erwiderte seine Liebe mit derselben Leidenschaft und Heftigkeit, bis sie schließlich festumschlungen einschliefen.

Es waren wundervolle Tage. Wenn sie sich nicht gerade liebten, machten sie kilometerlange Spaziergänge in der Umgebung, besuchten die kleine, pittoreske Stadt Cong oder saßen einfach nur da und unterhielten sich. Sie redeten über ihre Kindheit, ihre Familien und all die anderen Dinge, die zwei Verliebte voneinander wissen wollen. Dinge wie beispielsweise Lieblingsfarben, Lieblingsgerichte, die erste Schallplatte, der erste Kuß, die erste Liebe. Jack lackierte Isabel begeistert die Fußnägel, während sie durch ihr Kichern seine Versuche zunichte machte und das Perlmuttrosa verschmierte.

Sie massierte eine Stunde lang seine Schultern und knetete die Knoten unter seinen Schulterblättern weg, während er unter ihrem geschulten Griff anerkennend aufstöhnte. Dann bestand er darauf, sich für den Gefallen zu revanchieren. Unter dem Zauber seiner warmen Hände entspannte sich Isabel vollkommen.

»Hast du jemals daran gedacht, daraus einen Beruf zu machen?« murmelte sie mit dem Gesicht in den Kissen und zu lethargisch, um sich zu bewegen.

»Nur, wenn du meine einzige Kundin bist«, erwiderte Jack und nahm ihre Füße in die Hand.

An ihrem letzten Morgen frühstückten sie gemeinsam im Bett. In die Kissen gelehnt tranken sie gerade ihren Kaffee, als Jack schließlich über seine Frau und ihre Drogenabhängigkeit zu sprechen begann.

»Lange Zeit habe ich überhaupt nicht bemerkt, daß Elizabeth Drogen nahm«, sagte er tonlos. »Das klingt zwar albern, ich weiß, aber ich habe es einfach nicht bemerkt. Ihre Schwester war es, die es mir gegenüber erwähnte. Sie rief mich eines Tages an und sagte, Elizabeth sei im Krankenhaus, sie habe einen Autounfall gehabt. Es sei überhaupt ein Wunder gewesen, daß niemand weiter verletzt wäre, denn Elizabeth sei so vollgedröhnt gewesen, daß sie jemanden hätte umbringen können. Ich war total schockiert.«

Isabel drückte seinen Arm. Allein die Erinnerung schien ihm schon zuzusetzen.

»Ich hatte keine blasse Ahnung, kannst du das glauben? Sie hatte bereits zwei Jahre lang Drogen genommen, und ich hatte keine Ahnung.«

»Wann ist denn dieser Unfall passiert?« fragte Isabel leise.

»Vor elf Jahren. Damals waren wir gerade vier Jahre lang verheiratet. Nach dem Unfall war sie erst einmal clean. Das hat sie toll hingekriegt. Wenn sie nämlich wirklich will, hat Elizabeth starke Durchsetzungskraft«, erklärte er. »Vor ungefähr sieben Jahren hat sie wieder angefangen und seitdem nicht mehr aufgehört. Heutzutage ist sie aber sehr vorsichtig und konsumiert nicht jeden Abend. Doch mittlerweile kenne ich die Anzeichen. Die Art und Weise, wie ihre Augen glitzern und wie sie meinen Blick meidet, damit ich es nicht bemerke.«

»Warum schickst du sie nicht in eine Entziehungskur?« fragte Isabel.

Jack zog eine Augenbraue in die Höhe. »Sie kennt fast alle Suchtkliniken in Amerika und England, und wenn es dort dann hart zur Sache geht, verschwindet sie ganz einfach. Man kann niemanden zum Drogenentzug zwingen, der es selbst nicht wirklich möchte.«

»Wie ist es mit dem Geld – du könntest ihr doch einfach kein Geld mehr für Drogen geben?«

»Elizabeth hat ihr eigenes Geld, ihr Vater ist sehr reich. Über ihr Einkommen habe ich keinerlei Kontrolle.«

Einen Augenblick schwiegen sie. Beide waren in Gedanken verloren über die Frau, die über ausreichend finanzielle Mittel verfügte, um ihre Drogensucht zu finanzieren und offenbar nicht die geringste Absicht hatte, das zu ändern. Isabel spürte, wie schwer Jack dieses Gespräch fiel. Daß er das Thema überhaupt angeschnitten hatte, wertete sie als Beweis seiner Gefühle ihr gegenüber.

»Hast du Vermutungen, aus welchen Gründen sie damals damit angefangen hat?« fragte Isabel.

»Weil sie keine Kinder bekommen konnte. Das ist keine Vermutung, ich weiß es. Sie hat es mir eines Nachts gesagt – sie hat es mir ins Gesicht geschleudert«, gestand Jack müde. »Als ob es meine Schuld gewesen wäre. Anfangs haben wir versucht ein Kind zu zeugen, aber nichts ist passiert. Als Elizabeth nach zwei Jahren immer noch nicht schwanger war, wollte ich bei mir ein paar Untersuchungen durchführen lassen. Sie aber wollte nichts davon wissen. Ihre Verwandten haben alle große Familien, und sie war überzeugt davon, daß es lediglich eine Frage der Geduld sei. Sie war erst zweiunddreißig, die Zeit drängte also nicht. Schließlich gab sie nach, und wir haben die Untersuchungen machen lassen.«

Er seufzte. »Ich hatte fast gehofft, daß der Fehler bei mir gelegen hätte. Es wäre zwar schwer für mich zu verdauen gewesen, aber ich wußte, es wäre noch schlimmer, wenn es an ihr liegen würde. Sie war so absolut davon überzeugt, daß sie empfangen konnte. Sie liebt Kinder.«

»Was ist passiert?«

»Man hat herausgefunden, daß sie eine anormal geformte Gebärmutter hat, weswegen es praktisch unmöglich sein würde, ein Kind die vollen neun Monate auszutragen. Zusätzlich hatte sie noch blockierte Eileiter, weswegen sie bisher noch nicht empfangen hatte. Nachdem sie davon erfahren hatte, hat sie sich selbst als ›Monstrum‹ bezeichnet. ›Ich bin nur ein Mißgeschick der Natur, Jack‹.« Er rieb sich müde die Schläfen. »Das hat sie ständig wiederholt.«

Isabel war schockiert. »Wie schrecklich das für sie gewesen sein muß. Sie muß vollkommen am Boden zerstört gewesen sein.« Sie erinnerte sich dran, wie der Verlust ihres geliebten Babys ihr zugesetzt hatte, obwohl sie bereits zwei wunderbare Kinder hatte. Wieviel unerträglicher mußte die Gewißheit sein, daß man überhaupt niemals Kinder bekommen konnte.

»Sie war mehr als nur am Boden zerstört«, erinnerte er sich. »Sie war geistig vollkommen zerstört. Etwa einen Monat lang war sie nie mehr nüchtern. Danach schien sie es verarbeitet zu haben.« Jack schenkte ihr noch mehr Kaffee ein. »Heute weiß ich natürlich, daß sie nichts verarbeitet hatte. Sie ist lediglich vom Alkohol auf eine andere Droge umgestiegen.«

»Das muß für euch beide eine sehr schwere Zeit gewesen sein«, sagte Isabel leise.

»Das war es auch. Aber heute fällt es nicht mehr so ins Gewicht, weil wir uns so sehr auseinandergelebt haben. Im Zusammenleben mit einer Süchtigen wird man härter. Schließlich rührt es einen immer weniger, bis überhaupt keine Liebe mehr übrig ist. Ich liebe sie auf meine eigene Art«, gab er zu. »Wir sind seit langer Zeit zusammen. Aber es ist sehr schwer, eine Drogensüchtige zu lieben, Isabel. Sie nehmen alles, was du ihnen geben kannst, drehen es herum und werfen es dir verächtlich ins Gesicht. Irgendwann wird man dieser Sache einfach müde.«

Sie schob das Tablett mit dem Kaffee beiseite und umarmte ihn fest. Sie wollte keine weiteren Fragen mehr stellen, weil für Jack die Sache offenbar sehr schmerzhaft war. Als sie ihn jedoch in ihren Armen hielt, verspürte sie ein ängstliches Zittern angesichts der Frage, was die Zukunft für sie bereithalten würde.

Dee knallte angewidert den Immobilienteil der Zeitung auf den Küchentisch. Nichts von dem hätte sie gern kaufen wollen – oder vielmehr bezahlen können. Der Immobilienmarkt war völlig aus den Fugen geraten. Mißmutig erhob sie sich und setzte Wasser auf. Leider würde sie das Wasser nicht für eine weitere Tasse Kaffee verwenden, um sie zur Zeitungslektüre zu lesen. Sie setzte den Kessel auf, um die Böden im Wohnzimmer zu säubern. Die Küche hatte sie schon so ausdauernd gescheuert, daß ihre Finger ganz rauh geworden waren und der Farbe von Garnelen ähnelten. Nachdem sie sich zehn Minuten Pause gegönnt hatte, mußte sie sich nun dem Wohnzimmer und dem Flur widmen. Ein Jammer, einen freien Freitag vormittag so zu verbringen!

Aber unmöglich konnte sie einen Makler mit *Gucci*-Schuhen ins Haus lassen, ehe sie einen Frühjahrsputz veranstaltet hatte. Und da Gary sicherlich weitere mafiaartige Rachedrohungen ausstoßen würde, falls sie das Haus nicht bald zum Verkauf anbot, mußte sie halt ernsthaft mit dem Putzen beginnen.

Wenn die Wut sie in ihrem Vorhaben beschwingt hätte, wäre Dee schon lange fertig gewesen, denn in ihrem Kopf schwirrten ausschließlich mörderische Gedanken über Gary herum.

Dieser verdammte, vermaledeite Gary! wütete sie, während sie Kerzenwachs vom Kaminsims im Wohnzimmer kratzte. Es war blaues Kerzenwachs. Nur der blöde Gary würde leuchtendblaue Kerzen kaufen, wo doch das Zimmer in warmen Bernsteinfarben gehalten, das Sofa braun und der Teppich beige war. Dieser Idiot brachte auch nichts auf die Reihe. Er trug nur deswegen den richtigen Schlips zum richtigen Hemd, weil er es im Laden gleich aufeinander abgestimmt kaufte. Das hätte er natürlich nie und nimmer zugegeben. Dee hätte es nur zu gern jedem erzählt. Ganz abgesehen von seinen anderen kleinen Sünden.

Einen kurzen, glücklichen Moment lang ergötzte sie sich an der Vorstellung einer Zeitung für rachelustige Exfreunde und -freundinnen, die sich dort über ihren Ehemaligen auslassen konnten.

»Mein Freund hat nie den Klositz wieder heruntergeklappt, während des Fernsehens in den Zehennägeln gepopelt, und die einzige Kultur, die er jemals genossen hat, war die im Joghurt.«

»Tatsächlich? Meiner hat den Boden geküßt, über den seine Mutter gelaufen war, und war außerdem der Ansicht, Bettwäsche dürfe man nur bei Vollmond wechseln. Die Klitoris hielt er für eine Inselgruppe unter französischer Kolonialherrschaft um achtzehnhundert.«

Dee schrubbte und grinste. Um zwölf waren ihre Leggings und ihr T-Shirt schmutzig, sie war erhitzt, erschöpft und hungrig und hätte sich am liebsten den Rest des Tages ausgeruht. Dummerweise mußte sie jedoch nach dem Mittagessen im Büro sein. Sie trank einen kräftigen Schluck von ihrer Cola Light und nahm sich vor, wenigstens ein ausgiebiges Bad zu genießen und ein gebackenes Käsesandwich noch vor der Rückkehr ins Büro zu futtern. Sie holte sich gerade ein paar Sachen aus dem Kühlschrank, als das Telefon klingelte.

»Dee.« Jackie schien aufgeregt, wie immer, wenn Tanya Vernon wie ein Leopard im Büro herumstrich, auf der Suche nach einer Babyantilope, die von der Herde abgekommen war. »Tanya hat eine Sitzung für halb eins anberaumt. Sie möchte, daß du kommst.«

»Halb eins!« kreischte Dee und dachte an ihre fettigen Haare, ihren leeren Magen und den Stapel ungebügelter Wäsche auf ihrem Bett. »Warum hast du mich nicht früher angerufen?«

»Tut mir leid«, entschuldigte sich Jackie. »Tanya hat es eben erst anberaumt. Entschuldigung.«

»Es ist ja nicht deine Schuld«, seufzte Dee, die ihr Aufbrausen bereute. »Sag bitte Isabel, ich mache mich bald auf den Weg, werde mich aber um zehn Minuten verspäten.«

Sie wollte Tanya ihre Verspätung nicht direkt ankündigen – die Frau würde sie an der Tür mit einer Stoppuhr abfangen und ihr maliziös lächelnd mitteilen, sie sei gefeuert.

Was für eine opportunistische Ziege sie doch war, dachte

Dee, während sie sich die Kleidung vom Leib riß und unter die Dusche stieg. Gestern hatte kein Mensch etwas von dieser Sitzung gesagt, alle waren damit beschäftigt gewesen, die erweiterte Samstagsausgabe vorzubereiten. Tanya wollte nur wieder einmal ihre Macht beweisen, indem sie ein zusätzliches Meeting einberief, um damit Dee zu verärgern – denn sie wußte sehr wohl, daß Dee den Vormittag frei hatte und erst um halb drei im Büro sein mußte. Isabel wollte sie sicher auch ärgern, denn die würde nach ein paar freien Tagen möglicherweise auch verspätet im Büro erscheinen. Wenn Isabel nicht da war, konnte Tanya ungehindert den Chef herauskehren. Doch als Dee kurz nach halb eins mit noch feuchten Locken in die Redaktion stürmte, saß Isabel aufgeräumt hinter ihrem Schreibtisch.

»Jackie meinte, du würdest erst nach dem Mittagessen kommen.« Isabel mußte beim Anblick ihrer Stellvertreterin schmunzeln.

»So hätte es auch sein sollen«, knurrte Dee. »Aber die verdammte Ziege hat um halb eins eine Sitzung anberaumt und Jackie mich anrufen lassen, um mich hierherzuzitieren.«

Isabels Lippen formten ein perfektes Oval. »Du wirst es kaum glauben, Dee, aber Tanya hat die Sitzung gestrichen. Eugene Flynn und sie sind zusammen essen gegangen.«

»Die Kuh!« kreischte Dee so laut sie konnte. »Ich bin hier gerade mit Höchstgeschwindigkeit hergefahren, und sie läßt die Sitzung einfach ausfallen? Ich bringe sie um!«

»Dann stell dich bitte hinten an«, meinte Phil Walsh, die mit einem Stapel Papier und einer gefährlich darauf balancierten Tasse Tee hinzutrat. »Chris Schriber möchte sie auch am liebsten umlegen. Es wird gemunkelt, sie sei nur deswegen mit Slasher Flynn Mittagessen gegangen, um ihn zu umgarnen und auf ihre Seite zu ziehen, wenn der Krieg zwischen den beiden Abteilungen ausbricht.«

»Ist das wahr?« Sowohl Isabel und Dee schienen völlig gebannt.

»Man braucht bloß mal drei Tage nicht da zu sein, und schon verpaßt man alles«, klagte Isabel.

»Ich mache jetzt einen Vorschlag«, meinte Emily, die hübsche Honorarkraft, die mittlerweile fast ausschließlich für Isabel und Dee und die Frauenthemen arbeitete. »Nachdem uns eine Atempause vergönnt ist, warum gehen wir nicht zum Mittagessen zu *Magee's*, wo du uns all den Klatsch erzählen kannst, Phil?«

»Gute Idee«, erwiderte diese. »Ich wollte den Tee ohnehin nicht trinken.«

Dee ging als letzte in die Kneipe, denn sie wollte draußen vor der Tür noch einen Anruf auf ihrem Mobiltelefon erledigen. Sie haßte es, mit Handy in Restaurants oder Kneipen zu erscheinen. Es machte einen so dämlichen und prätentiösen Eindruck. Sie zwinkerte, um sich an das schummrige Licht im *Magee's* zu gewöhnen. Dann steckte sie ihr Telefon in die Handtasche zurück und stieß unmittelbar mit einem hochgewachsenen Mann zusammen, der gerade von einem Barschemel aufgestanden war.

»Tut mir leid«, murmelte sie und trat einen Schritt zurück.

»Meine Schuld, Dee«, antwortete eine ihr vertraute Stimme. Sie sah blinzend auf. Ihre Augen hatten sich noch nicht an das schwache Licht gewöhnt. Wer auch immer er war, er war mindestens einsachtzig groß, und er kannte sie.

»Ich bin Kevin Mills, der Fotograf«, meinte er sarkastisch, und seine schwarzen Augen kräuselten sich amüsiert. »Wir haben zwar ein paar Monate lang nicht mehr zusammen gearbeitet, aber ich hätte nicht gedacht, daß du mich so leicht vergißt.«

»Tut mir leid, Kevin, ich konnte dich in diesem Licht nicht erkennen. Hallo«, sagte sie. Sie war sich der Tatsache bewußt, daß ihre Haare immer noch naß ins Gesicht hingen. Seit ihrer gemeinsamen Story über den Sänger Chazz, der seine Hotelsuite im *Hotel Conrad* demoliert hatte, hatte sie ihn nicht wiedergesehen. Kevin war wie gewohnt leger gekleidet: Er trug ein hellbraunes Wildlederhemd, Jeans und Timberlandschuhe. Sein dunkles Haar war sehr kurz geschnitten und schmiegte sich an seine perfekte Kopfform an. Es stand ihm blendend, es unterstrich sein zigeunerhaft gutes Aussehen und die breiten Schultern, die er durch ständiges Herumtragen seiner Kamerataschen bekommen hatte.

»Ich habe dich seit Ewigkeiten nicht mehr gesehen«, sagte er, während sein aufmerksamer Fotografenblick langsam über ihr Gesicht und ihren Körper wanderte.

Noch einmal verfluchte Dee Tanya Vernon. Wenn diese schreckliche Frau sie nicht in Höchstgeschwindigkeit aus dem Haus gejagt hätte, hätte sie sich etwas Hübsches bügeln können und stünde hier jetzt nicht in ihrer dunklen Seidenwickelbluse mit passendem Rock, den sie nur dann trug, wenn sie auf dem Schlauch stand.

»Ich arbeite jetzt für die Frauenthemen«, erläuterte sie. »Ich bin befördert worden.«

»Zur stellvertretenden Ressortleiterin«, erwiderte er. »Das ist mir bekannt. Herzlichen Glückwunsch.«

Dee konnte es kaum glauben. Woher wußte er denn von ihrer Beförderung? Paparazzifotografen kümmerten sich normalerweise wenig darum, was intern in den verschiedenen Blättern vor sich ging. Sie arbeiteten ganz auf sich gestellt und hatten damit genug zu tu. Die Beförderungen und Kündigungen im *Sentinel* konnten für ihn wohl kaum von Interesse sein.

»Wo du jetzt ins Management aufgestiegen bist, werden wir wohl kaum noch zusammen arbeiten«, meinte er mit einem Anflug von Bedauern.

»Nein«, bestätigte Dee. Er hatte eine wunderschöne Stimme, sehr tief und fast knurrend. Mit wem ging er wohl dieser Tage aus? Vermutlich mit irgendeiner Laufstegschönheit. Fotografen waren oft mit Models zusammen. Und bei einem derart attraktiven Fotografen wie Kevin würden die Models bei ihm Schlange stehen und nicht anders herum.

Er wandte sich zum Gehen, blickte Dee jedoch plötzlich an. »Wir haben es nie geschafft, einen miteinander trinken zu gehen«, bemerkte er. »Erinnerst du dich an den Tag, an dem wir die Geschichte über Chazz gemacht haben?«

Dee erinnerte sich nur zu gut. Es hatte ihr geschmeichelt, als Kevin sie auf einen Drink in der Bar des *Conrad Hotels* eingeladen hate. Fast hätte sie eingewilligt, sich jedoch zurückgehalten, da sie sich gerade mit Gary gestritten hatte und sich von einem Mann mit dem Aussehen eines Kevin Mills nicht in Versuchung bringen lassen wollte.

Diesen Drink würden sie wohl jetzt nie mehr nachholen, es sei denn, sie würden noch einmal zusammenarbeiten. Das wiederum war eher unwahrscheinlich.

»Wenn du etwas Zeit hast, ruf mich doch einfach mal an. Dann könnten wir uns treffen«, meinte Kevin.

Dee blinzelte ihn an. Lud er sie zu einem Drink ein?

»Ja, das wäre schön«, erwiderte sie mit weitaufgerissenen Augen.

Er warf ihr ein hinreißendes Lächeln zu. »Bis dann, Süße.« Und damit war er verschwunden.

Maeve lud Lasagne, Fritten und ein Glas Milch auf ihr Tablett.

»Ich habe dich mit dem köstlichen Kevin Mills gesehen«, meinte sie und nahm das Wechselgeld vom Barmann entgegen.

»Du wirst es kaum glauben, aber er hat mich zu einem Drink eingeladen!«

»Warum sollte ich das nicht glauben?« fragte Maeve ihre Freundin. »Wenn man dir zuhört, O'Reilly, könnte man meinen, du wärst die eineiige Schwester des Glöckners von *Notre Dame*. Du siehst phantastisch aus, du alberne Pute! Und du bist die einzige, der es nicht auffällt.« Maeve runzelte die Stirn. »Du und dein Mistkerl von einem Exverlobten. Ich wünschte, Kevin Mills würde mich zu einem Drink einladen.«

»So hat er es doch gar nicht gemeint«, protestierte Dee. »Er hat lediglich eine alte Einladung aufgefrischt.«

»Lieber Gott, gib mir Kraft«, murmelte Maeve. »Hol dir mal etwas zu essen, wir reden später darüber. Du hast eine Therapie bitter nötig, Dee. Wenn wir einiges von Tanyas Überschuß an Überheblichkeitszellen in dein Gehirn übertragen könnten, wärt ihr vielleicht beide normal. Sie wäre nicht so dermaßen von sich selbst überzeugt, und du würdest dich endlich selbst zu schätzen wissen.«

»Das tue ich doch, es ist nur...«

»Aber kein bißchen!« unterbrach Maeve. »Du putzt dich ständig selbst herunter, Dee, und das bekommt dir nicht. Du sagst ewig alle möglichen negativen Dinge über dich selbst, und andere Leute werden sie irgendwann zu glauben anfangen, selbst wenn sie nicht stimmen. So, Ende der Gardinenpredigt. Wann triffst du dich mit Kevin?«

Dee kaute auf ihrer vollen Unterlippe. »Ich soll ihn irgendwann mal anrufen.«

Maeve rollte die Augen. »Wenn Kevin Mills mich zu einem Drink einladen würde, dann würde ich wissen wollen, wann und wo und sicherstellen, daß er es in seinen Terminkalender einträgt. Renn ihm hinterher und nagel ihn fest.«

»Hast du ein Lasso zur Hand?« erkundigte sich Dee grinsend.

Maeve streckte ihr die Zunge heraus.

»Du kannst einem das Leben echt schwermachen, Maeve, weißt du das eigentlich?« bemerkte sie liebevoll und klaute sich ein paar Fritten vom Teller ihrer Freundin. »Wenn du nicht meine beste Freundin wärst, müßte ich dich wohl oder übel umbringen.«

»Das könntest du nicht«, erwiderte Maeve. »Ich bin für diese Gesellschaft viel zu wertvoll. Wer würde denn sonst das Layout für Carol-Annes schreckliche Artikel machen oder dich in dein männerfressendes schwarzes Korsett zwängen, wenn nicht ich?«

»Eins zu null.« Dee klaute sich noch ein paar Fritten. »Ich hole mir jetzt ein Sandwich. Und wehe, du klatscht in der Zwischenzeit über mich.«

Über ihren Suppen, Sandwiches und der Lasagne quatschten und klatschten Isabel, Dee, Phil, Maeve, Emily und Jackie. Im Mittelpunkt ihrer bissigen Bemerkungen stand Tanya Vernon, die sie alle nicht ausstehen konnten.

Jede hatte etwas zu sagen. Bis auf Isabel, die ruhig zuhörte und ihre Pilzsuppe und ihr Brötchen kaum anrührte. Dee mußte sie dauernd anglotzen. Isabels Gesicht schien von irgendeiner inneren Freude zu glühen. Die Mundwinkel ihrer rosigen Lippen waren ein wenig nach oben gezogen, als ob sie sich an einen guten Witz erinnerte.

Dee fragte sich, ob sich Isabel während ihrer kurzen Abwesenheit mit dem geheimnisvollen verheirateten Mann getroffen hatte. So mußte es wohl sein, denn selbst bei den interessantesten Stellen der Unterhaltung machte sie einen total verträumten Eindruck. Sie war absolut woanders.

»Offenbar hat Tanya das Budget ihrer Abteilung gnadenlos überzogen, indem sie zu häufig freiberufliche Fotografen engagiert hat. Jetzt wird sie das Budget für die Honorarkräfte der Nachrichtenabteilung antasten müssen, und das ist auch der Grund, warum Chris Schriber die Wände hochgeht«, erklärte Phil und verteilte großzügig Senf auf ihrem Schinkensandwich.

»Bevor Tanya gegangen ist, habe ich sie auf der Toilette gesehen. Sie hat sich eingepudert und dieses schreckliche Parfüm von *Moschino* aufgesprüht«, steuerte Emily bei. »Sie hat sich nicht nur die Zähne geputzt, sondern zusätzlich noch Zahnseide benutzt. Ich kann mir schon vorstellen, was sie vorhat. Mit Mittagessen allerdings hat das nichts zu tun.«

Maeve kniff die Augen zusammen. »Offenbar möchte sie Slasher verführen und hofft, daß er ihr dann mehr Geld zur Verfügung stellen wird«, meinte sie.

»Ach, ich weiß nicht.« Emilys Katzenaugen funkelten böse auf. »Wenn man so beobachtet, wie sie mit unserem wunderbaren Chef Jack Carter anbändelt, würde ich darauf wetten, daß sie ihre Hoffnung ganz auf ihn setzt.«

Wenn sie nicht gerade das Milchkännchen in der Hand gehabt hätte, wäre Dee nicht aufgefallen, wie Isabel kaum merklich erstarrte und bei der Erwähnung von Jack Carters Namen erbleichte.

Das war es also, dachte Dee schockiert und musterte verstohlen Isabels blasses überraschtes Gesicht. Ihr verheirateter Mann mußte Jack Carter sein. Das konnte doch wohl nicht möglich sein? Sie waren sich gerade erst begegnet, und Jack war der Chef, ja mehr noch, *der* Chef. Dee ließ sich die ganze Sache noch einmal durch den Kopf gehen, kam aber zu derselben Schlußfolgerung. Als Emily Jack und Tanya erwähnt hatte, hatte Isabel den Eindruck eines Menschen gemacht, der gerade vom Tod eines seiner engsten Verwandten erfahren hatte. Welches andere Detail der Unterhaltung hätte eine so extreme Reaktion hervorrufen können? Doch wohl kaum die Tatsache, daß Tanya ihr Budget überschritten hatte.

Dee widmete sich ihrem Essen, behielt Isabel jedoch im Auge. Isabels Hand zitterte ein wenig, als sie den Suppenlöffel zum Mund führte. Die Farbe war ihr aus dem Gesicht gewichen, das Leuchten war verschwunden. Sie *mußte* eine Affäre mit Carter haben, warum sollte sie sonst derart heftig auf die Unterhaltung reagieren?

Die Arme, dachte Dee. Vermutlich verspeiste jemand wie Jack Carter anständige, fleißige Frauen wie Isabel zum Frühstück.

Emily war mittlerweile ganz in ihrem Element. »Ihr hättet mal sehen sollen, wie sich Tanya an ihn gedrängelt hat, als er im letzten Monat hier war, um seine Ansprache zu halten«, fuhr sie fort. »Danach saß sie ihm praktisch auf dem Schoß, jedenfalls meinen Informationen zufolge. Nächste

Woche findet ein Essen für die Geschäftsführung statt, wo sie sich alle gegenseitig auf die Schultern klopfen werden, daß die Übernahme so gut geklappt hat und die Auflage gestiegen ist. Ich wette zehn Pfund, daß Tanya sich ihn dann schnappt.«

»Wissen wir denn, wer dazu eingeladen ist?« wollte Maeve mit vor Aufregung glänzenden Augen wissen. »Wir brauchen einen Spion, der uns alles haarklein erzählt. Endlich einmal eine Geschichte, von der ich gern mehr Details erfahren würde. Glaubt ihr, wir könnten Fotos bekommen?«

»Wir wollen die Negative«, scherzte Phil. »Du könntest dir einen hervorragenden Job bei der Konkurrenz verschaffen, wenn du ihnen die Story liefern könntest. Der Vorsitzende ihrer Konkurrenz – der verheiratete Vorsitzende, sollte ich vielleicht noch hinzufügen –, wie er mit einer wunderschönen, hartgesottenen, etwas nuttigen Angestellten bei einem Managermittagessen herumknutscht... der *Globe* würde sich um die Geschichte reißen.«

Isabel war mittlerweile leichenblaß, und die Venen an ihrem Hals stachen milchigblau hervor. Dee hatte plötzlich das Gefühl, sie beschützen zu müssen. Sie wollte sich gar nicht erst vorstellen, wie es sein mußte, dieser Art von Klatsch über einen Mann zuzuhören, mit dem man heimlich liiert war. Es mußte die Hölle sein.

Dee lehnte sich etwas zurück, so daß der Kellner ihre Kaffeetasse auffüllen konnte. Was auch immer Isabel in Jack Carter sah, es mußte ihr ernst mit ihm sein, denn sie war keine Frau, die sich bedenkenlos in eine Beziehung mit einem verheirateten Mann stürzen würde.

Isabel mußte verrückt nach ihm sein. Das hatte sie ja auch schon an dem Abend gesagt, als sie Dee zum Essen eingeladen hatte. Sie habe sich Hals über Kopf verliebt, hatte sie damals erzählt. So überraschend war das nun auch wieder nicht, dachte Dee, denn Jack Carter war ein sehr attraktiver, charismatischer Mann und strahlte eine ruhige Kraft aus, die es jeder Frau angetan hätte. Dee konnte Isabels Gefühle gut nachvollziehen.

Aber sie war sich ziemlich sicher, daß Isabel nicht damit gerechnet hatte, daß man ihren verheirateten Liebhaber kühl sezierte, als wäre er ein betrügerischer Rockstar ohne jede Moralvorstellung. Noch hatte sie sich vermutlich Gedanken über die Auswirkungen gemacht, die eine Affäre mit dem Herausgeber der Zeitung bedeutete. In diesem Geschäft ging es knallhart zu. Die Konkurrenzblätter hätten für eine solche Story tatsächlich einen Mord begangen – ein Gedanke, der Isabel offensichtlich bisher noch nicht gekommen war.

Wenn Dee mit Jack Carter eine Affäre gehabt hätte, hätte sie ihn in der Öffentlichkeit kaum anzusehen gewagt, falls ein Paparazzo mit seiner Linse zur Stelle gewesen wäre, der die Untreue auf Zelluloid bannte, um sie am nächsten Morgen auf der ersten Seite zu publizieren.

Sie konnte nur hoffen, daß Isabel und Jack sich bei ihren Verabredungen sehr vorsahen und nicht vergaßen, daß prominente, reiche Geschäftsleute wie Carter ein gefundes Fressen waren.

»Ich würde zu gern das Kleid sehen, daß Tanya zu dieser Party tragen wird«, sagte Emily. »Ich möchte wetten, daß Liz Hurleys sehr offenherzige *Versace*-Kleider sich daneben wie ein bescheidener Sack ausnehmen.«

Alle lachten.

Dee musterte Isabels angespannten Gesichtsausdruck und wußte, daß sie jetzt etwas sagen mußte, bevor Isabels schockiertes Verhalten auch allen anderen die Situation deutlich machte.

»Kommt mal auf den Teppich, Mädchen«, warf sie ein. »Jack Carter hat nicht das geringste Interesse an Tanya. Schließlich hat er Geschmack. Sie ist eine von denen, die mit ihrem eigenen Großvater und dessen Schäferhund schlafen würden, wenn sie das weiterbringen würde. Man könnte sie mit jedem x-beliebigen einflußreichen Mann in ein Zimmer sperren, und sie würde ihn mit Komplimenten einreiben wie mit billigem Moschusöl.«

»Wohl wahr«, murmelte Maeve.

»Und wenn Tanya um Jack Carter bei jeder Gelegenheit herumscharwenzelt, ist es sicherlich nur deswegen, weil er viel zu anständig ist, ihr Einhalt zu gebieten«, fügte Dee noch hinzu.

»Es ist mir ein Rätsel, was sie erreichen will, wenn sie sich zu einem Mittagessen mit Slasher dermaßen aufdonnert«, warf Phil ein. »Ich glaube, das einzige, was ihn wirklich antreibt, ist seine Profitgier.«

»Merkwürdigerweise ist das das einzige, was auch Tanya wirklich anmacht«, konnte sich Dee nicht zurückhalten.

Aber Emily ließ sich vom Thema Jack Carter nicht abbringen. Sicherlich ist sie in ihn verknallt, dachte Dee.

»Mir ist zu Ohren gekommen, daß Elizabeth Carter mit Drogen ein ernsthaftes Problem hat«, sagte sie.

Phil warf Isabel einen Blick zu.

»Frau Carter hat keine Probleme mit Drogen«, spöttelte Maeve. »Sie kann sie sich leisten.«

»Es ist vielleicht nicht besonders schau, dieses Thema in einer Kneipe direkt gegenüber vom *Sentinel* zu diskutieren«, meinte Phil, nachdem das schallende Gelächter verstummt war.

Im *Magee's* zu tratschen war eine haarige Angelegenheit, denn man konnte nie wissen, welcher Kollege unbeobachtet mit aufgestellten Ohren in einer Nische saß, um irgendwelche Kommentare aufzuschnappen, die möglicherweise nukleare Schockwellen auslösen konnten.

»Ist schon okay, ich habe mich umgesehen, als wir hier hereinkamen. Es ist niemand in Hörweite«, beschwichtigte sie Jackie.

»Ich habe mir sagen lassen, daß sie Kokain eimerweise schnüffelt«, flüsterte Emily. »Angeblich hat die Polizei sie einmal dabei erwischt, aber Carter hat sich der Sache angenommen, so daß sie noch nicht einmal wegen Drogenbesitzes angezeigt wurde.«

»Warum schickt er sie denn nicht in eine Entziehungsklinik?« wollte Maeve wissen. »Geld genug haben sie ja wohl.«

»Vielleicht zieht er es vor, wenn sie vollgedröhnt ist«, meinte Emily und zuckte mit den Schultern. »Dann kann er sich mit den Tanya Vernons dieser Welt amüsieren.«

Isabel rutschte die Hand aus, und sie verschüttete ihren Kaffee über dem Tisch. Alle zuckten zurück, um nicht bekleckert zu werden.

»Ich muß unbedingt wieder an die Arbeit«, meinte Dee und stand auf. »Du doch auch, nicht wahr, Isabel?« sprach sie sie direkt an.

»Ja.« Unsicher und ohne jemanden anzublicken stand sie auf und rammte ungeschickt den Tisch. Alle starrten sie an. Isabel Farrell war in keiner Weise ungeschickt.

Normalerweise glitt sie so elegant durch die Redaktion, als ob sie auf Schienen gezogen würde.

»Isabel, ist eine deiner Migränen im Anmarsch?« erkundigte sich Dee mit lauer Stimme. »Du hättest nicht mitkommen sollen, wenn du Kopfschmerzen hast. Vielleicht solltest du nach Hause fahren und dich ins Bett legen.«

Isabel sah auf. Entsetzt registrierte sie, was Dee hier tat. Dee drückte Isabels Hand.

»Du Arme, du solltest dir den Rest des Tages freinehmen, wenn du Migräne hast«, meinte Phil besorgt. »Ich habe mich schon gewundert, warum du während des Essens so still warst. Du hast in letzter Zeit einfach zu viel gearbeitet. Du hättest dir eine längere Pause gönnen sollen. Drei Tage sind einfach nicht lang genug.«

»Mir geht es schon wieder ganz gut. Ich habe nur ein wenig Kopfweh«, log Isabel, die langsam zu ihrer Haltung zurückfand. »Ich nehme den weiteren Weg zurück ins Büro, vielleicht geht es mir danach besser.«

Sie machte sich auf, und Dee folgte ihr auf den Fersen. Sobald sie sich etwas von den anderen entfernt hatten, drehte sie sich um und blickte Dee fragend an.

»Woher wußtest du das?«

Dee legte einen Finger auf die Lippen.

»Nicht hier«, murmelte sie. »Hier gibt es vermutlich Wanzen.«

Draußen lehnte sich Isabel erschöpft gegen die Hauswand. »Ich mußte irgend etwas sagen, um sie abzulenken«, meinte Dee leise. »Emily würde dich sonst sofort in die Mangel nehmen. Nicht, daß sie es allen Leuten gleich erzählen würde, denn Emily liebt dich, weil du ihr so viel Arbeit gegeben hast und so nett ihr gegenüber bist. Aber je mehr Leute Bescheid wissen, desto höher ist die Wahrscheinlichkeit, daß dein Geheimnis bekannt wird. Und glaube mir, Isabel, das wäre der Büroklatsch des Jahrhunderts.«

»Und woher weißt *du* es?« erkundigte sich Isabel mit aschfahlem Gesicht.

»Ich habe deinen Gesichtsausdruck beobachtet, als Emily über Jack und Tanya gesprochen hat. Dann habe ich daran gedacht, was du mir neulich abend bei dir zu Hause erzählt hast. Entweder hast du dich also gerade daran erinnert, daß du heute morgen den Gashahn angelassen hast, oder aber die Geschichte hat dich beunruhigt. Man braucht nicht Einstein zu sein, um den Grund herauszufinden. Ich weiß es allerdings immer noch nicht mit aller Sicherheit. Du hast tatsächlich eine Affäre mit Jack Carter, nicht wahr? Oder bin ich vollkommen auf dem Holzweg?«

»Nein, es stimmt.« Isabel seufzte. »Ich stelle mich nicht sonderlich geschickt an«, meinte sie schwach. »Ich bin viel zu leicht zu durchschauen.«

»Keine gute Pokerspielerin«, stimmte Dee zu. »Aber von jetzt an solltest du es lernen. Die Leute werden sich ständig über Jack Carter unterhalten. Wenn du jedesmal so aussiehst, als ob du gleich in Ohnmacht fällst, wird man dir auf die Schliche kommen. Ich werde es niemandem sagen, das weißt du«, versicherte Dee. »Aber du mußt viel vorsichtiger sein.«

Isabel machte einen zutiefst zerknirschten Eindruck. Dee nahm sie am Arm. »Laß uns zum Büro zurücklaufen. Möchtest du etwas Schokolade? Wenn ich einen Schock erlitten habe, hilft mir das immer.«

Isabel schauderte. »Nein, danke, ich könnte jetzt keinen Bissen herunterbekommen.«

Dee zog eine Grimasse. »Darin unterscheiden wir uns. Wenn es mir schlecht geht, steuere ich auf direktem Weg den Kühlschrank oder den Süßigkeitenladen an. Und du bekommst keinen Bissen herunter.« Sie tätschelte Isabels Arm. »Das ist auch der Grund, warum du gertenschlank bist und ich eine Diät aus Pappmaschépampe mache.«

»Was für eine Diät?« erkundigte sich Isabel trotz ihres verkrampften Magens neugierig.

»Du hast richtig gehört, Pappmaschépampe. Wenn ich mich spät nachts hungrig fühle, darf ich mir eine Schüssel ballaststoffreicher Frühstücksflocken machen, die mich immer an Pappe erinnern. Erst weicht man sie in heißem Wasser auf, danach darf man sich eine riesige Schüssel davon nehmen. Es schmeckt scheußlich, nimmt aber den Hunger.«

Isabel brach in befreiendes Lachen aus.

»Du bist wirklich unbezahlbar, Dee«, sagte sie. »Und eine echte Freundin. Danke.«

»Nicht der Rede wert. Das gleiche würdest du für mich doch auch tun«, erwiderte sie bestimmt. »Wenn du darüber irgendwann einmal reden möchtest, weißt du, wo du mich finden kannst. Aber bitte, sei vorsichtig.«

Sie waren vor dem *Sentinel* angekommen.

Dee fiel schaudernd auf, daß Tanyas silberner Mazda wieder auf seinem Platz stand. Offenbar war das ausgedehnte, feuchte Mittagessen mit Slasher Flynn nur von kurzer Dauer gewesen, und jetzt würde sie in der Redaktion herumwüten.

Als sie die Treppe zur Redaktion hochgingen, wollte Dee Isabel eigentlich sagen, daß sie an diesem Nachmittag die üblichen Wutanfälle von Frau Vernon nicht würde ertragen können. Aber Isabel war schon wieder in ihrer Traumwelt und verschwand in der Damentoilette.

Dee erlaubte sich auch einen kleinen Tagtraum. Kevin Mills hatte sie bereits zum zweiten Mal zu einem Drink eingeladen. Was wollte er ihr damit sagen? War es einfach nur freundlich und kameradschaftlich gemeint? Wußte er, daß Gary und sie nicht mehr zusammen waren?

Trübsinnig zog sie noch eine dritte Variante in Erwägung. Vielleicht plante Kevin, seine Karriere vom Tagesgeschäft eines Paparazzos etwas auszuweiten. Er konnte annehmen, daß die erst kürzlich beförderte Dee nun in der Lage wäre, ihm andere Arbeit zu beschaffen, beispielsweise im Bereich der Modefotografie oder als Porträtfotograf. Sie seufzte. Das war es vermutlich. Er wollte Dee mit seinen Plänen vertraut machen und dachte, daß ihm Dee nach ein paar *Jack Daniel*-Whiskys mit Coca-Cola aus der Hand fressen würde.

Es dauerte nicht lange, bis Tanya feuerspeiend auftauchte. Dee hatte gerade an ihrem Schreibtisch Platz genommen, als sie Tanyas mit Metall beschlagene Stilettos wütend heranklackern hörte.

»Ich möchte mit Ihnen reden«, bellte Tanya.

Dee blickte ängstlich zu der Redaktionsdirektion auf. Es war wirklich entnervend, daß sie selbst wütend noch hinreißend schön war. Da sie aber ständig die Konfrontation suchte, war man sich bereits nach kurzer Zeit ihrer Schönheit nicht mehr bewußt.

Heute versprühte ihr ebenmäßiges Gesicht sogar noch mehr Gift als gewöhnlich. Tanyas mandelförmige Augen funkelten böse. Dennoch konnte man nicht umhin, die Symmetrie ihrer perfekt geformten, glänzendrosa Lippen und der slawischen Wangenknochen zu bemerken, die durch ihre makellose Haut zusätzlich betont wurde.

Sie stand neben Dee – Tanya setzte sich nie, wenn sie neben jemand stehen und ihn mit ihrer Größe einschüchtern konnte – und ließ eine Schimpftirade vom Stapel.

»Ich würde gern wissen, warum Sie Honorarkräfte für Arbeiten anheuern, die Sie genausogut auch selbst machen könnten!« zeterte sie. »Das ist die schiere Faulheit. Wir haben das Budget bei weitem überschritten, und wir müssen einsparen. Ich will keine unnötigen Ausgaben mehr sehen. Der Artikel über den Star dieser Seifenoper beispielsweise, den hätten Sie genausogut auch selbst schreiben können, anstatt Emily damit zu beauftragen.«

»Das konnte ich nicht«, verteidigte sich Dee nervös. »Isabel war nicht da, und ich mußte sowohl die Modeserien als auch das Interview machen. Da war es einfach nicht möglich, noch ein weiteres Interview dazwischenzuschieben. Die Schauspielerin war ohnehin nur einen Tag lang in Irland. Da mußten wir schnell handeln.«

»Dann hätten Sie es eben bleiben lassen sollen«, kreischte Tanya. »Ich bemühe mich, den Laden hier kosteneffektiv zu führen, und Sie ruinieren meine gute Arbeit. In Zukunft konsultieren Sie mich vor jedem Auftrag an einen Freien.«

Dee blickte sie mit weit aufgerissenen Augen an. In diesem Fall müßte sie alle fünf Minuten bei Tanya ein und aus gehen, denn bei den Frauenthemen mangelte es an festem Personal. Isabel und sie stützten sich auf eine Riege freiberuflicher Journalisten. Das wiederum bedeutete, daß sie tagtäglich Leute auch kurzfristig mit einer Aufgabe betrauen mußten.

Dee wollte gerade darauf hinweisen, aber Tanya war schon beim nächsten Thema, wie ein Raubvogel, der einen gutgenährten Hasen gesichtet hatte. »Geld auf die Recherche von Schönheitssalons zu verwenden ist die reinste Zeitverschwendung«, schnaubte sie mißbilligend.

»Da die staatlichen Hygienevorschriften für Schönheitssalons verschärft wurden, hielt ich es für eine gute Idee, einmal nachzusehen, ob die Salons die neuen Regeln tatsächlich auch in die Praxis umsetzen«, erklärte Dee und sah sich um, ob Isabel bereits von der Toilette zurückkam. In ihrer Gegenwart würde Tanya sicherlich den Mund halten. Isabel, wo bist du? betete sie.

»Also, ich bitte Sie«, knurrte Tanya verschlagen. »Auf diese Idee sind Sie doch nur deswegen gekommen, um selbst in den Genuß einer kostenlosen Behandlung zu kommen.«

Dee war wie vor den Kopf geschlagen. »Natürlich nicht«, erwiderte sie entsetzt. »Daran würde ich nicht im Traum denken!«

»Machen Sie mir doch nichts vor«, fegte Tanya sie an. »Sie glauben wohl, daß Sie sich hier ins gemachte Bett legen können, nicht wahr, Dee? Sie wollen ganz einfach nicht arbeiten. Sie wollen nur auf Ihrem dicken Hintern herumsitzen und die Freiberuflichen all Ihre Arbeit machen lassen, während Sie davonschwirren, um sich Ihre Mitesser ausquetschen zu lassen. Sie halten diesen Job offenbar für eine beschauliche Angelegenheit.« Sie deutete mit einem ihrer lackierten Fingernägel auf Dees Brust.

Unfähig ein Wort herauszubringen, saß Dee völlig erschüttert da. Sie konnte nicht glauben, welch schreckliche Dinge Tanya eben zu ihr gesagt hatte.

Plötzlich fühlte sie sich wieder wie auf der Schule vor achtzehn Jahren, als eine Gruppe von Schülern sie wegen ihres Gewichts gehänselt hatte. Schockiert und gedemütigt hatte sie auch damals schon kein Wort hervorbringen können.

»Ihr alle, die ihr hier schon seit Jahren beim *Sentinel* arbeitet, glaubt wohl, das sei ein Ort, an dem man sich ausruhen kann. Eine Art Rentnerpension für schlechte Journalisten, die woanders nie einen Job bekommen würden. Aber dem ist nicht so.« Tanya beugte sich vor. Ihr Gesicht war nun so dicht an dem von Dee, daß diese ihren ekelhaften Atem riechen konne. »Leue wie ich werden dieses Blatt, koste was es wolle, in eine neue Ära befördern. Die Auflage wird so in die Höhe schnellen, wie ihr es euch alle nicht träumen laßt. Und weder Sie noch Ihre Faulheit werden mich daran hindern.«

»Das hatte ich auch gar nicht vor«, sagte Dee leise.

»Das möchte ich hoffen!«

Tanya richtete sich auf und marschierte in Richtung der Chefredaktion. Dee hatte das Gefühl, gerade zehn Runden gegen einen Weltklasseboxer hinter sich zu haben.

Vollkommen benommen hockte sie auf ihrem Stuhl.

Warum haßt sie mich so sehr? fragte sie sich, den Tränen nahe. Was habe ich nur getan, daß sie mir gegenüber so gemein, so gehässig und schrecklich ist? Dee konnte keine plausible Antwort auf ihre Frage finden. Sie erinnerte sich an Maeves These, Tanya würde jeden hassen und auf jedem herumhacken, wenn man sie gewähren ließe. Doch das half Dee auch nicht weiter.

Und weil Tanya nicht auf Maeve herumhacken konnte, hatte sie sich Dee als Opfer erkoren. Jackie erging es genauso, wenn Isabel und Phil nicht im Büro waren. Tanya machte jene fertig, die ihr kein Paroli boten. Und sie kam damit durch. Eben gerade war es ihr wieder einmal gelungen. Dee hatte wie eine Stumme dagesessen und sich von Tanya demütigen lassen. Sie hatte kein Wort über die Lippen bekommen. Nicht ein einziges.

Heiße Tränen der Demütigung brannten in ihren Augen. Wieder einmal hatte sie sich benutzen und mißbrauchen lassen. Sie hatte Tanya geradezu dazu aufgefordert. Feigling, Feigling, Feigling!

Isabel eilte ins Büro und machte einen etwas entspannteren Eindruck als noch vor zehn Minuten. Dee hätte ihr gerne alles erzählt, all die schrecklichen Dinge, die Tanya ihr vorgeworfen hatte. Daß sie nämlich nur faul auf ihrem fetten Hintern herumhockte.

Aber sie brachte es nicht über sich. Tanya war von vornherein hinterhältig gewesen, hatte Dee allerdings bis jetzt subtil angegriffen. Der eben erfolgte Angriff war eine neue Wendung. Isabel wäre total schockiert von der Tatsache, daß Dee diese Bemerkungen wortlos hingenommen hatte.

Isabel war mutig, sie hatte Selbstbewußtsein und Selbstrespekt. Dee wollte sich nicht in ihren Augen herabwürdigen, indem sie ihr offenbarte, daß es ihr an genau diesen Qualitäten mangelte.

»Tanya war hier und hat uns wegen der Honorarkräfte angekläfft«, sagte sie leise. »Sie meint, wir sollten diese Arbeit selber machen.«

»Unsinn«, widersprach Isabel knapp. »Uns fehlt soviel Personal, daß wir ohne die Beiträge der Honorarkräfte unsere Seiten überhaupt nicht füllen würden. Diese Frau macht mich noch wahnsinnig. Wir sollen dafür büßen, daß sie anderweitig das Budget überstrapaziert hat. Wo ist sie?« Isabel sah sich suchend um.

»Sie ist zu Malley ins Büro gegangen«, erwiderte Dee.

»Gut.« Isabel begab sich auf den Kriegspfad.

Dee sah ihr schweigend nach.

Fünf Minuten später war Isabel zurück. Offenbar war ihre Mission erfolgreich verlaufen. »Tanya ist voller leerer Phrasen.« Sie seufzte. »Sobald man sie in die Ecke drängt, macht sie einen Rückzieher. Laß dir von ihr nicht ihre eigenen Probleme in die Schuhe schieben, Dee. Wenn sie ihr Budget nicht überzogen hätte, würde sie nicht versuchen uns anzumachen.«

»Du hast recht«, erwiderte Dee leise. Sie setzte sich an ihren Schreibtisch und versuchte zu schreiben, aber sie verwechselte ständig die Buchstaben, und alle Wörter gerieten durcheinander, weil ihr die Hände zitteren und es mit ihrer Konzentration vorbei war. Schweigend arbeitete sie den ganzen Nachmittag und war darum bemüht, die Sicherheit ihres Schreibtischs nicht zu verlassen. Aber schließlich mußte sie doch auf die Toilette gehen.

Dee konnte Tanya nicht entdecken, als sie an dem Konferenzzimmer vorbeilief, in dem Tanya normalerweise hofhielt, wenn sie nicht an ihrem Schreibtisch saß. Auf der Toilette legte Dee etwas Lippenstift nach, um ein wenig Farbe in ihr Gesicht zu bringen. Ihre Lieblingsfarbe, ein leuchtendes Kaffeebraun, neigte sich dem Ende zu. Später würde sie einkaufen gehen. Kosmetika zu kaufen versetzte sie immer in Hochstimmung. Etwas wasserfeste Wimperntusche wäre auch keine schlechte Idee, vielleicht auch noch ein Schaumbad mit Passionsfruchtduft. Etwas fröhlicher betrat Dee wieder die Redaktionsräume und wäre um ein Haar mit Tanya zusammengestoßen, die eben aus dem Zimmer der Chefredakteurin trat.

Als Tanya an Dee vorbeilief, grinste sie vielsagend. Dieses Grinsen signalisierte: »Sicherlich hast du niemandem erzählt, daß ich dich als fetten, faulen Sack beschimpft habe, nicht wahr?«

Dee wurde übel. Wieder einmal hatte sie versagt. Sie hatte Tanya die Oberhand gelassen. Wenn sie nicht bald etwas dagegen unternahm, würde Tanya diese Macht rücksichtslos bis zum letzten auskosten. Was bedeutete schon ihr Versprechen, daß sie sich nie wieder von jemandem wie von Gary so behandeln lassen würde, wenn eine andere Frau es tagtäglich im Büro tat?

Warum piesackte Tanya nicht Maeve? Dee kannte den Grund dafür nur zu gut. Weil ihre Freundin es nicht hingenommen hätte. Wenn sie auch nur eine Bemerkung in dieser Richtung Maeve gegenüber fallengelassen hätte, hätte Tanya Vernon in ihrem Kleid von *Prada* auf dem Fußboden gelegen und Maeves Faust im Gesicht gespürt. Zumindest jedoch hätte sie sich einem verbalen Angriff stellen müssen.

Tanya respektierte Leute wie Isabel, Phil und Maeve. Dee jedoch respektierte sie kein bißchen. Warum sollte sie auch, dachte Dee verbittert, wo Dee noch nicht einmal für sich selbst geradestehen konnte. Du bist ein Feigling ohne Rückgrat, O'Reilly, beschimpfte sie sich selbst.

Isabel fiel kaum auf, wie schweigsam ihre Stellvertreterin den Nachmittag über war. Ihre Gedanken drehten sich nur um Jack Carter, um die Diskussionen um ihn und Tanya und die Tatsache, daß Dee die Identität von Isabels verheiratetem Mann so leicht hatte erraten können.

Sie wußte nicht recht, ob sie letzteres erleichtern sollte oder nicht. Dee würde keiner Seele etwas verraten, aber die ganze Sache hatte Isabel doch erschreckt und erkennen lassen, worauf sie sich eingelassen hatte.

Alle hatten so kenntnisreich über Jack gesprochen, so als ob er mit jeder Frau eine Affäre einging, die sich ihm an den Hals warf. Isabel wußte nicht recht, was sie davon halten sollte. Wußten sie denn alle etwas, was sie nicht mal ahnte?

Wie sollte sie aber Fragen stellen, ohne deren Argwohn zu erregen?

Isabel starrte aus dem Fenster. Es erstaunte sie, daß sie sich ihrer Gefühle Jack gegenüber nach wie vor nicht sicher war. Das wunderbar warme Gefühl in ihrem Bauch nach ihrer bezaubernden Reise nach Mayo war verschwunden. Statt dessen nagte eine altbekannte Leere an ihr. Diese Leere rührte von ihrer gemeinsamen Vergangenheit mit einem Mann, der die Treue einer Katze in einer Thunfischfabrik gehabt hatte.

18

Robin blickte vielsagend auf die Uhr und seufzte. Es war jene Art von Seufzen, das eine Mutter schon von weitem wahrnehmen sollte.

Isabel saß neben Robin, hatte eine heißersehnte Tasse Tee

vor sich stehen und ignorierte ihre Tocher. Von der langwierigen Suche nach neuer Kleidung für Robin in Dublins Einkaufszentrum schmerzten ihr die Füße. Nach noch nicht einmal fünf Minuten im Café würde sie sich nicht zum Gehen erpressen lassen. Nochmals laut seufzend schob Robin ihr halb geleertes Glas Coca Cola von sich. Isabel nippte weiter an ihrem Tee, während Naomi vorsichtig in ihr Cremeteilchen biß. Isabel hatte ihr nicht halb so viele Kleider gekauft wie ihrer anspruchsvollen älteren Tochter, doch Naomi schien trotzdem zufrieden und hatte ihre Nase in einer Jugendzeitschrift vergraben. Sie jedenfalls hatte sich nicht den ganzen Tag über stöhnend darüber beschwert, daß sie nicht genau die richtige schwarze PVC-Schultasche finden konnte, die sie gern gehabt hätte. Jetzt war erst einmal Naomi an der Reihe, entschied Isabel mit Bestimmtheit. Die nächste Stunde über würde sie *ihr* Kleider kaufen. Isabel wollte nicht die eine Tochter der anderen vorziehen.

»Susie wartet jetzt schon auf mich vor der *Oasis!*« stieß Robin nach einer weiteren Minute des Schweigens beleidigt aus.

Isabel starrte sie unverwandt an. »Wohl kaum. Es sind noch mindestens zehn Minuten, ehe wir hier gehen müssen. Und bis dahin rühre ich keinen Finger. Deinetwegen haben wir meinen freien Freitag damit verbracht, die ganze Stadt nach genau der richtigen Kleidung abzugrasen, die dich vor deinen Freunden nicht blamiert. Dafür möchte ich jetzt hier in Ruhe sitzen können.«

»Ich kann sie ja auch allein treffen«, meinte Robin verärgert. »Es ist nur etwas weiter die Straße runter. Da werde ich ja wohl kaum überfallen werden …«

»Das wirst du nicht tun«, unterbrach sie Isabel. »Ich möchte Susie sprechen, um zu wissen, wer euch heute abend von der Disco abholt – ihre Mutter oder ich«, fügte sie hinzu und betonte dabei jedes Wort mit Nachdruck.

»Wie du willst.« Robin, die diesen Tonfall kannte, wandte

sich ihren vielen Plastiktüten zu, die um ihre Beine herum am Boden verstreut lagen. Ihr Gesicht erhellte sich, als sie zwei winzige Trägertops und die Kunstlederjacke betrachtete, die sie bei *Miss Selfridge* dank eines großzügigen Schecks ihres Vaters erstanden hatte.

Isabel würde David bei ihrem nächsten Treffen umbringen. Für einen Teenager war es eine grotesk hohe Geldsumme, zumal er noch darauf bestanden hatte, daß Robin es für »tolles Zeug« für sich selbst ausgab und nicht für langweilige Schulkleidung.

Isabel hatte gerade ihr Konto geräumt, um den beiden Mädchen eben diese langweilige Schulkleidung für das nächste Schuljahr zu kaufen, das in zehn Tagen anfing. David würde an so etwas Banales nicht im Traum denken. Aber nicht doch. Vermutlich glaubte er, Schuluniformen würden unentgeltlich zur Verfügung gestellt und wären nicht so irrsinnig teuer, daß auch *John Galliano* sie hätte entwerfen können. Isabel kochte bei dem Gedanken an all die Dinge, die sie ihm sagen würde. Das einzig Gute war, daß sie nicht besonders lange würde warten müssen, denn er kam schon morgen früh nach Dublin, um das Wochenende mit Robin und Naomi zu verbringen.

Abgesehen von der Gelegenheit, ihm ein paar unangehnehme Wahrheiten zu sagen, graute ihr davor. Bei den wenigen Malen, wo David die beiden Mädchen besucht hatte, war er immer nur eine Nacht in Dublin geblieben. Das wiederum bedeutete, daß er den Tag mit den Kindern verbrachte und sie ihn überhaupt nicht sah. Diesmal jedoch flog er erst Montagabend zurück, so daß er wohl das Wochenende über im Haus ein und aus gehen würde und die Mädchen nach Belieben holen und wieder abgeben würde. Er hatte sogar die Tollkühnheit besessen, sie zu bitten, ob er bei ihr im Haus übernachten könne, was Isabel mit Entschiedenheit abgelehnt hatte. Als Isabel dies versehentlich ihrer Mutter gegenüber erwähnt hatte, war die die Wände hochgegangen.

»Diesen Tunichtgut sollte man an die Wand stellen, und jetzt will er bei dir übernachten?« hatte Pamela durchs Telefon gekreischt. »Daß er es wagt! Je früher du von ihm geschieden bist, um so besser.«

Isabel stimmte ihr aus vollem Herzen zu. Doch wann immer sie in letzter Zeit über Scheidung nachdachte, dachte sie an Jack Carter und wie verzweifelt sie sich danach sehnte, daß er sich von Elizabeth scheiden ließ. Sie dachte an nichts anderes mehr. Natürlich hatten sie es beide noch nicht erwähnt. Wie sollten sie auch? Jack war verrückt nach ihr, dessen war sie sicher, aber er hatte bisher das Wort »Liebe« noch nicht ausgesprochen. Isabel allerdings liebte ihn. Sie liebte ihn wie verrückt und ganz verzweifelt. Und doch konnte sie jetzt nichts anderes tun als zu warten.

»Mama, jetzt ist es aber fast soweit!« drängte Robin ungeduldig. Isabel trank ihren Tee aus. In dieser Stimmung konnte Robin sowohl sie als auch Naomi die Palme hochtreiben.

Susie stand außerhalb der *Oasis,* hüpfte von einem Bein auf das andere und bibberte wie ein Rennhund. Ihr dünnes T-Shirt war für einen kühlen Tag Ende August wenig geeignet. Sie hatte eine Gänsehaut auf den Armen und hielt sich die riesige kunstlederne Tasche wie eine Wärmflasche vor die Brust. Isabel fragte sich, wann ihre Tochter und deren Freundinnen endlich darauf kommen würden, daß man sich sinnvollerweise in einem Laden und nicht davor verabredete.

»Hallo, Susie!« rief Robin. Von einem Augenblick zum anderen hatte sie sich von einem mißmutigen Teenager in eine lächelnde, fröhliche Jugendliche verwandelt. Sie strich sich das dunkelblonde Haar aus dem Gesicht und griff in ihre Tasche, um ihre Beute vorzuzeigen.

»Kunstleder!« quietschte Susie hocherfreut und hatte die Kälte offenbar gänzlich vergessen. »Rob, das ist ja super!«

Beide kicherten, als Robin die Preisschilder von der Jacke abriß und sich die Jacke überzog, um bewundert zu werden.

»Susie, wie ist es mit der Disco heute abend?« fragte Isabel, die nicht den ganzen Tag im Freien verbringen wollte.

»Meine Mutter kann uns nicht abholen, sie hat Leute zum Essen eingeladen. Sie weiß natürlich, daß eigentlich sie an der Reihe ist, und es tut ihr leid«, erwiderte Susie, ohne ihren Kopf aus Robins Einkaufstüte herauszunehmen.

Na, wunderbar, dachte Isabel verdrießlich. Noch jemand, der sich in seiner Freizeit mit anderen trifft. Das bedeutete, daß sie bis halb zwei nachts aufbleiben mußte, um vier aufgeregte, verschwitzte Teenager nach Hause zu fahren, obwohl sie eigentlich gar nicht an der Reihe war. Einfach großartig.

»Okay, dann treffe ich euch halb zwei draußen am Tor«, sagte sie bestimmt. »Verspätet euch bitte nicht.«

»Machen wir nicht. Danke, Mama«, sagte Robin mit leuchtenden Augen, als ob sie nicht gerade die letzten zwei Stunden über entsetzlich pampig gewesen wäre.

»Gib doch Susie deine neue Jacke, sie friert ja so. Komm schon, Naomi«, sagte Isabel und lächelte ihre jüngere Tochter betont fröhlich an. »Was wollen wir *dir* denn jetzt kaufen?«

Als sie zwei Stunden später erschöpft und pleite nach Hause fuhren, dachte Isabel an die Freitagabende im Leben von Frauen, die einen verheirateten Mann liebten. Heute abend besuchte Jack eine der Wohltätigkeitsveranstaltungen seiner Frau, also die Art von Party, wo lediglich die Kellner nicht in Limousinen vorfuhren. Es würde nur den besten Wein und Champagner mit den dazugehörigen Hors d'œuvre geben. Sie dagegen würde in Leggings und einem Sweatshirt zu Hause sitzen, die Fernsehkanäle durchzappen und darüber nachdenken, ob sie das Bügeln in Angriff nehmen sollte. Dank Susies Mutter und ihrer Abendeinladung konnte sich Isabel keinen Gin-Tonic leisten und nicht früh zu Bett gehen. Sie wäre zu gern zu einem Essen gegangen, hätte sich gut angezogen und neue Leute kennengelernt, anstatt ganz allein fernzusehen. Aber ohne Jack irgendwo hinzugehen wäre schrecklich – so schrecklich sogar, daß es besser war, zu Hause zu bleiben und an ihn zu denken, als traurig die anderen glücklichen Paare zu beobachten, die sich zusammen sehen lassen konnten.

Diese Affäre war eigentlich ein Unding. Wenn sie nicht so wahnsinnig in Jack Carter verliebt wäre, hätte sie sie sofort beendet.

Zu Hause bereitete sie ein schnelles Abendessen von gefüllten Hühnerbrüsten für sich und Naomi zu und fragte sich, wie die Menschen früher ohne Fertiggerichte klargekommen waren.

»Das schmeckt prima, Mama«, sagte Naomi, die doppelt so schnell wie normalerweise aß. »Darf ich noch in den Park gehen? Wir spielen noch etwas Ball.«

»Natürlich. Aber sei um halb acht wieder da«, sagte Isabel und küßte sie auf die Wange. »Es wird jetzt abends schnell dunkel und sehr kalt.«

Als Naomi gegangen war, kam Isabel das Haus sehr leer vor. Sie erledigte den Abwasch und fragte sich, ob Jack wohl wie versprochen anrufen würde. Aber auf einer so hochkarätigen Party vergaß er es vielleicht.

Vielleicht hatte er auch angerufen, während sie den ganzen Tag einkaufen gewesen war. Isabel hatte ihm zwar gesagt, daß sie den größten Teil des Tages nicht dasein würde. Vielleicht war seine einzige Gelegenheit, sie anzurufen, ja genau dann gewesen, als sie nicht dagewesen war? Sie stellte sich vor, wie das Telefon wehklagend im leeren Haus geklingelt hatte, während sie, die sich dieses Klingeln jetzt so sehr herbeisehnte, im Verkehrsstau gesteckt und von Jack geträumt hatte.

Isabel war deprimiert. Ein Hausputz würde ihr helfen. Sie hatte die Hausarbeit ohnehin etwas schleifen lassen, und jetzt, nachdem David das Wochenende über hier auftauchen würde, sollte er nicht den Eindruck gewinnen, sie lebten in

Schmutz und Elend. Nicht, daß es ihm irgend etwas ausmachen würde, dachte sie gereizt. Bis jetzt hatte er nicht einen Pfennig zum Unterhalt der beiden Mädchen beigetragen. Sie hatte auch noch kein Wort über ihr Haus in Oxford gehört, ob er es mittlerweile verkauft hatte oder nicht. Ihm würde es sogar egal sein, wenn sie eine rote Glühbirne vorn am Haus anbringen und ihr Konto mit einer einschlägig bekannten Tätigkeit aufbessern würde.

Vergiß David, ermahnte sie sich. Du stehst jetzt auf eigenen Füßen. Mittellos zu sein gehört nun mal zum Schicksal einer getrenntlebenden, alleinerziehenden Mutter. Just in diesem Augenblick kam ihr Elizabeth Carter in den Sinn. Sie trug ein verführerisches rotes Kleid, das vermutlich mehr als Isabels Bruttomonatsgehalt gekostet hatte. Wie konnte sie damit konkurrieren? Jack würde nicht anrufen. Warum sollte er auch?

Isabel widerstand dem Verlangen, die Treppe hochzurennen und eine ihrer stimmungshebenden Tabletten zu nehmen. Sie hatte sie bereits auf weniger als die halbe Dosis reduziert und wollte sie innerhalb der nächsten beiden Monate ganz aufgeben. Ihre Liebesbeziehung mit Jack hatte ihr den Auftrieb gegeben, den sie zum völligen Verzicht brauchte, Doch gleichzeitig schien sie die Tabletten gerade wegen dieser Liebe manchmal mehr als je zuvor zu brauchen ... Isabel atmete tief durch und fing mit der Küche an. Sie reinigte die Arbeitsflächen, den Herd und das Spülbecken. Dann putzte sie das Küchenfenster, bis es glänzte, und wischte den Boden. Der rückwärtige Garten war immer noch eine Katastrophe. Doch die schönen Keramiktöpfe mit weißen und rosa Geranien, die sie auf das Fensterbrett gestellt hatte, lenkten den Blick vom Unkraut ab. Hoffte sie jedenfalls.

Es würde David ähnlich sehen, beim Blick aus dem Fenster irgendeine dumme Bemerkung in dem Sinn zu machen, daß man einen Mann für die Gartenarbeit anheuern sollte ...

Als die Küche blitzte, machte sie sich an den Flur und die

Treppen. Würde sie trotz des Staubsaugers das Telefon hören können, fragte sie sich ängstlich.

Anderthalb Stunden später glänzte das kleine Häuschen. Es gab nichts Besseres als Hausarbeit, um sich von emotionalen Problemen abzulenken, dachte sie befriedigt. Nachdem man fünfzehn Minuten Staubwolken unter den Möbeln und in den Ecken aufgesaugt hatte, begann man wie verrückt zu wienern – und rechnete sich dabei aus, wieviel Geld eine Firma für diese Arbeit berechnen würde.

Sie blickte auf die Uhr. Gleich würde sie sich die erste Folge einer neuen Fernsehminiserie, die in den vierziger Jahren spielte, ansehen können. Sie liebte Filme, die in der Vergangenheit spielten und hatte dabei stets das Gefühl, in ein gänzlich fremdes Leben einzutauchen. Eventuell würde sie darüber ihre eigenen Probleme vergessen können.

Im Bad wusch sie sich den Staub vom Gesicht und trug sorgfältig Feuchtigkeitscreme auf. Du wirst älter, Isabel, wandte sie sich an ihr Spiegelbild. Nächsten Monat wirst du vierzig sein. Vierzig!

Verdrießlich betrachtete sie ihr Gesicht. Sie sah nicht, daß die feine Knochenstruktur ihr ein elegantes, klassisches Aussehen verliehen hatte. Sie bemerkte nicht die klaren, azurblauen Augen, sondern sah lediglich die feinen Falten um sie herum und die dunklen Schatten, die mit ein wenig Make-up abzudecken wären.

Als das Telefon klingelte, dachte sie zunächst an Robin, die ihr den Umzug in eine andere Disco ankündigen würde, von der sie sie später abholen sollte. Es war nicht Robin. Es war Jack.

»Hallo, Isabel.«

Beim Klang seiner Stimme machte ihr Herz einen Satz.

»Jack.« Sie liebte es, seinen Namen auszusprechen. »Ich hatte gehofft, daß du anrufen würdest.«

»Ich habe schon mehrmals angerufen, aber niemand hat abgenommen. Ich mußte einfach mit dir reden.«

»Ich habe staubgesaugt«, erklärte sie. »Ich hatte geglaubt, das Klingeln trotzdem hören zu können, aber anscheinend...«

»Ich vermisse dich«, sagte er mit tiefer, leiser Stimme.

»Ich wollte schon den ganzen Tag über mit dir reden. Ich wußte ja, daß du den Nachmittag über nicht zu Hause sein würdest. Trotzdem habe ich angerufen, nur für den Fall, daß du vielleicht früher zurückkehren würdest.«

»Liebling.« Isabel setzte sich lächelnd auf das Bett. »Ich habe auch den ganzen Tag über an dich gedacht.«

»Ich wünschte, ich könnte dich morgen treffen.«

»Aber du mußt zum K-Club gehen«, erwiderte sie geknickt.

Das war die Managementkonferenz im vornehmen *Kildare-Hotel,* über die Emily, Phil und Maeve gescherzt hatten, daß Tanya Vernon sich dort an Jack heranschmeißen würde.

Wie hatte sich Emily noch mal ausgedrückt?

Ich wette einen Zehner, daß sich Tanya an den großen Jack heranmacht.

Sie hatte es nicht wahrhaben wollen, aber die Eifersucht hatte sich in Isabels Herz eingenistet und sandte stechende Pfeile in ihr Unterbewußtsein. Tanya und Jack, Tanya und Jack....

»Ich muß morgen sehr früh los, aber Sonntag mittag bin ich wieder zurück«, fuhr Jack fort. »Könnten wir uns dann treffen?«

Isabel hätte fluchen wollen. »Ich bin zum Essen bei meiner Mutter eingeladen«, jammerte sie. »Sie hat mich eingeladen, weil die Mädchen mit David zusammen weg sein werden. Ginge es auch etwas später?«

Er stöhnte. »Um halb vier muß ich nach London fliegen.«

Einen Augenblick lang schwiegen sie beide. Ehebruch war schwieriger als Friedensgespräche im Nahen Osten in die Wege zu leiten, dachte Isabel verbittert. Wenn einem der beiden ein Termin gelegen war, konnte der andere nicht. Vielleicht wollte er sich ja auch gar nicht wirklich mit ihr treffen. Vielleicht war es ihm sogar recht so.

»Am Montag bin ich wieder im Büro«, bemerkte sie endlich. »Du kannst mich dann dort erreichen.«

»Willst du damit sagen, daß ich dich zu Hause nicht anrufen soll?« fragte er plötzlich besorgt.

»Es ist etwas schwierig«, entgegnete sie langsam. Dieses Spielchen konnten sie beide spielen. »Robin ist wahnsinnig neugierig. Wenn sie das Telefon abnimmt, wird sie sich fragen, wer in aller Welt dieser fremde Mann ist, der plötzlich ihre Mutter anruft.«

»Isabel, mein Liebling.« Jacks Stimme war, als ob er sie steichelte und durch das Telefon berührte. »Ich möchte dich so irrsinnig gern sehen, das mußt du mir glauben, aber dieses Wochenende ist es wegen der Konferenz unmöglich. Ich würde morgen früh vorbeikommen, aber ich fliege mit Malley McDonnell, Eugene Flynn und Tanya Vernon.«

Isabel stockte der Atem. Sie war krank vor Eifersucht.

»Kann ich dich am Dienstag sehen?«

»Keine Ahnung. Du weißt schon, ein paar Partys, ein paar Konferenzen, zu denen ich erwartet werde«, sagte sie leichthin, um ihre Verletzung zu kaschieren. Er flog mit Tanya dorthin! Wie konnte er nur? Hatten ihre Kolleginnen etwa recht?

»Sei doch nicht so, Isabel«, bettelte er. »Ich weiß ja, daß es nicht leicht für dich ist. Himmel noch mal, für mich ist es schier unmöglich...«

Sie stellte sich vor, wie er sich mit der einen Hand ungeduldig durchs Haar fuhr. Einen kurzen Moment wurde sie schwach. Der arme, liebe Jack. Sie liebte es, ihm mit den Fingern durch das Haar zu streichen.

Dann stellte sie sich vor, wie Tanya Vernon wie mit Saugnäpfen an ihn gepreßt neben ihm im Helikopter saß, genau dort, wo Isabel auf ihrem Flug nach *Ashford Castle* auch gesessen hatte.

Sie stellte sich vor, wie Tanyas heiße kleine Hand während des Essens an Jacks Schenkel hochkroch und sie ihm unter halb geschlossenen Lidern einen verführerischen Blick mit ihren kalten, berechnenden Augen zuwarf. Ein Komm-und-nimm-mich-Blick. Männer waren alle gleich. Der Versuchung konnten sie nicht widerstehen. David hatte sich damals nicht einmal bemüht, ihr zu widerstehen.

Der Gedanke an ihn ließ ihr Herz hart werden. Er hatte sie über Jahre hinweg zum Narren gehalten, das sollte ihr nicht noch einmal passieren.

»Ruf mich bei der Arbeit an, Jack«, sagte sie in dem brüsken Tonfall, den sie immer dann benutzte, wenn sie auf Robin wütend war. »Und vergiß nicht, dich gut zu amüsieren, versprochen? Ich bin mir ganz sicher, Tanya wird sich als eine wunderbare Begleitung erweisen.«

Sie legte auf. Fast augenblicklich bedauerte sie ihren bitteren Tonfall, der dem eines verwöhnten Kindes glich.

Verflucht! Aber sie konnte sich nicht helfen. Sie war so eifersüchtig, so verängstigt und verletzt. Hatte Jack denn überhaupt eine vage Vorstellung wie das war, zu Hause zu sitzen und sich von ganzem Herzen nach ihm zu sehnen? Kannte er das Gefühl, Tag und Nacht an einen Mann zu denken und zu wissen, daß er mit einer anderen zusammen war? Die Antwort war nein. Und er würde es auch nie kennenlernen. Wieder klingelte das Telefon, schrill und ausdauernd. Isabel starrte es an, hob jedoch nicht ab. Eigentlich wollte sie den Hörer abnehmen, verzweifelt gern sogar. Sie wollte Jacks Stimme hören, daß er ihr versicherte, wie verrückt er nach ihr war und daß er verstand, wie schwierig die Situation für sie war.

Das Telefon hörte zu klingeln auf. Eine Minute später fing es wieder an, das schrille Geräusch durchdrang ihren Schädel.

Isabel hätte sich gern hingelegt und sich die Augen ausgeweint.

»Mama, ich bin wieder da. Tut mir leid, daß ich mich verspätet habe.« Naomi war zurückgekehrt.

»Hallo, meine Süße, ich bin gleich unten«, rief Isabel die Treppe hinunter. »Ich geh nur noch schnell ans Telefon.«

Zögernd nahm sie den Hörer ab.

»Isabel, was ist los?« fragte Jack. »Du machst dir doch nicht etwa Tanyas wegen Sorgen, oder? Das ist doch gänzlich lächerlich.«

»Warum ist das lächerlich?« konterte sie hitzig. »Die Spatzen pfeifen es vom Dach, daß Tanya Vernon dich unbedingt in ihr Bett bekommen möchte...«

»Die Spatzen pfeifen es vom Dach?« rief Jack erstaunt. »Ich jedenfalls höre es zum allerersten Mal, Isabel. Tanya ist eine ehrgeizige junge Frau im Management, mit der ich bisher nur wenige Worte gewechselt habe. Ich nehme sie lediglich deswegen im Hubschrauber mit, weil ich mit Eugene Flynn sprechen möchte, der wiederum sie zur Konferenz begleiten wollte.«

»Ach so.« Isabel kam sich albern vor.

»Und falls Frau Vernon sich ihren Weg nach oben schlafen möchte, dann hat sie sich die Falschen ausgesucht. Eugene hat keinerlei Interesse an Frauen, es sei denn, daß ihr Bankkonto seines übersteigt. Und ich habe kein Interesse an Nutten wie ihr. Warum sollte ich auch nur einen Blick auf Tanya werfen, wo ich doch dich habe, Isabel? Begreifst du das denn nicht? Vertraust du mir nicht?«

»Doch«, erwiderte sie reumütig. Durch ihre eigene Unsicherheit hatte sie die Situation völlig verwirrt.

»Mist!« fluchte Jack. »Wenn ich dich doch nur morgen sehen könnte, Isabel. Es paßt mir überhaupt nicht, dich so zurückzulassen. Ich weiß ja, wie schwer alles für dich ist. Aber du mußt wissen, daß ich dir gegenüber immer ganz und gar ehrlich gewesen bin, was ich dir gegenüber empfinde und ...« Er zögerte. »Das können wir nicht alles am Telefon besprechen. Ich muß dich sehen, bald.«

Seine Unruhe und seine Gefühle waren deutlich aus seiner Stimme herauszuhören.

Auch Isabel fühtle sich sehr aufgewühlt. Sie hatte nicht sagen wollen, daß sie ihm nicht vertraute. Es war alles so schwierig. Und wo stand sie in dieser ganzen Sache? Warum hatte sie sich so heftig in ihn verliebt? Ganz offensichtlich hatten sie keine gemeinsame Zukunft.

»Wenn ich dich das Wochenende über nicht zu Hause anrufen soll, Isabel, dann ruf mich doch bitte auf dem Handy an, ja?« bettelte er.

Zum ersten Mal mußte sie lächeln. »Natürlich kannst du mich zu Hause anrufen«, gab sie nach. »Es war albern von mir, dir das zu verbieten.«

Seine Stimme entkrampfte sich ebenfalls. Jetzt hatte sie wieder den warmen Tonfall, den sie so liebte.

»Dafür habe ich etwas bei dir gut, du kleiner Mistbraten«, warnte er. »Wo kitzelt es am meisten – unter deiner sechsten Rippe oder an den Füßen?«

»Wenn du mich an den Füßen kitzelst, bringe ich dich um!« scherzte sie. »Jack, ich muß jetzt Schluß machen. Naomi ist gerade nach Hause gekommen, und sie wird gleich hier oben sein. Es tut mir leid wegen vorhin...«

Er unterbrach sie. »Es braucht dir nicht leid zu tun, Isabel. Es gibt nichts, was dir leid tun sollte. Ich ahne ja, wie schmerzhaft es für dich sein muß, mich sonstwohin fliegen zu lassen. Wenn ich zu Hause warten müßte und an all die fremden Männer denken müßte, die dir schöne Augen machen, wäre mir das auch verhaßt. Ich kann dich also gut verstehen. Aber du hast überhaupt keinen Grund zur Eifersucht, ehrlich nicht.«

»Ich freue mich, ich freue mich sogar sehr. Ich rufe dich morgen an. Tschüs, Jack.«

»Tschüs, mein Liebling.«

Isabel starrte noch lange den Hörer an, ehe sie aus dem Zimmer ging. Fast hätte sie es laut ausgesprochen, als sie sich von ihm verabschiedet hatte. Fast hätte sie gesagt: »Ich liebe dich.« Sie liebte ihn, konnte es jedoch nicht laut aussprechen. Jedenfalls nicht, solange er es niemals sagte, wo es ihr doch soviel bedeutet hätte, wenn er es getan hätte.

Wenn er sie nicht liebte, welche Zukunft hatte dann ihre Beziehung? Sie lachte bitter auf. Selbst wenn er sie lieben sollte, wie stand es dann mit ihrer Beziehung? Würden sie ihr Doppelleben fortsetzen? Würden sie ausgedehnte heimliche Treffen zum Mittagessen und ebenso heimliche Nächte in Fünf-Sterne-Hotels verbringen?

Sie wünschte sich lediglich ein paar gemütliche Abende zu Hause, am Morgen gemeinsam im Bett aufzuwachen, in einverständlichem Schweigen zusammen zu frühstücken und ihr Leben zu teilen, ein ganz normales Leben.

Er jedoch gehörte einer anderen Frau. Nach dem, was Isabel mitgemacht hatte, wußte sie nur zu gut, wie sehr es weh tat, wenn der geliebte Mann einem untreu wurde…

Aber empfand sie tatsächlich noch so? Plötzlich merkte sie, daß sie Elizabeth gegenüber nicht mehr viel Sympathie aufbrachte. Elizabeth war wie ein verwöhntes Kind, ein Mensch, der ausschließlich für das Vergnügen lebte und täglich mehr Geld ihre Nase hochzog, als man brauchte, um ein afrikanisches Dorf einen Monat lang zu ernähren. Nein, Elizabeth tat Isabel nicht mehr leid. In gewisser Weise verachtete sie sie sogar dafür, wie sie ihr Leben verschwendete. Und sie haßte Elizabeth, weil sie mit Jack verheiratet war.

Isabel liebte Jack, sie bewunderte ihn: Jetzt mußte jeder der beiden Frauen für sich selbst kämpfen.

»War es schön, Naomi?« fragte sie und atmete ein paarmal tief durch, um sich auf dem Weg die Treppe hinunter zu beruhigen.

Nach einer schlaflosen Nacht, in der sie sich unentwegt gefragt hatte, ob Jack sie nun liebte oder nicht, döste Isabel schließlich im Morgengrauen ein. Robins lautes Rufen weckte sie.

»Papa ist da! Er ist da!«

Stöhnend massierte Isabel ihren Kopf. Heftige Kopfschmerzen jagten ihr durch den Nacken.

»Laß ihn rein und mach ihm eine Tase Tee«, krächzte sie und blickte in den Flur hinaus. »In ein paar Minuten bin ich unten.«

Sie stolperte ins Badezimmer. Ein hohläugiges Gesicht starrte ihr aus dem Spiegel entgegen. So hatte sie sich das Wiedersehen nicht vorgestellt.

Sie hatte David zur Begrüßung die Tür öffnen wollen, sehr hübsch gekleidet, parfürmiert und sorgfältig zurechtgemacht, Handtasche und Autoschlüssel in der Hand, um ihm klarzumachen, daß sie im Begriff war zu gehen und ihn nicht ins Haus bitten wollte.

Ihre sorgenvolle Nacht wegen Jack hatte diese Pläne durchkreuzt. Jetzt sah sie so aus, als ob sie bereits seit einem Monat mit einer Grippe darniederlag. Es würde mehr als nur zehn Minuten dauern, um ihr verschlafenes Gesicht auf Vordermann zu bringen. Das wiederum würde David ausreichend Gelegenheit geben, sich im unteren Stockwerk umzusehen. Derweil würden seine beiden aufgeregten Töchter ihn beschwatzen, während er in Ruhe die Elektrizitätsrechnungen, ihre Aktentasche oder sonst irgend etwas Persönliches durchforsten konnte. Verdammt!

»Naomi, bitte deinen Vater ins Wohnzimmer«, rief Isabel. Dort hatte sie eben erst die Renovierungsarbeiten abgeschlossen, und außer Musterproben für Gardinenstoffe lag nichts Persönliches herum.

»Es gefällt ihm gut in der Küche, Mama«, erwiderte Naomi.

Verdammt, verdammt! Isabel zog sich die Duschhaube über – sie konnte David nicht zum ersten Mal seit Monaten mit Haaren gegenübertreten, die ihr am Kopf klebten – und duschte sich so schnell wie noch nie zuvor in ihrem Leben. Zehn Minuten später ging sie in einem weißen Hosenanzug, den David noch nicht kannte, so ruhig wie nur möglich nach unten. Sie hatte sich hastig geschminkt und nicht mit *Ô de Lancôme* gespart. Es war ihr gleichgültig, daß es etwas merkwürdig aussehen mußte, an einem Samstag morgen so korrekt angezogen zu sein. Sie wollte geschäftsmäßig aussehen, damit David ihr auf keinen Fall zu nahetrat. Mit zittrigen Händen stieß sie die Küchentür auf. Den eigenen Ehemann nach einer solchen traumatischen Trennung wiederzusehen, würde sicher nicht einfach sein.

»David, hallo«, grüßte sie seinen Rücken.

Er drehte sich vom Küchenfenster herum und lächelte sie breit an. Naomi und Robin standen neben ihm, Robin hing an seinem Arm, während Naomi Kaffee zubereitete.

Isabel hatte ganz vergessen, wie groß und schlank er war und wie elegant er in Freizeitkleidung wie einer heller Hose und einem grünen Polohemd aussehen konnte. Das durch das Fenster hereinfallende Licht ließ sein dunkles Haar ein wenig heller leuchten.

Sein Haar war kürzer und sein Gesicht schmaler, aber sonst war er immer noch der alte David: Trotz der verkrampften Situation schien er ganz und gar entspannt. Isabel hatte schon oft gedacht, er würde einen ausgezeichneten Kriminellen abgeben. Jetzt aber war sie sich wirklich sicher. Seine Gesichtszüge waren so sorglos, als wäre er nur ein paar Tage geschäftlich unterwegs gewesen und wäre gerade nach Hause zurückgekehrt, wo man ihn fröhlich willkommen hieß. Er machte nicht den Eindruck eines Mannes, der seine getrenntlebende Frau zum ersten Mal in ihrem neuen Zuhause aufsuchte, ein Zuhause, in dem er nicht sonderlich willkommen war.

»Du siehst wunderschön aus, Izzy«, meinte er mit Nachdruck. Sie warf ihm einen ruhigen, gefaßten Blick zu und ignorierte seine Bemerkung.

»Was hast du vor für den heutigen Tag?« fragte sie.

David fuhr spielerisch durch Robins Har, wobei er nicht bemerkte daß er damit die winzigen Zöpfchen durcheinanderbrachte.

»Papa!« Sie duckte sich und glättete ihr Haar mit den Händen.

»Tut mir leid, Robin«, meinte er zerknirscht. »Dafür darfst du dir heute aussuchen, was wir machen. Was meinst du – erst Bowling und dann Hamburger essen?«

Robin warf ihm einen abschätzigen Blick zu, und Isabel mußte ihr Lachen unterdrücken. Es war langsam an der Zeit, daß David merkte, daß sein süßes kleines Kätzchen sich während der Sommerferien in eine ausgewachsene junge Löwin verwandelt hatte. Eine Löwin, die jederzeit bereit war, ihre Krallen auszufahren.

Die Robin, die den ganzen Samstag mit Bowling und Hamburgeressen verbracht hatte, gehörte der Vergangenheit an. Die neue Robin wollte einkaufen und elegante Restaurants besuchen, wo sie sich zur Schau stellen konnte.

»Ich würde gerne zum Bowling gehen, Papa«, meinte Naomi aufgeregt.

Immer unsere Friedensstifterin, dachte Isabel liebevoll.

»Hey Mann, Bowling ist was für Kleinkinder«, schnappte Robin.

»Nun kommt mal her.« David legte seine Arme um beide Töchter und drückte sie gegeneinander. »Ich möchte nicht, daß sich meine zwei wunderschönen Mädchen streiten.«

Sich selbst als wunderschön beschrieben zu hören beschwichtigte Robin ein wenig.

»Wenn du möchtest, dann können wir ja zum Bowling gehen, Naomi«, gab sie nach. »Aber nur, wenn wir mittags ins *Clarence* gehen. *U2* sind die Eigentümer, und lauter Filmstars übernachten dort. Eine aus meiner Schule war da zum Abendessen und hat gesagt, sie habe Leonardo DiCaprio an der Bar gesehen. Bitte, Papa, ja?«

»Aber natürlich, Robin. Was auch immer du möchtest.«

»Also gut«, sagte Isabel knapp. Sie blickte auf ihre Uhr und hob Aktentasche und Papiere auf. »Ich muß zu einer Besprechung ins Büro, und danach muß ich noch an einem Mittagessen teilnehmen. Wann wirst du die beiden Mädchen heute abend zurückbringen?« wandte sie sich an David.

»Ich weiß nicht genau… sagen wir neun, zehn?«

»Leg dich bitte ein klein wenig genauer fest«, entgegnete sie, vergeblich bemüht, den feindlichen Tonfall aus ihrer Stimme zu verbannen.

»Gehst du heute abend aus? fragte er mit aalglatter Stimme.

»Das geht dich nichts an«, schnappte sie zurück. »Ich erwarte die Mädchen um acht.«

»Tschüs, Mama.« Naomi umarmte Isabel, und Robin verließ mit einem vergnügten »Bis dann« die Küche.

David wartete, bis die Mädchen die Küche verlassen hatten. »Ich hatte gehofft, daß wir dieses Wochenende vielleicht irgendwo zusammen etwas trinken könnten, Izzy. Wir haben eine Menge zu besprechen.« Er blickte sie mit großen Dackelaugen an.

Isabel hätte ihn liebend gern aus dem Haus geschmissen und ihm klargemacht, daß sie nicht mit einem Mann reden wollte, der zum Thema Unterhalt seiner Töchter noch nicht ein Wort verloren hatte. Aber das konnte sie nicht tun. Er war der Vater ihrer Töchter, und er hatte ausnahmsweise einmal recht. Sie hatten tatsächlich eine Menge zu besprechen.

»Morgen abend, nachdem du die Mädchen zurückgebracht hast. Dann könnten wir für ein Stündchen weggehen«, sagte sie mit Bestimmtheit. Sonntag abend würde sie vielleicht soweit sein, es mit ihm aufnehmen zu können.

»Prima, ich freue ich«, meinte David fröhlich. Er ging an ihr vorbei und küßte sie auf die Wange, noch bevor sie zurücktreten konnte. Isabel ärgerte sich, daß sie das nicht hatte kommen sehen und wischte sich die Wange ab, während er die Mädchen rufend aus dem Zimmer stürzte. Die Haustür knallte zu, und sie war wieder allein. Sie fragte sich, ob sie zum Einkaufen nicht zu fein angezogen war.

Selbstverständlich war die Lammkeule perfekt. Pamela Mulhearn war eine ausgezeichnete Köchin. Mehlige Kartoffeln, knackig zubereitete Erbsen und eben gargekochter Broccoli und Karotten schmeckten wunderbar. Sie zeugten von der Gewohnheit von Isabels Mutter, auch am Sonntag morgen bereits früh um acht aufzustehen und das Mittagessen vorzubereiten, bevor sie zur Messe ging.

»Ich bleibe am Wochenende nicht gern lang im Bett«, hatte sie immer behauptet.

Dennoch hatte Isabel keinen Appetit. Um ihre Mutter nicht zu verletzen, schob sie ihr Essen auf dem Teller herum und versuchte, das nicht angerührte Lamm unter ein paar Kartoffelstückchen zu verstecken. Wieder hatte sie schlecht geschlafen und über Jack nachgedacht und brachte jetzt einfach keinen Bissen herunter.

Zum Frühstück hatte sie allein eine Tasse Kaffee und eine halbe Scheibe dunklen Toast gegessen, weil David die Mädchen schon um acht Uhr abgeholt hatte, um sie nach Wexford mitzunehmen.

Ohne die Mädchen fühlte sich Isabel einsam. Ein ganz normales Sonntagmittagessen erschien ihr in dieser Situation als reine Tortur.

»Noch ein paar Erbsen, Isabel?«

»Nein danke, Mutter.« Sie hoffte, ihrer Mutter würde ihr weitestgehend unangerührter Teller nicht auffallen.

Ausnahmsweise jedoch schien Pamela überhaupt nicht daran interessiert, daß ihre Tochter jeden Bissen ihres Tellers aufaß. Sie sprach lebhaft von ihrem neuesten Projekt, einem Laden für Gebrauchtkleidung, dessen Erlöse der Wohlfahrt zukamen und wo sie vor kurzem zu arbeiten begonnen hatte.

»Die wissen einfach nicht, wie man so einen Laden führt. Wie ich schon zu deinem Vater gesagt habe, sie haben alles ganz falsch organisiert. Es gibt kein ordentliches Buchhaltungssystem, sie wissen nie genau, wie ihre Lagerbestände im Augenblick aussehen. Und sie haben noch nicht einmal ein Bügeleisen im Hinterzimmer, um die Kleidungsstücke aufzubügeln, die völlig zerknittert sind!«

»Ich wußte gar nicht, daß du soviel von Lagerhaltung und Buchhaltung verstehst, Mutter«, bemerkte Isabel interessiert.

»Ich habe in der Arztpraxis ein bißchen Buchhaltung gemacht, wo ich vor der Ehe mit deinem Vater gearbeitet habe«, erwiderte Pamela. »Außerdem braucht man doch nur mal in den Fernseher zu sehen, um zu wissen, daß die Lagerhaltung das Rückgrat eines Geschäfts bildet. Ich begreife nicht, wie sich der Laden so überhaupt halten kann.«

Als Isabel merkte, daß ihre Mutter an ihrem Fleischkonsum überhaupt nicht interessiert war, lehnte sie sich zurück und nippte an ihrem Weißwein.

»Wer führt denn den Laden?« fragte sie.

»Früher hat es Frau Jewison gemacht. Offenbar war sie sehr gut, aber sie hat sich die Hüfte gebrochen. Deswegen führt jetzt Frau Flaherty die Geschäfte. Und glaube mir, dieser Frau sollte man noch nicht einmal die Kontrolle über einen Einkaufswagen im Supermarkt gestatten.«

Pamelas Gesichtszüge waren lebhaft und glücklich, und ihre Augen leuchteten hinter ihrer Brille. Sie erläuterte ihren Plan, den winzigen Laden, der in einer ehemaligen Reinigung untergebracht war in den erfolgreichsten Wohlfahrtsladen der ganzen Ostküste zu verwandeln. Ihr Enthusiasmus war ansteckend. Die normalerweise so gedrückte Sonntagsstimmung hatte fast einer Art Fröhlichkeit Platz gemacht.

Isabels Vater kaute nicht ängstlich auf seinem Lamm herum, falls er sich irgendwie falsch äußerte und Pamela ihn dann fragen würde, ob etwas mit ihren Kochkünsten nicht stimme.

Erstaunt registrierte Isabel, daß Pamela vollkommen verwandelt war.

Sie machte keine abfälligen Bemerkungen über die Zähheit des Fleisches oder den Untergang des Metzgergeschäfts, nachdem der »nette Herr Hill« nicht mehr da war und »die Sache seinem untalentierten Sohn überlassen hat«.

Pamela aß mit Appetit und kostete sogar ein wenig von dem Weißwein, den Isabel mitgebracht hatte, obwohl sie normalerweise kaum etwas anderes als Sherry trank.

»Meiner Ansicht nach müssen wir viel wählerischer sein, welche Kleidung wir überhaupt akzeptieren«, meinte sie. »Sonst werden die etwas besser gestellten Käufer einen großen Bogen um uns machen, weil sie bei uns nur minderwertige Kleidung vermuten. Wir werden aber auch bessere Kleidung zu verkaufen haben, wenn die Käufer gehoben sind. Die Reicheren werden uns ihre alte Kleidung geben, dann bekommen wir all das Zeug der angesehenen Markenfirmen.«

»Du scheinst dich ja richtig reinzuknien«, ermutigte sie Isabel. Sie freute sich über Pamelas positive Veränderung. »So etwas hättest du schon vor Jahren anfangen sollen.«

Ihre Mutter machte einen fast beschämten Eindruck. »Ich weiß. Jetzt bereue ich es auch, nicht mehr getan zu haben. Viele Leute haben mich immer wieder gebeten, bei den örtlichen Wohlfahrtsaktivitäten mitzumachen. Ich wollte einen richtigen Job, verstehst du?«

Isabel schüttelte den Kopf. »Eigentlich nicht.«

Pamela seufzte. »Ich war ganz einfach zu stolz. Ich hielt mich immer für viel zu schlau. Ein Job wie bei der Wohlfahrt, wo sie *jeden* nehmen würden, war irgendwie unter meiner Würde. Ich glaubte, mehr wert zu sein. Deshalb habe ich nie geholfen. Nach all den Jahren lerne ich jetzt, daß es viel Spaß macht, und daß ich es richtig gut kann.« Sie lächelte reumütig. »Außerdem brauchen Wohlfahrtsorganisationen genauso dringend clevere Leute wie normale Geschäfte.«

Zum ersten Mal seit Jahren beugte sich Isabel zu ihrer

Mutter hinüber und umarmte sie spontan. Ihre Mutter war nicht gerade sonderlich verschmust, sie hielt nichts von liebevollen Küßchen und häufigen Berührungen. Auch jetzt umarmte sie Isabel etwas steif, als ob sie nicht wisse, was sie mit ihren Armen anfangen solle. Aber immerhin war es eine Umarmung.

»Das ist doch prima, Mutter«, meinte Isabel herzlich. »Ich bin so stolz auf dich. Falls jemand den Laden in Schwung bringen kann, dann du, soviel ist sicher.«

Pamelas normalerweise so strenge Gesichtszüge belebten sich. Sie strich sich über ihre perfekt gefärbten Locken. »Das hoffe ich. Und nun verrate mir, warum hast du dein Essen nicht gegessen?«

Der Tag verging schmerzlich langsam. Ohne Naomi und Robin fühlte sich Isabel verloren. Erst versuchte sie es mit Gartenarbeit, aber das war ein hoffnungsloses Unterfangen. Beim Unkrautjäten fand sie nur noch mehr Zeit, um über Jack und ihre Beziehung nachzudenken. Eine Beziehung, die keinerlei Zukunft versprach.

Während Isabel den Spaten in den harten Boden stieß, um einen besonders hartnäckigen Löwenzahn zu entwurzeln, hatte sie das abfällige Lächeln Elizabeth Carters vor Augen. Elizabeth ... reich, privilegiert, faul – nun, vielleicht doch nicht so faul, gab Isabel zu. Sie organisierte eine Menge Wohltätigkeitsveranstaltungen. Allerdings konnte Isabel sie sich nicht in einem kleinen Wohltätigkeitsladen beim Durchwühlen gebrauchter Kleidung vorstellen, während Pamela ihr aus dem Hintergrund Anweisungen erteilte.

Elizabeths Wohltätigkeitsveranstaltungen bedeuteten große Partys, Designerkleidung, jede Menge Komplimente ihrer Gäste und dann und wann etwas Kokain auf der Toilette. An ihrer Seite war Jack, der in seinem Abendjackett blendend aussah und dessen Augen sich bei witzigen Bemerkungen seiner Gäste amüsiert kräuselten.

Isabel stieß den Spaten mitten in den Löwenzahn. Verdammtes Unkraut! David kam mit den Mädchen um halb neun zurück. Isabel zwang sich, keinerlei Bemerkung darüber zu machen, daß er eine halbe Stunde später als versprochen zurückgekehrt war. Sie streifte sich ruhig ihre Jacke über und erklärte Robin, eine Pizza sei im Tiefkühler, falls sie oder Naomi hungrig sei. Dann wandte sie sich an David, er solle ihrem Auto bis zur *Harbour Bar* folgen. Auf diese Weise konnte er danach in sein Hotel zurückkehren ohne noch einmal bei ihr zu Hause vorbeifahren zu müssen.

In der *Harbour Bar* wählte Isabel einen Ecksitz und überließ es David, ihr eine Weißweinschorle zu besorgen.

Der Pub war voller Leute, teilweise aus dem Kiez, teilweise Touristen, die die gemütliche Atmosphäre einer echten irischen Bar zu schätzen wußten. Ein hübsches Mädchen mit glänzendem schwarzem Haar und einer Hose, die ihr auf die kurvenreichen Hüften gesprüht zu sein schien, musterte David, als er an der Bar die Getränke bestellte. Isabel beobachtete, wie sie ihn beobachtete und wußte, daß David, obwohl er dem Mädchen den Rücken zugewandt hatte, sich ihrer Blicke bewußt war. Für diese Dinge hatte er schon immer einen sechsten Sinn gehabt.

Das Mädchen knuffte ihre Freundin und flüsterte etwas, dann lachten sie – es war ein hohes, mädchenhaftes Lachen. David wandte ein wenig den Kopf, so daß er sehen konnte, aus welcher Richtung das Lachen kam. Das Mädchen lächelte ihn scheu an, und er lächelte zurück.

Isabel wandte den Blick ab, denn sie wollte sich nicht dabei erwischen lassen, wie sie ihn beobachtete. Himmel, es war eine Farce. Sie beobachtete ihren Ehemann beim Flirten mit einer jungen Frau just an dem Abend, an dem er sie zu einem Drink eingeladen hatte, um sich mit ihr zu versöhnen. Sie war sich sicher, daß es darauf hinauslaufen sollte. David glaubte offenbar, er könne seinen alten Platz in ihrem Leben irgendwie wieder einnehmen, wenn auch nur auf Teilzeitbasis.

Warum sonst hatte er Naomi bei seinem letzten Besuch über Isabels Freizeitgewohnheiten ausgefragt, und warum hatte ihm Naomis unschuldige Darstellung, Mami gehe nicht häufig aus, so gut gefallen?

Er stellte die Drinks auf den Tisch und nippte an seinem frisch gezapften Guinness.

»Das hatte ich jetzt wirklich nötig«, sagte er und wischte sich die Lippen mit dem Handrücken ab. »Es war ein sehr hektisches Wochenende.«

»Worüber wolltest du mit mir sprechen?« erkundigte sich Isabel abrupt.

»Über uns, über die Mädchen, über das Haus.«

»Es gibt kein ›uns‹, David. Das weißt du. Und was die Mädchen betrifft, so würde ich gerne wissen, wann du mit den Unterhaltszahlungen beginnen möchtest. Es sind jetzt sechs Monate vergangen, und du hast nicht einen Pfennig gezahlt. Außerdem würde ich gern wissen, was mit dem Haus geschieht. Gehört es uns noch, und wenn ja, wann wirst du es verkaufen? Ich brauche das Geld.«

Ihrer direkten Art begegnete er auf die gewohnte Weise. »Nun mal langsam, Izzy. Du hast es immer gleich so eilig. Wir sollten noch nicht über einen Verkauf des Hauses nachdenken...«

»Warum nicht?« unterbrach sie ihn.

»Hör zu, Izzy.« Er stellte das Glas ab und rückte dichter an sie heran, so daß unter dem kleinen Tisch sein Knie fast ihr Bein berührte. »Die neue Agentur läuft sehr gut. Freddys Ansicht nach sind wir in ein paar Monaten in den schwarzen Zahlen. Und dann werden wir genug Geld haben. Ich denke nach wie vor an diese Villa in Portugal. Du weißt schon, die, von der wir so oft geredet haben. Etwas südlich von Lissabon, da sind wir noch nah an der Stadt, aber trotzdem schon auf dem Land...«

»Du hast es wohl immer noch nicht begriffen, David, nicht wahr?« fragte Isabel entnervt. »Hier geht es nicht um eine Zweitwohnung in Portugal oder wie gut oder schlecht deine Agentur läuft. Um ehrlich zu sein, mir ist es vollkommen gleichgültig, solange du für die Mädchen Unterhalt zahlst. Hier geht es um *uns*. Du möchtest gern, daß wir wieder ein Paar werden, doch das steht außer Frage. Verstehst du?« Sie hatte ihre Stimme erhoben, und das Paar am nächsten Tisch blickte neugierig in ihre Richtung. Isabel errötete. Sie haßte es, beobachtet zu werden.

»Große Umschweife machst du wirklich nicht«, bemerkte David tonlos.

»Nein. Dazu gibt es auch keinen Anlaß.«

»Hör mir mal zu...« Er wollte ihre Hand nehmen, aber Isabel zog ihre schnell zurück. Sie kannte seine Tricks. »Isabel«, sagte er mit einschmeichelnder Stimme. Wenn er sie Isabel nannte, mußte es ihm ernst sein. »Hör mir zu«, wiederholte er, ohne den Versuch einer Berührung zu unternehmen. »Unterbrich mich bitte nicht. Ich habe in letzter Zeit so oft an dich gedacht und mir gewünscht, ich könnte die Zeit zurückdrehen. Wir hatten doch auch sehr schöne Zeiten, nicht wahr? Erinnere dich doch mal an letztes Jahr, als wir um diese Zeit alle gemeinsam eine Woche lang in Schottland waren.«

Isabel erinnerte sich an das herrlich friedliche Ferienhaus, das sie sich für fünf Tage gemietet hatten und an die schönen zwei Tage, die sie in Edinburgh verbracht hatten. Äußerlich jedenfalls hatten sie allen anderen Familien geglichen, zwei Erwachsene und zwei Töchter. Nicht ein nervlich angespanntes Elternpaar mit einer niedlichen Tochter und einem etwas widerborstigen Teenager.

David ergriff ihre Hand, und diesmal zog Isabel sie nicht zurück.

Einen kurzen Moment lang dachte sie, wie schön es doch war, mit einem Mann in der Kneipe zu sitzen und sich keinerlei Gedanken darüber zu machen, von irgendwem gesehen zu werden. David mußte nicht zu seiner Frau nach Hause eilen, *sie* war seine Frau. Dann jedoch erinnerte sie sich daran, wie es gewesen war, seine Frau zu sein. Die Streite über die Rechnungen, die verrückten, angeblich lukrativen Projekte, seine Fähigkeit, an der Realität vorbei im Wolkenkuckucksheim zu leben und ihre Unfähigkeit, so zu leben.

Dann dachte sie an Jack, den wunderbaren Jack, den sie unendlich liebte. Es war an der Zeit, es ihm zu sagen. Bei ihrem nächsten Treffen würde sie es tun. Er konnte dann seine Entscheidung über ihre Zukunft wie auch immer fällen, sie aber wäre ihm gegenüber ehrlich gewesen. Wenn er nicht hören konnte, daß sie ihn liebte, war das sein Problem. So schwer es ihr auch fallen würde, würde sie weggehen und zumindest wissen, richtig gehandelt zu haben.

»Wir haben soviel miteinander durchgemacht«, murmelte David. »Ich will einfach nicht wahrhaben, daß du das alles einfach wegwerfen möchtest, Isabel. Gelingt dir das denn?« Sein Blick war beschwörend, sein jungenhaftes Gesicht geradezu unwiderstehlich.

Isabel musterte ihn und fragte sich, wie sie jemals auf diesen Unsinn hatte hereinfallen können. »Ich werfe überhaupt nichts weg, David, es ist schon lange nicht mehr da. Wir sind getrennt, und ich wünsche die Scheidung.« Diesmal zog er seine Hand weg. »Das kannst du doch nicht ernst meinen?« fragte er schroff.

»Mir ist es sogar sehr ernst. Ich möchte die Dinge sachlich regeln, uns zuliebe und der Mädchen wegen. Sie würden nicht wollen, daß ihre Eltern sich bis aufs Messer zerfleischen.« David betrachtete stirnrunzelnd sein Bier.

»Beispielsweise das Besuchsrecht sollten wir miteinander absprechen, bevor wir zum Anwalt gehen. Es würde die Sache vereinfachen«, meinte Isabel. »Sie könnten dich in den Herbstferien besuchen, das ist ein langes Wochenende im

Oktober.« Sie hielt inne, denn allein die Vorstellung war ihr schon verhaßt. »Oder aber, wenn das nicht geht, könntest du sie vielleicht über Weihnachten sehen. Ich habe sie ja all die übrige Zeit. Obwohl ich sie sehr vermissen würde…«

»Weihnachten wird sich wohl kaum machen lassen«, warf er schnell ein. »Ich habe… äh… schon etwas vor.«

Wieder verlor Isabel die Fassung.

»Es ist unglaublich! Du bittest mich, zu dir zurückzukommen, obwohl du für Weihnachten bereits deine eigenen Pläne gemacht hast«, sagte sie verärgert. »Wie wolltest du mir das denn beibringen? Hättest du es nach einer Versöhnung ankündigen wollen? ›Tut mir leid, Izzy. Tut mir leid, Robin. Tut mir leid, Naomi – Weihnachten werde ich nicht dasein. Eure Geschenke sind unter dem… ach du lieber Himmel! Geschenke habe ich ja ganz vergessen. Schwamm drüber, dann eben nächstes Jahr.‹«

»Sei nicht so gemein, Isabel«, zischte David. »Es steht dir nicht. Die Weihnachtsreise ist rein geschäftlich. Vermutlich wird sie äußerst langweilig sein. Wie sollen wir einen Kundenkreis aufbauen, wenn wir unsere Kunden nicht bei Laune halten und ihnen das anbieten, was andere Agenturen ihnen auch anbieten würden? Darum geht es bei der Reise nach Jamaika. Ich begreife einfach nicht, weshalb du das nie verstanden hast. Warum du mir nie den Rücken gestärkt hast, wenn es um eine Geschäftsreise ging.«

»Du hast vollkommen recht, David«, entgegnete sie kühl. »Ich konnte dir nie den Rücken stärken. Jedenfalls nicht, wenn ich wußte, daß diese Reisen die Gewinne der Firma auffraßen – jene Gewinne, die unserer Familie hätten zugute kommen können, wenn sie nicht für Spesen für Kunden draufgegangen wären, die sich in Fünf-Sterne-Hotels den Wanst vollfraßen.«

»Du bist so kurzsichtig, Isabel«, bemerkte er abschätzig. »Du verstehst es einfach nicht.«

»Ganz im Gegenteil«, erwiderte sie und schob ihren nur

halb geleerten Drink von sich. »Ich bin weitsichtig. Unsere Ehe ist eine Sache der Vergangenheit, David. Wenn wir bereits nach fünfzehn Minuten kein zivilisiertes Gespräch miteinander führen können, werden wir wohl kaum noch ein paar Jahre lang harmonisch zusammenleben. Und nun laß uns über das Haus reden. Ich möchte es verkaufen.«

Montag morgen war Jack um halb zehn am Telefon. Isabel war gerade erst im Büro angekommen, und Jackie stand neben ihr und winkte mit einem Stapel Telefonnachrichten.

»Ich habe dich so sehr vermißt«, sagte er.

»Wirklich?« fragte Isabel fröhlich, denn Jackie stand neben ihr und notierte sich eine weitere Nachricht.

»Morgen«, murmelte Phil und ließ ihre Aktentasche neben die von Isabel auf den Schreibtisch fallen. »Malley möchte uns in fünf Minuten zu einer Lagebesprechung bei sich sehen. Ich habe sie eben gerade auf dem Weg hierher getroffen.« Isabel nickte. »Ich habe jetzt leider keine Zeit, äh... Susan«, sagte sie in die Muschel.

»Susan?« Jack lachte. »Könntest du denn nicht wenigstens so tun, als ob ich ein Mann wäre? Juan, Philippe, Dirk... irgend etwas Männliches, damit alle ins Grübeln kommen, wer wohl dein exotischer Liebhaber ist.«

Isabel mußte sich auf die Lippe beißen, um nicht zu kichern. »Das wäre den Umständen nicht angemessen, *Susan,* aber wenn du möchtest, kann ich eine Annonce ins Blatt setzen – als Mitarbeiter bekommen wir Rabatt – und deinen Namen darin ständig wiederholen!«

»Gute Idee«, sagte Jack spontan. »Genau das sollten wir tun. Diese heimlichen Verabredungen habe ich gestrichen satt. Da du im Augenblick offenbar nicht reden kannst, rufe ich dich heute abend an. Tschüs, Liebling, und dir noch einen schönen Tag.«

Isabel war viel zu sehr mit Jacks Worten beschäftigt, als daß sie der Sitzung hätte aufmerksam folgen können. Der

Rest des Tages verlief hektisch, und sie hatte keine Zeit, sich ruhig irgendwo hinzusetzen und darüber nachzudenken, was Jack eigentlich gemeint hatte. Erst als sie nach einem langen Arbeitstag, an dem alles irgendwie schiefgegangen war, abends nach Bray zurückfuhr, ließ sie sich die Unterhaltung noch einmal durch den Kopf gehen. *Diese heimlichen Verabredungen habe ich gestrichen satt.* Ihr ging es nicht anders. Was aber hatte er damit sagen wollen? Wollte er Elizabeth verlassen? Oder war er einfach nur ein wenig keck und hatte die merkwürdig einseitigen Unterhaltungen satt, die sie in der Gegenwart Fremder führen mußten?

Zu Hause hatte Robin eine selbstgemachte Auberginenlasagne aufgetaut, während Naomi an der Frühstücksbar den Tisch deckte. Wunderbare Gerüche drangen aus dem Ofen, und Isabel, die lediglich einen Joghurt zum Mittag gegessen hatte, verspürte großen Hunger.

»Setz dich, ich mache dir eine Tasse Tee«, meinte Robin besorgt.

Isabel vermutete, daß das gemeinsame Wochenende mit ihrem Vater für ihre ältere Tochter nicht sonderlich erfolgreich verlaufen war. Sie war jedoch klug genug, sie diesbezüglich nicht zu löchern. Wenn Robin reden wollte, würde sie es irgendwann tun.

Nach dem Essen verzog sich Robin in ihr Zimmer, und Naomi und Isabel sahen fern. Als das Telefon klingelte, war Isabel zu müde, um aufzustehen und ließ Naomi in den Flur rennen, um den Anruf entgegenzunehmen.

»Für dich, Mama«, rief sie wenig später.

Isabel ließ sich auf der untersten Treppenstufe nieder und nahm den Hörer entgegen.

»Du hörst dich müde an«, sagte Jack. »Hattest du einen schlimmen Tag?«

»Ich bin vollkommen geschlaucht. Doch es war nicht nur der heutige Tag«, gestand sie. »Es war das ganze Wochenende. Es war so entnervend. David und ich sind noch zusammen in die Kneipe gegangen«, erzählte sie müde, zog die Haarnadeln aus ihrem Knoten und fuhr sich mit den Händen durch die Haare.

»Seid ihr das?« hakte Jack angespannt nach.

»Ja. Anfangs hat er behauptet, er wolle über die Mädchen reden, aber dann hat er mir lang und breit von seiner Firma erzählt und von einer Villa in Portugal, die er für uns kaufen möchte.«

»Eine Villa in Portugal?« fragte Jack mit etwas lauterer Stimme. »Dabei handelt es sich doch wohl hoffentlich nur um einen Scherz. Ich dachte, er sei bankrott?«

»Er seinerseits schätzt das anders ein«, entgegnete Isabel. »Ich verstehe es ohnehin nicht. Aber ohne einen Pfennig in der Tasche von einer Villa in Portugal zu träumen entspricht David ganz und gar.« Sie rollte mit den Augen. »Er wollte dort schon seit Jahren etwas kaufen. Er liebt das Land, und wir sind oft in den Ferien dort gewesen. Die Idee ist natürlich ein Hirngespinst. Er hat immer schon jeden Pfennig ausgegeben, so daß wir noch nicht einmal genügend Geld fürs Nötigste hatten, von Zweithäusern ganz zu schweigen.«

»Und was hältst du davon – von der Villa?«

Isabel spürte mehr als nur ein Quentchen Eifersucht, und sie mußte lächeln. »Ich weiß nicht so recht«, scherzte sie. »Ich wollte schon ewig eine Ferienwohnung in einem warmen Land besitzen, wo man den ganzen Tag über nicht mehr als einen Bikini tragen muß. Und ich liebe Portugal.«

»Verstehe.« Jack schien total konsterniert.

»David könnte mir alle Villen Portugals kaufen«, erklärte sie nun endlich. »Ich würde ihn dort nicht besuchen. Eigentlich war er auf eine Versöhnung aus, weshalb er mich auch eingeladen hat. Aber ich habe ihm klargemacht, daß ich auf die Scheidung bestehe.«

»Gott sei Dank«, erwiderte Jack erleichtert. »Einen Augenblick lang hatte ich befürchtet, du wolltest vielleicht wieder zu ihm zurückkehren.«

»Tut mir leid. Eigentlich hatte ich angenommen, daß du das für vollkommen ausgeschlossen halten würdest.«

»Das halte ich ja«, murmelte er. »Aber... Himmel, ich weiß nicht, Isabel. Plötzlich hatte ich solche Angst, daß du damit sagen wolltest, du hättest von mir genug und genug von den ganzen Lügen und der Heimlichtuerei.«

»Sei nicht albern«, erwiderte sie leise. »Ich würde einen anderen Mann keines Blickes würdigen, weißt du das denn nicht?«

»Ich weiß, danke.«

»Paß mal auf«, meinte sie aufmunternd. »Laß uns morgen abend zusammen essen gehen. Wir könnten irgendwo ganz diskret...«

»Mama, bist du immer noch am Telefon?« rief Robin und rannte die Treppe hinunter. »Ich möchte Susie anrufen.«

Isabel erstarrte auf der untersten Stufe. »Äh... einen Moment noch, Robin. Ich spreche gerade mit Phil. Ich muß jetzt Schluß machen«, entschuldigte sie sich bei Jack. »Wir sehen uns morgen bei der Arbeit. Wir können ja dann darüber sprechen. Tschüs dann also«, fügte sie noch gespielt fröhlich hinzu.

Es hätte keinen Sinn, die Unterhaltung fortzuführen, wenn Robin jedes Wort mithören würde. Doch nachdem Isabel aufgelegt hatte, fühlte sie sich gänzlich miserabel. Sie haßte das Versteckspielen, sie haßte es, Robin gegenüber zu lügen und so zu tun, als habe jemand anderer angerufen. Warum konnten Jack und sie keine ganz normale, für alle sichtbare Beziehung wie andere Leute auch führen? War das wirklich zuviel verlangt?

19

»Natürlich wirst du dich gut amüsieren, das weißt du doch.« Maeve schaltete ihren Computer aus. »Fiona würde ich so gerne sehen. Ihre Partys sind jedesmal ein Renner. Was hattest du denn für heute abend vor?«

»Ich wollte zum Fitneßcenter«, erwiderte Dee und lehnte sich an den Schreibtisch ihrer Freundin. »Ich muß dreimal in der Woche zum Aerobic, und Mittwoch habe ich verpaßt.«

»Es hat keinen Sinn, fit und schlank zu sein und hundert Jahre alt zu werden, wenn du dafür ein langweiliges Leben leben mußt und nie vor die Tür kommst«, meinte Maeve.

»Nach einer Woche Areobic bin ich wohl kaum fit und schlank«, widersprach Dee. »Aber fünf Pfund habe ich verloren.« Sie ließ eine Hand über die Hüften gleiten und fragte sich, ob sie bereits auffallend viel schlanker wirkte oder ob nur sie den Unterschied bemerkte.

»Du siehst prima aus«, ermutigte sie Maeve. »Ein richtiger Männermagnet. Noch ein Grund mehr, heute abend mit mir auszugehen und mit all den attraktiven Männern auf Fionas Geburtstagsparty zu flirten.«

Sie verließen das Büro und gingen gemeinsam zum Parkplatz. Dee hatte beide Arme voller Papiere, Beilagen und Artikel von Honorarkräften, die sie durchlesen wollte, denn sie hatte das Wochenende über frei.

»Kommt Carl auch?« fragte sie. »Ich möchte nicht inmitten lauter verliebter Paare sitzen.«

Sie konnte die Vorstellung nicht ertragen, als einzige Singlefrau eine gerammelt volle Party gurrender Paare zu besuchen, die ständig miteinander turtelten, sich neckten und Eskimoküsse austauschten. Einen derartigen Abend wollte sie sich gerne ersparen.

Maeve öffnete die Tür des klassischen Sportwagens, dessen Wartung sie Unsummen kostete. »Er wird etwas später kommen, heute muß er bis halb zehn arbeiten. Ich brauche also unbedingt moralische Unterstützung. Bitte komm doch mit«, bettelte sie. »Wir werden viel Spaß haben. Und du weißt doch genau, was passiert, wenn du nicht mitkommst, Dee. Du wirst vom Fitneßstudio nach Hause kommen und dich den ganzen Abend lang vorm Fernseher langweilen.«

Damit allerdings hatte Maeve recht. Eine kalorienreduzierte Fischmahlzeit mit grünem Salat, zwei Gläser kalifornischen Weißwein und als Freitagsbonus eine um fünfundneunzig Prozent fettreduzierte Schokoladenmousse erwarteten sie neben der Fernsehzeitschrift und einem idiotischen Krimi, den sie sich nie und nimmer angeguckt hätte, wenn Gary noch im Haus gewesen wäre. Noch ein aufregender Freitag abend im Leben von Dee O'Reilly, der fabelhaften Journalistin. Wenn ihr danach war, würde sie vielleicht noch eine Saunamaske auflegen, sich die Augenbrauen zupfen und die Zehennägel lackieren. Na, Donnerwetter!

»Ich komme mit«, sagte sie plötzlich. »Fahren wir mit dem Auto, oder nehmen wir uns ein Taxi?«

Dee bemerkte ihn lange bevor er sie bemerkte. Sie war gerade mit Maeve zusammen eingetroffen und folgte ihrer Freundin die Steinstufen hinunter in die riesige Küche, als sie ihn sah. Er war von Kopf bis Fuß in verblichenen Jeansstoff gehüllt, lehnte eine Eiskrem essend am riesigen Kühlschrank und beobachtete die beiden Menschen im Zimmer, die sich mit der Leidenschaft von Teenagern bei ihrer ersten Verabredung küßten.

Er war blond, hatte ein jungenhaftes, feingliedriges Gesicht, azurblaue Augen und volle Lippen, die eigentlich eher einem Mädchen als einem Mann Mitte Zwanzig gestanden hätten. Aber sein athletischer, schmalhüftiger Körper sah überhaupt nicht weiblich aus. Vielleicht lag das aber auch nur an den Nebenwirkungen der Flasche Frascati, die Maeve und sie vorhin bei Maeve zu Hause geleert hatten. Oder aber es lag daran, daß sie fünf Pfund verloren hatte und sich in ihrem schwarzen Samtrock und dem feinen, caramelfarbenen Häkeljäckchen sehr hübsch fühlte. Jedenfalls hatte Dee Lust, sich etwas draufgängerisch zu benehmen.

Als sich die lächelnden Lippen des jungen Mannes um die Eiskrem schlossen, wünschte sich Dee, sie wäre das schokoladenumhüllte Stieleis.

»Dee, Maeve! Da seid ihr ja endlich!« kreischte ihre Gastgeberin, die mit einem hübschen schwarzen Typen im Schlepptau offenbar gerae aus dem Garten hereingekommen war, denn sie hatte ein paar Zweige im Haar.

Er war gute dreißig Zentimeter größer als Fiona. Fiona trug schwarze Lederjeans und ein hautenges lila T-Shirt. Mit ihrem rotbraunen, ihren Rücken hinunter verlängerten Haar ähnelte sie eher einer Heavy-Metal-Moderatorin bei MTV als einer dreißigjährigen Werbefachfrau auf Managementlevel.

»Hallo, Fiona. Tut uns leid, daß wir so spät kommen. Wir sind aufgehalten worden. Aber wir haben etwas zu trinken mitgebracht. Und ...«, Maeve hielt ein in buntes Geschenkpapier gewickeltes Geschenk mit einer rosa Schleife hoch, »... dein Geburtstagsgeschenk!«

»Wie süß von euch!« quietschte Fiona vergnügt. »Tausend Dank. Hoffentlich sind es sexy Höschen! Bis jetzt hat mir jeder kristallene Obstschalen und Sachen für das Haus geschenkt, oder aber Parfüm, das mir nicht gefällt. Und nun muß ich euch unbedingt Fabio vorstellen. Er ist das schönste Geburtstagsgeschenk, das sich ein Mädchen wünschen kann. Ein einziges Mal ist es meinem Bruder immerhin gelungen, mir etwas zu schenken, was ich wirklich brauche – einen Mann!«

Sie zerrte ihn heran und schlang ihre Arme glücklich um seine Taille.

»Fabio, darf ich dir Dee und Maeve vorstellen. Maeve

und ich waren zusammen auf dem College, und Dee ist eine Kollegin von Maeve. Die beiden darf man eigentlich gar nicht zusammen auf die Menschheit loslassen!« kreischte sie vergnügt. Offenbar war sie stark angeheitert.

»Hallo.« Fabio grinste. »Nett, euch kennenzulernen«, sagte er mit weichem Akzent.

»Bist du Amerikaner?« erkundigte sich Dee überrascht. Mit einem Namen wie Fabio hätte sie ihn eigentlich eher für einen Italiener gehalten.

»Meine Mutter liebt Italien«, erklärte er geduldig, während er die Zweige aus Fionas hochgestecktem Haar zupfte. Dee fragte sich, was sie wohl im Garten gemacht hatten.

»Als ich geboren wurde, war mein Vater gerade außer Landes. Sonst wäre ich auf den Namen Luther getauft worden.«

»Fabio gefällt mir viel besser«, gurrte Fiona und ließ eine Hand in die Tasche seiner Jeans gleiten. »Mein Bruder Conor ist aus Südamerika zurückgekehrt«, wandte sie sich an die beiden Frauen. »Er war auf einer College-Expedition in Ecuador, Chile... nun, einfach überall. Gestern ist er mit vier Männern von der Expedition zurückgekehrt, einer von ihnen ist Fabio. Joey liegt oben in meinem Zimmer und versucht zu schlafen, weil er unter Jetlag leidet. Er möchte unbedingt, daß wir die Musik leiser stellen. Che ist wohl im Wintergarten und rollt karottendicke Joints. Und Daryl...« Sie blickte über Dees Kopf hinweg in Richtung Kühlschrank, wo Herr Eiskrem sich lässig die Finger ableckte. »Daryl ißt uns die Haare vom Kopf. Ich versuche ständig, ihn nach oben auf die Party zu lotsen, aber er will unbedingt in der Küche bleiben. Offenbar ist er schüchtern.«

»Wo kommt Daryl her?« fragte Dee so beiläufig wie möglich, während sie den attraktiven, goldblonden Typ musterte. »Texas«, erwiderte Fabio. »Während der Reise haben wir ihn immer ›Cowboy‹ genannt.«

Ein perfekter Name, dachte Dee, nachdem sie einen weiterne Blick in Daryls Richtung geworfen hatte. Ihm fehlte nur noch die Pistole – alles andere hatte er bereits, angefangen von der großen Gürtelschnalle seines Ledergürtels bis hin zu staubigen, braunen Cowboystiefeln.

»Fiona, ich stelle das in den Kühlschrank«, meinte Maeve und hielt die Flasche Weißwein hoch.

Fiona aber hörte gar nicht zu. Sie starrte immer noch vollkommen fasziniert Fabio an. »Und was ist dein Kosename?« schnurrte sie.

»Komm mit, Dee«, drängte Maeve. »Du hast das Bier.« Sie schob Dee in Daryls Richtung, der jetzt mit dem Eis fertig war und seinen Kopf auf der Suche nach noch mehr Essen in den Kühlschrank gesteckt hatte.

»Er sieht wirklich super aus, nicht wahr?« flüsterte Maeve Dee zu, während sie gemeinsam Daryls muskulösen Körper bewunderten.

»Das kannst du laut sagen«, flüsterte Dee, die den Blick nicht abwenden konnte. Ihr gefielen die schmalen Hüften, die sich nach oben zu breiten, kräftigen Schultern weiteten, über denen sich das Baumwollhemd spannte. »Er sieht einfach toll aus.«

»Dann mach dich an ihn ran«, zischte Maeve. »Es gibt nur eine Möglichkeit, einen Mann zu vergessen, und das ist ein anderer Mann, und zwar pronto. Eine schnelle Nummer mit Daryl ist jetzt genau das, was du brauchst, meine Liebe.«

»Sei nicht albern, er würde mich überhaupt nicht beachten...« begann Dee.

Plötzlich steckte Maeve ihr die Flasche Wein zu und rannte weg. »Ich muß unbedingt auf die Toilette«, sagte sie noch hastig, bevor sie die Treppe hinauf verschwand.

Ausdruckslos starrte Dee einen Augenblick lang auf Daryls Hintern, bis er sich mit einer großen Schüssel Kartoffelsalat in den Händen aufrichtete.

»Hallo«, sagte er in weichem Südstaatenakzent, drehte

sich um und musterte Dee wohlwollend. »Wie heißt du denn, *Süße?*«

Dee spürte, wie ihr die Knie weich wurden. Wie er *Süße* sagte, das klang gerade so, als ob er ihr vorschlagen würde, sich nackt auszuziehen, um sich auf dem Teppich zu wälzen. Und um dann etwas zu tun, was strenggläubigen Menschen untersagt war, etwas mit Erdbeeren, Eiswürfeln …

»Ich heiße Dee.« Sie schluckte, denn mehr fiel ihr nicht ein.

Er streckte ihr zwei sonnengebräunte Hände entgegen. »Ich bin Daryl.«

Wollte er sie umarmen? dachte Dee verwirrt.

»Gib mir doch ein paar von den Bierdosen, damit ich sie in den Kühlschrank tun kann«, sagte er statt dessen.

»Ach ja, natürlich.« Verwirrt blickte sie herunter und merkte, daß sie nach wie vor Maeves Sechserpack und die Flasche Wein in den Händen hielt.

Nachdem das Bier verstaut war, öffnete Daryl eine Flasche Budweiser und bot sie Dee an.

»Danke«, sagte sie, obwohl sie nur selten Bier trank.

Er öffnete eine zweite Flasche, nahm die Salatschüssel und eine Gabel und setzte sich an den Tisch.

»Möchtest du etwas?« Er machte eine Handbewegung mit seiner Gabel.

Dee schüttelte den Kopf.

»Warum setzt ihr euch nicht alle und leistet mir beim Essen Gesellschaft?« fragte er. »Ich kenne keine Menschenseele auf dieser Party, und ich fühle mich irgendwie ein bißchen einsam.«

Dee ließ sich auf den Stuhl neben ihm fallen. Das küssende Pärchen blickte kurz auf. Die Party über ihnen war offenbar in vollem Gange. Sie hörte, wie *Hot Chocolates* »You Sexy Thing« gespielt wurde. Vermutlich hatten sie die Musik voll aufgedreht, aber die alten Steinwände in Fionas Haus dämpften den Lärm, wenn man unten im Keller in der Küche saß.

Maeve war mit ihren Freunden vom College oben, unterhielt sich, trank und tanzte, während sie mit einem vollkommen Fremden im Keller saß und zwei offenbar berauschte junge Leute Gefahr liefen, an den Lippen aneinandergeschweißt zu werden. War sie verrückt? Allem Anschein nach ja.

Sie nippte an ihrem Bier und beobachtete Daryl. Er bestand ausschließlich aus sonnengetönten Farben – das stumpf geschnittene Haar fiel ihm über ein Auge, und die Haut leuchtete golden in seinem offenen Jeanshemd. Er hatte die honigfarbene Haut eines Kindes, das von Geburt an unter einer glühenden Sonne gespielt hatte. Sonnenlotion war seiner Meinung nach vermutlich nur etwas für Weicheier. Als Daryl eine volle Gabel Kartoffelsalat in seinen Mund schob, zeigte er blitzweiße Zähne und eine rosa Zunge. Dee hatte noch niemals jemanden so essen sehen. Er aß nicht – er verschlang das Essen, und dennoch sah es wie die sinnlichste Erfahrung aus, der sie jemals beigewohnt hatte. Mein Gott noch mal, was war er sexy! Ein ganz entspannter, hinreißender Cowboy, dem vermutlich jeder Wunsch im Leben erfüllt wurde. Sie fühlte sich sehr zu ihm hingezogen. Es war ein intensives, aufregendes und vollkommen idiotisches Gefühl. Es kam ihr seltsam vor, offen mit einem Mann zu flirten. Sie fühlte sich immer noch so *gebunden.* Fast erwartete sie, daß Gary die Treppe herunterkommen, einen Blick auf Daryl werfen und Dee von der Party wegziehen würde. Auf dem Nachhauseweg würde er ihr dann eine Standpauke über die Gefahren halten, sich mit fremden Männern zu unterhalten.

Dee, also wirklich! Wie oft habe ich dir das schon gesagt? Du bist einfach viel zu freundlich. Du verteilst deine Liebe so unbedenklich wie ein Labradorwelpe. Was muß der Mann denn gedacht haben? Vermutlich meinte er, daß du ihn anmachst. Ich kann dich nicht eine Sekunde lang aus den Augen lassen …

Daryl blickte sie mit schläfrigen blauen Augen an. »Du redest wohl nicht viel, Dee, oder? Das gefällt mir bei einer Frau, das muß ich zugeben.«

Innerlich zitterte sie.

»Bist du sicher, daß du nichts essen möchtest?« Er hielt ihr eine Gabel mit Kartoffelsalat hin.

Dee war auf einer mörderischen Diät, bei der sie nur magere Sachen essen durfte, fettreduzierten Käse, Reisküchlein und Obst. Ihr lief das Wasser im Mund zusammen – und zwar nicht nur von dem, was auf Daryls Gabel lag.

Sie lehnte sich ihm entgegen, öffnete ihre Lippen und aß den Kartoffelsalat. Dabei ließ sie ihn keine Sekunde aus den Augen.

»Ganz mein Mädchen«, sagte Daryl, und sein Gesicht verzog sich zu einem breiten, freundlichen Grinsen.

Dee warf ihm ihren heißesten Komm-zu-mir-Blick zu, der auch sofort den gewünschten Effekt erzielte. Er bot ihr noch eine Gabel an, und sie aß, diesmal langsamer als zuvor.

Plötzlich wurde sie unruhig. Was in aller Welt machte sie hier? Eigentlich hätte sie traurig zu Hause sitzen, an ihren Exverlobten denken und jedesmal in Tränen ausbrechen sollen, wenn sie im Radio ein trauriges Lied hörte. Das jedenfalls hatte sie die letzten zweieinhalb Wochen lang getan. Nun aber flirtete sie mit einem fremden Mann auf einer Party und leckte seine Gabel ab, als ob sie sich bei einer Thaimädchen-Sex-Show bewerben würde.

Vielleicht machte er sich ja auch nur lustig über sie, gab vor, das dicke fette Mädchen attraktiv zu finden, um dann – zack, zack! – mit irgendeiner gertenschlanken Fünfzig-Kilo-Schönheit abzuziehen, die sich bis eben im Badezimmer aufgehalten hatte, um ihren Lidstrich nachzuziehen.

Daryl grinste sie an und zwinkerte ihr zu.

»Mir gefällt dein Outfit, Süße. Es schmiegt sich so schön an dich an. Wie heißt das Zeug?«

Dee strahlte ihn an. »Das ist gehäkelt.«

Weshalb machte sie sich eigentlich Sorgen? Natürlich konnte sie den ganzen Abend nervös herumsitzen und sich fragen, ob er sie nun *wirklich* mochte oder ob er vielleicht aus irgendeinem Grund ein Interesse an ihr *nur vortäuschte* – doch dabei würde sie sich wohl kaum amüsieren.

Sie grübelte über viel zu viele Dinge nach, und was brachte ihr das? Gar nichts. Also, Schluß jetzt mit dem Analysieren. Möglicherweise begehrte dieser wahnsinnig sexy Cowboy sie ja tatsächlich heiß und innig, während sie die Gelegenheit vorüberziehen ließ, weil sie nach den Gründen dafür forschte.

Vielleicht bevorzugte man in Texas eher üppige Formen. Und Gary war nicht hier. Er war in London, saß vermutlich auf einem Barhocker in der Wardour Street, wo er die Mädchen anmachte und jedem erzählte, wie schön es doch sei, Irland den Rücken gekehrt zu haben.

»Und… was machst du so, Daryl?« erkundigte sich Dee fröhlich.

»Ich studiere die Kultur Südamerikas auf einem College in New Mexico«, erwiderte er und trank einen Schluck Bier. Als er sich danach mit dem Handrücken den Mund abwischte, starrte Dee ihn fasziniert an. Er hätte ebensogut sagen können, er studiere Kühe auf dem Planeten Pluto.

»Und du?« fragte er.

»Ich bin Journalistin.«

Er machte einen interessierten Eindruck. »Das ist ja echt cool. Und worüber schreibst du?«

»Ich arbeite für die Frauenseiten bei einer Tageszeitung, also schreibe ich über mehr oder weniger alles. Ich schreibe Reportagen, Gesundheitstips, ich mache Interviews…«

»Bestimmt kannst du das wahnsinnig gut«, meinte Daryl und lächelte sie erneut lasziv an. »Sicher kannst du alle möglichen Dinge wahnsinnig gut.«

Die Bedeutung seiner Worte war unmißverständlich, zumal er eine von Dees Händen in die seine genommen hatte und ihre Handfläche mit seinen schwieligen Fingern streichelte.

»Hast du die in Südamerika bekommen?« fragte sie nervös und starrte seine von der Arbeit gezeichneten Hände an. »Willst du mir etwas davon erzählen?«

Daryl mußte sich erst noch ein Bier holen, bevor er ihr die Geschichte erzählen konnte. Als er den Kühlschrank öffnete, ärgerte sich Dee. Sie hätte ihn über seinen Collegeabschluß ausfragen sollen, aber sie war zu verklemmt gewesen, ihn irgend etwas über die Kultur Südamerikas zu fragen. Sie hatte keine blasse Ahnung von Südamerika und wollte nicht dumm dastehen. Andererseits hatte er sie auch nicht gerade hyperintelligent über ihre Arbeit ausgefragt.

Daryl lehnte sich auf dem Stuhl zurück, wobei eines seiner Knie Dees strumpfbedecktes Bein kameradschaftlich berührte. »In San Antonio kannte ich einen Professor, der mit einem Filmemacher zusammengearbeitet hat. Sie wollten einen Film über religiöse Zeremonien in Südamerika drehen. Natürlich gab es kaum Geld, also brauchten sie freiwillige Helfer. Es war eine tolle Gelegenheit, also habe ich mich gemeldet«, sagte er in breitem Akzent. »Es waren zwar keine bezahlten Ferien oder etwas in der Richtung, aber es war trotzdem ziemlich aufregend.«

Ein paar andere Gäste drängten in die Küche und verlangten lautstark nach etwas zu trinken und etwas zu essen.

»Fiona sagte, sie hätte hier noch ein paar Partysnacks«, meinte eines der Mädchen und öffnete einen Küchenschrank. »Ich bin am Verhungern.«

»Daryl, hast du schon alles hier weggeputzt?« Dee sah auf und erblickte einen hyperschlanken, dunkeläugigen Mann, der sich auf einen Stuhl neben Daryl fallen ließ.

»Dee, Schätzchen, das ist Che. Einer der Expeditionsleiter. Er kennt Südamerika wie seine Westentasche. Che, das ist Dee.«

Che beugte sich vor, nahm Dees Hand und küßte sie.

»Nett, dich kennenzulernen, *Cara.*« Seine dunklen Augen musterten Dee wohlwollend.

Dee glühte zufrieden. »Nett, dich kennenzulernen, Che.«

Sie amüsierte sich blendend heute abend. Es war viel schöner als die Abende zusammen mit Garys Freunden, wo eine zärtliche Redewendung nur dann benutzt wurde, wenn jemand – normalerweise Dee – zum Laden gehen mußte, um mehr Bier und Chips zu holen.

»Hast du Kohldampf, Che?«

»O ja, wahnsinnig.«

Daryl schob ihm den Kartoffelsalat und die Gabel hin. Dann nahm er Dee bei der Hand und stand auf.

»Was hältst du davon, wenn wir tanzen, Dee? Vorhin war ich zu müde, aber so langsam kehrt meine Lebenskraft zurück. Ich war offenbar richtig ausgehungert.«

Dank ihrer gymnastischen Anstrengungen in letzter Zeit konnte Dee die Stufen hinaufrennen, ohne dabei offensichtlich nach Luft zu ringen.

Oben war es voll und laut, und die Luft war von den Getränken und dem Rauch geschwängert. Die Leute saßen auf der Treppe oder auf dem Fußboden, unterhielten sich lautstark und tranken aus Flaschen, Teetassen und dann und wann auch aus einem Glas. Dee blickte sich um, konnte Maeve jedoch nirgendwo entdecken.

»Komm schon.« Daryl zog sie in einen großen Raum, wo eine provisorische Disco inklusive den blitzenden Lichtern, einem Tonsystem und einem großen Spiegelball an der Decke eingerichtet war. Nina Simone war gerade aufgelegt, süßlicher Rauch lag in der Luft, und diverse Paare tanzten langsam in der Zimmermitte zur ruhigen, melancholischen Musik. Dee übersah geflissentlich, daß die meisten Tänzer, so auch Daryl, ungefähr acht Jahre jünger waren als sie.

Schließlich war es Fionas Party. Fiona war lediglich zwei Jahre jünger als Dee, und wenn sie jugendliche Partys samt Marihuana und knutschenden Paaren gern mochte, würde sich Dee nicht darüber mokieren. Wie hieß es noch? Man ist so alt wie man sich fühlt.

Daryl war ungefähr vierundzwanzig, und Dee würde heute abend der Einfachheit halber ebenfalls nur vierundzwanzig sein. Jedenfalls würde sie ihm nicht verraten, daß sie zweiunddreißig Jahre alt war und vor kurzem ihre Verlobung gelöst hatte.

»Diese Musik gefällt mir.« Er legte seine Arme um Dee und zog sie zärtlich zu sich heran. Er war nicht so groß wie Gary. Genauer gesagt, er hatte für Dee die perfekte Größe. Selbst mit ihren hohen Absätzen reichte ihr Kopf nur bis zu seinen Armmuskeln, also drängte sie sich dicht an seine Brust, während er seinen Kopf in ihrem Haar vergrub und tief einatmete.

»Du duftest herrlich. Und du fühlst dich auch herrlich an«, sagte er.

Dee vergaß, daß sie sich fett und tolpatschig fühlte. Sie vergaß Gary, und sie vergaß, wie sie jedesmal bei der Erinnerung in Tränen ausgebrochen war, wie herzlos er ihr Selbstbewußtsein und ihre Beziehung zerstört hatte. Sie vergaß überhaupt alles außer dem Gefühl, eng in den Armen eines Mannes zu liegen. Und zwar eines Mannes, der sie offenbar heiß begehrte. Nach beinahe drei männerfreien Wochen war dies ein wunderbares Gefühl. Daryls Hemd berührte weich ihre Wange, und sie schloß zufrieden die Augen, als sie sich noch dichter an ihn schmiegte. Er roch nach Apfelshampoo, frischem Schweiß und einem ihr unbekannten Duftwasser.

Sie bewegten sich gemächlich, nicht eigentlich tanzend, sondern sich nur sanft zur Musik wiegend. Daryl hielt sie eng umschlungen. Seine eine Hand lag unter ihrer Häkeljacke und streichelte durch das seidige Kleid hindurch ihr Kreuz. Nach Nina Simone fragte Billie Holiday mit rauchiger Stimme, wo ihr junger Liebhaber geblieben sei.

Dee grinste. Noch vor einer Stunde hätte sie bei diesem

Lied am liebsten in ihr Bierglas geheult. Jetzt aber lag sie in den Armen eines bildschönen, wenn auch noch sehr jungen Texaners und scherte sich einen Teufel um ihren ehemaligen Geliebten. Sie wünschte ihm lediglich, daß er von seinem Londoner Hocker fallen und sich irgend etwas verstauchen sollte.

»Dee!« flüsterte eine bekannte Stimme.

Sie öffnete die Augen. Maeve kreiselte behutsam mit Carl auf der Tanzfläche und zwinkerte ihr aufmunternd zu.

»Nur zu, Süße«, formte sie mit ihren Lippen.

Dee feixte sie an und fühlte sich wie ein Teenager beim ersten Tanz. Carl wandte den Kopf und zwinkerte ihr vielsagend zu.

Nach einer Stunde tanzen, zahlreichen Bieren und der Durchsicht vieler CDs, welche sie als nächste spielen wollten, war Dee recht schwindlig, und sie mußte sich setzen. Daryl stimmte ihr zu.

Er blickte sie mit seinen blauen Schlafzimmeraugen an. »Diesen Tanz könnten wir eigentlich mal ausfallen lassen, nicht wahr?«

In dem vollbesetzten Wintergarten rutschte das Paar auf der Bank ein wenig zur Seite, so daß Dee und Daryl sich noch dazwischenquetschen konnten. »Quetschen« war genau das richtige Wort. Ihre Schenkel waren so dicht aneinandergepreßt wie die Hühnerbeine in Frischhaltefolienverpackung im Supermarkt. Keiner der beiden konnte die Arme bewegen.

»Warte mal«, meinte Daryl. Er drehte sich etwas zur Seite, umschloß Dees Taille und hob sie mühelos von ihrem Sitz auf seinen Schoß. Sie war vollkommen verblüfft. Er hatte sie tatsächlich hochgehoben und sich dabei nicht den Rücken ausgerenkt!

Außerdem japste er auch nicht, als ob er von einer Walze erdrückt würde, so wie es Gary stets getan hatte, wenn sie sich aus Platzmangel auf seinen Schoß hatte setzen müssen. »Ich erdrücke dich doch nicht?« fragte sie schließlich. Sie war überzeugt davon, wenn Daryl erst einmal ihr wahres Gewicht erfahren würde, würde er sie augenblicklich fallen lassen. Vergeblich versuchte sie, sich etwas abzustützen, damit er nicht ihr volles Gewicht tragen mußte. »Wir könnten auch zurück in die Küche gehen. Dort ist sicherlich jede Menge Platz.« Sie stellte einen Fuß auf den Boden und setzte die eine Hand bereits auf die Lehne, um sich von Daryl abzustützen...

»Entspanne dich, Süße. Alles ist wunderbar. Ist doch gemütlich, findest du nicht?«

Als seine Lippen sie küßten, hatte Dee das Gefühl, ihr Herz würde explodieren, so schnell klopfte es. Bestimmt konnte er hören, wie unglaublich erregt sie war.

Aber Daryl schien nichts dergleichen wahrzunehmen. Er küßte sie liebevoll, seine weichen Lippen verschmolzen mit ihren, als ob sie füreinander geschaffen worden wären. Dee erwiderte seinen Kuß heftig und spielte mit seiner Zunge, während seine Lippen sie nun verschlangen, wie er zuvor das Eis verschlungen hatte. Seine Lippen brannten auf ihren, sie glühte überall dort, wo er sie berührte.

Er schmeckte leicht salzig mit einem Hauch Pfefferminz und Bier. Dee versuchte sich zu erinnern, ob sie ihre Zähne vor der Party geputzt hatte. Aber schon bald ließ sie alle Gedanken sausen, als Daryl sie immer weiter innig küßte. Eine Hand hielt ihren Kopf und zog sie dichter zu ihm heran, während die andere die Form ihrer Brüste durch die Jacke hindurch befühlten. Sie spürte nicht die Schwielen an seinen Händen, lediglich das Gefühl seiner Finger auf ihrer nackten Haut.

»Ich liebe deinen Körper«, murmelte er heiser und löste sich einen kurzen Moment von ihren Lippen.

Als seine Hand sich unter ihrer Jacke und dem cremefarbenen Kleid in ihren BH vortasteten, schmolz sie lustvoll und dankbar dahin. Seine Finger zwirbelten eine ihrer Knospen zärtlich, wobei sie sich wie das Ventil eines Schnellkochtopfes aufrichtete. Er mochte sie, sie gefiel ihm, und er war unter ihrem Gewicht auf seinem Schoß nicht zusammengebrochen. Was für ein Mann!

Sie küßte ihn noch leidenschaftlicher und ließ ihre Hand vorsichtig in sein Hemd gleiten, um seine glatte, sonnengebräunte Brust zu streicheln. Seine Haut war warm und weich. Dee war froh, daß es in dem Wintergarten recht dunkel war und daß die anderen Paare inmitten der kerzenbeleuchteten Grünpflanzen genau dasselbe taten wie sie, mal abgesehen von jenen, die sich auf das Rauchen von Joints konzentrierten.

Doch überraschenderweise sorgte sie sich kaum, daß man sie beim Knutschen mit einem fremden Mann auf einer Party beobachtete. Es fühlte sich so gut an. So verdammt gut. Maeve hatte recht: Sie hatte sich wirklich ein wenig Spaß verdient.

Daryl leckte ausgiebig ihr Ohrläppchen. Er saugte daran, was vor allem in Dees Unterleib eine explosionsartige Erregung auslöste. Jede seiner Berührungen durchzuckte sie. »Oh, Dee«, murmelte er. Die Hand, mit der er sie nicht streichelte, preßte sie noch enger an ihn. Daryl ließ seine Lippen von ihrem Ohr langsam den Hals hinunterwandern, wobei er sie mit heißen, feurigen Küssen bedeckte.

Sie hielt es kaum noch aus. Sie begehrte ihn so sehr, daß sie zu explodieren drohte. Und er war ebenso erregt wie sie. Soviel war nur zu deutlich.

Aber nicht so, dachte Dee plötzlich. Nicht auf einer Party mit einem Haufen anderer Menschen. Sie konnte ohnehin kaum glauben, was sie tat: sich mit einem fremden Mann wegen ein paar Komplimenten und einigen Bieren zu liebkosen, selbst wenn er der tollste Mann war, den sie seit Jahren gesehen hatte.

Nein, sie wollte mit Daryl keine schnelle Nummer in einem fremden Zimmer auf all den Mänteln schieben, während die Party um sie herum tobte.

Doch wenn sie jetzt nicht bald aufhörten, würde genau

das passieren. Offenbar war es den anderen Partygästen gleichgültig, denn keiner schenkte ihnen auch nur die geringste Beachtung.

Vorsichtig löste sich Dee von Daryl, richtete sich auf seinem Schoß auf, schob sich das Haar aus dem Gesicht und rang nach Atem.

»Mann-o-Mann! Das ist wirklich ein Wahnsinn«, sagte sie vollkommen außer Atem.

»Da kann ich dir nur beipflichten.« Daryl betrachtete sie mit verschwommenem, gierigem Blick.

»Aber ich weiß nicht so recht...« Sie hielt inne, denn sie wußte nicht, wie sie es ihm sagen sollte. Schließlich war *sie* diejenige gewesen, die sich wie ein ausgehungertes Flittchen auf seinem Schoß gewunden hatte. Daryl wäre wohl kaum davon angetan, wenn sie die Sache jetzt abbrach, wo sie beide vor Lust glühten.

»Ich... ich... ich bin mir nicht sicher, ob ich jetzt hier eine schnelle Nummer schieben möchte«, stammelte sie. Ihr Gesicht war einerseits vor Verlangen und andererseits vor Peinlichkeit gerötet. »Eigentlich bin ich so etwas nicht gewohnt. Ich weiß, es ist etwas altmodisch, ich bin... nein, falsch, ich *war* lange Zeit mit einem Mann zusammen, und jetzt fühle ich mich irgendwie etwas unwohl... du verstehst doch sicherlich.«

»Ich verstehe.« Daryls fuhr ihr liebevoll durch die Haare. »Du bist eine unglaublich sexy Frau, Dee, weißt du das eigentlich? Ich hatte schon befürchtet, daß ich dich in den Garten schleifen und dieses kleine Strickding hier herunterreißen müßte.« Er befingerte ihre Jacke.

Allein die Vorstellung beschleunigte Dees Atem.

»Aber weißt du was«, fuhr er fort, »wir könnten uns doch verabreden, um uns etwas besser kennenzulernen. Das würde mit gefallen.«

»Würde es das?« fragte sie erstaunt. »Meinst du das ernst?«

»Klar doch. Schließlich bin ich erst seit zwei Tagen hier. Du könntest mir Dublin zeigen. Was machst du denn morgen abend?«

»Ich fühle mich wie ein Teenager!« meinte Dee euphorisch zu Maeve. »Na ja, als Teenager habe ich mich nie so gefühlt, weil ich zu dick war und unsicher und ... igitt, darüber möchte ich überhaupt nicht reden. Aber heute abend war es so, als wäre ich zum erstenmal in meinem Leben ein Teenager!«

In Maeves winzigem Wohnzimmer drehte sie förmlich Pirouetten, wobei sie die Arme zufrieden um sich geschlungen hatte. »So fühlt es sich also an, wenn man beim Tanzen von jemandem angemacht wird, den man noch niemals zuvor gesehen hat«, jauchzte sie. »Als ich im College war, sprachen die Mädchen darüber. Ich habe dann ständig so getan, als ob ich Bescheid wüßte, hatte aber in Wirklichkeit nicht die geringste Ahnung. Ich habe genickt und mir den Anschein gegeben, als ob ich es auch schon getan hätte. Ich habe sogar einen Typen erfunden, der mich auf einer Party nach dem Abschlußexamen angeblich besinnungslos geküßt hat.« Traurig blickte sie zu Maeve auf. »Dabei war das alles nur erstunken und erlogen.«

»Dafür ist es jetzt um so wahrer, mein kleines Flittchen.« Maeve knuffte sie in die Rippen. »Ich hatte schon befürchtet, daß wir ihn mit der Rasierklinge von dir abkratzen müßten. Er klebte buchstäblich an dir.«

»O ja«, murmelte Dee bei der Erinnerung. »Aber Daryl darf jederzeit an mir kleben. Er hat einen wunderschönen Körper. Überall Muskeln, hart wie Stahl ...«

»Hart?« hakte Maeve nach. »Das möchte ich aber auch hoffen, Frau O'Reilly, nach dem, was du mit ihm angestellt hast. Wenn er nach einer Stunde mit dir auf dem Schoß nicht hart gewesen wäre, würde ich mir Sorgen machen.«

Dee grinste. »*So* meine ich es nicht. Ich wollte ihn bei unserer ersten Begegnung nicht allzusehr strapazieren. Da warte ich lieber auf unser nächstes Treffen.« Ihre Augen funkelten vor Freude. »Heute abend geht er mit mir ins Kino, und danach gehen wir etwas essen!«

»Wenn ihr im Kino zwei Sitze in der hintersten Reihe ergattern könnt, dann laß dir lieber etwas Essen zu Hause vorbeibringen«, riet ihr Maeve. »Wenn ich die Sache richtig einschätze, werdet ihr es niemals zusätzlich bis ins Restaurant schaffen. Ihr werdet nach Hause gehen und übereinander herfallen. Und dann wird er fragen: ›Hast du irgend etwas zum Essen im Haus, Liebling? Ich bin am Verhungern‹.« Sie ahmte Daryls Südstaatenakzent nach.

»Ich weiß nicht, ob ich einen fremden Mann mit nach Hause und ins Bett nehmen könnte, nicht in Garys und mein Bett.« Dee schien unsicher.

»Schlag dir Gary aus dem Kopf. Er hat dich verlassen«, sagte Maeve mit Nachdruck. »Selbst wenn du mit einer ganzen Armeegarnison in diesem Bett schläfst, geht ihn das nicht die Bohne an. Du hättest Daryl gleich mit nach Hause nehmen sollen und leidenschaftlichen, verrückten Sex im Schlafzimmer, im Flur, im Vorgarten und auf dem Küchentisch haben sollen. Das jedenfalls hätte dem gottverdammten Gespenst Gary den Garaus gemacht.«

»Wenn ich auf Fionas Party noch mehr getrunken hätte, wären Daryl und ich ganz sicher auf deren Küchentisch gelandet«, scherzte Dee. »Ich bin aber froh, daß es dazu nicht gekommen ist. Er ist so wunderbar«, fügte sie mit träumerischem Blick hinzu. »Ich würde gerne mit ihm zusammensein.«

»Aber buche bitte noch nicht die Kirche« warnte Maeve. »Vielleicht ist er einer dieser Männer, die sich mit mehreren gleichzeitig verabreden. Und vergiß nicht, er ist nur im Urlaub hier. Vielleicht hat er ja ein Mädchen in jedem Hafen und noch ein paar zu Hause in Texas.«

»Das ist mir vollkommen klar, aber es schert mich nicht«,

entgegnete Dee fröhlich. »Er ist einfach bezaubernd, und er begehrt mich.« Plötzlich kam ihr ein grandioser Einfall. »Was hältst du davon, wenn ich ihn in eine der Kneipen schleppe, wo Garys Freunde immer hingehen?«

Maeve kicherte belustigt. »Superidee! Mach das. Darf ich mitkommen und zuschauen? Das würde mir viel Spaß machen. Zieh dir einen wahnsinnig verführerischen Fummel an und umschlinge den leckeren Daryl, während du deine Zunge in sein Ohr steckst. Ich wette einen Zehner mit dir, daß Gary es erfahren wird, bevor du noch die Taxitür vor der Kneipe zugeschlagen hast.«

»Ich habe noch eine bessere Idee«, griente Dee. »Millies Abendeinladung... dazu nehme ich ihn mit.«

20

Dee warf das zehnte Kleidungsstück zurück aufs Bett. Sie war vollkommen verzweifelt, weil sie für ihre Verabredung mit Daryl nichts umwerfend Verführerisches fand. Alles sah schrecklich aus. Ganz besonders die schwarzen Jeans, für die sie am Morgen noch einen sagenhaft hohen Preis bezahlt hatte. Sie brach die Suche nach einem perfekten, unwiderstehlichen Outfit ab und betrachtete sich zum x-ten Mal im Spiegel. Der korallenfarbene Body – noch einer ihrer extravagant teuren Kreditkarteneinkäufe – war zweifellos eines der schmeichelhaftesten Dessous, die sie je besessen hatte. Das sollte er auch sein, schließlich war er teuer genug gewesen. Die Bügel-BHs aus zarter Spitze waren mit einem schmalen Satinband eingefaßt, das in winzige Rosenknöspchen mündete, während das den Bauch kontrollierende Mieder ebenfalls aus einer Spitze mit Rosenmuster war. Sehr hoch angesetzte Beinausschnitte unterstrichen den verführerischen, doch klassischen Effekt. Sogar Dee, die normalerweise bei ihrem Anblick in BH und Höschen oft in Tränen ausgebrochen war, war beeindruckt. Hoffentlich empfand es Daryl genauso. Ausnahmsweise war es ihr einmal gelungen, die Selbstbräunlotion so gleichmäßig aufzutragen, daß sie nicht an manchen Stellen weiß war und an anderen einer betagten Jaffa-Orange ähnelte.

Am Morgen hatte Maeve angerufen und ihr mit Nachdruck empfohlen, nach dem schrecklichen Verlobten endlich das Leben zu genießen.

»Es wird dir guttun. Nichts ist besser als Sex mit einem ansehnlichen Brad-Pitt-Double. Das wird deine Stimmung ganz allgemein heben. Und mach dir keine Sorgen wegen Aids. Du hast deine Kappe, und du hast Kondome. Laß ihm aber nicht irgendwelche Experimente mit Handschellen durchgehen.«

Dee lachte schallend auf, erwähnte jedoch ihre aufreizende Unterwäsche und die extravagant teuren Jeans nicht. Sie war sich immer noch nicht sicher, ob sie nach all den Jahren mit Gary wirklich mit einem neuen Mann ins Bett gehen sollte. Diese Entscheidung wollte sie erst in letzter Minute treffen.

Ein lautes Klingeln an der Tür schnitt ihre Gedanken ab.

»Ja, bitte?« Sie blickte aus dem Vorderfenster.

»Taxi«, brüllte der Taxifahrer. »Wollen Sie so ausgehen?« fügte er mit einem obszönen Augenzwinkern hinzu. Dee zerrte den Morgenmantel vom Bett und streifte ihn sich über.

»Sie sind zu früh«, rief sie ihm mit einem Blick auf ihre Uhr zu. »Eine Viertelstunde zu früh.«

»Heute abend findet unten am Point ein Popkonzert statt«, gab der Taxifahrer zurück. »Dort habe ich noch eine Fahrt gebucht, und Sie werden nie und nimmer jetzt noch ein Taxi bekommen. Also entweder Sie nehmen meines, oder Sie lassen es bleiben.«

»Also gut. Geben Sie mir noch fünf Minuten«, knirschte

Dee. Sie schlug das Fenster zu und starrte entsetzt auf das Chaos auf ihrem Bett. Was in aller Welt sollte sie anziehen? Verflucht noch mal! Es würden wohl oder übel die Jeans sein müssen. Für dieses Outfit hatte sie sich bereits alles zurechtgelegt. Wenn sie etwas anderes anziehen wollte, müßte sie noch ellenlang durch die Schubladen wühlen, um die perfekten Strumpfhosen zum perfekten Rock herauszusuchen.

Fluchend zog sie sich die Jeans über, dazu ein weichfallendes, weißes und tief ausgeschnittenes T-Shirt und ihre schwarze Lederjacke. Sie fand ihre gnadenlos hohen Stiefeletten – das einzige Paar Schuhe, das mit Jeans wirklich gut aussah, weil es sie etwas größer machte – und streifte sie über. Dann fuhr sie sich durch die Haare und sprühte noch etwas *Obsession* auf, rannte die Treppe hinunter und saß keine fünf Minuten nach dem Klingeln bereits im Taxi.

Der ältere Taxifahrer, der seine Tweedmütze verwegen über ein Auge gezogen hatte, grinste sie an. »Vorhin haben Sie mir besser gefallen.«

Dee beachtete ihn nicht und blickte aus dem Fenster. Das fehlte ihr jetzt gerade noch – ein lüsterner Taxifahrer, der sie während der ganzen Fahrt vollquatschte. Der Fahrer sagte jedoch nichts mehr und fuhr mit atemberaubender Geschwindigkeit in Richtung Stadtzentrum. Fünfundzwanzig Minuten vor der Zeit stand sie bereits vor dem *Savoy* Kino, wo sie sich mit Daryl treffen wollte. Sie wollte nicht so lange auf der O'Connell Street herumstehen, sonst würde man sie vielleicht noch wegen ihres sexy Outfits verhaften.

Mit der Abendzeitung unterm Arm ging sie ins *Madigan's,* bestellte sich eine Tasse Kaffee und übersah geflissentlich die verlockenden Käse- und Zwiebelchips, die überall um sie herum verspeist wurden. Als sie erneut vor dem Savoy ankam, wartete Daryl bereits auf sie. Er trug Jeans, ein weißes Baumwoll-T-Shirt und einen riesigen Seemanspullover, der den Anschein erweckte, er sei aus Holzwolle gestrickt. Sein blondes, frisch gewaschenes Haar fiel ihm in die Augen, und er mußte es sich ständig mit der Hand aus der Stirn streichen.

»Hallo, Dee.« Er umarmte sie fest, die Ärmel seines Pullovers schlackerten um sie herum. Den Pullover hatte er sich offenbar ausgeborgt. »Wie geht es dir?«

»Prima.« Sie strahlte ihn an. »Ich freue mich auf unseren Abend.«

»Ich auch.«

Arm in Arm liefen sie ins Kino, kauften sich Karten und einen Riesenbecher Popcorn. Dann saßen sie in der Dunkelheit und warteten auf den Beginn des Films. Dee konnte sich kaum auf den Film konzentrieren, weil sie sich ständig der Tatsache bewußt war, daß Daryl auf einem der wenigen Doppelsitze dicht neben ihr saß. Sie versuchte, sich so schlank wie möglich zu setzen, hielt den Bauch eingezogen und hatte ihr übergeschlagenes Bein ein wenig von dem darunter liegenden abgehoben, damit es nicht den Eindruck erweckte, sie habe dicke Schenkel.

Daryl seinerseits schien ihre Bemühungen nicht weiter zu bemerken. Anfangs hielt er lediglich ihre Hand, aber als es dann wirklich spannend wurde und Dee unwillkürlich in ihrem Sitz zusammensackte, legte er einen Arm um ihre Schulter und zog sie dicht zu sich heran. Sie kuschelte sich an ihn. Selbst wenn sie vom schiefen Sitzen Nackenstarre bekommen sollte, hätte sie sich für nichts auf der Welt anders hingesetzt. Schließlich ließ sie alle Verschlankungsmaßnahmen fallen und zog auch ihren Bauch nicht länger ein. Im Kino war es schließlich stockdunkel. Er würde es ohnehin nicht sehen können.

Nach dem Kino lobte Daryl den von ihm geschätzten Regisseur, ein Wunderkind des Horrorfilms.

»Kein Mensch kann Gewalt so darstellen wie er, er ist so cool,« schwärmte er, als sie die O'Connell Street in Richtung Temple Bar entlangschlenderten.

Dee nickte und ließ sich nicht anmerken, daß sie Horrorfilme haßte. Es war ihr eigentlich gleichgültig gewesen, welchen Film sie sich heute ansahen. Wenn er sich ein solches Schreckensszenario ansehen wollte, wo jeder am Schluß als eine Dose Hundefutter endete, würde sie dem nicht widersprechen. Schließlich handelte es sich hier um eine erotische Verabredung. Für die Liebe mußte man nun einmal leiden, dachte sie zufrieden.

Aus welchem Grund sonst hatte sie an eiskalten Samstagen stundenlang Garys Fußballteam zugeschaut oder endlos lange irgendwelche europäischen Fußballspiele im Fernsehen mitverfolgt, wo sie doch eigentlich lieber die romantische Komödie auf dem anderen Kanal gesehen hätte?

Temple Bar, eine der angesagtesten Gegenden Dublins, war voller Leute, Daryls langer Arm lag um Dees Schultern, ihr Arm um seine Taille.

Durch die offenen Türen der Bars und Kneipen drang Musik nach draußen. Nachtschwärmer bevölkerten das Trottoir und tranken ihre Biere, wobei sie jede vorbeikommende Frau musterten. Wie oft an Samstagabenden waren die gepflasterten Gassen voller beschwipster Touristen, die kichernd von Kneipe zu Kneipe zogen und sich unbedingt mit irischen Alkoholika vollaufen lassen wollten, dazwischen eine Kleinigkeit aßen und schließlich bis in die frühen Morgenstunden tanzen gingen.

Aus diesem Grund waren die vielen Restaurants auch alle besetzt. Nachdem Dee und Daryl zuerst im *Elephant and Castle,* dann bei *Bad Bob's* und schließlich bei *Fat Freddy* versucht hatten, einen Platz zu bekommen, dachte Dee, es wäre doch besser gewesen, wenn sie vorher etwas reserviert hätte.

Falls sie überhaupt kein Glück haben sollten, würden sie sich eben in die sehr beliebte *Oliver St. John Gogarty* Kneipe setzen, Guinness und jede Menge Kartoffelchips bestellen und so lange warten, bis die Touristen zum Tanzen gingen und die Restaurants sich leerten.

»Was hältst du denn hiervon?« fragte Daryl, der ein kleines italienisches Restaurant in einer Seitengasse erspäht hatte. Dort war ein einziger Tisch frei, und Dee ließ sich dankbar auf ihren Stuhl fallen. Ihre Füße in den Stilettoschuhen machten ihr zu schaffen. Sie hatte Hunger, und der aus der Küche hereinwehende Duft von Knoblauchbrot regte ihren Appetit noch weiter an.

Sie teilten sich einen Korb Brot, tranken eine Karaffe des Hausweins und bestellten beide die heutige Empfehlung: Muschellinguine, die zusammen mit Ciabata und gegrilltem Paprika serviert wurde.

Dee musterte seine sauberen, verwaschenen Jeans, das schon sehr abgetragene Baumwoll-T-Shirt und seine einfache Timex-Uhr mit dem abgewetzten Lederband. Daryl besaß offenbar nicht viel Geld, weswegen sie auch nichts Teures bestellen wollte.

Er wollte sie nämlich unbedingt in das Restaurant einladen.

»Du hast das Kino und das Popcorn bezahlt, das Restaurant geht jetzt auf meine Rechnung«, hatte er bereits klargestellt.

Sie sah ihm gern beim Essen zu, denn offenbar liebte er italienisches Essen und wickelte seine Pasta sehr geschickt auf.

»Meine Mama und meine Großmutter zu Hause kochen eher die regionale amerikanische Küche. Sie experimentieren nicht mit ausländischen Rezepten. Meine Brüder und ich aber lieben dieses Essen«, meinte er und schob sich genüßlich noch mehr Pasta in den Mund.

»Wie viele Brüder hast du denn?« fragte sie. »Und was machen sie? Weißt du eigentlich, daß ich überhaupt nichts über dich weiß?« Bei Gary hatte Dee bereits bei der zweiten Verabredung alles mögliche über ihn gewußt, angefangen von der Größe seiner Familie bis hin zu seinen Fähigkeiten beim Fußball und die höchste Punktzahl, die er jemals im Billard erreicht hatte.

Daryl war anders. Er redete nicht viel und hatte keinerlei Interesse, ihr von seinem Leben zu erzählen. Andererseits war sie sich nicht einmal sicher, ob er etwas über ihr Leben wissen wollte. Für jemanden mit Dees Neugier war das merkwürdig.

Je länger sie beieinanderhockten, an ihrem samtigen Rotwein nippten und die leckere Pasta aßen, desto mehr merkte Dee, daß Daryl und sie praktisch keinerlei Gemeinsamkeiten hatten. Als Reporter war sie ständig auf der Suche nach Neuigkeiten und wollte alles mögliche von dem attraktiven Mann wissen, der ihr gegenüber am Tisch saß. Er jedoch hätte den ganzen Abend zufrieden dagesessen, ohne ihr auch nur eine einzige persönliche Frage zu stellen. Sie war eine Arbeitsbiene, die ständig daran dachte, was sie als nächstes tun würde und sich Sorgen machte, wenn sie ihr Ziel nicht erreichte.

Er dagegen hatte lässig das College absolviert, schließlich mit fünfundzwanzig seinen ersten Abschluß gemacht – zu ihrer Überraschung war er bereits siebenundzwanzig – und wollte den Rest seines Lebens um die Welt reisen.

Die Reise nach Südamerika war sein drittes Abenteuer. Davor hatte er sechs Monate in Alaska an einem Umweltprotest teilgenommen – »Es war grauslich kalt dort, und wo wir waren, gab es nicht viel Abwechslung« – und mehrere Monate in einer Kommune in Mexiko verbracht. Seine nächste Reise sollte ein ganzjähriger Aufenthalt in Nepal sein.

Im Vergleich dazu empfand Dee ihre eigene Lebensgeschichte als langweilig.

»Ich habe gleich nach dem College zu arbeiten angefangen und sechs Jahre lang denselben Job gemacht. Wenn ich mir dein Leben ansehe, hört sich das geradezu wie ein Schattendasein an. Ich wollte nie aus Irland weggehen. Für immer, meine ich. Ich reise gern, und ich würde mir gern die ganze Welt ansehen, aber ich hätte wohl nicht den Mut, das zu tun, was du tust, nämlich irgendwo auf der Welt zu arbeiten. Sicher erscheine ich dir wie ein Angsthase.«

»Die Menschen sind halt verschieden.« Daryl schob seinen leeren Teller von sich. »Meine zwei älteren Brüder sind verheiratet und haben Kinder. Der eine lebt in Austin, der andere in San Francisco. Dagegen gibt es nichts einzuwenden, nur ich selbst möchte kein solches Leben führen.«

Er beugte sich vor und wischte ihr etwas Soße von den Lippen. »Du solltest dich aber nicht selbst herunterputzen. Du hast einen tollen Job, ein Zuhause, ein Leben. Und wer weiß, vielleicht habe ich am Schluß nur einen ausgeleierten Rucksack und eine Tropenkrankheit, die mich von innen her auffrißt, während du glücklich verheiratet bist und Kinder hast.«

Dee lächelte bei der Erinnerung bitter, daß sie sich gerade eine Gelegenheit zur Ehe mit »zweieinhalb Kindern« hatte durch die Lappen gehen lassen. Nach vier gemeinsamen Jahren war ihr letzter Freund schnurstracks nach London geflüchtet. Vielleicht könnte sie sich selbst als eine Art Anregung für zögerliche Emigranten vermieten: eine Verabredung mit Dee und schon haben Sie den Mut, Ihr Zuhause zu verlassen und sich die Welt anzusehen.

»Fiona hat mir von diesem Typen erzählt, den du heiraten wolltest«, sagte Daryl.

Dee starrte ihn überrascht an. Er hatte Fiona sicher nicht über sie ausgefragt, das entsprach nicht seinem Wesen. Fiona mußte es ihm erzählt haben, als sie von ihrer Verabredung gehört hatte. Sie war sich nicht sicher, ob sie ihm von Gary erzählen wollte. Es war noch alles viel zu frisch, viel zu schmerzhaft.

»Das hast du gestern abend erwähnt«, fügte er hinzu. »Daß du mit diesem Typen jahrelang zusammen warst, deshalb wollte ich etwas mehr über ihn wissen. Er scheint ein richtiger Mistkerl gewesen zu sein.«

Dee grinste. »Das kann man wohl sagen.«

Daryl blickte sie zum erstenmal leicht verunsichert an. »Weißt du, ich möchte dich nicht bedrängen, wenn dich dieser Mann noch zu sehr beschäftigt. Ich möchte nicht auch ein Mistkerl sein. Vielleicht brauchst du ja etwas Zeit, ohne irgendeinen Mann um dich herum.«

Dee war gerührt. Dieser attraktive texanische Hans-Guck-in-die-Luft, den sie heiß begehrte und mit dem sie gestern abend im Wintergarten fast schon geschlafen hatte, benahm sich nun wie ein perfekter Gentleman.

Vielleicht war er nur ein paar Wochen lang im Lande, aber er wollte sie nicht bedrängen, nicht ihr Herz brechen und sie dann fallenlassen. Ihr Freund, mit dem sie vier Jahre lang zusammen gewesen war, war nicht so rücksichtsvoll gewesen.

»Du bist der am wenigsten miese Typ, der mir seit langem begegnet ist«, sagte sie leise.

Ihre Blicke trafen sich über der flackernden roten Kerze, die während des Essens halb abgebrannt war. Jetzt war sich Dee sicher. Den ganzen Abend lang hatte sie sich gefragt, wie sie wohl reagieren würde. Daryls rücksichtsvolle Art hatte ihre Frage beantwortet.

»Wenn du möchtest, könnten wir den Kaffee bei mir zu Hause einnehmen.«

Seine Augen leuchteten auf, und das schöne, goldgebräunte Gesicht verzog sich zu einem breiten Grinsen.

»Das wäre mir sogar sehr recht.«

Als sie endlich bei Dee zu Hause angekommen waren, hätte der Taxifahrer eigentlich *ihnen* etwas für die Unterhaltung zahlen müssen, die sie ihm geboten hatten. Daryl hatte den Faden genau dort wieder aufgenommen, wo er ihn am vorhergehenden Abend hatte fallen lassen. Sobald sie im Taxi saßen, küßte er Dee leidenschaftlich. Als er seine Hand unter ihr T-Shirt schob, konnte sie die lüsternen Blicke des Taxifahrers im Rückspiegel beobachten.

»Schönes Haus«, meinte Daryl, der seine Lippen kurz von

ihrem Mund genommen hatte, damit sie die Tür aufschließen konnte. Dann küßte er sie erneut, seine Zunge ertastete ihre, seine Hände schoben ihr die Lederjacke von den Schultern.

Sie ließen sich auf die Stufen fallen und umarmten sich stürmisch. Auf der dritten Stufe war sein Holzwollepullover ausgezogen und Dees T-Shirt hing ihr unter dem Kinn, als Daryl ihren Körper vom Nabel aufwärts küßte.

Auf halber Strecke zog er ihre Stiefeletten aus und streifte ihre hautengen Jeans ab.

Er war so begeistert und leidenschaftlich, daß sie sich keine Sorgen über die roten Streifen auf ihrer Haut machte, die von den zu engen Jeans herrührten. Sie konzentrierte sich darauf, sein T-Shirt von seinem schlanken, muskulösen Oberkörper zu ziehen. Er richtete sich auf, um es sich über den Kopf zu streifen. So hatte Dee die Gelegenheit, seinen flachen, leicht gebräunten Waschbrettbauch zu beobachten, bevor er sich wieder an sie preßte und sie temperamentvoll küßte. Seine Lippen waren offen und drängend, seine Zunge suchte die ihre begierig.

Der Treppenteppich drückte sich rauh in Dees Rücken. Sie versuchte, eine bequemere Haltung einzunehmen, was ihr jedoch nicht möglich war. Daryl lag auf ihr und preßte sie auf die Stufen. Es war zwar sehr schön, so gedrückt zu werden, gleichzeitig aber auch unbequem.

»Laß uns ins Bett gehen«, murmelte sie in sein Ohr.

Ohne ein Wort zu sagen, zog Daryl sie hoch und folgte ihr bis ins Schlafzimmer. Mit der einen Hand hielt er ihre Hand, während seine andere ihr mit korallenfarbenen Spitzen besetztes Hinterteil hinunterglitt.

Als Dee ihre vorhin zurückgelassene Kleidung auf dem Bett erspähte, zuckte sie zusammen. Röcke, Hosen und winzige Tops lagen überall verstreut herum. Sie hatte nicht mehr die Zeit gehabt, sie wegzuräumen. Das Zimmer sah aus, als ob ein Wirbelsturm darüber hinweggefegt wäre.

Daryl jedoch schien das nicht zu bemerken. Er war ganz damit beschäftigt, sie zu küssen und ihr die Träger des Bodys über die Schultern zu streifen. Dee hob einen Stapel Kleidung hoch, ließ ihn auf einen Stuhl fallen und wandte sich ihm wieder zu.

»Wo sind wir stehengeblieben?« knurrte er und zog sie zu sich heran, wobei er mit einer Hand ihren Body abstreifte. »Du bist wunderschön«, sagte er und bewunderte ihre nunmehr unverhüllten Brüste. Er setzte sich auf das Bett, zog Dee zu sich heran, so daß sie nun zwischen seinen Knien stand und vergrub sein Gesicht zwischen ihren Brüsten.

Während er sie küßte, leckte und an ihr saugte, legte Dee ihre Hände um seinen Kopf und genoß die sie durchströmende Lust. Sie fühlte sich endlich wie eine sexuell begehrenswerte Frau.

Daryl berührte sie hingebungsvoll und gleichzeitig vorsichtig, als ob sie ein Phantasiegespinst sei, das sich verflüchtigen würde, wenn er sie nicht nach allen Regeln der Kunst verführte. Dee fühlte sich attraktiv und unwiderstehlich: Das war ein Liebestrank, den Austern, Erdbeeren und Champagner niemals wettmachen konnten.

Daryl zu lieben war eine Offenbarung. Sie kannte Garys erprobte und auf ihren Erfolg hin getestete Methoden, das heißt fünf Minuten leidenschaftliches Küssen, gefolgt von zehn Minuten Vorspiel und dann noch zehn Minuten energischen Sex. Es war eine zügige und aufregende Sache gewesen, wie die Ouvertüre einer Oper, die langsam begann und sich zu einem triumphalen Finale hocharbeitete.

Garys Technik bestand aus sicheren, wohlkalkulierten Bewegungen, bei denen der Dirigent immer ein Auge auf der Uhr hatte, um die Zeit nicht zu überziehen. Daryls Verführung dagegen war wie eine Oper mit einem preisgekrönten Symphonieorchester, die sich das Herz aus dem Leib spielten, als ob sie eine Aufnahme mit Pavarotti zusammen machten.

Er begann langsam, und nach zwei Stunden hatte er ein

vor Lust zitterndes Crescendo erreicht. Als er endlich in sie eindrang, war Dee innerlich wie äußerlich naß, hatte bereits zwei mitreißende Orgasmen gehabt und konnte es nicht abwarten, ihn endlich in ihren bebenden Körper aufzunehmen. Daryl bewegte sich in langen, präzis ausgeführten Stößen und wartete, bis sie zu ihrer eigenen Überraschung noch ein drittes Mal gekommen war, bevor er sich gehenließ und sein schlanker Körper sich ihr bebend hingab.

»Du bist wunderschön, Dee, und so sexy«, stöhnte er und ließ sich auf das Kopfkissen neben sie fallen. »Das war wirklich etwas ganz Besonderes.«

»Das finde ich auch«, schnurrte sie. Ihr Körper fühlte sich angenehm erschöpft an, die Muskeln warm und entspannt. Sie kuschelte sich an seine Schulter und genoß das Gefühl seines Armes um ihre Taille.

Glücklich schloß sie die Augen und wartete auf das unvermeidliche Schnarchen. Gary war nach dem Sex üblicherweise gleich eingeschlafen. Daryl jedoch tat das nicht. Er ließ Dee auch nicht auf der einen Seite des Bettes zurück, während er ihr auf der anderen Seite den Rücken zuwandte. Im Gegenteil, er legte sich so, daß seine Lippen sie berührten und er sie sanft küssen konnte. Seine Lippen strichen über ihren Mund, dann ihre Stirn und ihre Lider. Seine Hände streichelten zärtlich ihre erhitzte, feuchte Haut. So an ihn geschmiegt zu liegen, fühlte sich Dee rundum zufrieden.

Wohlig erschöpft schliefen sie kurz nach eins ein, ihre Beine und Arme miteinander verschlungen und ganz und gar selbstverständlich in der Gegenwart des anderen.

Um drei Uhr wachte Dee durstig auf. Als sie sich aus dem Durcheinander der Glieder befreien wollte, weckte sie Daryl auf.

»Wohin gehst du, Liebling?« murmelte er und streckte sich nach ihr aus, als sie aus dem Bett steigen wollte.

»Ich hole nur etwas Orangensaft, ich habe einen Wahnsinnsdurst. Möchtest du auch etwas trinken?«

»Au ja. Bleib aber nicht zu lange.«

Wenig später begrüßte er sie wie ein Weltenumsegler, der seit einem Jahr keine Frau gesehen hatte.

Dee fand, daß ein halber Liter Orangensaft und ein leidenschaftliches Liebesspiel einem Kater viel eher den Garaus machten als zwei Kopfschmerztabletten es vor dem Zubettgehen jemals zu Wege gebracht hatten. Und mit einem warmen, erregten Körper neben sich aufzuwachen war unendlich viel schöner, als vom schrillen Klingeln des Weckers geweckt zu werden.

Millie und Dan lebten in einer großen Doppelhaushälfte in Malahide in einer Wohnanlage, die perfekt auf Kinder zugeschnitten war. Eine große Grünfläche mit einem Abenteuerspielplatz bildete den Mittelpunkt der Anlage. Als Dee und Daryl am nächsten Samstag langsam durch die Straßen fuhren, sprangen viele fußballspielende Kinder von der Straße zurück, um ihren Wagen vorbeizulassen. Es war kurz vor acht an einem lauen Augustabend, und es würde noch mindestens eine Stunde lang hell sein. Sowie sie vorbeigefahren waren, setzten die Kinder das Spiel unter lautem Geschrei und Gekreische fort.

Dee erinnerte sich, wie sie als Kind die anderen Kinder auf der Straße beim Ballspiel beobachtet hatte. Sie hatte sich nie daran beteiligt, sondern aus dem Fenster gesehen und all die dünnen Kinder dabei beobachtet, wie sie dem Ball hinterherrannten. Sie hatte sich sehnlichst gewünscht, beim Sport mitmachen zu können. Ihr Bruder Shane war in die Fußballmannschaft der Straße aufgenommen worden, als er alt genug dafür war. Er hatte ständig Ärger mit ihrer Mutter bekommen, weil er saubere Pullover als Torkennzeichen benutzt hatte und diese dann mit Teer verschmutzt wurden, wenn die Straße in der Sonne aufweichte. Die einzigen Flecken, die Dee jemals auf ihrem Pullover hatte, waren Eiskremflecken.

»Ist Dan ein guter Koch?« erkundigte sich Daryl, als sie vor einem adretten, gepflegten Haus mit einer glänzenden Nummer zwanzig an der Tür angekommen waren. »Ich sterbe vor Hunger.«

Dee lachte. »Du stirbst immer vor Hunger, Daryl. Ich weiß gar nicht, wo du das alles hinsteckst.«

Er lächelte sie schief an. »Meine Mama meint, ich müsse wohl einen Bandwurm haben, daß ich soviel essen kann.«

»Igitt!« kreischte Dee und drückte das kleine weiße Tor auf. »Nach so einer Bemerkung kann ich überhaupt nichts essen.«

»Um so besser.« Er zwickte sie in den Hintern. »Dann können wir ja gleich wieder nach Hause gehen.«

»Nein, das können wir nicht.« Sie wirbelte herum und schlug ihm spielerisch auf die Hand.

Offenbar hatte Dan viel im Garten gearbeitet. Schuldbewußt bewunderte Dee den kleinen, perfekt gehaltenen Rasen und die unkrautfreien Beete. Dees eigener Garten ähnelte eher einem Refugium für Schmetterlinge, was allerdings vor Garys Weggang auch nicht anders gewesen war.

Warum nur hatte Millie den Mann bekommen, der gern gärtnerte, gern aufräumte und unglaublich verläßlich war, während sie denjenigen der Redmond-Brüder bekommen hatte, der auf Haus- und Gartenarbeit phobisch reagierte?

Millie öffnete ihnen die Tür. Ihr rundes Gesicht lächelte herzlich. »Dee! Ich bin so froh, daß ihr kommen konntet.« Sie drehte sich etwas zur Seite, um Dee, ohne sich den Bauch zu quetschen, zu umarmen. Im sechsten Monat schwanger hatte Millie die Figur eines Weltumseglungsballons, wie sie selbst scherzend bemerkte. Heute abend trug sie eine schwarze Seidenjacke, die über ihrem Bauch spannte und das hellblaue T-Shirt darunter offenbarte. Sie hatte sehr viel zugenommen und sah so aus, als ob sie jeden Augenblick platzen könnte. Ihr rotblondes Haar glänzte, ihre Haut glühte, und ihre Sommersprossen waren sichtbarer als sonst, weil sie stundenlang im Garten in der Sonne gelegen hatte. Dee zog Daryl in den Flur, der mit einer Laura-Ashley-Tapete ausgestattet war. »Das ist Daryl«, meinte sie ein wenig nervös.

»Hallo, Daryl, willkommen.« Millie küßte ihn freundlich auf die Wange. »Ich hoffe, du magst Lammtagine? Dan kocht bereits seit Stunden, und er würde ausrasten, wenn ihr marokkanisches Essen nicht mögen würdet.«

»Ich liebe marokkanisches Essen«, versicherte Daryl.

Millie öffnete die Tür zum Wohnzimmer. Zwei andere Paare saßen bereits um den gläsernen Eßtisch. Dee sank das Herz, denn sie kannte niemanden. Sie gab ein kurzes Stoßgebet von sich, daß sich niemand taktloserweise danach erkundigen würde, woher sie die Gastgeber kannte.

»Hast du Dan erzählt, daß ich jemanden mitbringe?« fragte sie Millie leise.

»Ja«, flüsterte Millie. »Das hat ihn allerdings ein wenig schockiert.«

»Nicht halb so schockiert wie ich es war, als sein geliebter Bruder mich fallengelassen hat«, murmelte Dee.

Die Vorstellung, ihren neuen Geliebten dem älteren Bruder ihres ehemaligen Verlobten vorstellen zu müssen, verunsicherte sie. Dieser ganze Abend war ein Fehler gewesen. Wie hatte sie nur glauben können, die Sache durchzustehen? Zwischen der Lammtagine und dem Sambucca würde Dan vielleicht versuchen, Daryl zu erwürgen.

»Beruhige dich«, meinte Millie. »Du hast jedes Recht, die Begleitung deiner Wahl mitzubringen, Dee. Gary hat dich verlassen, das habe ich auch Dan gesagt. Es ist also alles in Ordnung, mach dir keine Sorgen.«

Dee war vor Nervosität fast übel, aber jetzt war der Zeitpunkt überschritten, daß sie noch einen Rückzieher hätte machen können. Also schwieg sie. Als sie das letzte Mal in diesem Haus gewesen war, war natürlich Gary dabei, und sie hatten Millies Geburtstag gefeiert. Es war zwar nur wenige

Monate her, erschien ihr jedoch wie eine Ewigkeit. Die Erinnerung daran war kristallklar. Gary hatte sich mit Millies schwarzgebranntem Whisky aus ihrer Heimatstadt betrunken, und sie hatten die Nacht im Gästezimmer in dem alten Doppelbett verbracht, das bei der kleinsten Bewegung quietschte.

Am nächsten Tag hatten sich Dee, Dan und Millie über Gary lustig gemacht und ihn damit geneckt, ob er zur Gesundung nicht noch etwas trinken wolle. Sie hatten sich darüber amüsiert, wie er allein bei der Vorstellung eines Tropfen Alkohols ganz grün im Gesicht wurde.

Millie führte Dee zu ihrem Platz am Kopfende des Tisches. Daryl, die gewohnte Etikette ignorierend, die ihn ihr gegenüber gesetzt hätte, ließ sich neben ihr auf einen Stuhl fallen.

»Alles in Ordnung, Liebling?« fragte er, denn er wußte, wie nervös sie war.

»Schon gut.« Dankbar drückte sie seinen Arm.

Millie stellte sie alle einander vor und bat Daryl, den Wein auszuschenken. Dann ging sie in die Küche, aus der wunderbare Düfte ins Zimmer drangen und ab und zu ein Fluch inmitten des Schepperns von Töpfen zu hören war. Was auch immer Dan kochte, es schien jede Menge Aufmerksamkeit zu erfordern, denn er blieb ewig in der Küche.

Nachdem sie zwei Glas Rotwein getrunken hatten und die letzten Gäste eingetrudelt waren, hatte Dee ihre Nervosität im Griff.

Chrissie und Pat, frisch verheiratet, konnten einander nicht aus den Augen lassen. Sie beendeten ständig den angefangenen Satz des anderen und erzählten, wie Chrissie kaum einen Toast zustande brachte, während Pat das ganze Kochen bewerkstelligen mußte.

»Einen Teekessel hat sie schon ruiniert«, meinte er liebevoll und blickte seine frisch angetraute Frau bewundernd an.

»Eine clevere Lösung«, bemerkte Jane, eine attraktive

Blondine, die ihre eigene Schneiderei besaß. »Hätte ich das doch nur auch getan, als wir zusammenzogen.« Sie warf Clive, einem Partner in Dans Firma, einen vielsagenden Blick zu. »Für Clive ist Hausarbeit eines der großen weiblichen Mysterien, so wie Beinenthaarung oder Wimpernfärben.«

Dee kicherte in ihr Weinglas. »Mit so jemandem bin ich auch einmal zusammengewesen. Dank seiner ihn vergötternden Mutter hielt er Hausarbeit für unter seiner Würde«, sagte sie, bevor sie realisierte, wo sie sich befand und worüber sie sprach.

In diesem Augenblick erschien Dan mit einer Schürze, einer etwas albernen Kochmütze und einem entschuldigenden Gesichtsausdruck.

»Hallo, alle zusammen«, sagte er. »Tut mir leid, daß ich mich nicht um euch kümmern konnte. Mir ist in der Küche etwas schiefgegangen, und ich mußte die Sache ausbügeln. Die Arbeit eines Mannes will einfach nie enden.«

Dee erbleichte. Hoffentlich hatte er nicht gehört, was sie gerade gesagt hatte. Aber Dan sah sie gar nicht an. Sein Blick war auf Daryl gerichtet. Der lehnte sich auf dem schmiedeeisernen Stuhl zurück, hielt ein schweres Weinglas in der einen Hand und hatte den anderen Arm besitzergreifend um Dees Schultern gelegt.

Dans Augen wurden schmal. In seinem weiten Pullover – diesmal war es ein riesiger moosgrüner –, seinen schwarzen Jeans, die fast zu einem Grau verblichen waren und seinen dünnen Lederarmbändern um das eine Handgelenk, ähnelte Daryl eher einem Straßenmusikanten und war das genaue Gegenteil von Gary, der auf schicke Kleidung viel Wert gelegt hatte.

»Hallo, Dan, schön dich zu sehen«, sagte Dee lahm. »Das ist Daryl.«

Einen Augenblick lang sagte Dan kein Wort.

Millie beobachtete ihn über ihr Glas Mineralwasser hinweg und knuffte ihn mit einem Finger.

»Hallo, Dee. Hallo, Daryl«, meinte er tonlos und sprintete um den Tisch herum, um Dee etwas gespreizt zu umarmen. Eine schreckliche Sekunde lang dachte sie, er würde jetzt sagen, wie leid es ihm täte, daß Gary und sie nicht mehr zusammen waren. Das sagte er jedoch nicht. Er richtete sich auf und streckte Daryl seine Hand entgegen.

Dee bemerkte, wie Dans Mund zu einer dünnen Linie zusammengekniffen war. Seiner Mutter nicht unähnlich, dachte sie beiläufig. Gary hatte auch manchmal so ausgesehen, meist wenn er etwas tat, was ihm nicht behagte. Die beiden Männer schüttelten sich gegenseitig die Hände. Dann setzte sich Dan ans Kopfende des Tisches und schenkte sich ein Glas Wein ein.

»Zum Wohl«, prostete ihm Chrissie zu seiner Rechten zu.

»Zum Wohl.« Alle hoben ihre Gläser, und der peinliche Moment war vorüber.

»Was kochst du denn?« fragte Jane. »Was immer es ist, könntest du Clive mit in die Küche nehmen und ihm zeigen, wie man es zubereitet?«

»Das sollte er wohl lieber *dir* zeigen«, konterte Clive bissig.

Dee zuckte zusammen. Hatten Gary und sie ihre Streitereien und ihren Privatkrieg auch bei anderen ausgetragen? Vermutlich schon.

Das Essen verlief nicht gerade reibungslos. Clive und Jane stichelten während des gesamten Essens, und obwohl alle solche Bemerkungen gewohnt zu sein schienen, gingen sie Dee auf die Nerven. Sie war äußerst angespannt.

Es war doch ein Fehler gewesen, Daryl mit hierherzunehmen, dachte sie. Dabei spielte es keine Rolle, daß Gary sie verlassen hatte – Dan war immerhin sein Bruder, und in dieser Rolle betrachtete er Dee und Daryl mit der ablehnenden Haltung eines Klostervorstehers, der der gemischten Discoveranstaltung seiner Zehntklässler beiwohnte.

Doch nach reichlich Wein entspannte er sich etwas und

begann die Rolle des jovialen Gastgebers zu spielen. Millie, die Friedensstifterin, unterstützte ihn, indem sie sein Glas ständig neu auffüllte. Der erste Gang – eine Reihe von ungewöhnlichen Dips mit rohem Gemüse, Pitabrot und Tortillachips – war köstlich und gleichzeitig scharf genug, daß alle außer Millie und Dee, die noch fahren mußte, viel zu viel tranken.

Die Lammtagine schmolz in Dees Mund, in ganz ähnlicher Art und Weise, wie Daryls rechte Hand auf ihrer Haut brannte, als er sich seinen Weg unter ihren Minirock bahnte und die zarte Haut unter ihren Strümpfen ertastete. Es war vielleicht etwas übertrieben, einen anthrazitgrauen Minirock aus Wildleder und durchsichtige, schwarze Strümpfe mit Strumpfbändern zu einer ganz gewöhnlichen Einladung zu tragen. Aber sie hatte sich einfach nicht zurückhalten können. Daryl gab ihr das Gefühl, unwiderstehlich sexy zu sein, weswegen sie sich gern für ihn zurechtmachte. Und verführerische Dessous törnten ihn nun einmal an. Von dem Augenblick an, als er entdeckt hatte, was sie unter dem Wildledermini trug, hatte er seine Hände einfach nicht mehr bei sich halten können. Seine Finger waren wie ferngesteuert und bahnten sich alle zehn Miuten einen Weg unter ihren Rock.

Dabei betrachtete er sie nicht, sondern gabelte sein saftiges Lammfleisch auf und schien intensiv dem Gespräch zu lauschen. Dee konnte sich gerade noch zurückhalten und nicht aufseufzen, als Dan lang und breit davon erzählte, wie er einmal ein Motorrad besessen hatte, während Daryls lange Finger das Gummiband ihres Höschens weiteten. Er hört wirklich niemals auf, dachte sie leicht entnervt. Ständig hatte er nur Sex im Kopf.

»Nicht möglich!« rief sie, schienbar interessiert, während sie Daryls Hand wegstieß. Die Hand kam jedoch umgehend zurück. Dee spürte, wie sie rot wurde. Das mußte aufhören. Es war gerade so, als ob man neben einer lüsternen Krake saß. Den anderen Gästen würde es sicher bald auffallen. Einander im eigenen Schlafzimmer zu streicheln war eine Sache, aber Daryl schien nicht zu wissen, daß jetzt wahrlich nicht der richtige Zeitpunkt war.

Sie ließ ihre Hand zu seinem Knie hinuntergleiten und packte es in einem Zangengriff. Hoffentlich war er kitzlig. Dann drückte sie ihre Finger gekonnt genau dort zusammen, wo das Knie am empfindlichsten war. Er zuckte zurück, stieß mit beiden Knien gegen die Tischkante, und alle Gläser und Weinflaschen klirrten geräuschvoll.

»Alles in Ordnung, Daryl?« erkundigte sich Millie.

»Es geht ihm gut.« Dee lächelte und klopfte ihm fest auf den Rücken. »Dir ist etwas in den falschen Hals geraten, nicht wahr, Liebling?« Noch einmal klopfte sie ihm auf den Rücken.

»Stimmt.« Er grinste sie an.

Beim Nachtisch war Dan bereits recht betrunken, und Daryl befingerte nicht länger Dees Schenkel. Statt dessen ließ er seine Hände ihren Arm auf und ab gleiten, wobei er gelegentlich wie aus Versehen ihre Brüste streifte. Erleichtert stellte Dee fest, daß Dan viel zu betrunken war, um Daryls Aktivitäten zu bemerken. Sie selbst entspannte sich und legte eine Hand auf seinen Schenkel.

Wenn Jane und Clive sich nicht gerade gegenseitig hänselten, war Clive ein wunderbarer Erzähler. Alle bogen sich vor Lachen über seine Geschichten und Witze. Als Dan das Dessert servierte, ein umwerfender Pudding mit Creme de Cassis, waren seine Augen bereits glasig. Dee warf einen Blick auf ihren gehäuften Teller, der von einem reichlichen Klacks Sahne gekrönt war, und schwor, den nächsten Tag ausschließlich Pampelmusen zu essen.

»Das ist ja wunderbar, Dan«, bemerkte Pat und leckte anerkennend seinen Löffel ab. »Ich wünschte, ich könnte kochen wie du.«

»Aber Liebling, das kannst du doch«, gurrte Chrissie über den Tisch hinweg.

Jane warf Dee einen Blick zu und rollte entnervt mit den Augen.

Als sich alle ins Wohnzimmer begaben, um dort Kaffee und Likör zu sich zu nehmen, wollte Dee die Gelegenheit ergreifen, sich mit Daryl zu verabschieden.

»Ist in Ordnung, Liebling«, flüsterte er. »Ich wünschte, wir wären schon zu Hause und ich könnte deine Strümpfe näher untersuchen.«

»Psst!« zischte Dee, denn Dan stand direkt neben ihnen und stellte leicht schwankend ein paar Flaschen *Bailey's* und *Drambuie* auf den Wohnzimmertisch.

»Kann ich dir helfen?« fragte Daryl.

Dan warf ihm einen unverwandten Blick zu. »Du scheinst bereits alle Hände voll zu tun zu haben«, lallte er.

Dee blieb beinahe das Herz stehen. Es würde jetzt doch keinen Streit geben? Sie haßte Auseinandersetzungen. Sie hätten nicht gemeinsam hierherkommen sollen. Es war eine schlechte Idee gewesen.

Millie und Dan zu besuchen, als sie noch mit Gary zusammengewesen war, war eine Sache. Sich jetzt aber noch mit den beiden zu treffen mußte einfach eine Katastrophe heraufbeschwören. Millie und sie hatten viele Gemeinsamkeiten und mochten sich sehr. Doch obgleich Dan Dee sehr mochte, liebte er seinen Bruder. Er würde ihr niemals in die Augen sehen können ohne »Wenn-doch-nur« zu denken.

»Dan«, unterbrach Millie elegant. »Setz doch mal das Teewasser auf, Liebling. Wir brauchen noch eine Kanne Kaffee. Wir sind doch acht, wie du weißt.«

Dan verließ das Zimmer, und Millie sank neben Daryl und Dee auf das Sofa. »Der Arme, er nimmt die Sache offenbar nicht auf die leichte Schulter«, sagte sie und beobachtete, wie die schlanke Silhouette ihres Mannes in der Küche verschwand.

»Dee hat doch Gary nicht verlassen, er hat sie verlassen«, warf Daryl hilfreich ein.

»Ich weiß, aber das darfst du nicht Dan sagen«, warnte Millie. »Er würde durch die Decke gehen. Normalerweise ist er eigentlich ganz umgänglich, aber in dieser Hinsicht kann man mit ihm nicht spaßen. Er ist der Überzeugung, daß ihr zwei füreinander geschaffen seid«, wandte sie sich an Dee.

Dee seufzte müde. »Wir sollten jetzt besser gehen«, sagte sie. »Ich möchte hier keinen Streit provozieren, und ich habe das Gefühl, daß genau der ausbrechen wird.«

»Bitte, geht noch nicht«, bettelte Millie, deren blaßblaue Augen sich mit Tränen zu füllen begannen. »Es sollte doch ein wunderbarer gemeinsamer Abend werden. Ich möchte dich nicht aus den Augen verlieren, nur weil du nicht mehr mit Gary zusammen bist…«

Dee legte den Arm um sie. »Das werden wir auch nicht«, erwiderte sie fröhlicher, als ihr tatsächlich zumute war. Dann reichte sie Daryl die Autoschlüssel. »Möchtest du schon rausgehen und im Auto auf mich warten, während ich mich von Dan verabschiede?«

»Aber klar doch.« Er küßte Millie, verabschiedete sich von den anderen und ging. Zögernd betrat Dee die Küche. Sie wußte nicht recht, was sie zu Dan sagen sollte, außerdem war sie nicht in der Stimmung, sich seine betrunkene Litanei anzuhören, daß sie und Gary wieder zusammenkommen sollten. Da müßte wohl ein Wunder geschehen, dachte sie.

Aber Dan schien sich wieder gefangen zu haben. Er starrte benebelt aus dem Küchenfenster in den vom Mond erleuchteten Garten und beachtete den dampfenden Wasserkessel überhaupt nicht.

Dee räusperte sich. »Wir gehen jetzt, Dan«, sagte sie verkrampft.

»Dee«, murmelte er und umarmte sie.

Dee spürte einen Kloß in ihrem Hals. Verdammt noch mal, sie wollte nicht weinen. Warum verschwendete sie überhaupt einen Gedanken an Tränen?

»Ich mag dich, das weißt du doch«, murmelte er auf ihrer

Schulter. »Du bist die kleine Schwester, die ich nie gehabt habe.«

Das war zuviel. Dee fühlte zwei dicke Tränen ihre Wangen hinunterkullern.

»Ich mag dich auch, Dan«, sagte sie mit bebender Stimme. »Ich muß jetzt gehen.« Sie riß sich von ihm los und trat in den Flur zurück, wo sie sich trotzig die Tränen abwischte. »Tschüs, Millie. Ich rufe dich an«, rief sie ins Wohnzimmer, dann ließ sie die Haustür hinter sich zufallen.

»Warum benehmen die sich eigentlich alle, als ob *ich* diejenige wäre, die die verdammte Beziehung auseinandergebracht hat?« fragte sie Daryl wütend, als sie zu ihm ins Auto stieg. »Gary ist derjenige, der Schuldgefühle haben sollte, nicht ich.«

»Weißt du, die werden ihre Einstellung niemals ändern«, entgegnete er pragmatisch. »Du mußt ihnen einfach aus dem Weg gehen. Die Sache ist vorbei, das ist nun mal eine Tatsache.«

»Du hast recht.« Sie rammte den ersten Gang rein. »Ich habe den Kanal voll von all den Redmonds.«

Das Morgenlicht drang durch einen Spalt in der Gardine ins Zimmer, als neben Dees Kopf das Telefon klingelte. Sie öffnete müde ein Auge, streckte ihre Hand aus und riß den Hörer vom Telefon.

»Hallo«, krächzte sie. Sie konnte vor lauter Erschöpfung kaum die Stimme erheben. Daryl und sie hatten sich stundenlang geliebt, nachdem sie nach Hause zurückgekehrt waren. Es war mindestens zwei Uhr morgens gewesen, als Dee das Licht gelöscht hatte.

»Dee.« Beim Klang seiner Stimme schoß sie in die Höhe.

»Gary!« Weshalb rief er sie denn so früh... Sie starrte auf den Radiowecker... um halb elf an einem Sonntag morgen an? Die Antwort war nur zu offensichtlich – Dan hatte ihn angerufen und ihm von gestern abend erzählt. Sicherlich hatte er auch den attraktiven Amerikaner erwähnt, der wie eine Klette an Dee gehangen hatte.

»Ich habe dich im Büro angerufen, aber dort warst du halt nicht. Ich störe hoffentlich nicht?« fragte Gary mit bitterem Sarkasmus. »Du hast doch nicht etwa *schon wieder* einen Kater, oder?«

»Ich habe mir heute freigenommen«, sagte sie.

Plötzlich zuckte Dee zusammen, als sie Daryls heißen, nackten Körper an ihrem fühlte. Seine langen Arme streckten sich aus, um ihre Brüste zu streicheln, während seine Zunge sich in ihrem Bauchnabel vergrub und unzählige Küsse auf ihre zarte Haut setzte.

»Ah!« stöhnte sie wohlig, als sein Kopf sich senkte.

»Dee, was ist los?« wollte Gary wissen.

Sie mußte ein Kichern unterdrücken. Maeve hätte ihren Spaß an dieser Szene gehabt – ein Mann, der sie liebte, während ihr Ex am Telefon Ärger machte und wissen wollte, was los war. Gary würde niemals glauben, daß sie mit Daryl im Bett lag: Das sah Dee einfach nicht ähnlich. Der *alten* Dee sah es jedenfalls nicht ähnlich. Die neue Dee jedoch genoß diese Erfahrung.

Daryls verwuschelter Blondschopf erschien neben ihrem Kopf und küßte sie ausgiebig, bevor er seine Aufmerksamkeit ihren Brüsten zuwandte. Verführerisch widmete er sich einer ihrer Knospen und saugte daran, bis sie sich prall aufrichtete.

Wieder stöhnte Dee und streichelte mit einer Hand seinen Nacken. Die andere Hand, in der sie den Hörer hielt, glitt unwillkürlich auf das Kissen zurück.

»Dee!« Jetzt klang Gary vollkommen außer sich. Seine Stimme hatte diesen »Warum-hast-du-mein-Fußballsweatshirt-in-die-Kochwäsche-getan,-du-dumme-Ziege«-Ton.

Sie konnte sich gerade noch zurückhalten, nicht laut loszuprusten und ihm haarklein zu erzählen, *was* sie gerade tat. Es war unglaublich komisch.

Noch vor einer Woche wären ihr angesichts eines Anrufs

von Gary die Nerven durchgegangen. Sie hätte verzweifelt darauf gewartet, daß er ihr sagte, er würde zurückkommen und daß er sie immer noch lieben würde. Vier Nächte mit einem charmanten, höflichen, sie bewundernden und umwerfend attraktiven Mann hatten ihr eine vollkommen neue Perspektive verschafft. Gary hatte sie fallenlassen, und jetzt streichelte der wunderbare, sexy Daryl sie mit seinen erfahrenen, warmen Fingern. Das hatte ihr ihr Selbstbewußtsein zurückgegeben. Nun empfand sie sich als begehrenswerte Frau und sah sich nicht mehr als Fettkloß, der zuviel Lidschatten aufgetragen hatte.

So ein Pech, Gary, dachte sie triumphierend. Ja, ich liege mit einem anderen Mann in deinem Bett, und es ist wunderbar.

Sie richtete sich auf und küßte zärtlich Daryls Kopf. Dann bedeutete sie ihm, leise zu sein und legte den Hörer wieder an ihr Ohr.

»Was ist, Gary?« fragte sie. Sie war hochzufrieden, endlich einmal am längeren Hebel zu sitzen.

»Ich möchte wissen, was da vor sich geht«, fragte er.

Dees Augenbrauen schossen amüsiert nach oben. »Wie meinst du das, daß du wissen möchtest, was da vor sich geht?« fragte sie. »Ich bin im Bett, okay? Ich war gestern nacht lange unterwegs, und jetzt bin ich müde. Ich habe heute frei, kann also den ganzen Tag im Bett verbringen, wenn mir danach ist.«

Daryl lächelte und küßte erneut ihre Brüste. Dee konnte sich gerade noch zurückhalten, lustvoll aufzustöhnen.

»Wie dem auch sei«, fuhr sie fort, »es geht dich überhaupt nichts an, was ich hier mache.«

»Mit wem warst du denn gestern aus?« fragte Gary.

Dee grinste. Er spielte Spielchen. Er wußte ganz genau Bescheid. »Mit einem Mann.«

»Einem Mann! Was für einem Mann?« wollte Gary wissen.

Daryls weiße Zähne knabberten behutsam an einer ihrer Knospen, und sie wand sich erregt hin und her. Himmel noch mal, was war er geschickt.

»Du kennst ihn nicht. Er ist Amerikaner, ein Freund von Fionas Bruder.«

»*Amerikaner!*« kreischte Gary.

»Aus Texas, um genau zu sein«, erwiderte Dee. Die Sache begann ihr Spaß zu machen.

»Aus Austin«, sagte Daryl laut.

Dee kicherte.

»Er ist jetzt bei dir, nicht wahr?« Garys Stimme überschlug sich vor Empörung. »Er ist im Bett mit dir, in *unserem* Bett. Ich kann es nicht fassen, wie kannst du das nur tun?«

Jetzt verlor Dee die Geduld. »Was in aller Welt soll das?« fuhr sie ihn wütend an. »Du Vollidiot! Du hast mich vor fast einem Monat fallenlassen, und seitdem habe ich nichts von dir gehört, mal abgesehen von einer zickigen Nachricht, daß ich das Haus verkaufen soll. Du hast hier überhaupt nichts mehr zu melden. Wir sind getrennte Leute.«

»*Ich* schlafe nicht herum«, knurrte Gary wütend.

»Und ich schlafe auch nicht herum«, schrie Dee in die Hörmuschel. Sie spürte Daryls beruhigende Hand auf ihrer Schulter, dann küßte er sie zärtlich auf die Wange.

»Laß dich nicht auf die Palme treiben, Liebling«, flüsterte er ihr ins Ohr.

Sie nickte und atmete einmal tief durch. Warum verschwendete sie ihre Zeit überhaupt damit, sich mit Gary zu streiten? Er hatte kein Recht, sie danach zu fragen, was sie jetzt tat oder mit wem sie sich traf. Wie konnte er das nur wagen?

»Ich schlafe nur mit einer Person«, meinte sie nun ruhig. »Wir haben heute ausgeschlafen, weil wir völlig erschöpft sind. Wir haben uns wie die Karnickel die ganze Nacht durch geliebt. Bist du nun zufrieden, Gary?«

Eine Minute hörte sie sich seine zornige Schmährede an.

»Außerdem verstehe ich nicht, warum du so tust, als ob du nichts von Daryl wüßtest.« Sie betonte seinen Namen. »Denn ich bin mir ziemlich sicher, daß Dan dich heute früh angerufen hat, um dir alles über die gestrige Dinnerparty zu erzählen. Ich wünsche mir, daß du deine Familie einmal darüber informieren würdest, daß *du mich* verlassen hast und nicht umgekehrt. Dann würden sie auch endlich nicht mehr versuchen, uns wieder zu verkuppeln«, zischte sie. »Es ist an der Zeit, daß ich Dan und Millie erzähle, wie beschissen du dich benommen hast. Vielleicht begreifen sie dann endlich.«

Sie knallte den Hörer auf.

»Gut gemacht.« Daryl grinste sie an. »Dem hast du es aber gegeben.«

Dee grinste zurück. Sie fühlte sich wie ein ungehorsames Schulmädchen, das gerade hinter dem Fahrradschuppen mit einem fremden Jungen erwischt worden war. Sie hatte Gary von Daryl erzählt, und jetzt war er außer sich vor Eifersucht und Wut. Da konnte sie nur herzlich lachen! Wenn sie das erst einmal Maeve erzählte!

Vorsichtig ließ sich Millie in den Sessel in Dees Wohnzimmer nieder, während Dee eine Tasse Tee und ein paar Kekse auf den kleinen Tisch neben sie stellte. Smudge tauchte plötzlich auf und schnüffelte interessiert an Millies Füßen.

»Gary findet das gar nicht lustig«, sagte sie und versuchte, eine gemütliche Sitzposition zu finden. »Er hat Dan heute morgen angerufen und wollte alles über diesen Daryl wissen.«

Dee kicherte in ihre Kaffeetasse.

»Dan hat ihm erzählt, daß er Daryl gestern abend zum ersten Mal gesehen hat«, fuhr Millie fort. »Außerdem meinte er, es sei Garys eigene Schuld, daß du nun mit diesem Amerikaner ausgehen würdest. Schließlich habe er dich verlassen.«

Dee blickte überrascht auf. Dan machte Gary Vorwürfe, weil er sie verlassen hatte? Diesem Gespräch hätte sie zu gern gelauscht.

»Nachdem ihr gestern abend gegangen wart, habe ich Dan Vorwürfe gemacht, daß er nicht das Recht habe, dir oder Daryl den Abend zu vermiesen. Das ist wirklich nicht gerecht. Und, was ist nun mit Gary passiert?« fragte sie neugierig.

»Ach, es war einfach unbezahlbar, Millie«, sagte Dee und lächelte bei der Erinnerung. »Er war so wütend. Ich kann immer noch nicht glauben, daß ich ihm erzählt habe, daß Daryl neben mir im Bett lag!«

»Das hat Dan auch ein wenig schockiert, soviel kann ich dir verraten«, sagte Millie. »Er ist zwar stinksauer auf Gary, daß er mit dir Schluß gemacht hat. Aber er hat doch gehofft, daß ihr das irgendwie wieder geradebiegt. Dieser Vorfall hat ihn allerdings aus dem Konzept gebracht.«

Dee zuckte mit den Schultern. »Das kann ich verstehen, aber ich kann nicht weiter warten, daß Gary gnädigerweise zu dem Schluß kommt, daß er mich trotz allem noch liebt. Ich möchte leben, und dazu brauche ich zur Zeit Daryl.«

»Da stimme ich dir voll und ganz zu«, bestätigte Millie. »Er ist wirklich durch und durch sexy. Von ihm zu erfahren war genau das, was dein verhätschelter Exverlobter gebraucht hat. Wenn er erst einmal merkt, daß er einen ernsthaften Rivalen hat, kommt er vielleicht wieder zu Sinnen.«

»Ich weiß gar nicht, ob ich möchte, daß er wieder zu Sinnen kommt«, erwiderte Dee ohne Umschweife. »Ich amüsiere mich prächtig. Endlich. Es war nicht gerade lustig, als Gary mich verlassen hat, soviel kann ich dir versichern. Aber Daryl tut mir gut. Ich bin mir nicht so sicher, ob Gary mir jemals gutgetan hat.«

Millie seufzte. »Ich verstehe dich. Es ist eben nur, daß Dan euch so gerne wieder zusammen sehen würde. Das ist halt sein Traum.«

Dee wandte kurz den Blick ab. Wie einfältig Dan Redmond doch war.

»Ich weiß nicht, ob ich Gary je zurückhaben möchte. Du weißt, was er mir vorgeworfen hat.«

»Ein wenig hast du mir davon erzählt«, erwiderte Millie. »Die Sache mit deinem Gewicht …«

»Das war nur ein kleiner Teil«, knurrte Dee. »Er hat behauptet, ich würde mich hinter einer Tonne Make-up verstecken, und meine Kleidung wäre schrill und vulgär und entspräche nicht im mindesten einer stellvertretenden Ressortleiterin. Ich weiß natürlich nicht, ob er es tatsächlich so gemeint hat, aber es hat mich verletzt. Meinem Selbstbewußtsein war das alles nicht gerade sehr zuträglich.«

»Er ist wirklich ein Mistkerl«, meinte Millie und seufzte. »Wie kann er nur so etwas sagen?«

»Keine Ahnung.« Dee lehnte sich in ihrem Sessel zurück. »Du kannst Dan jedenfalls ausrichten, daß sein teurer Bruder sich diesmal voll in die Nesseln gesetzt hat.«

»Ja, das mache ich.« Millie lehnte sich mit ihrer Tasse in der Hand zurück und musterte Dee. »Weißt du, eigentlich ist es die Schuld ihrer Mutter. Nachdem der Vater gestorben war, hat sie sich Gary schlichtweg gekrallt. Die anderen hatten ein ziemlich normales Leben, er aber war Margarets kleiner Liebling. Sie hat ihn unendlich verwöhnt.«

»Sie kann ihn gern behalten«, kommentierte Dee tonlos. »Noch etwas Tee?«

Als Millie gegangen war, räumte Dee ein wenig im Haus auf und dachte über die vergangenen paar Tage nach. Nachdem Gary sie verlassen hatte, hatten seine Kommentare, sie sei dick, häßlich und überschminkt, sie bis ins Mark erschüttert. Sie hatte damals geglaubt, die ganze Welt würde sie so sehen. Jetzt aber dachte Dee, daß Garys Gemeinheit eigentlich nur eines offenbarte – nämlich wie gewöhnlich *er* war. Auf sie jedenfalls trafen seine Anschuldigungen nicht zu. Und ohne ihn war sie tatsächlich weitaus besser dran.

21

Isabel starrte auf den Teppich. Sie konnte sich nicht auf die Rednerin zum Thema »Frauen in den Medizin« konzentrieren. Sie war als nächstes an der Reihe, um vor mehreren hundert Delegierten im Konferenzraum des *Burlington Hotels* zu sprechen. Sie hätte jedes Wort der Fernsehproduzentin aufmerksam verfolgen sollen. Statt dessen jedoch dachte sie über die dreifache Finanzkatastrophe des heutigen Morgens nach. Die Bank hatte wegen ihres Überziehungskredits angerufen, der mittlerweile ausufernde Proportionen angenommen hatte.

»Frau Farrell, Sie sollten einmal in die Bank kommen, um die Sache zu klären«, hatte der Manager düster angekündigt. »Ich hätte da ein paar Lösungsmöglichkeiten, doch wir müssen uns dafür zusammensetzen und sie durchsprechen.« Bei der Vorstellung der Erörterung ihres Überziehungskredits zog sich Isabel der Magen zusammen. Besonders jetzt im Dezember mit Weihnachten vor der Tür, zu dem sich Robin einen Computer gewünscht hatte. Schlimmer noch, die Gasheizung war zusammengebrochen und würde eine Stange Geld kosten. Geld, das Isabel nicht hatte und das ihr die Bank sicherlich nicht bereitwillig leihen würde.

Am Morgen waren sie in einem eiskalten Haus aufgewacht und hatten kein Heißwasser gehabt. Als Isabel der Sache nachgegangen war, hatte der Boiler lediglich ein paar besorgniserregende Geräusche von sich gegeben.

Um der Sache noch eins draufzusetzen, war sie mit Naomi routinemäßig beim Zahnarzt gewesen. Seiner Meinung nach war eine Zahnspange unumgänglich. Naomi hatte nur gestöhnt, denn sie hatte gehofft, anders als ihre Klassenkameradinnen ohne Spange auskommen zu können. Und Isabel hatte beim Gedanken an die Rechnung noch lauter gestöhnt.

Davids schlechte Haushaltsführung hast du immer kritisiert, doch nun hast du selbst den Karren in den Dreck geritten, dachte sie bedrückt. Sie hatte es aufgegeben, der Sprecherin zu folgen.

Immerhin hatte sie nicht massenweise Geld für irgendein Projekt verschwendet, das schnellen Reichtum versprach. Sich jedoch am letzten Samstag einen Blazer von *Ralph Lauren* mit dazupassender Hose zu kaufen – selbst wenn es in einem Secondhandladen für Designermode war – war finanziell gesehen auch nicht gerade ein kluger Schachzug gewesen. Der Anzug war sehr elegant und hätte mindestens das Vierfache gekostet, wenn Isabel ihn neu erstanden hätte. Angesichts der roten Zahlen ihres Bankkontos war der Kauf dennoch eine Entscheidung gewesen, die sie nun bereute.

All das hatte sie unbewußt nur getan, um mit Jacks Frau konkurrieren zu können. Einer Frau, die noch nicht mal ein Nachthemd überziehen würde, wenn es nicht von *Janet Reger* wäre. Elizabeth Carters Make-up-Täschchen war vermutlich von *Prada,* und Isabel war sicher, daß *sie* ihre Feuchtigkeitscreme nicht beim wöchentlichen Einkauf im Supermarkt holte. Sie würde wohl kaum ein *Oil of Olaz* zusammen mit Toilettenpapier und Joghurt in den Einkaufswagen werfen.

Isabel wünschte sich, sie müßte nicht ständig das Gefühl haben, Elizabeth zu übertrumpfen. Es war lächerlich, kindisch und paßte nicht zu ihr. Dennoch konnte sie sich nicht bremsen. Wenn sie nur davon hörte, daß Elizabeth bei einem gesellschaftlichen Ereignis von Kopf bis Fuß in Designerkleidung erschienen war, reichte das bereits, um sie vollkommen verunsichert ihren Schrank durchwühlen zu lassen. Dann suchte sie nach etwas, nach *irgend etwas,* das teuer und schön genug war, um es beim nächsten Treffen mit Jack zu tragen.

Er seinerseits erwähnte seine Frau kaum, abgesehen von einer knappen Bemerkung, ob sie im Land oder außer Landes war oder gerade mit dieser oder jener Wohltätigkeitsveranstaltung beschäftigt. Er hatte ihre Kleidung niemals erwähnt, noch hatte er eine Bemerkung zu ihren Ausgaben bei den regelmäßigen Einkaufsreisen zu *Harrods* und *Harvey Nichols* fallenlassen. Wenn er über sie sprach, war seine Stimme so ruhig und unbeteiligt, als ob sie eine entfernte Verwandte sei, die ihm nur wenig bedeutete.

Isabel hingegen konnte es nicht vermeiden, über die Frau ihres Liebhabers zu lesen oder zu hören – über ihre extravagante gesellschaftliche Existenz und ihre Garderobe, die es mit der von Nicole Kidman aufnehmen konnte. Normalerweise war sie kein Fan der Klatschspalten gewesen, jetzt jedoch fühlte sie sich jeden Tag hilflos zu ihnen hingezogen. Elizabeths Name sprang ihr ständig von den Seiten der Illustrierten entgegen.

»*Wie gewohnt ultraelegant, erschien Elizabeth Carter in einem Pullover von* Gucci *mit einer Hose von* Monolo *zur Eröffnung von …*«

»*Während die meisten Gäste des Pferderennens in ihren dünnen Kleidchen froren und ihre zarten Absätze im aufgeweichten Gras steckenblieben, war Frau Carter sowohl warm als auch stilsicher elegant in einen Kashmirmantel von* Jasper Conran *und einen aufsehenerregenden Hut von* Phillip Treacy *gekleidet …*«

Die Artikel waren in der Regel mit Bildern von der wunderschön gekleideten Elizabeth gespickt, die den Eindruck machte, als ob ein ganzes Team von Stylisten bereits einen Monat lang an ihr gearbeitet habe. Sie war so unglaublich schillernd und elegant, daß Isabel sich daneben schlampig und langweilig vorkam.

Isabel, die noch niemals in ihrem Leben irgend jemanden gehaßt hatte, mußte nun feststellen, daß sie Elizabeth fast haßte. Wenn sie sich selbst gegenüber ehrlich war, mußte sie zugeben, daß der Grund dafür nicht darin lag, daß Elizabeth Tausende von Pfund für ein einziges Outfit ausgeben konnte, während Isabel sich schon Vorwürfe machte, wenn sie nur einen Bruchteil davon für eine Secondhand-Jacke ausgab. Nein, es ging um mehr als das.

Elizabeth besaß die Dinge, die Isabel nicht besaß – *sie* würde jedenfalls nie wieder ganz von vorn beginnen müssen, weil sie ihr früherer Mann finanziell ruiniert hatte. Sie war reich geboren und verfügte über eine Apanage, mußte also überhaupt nie arbeiten gehen. Zusätzlich noch hatte sie einen wunderbaren Ehemann, den sie ihrerseits allerdings nicht besonders zu schätzen schien. Das war der Kern der Sache: Isabel haßte Elizabeth, weil diese Jack hatte, ohne ihn wirklich anzuerkennen. Aber Isabel mußte zugeben, daß sie nur eine Seite der Geschichte kannte. Vielleicht vergötterte Elizabeth Jack und war tief verstört darüber, wie sie sich entfremdet hatten. Und sie, Isabel, hatte ihn Elizabeth praktisch weggenommen. Also besaß Elizabeth doch nicht alles. Sie hatte keine Kinder. Der armen Frau waren sie verwehrt geblieben. Isabel konnte sich ein Leben ohne Robin und Naomi nicht vorstellen. Das vertraute Schuldgefühl bemächtigte sich ihrer, als sie daran dachte, wie schrecklich es für Elizabeth sein würde, von der Untreue ihres Mannes zu erfahren. Trotz ihres sonst so schillernden Lebens hatte Elizabeth auch bereits viel Kummer ertragen müssen.

Eine Frau von ihrer emotionalen Instabilität konnte es völlig zerstören, wenn sie erfuhr, daß ihr Mann sich mit einer anderen traf und es ihm ernst mit jener anderen war …

Der Applaus schreckte Isabel aus ihren Tagträumen. Sie richtete ihre Aufmerksamkeit auf das Podium, wo die Fernsehproduzentin ihre Rede mit der Bemerkung abschloß, daß Frauen stets doppelt so gut wie Männer sein müßten, um ihre Karriere voranzutreiben.

Isabel schloß die Augen, atmete tief durch und schwor sich, nie wieder auf einer solchen Konferenz eine Rede zu halten. Sie hatte impulsiv zugesagt und es seither ständig bereut.

Tanya Vernon hatte man ebenfalls gebeten, doch die hatte

abgelehnt. »Vermutlich, weil dort niemand ist, mit dem sie ins Bett gehen könnte, um ihre schwindelerregend steile Karriere zu fördern«, hatte Phil Walsh bissig bemerkt. Immerhin wäre da die Fernsehproduzentin, dachte Isabel zynisch, als die sehr maskulin wirkende Frau das Podium verließ und die Scheinwerfer ihr streichholzkurzes, glänzendschwarzes Haar beleuchteten.

Isabel stand auf, lächelte den Delegierten professionell entgegen und begann mit ihrer Ansprache. Als ihr die interessierten Gesichter entgegensahen, all diese Frauen, die sich in einer von Männer dominierten Welt ihren Weg gebahnt hatten, war sie plötzlich sehr stolz darauf, daß sie die Stelle beim *Sentinel* bekommen hatte. Sie liebte ihre Arbeit, ihren Job und sogar den Druck, der damit verbunden war. Ihre Rede jedenfalls würde nicht eine jener sein, über »Wie schwer es ist, eine berufstätige Frau zu sein«. Zwanzig Minuten später erhielt Isabel begeisterten Beifall über ihre positive Einschätzung der Rolle der Frau in der Geschäftswelt.

Vor dem Abendessen wurde eine kurze Pause eingelegt, nach der weitere Redebeiträge folgen würden. Da sie bereits fertig war, wollte sich Isabel nicht mehr lang auf der Konferenz aufhalten. Doch bevor sie sich unauffällig entfernen konnte, wurde sie von einer der Organisatorinnen, Alva, aufgehalten.

»Isabel, Sie müssen ein Glas Wein mit uns trinken«, sagte sie freundlich. Alva war eine imposante, grauhaarige Frau in einem grauen Anzug. »Ich würde Sie gerne ein paar der anderen Podiumsmitglieder vorstellen.«

Ihr das abzuschlagen war unmöglich, also ließ sich Isabel von Alva zu einer Gruppe Frauen in der Mitte des Raumes führen.

Sie nippte an ihrem Glas Mineralwasser, unterhielt sich höflich und fragte sich, wann sie, ohne aufzufallen, verschwinden könnte. Die Diskussion hatte nichts mehr mit

Frauen in den Medien zu tun. Alle sprachen von einer kontroversen Biographie, die über einen Zeitungsherausgeber geschrieben worden war und jetzt in irgendeiner ausländischen Zeitung als Serie abgedruckt wurde.

»Nicht für alles Geld der Welt kann man eine Kopie bekommen«, meinte Alva. »Es gibt keinerlei Rezensionsexemplare, und der Autor hat klugerweise das Land verlassen.«

»Wenn ich es drauf anlegen würde, könnte ich sicher ein Exemplar bekommen«, bemerkte eine Frau großspurig. Isabel erkannte Sophie Walker, eine strenge Blondine, die eine etwas unflätige Kolumne für eine der Frauenmagazine schrieb. Anfang dreißig hätte sie eigentlich recht hübsch aussehen können, wäre da nicht die übergroße Himmelfahrtsnase und der leicht verdrießliche Ausdruck auf ihrem reichlich mit Make-up zugekleisterten Gesicht gewesen. Sie war von Kopf bis Fuß in Hellblau gekleidet, angefangen von ihrer Strickjacke und dem langen Rock bis hin zu ihrer Glasperlenkette. Vermutlich hatte eine Farb- und Stilberaterin ihr einmal eingeredet, daß diese Farbe ihr am besten stehen würde. Was allerdings ein Irrtum war. Lediglich Supermodels mit Rehaugen konnten solch hellblauen Lidschatten tragen.

»Wie ich aus zuverlässiger Quelle weiß, behandelt das Buch alles, von der Art und Weise, wie er die Zeitung nach Art einer Privatarmee führt, bis hin zu Geschichten über seine zahlreichen weiblichen Gespielinnen«, meinte Sophie mit besonderer Betonung des Wortes »Gespielinnen«. »Angeblich mokiert er sich über die fehlende Moral der heutigen irischen Gesellschaft – hat aber eine seiner Freundinnen ins Ausland geschickt, damit seine Frau nichts von der Affäre erfuhr. Werden Sie etwas über das Buch schreiben?« fragte Sophie und blickte Isabel scharf an. »Das wäre genau das Richtige für den *Sentinel*«, fügte sie hinterhältig hinzu.

Isabel fühlte sich verunsichert. Die Art und Weise, wie Sophie diese Bemerkung in den Raum gestellt hatte, war nicht nur eine Bemerkung zwischen Kolleginnen. Da klang mehr raus.

Sie zuckte mit den Schultern. »Ich weiß nicht recht«, meinte sie leichthin. »Ein solcher Artikel wäre wohl kaum meine Sache.«

»Ach nein?« Sophie verzog spöttisch das Gesicht. »Und ich dachte immer, daß die Affären innerhalb des Managements konkurrierender Blätter exakt das wären, wovon eine Boulevardzeitung lebt. Alle Menschen mögen Klatschgeschichten über verheiratete Pressemagnaten, die sich mit anderen Frauen vergnügen. Das fesselt die Leute schon beim Frühstück.«

Isabels Verunsicherung verstärkte sich zu einer magenverkrampfenden Angst. Sie war sicher, daß Sophie Walker über etwas – oder jemanden – gezielt sprach, nicht nur über irgendeinen Zeitungsherausgeber. Was wußte sie eigentlich über Sophie Walker? Daß sie Haare auf den Zähnen hatte und eine gute Spürnase für Klatsch. Und daß mehrere Rechtsanwälte ihre Artikel vorher sorgfältig durchkämmten, um ganz sicher zu gehen, daß sie niemanden verleumdete, wenn sie eine Skandalgeschichte am Rande der Legalität ins Blatt brachte. Die Worte *Sophie Walker* und *gefährlich* zuckten durch ihren Kopf.

Wenn sich Isabel nicht irrte, ahnte Sophie etwas über Jack und sie. Sie trafen sich jetzt bereits seit vier Monaten, und es war durchaus möglich, daß irgend jemandem etwas aufgefallen war. Wußte Sophie wirklich Bescheid, oder hatte sie nur eine Vermutung? Isabel graute vor den Konsequenzen, falls sie tatsächlich die Wahrheit kennen sollte.

»Wir lesen doch alle gern etwas über Affären, oder nicht?« zwitscherte Sophie gekünstelt.

In die Enge getrieben, besann sich Isabel eilig auf die ihr zur Verfügung stehenden Möglichkeiten. Sie konnte die Sache einfach abschütteln und hoffen, Sophie damit von der Fährte abzubringen. Oder sie könnte ihr Glas hinstellen und gehen und die Klatschkolumnistin sich einen eigenen Reim darauf machen lassen.

Obwohl sie das gern getan hätte, blieb sie, wo sie war, und verordnete sich ein sorgloses Lächeln.

Dee hatte ihr damals gesagt, daß man sie sehr schnell durchschauen konnte. Jetzt aber zwang sich Isabel, ein preisverdächtiges Schauspiel hinzulegen.

»Ich bin mir nicht sicher, daß die Leser heutzutage wirklich an derartigen Affären interessiert sind«, bemerkte sie leicht gelangweilt. »Es ist alles so widerlich, so unerquicklich. Sich vom Sexleben Fremder faszinieren zu lassen kommt mir wie Schnee von gestern vor. Meiner Ansicht nach haben die Leute in den letzten Jahren viel zu viel Aufklärung genossen, als daß sie sich dafür interessieren würden, wer was mit wem tut.« Sie warf Sophie Walker einen eindringlichen Blick zu. »Abgesehen davon liegen die Verfasser solcher Geschichten mit ihrem Klatsch oft vollkommen daneben. Man muß sich schon bemühen, sich an die sachlichen Fakten zu halten, nicht wahr? Sonst geht es einem selbst und der Zeitung an den Kragen. Die letzte Verleumdungsklage hat dem Kläger eine Rekordsumme eingebracht. Es lohnt sich also nicht, haarsträubende Dinge zu publizieren, wenn man so viel dafür zahlen muß.«

»Erwähnen Sie bloß keine Verleumdungsklagen«, stöhnte eine Chefredakteurin. »Sie sind der Nagel zu meinem Sarg.«

»Ach ja?« erkundigte sich Isabel interessiert. Sie nahm sich zur Stärkung ein Glas Weißwein und beobachtete Sophie aus dem Augenwinkel heraus. Ihre Strategie hatte anscheinend gewirkt. Sophie schien über den Verlauf des Gesprächs etwas verwirrt. Ihr eingebildeter Gesichtsausdruck war erloschen.

Statt dessen erzählte sie eine gemeine Geschichte über den verheirateten Freund einer Freundin. Isabel gab vor, an der schmutzigen Geschichte einer gerichtlichen Auseinandersetzung interessiert zu sein. Wenn jedoch jemandem aufgefallen wäre, wie sie ihr Weinglas in der Hand hielt, hätte derjenige sehen können, daß ihre Gelenke vor Anstrengung weiß hervorstachen.

Nach scheinbar ewigen zwanzig Minuten glaubte Isabel, gehen zu können, ohne daß Sophie Walker Verdacht schöpfte.

»Nett, Sie kennengelernt zu haben.« Sie schüttelte herzlich Sophies Hand. »Wir werden uns bestimmt bald mal wiedersehen.« Vor der Tür atmete Isabel die kühle Dezemberluft ein und spürte, wie sich ihr Magen umstülpte. Fast hätte sie sich aus lauter Nervosität übergeben. Ihr Instinkt sagte ihr, daß Sophie Walker die Lage zwischen ihr und Jack genau richtig eingeschätzt hatte.

Was sollte sie tun? Sollte sie beten, daß sie die Klatschkolumnistin mit ihrer beiläufigen Art – jedenfalls hoffte sie, beiläufig gewirkt zu haben – in die Irre geführt hatte? Sollte sie es Jack erzählen? Oder sollte sie schweigen und darauf warten, daß der Artikel unweigerlich in Sophies Kolumne erschien? Sie hatte ihn jetzt schon vor Augen: *Welcher Konsortiumschef hat sich aktiv um das neue Erscheinungsbild seines Blattes gekümmert und eine der attraktiven Frauen des Managements zum Mittagessen eingeladen? Natürlich nur, um mit ihr die Auflagenentwicklung bei einer Flasche* Puligny Montrachet *und Hummer zu diskutieren…*

Nach dem dritten Klingeln nahm Jack den Hörer ab. Niemand außer ihr kannte seine Privatnummer, und nur er persönlich nahm den Hörer ab.

»O mein Gott, Jack, du wirst nicht glauben, was passiert ist«, hauchte Isabel in ihr Handy.

»Was denn, Liebling?« fragte er besorgt. »Was ist los? Hattest du einen Unfall? Ist mit den Mädchen alles in Ordnung?«

Die Erleichterung, seine Stimme zu hören, ließ sie fast zusammenklappen. Aus Angst, sie könne in Tränen ausbrechen, atmete Isabel ein paarmal tief durch und versuchte, sich zu beherrschen.

»Nein, mir geht es gut, den Mädchen ebenfalls. Darum geht es nicht. Ich war auf der Konferenz zur Situation der Frauen in den Medien und habe diese Frau getroffen, Sophie Walker, eine Klatschkolumnistin eines der anderen Blätter ... ich hoffe, es ist alles nur ein Verdacht ... jedenfalls ...« Wieder holte Isabel tief Luft. »Ich glaube, sie weiß von uns. Genauer gesagt, ich bin mir sicher.« Bei dem Gedanken erbebte sie.

»Isabel, bitte dreh jetzt nicht durch.« Jacks Stimme war ruhig. »Weswegen nimmst du an, daß sie etwas weiß?«

Isabel erzählte ihm die ganze Geschichte.

»Sophie Walker ist mir nicht unbekannt«, meinte Jack grimmig. »Über einige meiner Freunde hat sie ein paar wirklich häßliche Dinge geschrieben, obwohl sie letztes Jahr eins übergebraten bekommen hat, als sie eine ziemlich drastische Andeutung über eine Beziehung zwischen einem Trainer und einem seiner Zöglinge gemacht hatte. Die Zeitung war gezwungen, ein nettes Sümmchen zu blechen. Sie muß also jetzt vorsichtig sein mit dem, was sie schreibt. Und du hast die Situation perfekt gemeistert«, lobte er sie. »Ach, ich weiß nicht«, klagte Isabel. »Sie war so frech, so selbstsicher. Wenn sie nun doch etwas schreibt?«

»Das wird sie nicht tun. Sie hat dich lediglich aushorchen wollen. Da sie dabei aber auf Granit gestoßen ist, wird sie nichts drucken.«

»Bist du sicher?« fragte Isabel. »Ich habe wirklich Angst.«

»Das brauchst du nicht«, widersprach Jack rigoros. »Es wird schon gutgehen, bestimmt. Vergiß Sophie Walker einfach. Wann treffen wir uns morgen?«

Isabel trocknete den letzten Teller ab und stellte ihn in den Wandschrank zurück. Sie knüllte das Geschirrtuch zusammen, stopfte es in die Waschmaschine und betrachtete die Küche. Alles glänzte und war für Jacks Besuch bereit. Ihr Haus war zwar kein Palast und konnte dem Vergleich mit seinem Zuhause nicht standhalten. Aber sie war stolz darauf. Sie hatte sich viel Mühe gegeben, das verwahrloste Reihenhaus in ein gemütliches Heim zu verwandeln. Ihrer Meinung nach war ihr das auch besser gelungen als Elizabeth Carter mit ihrem kühlen, durch Antiquitäten kostbar bestückten Mausoleum. Hör auf damit, wies sie sich selbst zurecht. Sie haßte es, wenn sie so eifersüchtig war und sich ständig mit Elizabeth verglich. Dennoch konnte sie es nicht unterbinden. Ständig dachte sie, daß Elizabeth ihr etwas voraushabe… hör damit auf, hör damit auf, hör damit auf! ermahnte sie sich energisch.

»Ich werde jetzt nicht mehr an Elizabeth denken«, knurrte Isabel und deckte den Tisch auf dem Frühstückstresen zum vierten Mal neu. Wenn Jack zum Mittagessen kam, brachte er oft Champagner mit. Deshalb hatte sie zwei hübsche Champagnerflöten gekauft und sie hinter den Töpfen im Schrank versteckt, damit Robin und Naomi sie nicht finden würden.

Isabel war sich nicht sicher, ob sie Fragen über geheimnisvolle Champagnergläser beantworten konnte, nachdem sie doch noch nie welche gehabt hatten. Es war schon schlimm genug, für die vielen nächtlichen Anrufe auf ihrem Handy Ausflüchte zu finden. Robin war zwar neugierig, blickte Isabel jedoch nur stumm an, wenn das Telefon klingelte. Sie sagte nichts, vielleicht auch deswegen, weil sie selbst eine ganze Reihe von Anrufen männlicher Verehrer erhielt.

Es klingelte, und Isabels Herz raste. Er war da. Jack stand vor der Tür. Er trug sein graues Hemd aufgeknöpft zu einem anthrazitfarbenen Anzug. Seine schiefergrauen Augen leuchteten erwartungsvoll. In der Hand hielt er einen riesigen Strauß Lilien, die Isabel so liebte, und unter seinem Arm klemmte eine Flasche Champagner.

»Hallo, Liebling. Ich lasse das hier gleich fallen«, warnte er. Sie bat ihn lachend herein, nahm ihm den Champagner und die Blumen ab und legte beides auf den Flurtisch. Jack schlang seine Arme um sie, drückte sie fest an sich und küßte sie. »Ich habe dich vermißt«, murmelte er, während seine Lippen die ihren suchten.

»Ich dich auch, Jack«, erwiderte sie, ehe sie sich erneut in ihrem Kuß verloren.

In seinen Armen fühlte Isabel heiße Leidenschaft in sich aufsteigen. Ganz gleich wie oft sie sich auch sahen, und sie sahen sich fast jeden zweiten Tag, verspürte sie doch jedesmal die Leidenschaft neu, wenn er sie umarmte. Jack vergrub sein Gesicht in ihrem Nacken und legte einen kurzen Moment seinen Kopf auf ihre Schulter. Sie streichelte seine Haare und genoß es, wie die Anspannung aus seinem Körper in ihrer Umarmung zu schwinden schien.

»Du fühlst dich herrlich an.« Er hielt sie etwas von sich weg. »Wie immer siehst du wunderschön aus. Ist das neu?« fragte er und befühlte ihre rote Crêpebluse.

»Ja«, erwiderte Isabel. Für sie jedenfalls war sie neu. Sie wollte ihm jedoch nicht verraten, daß ihre Streifzüge durch Secondhand-Läden ihre einzige Eitelkeit waren.

»Du hast einen exzellenten Geschmack, mein Liebling. Meiner ist nicht annähernd so gut, aber ich habe dir trotzdem etwas mitgebracht. Es liegt noch im Auto.«

Er ging hinaus und kam mit einer Tüte und einem großen weißen Karton mit einer sorgfältig gebundenen weißen Schleife wieder. »Hoffentlich gefällt es dir«, sagte er und reichte ihr den Karton.

Voller Freude öffnete Isabel das Paket und entfernte mehrere Lagen Seidenpapier. Dann stockte ihr der Atem. Vor ihr lag das schönste elfenbeinfarbene Seidenkleid, das sie jemals gesehen hatte. Andächtig hielt sie es hoch. Es war lang und asymmetrisch geschnitten. Zwei zarte Träger kreuzten sich im Rücken auf besonders aparte Weise. Ihr geschulter Blick mußte erst gar nicht nach dem Designer gucken, um zu wissen, daß es ein *Ben-De-Lisi*-Original war, einer ihrer Lieblingsdesigner.

Vor zwei Wochen hatte sie es im Modeteil besprochen. Es war ein heiterer Artikel darüber gewesen, was man im Kaufrausch alles erstehen könnte, wenn Geld keine Rolle spielte. Jack hatte den Artikel offenbar gelesen. Sie spürte, wie sich ihr die Kehle zuschnürte. Noch nie hatte ihr jemand etwas mit solcher Umsicht geschenkt.

»Es ist wunderschön«, murmelte sie. »Ich liebe es. Danke, Jack.«

Er küßte zärtlich ihre Stirn. »Ich dachte, du könntest es vielleicht in Paris tragen. Falls du zusagst und mich begleitest.«

»Paris?« fragte sie erstaunt.

»Ich dachte, wir könnten vielleicht im nächsten Monat dorthin fliegen. Wir hätten drei volle Tage ohne irgendwelche Unterbrechungen, ganz für uns allein«, sagte er begeistert. »Eine verspätete Geburtstagsfeier zu deinem vierzigsten.«

»Aber zu meinem Geburtstag waren wir doch schon in Belfast«, erinnerte ihn Isabel. Dort hatten sie drei Tage im September im *Culloden Hotel* gewohnt, das einzige Hotel, in dem es im Badezimmer auch für Erwachsene Plastikspielzeug gab.

»Das zählt nicht, weil wir nicht fliegen mußten«, argumentierte Jack zufrieden. »Und Paris im Frühling klingt so romantisch. Bitte sag zu, ja?« bettelte er. Isabel bemühte sich, verwirrt auszusehen. »Januar ist doch noch kein Frühling, oder?« fragte sie. »Vielleicht sollten wir noch etwas warten...« Sie strahlte ihn an. »Ich mache nur Spaß, Liebling. Ich würde liebend gerne mit dir dorthin reisen.« Paris im Januar hörte sich wunderbar an. Nachdem sie Omelettes, Krustenbrot und Champagner zu Mittag gegessen hatten, gingen sie nach oben in Isabels Schlafzimmer. Dort liebten sie sich ausgiebig und voller Freude am Körper des jeweils anderen. Dann kuschelten sie sich unter der Bettdecke zusammen und flüsterten all die unsinnigen Liebesworte, von denen sie nicht mal Ahnung hatten, sie überhaupt zu kennen. Eng umschlungen war die Welt für sie ein Hort der Glückseligkeit. Dennoch behielt Isabel den Wecker im Auge. Die Mädchen kamen um vier aus der Schule, gingen dann eine Stunde zu ihrer Mutter und waren normalerweise gegen halb sechs zu Hause. Doch jedesmal, wenn Jack einen Nachmittag bei ihr zu Hause verbrachte, befürchtete Isabel, sie könnten aus irgendeinem Grund zu früh nach Hause zurückkehren. Aus diesem Grund schnellte sie auch senkrecht aus dem Bett hoch, als es um halb vier an der Tür klingelte. »Oh, nein«, japste sie. »Wer kann das denn sein?«

»Die Mädchen sind es nicht, die haben einen Schlüssel«, beruhigte Jack sie.

»Du hast recht«, hauchte sie erleichtert. »Vermutlich möchte jemand etwas verkaufen. Ignorier den Quälgeist einfach, dann wird er schon wieder gehen.«

»Du hast recht.«

Doch es klingelte erneut, diesmal dringlicher. Isabel äugte aus dem Fenster, stand jedoch im falschen Winkel zur Tür.

Es klingelte zum dritten Mal.

»Verdammt!« Sie streifte sich den Morgenmantel über. »Ich gehe wohl besser mal nachsehen.«

Sie öffnete die Tür und wollte dem hartnäckigen Verkäufer die Leviten lesen, doch die Worte blieben ihr in der Kehle stecken.

»Isabel«, meinte eine sehr elegant aussehende Blondine in den Vierzigern, die einen exklusiven beigefarbenen Wollmantel mit dem dazupassenden Hut auf ihrem glatten blonden Haar trug. Es war die Mutter von Robins bester Freundin Susie. »Ich wußte, daß Sie da sind, weil ich Ihr Auto sah. Sind Sie etwa krank?« erkundigte sie sich und betrachtete mitfühlend Isabels hastig zugebundenen Morgenmantel. Isabel fühlte, wie sie errötete. »Nein, Amanda«, log sie. »Ich… äh… hatte ein paar Stunden frei… und habe etwas im Haus aufgeräumt. Ich wollte gerade ein Bad nehmen«, meinte sie nervös und hoffte, nicht den Eindruck zu vermitteln, als sei sie gerade nach einem höchst befriedigenden Nachmittag dem Bett entstiegen...

Das fehlte ihr gerade noch. Amanda war alles andere als begriffsstutzig. Wenn sie erst einmal herausfand, was Isabel um halb vier an einem Donnerstag nachmittag zu Hause trieb, würde sie Susie gegenüber eine Bemerkung fallen lassen, die wiederum Robin ansprechen würde... »Ich dachte mir schon, daß Sie staubsaugen oder so etwas und deswegen die Klingel nicht gehört haben.«

»Treten Sie doch ein«, beeilte sich Isabel, höflich zu sein. Sie wollte sie in die Küche führen, erinnerte sich jedoch gerade noch rechtzeitig an die Überbleibsel eines romantischen Mittagessens für zwei und öffnete statt dessen die Wohnzimmertür. Leider lag das Wohnzimmer direkt unter dem Schlafzimmer. Der Fußboden knarrte verdächtig. Amanda blickte erschreckt auf. »Was ist denn das?«

Isabel blinzelte. »Eine Mischung aus alten Bohlen und Nachbars Katze«, verkündete sie. »Tiddles schlüpft oft durch das Küchenfenster herein und legt sich bei uns in die Betten.«

»Wie lästig!«

»Womit kann ich Ihnen helfen, Amanda?« erkundigte sich Isabel so nett wie möglich. »Mein Badewasser wird nämlich kalt.«

»Ich wollte nur fragen, ob Sie vielleicht morgen abend die Mädchen an meiner Stelle abholen könnten? Wir sind zum Essen eingeladen. Ich frage nur äußerst ungern, aber...«

Isabel biß die Zähne aufeinander. Amanda fragte stets nur »äußerst ungern«. Im Augenblick jedoch war nicht der Zeitpunkt, ihr diese Bitte abzuschlagen.

»Kein Problem«, erwiderte sie liebenswürdig.

»Prima.« Amanda trat in den Flur. »Sie haben diese ehemalige Bruchbude wirklich toll hinbekommen«, fügte sie hinzu und blickte sich anerkennend um. »Es ist so elegant.

Meine besten Freunde leben fünf Häuser weiter, und deren Haus ist nicht annähernd so hübsch wie dieses.«

»Tatsächlich?« Isabel wurden die Knie weich

Die Sache wurde immer schlimmer, jetzt hatte Amanda auch noch eine Freundin hier in der Straße – eine Freundin, der ein fremder Jaguar vor Isabels Haus mindestens einmal in der Woche bestimmt auffallen würde.

Wieder knarrte der Fußboden.

»Diese verdammte Tiddles«, sagte Isabel und riß die Haustür auf. »Machen Sie sich wegen morgen abend keine Sorgen, Amanda«, sagte sie freundlich. »Ich hole die Mädchen ab. Aber jetzt muß ich los, denn kaltes Wasser kann ich nicht ausstehen. Also tschüs.« Fast schubste sie die leicht verdatterte Amanda hinaus.

»Tiddles?« ertönte eine amüsierte Stimme vom oberen Stockwerk.

»Tiddles werde ich erschießen, weil sie soviel Lärm gemacht hat«, tadelte Isabel und wankte wie nach einem Knockout die Treppe herauf.

»Du hast dich angehört wie ein ganzes Rudel streuender Katzen und nicht nur wie eine einzige.«

»Ich wollte mitkriegen, wer das war.«

»Die Mutter von Robins bester Freundin. Sicherlich wird sie sich bei meiner Tochter erkundigen, welche Ausmaße die Katze unserer Nachbarn hat. Ein Vieh, das im Bett schläft und bei dem die Balken knarren, wenn es sich bewegt.«

»Sie wird Robin nicht fragen«, beschwichtigte Jack sie.

»Du kennst Amanda nicht«, stöhnte Isabel. »Ich habe von meinen Nachbarn kaum eine Ahnung. Vielleicht wohnen noch zehn Reporter eines Konkurrenzblattes gleich um die Ecke und warten nur auf den Tag, an dem sie uns splitternackt vor das Fenster bekommen können, damit sie eine tolle erste Seite kriegen.«

Jack umarmte sie. »Mach dir keine unnötigen Sorgen, Isabel«, murmelte er zärtlich.

Als Isabel mit eng geschlungenem Mantel das *Clarence* betrat, beschlich sie augenblicklich ein mulmiges Gefühl. Das *Clarence* war ein Monument moderner Designkunst und Eleganz, vollständig im Art-deco-Stil eingerichtet, mit glänzenden Holzfußböden und minimalistischer Bestuhlung. Wie sie wußte, war es sehr beliebt und ebensogut besetzt.

Das ist kein idealer Platz, um sich mit einem verheirateten Geliebten zu treffen, dachte sie, als sie die Tür zum Restaurant öffnete und einem Kellner ihren Mantel übergab.

Daß ihr romantisches Mittags-Tête-a-tête gestern so brutal unterbrochen worden war, hatte sie tief erschüttert. Sie hatte den ganzen Abend damit gerechnet, daß Amanda anrufen und sie zurechtweisen würde. »Ein Bad, tatsächlich? Nehmen Sie mich doch nicht auf den Arm. Meine Freundin hat gesehen, wie gegen halb fünf ein Mann Ihr Haus verließ …«

»Hier entlang.« Der Kellner führte sie an den anderen Gästen vorbei zu dem Tisch, an dem Jack auf sie wartete.

»Isabel.« Lächelnd erhob er sich.

»Jack«, begrüßte sie ihn herzlich.

Ihn zu sehen entpannte sie. Weswegen machte sie sich eigentlich Sorgen? Viele Menschen trafen sich jeden Tag zum Mittagessen. Deswegen mußten sie noch lang keine Affäre miteinander haben. Sollten doch die Nachbarn und die neugierige Amanda argwöhnen, Isabel sei mit jemandem liiert, der zu den seltsamsten Stunden bei ihr auftauchte. Schließlich war das ihre Sache.

Sie ließ sich elegant auf ihren Stuhl gleiten – dann stockte ihr der Atem.

Nur wenige Tische entfernt und in gewohnt hellblauer Aufmachung saß Sophie Walker, die Klatschkolumnistin, die am Anfang der Woche auf der Medienkonferenz diese gefährlichen Andeutungen gemacht hatte. Sie blickte zwar weder Isabel noch Jack an, doch das würde ganz sicher noch geschehen. Isabel spürte, wie ihr die Knie weich wurden.

»Du wirst kaum glauben, wer keine fünf Meter von uns entfernt sitzt«, stieß sie hinter zusammengepreßten Zähnen hervor.

»Wer denn?«

»Sophie Walker.«

»Ist das dein Ernst?« fragte Jack.

»Schön wär's, wenn es nicht mein Ernst wäre«, erwiderte Isabel und bemühte sich zu lächeln, als sie vom Kellner die Speisekarte entgegennahm. »Wenn sie uns sehen sollte – und sie *muß* uns sehen, wenn sie sich von dem Mann abwendet, mit dem sie dort sitzt –, wird sie sicherlich darüber schreiben.«

»Dann laß uns so tun, als ob wir uns zu einem Geschäftsessen getroffen hätten«, schlug Jack vor.

»Also gut.« Isabel rückte ihren Stuhl so weit sie nur konnte von Jack ab. Dann zog sie ein paar Unterlagen aus ihrer Handtasche und legte sie ostentativ auf den Tisch zwischen ihnen.

»Falls sie hier herüberkommt, können wir ja über etwas Geschäftliches reden«, sagte sie nervös und wußte doch genau, daß ein paar Unterlagen zwischen den Weingläsern jemanden wie Frau Walker keine Sekunde lang in die Irre führen würden.

Die Mahlzeit war die Hölle. Isabel nahm das gute Essen kaum wahr. Sie war vollkommen damit beschäftigt, Jack auf eine Art und Weise freundlich anzulächeln, die durch und durch geschäftsmäßig wirkte.

Als Sophie und ihr Begleiter gingen, hatte diese nicht ein einziges Mal in ihre Richtung geschaut. Isabel konnte nur beten, daß die Frau sie einfach nicht bemerkt hatte. »Vielleicht hat sie uns ja nicht gesehen«, flüsterte sie Jack hoffnungsvoll zu.

Aber als Sophie ihren Stuhl an den Tisch zurückstellte, wandte sie sich winkend Isabel zu. Ein boshaftes Lächeln huschte über ihr ansonsten verbiestertes Gesicht.

Isabel krampfte es den Magen zusammen, doch sie winkte mit erstarrtem Lächeln zurück.

»Ich hätte es wissen sollen«, sagte sie schwach. »Wir sind am Ende, Jack. Diese Frau wird es in den Sechs-Uhr-Nachrichten verkünden.«

Auf dem Weg zum Parkhaus versuchte er, sie zu besänftigen. Ihm selbst schien das Auftauchen der Klatschkolumnistin nicht weiter zuzusetzen. Er wirkte ruhig und entspannt.

»In letzter Zeit hatten wir nicht gerade viel Glück.« Er lächelte und verzog das Gesicht. Als sie an ihrem Auto angekommen waren, legte er seinen kräftigen Arm um Isabel.

»Nein«, stimmte sie ihm zitternd zu.

Er küßte sie auf die Lippen. »Mach dir keine Sorgen, Isabel, alles wird gut«, versicherte er ihr. »Du wirst schon sehen.«

Sie konnte seine Zuversicht zwar nicht teilen, schwieg jedoch. Auf der Fahrt zurück ins Büro dachte sie an ihre geplante Reise nach Paris. Wenn ihre Affäre aufflog – und das schien jetzt unausweichlich –, konnte sie diese Reise wohl vergessen.

»Mama, kann ich deine Kristalltropfenohrringe für die Disco ausleihen?« Robin machte sich nicht die Mühe, die Treppe herunterzukommen, sie lehnte sich lediglich über das Geländer und rief laut genug, so daß Isabel es in der Küche hören konnte.

»Kannst du«, erwiderte Isabel müde. Ihr war es einerlei. Von ihr aus hätte sich Robin ihre gesamte Garderobe ausleihen können. Sie saß zusammengesunken auf einen Stuhl in der Küche und starrte blicklos vor sich hin. Naomi war mit ihrer Freundin Amer oben, die das Wochenende über bleiben sollte.

Robin putzte sich für die Disco heraus. Sie hatte bereits eine Stunde im Badezimmer verbracht, und die aufdringlichen Gerüche ihres Schaumbads, des Deodorants und Isabels *Ô de Lancôme* durchzogen das Haus.

In einer halben Stunde würde Amanda Robin abholen, um sie und Susie zur Disco zu fahren. Isabel konnte ihr einfach nicht ins Gesicht sehen und hatte Robin gebeten, die Tür zu öffnen, wenn Susie klingeln sollte.

»Ich habe Kopfweh. Susies Mutter möchte sicherlich hereinkommen und sich ein wenig unterhalten, aber ich fühle mich nicht wohl«, wandte sie sich an ihre Tochter.

Sie konnte sich kaum noch vorstellen, daß sie sich gestern Sorgen gemacht hatte, Robin könnte Amanda treffen, und Amanda würde sie auf die nicht existente Tiddles hin ansprechen. Heute fiel das nicht mehr ins Gewicht. Schon bald würde Jack aus ihrem Leben verschwunden sein, sie würde nichts mehr verstecken müssen. Sie wischte sich eine Träne ab. Amandas Auftauchen hatte die Zerstörung all dessen eingeleitet, was ihr im Leben teuer war. Bis Amanda vorbeigekommen war, war Isabel alles problemlos erschienen. Und dann das Mittagessen heute. Seitdem hatte sich Isabels Affäre von der wunderbarsten Sache der Welt in etwas verwandelt, was dem Untergang geweiht war.

Sie war so verzweifelt, sie fühlte sich durch und durch schlecht. Sophie Walker zu treffen hatte der Sache die Krone aufgesetzt. Isabel wußte, daß Sophie die Sache auffliegen lassen konnte. Daß die Frauenressortleiterin des *Sentinel* eine Affäre mit dem Besitzer des Blattes hatte, war eine zu saftige Story, als daß man sie unter den Teppich gekehrt hätte. In den nächsten Tagen würde sie in Sophies Blatt erscheinen, danach würde ganz Dublin davon sprechen.

Isabel wollte gar nicht erst daran denken, was passieren würde, wenn Elizabeth Wind von der Sache bekam. Sicher würde sie Jack ein Ultimatum stellen, und Isabel hatte wahnsinnige Angst, daß er sich dann für seine Frau entscheiden würde. Natürlich würde er das. Und sie könnte einmal mehr den Scherbenhaufen ihres Lebens zusammenfegen.

Nachdem Robin gegangen war, hörte Isabel Naomi und Amer kichernd in Robins Zimmer verschwinden. Naomi hatte plötzlich großes Interesse an Kleidung entwickelt und nutzte jede Gelegenheit, um die Sachen ihrer älteren Schwester auszuprobieren. Natürlich nur in Robins Abwesenheit, denn Robin verlieh ihre Sachen nicht so gern, wie sie sich ihrerseits von Isabel Sachen auslieh. »Was deines ist, ist auch meines, und was meines ist, ist mein eigenes«, hatte sie Isabel gelegentlich geneckt. Fast wäre sie nicht aufgestanden, als das Telefon im Flur laut klingelte. Es würde ohnehin nicht für sie sein, dachte sie niedergeschlagen. Dann erinnerte sie sich, daß es tatsächlich für sie sein könnte, denn ihr Handy lud gerade auf.

Es war Jack.

»Hallo«, sagte sie tonlos und sank auf die unterste Treppenstufe. »Wie geht es dir?«

»Gut, aber du hörst dich nicht gut an«, erwiderte Jack besorgt.

»Mir geht es auch nicht gut.« Plötzlich tropften ihr dicke Tränen das Gesicht hinunter. Es war, als sei ein Damm gebrochen, und all das Leiden, die Einsamkeit und die Sorgen fluteten nun heraus. »Tut mir leid«, schluchzte sie. »Tut mir leid.«

»Was ist los, Isabel?« fragte er zutiefst beunruhigt. »Ach, einfach alles«, schniefte sie. »Alles. Daß diese Frau uns heute gesehen hat … das heißt, daß nun alles vorbei ist. Das weißt du doch. Sie wird über uns schreiben, und dann wirst du mich verlassen.« Sie wollte sich nicht derart an ihn klammern, aber sie konnte nicht anders. »Ich ertrage die Vorstellung einfach nicht, nicht mehr mit dir zusammenzusein, Jack«, sagte sie. »Ich liebe dich, verstehst du das denn nicht? Ich liebe dich.«

Jetzt hatte sie es laut ausgesprochen. Nun stand es im Raum. Sie liebte ihn. Am anderen Ende der Leitung war es ganz still geworden. O mein Gott, was hatte sie getan? Jetzt hatte sie ihn in die Flucht geschlagen. Isabel wischte sich ihr Gesicht mit dem Ärmel ab und wartete. »Isabel«, sagte er endlich. »Ich muß dich sehen. Ich möchte das nicht am Telefon sagen, ich muß dich sehen.« Angst packte sie. Was wollte er ihr sagen? Was konnte so wichtig sein, daß er es ihr persönlich mitteilen mußte? Vielleicht daß er ihr Verhältnis beenden wollte – vor allem jetzt, nachdem sie ihm gegenüber ihre Liebe erklärt und ihn unter Druck gesetzt hatte? Sie konnte es sich gut vorstellen: *Es war doch nur eine Laune, Isabel, ich dachte eigentlich, das wäre dir bewußt. Ich dachte, du würdest ebenso empfinden. Ich wollte nicht, daß du dich in mich verliebst*... Ihr Herz zuckte schmerzhaft in ihrer Brust, und sie fühlte, wie neue Tränen in ihr aufstiegen. Bitte, nein...

»Ich liebe dich, Isabel. Ich bin vollkommen verrückt nach dir. Und ich möchte genausowenig dieses Schattenleben mit dir führen. Ich möchte immer und ohne Geheimnistuerei bei dir sein. Ich möchte mit dir zusammenleben, wenn du mich denn willst.«

»Dich wollen?« flüsterte sie. »Das ist mein Traum. Das hatte ich mir immer erhofft, ich war mit bloß nie sicher...«

»Jetzt kannst du dir sicher sein«, erwiderte Jack mit Nachdruck. »Dich zu kennen hat mir deutlich gemacht, was für ein Scherbenhaufen meine Ehe ist. Ich kann nicht länger mit Elizabeth leben, ich liebe sie nicht. Nicht so, wie ich dich liebe. Wir sind nur zusammengeblieben, weil es einfacher war, als sich zu trennen. Aber so kann ich nicht mehr weitermachen.« Isabel hörte ihm atemlos zu. Jedes seiner Worte war Musik in ihren Ohren.

»Wir kennen uns noch nicht sehr lange, Isabel, mir erscheint es jedoch wie eine Ewigkeit«, sagte er.

»Ich weiß«, erwiderte sie. »Es geht mir genauso. Ich kann mir ein Leben ohne dich nicht mehr vorstellen. Aber ich dachte, ich hätte dich mit meiner Liebeserklärung verschreckt.«

Er lachte vergnügt auf. »Ich wollte es dir schon so oft sagen, dich jedoch nicht zu sehr bedrängen. Ich habe dich vom ersten Augenblick an geliebt, auch wenn das ziemlich kitschig klingt.«

»Das ist mir gleichgültig«, sagte sie glücklich. »Du kannst von mir aus so kitschig sein, wie du willst, wenn du solch wunderbare Dinge zu mir sagst. Ich fühle mich herrlich sentimental – ich liebe dich so sehr.« Isabel durchforstete ihre Tasche nach einen Taschentuch.

»Ich möchte nicht, daß wir unsere Gefühle länger verbergen müssen. Das Mittagessen heute hat mir das noch einmal deutlich gemacht. Wie du deinen Stuhl von mir weggestoßen hast war schrecklich. Ich durfte dich nicht berühren oder dich küssen, falls die Frau uns dabei beobachtete. Ich möchte, daß dieses Versteckspiel ein Ende findet.«

Isabel glühte vor Glück.

»Eine Sache jedoch muß ich noch tun, bevor ich Elizabeth verlasse«, sagte Jack. »Ich möchte sie in ein Entzugsprogramm bekommen, so daß sie drogenfrei wird. Das schulde ich ihr, Isabel. Das dauert etwas, aber das verstehst du, nicht wahr?«

»Aber natürlich«, erwiderte sie. Alles war in Ordnung, solange sie Jack behielt.

»Ach, Isabel, ich liebe dich, ich liebe dich, ich liebe dich. Und ich werde nie müde werden, es zu sagen«, murmelte er.

»Dann hör einfach nicht auf«, neckte sie zärtlich.

»Leider muß ich jetzt Schluß machen«, sagte er bedauernd. »Ich bin im Büro und treffe gleich einen der Direktoren aus England zum Abendessen.«

»Du bist noch im Büro?« fragte Isabel entsetzt. »Es ist halb neun, Jack! Du solltest längst zu Hause sein.«

Er lachte. »Es ist schön, daß du dich um mich sorgst. Dazu besteht allerdings kein Anlaß.«

»Natürlich besteht dazu Anlaß, wenn du so lange arbeitest«, fuhr sie fort.

»Ich bin verrückt nach dir, Isabel, weißt du das eigentlich?« fragte er leise.

»Ja«, erwiderte sie selig.

Nachdem sie aufgelegt hatten, saß Isabel auf der Stufe, zog ihre Knie an die Brust und blickte sich strahlend in dem kleinen Flur um. Alles sah so hübsch aus, sogar der staubige Flurtisch mit seiner Schüssel verblühender Rosen und der Ansammlung von Turnschuhen, Regenschirmen und Tennisbällen darunter. Das Leben war herrlich. Jack war wundervoll. Und er liebte sie, er betete sie an, er wollte mit ihr zusammensein.

Endlich hatte er es laut ausgesprochen: Er liebte sie. Und nicht nur das. Er würde Elizabeth verlassen. Sie hatten eine gemeinsame Zukunft vor sich, eine wunderbare Zukunft. Wenn Jack Elizabeth nur helfen konnte, mit ihrer Sucht fertig zu werden. Er würde alles tun, um sie von den Drogen zu befreien. Plötzlich verspürte Isabel eine leichte Verunsicherung. Und wenn er dabei scheiterte? Wenn sich Elizabeths Zustand verschlimmerte? Würde er sie dann auch noch verlassen?

22

Dee unterschrieb zügig und reichte dem Notar seinen Kugelschreiber zurück. Geschafft! Das Haus gehörte nun allein ihr. Natürlich würde sie für Weihnachten keinen Pfennig in der Tasche haben, ganz zu schweigen vom kommenden Jahr. Ihre Familie und ihre Freunde hatte sie bereits vorgewarnt, daß sie nur winzige Geschenke zu Weihnachten erwarten dürften. Doch das war ihr die Sache wert.

Seit Garys Weggang hatte er immer wieder darauf bestanden, das gemeinsame Haus zu verkaufen, damit sie sich den Profit teilen könnten.

Schon bald aber war Dee klargeworden, daß sie das hübsche kleine Stadthäuschen nicht verlassen wollte. Sie lebte gern dort, ihr gefiel die Gegend, sie mochte die Nachbarn und die Nähe zum Büro. Also hatte sie sich entschieden, Gary auszuzahlen.

»Nun ist die Katze im Sack«, bemerkte sie glücklich gegenüber ihrem Notar.

»Die Bausparkasse muß die Dokumente noch dahingehend ändern, daß allein Ihr Name darin auftaucht. Das kann ein, zwei Wochen dauern, aber sonst, ja, ist die Sache tatsächlich abgeschlossen«, bestätigte er.

Dee verließ bester Laune sein Büro. Es war die Art von Hochstimmung, die sie normalerweise direkt zur Grafton Street in einen Einkaufsrausch geführt hätte. Momentan leider nicht möglich, ermahnte sie sich. Einkaufen, ja sogar ihr geliebter Ausverkauf, würde solange warten müssen, bis sie all die Anwaltsrechnungen und Umschreibgebühren bezahlt hatte. Single-Frauen mit Vermögen mußten mit ihrem Geld vorsichtig umgehen.

In ihrem kurzen Teddyfellmantel eilte sie beschwingt die Baggot Street hinunter. Der Anblick dieses hübschen Mädchens im glänzenden schwarzen Fellmantel mit schönen Beinen, die von durchscheinenden Strümpfen und zierlichen Schnürstiefeln betont wurden, dazu die Masse kastanienbrauner Haare entlockte einem Motorradkurier ein anerkennendes Pfeifen.

Dee zwinkerte ihm fröhlich zu, dann verschwand sie schnell in einer Kneipe, denn sie befürchtete, der Motorradkurier könnte anhalten und sie ansprechen wollen. Sie durfte Fremden gegenüber nicht mehr so freundlich sein. Das brachte ihr lediglich Scherereien ein.

Als sie wenig später aus der Kneipentür vorsichtig herauslugte, war der Motorradkurier verschwunden. Sie nahm sich fest vor, ihren Blick auf den Boden geheftet zu halten. Das Haus gehörte ihr. Juchee! Nie wieder würde sie sich eines Gary Redmonds wegen grämen müssen.

Ein silberner Porsche verlangsamte neben ihr. Das laute

Hupen erschreckte sie. Was hatte sie getan, fragte sich Dee bestürzt. Gab sie unsichtbare Aufforderungssignale von sich? Es mußte wohl am Mantel liegen. Fell schien alle möglichen unerwünschten Reaktionen hervorzurufen. Männer schienen mit Fell eine gewisse Leichtlebigkeit zu verbinden. Den Mantel würde sie wohl entsorgen müssen.

Sie schob ihr Haar zurück und eilte erhobenen Hauptes weiter.

»Dee«, rief eine tiefe, ihr wohlbekannte Stimme. Sie hielt inne und starrte den Porschefahrer an. Es war Kevin Mills.

»Kann ich dich ein Stückchen mitnehmen?« fragte er und lehnte sich über den Beifahrersitz.

Dee eilte ihm entgegen. »Nein«, sagte sie bedauernd. »Ich habe mein Auto zwei Ecken weiter stehen.«

Das sah ihr ähnlich, daß sie ausgerechnet dann, wenn dieser attraktive Fotograf ihr eine Mitfahrgelegenheit anbot, ihr Auto dabeihatte. Er sah wieder fabelhaft aus. Sein kurzes dunkles Haar trug er aus der Stirn gestrichen, und sein kantiges Kinn zierte ein Dreitagebart. Er trug einen schwarzen Pullover mit Polokragen, wodurch er einem Helden in einem französischen Avantgardefilm ähnelte.

»Wo steht denn dein Wagen?« fragte Kevin.

»Gleich neben dem Kanal.«

»Steig ein. Ich fahre dich bis dorthin«, sagte er, und seine schwarzen Augen leuchteten.

Dee unterdrückte ein glückseliges Lächeln und öffnete die Beifahrertür. Weil die Sitze unerwartet tief lagen, fiel sie praktisch auf das cremefarbene Leder. Ihr kurzer, aufreizender Chiffonrock war ihr halb den Schenkel hochgerutscht und zeigte jede Menge Bein.

Kevin musterte sie kurz, ehe er in den Rückspiegel blickte und sich wieder in den Verkehr einfädelte. Dee lehnte sich zurück, zupfte an Rock und Mantel, damit Kevin auffallen sollte, daß nicht sie dick, sondern der Mantel weit geschnitten war. Kevin machte sich tatsächlich die Mühe, sie zu ihrem Auto zu fahren, dachte sie zufrieden, als sie sich durch den lebhaften Verkehr schlängelten. Auf diese Weise würden sie mindestens zehn Minuten brauchen, zu Fuß hätte sie die Strecke in fünf Minuten geschafft.

Sie lächelte ihn breit an. »Das ist wirklich sehr nett von dir«, sagte sie und musterte sein männliches Profil.

Kevins Mundwinkel kräuselten sich nach oben.

»Kein Problem. Ich habe dich seit Ewigkeiten nicht gesehen. Erzähl doch mal, wie es dir so geht.«

Das konnte Dee kaum erwarten. »Ich habe den Hausanteil meines Exverlobten gekauft, so daß das ganze Haus jetzt mir gehört. Ich habe eben gerade die Papiere beim Notar unterschrieben.«

»Glückwunsch«, erwiderte Kevin. »Er hat dich ohnehin nicht verdient.«

Dees Lächeln wurde noch breiter. »Nachdem er mich verlassen hatte, habe ich gemerkt, daß ich eigentlich auch allein ganz gern dort lebe. Er wollte, daß ich das Haus verkaufe, damit wir uns das Geld teilen können. Er wohnt jetzt in London und möchte sich sicher dort etwas kaufen«, meinte sie. »Auf diese Weise muß ich ihm nie wieder begegnen.«

»Du bereust es also nicht?« fragte Kevin mit Blick auf die Straße.

Einen kurzen Augenblick lang fragte sich Dee, weshalb er ihr diese Frage stellte. »Überhaupt nicht«, erwiderte sie bestimmt. »Was hast du denn die ganze Zeit gemacht? Ein paar tolle Aufträge gehabt?«

»Hauptsächlich Nachrichten und Prominentenjagd. Für den nächsten Monat habe ich eine Dienstreise nach Kitzbühel angeboten bekommen, und ich weiß immer noch nicht so genau, ob ich sie annehmen soll oder nicht.«

»Skifahren«, meinte Dee verträumt. »Ich wollte immer schon einmal Skifahren. Ich stelle mir einen Skiurlaub so vor, daß man ständig vor dem Kamin sitzt, wo auf weichen Teppichen große Gläser Glühwein stehen und das Feuer prasselt, wenn man nach einem anstrengenden Tag auf den Pisten nach Hause zurückkehrt.«

Kevin hielt an und musterte sie erneut. »Das ist eine sehr verlockende Vorstellung«, sagte er leise mit einer Stimme wie warmer, dunkler Honig. »Das kann ich mir gut vorstellen. Ist es eine Phantasie für eine oder für zwei Personen?«

Dee errötete. »Für zwei«, murmelte sie und wußte plötzlich nicht, wohin sie schauen sollte. Die Art, wie Kevin sie anstarrte, wie seine schwarzen Augen sie aufzusaugen schienen, war einfach direkt.

»Ich muß leider weiter«, sagte er bedauernd und sah auf seine Taucheruhr. »Ich bin ein bißchen überfällig für den nächsten Auftrag.«

»Aber natürlich«, erwiderte Dee hastig und öffnete die Tür.

»Nochmals herzlichen Glückwunsch, daß du die Sache mit dem Haus hinter dir hast«, meinte er. »Das freut mich für dich.«

Er beugte sich zu ihr hinüber. Dee erwartete ein Küßchen auf die Wange, aber statt dessen küßte er sie mitten auf den Mund. Überrascht vom Gefühl seiner Lippen war sie für den Bruchteil einer Sekunde vollkommen erstarrt. Dann schloß sie die Augen und atmete ihn ein. Er roch und schmeckte wunderbar, sein Mund war warm und weich.

Kevin rückte leicht ab, sein Gesicht war immer noch dicht vor ihrem.

»Seit Monaten lade ich dich nun schon auf einen Drink ein, meinst du denn, daß du bald mal etwas Zeit hättest?« fragte er mit hochgezogenen Augenbrauen.

»Aber klar doch! Heute abend.« Sobald Dee das über die Lippen gebracht hatte, hätte sie sich dafür in den Hintern treten können. *Heute abend!* Er mußte ja annehmen, sie sei in einer vollkommen verzweifelten Lage. Warum konnte sie niemals cool bleiben? Aber Kevin nickte. Er lehnte sich auf seinem Sitz zurück und streckte ein langes Bein aus, dessen verkrampfte Muskeln er mit der Hand massierte. Dee bemühte sich wegzusehen.

»Heute abend ist wunderbar. Soll ich dich abholen?«

»Nein«, lehnte Dee eilig ab, denn sie dachte an die Berge dreckigen Geschirrs im Spülbecken, die sie erst noch abwaschen mußte, bevor sie jemanden zu sich ins Haus bitten konnte.

»Dann treffen wir uns halt irgendwo. Wie wär's um acht im *Magee's?*«

»Das wäre prima«, nickte sie.

»Ich freue mich«, sagte er.

Sie stieg aus dem Auto und winkte, während er röhrend die Straße hinunterfuhr. Donnerwetter!

Dee wußte nicht, wie sie ohne einen Unfall zu bauen zurück zum Büro fahren sollte, so berauscht war sie. Sie traf sich am Abend mit Kevin Mills. Wenn sie das Maeve und Isabel erzählte!

Merkwürdig, daß Kevin sie nicht über Daryl ausgefragt hatte, obwohl Dee sicher war, daß er von ihrem texanischen Freund gehört haben mußte. Nun ja, Exfreund. Daryl war vor über einem Monat nach Hause geflogen. Obwohl Dee sein ausschweifendes Liebesspiel vermißte, ganz besonders, wenn sie in ihrem großen Doppelbett allein mit dem niedlichen Stoffseehund lag, den er ihr geschenkt hatte, war sie doch ganz zufrieden ohne ihn.

Daryl war eine wunderbare, sehr sinnliche Zwischenlösung gewesen, genau wie der Sexteil eines Romans – eine Weile war das alles sehr vergnüglich, aber nicht auf Dauer. Er war süß und charmant, und sie hatte jede Menge Spaß mit ihm gehabt. Aber sie hatten lediglich eine Gemeinsamkeit, den Sex. Nach zwei Moanten mit dem ewig sexhungrigen Daryl war Dee sowohl erschöpft und, wie sie zugeben mußte, auch gelangweilt.

Er ist der eigentliche Martinimann, hatte sie Maeve eines Tages erklärt: »Jederzeit und an jedem Ort.« Kichernd hatte

Maeve Dee gefragt, was daran nicht in Ordnung sei. Dee meinte, ständiger Sex sei wie ununterbrochen Schokolade – irgendwann hatte man einfach genug davon.

»Er hört nie auf, Maeve«, erklärte Dee. »Er möchte mindestens dreimal am Tag Liebe machen, und wenn wir irgendwo hingehen, dann sind seine Hände ewig überall.«

»Das ist mir auch schon aufgefallen.« Maeve hatte Daryl in Aktion gesehen und wußte, daß er seine Hände dauernd beschäftigte. Normalerweise krochen sie unter Dees Kleidung, wobei sich Daryl wenig daraus machte, wer dabei zusah oder wo sich seine Finger gerade befanden.

»Wir reden nie, wir gehen nur pausenlos miteinander ins Bett. Manchmal würde ich einfach lieber eine Pizza vor dem Fernseher essen und mich unterhalten, statt diesen sexuellen Marathon zu veranstalten«, hatte sich Dee beklagt. Als die unausweichliche Trennung dann eingetreten war, hatte es keine unangenehmen Szenen gegeben. Eines Tages hatte Daryl schlicht angekündigt, er werde wieder in die Vereinigten Staaten zurückfliegen. Sie hatten sich eine Nacht lang noch einmal zärtlich geliebt und sich gegenseitig versichert, wie sehr sie einander genossen hatten. Dee hatte ihn dann zum Flughafen gebracht und zum Abschied gewunken.

Natürlich hatte sie geweint, als er schließlich mit seinem Rucksack in der Hand hinter den Sicherheitskontrollen verschwunden war. Einen Abend lang hatte sie Tränen vergossen und sich gefragt, ob es falsch gewesen war, ihn gehen zu lassen. Vielleicht hätte sie ihn überreden können zu bleiben. Letztlich kehrte jedoch ihr natürlicher Optimismus zurück, und sie erledigte all die Dinge, die sie während seiner Anwesenheit vernachlässigt hatte.

Als sie ihren Wäschekorb ordnete, wurde ihr klar, daß sie während dieser acht Wochen nichts anderes als entweder einen Tanga, irgendwelche Spitzenhöschen oder sonst etwas in der Art getragen hatte, das man anzog, um es sofort wieder ausgezogen zu bekommen. Dee mußte lächeln. Daryl war wirklich wunderbar gewesen, aber eine Beziehung, die ausschließlich auf Sex beruhte, konnte langfristig nicht halten.

Er hatte ihr jedoch jede Menge Selbstvertrauen zurückgegeben. Ihm hatte sie es zu verdanken, daß ihr lange Zeit verschüttetes Selbstbewußtsein wieder zum Vorschein gekommen war. In seiner Gegenwart fühlte sie sich unwiderstehlich, sexy und begehrenswert. Sie war glücklich darüber, daß dieses neue Selbtwertgefühl nicht mit ihm zusammen wieder entschwunden war.

Und heute nun traf sie sich mit Kevin Mills. Heute abend. Was um Himmels willen sollte sie anziehen?

»Vielleicht nur einen Lederschurz und sonst nichts?« schlug Maeve vor. »Das jedenfalls würde ich tragen. Du hast vielleicht ein Glück! Ich kenne Frauen, die Geld dafür zahlen würden, um einmal mit Kevin Mills auszugehen.«

Dee tat so, als ob sie darüber nachdachte. »Ich bin im Augenblick nicht gut bei Kasse, zum einen die Notarrechnungen, zum anderen der gesamte Kredit. Welche Summe hattest du denn ins Auge gefaßt?«

»Ich habe nicht von mir gesprochen«, erwiderte Maeve und zielte gefährlich mit einer aufgeblasenen Papiertüte auf Dee. »Ich bin sehr glücklich mit Carl. Aber früher hatte ich so meine mädchenhaften Tagträumereien über diesen wirklich leckeren Fotografen…«

»Wetten, da war ganz und gar nichts Mädchenhaftes daran«, griente Dee. »Es sei denn, du meinst jene mädchenhafte Unschuld in hautengem Latex.«

»Genau das hatte ich andeuten wollen.« Auf Maeves Gesicht blitzte ein lüsternes Lächeln auf. »Das ist schließlich Sinn und Zweck, mit einem Fotografen auszugehen. Normalerweise hat man immer Ärger mit erotischen Fotos, weil die normalen Läden sie nicht entwickeln. Mit einem Fotografen aber, der seine eigene Dunkelkammer hat…«

Dee schnappte sich die Papiertüte, pustete sie prall auf und ließ sie mit donnerndem Knall vor der Nase ihrer Freundin platzen. »Hör mal zu, wir sind auf einen Drink verabredet und nicht, um ein Ausklappfoto für den *Playboy* nachzustellen.«

»Schade eigentlich.« Maeve feixte. »Und was ziehst du nun an?«

Dee zog den rostbraunen Samthosenanzug an. Sie hatte ihn vor langer Zeit gekauft, und bisher hatte es ihr an Selbstvertrauen gemangelt, ihn anzuziehen. Natürlich probierte sie ihn ausgiebig zu Hause im Schlafzimmer vor dem Spiegel an und fragte sich, was darunter gut passen könnte. Ihn jedoch außerhalb des Hauses zu tragen hatte sie sich bisher gescheut, weil sie fürchtete, daß das Samtmaterial jedes kleine Pölsterchen unbarmherzig betonen würde. Heute dachte sie anders darüber.

Kevin kannte sie bereits seit Jahren, er hatte sie in ihren fettesten und dünnsten Phasen gesehen. Das regelmäßige Aerobic hatte sie fester und geschmeidiger gemacht, als sie es seit Jahren gewesen war. Dennoch war sie nicht schlank, wie die Waage nur zu deutlich zeigte. Und *trotzdem* hatte er sie eingeladen.

Er kannte ihr Aussehen, und offenbar gefiel es ihm, ob nun mit oder ohne Rettungsringe. Es gab also keinerlei Anlaß, vor ihrer ersten Verabredung allzu große Verrenkungen zu veranstalten. Sie konnte die Sache entspannt angehen, dachte Dee fröhlich, als sie den obersten Knopf ihrer enganliegenden schwarzen Bluse zum dritten Mal zu schließen versuchte. Immer wieder sprang er auf.

Als sie vor dem Spiegel einen Schmollmund zog, überlegte sie, gar keinen Lippenstift zu nehmen. Seit heute morgen waren ihre Lippen zu einem ständigen Lächeln verzogen. Zum Schluß malte sie doch etwas glänzenden rostroten Lippenstift auf und besprühte sich ein wenig mit *Obsession*. Kurz bevor sie das Haus verließ, machte sie einen kleinen

Abstecher in die Küche. Nur für den Fall der Fälle, dachte sie, während sie das Spülwasser einlaufen ließ und das Frühstücksgeschirr der letzten drei Tage abwusch.

Als Dee um fünf nach acht bei *Magee's* durch die Tür trat, wurde ihr schlagartig klar, daß der Treffpunkt vielleicht doch keine so gute Idee gewesen war. Mindestens ein Viertel der Belegschaft des *Sentinel* war in der Kneipe. Sie winkte ein paar Reportern schwach zu. Ja, eindeutig ein Fehler. Hier würden sie wohl kaum einen ungestörten Drink genießen können.

Mit starrem Lächeln bahnte sich Dee ihren Weg durch die Menge, auf der Suche nach Kevins dunklem Haarschopf. Sie konnte ihn nicht verfehlen, dazu war er zu groß. Eigentlich war er zu groß für sie. Doch eine Genickstarre zu bekommen wäre nur ein kleines Opfer, wenn sie mit ihm ausgehen konnte. Vielleicht aber taugte er gar nicht zum Ausgehen. Daß er gut aussah hieß noch lange nichts. Er konnte ein faules, besitzergreifendes, launisches Ekel mit einer schrecklichen Mutter sein und die Sensibilität eines Gürteltiers haben, das nur darauf wartete, sich bei ihr einzunisten, ehe es damit anfing, ihre Kleidung, ihr Make-up und weiteres zu kritisieren …

»Dee! Hier bin ich.« Kevin stand an der langen Bar im hinteren Teil der Kneipe, umgeben vom restlichen Dreiviertel der Kollegen der Nachrichtenabteilung. Das war wirklich eine blöde Situation.

Unter gar keinen Umständen konnten sie zusammen aus der Kneipe gehen, ohne daß sich nicht sofort alle die Mäuler zerrissen. Schlimmer noch, ohne daß die Leute bereits Wetten abschlossen, wie lange es dauern würde, bis sie zusammen ins Bett gingen. Die Belegschaft des *Sentinel* war nicht gerade dafür bekannt, die Privatsphäre anderer zu wahren. Erst recht dann nicht, wenn einer ihrer Kollegen möglicherweise eine Affäre hatte.

Dee fühlte sich noch nicht wieder in der Lage, derartige Witze zu ertragen. Es gab wohl kaum etwas, das eine Beziehung schneller ruinieren konnte, als wenn ein Kollege Buch darüber führte und zusätzlich noch Wetten abschloß, ob der Typ sich eher mit dem Mädchen langweilen würde oder umgekehrt. Dieses Schicksal jedenfalls war einem unglücklichen Paar beschieden gewesen, das dumm genug gewesen war, seine Verbindung öffentlich bekanntzugeben. Verdammt noch eins!

Wir können ja behaupten, daß wir gemeinsam einen Auftrag erledigen müssen, improvisierte sie, als sie auf die Bar zuging. Sie grinste vermeintlich entspannt und sah absichtlich nicht in Kevins Richtung, um sich nicht zu verraten.

Er jedoch schien nicht die geringste Absicht zu haben, ihre Verbredung zu kaschieren. Er zog sie zu der kleinen Gruppe von Reportern, legte ihr seinen Arm um die Taille und beugte sich zu ihr herunter, um ihr etwas ins Ohr zu flüstern. Dabei berührten seine Lippen ihre Haut.

»Ich wollte dich küssen, aber ich möchte erst sicher sein, daß es dir nichts ausmacht, wenn deine Kollegen dich mit mir zusammen sehen.«

Dee hätte sich beinahe verschluckt.

»Und ich wollte vorschlagen, daß wir so tun, als ob wir einen gemeinsamen Auftrag hätten, falls du nicht möchtest, daß es die Leute erfahren«, flüsterte sie zurück.

Er drückte ihre Taille. »Glaubst du etwa, ich möchte nicht, daß alle es wissen?« fragte er. »Ich würde glatt allen einen ausgeben, um sie wissen zu lassen, daß du dich zu einem Treffen mit mir hast breitschlagen lassen. Es hat so lange gedauert, bis du endlich zugestimmt hast. Das würde ich gern feiern. Oder ist es dir lieber, wenn wir es geheimhalten?«

Dee strahlte ihn an. Nicht nur war er froh, sie zu sehen, er wollte es auch allen mitteilen. »Nein.«

Kevin Mills küßte sie genüßlich und ausgiebig auf den Mund, wonach kein Mensch mehr irgendwelche Zweifel hatte, weswegen sie sich heute abend getroffen hatten.

»Mann-o-Mann!« grölte Gerry Deegan. »Wirt, hol den Gartenschlauch – wir haben schon wieder ein Paar, das eine Abkühlung gebrauchen könnte!«

Als die nett gemeinten Scherzereien schließlich nachließen, hätte Dee nicht sagen können, seit wie langer Zeit sie nicht mehr so einen angenehmen Abend verbracht hatte. Kevin und sie blieben eine Stunde im *Magee's* und quatschten mit den anderen Journalisten über deren derzeitige Geschichten. Am Schluß fand sie sich an Kevin gedrückt, ihr Rücken berührte seinen Bauch, und seine Arme waren locker um ihre Taille geschlungen, während er selbst an der Bar lehnte. Es fühlte sich gemütlich und irgendwie genau richtig an. Alle paar Minuten beugte er sich zu ihr herunter und redete mit leiser Stimme auf sie ein, so daß es die anderen nicht hörten. Dee konnte sich ein zufriedenes Lächeln nicht verkneifen, als eine der Kellnerinnen sie mit unverhülltem Neid betrachtete. Tja, Pech gehabt, dachte Dee triumphierend. Er gehört mir. Etwas nach neun wollten sie gehen.

»Hast du Hunger?« fragte Kevin und unterdrückte ein Gähnen. »Ich sterbe vor Hunger«, sagte Dee. Sie bemerkte die dunken Ränder seiner Augen und die blasse Haut unter dem Dreitagebart. »Du bist vollkommen erschöpft, nicht wahr?« Er nickte müde. »Ich war gestern nacht bis drei Uhr auf einem Warteposten. Wenn wir uns heute abend nicht getroffen hätten, läge ich schon seit einer Stunde im Bett.«

Sie legte ihre Arme um seine Taille und wunderte sich darüber, wie selbstverständlich ihr diese intime Geste vorkam. »Komm doch einfach zu mir nach Hause. Wir holen uns eine Pizza und essen sie vorm Fernseher, danach gehst du gleich heim.«

Kevin lächelte erleichtert. »Das klingt wunderbar. Vor dem Fernseher zu sitzen ist auch alles, was ich heute noch fertigbringe«, gab er zu. »Ich weiß, daß ich dich an unserem ersten gemeinsamen Abend in ein exotisches Restaurant oder in einen Club hätte ausführen sollen, erst recht, wo du so einen schönen Anzug anhast und so hübsch aussiehst.« Er befühlte den Kragen ihrer Samtjacke. »Aber ich bin fix und alle.«

»Das exotische Restaurant rennt uns nicht weg«, erwiderte Dee.

»Morgen«, versprach er.

Keiner der anderen machte irgendwelche peinlichen Bemerkungen als sie gingen, was Dee ohnehin gleichgültig gewesen wäre. Sie fühlte sich sehr selbstsicher und glücklich mit Kevin, und erstaunlicherweise schien er dasselbe für sie zu empfinden.

Nachdem sie die Pizza gegessen hatten, rollten sie sich auf Dees Couch zusammen. Sie hatten bereits die Hälfte eines Sciencefictionfilms gesehen, ehe Dee auffiel, daß Kevin eingeschlafen war.

Lächelnd betrachtete sie ihn und bewunderte die beinahe mädchenhaft langen schwarzen Wimpern, die ihm auf die Wangen fielen. Es war sein einziges weibliches Detail. Ohne auch nur im geringsten machomäßig aggressiv zu sein, strahlte Kevin Mills pure Männlichkeit aus.

Eigenartig, dachte sie, während sie sein kurzes dunkles Haar streichelte. Wenn sie jetzt mit Daryl hier gewesen wäre, hätten sie kaum den Abspann sehen können, ohne daß er ihr nicht die Unterhose ausgezogen hätte. Anfangs war das sehr aufregend, später aber doch recht langweilig.

Der Abend mit Kevin war äußerst vergnüglich und unterhaltsam gewesen, und doch hatte er nicht versucht, ihr an die Wäsche zu gehen. Auch hatte er ihre Einladung zu einer Pizza bei ihr im Haus nicht als Aufforderung betrachtet, gleich mit ihr ins Bett zu hüpfen. Seine sinnlichste Tat heute abend war gewesen, ihr etwas Mozzarella von den Lippen zu wischen. Diese zärtiche Geste erschien ihr merkwürdigerweise erotischer als es eine Million französischer Küsse von Daryl gewesen waren.

Allein die Art und Weise, wie Kevins schlanke Finger ihre Lippen berührt hatten, hatte ihren gesamten Körper elektrisiert. Dee spürt, daß, wenn sie sich irgendwann einmal lieben würden, es unvergeßlich werden würde. Sie wollte die Sache jedoch nicht übereilen. Es war etwas ganz Besonderes; *er* war etwas ganz Besonderes. Sie hatte nicht die Absicht, bei der erstbesten sich bietenden Gelegenheit mit ihm ins Bett zu springen und eine gemeinsame Zukunft zu verspielen.

»Du bist todmüde«, flüsterte sie zärtlich in sein Ohr. »Du solltest jetzt nach Hause gehen.« Sie küßte ihn auf die Wange, dann löste sie sich, um in der Küche den Kessel für Kaffeewasser aufzusetzen.

»Tut mir leid«, sagte Kevin, als er ihr hinterhergewankt kam und sich die Augen rieb. »Ich bin wirklich ein toller Gast. Kaum bin ich gut gefüttert, fallen mir die Augen zu.« Smudge, die es sich offensichtlich in den Kopf gesetzt hatte, Kevin zu verehren und sich bereits ausgiebig an seinen Beinen geschubbert hatte, folgte ihm verliebt. Dee brühte einen extrastarken Kaffee auf. »Mach dir keine Sorgen. Du kannst nicht die halbe Nacht lang durcharbeiten und dann am nächsten Tag Mittelpunkt der Party sein. Zucker?«

»Ja, zwei Löffel bitte. Darf ich dich morgen abend zum Essen einladen, um die Sache wieder wettzumachen?« Dee tat so, als ob sie darüber nachdenken müsse. »Da muß ich erst einmal in meinem Terminkalender nachsehen. Ich glaube, ein Scheich wollte mich nach Paris einfliegen lassen. Oder war es Cannes?... Natürlich würde ich liebend gerne mir dir morgen zusammen essen gehen«, sagte sie lächelnd und reichte ihm eine Tasse starken Kaffee. Nachdem er gegangen war, räumte sie die Küche auf, entsorgte die riesige Pizzaschachtel in den Mülleimer und stieg dann die Treppe hoch. Die ganze Zeit über konnte sie sich ein Lächeln nicht verkneifen. Smudge lag überraschender-, aber auch unnötigerweise bereits auf ihrem Kopfkissen.

Dee ließ sich auf das Bett fallen und kraulte Smudge hiner den Ohren, bis die Katze knatternd schnurrte.

»Ist er nicht einfach wunderbar?« fragte sie.

Smudge knatterte noch lauter.

»Wir können ihn uns ja teilen«, bot Dee an.

Im Bett zusammengekuschelt dachte sie an Kevin. Die Art und Weise, wie er ihr in der Kneipe den Arm um die Schulter gelegt hatte, über ihre Witze gelacht und sich interessiert mit ihr unterhalten hatte. Er war schlichtweg wunderbar. Attraktiv, freundlich und amüsant. Und sexy, das stand ganz außer Frage. Plötzlich erinnerte sie sich an Maeves Worte über Fotografen und anzügliche Fotos und prustete laut. Smudge sprang daraufhin irritiert vom Bett herunter. Die Sache mit dem Fotografieren war eventuell keine schlechte Idee.

Die Redaktion war noch fast leer, als Dee früh am nächsten Morgen ins Büro kam. Sie hatte sich fest vorgenommen, all ihre liegengelassenen Dinge aufzuarbeiten, bevor sie mit Kevin zum Abendessen ging.

Sie mußte ein Interview mit einem exzentrischen Modedesigner redigieren, ihre Kummerkastenkolumne zu Ende schreiben und Dutzende von Telefonaten führen. Und das alles vor halb sieben, bevor Kevin sie vom Verlag abholen würde. Sie konnte es kaum erwarten!

»Wo sind Sie denn gewesen?« schrie Tanya Vernon, die wie eine Furie aus dem Nichts auftauchte, als Dee ihre Aktentasche auf den Schreibtisch fallen ließ.

Tanyas angriffslustiger Ton ließ Dee zurückschrecken. Tanya war von Kopf bis Fuß in Schwarz gekleidet, ein großes schwarzes Kruzifix hing um ihren schlanken Hals. Sie machte einen erbosten Eindruck und war offensichtlich auf irgend jemanden sehr sauer. Dee schluckte. Es war ihr vollkommen klar, daß sie dafür herhalten mußte, Tanyas Ärger auszubaden. »Gestern abend habe ich stundenlang versucht, Sie auf Ihrem Handy zu erreichen«, zischte Tanya. »Wo sind Sie gewesen? Schalten Sie es denn niemals ein, Sie dumme fette Gans? Offenbar ist Ihnen diese Zeitung vollkommen gleichgültig!«

Einen Moment lang spürte Dee lediglich ihr Herz rasen und kam sich vor wie ein vom Scheinwerferlicht geblendetes Reh. Schließlich fing Tanya über eine verpatzte heiße Story zu schreien an, zu der sie niemanden für ein Interview hatte schicken können. Die wenigen Anwesenden in der Redaktion hörten mit offenem Mund zu.

Alle Augen waren auf sie gerichtet. Keiner sagte ein Wort, wie Safarireisende, die einen fleischfressenden Löwen beim Reißen eines aus der Herde gedrängten Tieres beobachteten. »Chantal gibt *niemals* Interviews! Sie war nur ganz kurz hier, und wir hätten gestern abend die Möglichkeit eines Exklusivinterviews gehabt. Wenn ich Sie hätte erreichen können, aber das konnte ich nicht!« wütete Tanya. Ihre schwarzen Augen ähnelten Stecknadelköpfen.

Dee sah sich hilflos um, ob ihr jemand zu Hilfe eilen und sie unterstützen würde.

Schlagartig wurde ihr jedoch klar, daß niemand sie vor Tanya retten würde. Isabel und Maeve hätten es getan. Sie hätten Fräulein Vernon die Meinung gesagt. Sie hätten es nicht zugelassen, daß Dee mit Dreck überhäuft wurde. Sie wußten genau, daß sie Konfrontationen aus dem Weg ging und nicht zurückschlagen konnte, wenn jemand sie anbrüllte. Erst recht nicht, wenn dieser Jemand eine unberechenbare Redaktionsdirektorin war.

Aber die beiden waren jetzt nicht hier. Dee war allein.

»Ich ... es tut mir leid«, stammelte sie. »Ich bin ausgegangen ... außerdem hatte ich keinen Bereitschaftsdienst«, entgegnete sie schwach.

»Das ist noch lange kein Grund«, kreischte Tanya, die sich jetzt gierig auf ihre Beute stürzte. »Entweder Sie arbeiten hier oder nicht, Dee. Auf die Art und Weise jedenfalls, wie Sie hier arbeiten, werden Sie es wohl nicht mehr lange tun. Es gibt jede Menge fleißige Leute, die Ihren Job perfekt meistern könnten. Leute, denen die Sache wirklich am Herzen liegt.«

Dee spürte, wie ihre Unterlippe zitterte. Sie durfte jetzt um Gottes willen nicht in Tränen ausbrechen. Sie würde schwach und feige aussehen, als ob sie ihre Schuld eingestehen würde. Schließlich hatte sie tatsächlich gestern nacht keinen Bereitschaftsdienst gehabt. Es war ihr gutes Recht, ihr Handy auszuschalten. Sie arbeitete nicht mehr im Nachrichtenbereich, wo man zu jeder Tages- und Nachtzeit abgerufen werden konnte. Die Frauenseiten waren wohl kaum das Ressort, das brandheiße Neuigkeiten abdecken mußte.

Dee fragte sich, weshalb Tanya niemand anderen gefragt hatte, wenn sie wirklich so scharf auf das Interview gewesen war. Aber ein Blick auf das wutentbrannte Gesicht der Direktorin sagte Dee, es sei ein Fehler, jetzt eine Bemerkung zu machen. Es sei denn, sie entschuldigte sich.

»Es tut mir leid«, wiederholte sie.

Tanya musterte sie eisig von oben herab. »Leidtun reicht nicht«, knurrte sie, machte auf dem Absatz kehrt und eilte davon.

»Himmel noch mal«, hauchte Anna, eine der freien Reporterinnen, die alles mitangehört hatte. »Was für eine Hexe. Ist alles okay, Dee?«

Dee hatte Angst, auch nur ein einziges Wort zu sagen. Sie nickte und hoffte, nicht gleich in Tränen auszubrechen. Dann eilte sie in Isabels abgetrenntes Büro, ließ sich auf den Stuhl sinken und starrte auf ihre Hände. Sie zitterten wie Blätter während eines Hagelsturms.

Sie zitterte. Das war einer der grauenvollsten Momente ihres Lebens gewesen. Sich von jemandem mit einer so messerscharfen Zunge öffentlich abkanzeln zu lassen, war eine schreckliche Erfahrung.

»Guten Morgen, Anna.« Dee hörte Isabels warme,

freundliche Stimme und wurde panisch. Sie konnte ihr jetzt nicht gegenübertreten. Nur ein freundliches Wort oder die bekundete Absicht seitens Isabel, sie wolle Tanya zur Rede stellen, damit sie sich für das Anschreien eines Kollegen entschuldigte, hätte Dee ganz sicher in Tränen ausbrechen lassen. Sie mußte hier raus.

Sie rannte aus Isabels Büro und stieß mit der Ressortleiterin zusammen.

»Dee, was ist denn los?« fragte Isabel, nachdem sie einen Blick auf das versteinerte Gesicht ihrer Stellvertreterin geworfen hatte.

»Ich kann jetzt nicht reden«, antwortete diese sehr heiser, schnappte sich ihre Handtasche vom Schreibtisch und raste zur Tür.

Sie lief aus dem Büro, dann über den Parkplatz und befand sich schließlich mitten auf der Straße, wo der Verkehr an ihr vorbeibrauste. Dee sah sich unschlüssig um und fragte sich, weswegen sie gegangen war, warum sie sich nicht auf der Toilette versteckt und Isabel die ganze Geschichte erzählt hatte. Aber sie hatte das Büro zwingend verlassen müssen. Und wenn sie ehrlich war, wußte Dee, daß sie Isabel von dem Vorfall einfach nicht hätte erzählen können. Sie sah zu Isabel auf, sie respektierte sie. Wie aber sollte Isabel nach diesem Vorfall *sie* weiterhin respektieren können? Dee ging die Straße bis zu einem kleinen Café hinunter, bestellte sich einen Cappuccino mit einem extra Löffel Kakao und nippte langsam daran, während sie sich die Szene noch einmal durch den Kopf gehen ließ. Wie sehr sie Tanya Vernon haßte! Nein, das Wort Haß allein genügte nicht: Sie verabscheute, haßte und verachtete Tanya. Wenn sie doch nur wüßte, warum Tanya sich so auf sie eingeschossen hatte. Es war zum Verzweifeln.

Tanya hatte so viele Vorzüge: Sie war hinreißend schön, trug Größe sechsunddreißig, hatte ellenlange Beine, neben denen Dee sich wie einer der sieben Zwerge ausnahm.

Warum also haßte sie die kleine, mollige Dee O'Reilly so sehr? Das blieb wohl ein Geheimnis.

Nachdem sie noch einen zweiten mit Schokolade besprenkelten Cappuccino getrunken hatte, rief sie Kevin an und erzählte ihm, was passiert war.

»Diese Hexe«, zischte er, wobei er jede Silbe gehässig betonte. »Ich bringe sie um.«

Trotz ihrer schlechten Stimmung freute sich Dee über seine Reaktion. Gary hätte ihr lediglich versichert, ihre Reaktion sei überzogen. Daryl hätte sie ins Bett gezogen, um sie abzulenken. Kevin Mills jedoch wußte genau, was er zu sagen hatte. Und er wußte auch, was Dee tun mußte. »Ich habe in letzter Zeit viel mit euren Nachrichtenleuten zusammengearbeitet. Und immer wieder höre ich, daß Vernon irgendein Geheimnis hat«, meinte er nachdenklich, nachdem er sich über Tanya ausgetobt hatte. »Vor Anfang des Jahres hatte kein Mensch jemals von ihr gehört. Dann taucht sie hier auf und behauptet, für alle möglichen Zeitungen weltweit gearbeitet zu haben.«

»Hat sie das?« fragte Dee erstaunt. »Davon habe ich ja noch niemals gehört.«

»In Australien anscheinend. Chris Schriber jedenfalls sagte, sie hätte irgendwas mit einer Zeitungsgruppe in Sydney zu tun gehabt. Die Frage ist nur: *was?* Reporterin kann sie kaum gewesen sein. Dazu ist sie zu dumm, und auch ihre Managementfähigkeiten sind nicht sonderlich stark entwickelt. Ganz offensichtlich bekleidet sie zum ersten Mal einen solch hohen Posten.«

Dee prustete kurz. Es war angenehm, wenn der eigene Freund die Frau als Dummchen bezeichnete, auf die man selbst neidisch war. Tanyas ellenlange Beine und die Wangenknochen eines Supermodels hatten es ihm offenbar nicht angetan. Dee warf einen Blick auf die Schokoladenéclairs.

»Laß dich von ihr nicht irremachen, Dee«, meinte Kevin. »Zahl es ihr heim. Jahrelang hast du als investigative Reporterin gearbeitet. Recherchier doch einmal ihre Vergangenheit. Forsch nach, wo sie herkommt und was sie früher gemacht hat. Vielleicht kannst du ja dann herausfinden, wo ihr Problem liegt. Das wird dir genug Material bieten, wenn sie dich das nächste Mal in der Öffentlichkeit zerreißen möchte.« Seine Stimme wurde sanfter. »Ich würde zu gern zu ihr gehen und ihr sagen, daß, wenn sie dich noch einmal angreift, sie es mit mir zu tun bekommen wird. Aber das kann ich nicht.«

»Ich weiß. Ich werde es selbst in die Hand nehmen müssen«, erwiderte Dee nicht sonderlich überzeugt.

»Das mußt du auch«, meinte Kevin vorsichtig. »Aber nicht heute. Heute bist du viel zu verletzlich und aufgewühlt. Heute abend werde ich dich aufheitern, das verspreche ich dir. Ich lade dich zum besten Essen in Dublin ein, und dann wirst du es morgen der Hexe heimzahlen können. Moment mal, Dee, bleibst du kurz dran?«

Sie hörte eine andere Stimme mit Kevin sprechen.

»Ich muß gehen«, sagte er eilig. »Ich ruf dich vor dem Mittagessen an, okay?«

»Okay. Tschüs.« Dee verbannte jeden Gedanken an ihre halbfertige Kolumne, schlenderte ziellos die Straße hinunter und sah sich die Schaufenster an. In einer winzigen Boutique probierte sie eine enganliegende Seidenjacke mit caramelfarbenem V-Ausschitt, in der sie sehr schlank wirkte. Obwohl sie genau wußte, daß sie angesichts ihrer zu zahlenden Rechnungen noch nicht einmal einen Gedanken an einen solchen Kauf verschwenden sollte, zog sie ihre Kreditkarte heraus und kaufte die Jacke. Dann sah sie eine Kette aus Bernsteinimitat, die exakt dazu paßte. Die erstand sie ebenfalls. Wozu braucht man eigentlich eine Therapie, wenn man auch einfach nur einkaufen gehen konnte?

Als sie in der Boutique nebenan gerade eine Stange mit heruntergesetzten Blusen durchkämmte, klingelte ihr Handy. Es war Isabel, die wissen wollte, ob sie ihre Kummerkastenkolumne fertig hätte. Von dem Streit hatte sie offensichtlich noch nichts gehört, denn sie fragte Dee nach ihrem Befinden.

»Du sahst so blaß aus, ich dachte, du wärst vielleicht krank«, meinte sie besorgt.

»Ich bin nicht krank«, erwiderte Dee zögernd. Nur krank im Kopf. »Ich mußte einfach eine halbe Stunde vor die Tür. Ich bin gleich zurück, und dann schreibe ich die Kolumne fertig.«

Sie mußte wieder zurückgehen. Es hatte keinen Zweck, sich länger zu verstecken. Wenn sie nicht kündigte, würde sie Tanya Vernon jeden Tag aufs neue gegenübertreten müssen. So war nun einmal die Wirklichkeit. Und sie konnte nicht kündigen, wenn das auch möglicherweise Tanyas erklärtes Ziel war.

Es gibt jede Menge fleißige Leute, die Ihren Job perfekt meistern würden... hatte sie gesagt. Dee hatte eine recht genaue Vorstellung, wen sie damit meinte: ihre eigenen Freunde. Tanya wollte eine Bastion um sich herum erschaffen, in der nur die ihr ergebenen Freunde arbeiten würden. Freunde, die sicher ähnlich wenig Talent hatten wie sie selbst. Frauen, die andere gut herumkommandieren und deren Selbstbewußtsein untergraben konnten, aber selbst unfähig waren, einen Artikel zu schreiben.

Plötzlich fiel bei Dee der Groschen: Wenn Tanya so dringend die Geschichte mit *Chantal* hatte haben wollen, warum hatte sie sie nicht selbst gemacht?

In einer Notsituation mußte jeder Redakteur in der Lage sein, die Arbeit eines Reporters zu erledigen. Dee kannte viele Redakteure, die als Redaktionsassistenten angefangen, das Seitenlayout erstellt und Titelzeilen geschrieben hatten, doch nur selten einen Artikel beigesteuert hatten. Tanya jedoch hatte mit der Redaktionsassistenz nichts am Hut. Das hatte sie bereits damals klargestellt, als einer der Redaktionsassistenten erkrankt war und man nach Ersatz suchte. Ihre Ausbildung – falls sie denn überhaupt so etwas wie eine journalistische Ausbildung hatte – mußte also als Reporter gewesen sein. Um so merkwürdiger war es, daß sie die Schauspielerin nicht selbst interviewt hatte. Es sei denn, sie war auch niemals Reporterin gewesen.

Bei den Zeitungen gab es drei Kategorien von Journalisten: Redakteure, Reporter und Fotografen. Wenn Tanya keines dieser drei war, was war sie dann? Mal abgesehen von einem dauerhaften Stachel im Fleisch.

Kevin hatte recht. Tanya Vernon schien etwas zu verheimlichen. Und Dee setzte es sich nun in den Kopf, herauszufinden, worum es sich dabei handelte.

Liebe Annie,

in letzter Zeit gab es Hochs und Tiefs, aber alles in allem hatte ich den Eindruck, einen guten Schritt vorangekommen zu sein. Ich habe einen wunderbaren neuen Mann in meinem Leben, der Traum einer jeden Frau. In meinem Job geht es eigentlich auch gut voran, aber einer meiner Chefs hackt ständig auf mir herum.

Ich weiß, daß ich mir das nicht nur einbilde. Sie scheint mich wirklich zu hassen. Was immer ich auch tue, sie hat etwas daran auszusetzen. Sie teilt mir all die schlechten Aufträge zu, kritisiert meine Arbeit und läßt mich ständig Dinge umschreiben, an denen ich bereits wirklich hart gearbeitet hatte. Das Faß kam zum Überlaufen, als sie mich vor meinen Kollegen wegen etwas abkanzelte, was gar nicht mein Fehler gewesen war. Schlimmer jedoch war die Tatsache, daß ich sie habe gewähren lassen. Ich habe nichts gesagt und mich sogar entschuldigt, obwohl ich doch gar nicht im Unrecht gewesen war. Bitte helfen Sie mir.

Ihre Verzweifelte.

Liebe Verzweifelte,

Sie wissen sicher schon, was ich Ihnen jetzt sagen werde. Diese Frau schikaniert Sie, und sie wird niemals aufhören,

Sie zu schikanieren, wenn Sie nichts dagegen unternehmen. Niemand anderer kann das für Sie tun – nur Sie selbst. Es gibt Situationen im Leben, in denen man andere um Hilfe bitten sollte. Ihren Schilderungen zufolge jedoch fällt diese Situation nicht in diese Kategorie. Die Frau wird Sie weiter schikanieren, wenn Sie es zulassen. Sie wird erst dann aufhören, wenn Sie sich ihr entgegenstellen …

Dee seufzte. Das stimmte. Wenn sie nicht etwas dagegen unternahm, würde Tanya niemals aufhören. Sogar ihr Alter ego mußte das einsehen: jetzt oder nie.

Sie lief zum Büro des *Sentinel* zurück, deponierte ihre Einkaufstüten im Auto und stieg die Treppen direkt zur Redaktion hinauf. Tanya saß nicht im Konferenzzimmer, was Dee sehr zupaß kam. Was sie zu sagen hatte, wollte sie gerne vor Publikum zum Ausdruck bringen. Dee atmete einmal tief durch, dann stieß sie die Redaktionstür auf.

Die Redaktionsdirektorin war unschwer auszumachen. In ihrem schwarzen Outfit auffällig und groß, stand Tanya über einen der Assistenten gebeugt. Wie man aus ihrer Körperhaltung ablesen konnte, stritt sie sich mit ihm.

Dee ging auf sie zu. Dann sprach sie mit lauter Stimme und kümmerte sich nicht darum, daß sie Tanya unterbrach.

»Tanya, ich möchte mit Ihnen sprechen. Jetzt.«

Tanya sah mit verächtlichem Blick kurz auf. »Ich bin beschäftigt.« Sie wandte sich wieder dem Computermonitor zu.

»Ich habe gesagt, ich möchte jetzt mit Ihnen sprechen«, sagte Dee noch bestimmter.

Dieses Mal richtete sich Tanya auf. »Wie können Sie es wagen, mich zu unterbrechen …«

Ruhig und gefaßt streckte sich Dee zu ihrer vollen Größe und fixierte die Frau.

»Halten Sie den Mund, Sie dumme Kuh«, sagte sie mit eisiger Stimme. »Reden Sie *nie wieder* mit mir in diesem Ton. Dies ist eine Zeitungsredaktion, kein Fischmarkt.«

Tanya starrte sie verblüfft an. »Nun hören Sie mir mal zu…«

»Nein«, erwiderte Dee mit lauter Stimme, so daß jeder sie hören konnte. »Jetzt hören *Sie* mir zu. Sie sind eine untalentierte, herumkommandierende Hexe, und wenn Sie wirklich diese Story hätten machen wollen, dann hätten Sie selbst gehen und *Chantal* interviewen können. Das aber konnten Sie nicht, weil…«, sie hielt kurz inne und sah, daß man in dem vollkommen verstummten Redaktionsraum eine Nadel hätte zu Boden fallen hören, »…weil *Sie* ums Verrecken keinen Artikel schreiben können. Und weil Sie zu dumm sind, ein Interview zu führen, haben Sie keinen einzigen Artikel geschrieben, seit Sie hier sind. Der Grund ist der, daß Sie nicht wissen, wie man es macht.« Tanyas Gesicht hatte sich wütend verzerrt, doch Dee zögerte nicht. Wenn sie jetzt innehielt, würde die Redaktionsdirektorin sie anbrüllen, und sie würden sich lediglich ein Schreiduell liefern.

»Wir wissen von Ihnen lediglich, daß Sie sich ungeheuer gut einschmeicheln können«, fuhr Dee kühl fort. »Das ist Ihre eine Stärke. Die andere ist die, daß Sie hoffen, eines der Vorstandsmitglieder wird so verrückt nach Ihnen sein, daß es Sie über Ihre Fähigkeiten hinaus befördert – was bei Licht betrachtet keine sonderlich große Beförderung sein kann. Hier aber hat das irgendwie nicht geklappt, nicht wahr? Hier ist niemand so verzweifelt, daß er unbedingt mit Ihnen schlafen möchte. Also können Sie nur die Leute anbrüllen, die tatsächlich schreiben können. Wenn Sie sich wirklich Ihren Weg nach oben schlafen wollen, Tanya, ist es ganz hilfreich, ein Talent zu haben, auf das Sie zurückgreifen können, wenn Ihre Knie nachgeben!«

Irgend jemand prustete laut los, aber Dee ließ sich nicht ablenken. Langsam fand sie Gefallen an der Sache. Tanya stand vor Wut und Schock der Mund offen, ihr Blick spiegelte Entsetzen.

Dee blickte hochmütig auf die Frau herab, als ob diese ein

Stück Hundekot an ihrem Schuh sei. »In diesem Büro werden die Leute Ihren Mist nicht mehr länger hinnehmen, Tanya. Ganz besonders ich nicht. Wenn Sie mich weiter schikanieren, werde ich die Gewerkschaft einschalten. Sie werden dann auf eine Liste gesetzt, und kein einziger Journalist wird jemals mehr für Sie arbeiten. Haben Sie das verstanden?«

Dee wußte zwar nicht, ob das mit der Gewerkschaft überhaupt möglich war. Es klang jedoch gut und hatte den gewünschten Effekt, denn Tanya war jetzt vor Zorn leichenblaß, ihre slawischen Wangenknochen vibrierten geradezu vor Wut. »Was glauben Sie eigentlich, wer Sie sind?« kreischte sie. Dee mobilisierte all ihre Kräfte und warf Tanya einen solch verachtungsvollen Blick zu, daß diese tatsächlich zurückzuckte. »Jemand, vor dem Sie sich besser in acht nehmen, sonst könnten Sie es bereuen. Sogar sehr bereuen«, erwiderte Dee mit tiefer, bedrohlicher Stimme.

Sie strich sich eine Locke aus dem Gesicht, wandte sich ab und ging zurück zu ihrem Schreibtisch. Ein breites Grinsen lag auf ihrem Gesicht. Sie hatte es geschafft, sie hatte es endlich geschafft!

In ihrem Rücken stammelte Tanya. »Ha-ha-ha-haben Sie das gehört?«

Dann hörte Dee die ruhige und belustigte Stimme von Chris Schriber. »Spiel, Set und Match gehen an Dee O'Reilly. Oder paßt es Ihnen nicht, wenn sich der Spieß umdreht, Tanya?«

Der Zauber war gebrochen, und das gebannte Publikum begann wieder zu atmen.

»Gut gemacht!« sagte Maeve, die auf Dee zugerannt kam und sie umarmte.

Der nun einsetzende Applaus ließ Tanya aus dem Zimmer flüchten.

Die Leute versammelten sich um Dee, einige Kollegen klopften ihr auf den Rücken, Jackie gab ihr einen Kuß, und die Redakteure standen Schlange, um ihr die Hand zu schütteln.

»Das hat Tanya verdient«, meinte Anna, die auch die vorangegangene Szene mitbekommen hatte. »Ich konnte gar nicht glauben, was sie dir heute morgen alles an den Kopf geschmissen hat.«

»Was ist denn vorhin passiert?« wollte Isabel wissen. »Dee, hat sie dich angegriffen?«

»Angegriffen?« rief Anna ungläubig. »Das ist nicht das richtige Wort. Sie hat Dee fast den Job gekündigt, weil gestern abend niemand da war, um irgendeine blöde Schauspielerin zu interviewen. Sie hat das halbe Büro zusammengebrüllt.«

»Stimmt das?« fragte Maeve. »Ach, Dee, wie schrecklich...«

»So schrecklich nun auch wieder nicht«, unterbrach Isabel stolz, griff nach Dees Hand und drückte sie fest. »Was auch immer sie gesagt hat, hat dich gezwungen, dich Tanya endlich zu stellen. Es ist vielleicht ein Klischee zu sagen, daß alles auch sein Gutes hat, in diesem Fall aber stimmt es.«

Dee feixte stolz. »Da stimme ich zu.«

»Es ist dir doch wohl klar, daß Tanya dich nun erst recht auf der Abschußliste hat?« erkundigte sich Maeve vorsichtig.

»Ja schon, aber ich bin darauf vorbereitet.«

Als alle wieder an ihren Schreibtischen saßen, brühte Isabel Tee auf und brachte ihn für Dee und sich mit in ihr Kabäuschen.

»Die Sache läuft vermutlich schon seit geraumer Zeit?« erkundigte sie sich. »Hättest du mir doch nur gesagt, daß Tanya sich so schlecht gegen dich benimmt und dich so verletzt, Dee. Ich hätte ihr Einhalt geboten.«

»Ich weiß.« Dee tätschelte dankbar Isabels Hand. »Ich weiß, daß du das getan hättest. Aber ich konnte es dir einfach nicht verraten«, gestand sie. »Es war so peinlich, daß ich mich ihr nicht widersetzen konnte. Mit einem Schlag war ich wieder das fette Mädchen im Schulhof. Ich fühlte mich hilflos und unnütz«. Sie rührte in ihrem Tee. »Tanya schien das zu spüren. Sie hat ständig Bemerkungen über meine Figur gemacht und immer wieder betont, wie fett ich sei.«

Isabels große blaue Augen sprühten so vor Wut, wie Dee es noch nie gesehen hatte.

»Du solltest kein Wort glauben, das die Frau gesagt hat. Du bist eine der verführerischsten und lebhaftesten Frauen, die ich kenne. Deine Gegenwart kann die Stimmung einer ganzen Belegschaft heben. Das könnte bei Tanya niemals der Fall sein.«

»Komisch, jetzt kann ich es auf die leichte Schulter nehmen. Sich dem Löwen zu stellen ist wirklich der einzige Weg, mit einer solchen Angelegenheit fertig zu werden«, meinte sie nachdenklich. »Das hätte ich schon lange tun sollen.«

»Jetzt hast du es getan, und nur darauf kommt es an. Ich bin so stolz auf dich. Ich weiß ja, wie sehr du Auseinandersetzungen und Streitereien aus dem Weg gehst.«

»Das *habe* ich getan«, widersprach Dee. »Jetzt aber hat es mir beinahe schon Vergnügen bereitet. Zumindest gegen Ende, weil ich da in der Gewinnzone war. Am Anfang steckte ich voller Angst.«

»Was ich einfach nicht begreifen kann, ist, warum Tanya dir gegenüber so gehässig ist. Ich kann nur hoffen, daß du nichts davon ernst genommen hast, Dee. Du arbeitest sehr gut, und ich meinerseits bin äußerst zufrieden. Ich werde die Angelegenheit mit Malley besprechen. Eine Chefredakteurin sollte wissen, was hier vorgeht.«

»Vermutlich darf sie sich jetzt gerade Tanyas Klagen anhören«, meinte Dee zynisch.

»Das vermute ich auch«, stimmte Isabel zu. »Meine Version der Geschichte wird sie sich aber ebenfalls zu Gemüte führen müssen. Maeve hat recht. Von jetzt an wird dich Tanya noch intensiver in die Enge treiben wollen.«

Dee lächelte. »Mach dir keine Sorgen, Isabel. Ich bin mit Tanya noch nicht fertig. Noch lange nicht. Wenn sie wirklich glaubt, meine hart erkämpfte Karriere zunichte machen zu können, weiß sie noch nicht, was ihr bevorsteht. Soviel verspreche ich dir.«

Bei den großen Zeitungen in Sydney hatte niemand jemals von Tanya Vernon gehört. Bei den Fernsehnachrichtenkanälen war es nicht anders. Nachdem sie alle Nachrichtenverbände in der Stadt abgeklappert hatte, wunderte sich Dee nicht mehr. Dazu hatte sie drei Tage gebraucht, denn erstens gab es die Zeitverschiebung, und zweitens war es nicht einfach gewesen, bei jeder Organisation den richtigen Ansprechpartner zu finden.

Kevin hatte natürlich auch geholfen. Ein befreundeter Fotograf aus Melbourne hatte seine eigenen diskreten Nachforschungen betrieben.

»Tom hat zwei Jahre lang freiberuflich in Sydney gearbeitet, bevor er diesen Job angenommen hat«, erklärte Kevin. »Aus der Zeit kennt er noch ein paar Journalisten.« Wen immer Tom auch kennen mochte, er jedenfalls brachte den entscheidenden Durchbruch. Am vierten Tag öffnete Dee ihre E-mail und fand folgende Nachricht von ihm vor:

Habe herausgefunden, daß Deine Kollegin vor etwa vier Jahren bei einem kleinen Fernsehsender in New South Wales ein paar Monate lang als Wettermädchen gearbeitet hat. Dann wurden in einer Zeitung ein paar ziemlich pornographische Fotos von ihr publiziert, die sie nach ihrer Ankunft in Australien gemacht hatte. Das löste einen Skandal aus, denn sie hatte sich als eine Art heiliges, katholisches, irisches Mädchen verkauft. Es gehörte zu ihrem Image, irgendwie gleichzeitig süß, aber heilig zu wirken.

Es überraschte Dee, daß die boshafte und hartherzige Tanya in irgendeiner Weise sowohl süß als auch heilig hatte daherkommen können.

Sie hatte wirklich Talent, das gut abzuziehen. Mein Freund meint, sie hätte im Fernsehen groß herauskommen können. Aber danach mußte sie gehen, und niemand hat seither von ihr gehört. Sie hat bei keinem der Blätter hier gearbeitet. Diese Information könnte ganz nützlich für Dich sein. Das Blatt, in dem die Bilder publiziert wurden, gab ihren eigentlichen Namen mit Concepta Gorman an. Sie kommt aus einem Dorf nahe Athlone, das angeblich ein paar Meilen außerhalb von Dublin liegt.

Wenn man in einem Land von der Größe Australiens lebt, dann erscheint Athlone tatsächlich nur ein paar Meilen außerhalb von Dublin! Ich besitze lediglich eine schlechte Fotokopie des Artikels. Soll ich ihn Dir faxen oder per Post schicken? Die Kopie ist jedoch so schlecht, daß sie über Fax vielleicht nicht gut erkennbar sein wird. Aber die Bilder sind scharf!

Dee verspürte fast ein wenig Mitleid mit Tanya. Oder mit Concepta. Sicherlich war es für sie schlimm gewesen, einen für sie idealen Job verlassen zu müssen. Dee konnte sich lebhaft vorstellen, daß Tanya im Fernsehen eine gute Figur machte. Sie hatte genau das richtige Aussehen und dieses unehrliche, anzügliche Lächeln – und das alles hatte man ihr wegen eines Vergehens in der Vergangenheit weggenommen. Keiner ist perfekt, dachte Dee. Jeder hat irgendeine Leiche im Keller. Wie schade, daß Tanyas Leiche in der Form von pornographischen Bildern lebendig wurde. Jetzt erst realisierte sie, was sie tat – sie hatte Mitleid mit der Frau, die während der letzten sechs Monate ihr Leben systematisch zur Hölle gemachte hatte.

»Schick es bitte per Post«, tippte sie in den Computer. »Und tausend Dank, Tom. Dafür schulde ich Dir etwas.«

Nach ein paar weiteren Anrufen und mit der Hilfe eines Reporters aus Athlone, den sie noch von früher kannte, hatte Dee Concepta Gormans Lebenslauf bis zu einer kleinen Oberschule auf dem Land zurückverfolgen können.

Man wollte ihr mehrere Jahrbücher aus der Zeit schicken, in der Tanya dort gewesen sein mußte. Wenn die Bilder von Concepta Gorman tatsächlich die der jungen Tanya Vernon waren, dann war Dee auf eine Goldmine gestoßen. Dadurch konnte sie herausfinden, ob Tanya überhaupt irgendwelche journalistische Erfahrung hatte.

»Sie wollten mit mir sprechen?« fragte Dee freundlich vor der Tür des Konferenzzimmers, in dem ihre Widersacherin am Ende eines langen Tisches und umgeben von Zeitungen, Notizblöcken und Stiften saß.

Eine Woche war seit ihrer Auseinandersetzung vergangen. Bis jetzt war Tanya Dee ganz absichtlich aus dem Weg gegangen und hatte sie nicht einmal während der Redaktionskonferenzen angesprochen.

Nachdem Dee heute vom Mittagessen mit Kevin ins Büro zurückgekommen war, klebte eine Notiz von Tanya an ihrem Computerschirm: »Kommen Sie zu mir in den Konferenzraum, wenn Sie wieder zurück sind.«

Kein ›bitte‹ oder ›danke‹, was Dee nicht weiter überraschte. Tanya hatte sich mit Höflichkeiten noch nie abgegeben.

»Ja?« Tanya konnte ihre giftige Abneigung kaum verhehlen. »Kommen Sie rein.«

Dee trat ein und setzte sich, schon allein deswegen, weil Tanya sie nicht dazu aufgefordert hatte. Sie lehnte sich bequem zurück, legte den Notizblock auf den Tisch, kreuzte ihre Beine und zupfte den Wickelrock aus Wildleder sorgfältig zurecht. All dies tat sie, um ihre Nervosität zu verbergen.

Tanya vor allen anderen mit erhöhtem Adrenalinspiegel zu konfrontieren war eine Sache, ihr jedoch an einem verregneten Dienstagnachmittag allein gegenüberzutreten war ein gänzlich anderer Fall.

»Ich habe einen Auftrag für Sie«, begann Tanya.

Dee hob fragend die Augenbrauen, sagte jedoch nichts.

»In Donegal wird bald ein neues Schiff zur Fischdosenfabrikation eröffnet. Es ist das größte auf der Welt. Wir möchten gern, daß Sie die vierundzwanzigstündige Jungfernfahrt mitmachen.«

»*Wir?*« hakte Dee skeptisch nach.

»Ein Vorschlag der Chefredakteurin. Ich soll es Ihnen lediglich ausrichten«, erwiderte Tanya und machte unmißverständlich klar, daß sie die Weitergabe einer Nachricht an Dee O'Reilly als reine Zeitverschwendung empfand.

»Warum ich?« fragte Dee. »Das ist doch wohl kaum etwas für die Frauenseiten.«

»Malley meinte, Sie könnten eine atmosphärische, farbige Story daraus machen.«

»Ach, ja?« Dee richtete sich auf und riß unschuldig die Augen auf. »Wollen Sie damit sagen, daß die Chefredakteurin meinen Schreibstil schätzt und der Ansicht ist, ich wäre hierfür gut geeignet?« fragte sie spitz.

»Genau«, knurrte Tanya. »Sie fahren morgen.«

»Morgen!« rief Dee überrumpelt aus.

Tanya lächelte boshaft, weil sie bei diesem Schlagabtausch nun endlich die Oberhand gewonnen hatte. »Morgen. Um sieben. Es werden noch einige andere Journalisten mitfahren.«

»Diese Hexe!« zischte Dee Maeve zu, als sie wenig später in der Küche beim Kaffee standen. »Das muß sie bereits seit Tagen gewußt haben, hat es mir aber jetzt erst mitgeteilt. Wie soll ich meine andere Arbeit beenden und trotzdem um sieben morgen früh fertig sein?«

»Ich habe dir ja gesagt, daß sie dir an den Kragen will«, meinte Maeve. »Du kannst froh sein, daß sie dir gegenüber die Sache überhaupt erwähnt hat. Wenn sie wirklich so clever wäre, wie sie sich immer gibt, hätte sie einfach so getan, als wüßtest du alles und wärst absichtlich nicht dort aufgekreuzt. Das wäre Malley sicher übel aufgestoßen.«

»Wohl war«, murmelte Dee. »Irgendwas für mich dabei?« rief sie dem Postmädchen zu, das einen Wagen mit der Nachmittagspost durch die Tische schob.

»Nur eine Sache.« Sie reichte Dee ein Päckchen mit einem Poststempel aus Athlone.

»Wenn es das ist, was ich erwarte, habe ich jetzt schon bessere Laune«, meinte Dee und riß den Umschlag auf.

»Die Jahrbücher«, sagte Maeve, die mit der ganzen Geschichte vertraut war.

Sie fanden Tanya in dem ältesten Jahrbuch. »Dann ist sie mindestens drei Jahre älter, als sie vorgibt zu sein«, griente Maeve.

Dee brachte kein Wort über die Lippen. Sie war vollkommen sprachlos. Die Bilder waren insgesamt nicht sonderlich schmeichelhaft, wie das eben bei Jahrbüchern oft der Fall ist. Die meisten Leute würden sich vermutlich nicht einmal selbst erkennen, wie sie vor zwölf Jahren ausgesehen hatten. Doch Tanya Vernon, vielmehr Concepta Gorman, war wohl noch unkenntlicher als die meisten.

Ihre Augen waren von einer sehr unschmeichelhaften Dauerwelle halb verdeckt, und der finstere Lidstrich aus der Rock-'n'-Roll-Ära stand ihr auch nicht. Was jedoch am erstaunlichsten war, war Tanyas Figur.

Sie war bullig. Ein breites Mondgesicht starrte in die Kamera, dicke Wangen verdeckten die jetzt von allen bewunderten Wangenknochen, und eine dicke Fettrolle verbarg Tanyas heutzutage hervorstechendes Kinn. Das Foto ging nur bis zu den Schultern, doch zeigte es diese in einen braunen Pullover gequetscht, der ihrer blassen Haut ebenfalls nicht sonderlich schmeichelte.

»Das kann doch kaum dieselbe Frau sein.« Maeve beugte sich dicht über das Foto.

»Sie ist es«, bekräftigte Dee verdutzt. Sie hätte Tanya unter allen Umständen wiedererkannt: diese harten, kalten Augen und die leicht verdrießlichen, vollen Lippen. Zwanzig

Kilo mehr konnten Tanya vor Dee nicht verstecken. Sie war es schließlich gewohnt, eine gutgenährte Frau im Spiegel anzublicken und sich zu fragen, wie sie mit zwanzig Kilo weniger wohl aussehen würde.

»Sie muß extrem viel abgenommen haben«, staunte Maeve. »Vielleicht haßt sie dich deshalb so sehr, Dee? Weil du attraktiv und sinnlich aussiehst, so wie es bei ihr nie der Fall war.«

»Diese Analyse ist viel zu tiefgreifend, um sie auf jemanden wie Tanya Vernon zu verschwenden«, entgegnete Dee knapp. »Du könntest dein halbes Jahresgehalt dafür hingeben, um herauszufinden, weshalb sie eine solche Hexe ist. Aber das wäre eine Verschwendung von Zeit und Geld. Es gibt einfach Leute, bei denen eine tiefgreifende Analyse vergebliche Mühe ist – Leute wie sie. Sie ist ein Ekel. Schluß, aus, Ende.«

Maeve lachte. »Und nächsten Monat möchtest ausgerechnet du die Tagung der Psychoanalytiker in Galway abdecken? Interessierst du dich überhaupt ausreichend dafür?«

»Ich interessiere mich sogar sehr für Therapie«, protestierte Dee. »Es gibt jedoch Fälle, wo es vollkommen sinnlos ist, die Motivation einer Person zu erforschen, weswegen sie etwas Schreckliches tut. Es ist viel besser, über einen solchen Menschen nicht mehr nachzudenken und sich besser darauf zu konzentrieren, wie man selbst am besten mit ihm fertig wird.«

»Tut mir leid, Dr. O'Reilly, mein Fehler. Meiner Ansicht nach solltest du vielleicht sogar der Vereinigung der Psychoanalytiker beitreten.«

»Nach dem Wochenende brauche ich eventuell dringend ein paar Tage intensivste Psychoanalyse«, entgegnete Dee. »Dans und Millies Baby wird am Samstag getauft. Und nun rate mal, wer dort sein wird?«

»Der liebenswerte Gary?« erkundigte sich Maeve spitz.

»Genau. Ich sehe der Sache nicht gerade mit Freuden entgegen«, gab Dee zu. »Ich habe ihn seit Ewigkeiten nicht mehr gesehen, es wird etwas merkwürdig sein...«

»Es wird überhaupt nicht merkwürdig sein. Dreh dem Idioten einfach den Hals um, falls er dir zu nahe tritt. Wird Kevin dabei sein?«

»Ich habe ihn nicht gebeten«, gestand Dee. »Es ist irgendwie nicht fair ihm gegenüber, ihn nur deswegen mitzunehmen, um allen zu zeigen, daß ich wieder einen Freund habe. Das habe ich mit Daryl bei dem Abendessen bei Millie getan, und es wäre fast in die Hose gegangen.« Einen Moment lang hielt sie nachdenklich inne. »Nein, diese Sache muß ich allein durchstehen.«

»Ich komme mit«, bot Maeve an. »Am Samstag habe ich frei.«

Dee grinste. »So wie du über meinen Exverlobten denkst, verbringen wir eher eine Nacht in Polizeigewahrsam, während ich die Polizei davon zu überzeugen versuche, daß du ihn nicht wirklich hast mit der Gabel aufspießen wollen!«

Isabel berührte die samtigen Blätter der blassen rosa Rosen und lächelte. Sie verschönten ihren Schreibtisch und ließen auch ihr Gesicht aufblühen, stellte sie glücklich fest. Das sah Jack ähnlich, daß er genau gespürt hatte, wie schlecht es ihr an jenem Morgen gegangen war. Denn die nächsten vier Tage würde er nicht dasein. Zum wiederholten Mal las sie die Karte mit Jacks eleganter Schrift.

Meine liebste Isabel, nur eine kurze Nachricht, daß ich Dich liebe und daß ich Sonntag abend wieder zu Hause sein werde. Ich vermisse Dich jetzt schon so sehr, obwohl ich Dich vor wenigen Stunden noch gesehen habe. Mit all meiner Liebe...

Brüssel schien eine Million Meilen entfernt. Doch er hatte versprochen, mehrmals am Tag anzurufen.

»Ich möchte ständig deine Stimme hören«, hatte er letzte Nacht noch gesagt.

Und sie seine...

Isabel blickte auf die Uhr. Es war kurz vor halb eins. Jetzt war er schon gelandet und sicherlich auf dem Weg zu seiner Verabredung.

»Was für eine Reise! Ich dachte schon, sie würde nie mehr enden.« Isabel sah ruckartig auf. Dee stand in völlig derangiertem Zustand neben ihr. Ihre Locken hatte sie streng zu einem Pferdeschwanz zurückgebunden, und ihr einziges Make-up war der verschmierte Rest der gestrigen Wimperntusche. Ihre Augen waren rotgerändert.

»Nun, wie war's auf dem Dosenschiff?« erkundigte sich Isabel. Bei Dees erschöpftem Gesichtsausdruck erwartete sie jedoch keine begeisterte Antwort.

»Nicht gerade einer meiner Höhenflüge«, erwiderte diese und unterdrückte ein Gähnen. »Du wirst kaum glauben, was passiert ist. Tanya hat mir gesagt, ich solle um sieben für den Flug nach Donegal am Flugplatz sein, und als ich ankam, waren alle schon weg! Die Frau, die das Ganze organisiert hatte, hatte gestern abend Tanya noch ein Fax geschickt, um zu informieren, daß die Reise eine Stunde früher beginnen würde. Die alte Kuh hat es mir nicht ausgerichtet!«

»Au weia«, stöhnte Isabel. »Und was hast du dann getan?«

»Zehn Minuten lang war ich leicht panisch«, gestand Dee. Dann lächelte sie spitzbübisch. »Ich habe einen Helikopter angemietet, um mich dort hinfliegen zu lassen! Es blieb mir nichts anderes übrig. Sie wollten die Story haben, und ich wäre sonst nie und nimmer für die Jungfernfahrt rechtzeitig in Donegal angekommen. Schließlich war die ganze Angelegenheit eine Idee der Chefredakteurin.«

»*Was* hast du getan?« Isabel rang nach Luft. »Tanya wird dir den Kragen umdrehen.«

Beide hatten sie gleichzeitig die unmögliche Vorstellung

davon, wie Tanyas Gesicht sich entschuldigend verziehen würde, wenn sie von der Sache erfahren würde, und sie brachen in Lachen aus.

»Sie wird einen furiosen Wutanfall haben!« kreischte Dee begeistert.

»Das möchte ich unbedingt erleben«, kicherte Isabel und tupfte sich die Augen ab. »Bist du dir sicher, daß du einen Ausbruch ihrerseits verkraften kannst?« fragte sie nunmehr etwas ernster.

Dee nickte selbstbewußt.

»Dann komm, ich lade ich zum Essen ein«, meinte Isabel liebevoll. »Du siehst so aus, als ob du vor der Begegnung mit Frau Vernon noch etwas verwöhnt werden solltest.

»Danke, das klingt wunderbar«, meinte Dee. »Ich sterbe vor Hunger.« Lächelnd betrachtete sie den riesigen Blumenstrauß auf Isabels Schreibtisch.

»Jack?« formte sie lautlos mit den Lippen.

Isabel strahlte sie wortlos an.

»Erzähle es mir während des Mittagessens«, meinte Dee und hob ihre Handtasche auf.

Isabel erzählte ihr nicht alles – sie wollte es noch nicht publik machen, daß er Elizabeth verlassen wollte, bevor er es nicht auch wirklich getan hatte. Dann jedoch, das versprach sie sich selbst, würde Dee die erste sein, die davon erfuhr. Seitdem Dee von ihrer Verbindung mit Jack wußte, hatte sie sich ihr gegenüber wunderbar verhalten. Sie war für Isabel unauffällig eingesprungen, damit diese ausgiebige Mittagessen mit ihm verbringen konnte. Außerdem hatte sich Isabel bei ihr ausweinen können, wie schwer es war, einen verheirateten Mann zu lieben. Jetzt berichtete sie Dee lediglich von der bevorstehenden Reise nach Paris und von ihrem neuen *Ben-De-Lisi*-Kleid, von ihren gemeinsamen Zukunftsplänen verriet sie jedoch nichts.

»*Neue* Designerkleidung anstelle von der gebrauchten«, hatte Isabel scherzhaft festgestellt. »Stell dir das nur mal vor.

Bald bin ich schon ganz wie Elizabeth Carter, bis hin zu einem Tangastringhöschen von *Gucci,* das ich mit meinem *Ben-De-Lisi*-Kleid tragen werde.«

Dee jedoch, die während des Essens sehr lebhaft gewesen war, verstummte plötzlich. Sie aß ihren Ricottakuchen nicht auf, sondern schob den nur halb gegessenen Kuchen von sich weg.

»Isabel, ich muß dir etwas sagen«, sagte sie zögernd.

»Was denn?« Erstaunt richtete sich Isabel auf. »Hat jemand bei der Arbeit etwas über Jack und mich gesagt?«

Dee schüttelte bedächtig ihren Kopf. »Nein. Ich weiß nur nicht, ob es gute oder schlechte Nachrichten sind...«

»Nun sprich schon«, drängte Isabel.

»Kevins bester Freund ist ebenfalls Fotograf. Heute morgen hat er Kevin von einem großen Coup erzählt, den er gestern abend in einem Nachtclub in der Stadt gelandet hat. Es sind Bilder von Elizabeth Carter und einem jungen Typen. Offenbar verbrachten sie die ganze Nacht eng umschlungen.«

Isabel schien überrascht. Elizabeth mit einem anderen Mann? Das war ja unglaublich.

Aber Dee war noch nicht fertig. »Der Fotograf hat sie also bis zum nahe gelegenen Hotel begleitet. Sie haben sich zusammen ein Zimmer genommen und das Hotel heute morgen in derselben Kleidung wie am Abend wieder verlassen. Kevins Ansicht nach sind die Fotos sehr gut. Im Nachtclub war sie wohl reichlich berauscht. Der Fotograf hatte sie auch schon zuvor mit jeder Menge Typen gesehen, bis jetzt jedoch noch keine Fotos gemacht.« Dee hielt inne. »Diesmal hat er Aufnahmen gemacht, weil der Typ dieser junge Fernsehmoderator von der Jugendsendung ist, Mannix Delaney«, fuhr sie fort. »Weißt du, dieser aalglatte, gutaussehende Typ? Ich wußte nicht recht, ob ich es dir sagen sollte oder nicht. Ich dachte, daß Elizabeth vielleicht von dir und Jack wüßte und sich auf diese Weise an ihm rächen wollte. Und...« Dee ergriff Isabels Arm, drückte ihn tröstend und fuhr leise fort: »Du weißt doch, wie manche Männer wieder zu ihren Frauen zurückkehren, wenn sie glauben, daß *sie* diejenigen sind, die betrogen werden. Ich hatte Angst, daß die Sache damit für euch beide beendet wäre. Und ich weiß doch, wie sehr du ihn liebst. Tut mir leid, Isabel.«

Einen Moment saß Isabel schweigend da, um die Information zu verdauen. Elizabeth mit einem anderen Mann. Elizabeth mit vielen anderen Männern. Elizabeth mit einem sehr jungen Fernsehmoderator, dessen Karriere sich darauf gründete, daß er sowohl bei Teenagern als auch deren Müttern gut ankam. Robin vergötterte ihn und verpaßte keine seiner Sendungen. Schließlich war er umwerfend gutaussehend, mit langen Haaren und wirkte ein wenig wie ein Bohemien.

»Isabel, ist alles in Ordnung?« fragte Dee besorgt. »Ich wollte dich nicht beunruhigen, aber ich dachte, es wäre vielleicht besser, wenn du es weißt.«

Plötzlich lachte Isabel laut auf. Es war ein glückliches Lachen, das durch das ganze Lokal schallte. Sie warf ihren Kopf in den Nacken und lachte, während Dee sie entsetzt am Arm nahm.

»Ist alles in Ordnung?« drängte sie.

Isabel hörte zu lachen auf. »Mir geht es phantastisch! Ich bin glücklich. Ich bin besinnungslos vor Glück. Das sind die besten Nachrichten seit Jahren.«

»Tatsächlich?«

»Tatsächlich.« Isabel lehnte sich verschwörerisch vor. »Weißt du, ich habe dir nicht gesagt, daß Jack Elizabeth verlassen will. Aber er macht sich Sorgen um sie. Seiner Ansicht nach würde sie die Ankündigung wirklich tief verletzen ...«

»Doch wenn man jede Menge Liebe in den Armen eines durchtrainierten Mannix Delaney erfährt, worum sollte man sich dann Sorgen machen?« ergänzte Dee, die sofort begriffen hatte.

»Genau!«

»Das müssen wir feiern!«

»Ich feiere bereits, seit Jack mir gesagt hat, daß er mit mir zusammensein möchte«, sagte Isabel mit strahlenden Augen. »Das ist nun wirklich die Kirsche auf dem Pudding. Elizabeth hat ihre eigenen Probleme, aber er fühlte sich für sie verantwortlich. Die Vorstellung, sie zu verletzen, war ihm zuwider. Wenn sie jedoch selbst Affären hat, kann sie sich ja wohl kaum beschweren, nicht wahr? Vermutlich wird sie nun sogar bereitwillig in die Scheidung einwilligen. Dann ist sie frei für ihren Mannix.«

»Ich befürchte nur, daß Jack von der Nachricht ihrer Affäre schockiert sein wird«, meinte Dee. »Ich habe keine Ahnung, welchem Blatt der Fotograf die Fotos verkaufen wird, aber todsicher werden sie sie bald bringen. Und ich mußte ständig an die Möglichkeit denken, daß der Skandal die Carters wieder zusammenführen könnte.«

Selbstbewußt schüttelte Isabel den Kopf. »Die Ehe ist Vergangenheit. Jack würde nie wieder zu ihr zurückkehren, dessen bin ich mir ganz sicher.«

Dee hatte darauf bestanden, eine Flasche Champagner zum Feiern zu bestellen – »den billigen, für guten Champagner bin ich einfach zu pleite zur Zeit«, hatte Dee gemeint. Leicht beschwipst kehrten sie schließlich um halb vier giggelnd und flüsternd ins Büro zurück.

»O nein, für den Rückweg werden wir uns keinen Hubschrauber mieten«, neckte Isabel. »Ich weiß wohl, daß du immer nur sehr stilvoll reist, Dee, aber gelegentlich mußt du auch deine Füße bemühen.«

»Bitte, bitte, laß uns doch einen Hubschrauber mieten«, bettelte Dee und gluckste. »Nur, weil du das ganze Land mit unserem wunderbaren Chef per Hubschrauber abknatterst, heißt das noch lange nicht, daß wir das nicht auch könnten...«

Tanya Vernon, die sie bereits am Eingang der Redaktion erwartete, lachte jedoch kein bißchen. Nicht das kleinste bißchen. Sie war wütend. Die perfekt gebogenen Augenbrauen hatte sie zu einer grimmigen Linie zusammengezogen.

»Ich möchte mit Ihnen reden«, zischte sie Dee an. Noch bevor Dee etwas sagen konnte, hatte sich Isabel aufgerichtet und starrte Tanya an. »Sprechen Sie nicht in diesem Ton mit meiner Stellvertreterin«, maßregelte sie sie knapp.

Man würde nicht meinen, daß sie gerade eben eine halbe Flasche Champagner getrunken hat, dachte Dee und bewunderte Isabels Haltung und Ruhe.

»Sie versuchen jetzt bereits seit Monaten, Dee ständig abzukanzeln, Tanya, und ich habe die Nase voll davon.« Isabel eilte durch die Redaktion, Dee und Tanya folgten ihr.

»Sie haben ja keine Vorstellung, was passiert ist«, schnappte Tanya, die sich von Isabel angegriffen fühlte. Jetzt war der Zeitpunkt gekommen, daß Dee ihre Angelegenheit selbst in die Hand nahm. Isabel war dafür zu gutherzig und loyal. Tanya verstand nur eine Sprache, und zwar die des persönlichen Angriffs.

»Sie weiß genau, was passiert ist«, meine Dee laut. Tanya wirbelte herum und fixierte sie mit bohrendem, wildem Blick.

»Weiß sie das?« knurrte sie.

»Ja. Und die Chefredakteurin ebenfalls. Wissen Sie, Tanya, als ich herausfand, daß Sie mich absichtlich mit der Reise nach Donegal uninformiert ließen, habe ich Beweise gesucht, die meine Behauptung untermauern.« Befriedigt stellte Dee fest, daß Tanyas Augen sich vor Erstaunen weiteten. »Ich habe mir eine Kopie des Faxes, auf dem die frühere Abfahrtszeit vermerkt war, geben lassen. Es ist Ihnen bereits am Dienstag zugestellt worden. Ich habe es zusammen mit einem Bericht, was genau vorgefallen ist, und der Rechnung für den Hubschrauber Malley vorgelegt. Sie kann entscheiden, ob ich mit der Anmietung des Hubschraubers richtig gehandelt habe. Da sie aber unbedingt diese Geschichte haben wollte und sie weiterhin sehen wird, daß Sie ganz absichtlich darauf spekuliert haben, daß ich die Reise verpassen würde, wird sie Ihnen in dieser Angelegenheit wohl kaum den Rücken stärken.«

»Wie können Sie es nur wagen, mich zu hintergehen?« tobte Tanya.

»Ich habe es gewagt, Tanya. Das hätten Sie begreifen sollen«, sagte Dee mit lauter, selbstbewußter Stimme. Dann flüsterte sie leise, so daß nur Tanya sie hören konnte: »Und falls Sie sich nicht ganz sicher sind, ob Sie hier noch weiter arbeiten wollen, habe ich gehört, daß man in New South Wales bei einem Fernsehsender nach einem Wettermädchen sucht. Soweit ich jedoch informiert bin, möchten sie niemanden haben, der sich bereits für Nacktfotos zur Verfügung gestellt hat – *Concepta.*« Der Anblick des schieren Entsetzens auf Tanyas Gesicht entschädigte für all die Mühe, die Dee für die Recherche dieser Fakten aufgewandt hatte.

»Was hast du denn am Schluß gesagt?« fragte Isabel erstaunt, als Tanya wortlos aus dem Zimmer stürmte.

»Das erzähle ich dir später«, erwiderte Dee leise.

23

Die Telefonverbindung nach Brüssel war katastrophal. »Ich bin wohl in einem sehr schlechten Funkbereich«, meinte Jack, wobei seine Stimme durch ständiges Rauschen und Knarzen unterbrochen wurde. »Kannst du mich hören?«

»So eben gerade«, erwiderte Isabel und preßte ihr Handy noch dichter ans Ohr, damit sie ihn besser verstehen konnte. »Kannst du lauter sprechen?«

»Ich brülle bereits. Wir stecken mitten im Verkehr fest, vielleicht ist das das Problem.«

Isabel feixte. Sie steckte selbst im Stau. Normalerweise machte sie die Heimfahrt im Berufsverkehr vollkommen verrückt, wenn sie in einer Reihe kriechender Autos gefangen war. Heute abend jedoch war es ihr gleichgültig. Heute abend war sie überglücklich. Elizabeth Carter hatte eine Affäre, eine leidenschaftliche Sache mit einem attraktiven jungen Mann. Das würde es Jack sicher sehr leichtmachen, ohne allzu große Schuldgefühle seiner Ehe den Rücken zu kehren. Sicherlich würde der Skandal mit dem Foto seiner Frau auf sämtlichen Titelblättern schwer zu verdauen sein. Doch Isabel war überzeugt davon, daß Jack durch seinen Einfluß die Story bereits im Keim ersticken konnte. Zwischen den Medienmogulen gab es immer eine Möglichkeit, einen Deal abzuschließen.

Ob er es bereits wußte? Sie würde es ihm gern erzählen, doch über das Handy ging das schlecht. Und erst recht nicht, wenn Jack im Fond einer Limousine in Brüssel saß und sich ohnehin schon wegen der schlechten Verbindung die Lunge aus dem Hals schrie.

»Ich vermisse dich«, rief Isabel fröhlich. »Hast du das gehört?«

»Ja, ich vermisse dich auch. Aber, Isabel, etwas ist passiert …« Er hielt einen Moment inne. Sie empfand seine Stimme als merkwürdig, und zwar nicht nur wegen der schlechten Verbindung.

»Ist alles in Ordnung, Jack?« fragte sie, und es war ihr gleichgültig, daß eine auf einen Stock gestützte Frau auf dem Bürgersteig schneller vorankam, als sie auf der Straße.

»Nein. Nein, es geht mir nicht gut«, sagte er zögernd. »Ich habe gräßliche Neuigkeiten. Scheußliche. Ich bin am Boden zerstört.«

Isabel hätte vor Schreck beinahe den Wagen vor ihr gerammt. Sie trat auf die Bremse. Hatte sie ihn richtig verstanden? Er war am Boden zerstört, er fühlte sich grauenvoll.

»Isabel, ich kann darüber nicht über das Telefon reden…« Er zögerte. »Ich weiß, wir sind für Montagabend verabredet. Aber ich werde das nicht schaffen. Ich kann es jetzt nicht erklären, ich muß dich von Angesicht zu Angesicht sehen, um es richtig zu erklären«, fügte er sibyllinisch hinzu.

Isabel hörte ihm schweigend zu, während sie Jacks Worte überdachte. Plötzlich ging ihr ein Licht auf: Er hatte von Elizabeths Affäre gehört, und die Nachricht hatte ihn am Boden zerstört. Er hatte nicht gesagt, er sei entsetzt oder wütend wegen der Liebesaffäre seiner Frau, eine Affäre, über die man vermutlich bald im ganzen Land beim Frühstück würde lesen können. Nein, er war am Boden zerstört. Das wiederum bedeutete, er liebte Elizabeth und konnte die Vorstellung nicht ertragen, daß sie einen anderen Mann hatte. *Er liebte Elizabeth.* Warum sonst sollte diese Neuigkeit ihn so sehr schockieren? Und er wollte Isabel persönlich sehen, um ihr zu erklären, weshalb er zu seiner Frau zurückkehrte.

»Isabel, ich muß jetzt weiter«, sagte er. »Diese Leitung ist einfach unmöglich. Ich kann dich nicht hören, hoffentlich kannst du wenigstens mich hören. Ich rufe dich später vom Hotel aus an.«

Zitternd und unfähig weiterzufahren, lenkte Isabel den Wagen auf den Parkplatz einer Kneipe. Ihr ganzer Körper bebte. Sie war am Ende.

Sie lehnte ihren Kopf gegen das Lenkrad und schloß die Augen. Ein Schmerz erfaßte sie, ein so heftiger Schmerz, daß sie zu sterben glaubte. Und doch konnte sie nicht weinen. Dies war keine Trauer – es war wie der Tod. Sie liebte Jack, und er liebte seine Frau. Das waren die nackten Tatsachen. Dee, die schlaue, kluge Dee, hatte recht gehabt. Wie hatte sie sich noch ausgedrückt? Männer gingen zu ihren Frauen zurück, wenn sie merkten, daß *sie* betrogen worden waren. Wie recht sie gehabt hatte. Und wie dumm, naiv und leichtgläubig Isabel doch gewesen war.

In plötzlicher Wut schlug sie die Hand gegen das Lenkrad. Wie einfältig hatte sie nur sein können? Wieder einmal hatte ein Mann sie für dumm verkauft. Nur daß sie ihn dieses Mal tatsächlich unendlich liebte. Das wiederum erschien ihr mittlerweile vollkommen bedeutungslos.

Bester Laune fuhr Dee zu Millies und Dans Zuhause. Sie hatte es geschafft! Endlich hatte sie der verdammten Tanya Vernon gesagt, daß sie sich nicht länger von ihr in die Ecke drängen lassen würde. Die Lichtgeschwindigkeit, mit der Tanya die Redaktionsräume verlassen hatte, hatte Dee klar vor Augen geführt, daß sie nie wieder Ärger mit ihr haben würde.

Zugegebenermaßen war es etwas gemein gewesen, in Tanyas Vergangenheit nach etwas zu suchen, um sie in die Knie zu zwingen. Und doch war es die Sache wert gewesen, dachte sie fröhlich.

Als Millie die Tür öffnete, streckte ihr Dee fröhlich eine riesige Flasche parfümierter Körpermilch und eine große Schachtel Pralinen entgegen. Millie sah vollkommen erschöpft aus, und ihre Augen waren vor Müdigkeit gerötet. Dennoch war sie strahlender Laune und umarmte Dee erfreut.

»Tausend Dank für die Geschenke!« flüsterte sie. »Wir sind ganz leise, weil Tara gerade schläft.«

»Als ich dich im Krankenhaus besucht habe, ist mir aufgefallen, daß du selbst für Sechslinge ausreichend Babykleidung für ein ganzes Jahr gehabt hättest. Es fehlte jedoch etwas Nettes für die arme Frau, die die ganze Arbeit geleistet hat«, sagte Dee und drückte sie herzlich. »Tara hat genug Geschenke. Du aber hast dir wirklich welche verdient.«

Während sie Tee tranken, war Millie geradezu versessen darauf, auch über andere Dinge zu reden als ihre schlaflose drei Wochen alte Tochter.

»Seit meiner Schwangerschaft habe ich nichts anderes getan, als tagein und tagaus mich auf das Baby zu konzentrieren«, meinte Millie und zupfte ihren Schwangerschafts-BH zurecht. »Ich liebe sie abgöttisch, aber es gibt noch mehr Dinge auf der Welt als Tara.«

»Sie ist aber wirklich süß«, erwiderte Dee und beugte sich über das schlafende Baby. Sie streichelte eine winzig kleine Hand und bewunderte Taras rundes rosa Gesicht und ihr flaumiges rotes Haar.

»Wenn sie schläft, ist sie hinreißend. Aber wenn sie wach ist fragst du dich, warum *Oasis* noch nicht bei uns angefragt hat, ob sie nicht die Hintergrundstimme für deren Plattenalben übernimmt«, meinte Millie. »Sie hat ein unglaubliches Lungenvolumen und wacht zu den unmöglichsten Uhrzeiten auf. Ich schwöre, ich werde das Stillen bald aufgeben. Sie ist so fordernd.«

»Kann Dan sie denn nicht mit einer vorher abgepumpten Flasche füttern?« erkundigte sich Dee.

»Das könnte er. Aber sie besteht nun einmal nur auf richtigen Brüsten«, stöhnte Millie. »Wenn die Sache nicht ein Teil von mir ist, saugt Tara nicht daran. In der Hinsicht ähnelt sie ihrem Vater«, fügte sie grinsend hinzu.

Dee kicherte.

Sie unterhielten sich noch eine Stunde lang flüsternd, bevor Millie auf Gary zu sprechen kam.

»Ich wußte, daß wir schließlich doch noch über ihn reden werden«, bemerkte Dee.

»Immerhin wird er Taras Pate sein, und du bist ihre Patin«, meinte Millie. »Am kommenden Samstag werdet ihr euch wohl kaum aus dem Weg gehen können.«

»Ich weiß. Ich verspreche auch, daß ich in der Kirche ihm gegenüber nicht die Zähne fletschen werde.«

Millie gluckste. »*Du* bist es nicht, deretwegen ich mir Sorgen mache, Dee. Du weißt dich zu benehmen. Er ist es.« Mit noch leiserer Stimme fügte sie hinzu: »Eines kann ich dir versichern, wenn Dan nicht unbedingt darauf bestanden hätte, daß Gary Taras Pate wird, hätte ich gern darauf verzichten können. So wie er dich behandelt hat, ist er wohl kaum das richtige Vorbild für mein Kind.«

Dee lächelte sie liebevoll an. »Danke«, sagte sie. »Soll das heißen, daß ich ein gutes Vorbild bin?«

»Aber hundert Prozent. Ich hätte keine Bedenken, wenn Gary sich am Samstag gewohnt arrogant benimmt. Wovor ich Angst habe, ist das genaue Gegenteil.«

Überrascht wollte Dee den Grund dafür wissen.

Millie rollte mit den Augen. »Gestern abend hat er mich mindestens zwei Stunden am Telefon gelöchert, was du so machst und mit wem du dich triffst. Soweit das im Bereich seiner Möglichkeiten steht, scheint er ein vollkommen veränderter Mann.«

»Was meinst du damit, verändert?« erkundigte sich Dee neugierig.

»Nun, er vermißt dich höllisch. In London ist er einsam und möchte wieder nach Hause. Er hat sogar gemerkt, daß es so etwas wie eine Wäschefee in der wirklichen Welt nicht gibt.«

»Verstehe«, nickte Dee gleichmütig. »Er kommt wieder nach Hause. Er hat es satt, seine eigene Wäsche zu waschen und hofft nun, daß Dummchen Dee ihn erneut in ihrem Leben willkommen heißt.«

»Ganz so einfach ist es wohl nicht«, meinte Millie nachdenklich. »Wie du weißt, hat er drei Monate lang bei Adrian und Natascha gelebt. Natascha liebt minimalistische Einrichtungen und ist geradezu pedantisch ordentlich. Meiner Meinung nach hat Gary herausgefunden, was für ein wunderbar sorgenfreies Leben er doch mit dir hatte.«

»Ein Kompliment ist das nicht gerade«, meinte Dee. »Ein paar Monate bei der Schwägerin, die darauf besteht, daß er seine dreckige Wäsche selbst aufhebt. Und nun sehnt er sich danach, daß ich sie ihm wieder aufhebe?«

»Naja, er sagt auch, daß er dich wie verrückt vermißt und

daß er ein Dummkopf war, dich zu verlassen«, fügte Millie leise hinzu. »Und daß er sofort zu dir zurückkommen würde, wenn du ihn wieder bei dir aufnehmen würdest.«

Dee starrte sie einen Moment wortlos an und lauschte dem Atem von Tara. »Das hat dir alles Dan in den Mund gelegt, nicht wahr?« fragte sie schließlich.

Millie schien sich zu schämen. »Ja, schon. Ich muß zugeben, als Gary anrief, tat er mir etwas leid. Ich glaube, er bereut es wirklich sehr, wie er dich behandelt hat und was er über deine Figur gesagt hat. Außerdem gefällt mir die Vorstellung nicht, daß du ganz allein...«

»Ich bin nicht ›ganz allein‹«, meinte Dee stolz.

»Ist Daryl zurück?«

»Nein, mit Daryl würde ich es nicht mehr aushalten. Das Bett auch nicht. Es gibt einen neuen Mann in meinem Leben. Er ist Fotograf.«

»Warum hast du mir das denn noch nicht erzählt?« fragte Millie so laut, daß Tara unruhig wurde.

»Seitdem du das Baby bekommen hast, waren wir nie allein«, flüsterte Dee.

»Bringst du ihn zur Taufe mit, damit ich ihn kennenlernen kann?«

Dee lachte. »Vor einer Minute noch hast du versucht, mich wieder mit meinem Exverlobten zusammenzubringen. Und jetzt möchtest du meinen neuen Freund kennenlernen.«

Millie grinste. »Ich habe meine Schuldigkeit getan«, erwiderte sie. »Jetzt muß Gary allein schwimmen. Kommt dieser Fotograf nun am Samstag mit oder nicht?«

»Nein, Kevin bringe ich nicht mit...«

»Kevin! Was für ein wunderschöner Name!« gurrte Millie.

»...zur Taufe.« Dee wechselte das Thema. »Sag mal, rauscht Mama Redmond mindestens einmal täglich und am Sonntag zweimal vorbei, um nachzusehen, ob du mit ihrem ersten Enkelkind auch alles richtig machst?«

Millie stöhnte. »Sprechen wir nicht von ihr. Diese Frau ist ein Alptraum. Ich hatte Dr. Spock immer für jemanden aus *Star Trek* gehalten, bis sie mich mit Büchern bombardierte, wie man ein Baby richtig behandelt.«

»Ich wette, sie ist nicht allzu begeistert von der Vorstellung, daß ich Taras Patin werde.«

»Fuchsteufelswild beschreibt es wohl kaum«, schmunzelte Millie. »Ich kann nur hoffen, daß du irgend etwas aufsehenerregend Aufreizendes tragen wirst, um sie kräftig zu irritieren. Wer weiß, vielleicht geht sie dann beleidigt nach Hause.«

Dees Augen leuchteten spitzbübisch auf. »Da könnte ich mir schon etwas vorstellen. Ein Trägerkleidchen ohne Rock...«

Millie lachte, und Dee täuschte Erstaunen vor. »Ich meine es ernst«, grinste sie. »Soll ich uns noch etwas Tee aufbrühen?«

Obwohl sie es normalerweise niemals tat, ging Isabel zu Hause direkt auf den Schrank zu, wo sie die Getränke aufbewahrte, und schenkte sich einen doppelten Gin-Tonic ein. Sie kippte ihn schnell herunter und schenkte sich noch einen ein, während sie das Abendessen vorbereitete.

Beide Mädchen saßen oben in ihren Zimmern und bereiteten sich auf ihre Winterexamen vor. Wie Isabel wußte, würde Robin viel weniger eifrig bei der Sache sein als Naomi. Naomi hatte sich mittlerweile in ihrer Schule sehr gut eingefügt und arbeitete eifrig an ihren Hausaufgaben. Robin dagegen verbrachte mehr Zeit damit, hübsche bunte Stundenpläne zu zeichnen, als über Bücher gebeugt zu lernen. Isabel beschimpfte sich zwar selbst, daß sie derart rabenmütterliche Gefühle empfand, doch sie war froh, daß heute abend beide Mädchen in ihren Zimmern waren und sie nicht hohläugig neben dem Herd stehen sahen, wo sie Milch in die Instantpastasoße rührte.

Auf dem Nachhauseweg hatte sie sich gezwungen, über die Zukunft ihres Verhältnisses zu Jack nachzudenken. Er würde sie natürlich weiterhin sehen wollen, sie dagegen würde unter seiner nur zeitweisen Anwesenheit leiden. Und er würde immer wieder zu Elizabeth nach Hause gehen. Das ewige Dreieck. Isabel konnte sich ein solches Leben nicht vorstellen.

Diese Affäre mußte ein Ende haben, entschied sie. Sie fühlte eine Schwere im Herzen, die sie wohl lange spüren würde. Die Affäre war vorbei. Sie durfte ihn nicht wiedersehen. Sie konnte ihn nicht wiedersehen. Sie mußte ohnehin verrückt gewesen sein, eine solche Affäre mit einem verheirateten Mann, ihrem Chef noch dazu, überhaupt einzugehen. Jahrelang würde sie ihm noch begegnen müssen. Sie konnten nicht einfach diskret jeder aus dem Leben des anderen verschwinden. Er würde noch lange Chef des *Sentinel* bleiben.

Eine Träne tropfte auf den Herd. Isabel hatte das Gefühl, daß ihr Herz tatsächlich brechen würde. Sie nippte an ihrem Drink und versuchte, sich verzweifelt zusammenzureißen. Sie würde es schaffen, das wußte sie. Sie mußte irgendwie wütend mit Jack werden. Wenn sie weiterhin traurig wäre und darüber nachdachte, wie sehr sie ihn liebte, würde sie sterben. Sie atmete tief durch und erinnerte sich an all die Dinge, die er zur ihr gesagt hatte. Die liebevollen Dinge, der er dauernd gesagt hatte, obwohl er doch die ganze Zeit eigentlich Elizabeth geliebt hatte. Das war es, das würde sie wütend machen.

Wie konnte er das tun, *wie konnte er nur?* Der Mistkerl, sie haßte ihn.

Trotz und Schmerz stritten in ihr um die Oberhand. Sie jedenfalls würde ihren Job für niemanden räumen. Frauen mit Affären am Arbeitsplatz waren fast immer diejenigen, die das Büro verließen, nachdem die Beziehung in die Brüche gegangen war. Dieses Risiko konnte Isabel nicht eingehen.

Eine Stelle wie diese würde sie sicherlich nicht noch einmal ergattern. Doch sie hatte viel zu hart darum gekämpft, als daß sie sie nun einfach verlassen würde. Ihre Töchter brauchten eine stabile Umgebung und eine Mutter mit einem soliden Bankkonto. Um ihrer Töchter willen würde sie es lebenslang auf sich nehmen, daß Jack Carter ihr die kalte Schulter zeigte.

Isabel unterdrückte ihre Tränen und leerte den Drink, dann schenkte sie sich einen weiteren ein. Das schrille Klingeln des Telefons ließ sie aufschrecken. Es gelang ihr, vor Robin den Apparat zu erreichen.

»Ja«, meldete sie sich heiser.

»Isabel.« Jack klang jetzt besser, nicht mehr so verstört. Der gemeine Kerl. »Hallo.«

»Hallo«, sagte sie mit brüchiger Stimme.

Nun war es an ihm zu fragen, ob mit ihr alles in Ordnung war.

»Nein«, erwiderte sie. »Nicht, seitdem du mir erzählt hast, wie tief dich die Nachricht getroffen hat.« Sie zerrte das Telefon in die Küche, damit die Mädchen sie nicht hören konnten. »Weißt du, Jack, ich hatte angenommen, daß du mich wirklich liebst. Dann aber herauszufinden, daß du *am Boden zerstört* bist, weil Elizabeth eine Affäre hat, läßt mich die Wahrheit erkennen. Du liebst mich also doch nicht, ich bin eine kleine Randgestalt, dein leichtes Mädchen.

Immerhin verfügst du noch über einen Rest Anstand – du möchtest mich persönlich sehen, um mir dann zu erklären, weshalb du mich verläßt. Nun, die Mühe kannst du dir sparen.« Ihre Stimme wurde hysterisch laut.

»Isabel«, sagte er. »Du verstehst nicht …«

»Nein. *Du* verstehst nicht: Die Sache zwischen uns ist vorbei. Unsere Affäre, unsere billige, geschmacklose Affäre ist vorbei. Sag, was du willst, sie ist vorbei. Jack. Rufe mich also nicht wieder an. Ich möchte nicht mit dir reden. Ich hasse dich dafür, daß ich dich liebe, und du mir das antust. Dafür hasse ich dich. Auf Wiederhören. Hoffentlich begegnen wir uns nie wieder!«

Sie knallte den Hörer auf, ließ das Telefon auf den Küchenboden fallen und brach in Tränen aus.

Das Telefon begann erneut zu klingeln, schrill und unnachgiebig. Isabel starrte es an, nahm jedoch nicht den Hörer ab.

Sie hätte es so gern getan, so verzweifelt gern getan. Sie wollte Jacks Stimme hören. Er sollte ihr sagen, daß er verrückt nach ihr war und daß es alles nur ein großes Mißverständnis war, daß er sie liebte und nicht Elizabeth. Diese Vorstellung jedoch durfte sie sich gar nicht erst gestatten. Den Hörer abzunehmen wäre ein riesiger Fehler. Sie hatte ihre Entscheidung gefällt – jetzt mußte sie damit zurechtkommen. Sie mußte ihr Leben ohne Jack leben.

Sie kannte ihn erst seit vier Monaten, und doch war er ein ganz wichtiger Teil ihres Lebens geworden. Sie hatte das Gefühl, genau den Richtigen gefunden zu haben, denjenigen, mit dem sie den Rest ihres Lebens verbringen wollte. Und jetzt war alles aus und vorbei. Das Telefon hörte zu klingeln auf. Eine Minute später fing es wieder an, das schrille Geräusch zerschnitt ihr schier den Kopf.

Isabel hob den Hörer auf und drückte die Gabel sofort wieder herunter. Dann legte sie den Hörer auf den Boden. Wenn sie ihn ein paar Stunden lang neben dem Telefon liegen lassen würde, würde er wohl begreifen. Noch besser, sie brach einfach die gesamte Verbindung ab. Im Flur riß sie den Stecker heraus, stellte das Telefon auf den Flurtisch und kehrte wieder in die Küche zurück.

Sie wischte sich die Tränen mit etwas Küchenkrepp ab, schenkte sich noch einen Drink ein und ging an den Herd zurück, wo die Pastasoße inzwischen zu einer gallertartigen Masse erstarrt war. Genau wie ihr Leben, dachte sie verbittert.

Der Samstag morgen war sonnig und hell für einen späten Dezembertag. Einfach perfekt, dachte Dee, die einen schwarzen, enganliegenden Body mit V-Ausschnitt unter ihrem Samthosenanzug tragen wollte, wenn es nicht regnete. Regen ruinierte Samt, deshalb hatte sie sich als Alternative ein dunkelblaues Mantelkleid mit Nadelstreifen ausgesucht, wozu ihr Isabel geraten hatte. Es war klassisch und elegant – und es war durch und durch Isabel, dachte Dee. Ein Mantelkleid jedoch würde nicht den dramatischen Effekt haben, wie die leuchtenden Farben des Samtes. Und Dee wollte, daß sie den Gästen der Taufe unvergeßlich bleiben würde. Ganz besonders Gary und seiner unerträglichen Mutter.

Nicht, daß Margaret Redmond sich gern positiv überraschen ließ, dachte Dee und sprühte sich mit einem boshaften Lächeln etwas *Contradiction* in ihren üppigen Ausschnitt, der durch das gewagte schwarze Top noch betont wurde. Ihre ehemalige zukünftige Schwiegermutter würde wohl eher murmeln: »Gott sei Dank, daß mein Gary diese Schlampe nicht geheiratet hat!« Er jedoch würde es kaum verhindern können, von ihrer Aufmachung beeindruckt zu sein.

Mit ihrer Schildpattsonnenbrille, die so gut zu ihren Korkenzieherlocken und dem dezenten, sorgfältig aufgetragenen Make-up paßte, wirkte Dee wie eine millionenschwere junge Frau.

»Hallo, Gary«, übte sie vor dem Badezimmerspiegel mit tiefer, aufreizender Stimme, wobei sie sich vorbeugte, um ihm einen aufregenden Blick auf ihren künstlich gebräunten Ausschnitt zu gestatten.

Eine Stunde später hatte sie die Gelegenheit, es in Wirklichkeit zu tun. Sie stand gerade innerhalb der Kirche an der Tür und unterhielt sich mit Millies Mutter, als Gary an ihrer Seite auftauchte. Für jemanden, der angeblich am Boden zerstört war, sah er ziemlich gut aus. Er trug einen karierten Anzug, den sie noch nie zuvor an ihm gesehen hatte, und seinen gelben Lieblingsschlips. Sein welliges Haar war schulterlang und sorgfältig nach hinten gebürstet. Er strahlte Gesundheit und gute Laune aus. Offenbar spielte er immer noch Fußball, dachte Dee, als sie ihn so schlank wie eh und je sah.

Es küßte Millies Mutter kurz zur Begrüßung und wandte sich dann Dee zu. »Hallo, Dee«, sagte er leise. Eine Sekunde schien es, als wolle er sie ebenfalls küssen, aber dann hatte er es sich offenbar anders überlegt.

»Hallo, Gary«, erwiderte sie kühl.

Millies Mutter, die dank der Erzählungen ihrer Tochter die gesamte unerquickliche Geschichte kannte, stahl sich diskret davon.

Garys ausdrucksvoller Blick musterte Dees Figur und bemerkte die strafferen Kurven und das schlichte Outfit, das sie so selbstbewußt trug.

»Du siehst großartig aus, wirklich«, meinte er bewundernd.

»Ich weiß«, erwiderte sie und warf ihre Haare zurück. »Du siehst auch recht gut aus«, fügte sie hinzu. »Spielst du noch Fußball?«

»Ja.«

»Deine alte Sporttasche liegt noch in meinem Haus.« Sie betonte das Wörtchen ›meinem‹. »Die hast du vergessen.« Er zuckte mit den Schultern. »Sie ist steinalt, schmeiß sie weg.«

Dee wollte ihn gerade fragen, ob er das mit allen anderen Sachen genauso machte, deren Verfallsdatum bereits überschritten war: sie einfach wegschmeißen. Dann aber hielt sie sich zurück. Sie wollte in der Kirche keinen Streit lostreten. Taufkerzen waren nicht dazu da, sie einem Exverlobten an den Kopf zu donnern.

Millie kam mit Tara an, die in meterlange antike Spitze gehüllt war und aus vollem Hals brüllte.

»Hoffentlich habt ihr alle eure Ohrstöpsel dabei«, stöhnte Millie. »Du siehst großartig aus, Dee. Wie immer«, fügte sie mit einem bedeutungsvollen Blick auf Gary hinzu.

»Hallo, Millie«, sagte er, ohne sich provozieren zu lassen. Sie beachtete ihn nicht. »Wir fangen gleich an«, wandte sie sich an Dee. »Bist du soweit?«

Auf der Grafton Street war dichtes Gedränge. Offenbar hatte sich die gesamte Dubliner Bevölkerung in der Fußgängerzone versammelt und erledigte nun schubsend und drängelnd ihre Weihnachtseinkäufe.

Isabel zählte nicht mehr, wie oft sie angerempelt worden war. Sie versuchte, der Tatsache etwas Gutes abzugewinnen, daß es immerhin nicht regnete. Auf diese Weise wurde man zumindest nicht von fremden Regenschirmen am Auge verletzt.

Robin ging ihnen voran und schob sich routiniert durch die Menge. Naomi und Isabel folgten ihrem schwarzen, in einer PVC-Jacke steckenden Rücken. Sie gingen ins »Next«, wo wieder Tausende von Frauen Kleiderbügel in die Luft hielten und sich Schmuck ansahen, als ob es kein Morgen mehr gäbe.

»Ich bin müde, Mama«, meinte Naomi und lehnte sich an das Treppengeländer, während Robin auf der Suche nach dem perfekten Geschenk für Susie verschwand. Sie zeigte dabei den Enthusiasmus eines *Indiana Jones* auf Entdeckungsreise. »Ich auch.« Isabel legte einen Arm um Naomi und drückte sie erschöpft an sich. »Anderthalb Stunden einzukaufen müßte eigentlich reichen. Ich möchte mich nur noch setzen.«

Unausgesprochen ließ sie jedoch die Tatsache, daß sie sich in einem abgedunkelten Raum allein hinsetzen und ihre Augen ausweinen wollte, denn sie fühlte sich einsamer denn jemals zuvor in ihrem ganzen Leben. Das Leben ohne Jack streckte sich vor ihr wie eine unfruchtbare Ebene aus. Es gab nichts zu sehen, an nichts zu glauben, nichts zu lieben.

Den Freitag hatte sie wie ferngesteuert hinter sich gebracht. Sie hatte zweimal aufgelegt, als Jack sie im Büro angerufen hatte. Er konnte sie nicht zu Hause erreichen, weil das Telefon immer noch ausgestöpselt war – eine Tatsache, die der Vieltelefoniererin Robin überhaupt nicht geschmeckt hatte.

»Lästige Anrufe«, hatte Isabel beiläufig gemeint, als ihre Tochter wissen wollte, warum sie das Telefonkabel aus der Wand gezogen hatte. »Du kannst mein Handy benutzen, aber schalte es bitte gleich nach dem Anfruf wieder aus.«

Die Vorstellung, mit Jack reden zu müssen war ihr unerträglich. Sie hatte unbändig Angst davor, daß sie schwach werden und ihm sagen würde, daß sie ihn liebte und daß es ihr einerlei wäre, wenn er weiterhin mit Elizabeth zusammen wäre, solange sie ihn wenigstens ab und zu noch treffen könnte. Das wäre emotionaler Selbstmord, wie sie sehr wohl wußte.

Wenn sie tatsächlich soviel Schmerz in ihrem Leben erleiden wollte, konnte sie genausogut wieder zu David zurückkehren, dachte Isabel in einem ihrer seltenen klaren Momente.

Und nun verbrachte sie den Samstag damit, mit ihren Mädchen wie versprochen durch die Läden zu ziehen. Isabel hatte sich eigentlich nach einem Weihnachtsgeschenk für Jack umsehen wollen, nach etwas Besonderem. Sie konnte Überraschungen nie lange für sich behalten. Erst vor wenigen Tagen hatte Jack sich darüber amüsiert, daß er wohl kaum aus Brüssel zurück sein würde, bevor sie ihm sein Geschenk verraten würde. Was für einen Unterschied doch ein paar Tage machten, dachte sie niedergeschlagen.

Am Donnerstag mittag war sie die glücklichste Frau der Welt gewesen: Jetzt war sie die traurigste. Natürlich gab sie sich der Mädchen wegen Mühe, einen fröhlichen Eindruck zu erwecken. Es wäre ihnen gegenüber nicht fair gewesen, wenn sie ihnen den Tag vermiest hätte, nur weil sie ihr Liebesleben auf so einzigartige Art und Weise ruiniert hatte. Die Mädchen waren ihre oberste Priorität, nicht ihr gebrochenes Herz.

Naomi lehnte ihren schmalen Körper müde gegen den ihrer Mutter.

Isabel schüttelte sie leicht.

«Komm schon, laß uns Robin finden, und dann trinken wir irgendwo eine heiße Schokolade«, sagte sie aufmunternd. »Für den letzten Anmarsch auf die Weihnachtsgeschenke brauchen wir noch etwas Energie. Und dann müßt ihr beide euch entscheiden, in welchen Film ihr gehen wollt!«

Dee hatte Büfetts immer schon geliebt, dort konnte man sich die besten Sachen herauspicken und die langweiligen Dinge wie Sellerie und Curryreis links liegen lassen. Igitt! Wer aß schon gern Curryreis?

Sie segelte an den Schüsseln mit Salat, Sellerie, Gurken und Tomaten vorbei und hielt vor den in Mayonnaise eingelegten Eiern und einem vor Olivenöl glänzenden Nudelsalat an. Das war schon eher etwas.

Sie häufte sich gerade eine reichliche Portion der Eier auf den riesigen Vorlegelöffel, als Gary mit leerem Teller neben ihr auftauchte. Da wollte Dee auf keinen Fall verfressen wirken und kippte den Löffel, bis nur noch zwei winzige Eistückchen mit Mayonnaise darauf zurückblieben. Vorsichtig legte sie sie auf ihren Teller. Dann fügte sie dem Ei noch fünf Pastaspiralen hinzu, bevor sie eine Unmenge Salat und ein paar Selleriestangen daneben aufkellte.

Das Brot ließ sie standhaft links liegen und drehte sich schließlich um.

»Hallo noch mal.« Sie lächelte Gary eisig an. »Verfolgst du mich?«

»Nein«, entgegnete er ruhig. »Ich wollte mit dir reden, und du hast die Kirche so schnell verlassen, daß ich dazu keine Gelegenheit hatte.«

»Was erwartest du denn?« fragte Dee schroff. »Daß wir zusammen ins Hotel fahren, Händchen halten und uns kichernd über unsere glorreiche Vergangenheit unterhalten? Doch wohl kaum.« Sie wandte sich um und trat auf einen Tisch zu, der am Fenster stand und von dem aus man die Bucht von Dublin überblicken konnte.

Nachdem Gary seinen Teller gefüllt hatte, folgte er ihr. *Er hat sich eine Tonne Nudelsalat genommen,* dachte Dee neidisch, während sie an ihrem Salat knabberte. Die vornehme Dame zu spielen war wirklich eine schwierige Rolle. Essen, trinken und sich amüsieren waren damit schon mal von vornherein erledigt.

Gary grub seine Gabel in den Farmersalat. Dee lief das Wasser im Mund zusammen. Ihre fünf Nudeln hatte sie bereits gegessen und war naturgemäß immer noch hungrig. Es war die Hölle.

»Wein, gnädige Frau?« fragte der Kellner.

»Aber gern«, meinte Dee dankbar und nahm sich ein Glas Weißwein. Nachdem sie schon so wenig aß, hatte sie diese Unterstützung bitter nötig.

»Wie ist es dir in der Zwischenzeit ergangen?« fragte Gary.

»Prima«, erwiderte sie leichthin.

»Ich meine, wie ist es dir *wirklich* ergangen?« wiederholte er.

Ohne mit der Wimper zu zucken starrte ihn Dee an. »Ich hatte eine Beziehung mit einem unglaublich attraktiven Texaner, wie du dich vielleicht erinnerst.« Sie ignorierte Garys angespannte Mundpartie. »Und jetzt bin ich mit jemand anderem liiert.«

»Kenn ich ihn?« fragte er gepreßt.

»Nein.« Sie strahlte ihn an. »Und wie sieht es bei dir aus? Ist London voller magerer Klassefrauen, die sich korrekt anziehen, nicht trinken und niemals zuviel Make-up auf dem Gesicht haben?«

Zumindest hatte er den Anstand, betreten auszusehen, dachte sie triumphierend.

»Ich möchte mich entschuldigen, Dee«, sagte Gary, und seine ausdrucksvollen Augen verdunkelten sich. »Ich habe ein paar schreckliche Dinge dir gegenüber gesagt, das hätte ich nicht tun sollen. Ich hatte kein Recht dazu …«

»Nein, das hattest du weiß Gott nicht«, schnappte sie.

»Ich entschuldige mich jetzt«, wies er sie beleidigt zurecht.

»Nett von dir«, entgegnete sie spitz. »Aber dafür ist es ein bißchen spät. An deiner Stelle würde ich mir nicht mehr die Mühe machen, Dan und Millie in diese Sache einzuschalten. Das ist reine Zeitverschwendung.«

Wie von Zauberhand erschien Dan. Er wiegte seine Tochter im Arm, ein Fotograf folgte ihm. »Wir machen jetzt ein paar Schnappschüsse.« Er kniete sich zwischen Dee und Gary und streckte Tara dem Fotografen entgegen.

Dee setzte sich in Pose. Es blitzte, dann richtete sich Dan wieder auf.

»Wie kommt ihr beiden miteinander klar?« erkundigte er sich zaghaft.

»Großartig«, erwiderte Gary, kitzelte Taras Bauch und brachte sie zum Lachen.

Dee küßte ihre Patentochter zärtlich, bevor Dan zum nächsten Tisch weiterging.

»Ich liebe Kinder«, sagte Gary zu Dees Überraschung. »Wir würden wunderbare Kinder haben, weißt du das?«

Dee starrte ihn an. Sie stellte sich vor, wie dick sie während einer Schwangerschaft sein würde. Sie erinnerte sich an all die schrecklichen Dinge, die er ihr gegenüber gesagt hatte. Daß sie fett sei, daß er ihr so gerne sexy Kleider gekauft hätte, ihre Figur ihn jedoch daran hindern würde.

Kevin Mills gefiel ihre Figur: Er mochte, wie sie aussah und war ganz einfach von ihr hingerissen – sowohl von ihrem Körper als auch ihrer Persönlichkeit. Wenn sie mit ihm zusammen war, mußte sie nicht erst sechs Wodka trinken, weil sie nicht das Gefühl haben wollte, ein Fettkloß zu sein. Er gab ihr Selbstbewußtsein, anstatt es ihr zu nehmen.

»Möchtest du denn keine Kinder?« fragte Gary sehnsuchtsvoll.

»Doch, natürlich. Aber kannst du dir das Trauma vorstellen, wenn du mit mir zusammen während der Schwangerschaft in der Öffentlichkeit gesehen wirst, Gary? Für dich war es ja schwer genug, dich unter normalen Umständen mit mir blicken zu lassen. Wenn ich schwanger wäre, müßtest du einen Spezialanhänger für das Auto bauen lassen, in den ich hineinpasse. Wie beschämend.«

»Das ist nicht fair«, protestierte er. »Ich habe lediglich gesagt, daß du ein paar Pfund verlieren könntest, statt dir ständig Sorgen wegen deines Gewichts zu machen. *Jetzt* siehst du hinreißend aus.«

»Das«, meinte Dee ruhig, »kommt daher, weil ich glücklich und selbstbewußt bin und niemand da ist, der mir tagein, tagaus einredet, ich sei ein unförmiger Fettkloß. Es hat ein Weilchen gedauert, bis ich mein Selbstbewußtsein wiedererlangt hatte, Gary, nachdem du ständig auf mich eingedroschen hast.« Sie beugte sich vor, stieß ihren Zeigefinger in seine Brust und sprach jedes Wort überdeutlich aus: »Ich habe es jedoch geschafft, und wenn du glaubst, das Geschehene ungeschehen machen zu können und alles zu vergessen, dann hast du dich geschnitten.«

»Dee, nun übertreibe mal nicht...«

Dee hörte ihm nicht zu. Sie dachte an Kevin. Im Januar würden sie zum Skifahren verreisen, und sie konnte es kaum abwarten. Er war so wunderbar, so lustig, gutmütig und... nun, er mochte *sie*. Er mochte nicht, wie sie sein sollte, sondern wie sie war.

Und das war genau das, was sie sich selbst immer gewünscht hatte: einen Mann, der sie um ihrer selbst willen liebte. Und nicht einen, der kaum einen Satz sagen konnte, ohne sie daran zu erinnern, daß sie seiner nicht würdig war.

»Hallo, Mutter«, sagte Gary.

Dees Augen weiteten sich. Margaret Redmond stand in

einem zweiteiligen Blumenkleidchen gedrungen vor ihr. Auf ihrer kräuseligen Dauerwelle klemmte ein alberner violetter Hut. Falls Dee es sich nicht nur einbildete, war der Haarfarbe etwas Blond beigemischt.

»Deirdre. Wir haben uns lange nicht gesehen. Wie geht es dir? Arbeitest du immer noch für dieses Blatt?« erkundigte sich Margaret förmlich.

»Ja«, erwiderte Dee knapp. »Und du?«

»Mir geht es sehr gut, seit ich die wunderbare Tara habe, mein erstes Enkelkind«, sagte Margaret glücklich, und ihr Gesicht leuchtete stolz auf.

»Tara ist bezaubernd«, stimmte ihr Dee ehrlich zu.

»Ich war etwas überrascht, daß du ihre Patin bist«, fuhr Margaret fort, und der zänkische Ausdruck erschien wieder auf ihrem Gesicht.

»Warum?« fragte Dee und widerstand ihrem Impuls, etwas sehr Häßliches zu sagen. Es hätte zwar Spaß gemacht, aber Margaret war die Aufregung einfach nicht wert, befand Dee mit erstaunlicher Klarheit.

»Schließlich bist du nicht mehr mit Gary zusammen. Du gehörst nicht zur Familie ...«

Margaret sah auf Dee herab, ihre Augen fielen geradezu in deren Ausschnitt.

»Mutter!« zischte Gary.

»Ist schon gut«, meinte Dee und genoß Margarets empörte Miene. Noch nie zuvor hatte Gary auf diese Art und Weise mit seiner Mutter gesprochen. Kein Wunder, daß es sie schockierte. »Deine Mutter kann sagen, was sie möchte. Das hat sie sowieso immer getan.«

Margarets gemeine Augen wurden noch stechender.

»Ich mochte dich ohnehin nie leiden, Deirdre«, geiferte sie.

»Mutter, hör auf damit!« schrie Gary so laut, daß sich alle im Raum nach ihnen umdrehten. »Wie kannst du es wagen, so mit Dee zu reden?«

»Gary, wie *kannst du* nur?« kreischte Margaret und machte auf dem Absatz kehrt.

Amüsiert beobachtete Dee, wie sie davonwalzte. Früher hatte Garys Mutter sie zur Verzweiflung treiben können. Das hatte sich grundlegend geändert.

»Tut mir leid«, entschuldigte er sich.

Dee betrachtete ihn nachdenklich. Sogar die Tatsache, daß er seiner schrecklichen Mutter den Mund verbeten hatte, änderte nichts. Gary war Vergangenheit. Sie mochte ihn immer noch, und das würde sicherlich auch so bleiben. Man konnte schließlich nicht vier Jahre seinen Lebens mit jemandem zusammenleben und ihn dann einfach ad acta legen. Was jedoch ihre *Verliebtheit* betraf…

»Das war sehr nett, Gary«, sagte sie. »Sehr, sehr befriedigend und süß. Aber es kommt schlicht sechs Monate zu spät. Sechs Monate und vier Jahre.« Sie beugte sich vor und küßte ihn auf die Wange, ein schwesterlicher Kuß, den sie für angemessen hielt.

Sie musterte sein ernstes Gesicht und seufzte. Armer Gary. Er hatte wirklich geglaubt, daß er während der Taufe auf sie zuschlendern, sich entschuldigen und ihr schmeicheln konnte, wie schön sie aussah, und daß dann alles vergessen sein würde. Dann wären sie wieder ganz am Anfang: Gary und Dee, so wie Fleisch mit Soße. Nur eben noch langweiliger und noch vorhersehbarer.

»Dee…«, fing er bittend an.

Sie ließ ihn nicht ausreden. Das war nun wirklich das letzte, was sie wollte: ihn zu dem Zeitpunkt zu demütigen, wenn der arme Junge sein Bestes gab.

»Gary, es war wirklich nett von dir, es noch einmal zu versuchen«, sagte sie mitfühlend. »Aber du mußt einfach einsehen, daß die Sache zwischen uns beiden vorbei ist. Ich bin jetzt sehr glücklich.« Sie klopfte ihm auf die Schulter. »Ich hoffe, daß du jemanden ganz Besonderen finden wirst, und ich bin sicher, daß dir das auch gelingen wird. Mach's gut.«

Mit diesen Worten stand sie gewandt vom Tisch auf und durchquerte das Zimmer, wobei sie sich bewußt war, daß nicht nur Garys Augen ihr folgten. Pech gehabt, dachte sie vergnügt. Sie hatte heute eine Verabredung, eine Verabredung mit einem attraktiven Fotografen, der für sie ein Abendessen gekocht hatte: Muscheln, trotz der damit verbundenen Schrubberei, und Hühnchen Kiew. Sie würde nicht einen Finger rühren müssen. Außer vielleicht um Kevins Hemd aufzuknöpfen …

Was für verrückte Dinge man doch tat, wenn man verliebt war, dachte Isabel, als sie den Eßtisch für das Abendessen deckte. Warum sonst hätte sie ihre Eltern an einem Samstagabend zum Abendessen eingeladen, wo sie doch *wußte,* das sie den ganzen Tag mit den Mädchen in der Stadt verbringen und dementsprechend erschöpft sein würde? Doch diese Einladung hatte sie vor ihrer Trennung ausgesprochen, als sie noch voller Energie gewesen war. Es war nicht die Schuld ihrer Eltern, daß sie sich jetzt lasch wie eine zu lange gekochte Nudel fühlte.

»Mama, Oma und Opa sind da!« rief Naomi aus dem Flur.

»Mama, die Schweineschnitzel verbrennen!« schrie Robin aus der Küche.

Isabel rannte zu den Schweineschnitzeln. In den wenigen Minuten, in denen sie den Tisch gedeckt hatte, hatten sich die Schnitzel von weich und saftig in etwas verwandelt, mit dem Kunststudenten möglicherweise Kohlezeichnungen anfertigen konnten. Robin hatte emsig den Kartoffelbrei hergestellt und dabei ferngesehen. Aus diesem Grund hatte sie auch zu spät gemerkt, daß da etwas schiefgelaufen war.

Isabel betrachtete die verbrannte Misere, doch der Anblick ließ sie kalt. Was sie in den letzten beiden Tagen zu sich genommen hatte, hatte ohnehin alles nach Kohle geschmeckt.

»Mama?« Naomi stand neben ihr und hüpfte von einem Fuß auf den anderen, wie sie es seit Jahren nicht mehr getan hatte.

»Was ist denn, Liebling?« fragte Isabel erschöpft und versuchte sich zu erinnern, was sie noch im Tiefkühler hatte und was auch ihrer Mutter schmecken würde.

»Ein Mann ist mit Oma und Opa mitgekommen. Er sagt, sein Name ist Jack. Und er möchte dich sehen.«

Isabel stockte der Atem. Jack war hier! Zusammen mit ihrer Mutter?

Sie rannte den Flur hinaus. Förmlich standen die drei, ihre Eltern und Jack, nebeneinander. Ihre stattliche Mutter erschien neben Jack geradezu klein. Jack sah in seinem eleganten italienischen Anzug hinreißend aus.

«Isabel«, sagte er, und sein markantes Gesicht leuchtete bei ihrem Anblick auf.

»Isabel?« meinte ihre Mutter anschuldigend. Sie trug ein lavendelfarbenes Twinset mit einem Tweedrock. »Willst du uns denn nicht vorstellen?«

»Äh... ja«, stotterte sie. »Mutter und Vater, das ist Jack Carter. Jack, das sind meine Eltern, Pamela und Harry Mulhearn.«

Die drei schüttelten sich so höflich die Hände, als ob sie bei einem königlichen Gartenfest zu Gast wären und nicht etwas verloren in Isabels winzigem Flur herumstehen würden.

»Nett, Sie kennenzulernen«, meinte Pamela jedoch herzlich.

Isabels Blick traf den von Jack. Er sah erschöpft aus, sehr blaß und müde. Er arbeitet einfach zu viel, dachte sie besorgt. Wie üblich.

»Wir gehen schon mal rein«, verkündete Pamala. Isabel folgte ihrer Mutter in die Küche.

»Ich weiß, es ist alles etwas seltsam, Mutter. Ich erkläre es euch später. Jack ist...«

»...dein Liebhaber?« kam ihr Pamela zur Hilfe.

Isabel starrte sie an.

»Glaubst du etwa, ich hätte das nicht gewußt?« fragte ihre Mutter und zog eine Augenbraue hoch. »Lieber Himmel, Isabel, für wie dumm hältst du mich eigentlich? Ich wußte, daß es einen Mann in deinem Leben gibt und nahm an, daß wenn du die Sache irgendwie auf die Reihe gebracht hast, du von ihm erzählen würdest. Es scheint ja sehr charmant zu sein«, fügte sie hinzu. »Bring die Sache einfach in Ordnung.« Sie machte eine Handbewegung, als ob sie Hühner verscheuche. »Robin hat mir erzählt, daß du die letzten zwei Tage wie ein Zombie gewesen seist. Ich nehme an, er war der Grund dafür.«

»Was hat Robin gesagt?« erkundigte sich Isabel verlegen. Sie war sich ganz sicher gewesen, daß sie ihre Trauer vor den Mädchen hatte verbergen können...

Die Augenbraue ihrer Mutter ging noch ein paar Millimeter weiter nach oben. »Robin ist ebenfalls nicht auf den Kopf gefallen, Isabel. Sie wußte, daß irgend etwas nicht stimmte. Und sie hat dieselbe Schlußfolgerung gezogen wie ich – Liebeskummer.«

Isabel stand der Mund offen. »Robin wußte Bescheid?«

»Seit dem Tag, als er dich mit dem Auto hier zu Hause abgesetzt hatte. Ein Jaguar, wie ich mich erinnere. Sie ist fast sechzehn Jahre alt, Isabel, und keine sechs mehr. Natürlich wußte sie Bescheid.« Pamela hielt inne. »Ein Jaguar paßt zu ihm. Ein schönes Auto.« Widerwillig schnupperte sie die verbrannte Luft. »Hoffentlich mag er Omelette – vorausgesetzt, du hast Eier im Haus?«

Isabel feixte, umarmte ihre Mutter und trat wieder in den Flur hinaus.

Dort stand Jack noch immer wie festgewurzelt.

»Du bist einen Tag früher gekommen«, sagte sie und fragte sich, warum sie so etwas Offenkundiges wie ein Geheimnis erwähnte. »Hattest du nicht noch eine wichtige Verabredung?«

»Die hatte ich. Aber das hier ist wichtiger«, sagte er leise. »Du bist wichtiger als alle Verabredungen der Welt.« Er trat einen Schritt vor in Richtung Küche. Was wollte er? Wenn er noch näher an sie herankam, würde sie sich nicht mehr beherrschen können. Sie würde alle guten Vorsätze zum Teufel jagen, sich ihm entgegenwerfen und ihn niemals wieder gehen lassen. Das aber durfte sie nicht tun. Sie hatte sich geschworen, ihn nie wieder zu treffen. Er mußte aus ihrem Leben verschwinden. Bei der Vorstellung schloß sie die Augen.

»Isabel.« Seine Stimme klang seidig, war wie eine Liebkosung.

»Ich bin zurückgekommen, um alles richtigzustellen. Als du meine Anrufe nicht entgegengenommen hast, konnte ich das anfangs nicht begreifen. Am Donnerstag war ich deswegen zutiefst beunruhigt. Ich konnte mir nicht vorstellen, was passiert war.«

Isabel, die seine breiten Schultern sehnsüchtig angestarrt hatte, nahm sich zusammen. »Du warst besorgt, ja?« fragte sie und fühlte, wie ihr Herz schmerzhaft zuckte. »Ich frage mich, weshalb. Nein, erzähle es mir nicht. Ich weiß es.«

»Das tust du nicht.« Er stand jetzt so dicht vor ihr, daß sie sein Rasierwasser und den Geruch seiner Haut wahrnehmen konnte. Es war der Geruch, von dem sie die letzten beide Nächte geträumt und sich vorgestellt hatte, sein Körper hätte sich schützend auf den ihren gelegt, er hätte sich fest an sie gepreßt und ihr versichert, er würde sie nie wieder gehen lassen.

»Isabel, hast du geglaubt, daß ich dich liebe? Hast du geglaubt, daß ich deinetwegen Elizabeth verlassen würde?

»Ja.« Ihre Worte waren nur noch ein Flüstern. Sie wollte ihn anschreien, sie in Ruhe zu lassen, jetzt endlich wegzugehen. Doch sie konnte es nicht tun. Sie wollte noch ein paar Sekunden länger mit ihm zusammensein, selbst wenn er sie danach für immer verlassen würde.

»Wie konntest du denn denken, daß ich dich anlügen würde?« fragte er leise. »Als ich dich am Donnerstag angerufen habe, hatte ich gerade die Nachricht erhalten, daß der Mann, der mir am Anfang meiner Karriere selbstlos geholfen hatte, gestorben war. William James... Ich schulde ihm soviel. Er hatte einen Herzinfarkt. Es geschah alles sehr plötzlich. Wir hatten ein paar Monate lang nicht miteinander gesprochen, weil wir beide Unmengen um die Ohren hatten. Und dann war er plötzlich nicht mehr da.« Jacks Stimme brach. »Ich war am Boden zerstört. Das Leben kann so brutal sein.«

Isabel sah ihn an. Plötzlich begriff sie, was er sagte und warum er so durcheinander gewesen war, als sie an jenem schrecklichen Abend mit ihm am Telefon gesprochen hatte. »Du dachtest, ich sei wegen Elizabeth so bestürzt?« Er lachte auf. »Das wußte ich zu dem Zeitpunkt noch gar nicht. Erst am nächsten Morgen, nachdem ich die ganze Nacht versucht habe, dich hier und auf dem Handy anzurufen, hat man mir die Sache zugetragen. Ich gebe zu, ich war schockiert. Ich mußte eine Stunde am Telefon verbringen, um die Story in den Papierkorb zu befördern, aber diese Nachricht hat mich weiß Gott nicht am Boden zerstört.

Hast du wirklich geglaubt, ich könnte dich einfach so verlassen?« fragte er ernst. »War es deiner Meinung nach gelogen, als ich dir sagte, daß ich dich liebe und mit dir zusammenleben möchte?«

»Ach, Jack.« Sie fiel ihm in die Arme und klammerte sich an ihn. Er drückte sie fest an sich. »Isabel, so etwas wie diese letzten paar Tage habe ich noch nie durchgemacht. Ich konnte einfach nicht verstehen, was passiert war, warum du nicht mit mir reden wolltest. Zweimal hast du das Telefon aufgelegt. Und dann bin ich fast verrückt geworden, als dein Telefon endlos klingelte und niemand abhob. Ich dachte, es sei etwas Schreckliches passiert. Erst als ich die Sache mit Elizabeth erfuhr, wurde mir alles klar.«

Isabel hatte ihr Gesicht an seiner Schulter vergraben. »Ich glaubte, du hättest von ihr und Mannix Delaney erfahren und seist deswegen so erschüttert gewesen.«

Es war wunderbar, wieder in seinen Armen zu liegen. »Ich liebe dich! Und ich war vollkommen verzweifelt. Ich dachte, du liebst Elizabeth, ich dachte ...«

»Ich verstehe.« Er hielt sie etwas auf Abstand, damit er ihr in die Augen gucken konnte. Sein Blick war zärtlich, voll inniger Zuneigung. »Mein Liebling, du bist es, die ich liebe.«

»Ich weiß. Es tut mir leid, ich hätte nie daran zweifeln dürfen«, erwiderte sie halb lachend, halb schluchzend. »Ein Problem gibt es allerdings«, meinte Jack. Isabel betrachtete ihn hingebungsvoll. »Was auch immer es sein mag, wir werden es schon lösen«, sagte sie glücklich.

Grinsend deutete er auf den Anzugsack zu seinen Füßen. »Kann ich hierbleiben?« fragte er. »Ich weiß, es kommt alles ein bißchen plötzlich, aber ich denke, wir sollten die Sache nicht länger verschieben und jetzt Nägel mit Köpfen machen. Würde es die Mädchen stören, wenn ich hier mit einziehe?«

Isabel legte den Kopf schräg und dachte kurz nach.

»Erinnerst du dich noch, wie du mir bei unserem ersten Essen erzählt hast, du kennst dich mit Mädchen im Teenageralter nicht gut aus?«

»Ja«, erwiderte er und zog sie dicht zu sich heran.

»Dann wirst du es jetzt im Schnellverfahren lernen ...«

Danksagung

Es ist beinahe schwieriger eine Danksagung zu schreiben als ein Buch, denn ich weiß, daß ich irgend jemanden vergessen werde! Dennoch: Ich danke meinem Schatz John – für alles; meiner Familie für ihren Beistand und ihre Unterstützung, vor allem meiner stets hilfreichen Mutter, meinem Vater, Lucy, Anne, Laura und Naomi. Und natürlich auch Tamsin.

Mein Dank gebührt auch meiner guten Freundin Sarah Hamilton und meinem Lieblingsneffen, Jamie; Dank an meine wunderbaren Agentinnen Ros Edwards und Helenka Fuglewiz; Dank meinen Freundinnen Lisa, Esther, Liz. Joanne, Mairead, Anne und Moira für ihre unablässige Ermutigung, und Dank an alle meine Kollegen und Freunde bei der Sunday World – ihr wißt schon, wen ich meine; auch danke ich Patricia Scanlan für ihren Ratschlag und die endlosen Telefongespräche und Sally Hamwee für ihren juristischen Rat.

Besonders danke ich meinen »Verlagsfamilien« bei Headline und Poolbeg. Es war mir ein großes Vergnügen mit Euch allen zu arbeiten. Dank an meine ausgezeichnete und großzügige Lektorin Clare Foss. Und besonderen Dank für ihren Enthusiasmus an Amanda Ridout, Frances, Rebecca, James, Sarah, Ros, und auch an alle anderen Headline-Mitarbeiter, die ich hier leider zu nennen vergessen habe.

Mein Dank gilt auch Paula, Gaye, Elaine, Emer, Conor, Sarah, Nicole, Philip, Kieran und allen anderen bei Poolbeg; und ein besonderes Dankeschön für Margaret Daly in der Öffentlichsarbeit.

Ich danke allen Journalisten und Rezensenten, die beim

ersten Roman so viele nette Bemerkungen gemacht haben, es hat mich wirklich sehr gefreut. Und natürlich danke ich auch den liebenswerten Buchhändlern, die ich in Irland und England kennenlernen durfte und die mir während meiner ersten Lesetour so immens weiterhalfen.

Mein Dank gilt auch den Freunden der Familie John und Mary Kelly, John und Joan Gouley und Liz, Arthur und allen in Kilmurray für ihre Unterstützung während der Krankheit meines Vaters; ich danke Professor Brian Lawlor, dem ganzen wunderbaren Personal auf der Delaney Station im St. Patrick's Hospital und dem Personal der Kylemore Clinic und der Alzheimer Society of Ireland.

Ein tiefempfundenes Dankeschön an alle Leser, die »Wär ich doch im Bett geblieben« gemocht haben und mir dies in ihren fantastischen Briefen auch mitgeteilt haben. Ich hoffe Sie mögen auch diesen Roman.

Und schließlich, ein Dankeschön an Kate Cruise O'Brien, die tragischerweise vor kurzem verstorben ist. Sie war eine wunderbare Lektorin und eine erstaunliche Person; ihr Tod war ein großer Verlust für uns alle. Wie jeder, der sie kannte, werde auch ich Kate vermissen und für immer im Gedächtnis bewahren.